KB146044

내일의

으/뜸

DAHYANG
ROMANCE STORY

내/일/의/으/뜸

김빵 장편 소설

눈을 동그랗게 뜬 채 얼어 버린 내 앞으로 선재가 성큼 다가왔다.
"너도 하루 종일 내 생각 해?"
"……."
가슴이 뛰다 못해 터질 것 같다. 모든 사고가 정지한 것처럼 멍했다.

목
차

프롤로그

아이돌 시장에 각기 댄스 열풍을 일으킨 그룹이 있었다. 4인조 댄스 그룹 감자전. 대표가 감자전을 먹다가 데뷔를 결정했다나 뭐라나.

대중문화평론가들은 험난한 아이돌 시장에서 감자전이 살아남은 비결로 '자연과 인류의 평화를 주제로 한 가사와 각 잡힌 군무'를 꼽았으나 그들의 성공 비결은 단연코 얼굴이었다. 춤도 잘했지만 얼굴을 제일 잘했다. 그래서 인기가 많았고, 데뷔 전부터 하나의 커다란 팬덤을 이루고 있었다.

데뷔 때부터 감자전을 따라다니는 슬로건이 있었는데, 그것은 바로 '4-1=0'이었다. 넷 중에 하나라도 없으면 안 된다는 뜻으로, 팬들끼리는 감자전 멤버들에게 그 슬로건에 맞는 별칭을 붙여 불렀다. 감자 권성준, 소금 백인혁, 식용유 우현성, 초간장 서윤재. 우스갯소리로 프라이팬은 소속사라고 하기도 했다.

위기는 데뷔 2년 후에 왔다. 두 장의 미니 앨범과 첫 번째 정규 앨범으로 활동한 뒤 두 번째 정규 앨범 발매를 앞두고 있을 때였다. 제5의 멤버 합류설이 돌았다.

[ㅅㅂ 장난? 4-1=00라는데 4+1을 시켜? 지구 폭파 보고 싶냐? 근수야?]

강근수는 소속사 대표의 이름이었다. 각종 커뮤니티는 강근수의 욕으로 도배가 되었고, '이게 사실이면 너 죽고 나 죽소' 하는 글들이 넘쳐 나던 어느 날의 자정, 감자전의 두 번째 정규 앨범이 발매되었다.

그리고 사진 한 장이 감자전 홈페이지에 게시되었다. 감자, 소금, 식용유, 초간장 말고도 한 명이 더 있었다. 눈이 크고 선이 고운, 똘똘하게 생긴 얼굴이. 새 멤버의 합류가 공식화되었다.

문제는 두 번째 정규 앨범에 있었다. 새 멤버가 합류하면서 감자전의 곡 색깔이 완전히 바뀐 것이다. 뮤직비디오를 본 팬들의 반응은 말줄임표와 물음표, 육두문자와 헛웃음으로 가득했다. 인트로에 피아노 연주가 들어가는, 풋풋한 사랑을 주제로 한 잔잔한 발라드가 타이틀곡이었다. 인트로에 부부젤라 소리가 들어갔던 1집 타이틀곡과는 완전히 상반된 분위기였다.

'왓더?' 같은 글들이 트위터로 빠르게 확산되었다. 감자전의 팬클럽 감자전설은 '감자전투', '감자전쟁' 이라는 명칭으로 탈바꿈하며 새 멤버의 합류를 극구 반대했다. 각을 잡고 춤을 추던 오빠들이 가만히 서서 '날 사랑해 줘, 내 아름다운 천사여' 라고 속삭이며 노래를 부르고 있으니 그럴 만도 했다. 그들은 제 오빠들의 독특한 군무를 사랑했다.

'그러니까, 감자전은 실험적인 아이돌 그룹이 될 겁니다. 이전 앨범에서 열정적인 군무를 보여 줬다면 이번에는 천상의 목소리로. 완벽한 라이브를 소화하는 보이밴드라는 걸 보여 주고 싶었습니다. 다음 앨범엔 힙합의 색깔을 진하게 넣어 볼 생각입니다.'

성공한 사업가, 뭐 그런 프로에 나온 강근수가 위와 같이 말했다. 화면 속 강근수는 엄지를 치켜들고 치아를 드러내며 웃기까지 했다. 계획대로 되고 있다는 듯한 표정이었다. 강근수의 계획에 류선재의 등만 터지는 꼴이었다.

[선재야 양심이 있으면 나가라 이 씨발로마 ㅠㅠ]

"……어이가 없네. 누구한테 욕질이야."

댓글의 오른쪽 하단으로 마우스 커서를 끌어 비공감 버튼 위에 놓았다. 한 번만 집계가 된다는 걸 알면서도 다다닥, 여러 번에 걸쳐 마우스를 클릭했다. 모니터를 노려보는 얼굴이 언짢은 듯 구겨진다.

감자전설에게 있어 갑자기 굴러온 돌 류선재는 감자전의 멸망을 바라며 떨어진 죽지 않는 화롯불 같은 거였다. 평범한 발라드를 부르다가는 험난한 아이돌 시장에서 살아남지 못하고 감자전이 새까맣게 타 버리고 말 거라며 팬들은 욕을 하면서 울었다. 이 모든 게 류선재를 끼워 넣었기 때문이라고, 굴러들어온 돌이 우리 오빠들을 망하게 하고 있다며, 선재를 욕했다.

"욕을 할 거면 소속사 대표 강근수한테 하라구요. 우리 선재가 무슨 잘못이 있냐구요."

고개를 돌려 벽에 붙은 포스터 속 인물과 눈을 맞췄다. 베이지색 니트를 입고 말끔하게 웃고 있는 얼굴이 환했다.

욕먹어서 오래 사는 게 사실이라면, 어쩌면 지구 멸망 때까지 살 수 있을지도 모르는 감자전 제5의 멤버, 류선재.

바로 내 입덕 멤버이자 최고 으뜸이다.

01.

첫 번째 시간 여행

아, 젠장. 늦었다!

집에 들어가자마자 후다닥 방으로 뛰어 들어가 라디오를 켰다. 주파수를 맞추자 얼마간 지지직거리더니 곧 호탕하게 웃는 소리가 흘러나왔다. 그 소리를 들으며 의자에 앉아 외투를 벗었다.

— 아, 선재 씨가 인혁 씨랑 회사 입사 동기였군요. 그럼 선재 씨는 연습생 시절 제일 힘들었던 순간이 언제예요?

양말을 벗다 말고 라디오 음량을 키웠다. 선재의 목소리가 나올 차례였다.

— 어…… 저는, 음.

잘 기억이 나지 않는지 망설이는 목소리 사이로 백인혁의 목소리가 끼어든다.

— 감감대교 있잖아요.

— 아, 맞다. 그날 지갑을 잃어버렸어요. 연습이 새벽에 끝났는데 가방을 딱 열어 봤더니 어디다 떨어트렸는지 지갑만 없더라고요. 수중에 돈이 한 푼도 없었는데, 너무 늦은 새벽이라서 집에 전화를 못 했어요. 그래서 하는 수 없이 걸어갔죠. 그 당시 회사에서 집까지 걸어서 두 시간? 좀 넘게 걸렸거든요. 안 좋은 일은 한꺼번에 온다

고 마침 핸드폰 배터리도 나가서, 음악도 못 들었어요. 그때가 겨울이었는데 또 하필 이면 슬리퍼를 신어 가지고 발가락도 얼었고요.

발가락이 얼었다는 말에 일동 웃음이 터진다.

― 감감대교를 지나는데 한강에 비친 건물들 불빛이 괜히 슬퍼 보이더라고요.

― 그날 아마 선재 울었을 거예요.

― 아니에요, 눈물은 안 흘렸어요.

― 그럼 마음으로 울었나요?

장난스러운 서윤재의 물음에 백인혁과 다른 멤버들이 깔깔 소리 내 웃었다. 다들 웃는데 나는 좀 슬펐다. 선재의 웃음소리가 안 들렸기 때문이다. 보이는 라디오가 아니라서 선재의 얼굴을 볼 수 없는 게 아쉬우면서도, 한편으론 슬픈 표정을 확인하지 못해 다행이라는 생각이 들었다.

선재가 감자전에 합류한 지도 어느덧 2년이 되어 가고 있었다. 하지만 팬들은 여전히 선재를 싫어했다. 여러 사이트에 댓글을 남기고 트위터 부계정을 파서 선재를 사냥했다.

팬들이 자신의 합류를 반가워하지 않는다는 걸, 심지어 그 때문에 자신을 저주한다는 걸 선재가 모를 수는 없을 것이다. 일부 목소리 큰 팬들은 공개 방송에서도, 팬 사인회에서도, 쩌렁쩌렁 목소리를 질러 댔다. '류선재 나가라!', '류선재 탈퇴해라!' 그런 기분 나쁜 말.

활짝 웃으며 최선을 다해 활동하던 선재의 얼굴이 최근 들어 급격히 지쳐 보였다. 자신을 감자전투머신이라고 칭하는 부계정들은 요즘 선재 표정을 보니 왜지 다음 앨범에서 빠질 것 같다는 추측성 글을 써 댔다.

[사랑해 선재야. 아름다운 너.]

선재의 사진이 올라온 감자전 인스타그램에 댓글을 남겼다. 물론 세컨드 계정이었다. 팔로워도 없고 감자전 인스타그램만 팔로잉을 해 둔 비공개 계정.

선재 사진에 '좋아요'를 눌렀다. 너를 좋아하는 사람들이 더 많다는 걸 알아 줬으면 좋겠다는 그런 마음을 담아서.

□ ■ □

새벽, 연달아 울리는 진동에 미간을 찌푸리며 눈을 떴다. 손을 더듬어 핸드 폰을 집어 들고 진동의 원인을 확인했다. 현주의 메시지였다.

[헐.]
[대박.]
[솔아.]
[솔.]
[기사 봄?]
[대박. 뭔 일이냐.]

무슨 일인지는 몰라도 불안이 엄습했다. 후다닥 메시지 창을 닫고 인터넷 창을 열었다.

〈속보〉 아이돌 그룹 '감자전'의 멤버 류선재, 사망
아이돌 그룹 '감자전'의 멤버 류선재가 30일 새벽 급성 약물 중독으로 사망했다.
앞서 한 매체는 30일 오전 6시 30분쯤 류선재가 서울 중구의 호텔에서 쓰러진 채 발견됐다고 전했다. 그는 병원으로 이송됐으나 사망한 것으로 확인됐다.

〈속보〉 류선재 소속사 측, 약물 과다 복용은 '사실 무근'
평소 불면증에 시달리던 류선재는 장기간 수면제를 처방받아 온 것으로 알려졌다. 하지만 그의 사인을 약물 과다 복용으로 추정하는 추측성 기사에 대해 소속사 측은 '사실 무근' 이라는 입장을 밝혔다.

지난 28일 밤 소속 팀 멤버인 백인혁의 브이라이브에서 '선재가 요즘 감기 몸살로 아파요.' 라고 언급된 것으로 보아 수면제와 다른 약을 함께 복용하여 쇼크사한 게 아니냐는 추측이 일고 있다.

가슴이 두근거리고 손이 덜덜 떨렸다. 침대에서 벌떡 일어나 앉아 포털 사이트에 '류선재' 세 글자를 검색했다. 심장이 터질 것처럼 뛰더니 왈칵 눈물이 솟아올랐다. 말도 안 되는 기사들이 속보라는 타이틀을 달고 쏟아지고 있다.

액정 위로 눈물이 떨어지고 시야가 흐려졌다. 손등으로 얼굴을 문질러 닦을 생각조차 하지 못한 채 악성 댓글에 비공감을 누르고 대댓글을 달았다. 나쁜 놈들. 선재가 무슨 폐를 끼쳐? 선재가 뭘 잘못했어?

나는 세상이 무너지는 것을 느끼며 선재를 언급한 기분 나쁜 글들에 욕 댓글을 왕창 달았다. 결국 트위터 부계정들에겐 블락을 당했고 팬 카페에선 강퇴당했다.

나를 왜 차단해! 사람이 죽었는데, 이럴 수가 있나. 나는 세상이 거꾸로 돌아가는 것 같다고 생각하며 벽에 붙은 선재의 포스터를 바라봤다. 눈물샘에서 펌프질을 얼마나 해 대는지 눈물이 멈출 새 없이 계속 흘렀다.

"말도 안 돼."

갈대가 우거진 숲에서 눈을 감고 있는 선재의 사진을 보다가 그대로 상체를 숙여 침대에 엎드린 채 엉엉 소리 내 울었다.

□ ■ □

소속사 측의 공식 입장 발표를 통해 선재의 사인이 알려졌다. 감기약과 수면제를 동시 복용하여 발생한 쇼크사였다. 소속사 측의 발표문보다 한 기자가 써낸 기사 내용이 더 상세했다. 마치 한 편의 소설 같았다. 선재의 지난밤을 지켜

보기라도 한 것처럼 세세하게 서술되어 있었다.

감기 몸살로 기운이 급격히 떨어져 저녁도 먹는 둥 마는 둥 했던 류선재는 호텔방으로 들어가자마자 샤워를 하고 나왔다. 샤워 가운의 감촉을 싫어하는 탓에 품이 큰 후드 티에 반바지를 입고 급한 대로 약국에서 산 감기약 한 알을 입에 넣은 뒤 물약 한 병을 마셨다. 그러곤 곧바로 잠들기 위해 처방받은 수면제 다섯 알을 입에 털어 넣었다. 스물세 살 류선재의 마지막 모습이다.

기사 댓글란엔 '기레기 니가 보셨어요?' 와 같은 비난 글이 우르르 달렸다. 꼴에 호텔 가운은 싫어했다며 비꼬고 조롱하는 투의 댓글도 있었다. 선재가 호텔 샤워 가운을 입지 않는다는 건 선재 팬이라면 다 알고 있는 사실이었다. 피부가 예민해서 두드러기가 올라온다며 브이라이브를 통해 종종 언급한 적이 있었기 때문이다.

— 이번 역은 시청, 시청역입니다. 내리실 문은 왼쪽입니다. 천안이나 인천 소요산 방면으로 가실 고객께서는 이번 역에서 1호선으로 갈아타시기 바랍니다.

목도리로 얼굴을 가리고 고개를 푹 숙였다. 자꾸만 울음이 새어 나와 어깨가 들썩였다. 지하철에서 괜히 선재에 대한 기사를 읽었다고 생각하며 핸드폰을 주머니에 쑤셔 넣었다.

밤새 울어 퉁퉁 부은 눈을 질끈 감았다. 후드득 눈물이 떨어져 내리며 목도리가 축축해졌다.

□ ■ □

역에서 나와 집으로 걸어가는 길, 편의점에 들러 팩 소주를 하나 샀다. 빨대를 꽂고 쭉 들이켜 마시며 걸음을 옮겼다. 몸에 술이 들어가자 감정이 북받쳐 오르며 또다시 울음이 터졌다.

"으어엉."

아무도 없는 어두운 밤길을 걸으며 소리 내 울었다. 엉엉 소리 내다가 소주를 한 모금 마시고 꺽꺽 소리 내다가 소주를 또 한 모금 마셨다. 고개를 들어 하늘을 보는데 이 모든 게 너무 비현실적으로 느껴졌다.

"선, 끅, 흐어엉."

눈을 질끈 감고 발을 내딛는데 누군가와 어깨를 부딪쳤다. 충격에 몸이 휘청거리며 뒤로 밀려났다가 결국 주저앉았다. 사람이 길바닥에 넘어졌으면, 잠깐 걸음을 멈추고 괜찮냐고 물어볼 만도 한데, 뒤를 살피니 어깨를 치고 간 사람은 뭐가 그리 바쁜지 뒤도 돌아보지 않고 빠르게 멀어지고 있었다.

"왜 치고 가는데에. 흐어어엉."

안 그래도 슬픈데 어깨빵까지 당하니 이렇게 서러울 수가 없다. 무릎에 얼굴을 묻고 한참을 울었다.

어느 정도 눈물이 말랐을 때 고개를 들고 눈가를 문질러 닦았다. 바닥에 떨어뜨린 가방을 집어 들고 일어나는데 툭, 뭔가가 떨어졌다. 주워서 살펴보니 손바닥 안에 들어오는 원형의 납작한 쇳덩이다.

옮길 운運 한자가 음각돼 있는 뚜껑을 엄지로 밀자 시판이 나왔다. 회중시계다. 시침이 11시에 가 있었다. 세상에, 벌써 시간이 이렇게 됐어?

핸드폰을 꺼내 시간을 확인했다. 회중시계와 똑같은 11시였다. 뒤돌아 어깨를 친 사람이 사라진 방향을 보았다. 그 사람이 떨어트리고 간 것 같은데. 훌쩍이며 핸드폰과 함께 시계를 주머니에 찔러 넣고 걸음을 뗐다.

□ ■ □

침대에 모로 누워 멍한 시선으로 벽을 바라보았다. 방의 모든 벽면이 선재의 사진으로 가득했다. 가장 좋아하는 사람이 죽었는데, 내게 괜찮냐고 물어 오는 사람이 단 한 명도 없었다. 티를 안 냈으니까. 너무나 성공적인 일반인 코스프

레였다. 정말 아무도 몰랐구나. 완전히 속였구나. 그런 생각을 하다 보니 울컥, 눈시울이 붉어진다.

그 순간 옆집에서 타종 소리가 들렸다. 티브이 볼륨을 얼마나 키운 것인지, '해피 뉴 이어! 시청자 여러분 새해 복 많이 받으세요!' 하고 말하는 목소리가 벽을 넘어왔다. 벌떡 일어나 주먹을 쥐고 벽을 쿵쿵 두드려 쳤다.

"티브이 소리 좀 안 나게 해라!"

그러자 옆집에서 쾅쾅, 더 크게 벽을 치는 소리가 넘어왔다.

"귀신 곡소리 좀 안 나게 해라!"

"곡소리……."

아랫입술이 삐죽 튀어나왔다. 그러더니 콧구멍이 커진다. 다시 울음이 차올랐다. 이불을 뒤집어쓰고 엎드려 소리 죽여 울었다. 1월 1일 새해가 되었다. 하지만 선재는 넘어오지 못한 새해. 선재 없이 넘어온 새해. 베개에 얼굴을 묻고 울다가 돌아누우며 몸을 웅크렸다. 끌어당긴 이불에 얼굴을 묻었다.

"흐어엉."

꽉 문 잇새로 흐느끼는 소리가 샌다. 선재를 돌려 달라. 선재를 내놔, 이 망할 세상아. 눈물을 닦으며 몸을 뒤척거렸다. 뭔가가 엉덩이에 눌리며 콰직, 하는 소리를 냈다. 뭐지, 핸드폰인가.

손에 쥐고 있던 이불을 놓고 매트리스를 더듬었다. 이불 속에 빛이 차오르는 느낌이 들어 시선을 내려 보자 엉덩이에서부터 시작된 빛이 점점 영역을 넓혀 가고 있었다.

"어…… 이게 무슨……."

엉덩이 아래에서 새어 나오던 빛이 갑자기 사방으로 퍼지며 시야를 채웠다. 눈이 멀어 버릴 것 같은 밝기에 질끈 눈을 감고 소리를 질렀다.

"아악!!!"

터질 것처럼 발산하던 빛이 일순간에 사라졌다. 눈꺼풀을 내리감고 있었지만, 충분히 가늠할 수 있었다.

"솔, 임솔."

누군가 내 어깨를 잡고 마구 흔들었다. 어, 뭐지. 퍼뜩 고개를 들자 까만 눈동자와 눈이 마주쳤다. 낯익은 얼굴이 난감한 표정으로 위쪽을 눈짓했다. 그곳으로 시선을 옮기자 매우 못마땅한 얼굴을 한 여자가 팔짱을 끼고서 나를 보고 있다.

……어, 어?

"수업 시간에 자는 것도 모자라서 잠꼬대까지 하네? 뭐, 어떻게, 운동장 돌고 올래?"

절로 입이 벌어졌다. 윤리 선생님이 왜 여기에.

시선을 아래로 내리자 침이 흥건하게 묻은 교과서가 네모난 책상 위에 펼쳐져 있었다. 감색 재킷에 감색 조끼, 다홍색 타이. 나는 교복을 입고 있고……. 고개를 돌려 아까 마주 본 얼굴을 다시 확인했다. 낯익은 얼굴. 고등학교 2학년 때 같은 반이었던 은희였다. 세상에, 이게 뭐야. 꿈이야?

쿵, 하고 윤리 선생이 주먹 끝으로 내 머리를 가볍게 때렸다. 아프다.

"교과서 들고 뒤로 나가서 수업 들어."

멍한 얼굴로 가만히 앉아 있는 나를 보며 선생이 빨리 나가라고 목소리를 높였다. 눈을 꾹 감았다가 떴다. 선생이 미간을 찌푸린다. 뭐지, 이 사실 같은 분위기는.

"……네."

세상에. 목소리가, 나오네?

교과서를 챙기고 의자를 뒤로 밀었다. 교실 뒤편으로 가서 섰다. 뒤에서 교실 풍경을 바라보고 있자니 환장할 노릇이라는 생각이 든다. 뭐야, 이거. 뭔데? 교과서를 한 손에 들고서 주머니 속을 더듬어 봤다. 시계가 잡혔다.

옮길 운運이 음각된, 아까 길에서 주운 그 시계다. 시판에는 1에서 12까지의 로마숫자가 박혀 있는데 시침과 분침의 방향이 주웠을 때와는 달랐다. 12시? 고개를 돌려 교실 벽에 걸려 있는 시계를 보았다. 오후 3시였다. 고장 난 시계인가. 아니지. 이건 꿈이니까.

그때 노크 소리가 들리고 교실 앞문이 열렸다. 테두리 없는 안경에 있는 힘껏 위로 끌어 묶은 머리. 보건 교사다.

"아, 수업 중에 죄송합니다. 건강 검진 결과 때문에 왔는데요. 임솔 학생, 잠깐만 볼 수 있을까요?"

모두의 시선이 교실 뒤편에 서 있는 내게로 쏠린다. 멀뚱멀뚱 눈만 깜박이며 서 있자 윤리 선생이 나가 보라는 눈짓을 했다. 교과서를 옆구리에 끼운 뒤 뒷문을 열고 복도로 나갔다. 몇 걸음 내디뎌 보건 교사 앞에 섰다. 내 기억이 맞는다면 아마도 '채혈 검사 결과가 급성 빈혈로 나왔으니 철분제를 처방받아라.' 그런 이야기를 할 것이다.

"임솔 학생, 저번에 했던 검진 결과 빈혈 수치가 정상보다 한참 떨어지는 급성 빈혈로 나왔어요. 이대로 방치하면 위험하기 때문에 철분제를 복용해야 해요."

내 기억이 맞았다.

"앉았다 일어날 때 시야가 흐려진다거나, 몸이 휘청거린 적 없어요?"

멍하게 서 있는 나를 보건 교사가 이상하다는 듯 보았다.

"임솔 학생?"

"……네?"

"괜찮아요?"

괜찮을 리가.

시선을 돌려 복도 창문 너머로 보이는 운동장을 훑었다. 운동장 외곽에 심긴 단풍나무가 붉게 물들어 있었다. 운동장 왼편 끝에는 급식실 재건축으로 인한 공사 가림막이 설치되어 있었다.

급식실 재건축. 공사 소음 때문에 학생들이 불만을 토하면 성적도 안 좋은 것들이 소음 타령 한다고, '어차피 수업도 안 듣잖아 너희들!' 하며 학생 주임이 큰소리를 쳤었다. 잡념을 무너뜨리듯 건물 잔해들이 우르르 떨어지는 소음과 함께 가림막 위로 먼지가 날린다.

나 이 풍경 알아.

왜냐면, 이건 내 과거니까.

□ ■ □

버스에 앉아 초조한 마음에 다리를 달달 떨었다. 엄지손톱을 입에 물고 이로 잘근잘근 씹었다.

— 이번 정류소는 자감고등학교입니다. 다음 정류소는 자감사거리입니다.

무릎에 향해 있던 얼굴을 들고 창밖을 보았다. 길게 이어진 길 위엔 은행나무가 줄지어 서 있었다. 육교 하나를 통과하자 언젠가 걸어 본 적 있는 길이 펼쳐졌다. 선재가 다녔던 학교 운동장이라도 밟아 보자, 싶어 혼자 이곳에 찾아왔던 적이 있었다. 지도를 잘못 봐서 이 육교 근처를 계속 맴돌았다.

하차 벨을 누르고 뒷문 앞에 섰다. 가슴이 두근거린다. 흐트러짐 없는 시간의 흐름, 온몸으로 느껴지는 심장 박동. 이런 걸 자각몽이라고 하는 건가. 원래 이렇게 생생한 건가.

자꾸 괜찮냐고 물어 오는 보건 교사를 뒤로하고 학교에서 뛰쳐나왔다. 지금 이 과거는 무려 6년 전이었다. 6년 전의 일을 이렇게 순차적으로 재생하는 게 가능한 건가 싶었다.

하지만 이게 과거에 대한 꿈이라면, 내 의지와는 상관없이 선명하게 과거를 되감고 있는 거라면, 어쩌면 이때의 나는 알지 못했던 선재를 만날 수 있을지도 모른다.

조금 전 학교에서 나와 버릇처럼 손을 뻗어 택시를 잡으려고 했으나 망할 지갑에 지폐가 한 장도 없었다. 꿈이 어찌나 착실한지 그 당시 쓰던 후라다 지갑마저 그대로였다. 그래서 하는 수 없이 버스를 타고 온 참이었다.

자감고로 가는 길목, 우연히 돌아본 상가 건물 유리문에 내 모습이 비쳤다. 짧게 자른 앞머리, 동여 묶은 긴 뒷머리, 스타킹 위에 덧신은 분홍색 니트 양말. 완전 6년 전 나네. 대박, 소리가 절로 나왔다.

성큼성큼 걷다가 속도를 높여 달렸다. 어떤 기대로, 간절한 바람으로 가슴이 터질 것 같았다. 꿈이라도 좋으니 선재를 만난다면 알려 주고 싶었다. 이 세상엔 너를 사랑하는 사람들이 참 많은데, 단지 그 사람들은 나처럼 목소리가 크지 못했을 뿐이라는 걸. 넌 정말 사랑스러운 사람이라는 걸.

숨이 턱까지 차오르고 옆구리가 쑤셔 등이 절로 굽어졌다. 숨을 몰아 뱉으며 고개를 들어 올리자 '자감고등학교'라고 새겨진 현판이 보인다.

와, 미치게 떨리네, 이거.

성큼, 자감고등학교 교문을 넘어섰다. 꿈이니 무서울 게 없다고 생각하면서도 심장이 벌렁거리는 건 어쩔 수 없나 보다.

운동장을 가로지르는데 저 멀리 개수대 앞에 삐딱하게 서 있는 학생이 보인다. 회색 바지에 흰 셔츠, 베이지색 니트 조끼. 눈을 가늘게 하고 봐도, 부릅뜨고 봐도 선재였다. 세상에.

"선재야!"

선재를 향해 전속력으로 달렸다. 운동장을 쩌렁쩌렁 울리는 내 목소리에 익숙한 머리통이 방향을 틀었다. 뒤를 돌아본 얼굴이 눈에 똑똑히 들어온다. 선재다, 선재. 사진으로만 봤던 고등학생 선재.

순식간에 운동장을 가로질러 가 선재를 와락 끌어안았다. 내가 이렇게 달리기가 빨랐던가. 하긴, 꿈속에선 날아다니기도 하지. 미처 속도를 줄이지 못해 선재가 뒤로 밀려났다. 나는 선재의 조끼에 얼굴을 묻은 채 울음을 터트렸다.

"선재야, 선재 맞네. 으어어엉. 진짜 있어. 진짜."

"뭐, 뭐야?"

선재의 놀란 목소리가 들려오고 누군가 내 어깨를 뜯어내듯이 잡아당겼다. 눈물범벅이 된 얼굴로 선재를 보다가 내 어깨를 잡고 있는 손의 주인을 보았다. 백인혁이다.

"헐!"

너무 놀라 백인혁의 손을 쳐 냈다. 백인혁까지 내 꿈에 등장하자 당황스러웠다.

"내가 더 헐."

백인혁이 어이없다는 표정을 지으며 선재와 눈을 맞췄다. 감자전투, 감자전쟁의 대부분은 백인혁 팬들이었다. 선재가 백인혁의 포지션을 뺏는다며 자기들끼리 머리에 띠를 두르고 선재의 합류를 극구 반대했고 그것은 합류 후에도 마찬가지였다. 선재를 좋아하는 나로서는 그의 팬들이 미웠으니, 백인혁이 아니꼬운 건 당연한 일이었다.

씩씩거리며 훌쩍이는 나를 백인혁과 류선재가 황당한 얼굴로 보았다. 그러다 먼저 미간을 찌푸린 건 선재였다.

"뭐야?"

"어?"

턱에 맺혀 방울방울 떨어지는 눈물을 손등으로 쓸어 닦으며 선재를 보았다. 매우 언짢은 얼굴이 나를 향해 있었다.

"나 알아?"

"아…… 나는 네 팬이야. 닉네임은 선재 업고 튀어. 물론 넌 모르겠지. 가입만 하고 글은 한 번도 안 썼어."

속눈썹이 젖고 눈가가 빨개진 얼굴로 코를 훌쩍였다. 선재의 미간이 더 좁아진다.

"팬?"

"와, 야 너 팬 카페도 생겼냐?"

백인혁이 선재의 어깨를 툭 쳤다. 눈동자를 옆으로 굴려 백인혁의 얼굴을 흘겼다.

"팬 맞네. 어깨 한 방 쳤다고 졸라 야리네."

"내가 뭐라고 네가 내 팬이야?"

"너 감자…… 아니, 아니지. 그러니까, 나중에 너는, 그러니까…… 그런 게 있어. 아무튼, 선재야 이렇게라도 보니까 너무 좋다."

매우 못마땅한 표정으로 일그러진 얼굴이긴 했지만 이렇게나마 바로 앞에서 선재를 볼 수 있어 좋았다. 팬 사인회는 매번 탈락이었고 음악 방송 또한 갈 때마다 선착순에서 잘려 결국 가는 것을 포기했다. 콘서트, 그건 조금 큰 대왕 면봉이나 다름없었다.

좋아서 히죽, 웃고 있던 두 눈에 일순간 눈물이 차오른다. 이렇게나 반가운 얼굴을 이젠 볼 수 없는 거다. 선재가 천국 가기 전에 자신을 너무 좋아해 준 나를 찾아온 것만 같았다.

아랫입술을 삐죽 내밀고 울먹이자 백인혁이 손으로 얼굴을 가리고 웃음을 참는 듯한 행동을 취했다. 흘겨보고 싶었지만 눈길을 돌리지 않았다. 언제 깰지 모르는 꿈, 선재의 얼굴을 보는 것만으로도 시간이 모자랐다. 선재의 얼굴에 시선을 고정했다.

"선재야, 넌 나에게 최고의 가수야. 네 노래가 늘 내게 힘이 됐어. 그리고 다들 널 좋아했어. 네가 너무 나쁜 기억만 가지고 가지 않았으면 좋겠다."

콧구멍이 벌렁거렸다. 목구멍이 따갑고 속이 뜨거웠다. 후드득 눈물이 떨어져 내렸다. 두 손으로 선재의 뺨을 짝, 소리가 나게 감싸 잡았다. 선재의 뺨을 꼬집고 늘여 보는데 말랑한 피부가 그대로 느껴졌다. 미간을 찌푸린 선재가 한 걸음 뒤로 물러나며 얼굴을 뺀다.

"졸라 생생하네, 진짜. 으어어엉. 아직도 안 믿긴다. 미친 감기약, 부숴 버리고 싶다. 으어엉."

고개를 뒤로 젖히고 팔을 눈 위에 얹었다. 흘러내린 눈물이 귓바퀴를 스쳤다. 학교가 떠나가라 대성통곡을 했다. 알 게 뭐야, 꿈인데. 여기 선재가 있으면 뭐 해, 현실엔 없는데.

"선재야, 으어어엉. 류선재애애애. 진짜 존나게 사랑한다!"

선재의 이름을 소리 높여 부르며 울고 있는데 갑자기 입이 확 막혔다. 팔을 내리고 시야를 확보하자 눈앞에 선재가 있었다. 선재의 큰 손바닥이 내 입을 가리고 소리를 막았다.

선재의 눈썹이 삐뚤어진다. 백인혁이 저만치 가 있는 걸 보니, 아마도 고개꺾고 혼자 울고 있을 때 둘이 자리를 뜬 것 같았다. 분명 둘 중 하나가 그냥 무시하고 가자, 그러면서 걸음을 뗐겠지. 그러다 내가 또다시 운동장이 쩌렁쩌렁 울리도록 자기 이름을 불러 대니 돌아왔나 보다.

"한 번만 더 내 이름 불러 봐."

눈을 끔벅였다. 하관에 닿아 있는 선재의 손이 따뜻하다. 향기라도 맡아 볼까. 이런 순간에도 킁킁거리고 싶다는 생각을 하는 난 진정 변태인가. 맥락상 뒤에 죽여 버린다. 그런 말이 붙을 것 같았는데 선재는 표정 없이 내 얼굴을 흘기곤 돌아섰다. 멀어지는 선재를 보며 눈을 끔벅였다.

백인혁이 내 눈물로 범벅이 된 선재의 조끼를 가리키며 웃었다. 그러자 선재가 백인혁의 조끼를 끌어다가 자신의 조끼를 벅벅 닦았다. 백인혁이 "악, 시발." 하고 소리를 질렀다.

수군거리는 소리에 고개를 위로 들어 올리자 몇몇 학생들이 창문에 다다닥 붙어서 나를 내려다보고 있었다. 다른 학교 교복을 입은 사람이 운동장에 서서 질질 짜고 있으니 재미있는 구경거리일 만도 했다.

난 이제 어쩌지. 계속 여기 가만히 서 있어야 하나. 할 말도 다 했는데. 이쯤 되면 꿈에서 깨야 하는 거 아닌가.

하늘을 올려다봤다. 구름이 느리게 흘러가고 있었다.

□ ■ □

구름이 느리게 흘러가던 하늘에 달이 떴다. 밤이 됐다. 그것도 한참 전에.

"저기요."

벤치에 앉아 물장구치듯 발을 교차하며 흔들고 있는데 낯선 목소리가 들려왔다. 고개를 들어 올리자 앞머리를 5 대 5로 가른 남자가 핸드폰을 내밀며 나를 쳐다본다.

"친구가 부탁해서 그러는데, 혹시 번호 줄 수 있어요?"

"네?"

"저기, 회색 후드 티 입은 애가 관심 있다고 해서."

남자가 가리킨 곳으로 시선을 돌렸다. 전봇대 옆에 회색 후드 티를 입은 남자애가 고개를 숙이고 서 있었다.

"아…… 죄송합니다."

꾸벅, 머리를 숙였다가 들었다. 남자가 멋쩍은 듯 웃으며 돌아섰다.

"새끼, 너 까였다."

"닥쳐, 새끼야. 남친이 있나 보지."

회색 후드 티를 입은 남자와 번호를 물어본 남자가 힐긋 나를 한 번 돌아보곤 멀어졌다. 해가 저문 지 오래였다. 밤이 됐는데도 난 왜 아직 여기 이렇게 멀쩡히 있는 건지, 이유를 알 수가 없다.

"임솔. 얼마나 처자고 있니. 좀 깨라. 눈떠라."

눈을 감고 두 손으로 뺨을 찰싹찰싹 때렸다. 깨어나라, 용사여. 제발 깨어나라!

손을 내리고 슬며시 눈꺼풀을 들어 올렸다. 어둠이 내려앉은 공원이 보인다. 아까와 같은 풍경. 머리를 뒤로 젖히고 한숨을 뱉었다. 왜 그대로지.

그때 허벅지에서 진동이 느껴졌다. 진동, 진동이라니. 진동이 이렇게 생생하게 느껴지다니. 신박한 꿈이 아닐 수가 없다. 주머니에 손을 찔러 넣고 핸드폰을 꺼내 발신자를 확인했다.

[이 여사]

얼레, 꿈인데 전화까지 오고.

"여보세요?"

— 이것아, 왜 안 들어와? 시간이 몇 시냐.

할 말이 없었다. 집에 들어오라니.

"이거, 꿈이 참 생생하구만."

― 무슨 꿈? 됐고, 얼른 들어와! 시간이 11시다, 11시.

"엄마, 꿈이 안 깨. 나 지금 여기에 몇 시간째 앉아 있는 건지 모르겠어."

― 왜 이래. 얼른 오기나 해. 늦었어.

뚝, 전화가 끊겼다. 통화가 종료된 핸드폰 액정을 멀거니 바라보았다. 인터넷에 감자전, 류선재, 백인혁, 그런 것들을 검색해 보았지만 나오는 건 없었다. 학교 통합정보시스템 사이트에 접속해 학번과 비밀번호를 입력하고 로그인을 시도했으나 실패했다. 없는 정보라고 떴다.

너무 현실 같지만, 현실일 리 없으니 꿈이 맞는데. 왜 깨지 않는 건지 알 수가 없다. 내가 잠들기 전에 뭘 했더라. 그러니까, 소리를 질렀던가.

"티브이 소리 좀 안 나게 해라!"

정적이 흘렀다. 목소리를 좀 더 낮게 가다듬었다.

"귀신 곡소리 좀 안 나게 해라!"

멀뚱멀뚱, 어두운 풍경을 바라봤다. 모든 게 그대로다. 눈물도 안 나면서 그때 냈던 울음소리를 흉내 내며 흡사하게 소리를 내질렀다. 최대한 걸걸하게 내봤지만, 여전히 공원이었다. 빛이 뿜어져 나오지도 않았다. 뚝, 우는 소리를 멈췄다. 짧게 숨을 내뱉고 두 손을 꽉 마주 잡았다.

"이제 그만 꿈에서 깨게 해 주세요!"

어디선가 웃음소리가 들렸다. 홱, 몸을 돌렸다. 어두운 공원 뒤쪽 화단, 저편에서 들려온 것 같았는데. 화단에 누가 있는지 확인할 겨를도 없이 반대편이 소란스러워졌다. 담배를 입에 문 무리들이 이슬렁거리며 공원으로 들어오는 게 보였다. 쉬벌, 이라고 소리치며 저들끼리 웃고 떠들었다. 무섭게.

아무리 꿈이라도 이런 상황은 피해야지. 벤치에서 일어나 후다닥 공원을 벗어났다. 마땅히 갈 곳이 없어 집으로 걸음을 옮겼다. 지금은 이사 가서 살지 않는 그 집으로.

일어나라 해! 일어나라 해!

알람이 요란하게 울렸다. 판다 머리를 누르자 알람 소리가 죽는다. 침대에 벌러덩 누운 채 멀뚱히 천장을 바라봤다. 자취방 천장이 아닌데. 벌떡 몸을 일으켜 앉았다. 문손잡이에 교복이 걸려 있다.

"세상에. 아직도?"

얼굴을 더듬다가 방문을 열고 나갔다. 아무도 없었다. 아빠는 지방에서 일해 한 달에 한 번 집에 왔고 엄마는 직장이 멀어 새벽 일찍 출근했다. 그래서 늘 혼자 일어나 먹지 않은 밥을 챙겨 먹었다고 거짓말하며 아슬아슬한 등교를 했었다. 고등학생 때 그랬었는데. 그랬는데.

부엌으로 걸음을 옮기자 냉장고에 메모지 한 장이 붙어 있다.

[밥 챙겨 먹고, 지각하지 말고.]

엄마다.

"뭐야, 이게. 어쩌라는 거야. 학교에 가라는 거야?"

거실 한가운데 서서 창문을 통해 들어오는 햇살을 그대로 받으며 얼굴을 찌푸렸다. 설마, 이거, 꿈이 아닌 건가?

□ ■ □

"임솔. 문제아 대열에 합류하기로 했어? 수업을 다 빠지고?"

"아니요……."

기어가는 목소리로 답하자 담임이 못마땅한 얼굴로 쏘아본다. 어제 생각 없이 튀어 나간 것이 죄가 되어 있었다. 용서를 구하듯 고개를 푹 숙였다. 1교시 시작을 알리는 종이 울렸다. 수업이 있는지 담임이 교과서를 챙겨 들고 일어났다.

"뭐 해. 수업 안 들어가?"

"아, 네."

꾸벅, 고개를 숙여 인사하곤 교무실을 나왔다. 저벅저벅 걸어 교실로 들어가 자리에 앉았다. 어디가 내 자리인지 가물가물했는데 어제 두고 간 가방이 책상에 걸려 있었다.

"뭐야, 너 어제."

옆에 앉은 은희가 나를 툭 치며 묻는다.

"그러게……."

나도 황당하다. 어제에 이어 오늘도 내가 고2라니. 턱을 괴고 멍하니 칠판을 바라보다 은희에게 물었다.

"감자전 알아?"

"어? 먹는 거?"

"아니, 가수 말이야. 아이돌."

"그런 가수가 있어? 이름이 왜 그래?"

모르는구나. 시선을 거두고 교실 벽 한쪽에 걸린 시계를 뚫어져라 보았다. 꿈속에선 시간이 뭉텅뭉텅 간격을 두고 흐르지 않나. 하지만 분침이 순서대로 넘어갔다.

□ ■ □

"그래서 이게 뭐라고? 대동법 실시라고. 이건 조선의 조세 제도에 대해서 이해하고 있으면 다 풀 수 있는 거야. 그럼 여기서 핵심 키워드가 뭐야."

……미치겠다. 이거 그냥 고2 생활로 돌아온 거나 다름이 없잖아.

수업, 쉬는 시간, 수업, 쉬는 시간. 번갈아 가며 시간표가 계속 이어졌다. 나는 그 시간표에 갇혀 있었다. 그러니까, 지금 이 시간을 온전히 보내고 있었다.

일분일초도 빠짐없이.

앞머리를 쥐고 잡아 뜯다가 시선이 느껴져 고개를 돌렸다. 은희가 나를 이상하게 보고 있었다.

"너 왜 그래. 어제부터 이상해."

은희가 얼굴을 내밀고 속삭인다. 그치, 네가 봐도 이상하지. 내가 보기에도 이상해. 쥐어 잡고 있던 앞머리를 놓고 은희 쪽으로 의자를 바짝 붙여 앉았다.

"야, 자다가 일어났는데 갑자기 6년 전으로 와 있어. 근데 꿈이 안 깨. 이런 걸 뭐라고 하지?"

은희가 눈을 동그랗게 뜨고 깜박이다가 작은 목소리로 말한다.

"타임 리프?"

"타임 리프? 그게 뭐야?"

은희가 내 교과서의 빈 공간에 글자를 적었다. time leap.

"말 그대로. 시간을 뛰어오르는 거. 시간 여행이지."

은희의 말이 끝남과 동시에 탁, 책상 위로 분필이 떨어졌다. 고개를 들자 국사 선생이 눈을 희번덕거리며 나를 보고 있었다. 은희가 헛기침을 하며 교과서를 들여다봤다.

"잡담하지 말자."

"네……."

고개를 숙이고 교과서에 낙서된 글자를 눈으로 훑어 읽었다. 타임…… 리프.

□ ■ □

8교시, 보충 수업 대신 자습 시간이 주어졌다. 포털 사이트에 타임 리프를 검색했다. 시간 여행, 타임 슬립, 타임머신이라는 연관 검색어가 떴다. 차례대로 하나씩 눌러 검색되는 내용을 읽었다.

시간 여행은 일반적인 시간의 흐름에서 벗어나 과거 혹은 미래로 가는 행위.

타임 슬립은 어떤 사람 또는 어떤 집단이 알 수 없는 이유로 시간을 거스르거나 앞질러 과거 또는 미래에 떨어지는 일.[1]

타임머신은 과거나 미래로 시간 여행을 가능하게 한다는 공상의 기계.[2]

"뭐래······."

핸드폰을 뒤집어 책상에 놓고 두 팔을 모아 엎드렸다. 그리고 12월 31일 밤의 기억들을 떠올려 보았다. 팩 소주를 마셨고, 얼큰하게는 아니지만 어느 정도 술기운이 올라 알딸딸했고, 선재 생각에 울었고, 타종 소리를 들었다. 거기까지였다. 뜬금없이 새해가 시작되자마자 6년 전으로 돌아왔다. 아무리 생각해도 이걸 꿈이라고 할 수는 없었다. 이건 그냥, 너무나 평범한 일상이었다. 내가 앞으로 벌어질 6년간의 일들을 알고 있다는 것만 빼면.

쿵, 쿵, 책상에 이마를 박았다. 답답한 마음에 책상을 내려치자 은희가 다급하게 내 어깨를 잡고 말렸다.

"왜 머리를 박고 그래? 무슨 일 있어?"

"나 네가 말한 타임 리프, 그거 한 거 같아."

"어?"

은희가 눈을 동그랗게 뜨더니 웃음을 터트렸다. 은희는 웃었지만 나는 진지했다.

"아니, 진짜로. 장난이 아니라니까. 술 먹고 잠들어서 개꿈 꾸는 줄 알았는데, 아무리 봐도 이거 꿈이 아닌 거 같아."

"솔아, 너 술도 마셔······?"

은희의 얼굴에서 웃음이 사라진다.

"아니, 이건 과거고. 나 스물세 살, 아니 새해 됐으니까 스물네 살이지. 대학생이라고. 아직 취업도 못 하고 덕질이나 하는 형편없는 대딩이긴 해도, 대딩은 대딩인데."

"······그러니까, 솔이 네가 미래에서 왔다고?"

1) 지식백과 뜻풀이 참조
2) 국립국어원 표준국어대사전 뜻풀이 참조

고개를 힘차게 끄덕였다.

"그냥 뚝 떨어졌니?"

이번엔 고개를 힘차게 저었다.

"내가 좋아하던 애가 죽어서 이불을 뒤집어쓴 채 울고 있었는데, 갑자기 이불 안이 빛으로 가득해지더니 눈을 뜨니까 여기었어."

은희가 걱정스러운 얼굴로 나를 보다가 어깨를 토닥여 주었다. 공감해 주는 줄 알았는데, 갑자기 책상을 슬그머니 뗀다. 그걸로도 모자라 손을 올려 얼굴을 가리고 내 시선을 피하기까지 한다. 이러기 있냐.

옅은 한숨을 뱉으며 손으로 이마를 짚고 책상을 내려다봤다. 시선이 닿은 곳에 매직으로 대문짝만하게 입술♡, 이라고 써 놓은 낙서가 있었다.

현주의 낙서. 현주는 중학교에서 만나 같은 고등학교로 진학한 내 단짝 친구였다. 붙어 다니는 친구라고는 현주밖에 없었는데, 현주의 아빠가 인사 발령을 받아 지방으로 이사를 하게 되면서 2학년 9월 모의고사가 끝나고 전학을 갔다. 현주가 있었다면 내 말을 믿어 줬을까.

6년 전 이 시절, 이맘때의 나는 굉장히 우울해했다. 엄마한테 학교 그만두고 검정고시 보겠다고 고집을 피우다가 국자로 머리를 여러 대 맞고 쫓겨난 적도 있었다. 공부 못하는 이유를 대야 할 때 늘 엄마가 국자로 머리 때려서 그런 거라고, 변명을 하곤 했었는데.

손가락으로 현주의 낙서를 벅벅 문질렀다. 유성매직으로 쓴 거라 아무리 문질러도 흐려지거나 지워지지 않았다. 이거 정말 한 치의 오차도 없이 내 과거 그대로구나, 하는 생각이 들자 소름이 돋았다. 그러다가 얼마 안 가 심장이 빠르게 뛰었다.

이유는 모르겠지만 나 정말 시간 여행, 뭐 그런 걸 하게 된 건가. 그렇다면……

종이 울렸다. 의자를 뒤로 밀고 책상 걸이에 걸어 둔 가방을 들고 일어났다. 갑자기 우뚝 일어선 나를 거리를 두고 앉아 있던 은희가 올려다봤다.

"야자 안 해?"

가방을 어깨에 걸치며 고개를 끄덕였다.

"했던 거 뭐 하러 다시 하니. 수능 대박 그런 거 없더라. 수능 전날 엿 졸라 많이 먹었는데."

의자를 집어넣고 은희의 어깨를 토닥였다.

"은희야, 공부 열심히 해라."

너 수능 망해서 재수하니까.

교실 문을 열고 복도로 나갔다. 어쩌면 이건 기회일지도 모른다. 류선재를 비운의 제5의 멤버로 감자전에 합류하지 못하게 할 기회. 망할 놈의 감자전투, 감자전쟁의 탄생을 막을 수 있는 기회. 스물세 살에 감기약 잘못 먹어서 운이 없게도 생을 마감한 류선재를 살릴 수 있는 기회. 선재가 불면증에 시달렸던 건 다 그 망할 전투, 전쟁 때문이었으니까.

이렇게 된 거 다시 사는 열여덟 살의 내 목표는 단 하나다.

제5의 멤버 류선재 합류 무산 프로젝트.

으뜸이 살리기 운동.

□ ■ □

자감고등학교. 어제 본 현판 앞에 다시 섰다. 내가 알기론 선재는 회사에 들어가 연습생 생활을 시작하면서부터 야간 자율 학습을 안 했다. 현재 시간 6시 10분. 야간 자율 학습이 시작됐는지 불 켜진 학교가 조용했다. 선재가 있기를 바라며 무작정 온 길이었다. 만난다면 운이 좋은 거고, 못 만난다면 내일 더 일찍 오면 된다.

내 꼭 선재를 감자전에 합류하지 못하게 하리라. 불면의 시발점, 그것을 막아 내리라. 선재를 꼭 살리리라!

"아자! 아자!"

두 주먹을 불끈 쥐고 옆구리 가까이 끌어당겼다.

"쟤 어제 걔 아냐? 류선재 이름 부르면서 울던 애?"

옆구리에 양 주먹을 붙이고 무릎을 굽힌 채 고개를 돌렸다. 입에 아이스크림을 하나씩 물고 교문으로 들어가던 여학생 둘이 나를 빤히 바라봤다.

"맞네."

그리 말하곤 걸음을 멈춘다. 왜 멈추지, 하는 생각을 하자마자 몸을 돌려 내 앞에 섰다. 속눈썹에 마스카라를 덕지덕지 바른 여자애가 내 명찰을 보더니 이름을 읽는다.

"임솔?"

이름을 부른 애 옆에 선 여자애가 나를 머리에서부터 발끝까지 훑었다. 발끝으로 떨어진 시선이 다시 얼굴로 올라온다.

"너 선재랑 뭐냐? 사귀냐?"

"네?"

얼굴이 붉어졌다. 세상에! 선재랑 내가 그런 오해를 받을 수 있다니. 생각만으로도 얼굴이 달아올라 두 손으로 뺨을 감쌌다.

"설마요. 위대한 선재와 어떻게 감히."

부끄러워하는 나를 보며 얼굴을 찌푸리던 여자애들이 헛웃음을 터트렸다. 비웃음에 가까웠다.

"위대한 선재? 허, 표현 봐라."

양아치 같아 보이는 태도에 절로 두 손이 공손하게 모아졌다. 나란 쭈구리.

"사랑한다고 울고불고 아주 광고를 하던데, 새로운 수법이냐?"

"네? 수법이요?"

최대한 선한 미소를 지었다. 왜 그래요. 무섭게. 얼른 들어가서 야자하세요.

"선재한테 그런 식으로 침 바를 생각 하지 마. 내가 입학식 때부터 점찍었으니까."

김옥순이라는 명찰을 달고 있는 반묶음 머리의 여자애가 나를 사납게 쏘아봤다.

"아……."

"재수 없게, 아는 뭐가 이야."

"네……."

고개를 끄덕였다. 이 정도 수그렸으면 됐잖아요. 얼른 들어가 주세요. 예나 지금이나 교복 차림으로 불량스럽게 행동하는 학생들에겐 너무나 약하다. 교복 입은 양아치들이 세상에서 제일 무섭다. 마스카라를 덕지덕지 바른 여자애와 김옥순이 교문 안으로 들어갔다.

"무섭네……."

교문 앞에 서서 선재가 나오기를 기다렸다. 발치에 있는 돌멩이를 툭툭 건드리다가 가방을 앞으로 돌려 멘 뒤 지퍼를 열고 편지를 꺼냈다. 차마 말로 전할 수 없을 것 같아 편지로 적은 것이었다. 선재에게 편지를 쓴 적은 많았지만, 이렇게 내 손으로 직접 전해 주는 건 처음이었다. 가슴이 자진모리장단으로 뛰었다.

편지지도 봉투도 신경 써서 골랐다. 하트가 큼지막하게 박힌 걸로다가. 봉투 겉면을 문지르다가 안에 든 편지를 꺼냈다. 반듯하게 세 번 접은 편지지를 곱게 펼치자 삐뚤어지지 않게 한 자 한 자 공들여 적은 글씨들이 보였다. '선재에게'로 시작하는 편지를 읽어 내려가다가 눈이 동그래졌다.

"뭐야?"

손등으로 눈을 벅벅 문지르고 다시 확인했다. 눈을 부릅뜨고 봐도, 여러 번 깜박이고 봐도, 제일 중요한 문장이 지워지고 없었다.

'XX년 XX월 XX일, 너는 감기 몸살을 앓을 거야. 불면증이 있어 수면제를 찾겠지만 버티기 힘들더라도 그날만은 제발 아무 약도 먹지 말고, 심지어 비타민조차 먹지 마. 너에게 위험한 일이 될 거야.'라는 문장을 적어 둔 자리가 깨끗했다.

생각만 하고 안 적은 건가, 라고 하기엔 딱 그 문장을 적은 가운데만 비어 있었다. '너의 팬이'라는 마지막 인사는 그대로 남아 있었으니.

"아니, 어떻게……."

두 눈으로 보고도 믿을 수가 없었다. 연필도 아니고 펜으로 적었는데. 쓰면서도 계속 눈물이 흐르는 바람에 글씨가 번져 세 번 만에야 완성한 편지였는데.

"……이럴 수가 있지."

차마 선재에게 미래에 네가 죽는다는 말은 할 수가 없어서 애써 에둘러 쓴 글이었다.

"어어?"

앞쪽에서 들리는 목소리에 입을 벌린 채 고개를 들었다. 백인혁과 선재가 나란히 걸어오고 있었다. 손에 든 편지를 급하게 주머니에 구겨 넣었다.

"선재 보러 온 건가?"

백인혁이 나와 선재를 번갈아 보며 물었다. 편지 내용을 확인하기 전까지는 그랬다. 선재를 보러 온 거였다. 선재에게 이 편지를 전해 주기 위해서. 그런데 망할, 편지가 왜 이 모양이 된 건지.

"아, 아니? 친구 만나러 왔는데."

"친구? 우리 학교에 친구가 있어?"

"있어. 덕배라고."

"더어억배애?"

우리 학교에 그런 이름이 있었냐는 듯 백인혁이 얄밉게 묻는다. 큼, 소리를 내며 시선을 운동장으로 돌렸다. 내 볼일은 너희들이 아니라는 듯.

"뭐 해. 가자."

선재가 낮은 목소리를 흘리며 교문을 벗어나 걸어갔다. 덕배라는 이름을 두어 번 더 중얼거린 백인혁이 그런 애가 있나, 하는 표정으로 선재의 뒤를 따랐다.

진짜로 덕배가 오기라도 하는 것처럼 고개를 내밀고 운동장을 바라보았다. 그 순간 번뜩 어떤 생각이 스쳤다. 주머니에 구겨 넣었던 편지를 꺼내 펼쳤다.

"뭐지. 미래의 사실을 말할 수 없는 건가."

그렇지 않고서야, 어떻게 딱 이 문장만.

"허⋯⋯."

고개가 절로 수그러들었다. 순탄치 않을 것 같은 예감이 들었다.

□ ■ □

학교가 끝나자마자 자감고등학교로 왔다. 야간 자율 학습이 시작된 터라 학교가 조용했다. 주변을 두리번거리다가 가방에서 노트와 유성 매직을 꺼냈다. 그 자리에 쪼그려 앉아 다리에 노트를 올리고 글자를 적었다.

[감기약 수면제 같이 먹으면 안 됨]

[66엔터테인먼트 망조]

[감기약 × 수면제 × 감자전 ×]

노트를 찢어 교문에서 나오면 바로 보이는 전봇대와 가로등, 담벼락에 붙었다. 미래의 사실을 말할 수 없다면, 객관적인 정보를 알리면 된다. 인터넷에 검색하면 나오고, 누구나 말할 수 있는 정보.

집에서 실험을 해 본 결과 미래의 시간 속에서 일어난 일들은 알릴 수가 없었다. 글자로 남기면 지워졌고 말로 뱉으면 자꾸 어디선가 다른 소리가 터져 나왔다. 정말 이상한 일이었다. 혹시나 해서 화장실에 들어가 '류선재 약 잘못 먹고 죽는다!' 하고 소리를 치려고 할 때마다 사레가 들렸다. 그리고 그와 동시에 샤워기에서 물이 쏟아졌다. 나는 이게 과거로 돌아온 것보다 더 소름 돋았다. 시간 여행에 어떤 규칙이 있고, 그 규칙이 나를 감시하고 있는 것 같아서.

종이 세 장을 붙이고 망설이다가 한 장을 더 써서 붙였다.

[류선재 백인혁 절교 소쉬]

테이프를 뜯어 종이의 모서리에 각각 붙이고 있을 때 익숙한 목소리가 뒤에서 날아들었다.

"소취가 뭐지?"

"으악!"

간 떨어지는 줄 알았네! 너무 놀라 몸까지 움찔거린 뒤 천천히 고개를 돌렸다. 백인혁의 날렵하고 가는 눈이 테이프가 덜 붙어 모서리 한쪽이 힘없이 구부러진 종이에 향해 있었다. 휙, 손으로 종이를 구기며 뜯어냈다. 그러자 백인혁이 손을 뻗으며 다가왔다.

"내놔 봐. 내 이름 봤는데."

뒤로 물러서자 물러선 만큼 백인혁이 걸어왔다. 봐서 기분 좋은 내용은 아닌데. 어쩌지. 눈을 굴렸다. 백인혁의 뒤에 무표정으로 서 있는 선재가 보였다. 이 종이는 사라져야 한다.

구긴 종이를 입 안에 욱여넣고 씹었다. 백인혁의 입이 황당하다는 듯 벌어진다.

"헐. 안 볼게. 안 봐. 뱉어. 그걸 먹냐?"

그 말을 어떻게 믿죠. 오물오물 움직이는 내 입술을 보며 백인혁이 벌어진 입을 손으로 가렸다. '세상에' 하고 놀라는 눈치였다. 눅눅해진 종이가 입천장에 달라붙는 게 느껴졌다. 뱉고 싶다. 절로 울상이 되었다.

아까까지만 해도 분명 아무도 없었는데, 어디서 어떻게 걸어온 건지 류선재와 백인혁이 뒤에 서 있었다. 어제는 너무 놀라서 정신이 없었는데, 가까이 다가선 둘을 보고 있자니 말문이 턱 막혔다.

소속사가 제공한 프로필에 의하면 류선재의 키는 184cm였고, 백인혁의 키는 186cm였다. 고등학생 때 이미 성장을 다 한 것인지, 둘의 키가 큰 탓에 저절로 얼굴이 들렸다. 선재의 머리는 어두운 흑갈색이었고 백인혁의 머리는 옅은 담갈색이었다. 선재가 강아지 상이라면 백인혁은 고양이 상이었는데, 이러나저러나 둘 다 숨이 막힐 정도로 잘생긴 얼굴이었다. 그런 얼굴을 이렇게 가까이서 보고 있자니 정신적으로나 신체적으로나 억눌리는 느낌이 들었다.

주머니에 손을 찔러 넣은 선재가 표정 없이 나를 보았다. 방송에서 늘 웃던 얼굴이, 이렇게나 차가워 보일 수 있다니. 조금 놀라웠다. 그 표정 없는 얼굴이 그대로 백인혁을 향했다.

"백인혁, 가자."

"너랑 내 이름 있었는데. 소취가 뭐지? 너 알아?"

백인혁의 말을 무시하고 선재가 먼저 걸음을 뗐다. 멀어지는 선재의 모습을 눈으로 좇았다. 저렇게 보내면 안 되는데. 내가 언제 현재로 돌아갈지도 모르고.

"선재 원래 착한데. 쌀쌀맞게 구네."

뭐가 재미있는지 웃음기 어린 얼굴로 상체를 숙이며 가까이 다가온 백인혁이 속삭이듯 다음 말을 뱉었다.

"첫 등장이 좀 충격적이긴 했지. 갑자기 달려와서 안겨 울다니."

입 안에 종이가 있어 입을 꾹 다문 채 백인혁을 보았다. 갑자기 내 얼굴 앞으로 백인혁이 엄지를 치켜들었다. 눈을 내려 동그랗고 긴 엄지를 보았다.

"종이 먹는 퍼포먼스도 최고. 선재가 이걸로는 관심을 안 갖는 것 같으니, 더 분발하도록."

백인혁이 싱긋 웃으며 걸음을 돌렸다.

가로등 앞에 놓인 쓰레기통에 입에 든 것을 모두 뱉었다. 손등으로 입가를 쓱 문지르며 멀어져 가는 뒷모습을 바라보았다. 선재의 가는 머리카락이 살랑살랑 불어오는 바람에 나풀거렸다. 기분이 이상했다. 이렇게 어린 선재를 보고 있는 것도, 선재가 살아 있는 것도.

옘병…… 뭔지 몰라도 좋네…….

그러다가 아, 이게 아니지, 싶어 고개를 빠르게 저었다. 정신 차리자, 임솔. 너의 임무는 단 하나. 으뜸이를 살리는 것이다! 주먹을 불끈 쥐고 들어 올렸다.

□ ■ □

체육 대회 때 단체로 맞췄던 티셔츠에 무릎 늘어난 추리닝 바지를 입고 컴퓨터 앞에 앉았다. 중고나라에 접속해 자감고 체육복을 검색했다. 교문 근처에 감기약과 수면제를 함께 복용하지 말라고 적은 종이를 붙이길 여러 번, 선재가 보는 것 같지도 않고 확인하러 가면 다 뜯기고 없었다. 다른 방법이 필요했다. 우선 학교에 침투해야 했다. 그러기 위해서는 다른 학교 교복으론 무리였다.

[자감고 체육복 팝니다. 동복. 직거래. 만 원.]

판매 중인 게시물을 발견했다. 댓글이 하나도 없는 걸로 보아 아직 팔리지 않은 것 같았다. 바로 판매자의 번호로 메시지를 보냈다.

[안녕하세요, 자감고 체육복 사려고 하는데요.]
[네. 동복이요, 하복이요?]
[동복이요. 내일 살 수 있나요?]
[네. 가능합니다. 제가 학생이라 자감사거리에 있는 맥도날드에서 오후 6시 괜찮나요?]
[좋습니다.]
[네. 내일 연락 주세요.]

탁, 핸드폰을 책상에 내려놨다. 이렇게 순조로울 수 있나. 히죽, 입꼬리가 올라갔다.

□ ■ □

맥도날드 문을 열고 들어갔다가 너무 놀라 후다닥 다시 밖으로 뛰어나왔다. 맥도날드 안에 앉아 있는 사람, 선재였다. 미친, 류선재가 왜 여기 있는 거지!

후드를 뒤집어쓰고 유리문 뒤에 숨어 판매자의 번호로 전화를 걸었다. 뚜루루, 뚜루루, 울리던 신호음이 턱을 괴고 앉아 감자튀김을 집어 먹던 선재가 전화를 받는 순간 끊겼다. 설마, 하는데 수화기 너머에서 선재의 목소리가 넘어온다.

"헐."

선재가 이쪽을 돌아봤다. 훅, 무릎을 굽히며 최대한 낮은 자세로 몸을 웅크렸다.

— 여보세요?

대답이 없는 내게 선재가 다시 한번 물어 왔다. 큼큼, 목을 가다듬고 목소리를 굵게 변조했다.

"도착했습니다. 뭐 입고 있나요?"

— 교복 입고 있는데요. 베이지색 니트 입고 있어요.

고개만 길게 빼고 힐끔, 선재를 보았다. 회색 교복 바지, 하얀색 셔츠에 타이를 매고 베이지색 라운드넥 니트를 입고 있었다. 아, 젠장. 정말 선재가 맞다. 너 아직 2학년이잖아. 체육 안 하니. 체육복을 왜 파니.

"네. 물건 준비하세요. 지금 들어갑니다."

뚝, 전화를 끊었다. 후드 줄을 최대한 당겨 묶고 옷소매로 입을 가렸다.

후, 숨을 내뱉고 맥도날드 안으로 들어갔다. 눈을 내리깔고 바로 선재의 맞은편에 앉았다. 그러곤 선재가 뭐라 말을 꺼내기도 전에 만 원을 테이블 위에 놓았다. 꽤나 빠른 전개에 당황했는지 선재가 물끄러미 나를 바라봤다. 선재의 눈을 피하며 손바닥을 내밀고 흔들었다. 체육복 빨리 내놓으라는 듯이.

"아, 여기요. 사진 올려놓은 거 보셨죠?"

선재가 옆에 놓아두었던 쇼핑백을 건넸다. 홱, 낚아채듯 받고서 꾸벅 고개

숙여 인사했다.

"쿨 거래, 감사합니다."

그러곤 후다닥 도망치듯 맥도날드를 빠져나왔다. 혹시라도 선재가 바로 나올까 싶어 한참을 달렸다. 육교 아래에 도착해서야 뜀박질을 멈추고 후드를 벗었다. 헉, 헉, 하는 거친 숨이 잇달아 쏟아졌다.

"졸라 힘드네."

옆구리를 짚은 채 숨을 고르다가 쇼핑백에서 체육복을 꺼내 보았다. 두 손으로 체육복 어깨 부분을 잡고 쫙 펼쳤다. 앞 상태 양호. 뒤의 상태를 살폈다. 등판을 훑던 눈이 중앙에 멈췄다. 매직으로 류선재 세 글자가 써져 있었다. 누가 봐도 중고였다. 중고의 흔적이 이렇게 역력한데, 심지어 글자 크기도 큰데.

선재야, 이런 건 천 원에 팔아야지. 은근 양심이 없구나.

체육복을 쇼핑백에 도로 집어넣었다가 다시 꺼내서 코에 대 보았다. 라일락 향이 났다. 기분이 이상해 어깨를 한 번 들었다가 내렸다.

팬 사인회 후기에서 종종 '선재한테 좋은 향기가 나요' 하는 글들을 본 적이 있었다. 하지만 그런 글에는 '류선재 사인을 받다니, 어디 가서 감자전 팬이라고 하지 마쇼' 하는 악담이 달려 선재에 대한 후기는 얼마 있지도 않았다.

씩, 웃음이 일었다. 정말 좋은 향기가 났다. 입꼬리가 점점 올라간다. 몰래 체육복 냄새나 맡으며 좋아하다니. 빠르게 웃음을 지웠지만 스멀스멀 다시 입꼬리가 올라가는 건 어쩔 수 없었다. 현재로 돌아가면 선재한테 좋은 향기가 난다는 글에 공감 댓글을 달아야지, 생각하며 걸음을 옮겼다.

□ ■ □

친구에게서 파우더를 빌려 입술에 분칠을 했다. 얼굴빛을 최대한 창백하게 만들고 렌즈를 뒤집어 착용했다. 그러곤 바로 담임을 찾아갔다.

"선생님, 흑, 저 몸이 너무 아픈데요."

벌게진 눈알로 눈물을 하염없이 흘리자 담임이 아프다는 내 말을 믿어 줬다. 혼신의 연기가 통한 것일까. 외출증 대신 조퇴증을 끊어 주었다.

시린 눈알을 깜박이며 조퇴증을 받고 교무실에서 나왔다. 후다닥, 교실로 뛰어가 렌즈를 뺀 뒤 가방을 챙겨 들고 학교를 빠져나갔다. 그러곤 학교 근처에 있는 재수 학원 화장실로 들어가 선재에게서 만 원을 주고 산 자감고 체육복으로 갈아입었다.

교복을 구겨 넣은 가방을 메고 버스에 올랐다. 아직도 붉은 기가 가시지 않은 눈이 시렸다. 자꾸만 눈물이 차올라 손등으로 닦으며 창밖을 보았다. 벌써 과거에서 산 지 일주일이 지났다. 우선 여기 선재가 있으니 어떻게든 미래를 바꾸려고 말도 안 되는 짓을 하고 있기는 한데, 나 언제까지 여기 이렇게 있는 거지, 하는 생각이 들자 막막했다.

쿵, 유리창에 머리를 박았다. 데뷔 전의 선재를 볼 수 있어 좋으면서도, 설명할 수 없는 상황이 혼란스러웠다. 잘하고 있는 건가 모르겠네. 유리창에 머리를 박은 채 멍하니 있었다. 생각을 정리하고 싶은데 딱히 정리되는 게 없었다.

— 이번 정류소는 자감고등학교입니다. 다음 정류소는 자감사거리입니다.

넋을 놓고 있다가 눈을 동그랗게 떴다. 유리창에 박고 있던 머리를 떼고 하차 벨을 눌렀다. 언제 돌아가게 될지 모르니 여기 있는 동안은 부지런히 선재에게 약물 복용의 위험성에 대해 알려야 한다.

□ ■ □

가방을 메고 다니면 오해를 살까 싶어 강당 뒤 공터에 있는 리어카 속에 가방을 숨겨 두었다. 학생들이 전교생의 얼굴을 알고 있는 것도 아닌데 괜히 들킬까 싶어 옷소매로 얼굴을 가리고 슬금슬금 복도를 걸었다. 중식 시간이라 교실 안에는 학생들이 몇 없었다.

신관을 돌아다니다 2학년 교실이 안 보여 구관으로 들어갔다. 1층을 살피고

2층으로 올라가자 선재의 교실이 나타났다. 2학년 7반. 선재를 공부한 보람이 있었다. 위키피디아만 들어가 봐도 알 수 있는 정보였다.

두리번거리며 주위를 살피고 교실 뒷문을 열었다. 슬금슬금 안으로 들어간 뒤 가만 서서 책상들을 훑었다. 위키피디아에는 2학년 7반이었다고만 나왔지, 몇 분단 몇 번째 자리인지는 안 나왔는데. 차례차례 책상을 쭉 훑는데 베이지색 니트가 걸려 있는 의자가 눈에 들어왔다.

헛, 저 옷은!

그때 식사를 마친 학생 몇몇이 복도를 지나갔다. 나도 모르게 쪼그려 앉아 오리걸음으로 니트가 걸려 있는 자리로 걸어갔다. 책상 위에 엎어 놓은 교과서에 지렁이 같은 글씨체로 이름이 써져 있었다. 너무 악필이라 하마터면 류성개, 라고 읽을 뻔했다.

선재야, 너 글씨 진짜 못 쓰는구나. 그래서 사인할 때 꽃이나 별 그림을 그리는 거니.

중식을 다 먹은 학생들이 올라오고 있는지 2층 복도가 시끄러워졌다. 주머니에서 딱지 모양으로 접은 종이를 꺼내 선재의 책상 서랍에 넣었다. 감기약과 수면제를 함께 복용할 시 일어나는 불상사에 대해 적은 편지였다. 66엔터테인먼트 대표의 악랄함에 대해서도 남은 칸에 몇 자 적어 두었다. 그 순간 선재의 교실로 학생들이 들어왔다. 맙소사. 나도 모르게 철퍼덕 바닥에 엎드려 누웠다. 그러곤 교실 앞문을 향해 포복으로 기어갔다.

이거, 군모 쓰고 총만 들면 영락없는 진짜 사나이네.

앞문을 열고 나가 빠르게 구관을 벗어났다.

□ ■ □

먼지가 심하게 묻은 체육복을 털며 강당 뒤 공터로 향했다. 교문 앞 전봇대도 아니고, 가로등도 아니고, 담벼락도 아니고, 무려 책상 서랍이었다. 이건 무조건 선재가 보는 거야, 생각하자 괜히 흐뭇했다.

가장 큰 목표는 선재가 감자전의 다섯 번째 멤버로 합류하지 못하게 하는 것이지만, 갑자기 오늘 밤에 돌아가게 될지도 모르니 어이없는 이유로 생을 마감하지 않도록, 그 해결책부터 알려야 했다. 이렇게 여러 번 알려 줬으니 이제 아무리 아파도 수면제랑 감기약을 같이 복용하지는 않겠지.

씩, 웃으며 공터로 발을 들인 순간 동공이 지진 난 듯 흔들렸다. 매우 불량하게 생긴 학생들이 모여 담배를 피우고 있었다. 그리고 거기, 머리 노란 친구…… 왜 내 가방을 메고 있는 거죠…….

"어?"

누군가 나를 보며 소리를 내자 담배를 입에 문 얼굴들이 동시에 고개를 돌렸다. 나는 누구와도 눈을 마주치지 못한 채 먼 산을 보았다. 그냥 도망갈까, 생각하며 슬금슬금 뒤로 걸음을 옮기는데, 가방 안에 교복이 들어 있는 게 떠올랐다.

"담배 피우러 왔냐?"

네……? 저는 여름에 모기향도 안 피웁니다만…….

먼 산을 바라보다 시선을 내려 공터에 있는 아이들을 보았다. 벽에 어깨를 기대고 서서 담배를 피우고 있는 애가 눈을 맞춰 왔다. 절로 두 손이 공손하게 모아졌다. 내 가방을 메고 있는 애는 길 중앙에 서 있었고, 그 옆에서는 덩치 큰 애가 쪼그려 앉아 담뱃재를 털고 있었다.

가슴이 두근거렸다. 이런 광경에 너무나 약한 나였다. 무섭단 말이다. 나도 모르게 자꾸만 뒷걸음질을 치게 됐다. 아마도 여기는 자감고 학생들의 일탈 장소, 흡연 구역인 모양이다.

"아이구, 길을 잘못 들었네."

한 걸음, 두 걸음, 뒷걸음질 치다가 홱 돌아서서 달렸다.

달리기를 멈춘 곳은 급식실 앞이었다. 식사를 마친 학생들이 걸어 나오고 있었다. 담배를 다 피우면 가지 않을까. 그러니까 5분에서 10분쯤 뒤에 가면 교실로 돌아가고 없지 않을까, 생각했다. 제발 가방을 도로 놓고 갔기를 바랄 뿐.

급식실 앞에 서서 강당을 바라보고 있는 내 옆에 누군가 걸음을 멈추고 섰다. 키가 얼마나 큰지 주변에 그늘이 졌다. 고개를 들어 올리자 낯익은 얼굴이 보였다. 입이 벌어지고 눈이 동그랗게 커졌다. 선재였다. 급식에 요구르트가 나왔는지 아랫부분을 이로 잘근잘근 깨물고 있었다.

"야, 류선재 같이 가."

선재를 부르는 목소리에 뒤를 돌아보았다. 선재보다 식판을 늦게 비웠는지 이제야 급식실에서 나오는 백인혁이 보였다. 세상에.

"어?"

백인혁과 눈이 마주쳤다. 요구르트를 쥔 손이 올라오더니 검지를 펴고 나를 가리킨다.

"너."

백인혁의 목소리에 선재가 뒤돌아보았다. 그리고 백인혁의 얼굴이 다른 곳을 향해 있다는 것을 알아챈 선재의 시선이 내게로 옮겨지는 게 보였다.

안 돼. 난 지금 류선재 체육복을 입고 있다고.

당황한 나머지 입을 벌리고 가만있다가 훅, 무릎을 굽히고 앉았다. 등에 류선재 이름이 써져 있다. 등을 사수해야 한다. 슬금슬금 뒤로 물러나 벽에 몸을 붙였다. 잘 묶여 있는 신발 끈을 급하게 풀고 느리게 매듭을 만들었다. 끈 두 개를 동여매며 나비 모양을 만들고 있는데 기분 탓인지 내 주위에 어두운 그림자가 드리워진 듯했다.

신발 끈을 묶고 매듭을 만지작거리다가 힐끗 머리 위를 보았다. 요구르트 아랫부분을 문 선재와 껍질 깐 요구르트를 든 백인혁이 나를 내려다보고 있었다.

헐, 안 돼.

두 손으로 체육복 네크라인을 잡아 이마까지 올리고 슬금슬금 옆으로 자리를 옮겼다. 게걸음으로 최대한 자연스럽게 퇴장하려는데, 선재의 시선이 계속 나를 따라왔다. 체육복 너머로 선재가 보였다. 천의 재질이 촘촘하지 못한 모양이었다. 아, 어쩌지. 그냥 냅다 달릴까, 생각하고 있는데 선재가 물고 있던 요구르트를 떼고 입을 열었다.

"저번에 그 애 같은데."

"응. 그때 네 조끼에 눈물 콧물 다 묻힌 애."

"뭐지. 분명 다른 학교 교복이었는데."

선재의 말에 옆에 선 백인혁이 고개를 끄덕였다.

"내 말이."

지금이라도 달릴까. 차마 옆으로는 고개를 돌리지 못하고 가만히 있었다. 아무런 말도 안 들리는 척, 내 이야기인 걸 모르는 척.

"뭐라고 그랬더라. 선재 업고 튀겨?"

"뭐래. 뭘 튀겨. 잔인한 소리를 하고 있네."

"뭐였지? 닉네임 있다 그랬잖아."

"몰라."

"알면서 모르는 척은."

"아니거든?"

"아! 선재 업고 튀어. 맞다. 업고 튄댔지."

부끄러움은 나의 몫인가.

"너 업어 가려고 왔나 봐."

백인혁의 말에 입술을 말아 물고 콧등을 찡그렸다.

"가자."

체육복을 덮어쓴 채 눈동자를 옆으로 굴렸다. 선재의 실루엣이 멀어지는 것이 보였다.

"야, 전학 온 건지 물어보자."

"빨리 와."

빨리 오라는 선재의 말에 백인혁도 멀어졌다. 체육복을 붙잡고 있던 손을 힘없이 떨어트렸다.

"하, 진짜."

긴장이 풀렸는지 한숨이 절로 나왔다. 흡연하는 학생들을 피해 달려온 급식실 앞에서 선재를 마주치다니. 덕후는 계를 못 타던데, 이렇게 불필요할 때는 막 타도 되는 건가.

무릎을 펴고 자리에서 일어났다. 가방을 가지러 갈 차례였다.

"……어."

강당 뒤 공터를 향해 걸음을 떼기도 전에 몸이 얼었다. 몇 미터 앞에 선재와 백인혁이 서 있었다. 나를 보면서. 마치 내가 일어나기를 기다렸다는 듯. 선재는 입에 요구르트를 물고 있었고, 백인혁은 팔짱을 끼고 있었다. 그 모습이 흡사 잠복 수사, 아니 대놓고 수사였다. 내 얼굴을 확인한 둘은 망설임 없이 뒤돌아 걸어갔다.

이거 뭔가 이상해. 이상하게 흘러가는 거 같아.

멀어지는 둘의 뒷모습을 멍하니 쳐다보았다.

□ ■ □

강당 건물 벽에 바짝 붙어 슬그머니 머리만 내밀고 뒤편을 살폈다. 다행히 아무도 없었다. 안도의 숨을 내쉬고 가방을 숨겨 두었던 리어카로 향했다. 여기서 가방을 발견했을 테니 두고 갔다면 다시 리어카에 처박아 두었을 것이다.

"……어라."

리어카에 실린 잡다한 물건들을 뒤졌다. 바람 빠진 축구공과 청소 도구들은 그대로 있는데, 내 가방만 없었다. 꽃무늬가 가득한 내 오일릴리 지퍼 포켓 백팩만. 손에 든 빗자루를 허탈하게 내려놨다.

"이 스ㄲ들, 내 가방 들고 갔나?"

얼굴이 절망적으로 굳었다. 선재 책상 서랍에 쪽지만 넣어 두고 가려고 했는데 괜한 곳에서 발이 묶였다. 오늘 가방을 못 찾으면 내일 학교 갈 때 교복을 못 입는다. 내일만의 문제가 아니었다. 내일은 어떻게 체육복으로 버티고 다시 여기에 온다고 해도 가방을 찾을 수 있다는 보장이 없었다. 가방에 든 거라고는 노트 몇 개랑 지갑, 교복뿐인데, 까지 생각이 미치자 느낌표가 강하게 머리를 강타했다.

미친, 지갑이 없으면 집에도 못 가잖아.

다리에 힘이 풀려 주저앉았다. 두 손으로 얼굴을 감싸고 괴로운 신음을 뱉었다. 여럿이 몰려 담배 피우는 꼴이 무서워서 도망갔는데 이제 찾아다녀야 할 판이었다. 이름은커녕 몇 학년 몇 반인지도 모르는 그 아이들을.

"내 가방……."

울상을 지은 채 공터를 훑었다. 혹시 몰라 공터 주변을 샅샅이 뒤졌다. 우유박스도 들어 보고 몸을 숙여 리어카 바퀴 아래도 살폈다. 혹 나무에 걸려 있나 싶어 듬성듬성 심어져 있는 나무들을 올려다보고 바닥을 쭉 훑으며 땅에 묻혀 있지 않은지도 확인했다.

"없어…… 없다고……."

중식 시간이 끝났는지 예비종이 울렸다. 꼬르륵, 굶주린 배 속에서 아우성치는 소리가 났다. 이제 곧 5교시가 시작될 거고 나는 이 학교 학생이 아니니 들어갈 교실이 없었다.

빈손으로 공터를 나섰다. 중식을 먹고 담배를 피운 걸 보면 쉬는 시간이나 청소 시간, 석식 시간에 다시 이곳을 찾을 확률이 높았다. 가방을 찾기 전까지는 돌아갈 수 없으니 우선 허기라도 채워야 했다. 이거 뭐, 잠복근무도 아니고. 터덜터덜 자감고등학교 교문을 빠져나갔다.

□ ■ □

학교 앞을 거닐다 발견한 분식집에 들어갔다. 손님이 한 명도 없었다.

"사장님, 여기 떡라면 하나랑 참치김밥 하나 주세요."

"예!"

냉장고 위에 티브이가 놓여 있었다. 오래전에 봤던 예능이 방송되고 있었다. 한 기획사의 데뷔조가 된 연습생들이 데뷔하기까지의 생활을 다룬 리얼리티였다. 풋풋한 그들의 모습을 보고 있자니 생소했다.

저 중에 한 명은 작년에 신인상을 받은 배우와 을왕리에 조개구이를 먹으러 갔다가 사진이 찍혀 스캔들이 났고, 다른 한 명은 중국집에 팔보채와 깐풍기를 주문했는데 서비스로 군만두가 안 왔다고 갑질을 했다가 배달원이 인터넷에 글을 올려 파문에 휩싸였다.

턱을 괴고 티브이를 보는데 김밥이 먼저 나왔다. 꽁다리를 하나 집어 먹자 뒤이어 라면이 나온다. 테이블 위에 라면을 놓아 준 분식집 주인이 나를 위아래로 훑었다.

"아까 종 치던데. 수업 시간 아닌가."

젓가락으로 면발을 저으며 후후, 바람을 내불던 입이 뱉은 바람을 도로 빨아들였다. 입술을 가지런히 붙이고 눈을 올려 분식집 주인을 보았다.

"아, 저는, 그러니까, 저는 저 학교 졸업생입니다."

"졸업생?"

"네. 이건 제 잠옷이지요. 재수하고 있어요."

"아이고. 그렇구만."

분식집 주인이 안타까운 얼굴로 돌아서더니 어묵 국물이 가득 담긴 그릇에 어묵 꼬치 하나를 넣어 가지고 왔다. 이게 뭐냐는 듯 눈을 동그랗게 뜨고 보자 분식집 주인이 내 어깨를 토닥이고는 고개를 끄덕였다.

"파이팅 하라고."

"예? 아, 안 주셔도 되는데. 감사합니다. 파이팅 할게요!"

파이팅 해서 가방도 찾고 선재도 살리고 돌아가야지요. 꾸벅, 인사를 하고 후루룩 라면 면발을 흡입했다. 라면을 다 먹고 서비스로 받은 어묵도 다 먹고 김밥만 몇 개 남았을 때 불현듯 어떤 사실이 날을 세우고 스쳐 지나갔다.

나 지갑 없는 거 아니었나.

"……."

김밥을 하나 더 집으려던 젓가락을 조용히 내려놨다. 갑자기 등으로 식은땀이 죽 흘렀다. 나 대체 무슨 생각으로 여기 들어온 거지. 바보인가. 지갑이 없어 집에는 못 간다면서 가방 찾으려면 시간이 걸리니 밥부터 먹자는 건 대체 뭐였지. 홀린 기분이었다. 멍청이. 개멍청이. 똥멍청이. 그런 말들만 떠올랐다.

테이블 아래로 내린 두 손을 마주 잡고 힐끗 분식집 주인을 보았다. A4 용지에 뭔가를 적고 있었다. 잠시 후, 탁, 소리가 나게 펜을 내려놓은 주인이 밖으로 나가 유리문에 그것을 붙였다. 종이가 얇아 뒷면에 글씨가 비쳐 보였다.

외. 상. 사. 절

분식집 주인과 눈이 마주쳤다.

"아, 여기 학생들이 툭하면 돈 안 가지고 왔다고 금방 가서 가져온다고 해놓고 안 와. 다신 안 와. 웃긴 것들이야."

"……그랬군요."

냉수를 들이켰다. 목이 탄다. 숟가락을 들고 어묵 국물을 휘휘 저었다. 외상사절, 이라는 글자가 어묵 국물 안에서 소용돌이쳤다.

주머니에 손을 찔러 넣었다. 혹시 몰라 안에 있는 것을 빼 보았다. 핸드폰이 전부였다. 저절로 얼굴이 울상으로 구겨졌다. 김밥 세 개를 남겨 두고 핸드폰 연락처를 살폈다. 학교도 조퇴하고 나온 마당에 도움을 청할 곳이 있을 리가 없었다. 팔꿈치를 테이블에 대고 손으로 이마를 짚었다. 손가락 사이에 낀 앞머리를 쥐었다.

지금 돌아갈 순 없어요. 저 이제 과거에 안 있어도 돼요. 선재한테 쪽지 줬어요. 제발 저를 다시 돌려놓으세요. 망할 시간아.

"뭐, 단무지 더 줄까?"

분식집 주인이 물었고 나는 세차게 고개를 저었다.

"아니요!"

"그래요. 나 주방에 있을 테니 계산할 때 불러요."

나긋한 목소리가 지나갔다. 제가 계산을 할 수 있을까요. 어색하게 웃은 뒤 다시 핸드폰을 내려다봤다. 손가락이 바쁘게 움직였다. 방법을 찾아야 한다. 쭉 내리던 메시지 창을 다시 올렸다. 중고나라 판매자, 라고 저장된 이름이 보였다. 터치해서 들어가자 며칠 전에 나눈 메시지가 주르륵 불려 나왔다.

[안녕하세요. 자감고 체육복 사려고 하는데요.]

[네. 동복이요, 하복이요?]

[동복이요. 내일 살 수 있나요?]

[네. 가능합니다. 제가 학생이라 자감사거리에 있는 맥도날드에서 오후 6시 괜찮나요?]

[좋습니다.]

[네. 내일 연락 주세요.]

선재다. 세상에. 아니야. 안 돼. 안 들키려고 직거래할 때 음성도 변조했는데. 자감고 체육복을 입고 있어 내가 아닌 척하느라 신발 끈도 풀어서 다시 묶는 수고를 했는데. 그게 다 물거품이 되는 건데. 그런데 이미 들킨 것 같은데. 알아본 거 같은데.

엄지를 손에 물고 잘근잘근 씹었다. 한쪽 다리를 덜덜 떨었다. 시간을 확인했다. 1시 50분이었다. 곧 5교시 수업이 끝날 터였다.

식은땀이 줄줄 났다. 중고나라 구매자가 대뜸 돈을 빌려 달라고 하면 빌려줄까. 그리 생각하자 한숨이 나왔다. 환불도 안 되는 게 중고나라 아니던가. 선재와 나의 거래는 꽤나 평화로웠던 것 같은데.

"후……."

숨을 고르고 메시지 입력창을 열었다. 두근두근, 심장이 미친 듯 뛰었다. 손가락에 모든 기를 모았다.

[체육복에 하자가 있습니다.]

"으아, 난 몰라."

메시지를 보내고 핸드폰을 테이블 위에 던지다시피 놓았다. 김밥 세 개를 마저 먹지 않고 자리를 지키는 나를 분식집 주인이 주방에서 이따금씩 살펴보았다. 가시밭이다, 이것은. 손톱을 튕겨 내듯 물어뜯고 있을 때 핸드폰이 진동했다. 진동 소리에 가슴이 내려앉는 것 같다. 후딱 핸드폰을 들고 도착한 메시지를 확인했다.

[무슨 하자요?]
[마침 자감고 앞입니다. 보면서 이야기하시죠. 혹시 모르니 체육복값 만 원도 들고 나오세요.]

손에 땀이 찼다. 이건 선재가 나와도 문제고 안 나와도 문제였다. 망할 것들이 내 가방만 안 가져갔어도 이런 불상사는 일어나지 않는 건데. 누구를 탓하리. 강당 뒤 공터 리어카에 가방을 숨겨 놓은 나를, 내 가방을 메고 있는 걸 보고서도 도망친 나를, 나를 탓해야 했다.

드르륵, 핸드폰이 테이블을 긁으며 진동했다. 떨리는 마음으로 선재의 답장을 확인했다.

[10분 뒤 쉬는 시간이에요. 어디세요?]

심장이 디스코 장단으로 뛰었다. 자꾸 땀이 차는 손바닥을 체육복 바지에 벅벅 문질러 닦았다. 고개를 들고 벽에 붙은 메뉴판을 보았다. 메뉴판 하단에 자감분식, 이라고 적힌 상호가 보였다.

[자갈분식입니다. 만 원 꼭 들고 나오세요.]

[네.]

핸드폰을 내려놓고 냉수를 들이켰다. 한 잔을 비우고도 모자라 한 잔을 더 따라 마셨다. 선재가 온다니, 가슴이 두근거리다 못해 벌렁거렸다. 아무런 대책도 없이 던져 본 메시지였다.

선재가 오면, 뭐라고 하지. 앞이 캄캄했다.

메뉴판을 보며 총 결제 금액을 합산해 보았다. 떡라면 삼천오백 원, 참치김밥 삼천 원, 총 육천오백 원이었다.

그 순간 내 안의 다른 자아가 튀어나와 멱살을 잡고 흔들었다.

그냥 라면 먹지 뭐 한다고 떡 들어간 라면 시켰어?

그냥 김밥 먹지 왜 참치 들어간 김밥 시켰어?

하나만 처먹지 왜 두 개나 시켰어?

입술이 바짝 말랐다. 우선 체육복 상의를 벗었다. 다행히 교복 셔츠를 입고 있어 괜찮았다. 체육복을 탈탈 털고 가지런히 개켜 옆에 놓은 후 자리에서 일어났다. 그러곤 냉장고 옆에 걸려 있는 앞치마를 하나 꺼내 둘렀다. 마름모꼴의 가슴바대가 상체를 가려 주었다.

앞치마는 파란색이었고 정면에 '참이슬'이라는 상표가 흰색으로 박혀 있었다. 분식집 주인이 갑자기 체육복 상의를 벗고 앞치마를 입은 나를 이상하게 쳐다봤다.

사장님, 앞으로 더 이상한 장면을 목격하시게 될 겁니다.

자리로 돌아가 앉아 또다시 냉수를 마시고 목을 가다듬었다. 긴장된 마음이 조금이라도 진정될까 싶어 숨을 크게 들이마셨다가 뱉어 냈다. 수능 1교시에도 이렇게는 안 떨었던 것 같은데. 손금에 자꾸만 땀이 배었다.

다리를 떨며 엄지손톱을 잘근잘근 씹고 있을 때 딸랑, 경쾌한 종소리를 울리며 분식집 문이 열렸다. 달달 흔들리던 다리가 순간 멈췄다. 도르륵 눈동자를 옆으로 굴려 들어오는 사람을 확인했다. 선재다.

두리번거릴 필요도 없이 분식집에 자리를 지키고 앉아 있는 손님이라고는 나 한 명뿐이었다. 슬리퍼를 신고 나온 선재가 맞은편 의자를 빼고 앉았다. 어떻게든 얼굴을 가려 보고자 한 손으로 하관을 가리고 고개를 비스듬히 꺾어 내렸다.

"체육복이 왜요?"

"아, 이거."

가지런히 개켜 놓은 체육복 상의를 선재에게 건넸다.

"등에 학생 이름이 써져 있잖아요."

"그래서 그때 사진 확인했냐고 물었는데."

"⋯⋯그랬나요?"

"네."

선재가 도로 체육복 상의를 내민다. 시선을 피하며 받지 않자 빨리 가져가라는 듯 손을 흔들었다. 하는 수 없이 체육복 상의를 받아 다시 옆에 놓았다. 주방 선반에 몸을 기댄 분식집 주인이 김밥 세 개를 남겨 둔 채 먹지도 않고 계산도 하지 않는 나와 그런 나를 찾아온 선재를 흥미롭다는 듯 쳐다보고 있었다.

"가 봐도 돼요? 쉬는 시간이 10분이라."

"예? 아, 아직 가지 말아 봐요."

"왜요. 하자도 없는 거 같은데."

"아직 할 말이 남았어요⋯⋯."

일어나려는 선재를 붙잡으며 주방을 힐끗 살폈다. 이번엔 김이 모락모락 나는 종이컵을 쥔 분식집 주인이 커피믹스 포장지로 커피를 휘저으며 나를 보고 있었다.

"환불해 줘요?"

"네?"

선재의 말에 주방으로 향해 있던 얼굴이 정면으로 홱 돌아갔다.

"그럼 하의도 주셔야죠."

하의. 하의라면, 지금 내가 입고 있지 않은가. 고개를 숙여 다리를 보았다. 이거 벗으면 팬티야. 이건 벗을 수 없어.

"상의만 어떻게 안 될까요?"

허리를 꼿꼿하게 편 선재가 팔짱을 끼고 나를 봤다. 그러더니 주머니에서 오천 원을 꺼내 테이블 위에 놓았다. 이 상황을 빨리 정리하고 돌아가고 싶은 것 같았다.

"아, 잠깐, 잠깐만요!"

또다시 일어서 나가려는 선재를 다급하게 잡았다. 선재가 귀찮다는 얼굴로 돌아봤다. 가슴이 두근거리고, 초조하고, 꽉 조이는 것 같은 게 꼭 체기가 있는 것처럼 속이 답답했다.

"천오백 원……."

"네? 천오백 원만 달라고요?"

천천히 고개를 저었다. 선재의 얼굴이 못마땅하게 굳는 게 보였다. 울고 싶다. 어떤 굴욕감이 허벅지를 쿡쿡 쑤시는 것 같았다.

"더 달라고요……."

입꼬리가 쭉 아래로 휘어 내려갔다. 울상이 되어 선재를 올려다봤다. 육천오백 원만 주고 가, 선재야. 네가 모르는 미래에 너와 관련된 굿즈, 앨범 사느라 통장이 텅장 되는 사람이 나니까. 배로 갚는 사람이야, 나는.

선재가 짧게 헛웃음을 터트리며 나를 내려다봤다.

□ ■ □

딸랑, 소리를 내며 문이 닫히고 선재와 함께 자감분식 앞에 나란히 섰다. 분식집을 나서는 것과 동시에 시작종이 울렸다.

"환불 감사합니다……."

꾸벅, 고개를 숙여 선재에게 인사를 하고 먼저 걸음을 뗐다. 쿵, 쿵, 신경질적으로 땅을 밟으며 걷고 싶은 걸 꾹 참고 얼굴을 일그러뜨렸다.

조금 전 선재와 나를 가만 바라보던 분식집 주인이 '오천 원에 천오백 원 더하면 육천오백 원이네! 저 학생이 먹은 게 딱 육천오백 원어치야!' 하고 소리치는 바람에 모든 수가 드러났다. 나는 당황한 얼굴로 손을 저었고 선재는 김밥세 개를 남겨 두고 깨끗하게 비워진 내 테이블에 시선을 주었다.

선재가 황당하다는 듯한 표정으로 나를 바라봤다. 나는 그게 아니라는 말을 못 해 입술만 달싹거리다가 '자감고 학생이 가방을 훔쳐 갔어요.' 하고 울먹이듯 말했다. 선재가 손목을 들어 시계를 보더니 오천 원을 도로 가져가 주머니에 넣고는 카드로 계산을 해 줬다. 이거 시련 아닌가, 이런 걸 보고 시련이라고 하는 거 아닌가, 싶었다.

"학생! 이거 놓고 갔어!"

나를 부르는 건가, 싶어 뒤를 돌아보자 분식집 주인이 체육복 상의를 들고 태극기 휘날리듯 막 흔들었다. 그 옆에는 아직 분식집 앞을 떠나지 않은 선재가 주머니에 두 손을 찔러 넣은 채 나를 보며 가만 서 있었다.

"그거 쟤한테 다시 팔았어요!"

그렇게 소리치고는 달렸다. 열심히 달려서 도착한 곳은 우리 집도 아니고, 학교도 아니고, 자감고등학교 강당 뒤 공터였다. 기구한 날이 아닐 수 없다.

□ ■ □

수업을 마치는 끝종이 울렸다. 6교시가 끝났으니 이제 청소 시간이었다. 벽에 기댄 채 앉아 있다가 무릎을 펴고 일어나 엉덩이를 털었다. 리어카에 있는 빗자루와 쓰레받기를 하나씩 챙겨 들었다. 꼭 아이템 상점에서 무기를 구매하는 캐릭터가 된 기분이었다. 이제 막 아이디를 만들어서 아무것도 지니고 있지 않은 기본 캐릭터. 얻을 것만 있고 잃을 건 아무것도 없는. 그래서 유료 아이템으로 치장한 애들이 있는 방에 마음대로 들어가서 깽판 치고 강퇴당하는 그런 유저.

체육복 바지 안에 셔츠를 집어넣고 걸음을 뗐다. 청소하는 틈을 타 복도를 천천히 거닐며 교실 안을 살펴볼 생각이었다. 버리지 않고 교실로 가지고 돌아갔다면 의자나 책상 어딘가에는 가방이 걸려 있지 않을까 싶었다. 그렇게 돌아봤는데도 없다면 화장실 쓰레기통을 뒤져야 하고, 그래도 없다면 그 노란 머리를 찾아야지.

복도로 진입했다. 웃고 떠드는 학생들이 즐비한 복도에 들어서니 긴장이 됐다. 빗자루를 옆구리에 끼고 천천히 복도를 걸으며 교실을 훑었다. 1분단부터 4분단까지 빠짐없이 살폈다.

1학년 1반에서부터 10반까지 돌았는데 없었다. 이제 2학년 교실을 살필 차례였다.

쓰레받기를 방패 삼아 얼굴을 가리고 복도를 걸었다. 창문 가까이 붙어 교실을 살피다가 걸음을 멈췄다. 방금 본 거 같은데. 몸을 돌리고 창문에 이마를 붙여 교실 안을 들여다봤다.

저거, 저거, 저거 맞는데, 미친, 왜 저기.

속으로 하는 말인데도 너무 놀라 더듬었다. 시계가 걸려 있어야 할 벽에 시계는 없고 내 가방이 걸려 있었다. 공개 처형이야 뭐야, 왜 저기 저렇게 걸려 있어. 차마 창문을 열지는 못하고 유리에 얼굴을 딱 붙인 채 가방 주위를 살폈다. 가방이 걸린 그 바로 아래쪽 책상에 노란 머리가 앉아 있었다.

네가 가져간 게 맞았구나.

고개를 돌리고 몇 반인지 확인했다. 2학년 4반. 교실 안에 학생이 많았다. 아까 중식 시간처럼 사람이 없거나 몇 명만 있어도 미친 척 들어가서 들고 나오겠는데, 보는 눈이 많아 쉽게 걸음이 떨어지지 않았다. 분명 들어가서 가방에 손을 대는 순간 저 노란 머리가 말을 걸어올 것 같았다.

쇼윈도 앞에 서서 진열된 상품의 금액을 확인하는 것처럼 두 손을 창문에 대고 가방을 바라봤다.

"어허! 이러면 지문 묻는다고! 탁수 쌤 반이라서 뼈 빠지게 닦아 놨더니."

불쑥 옆에서 손이 튀어나오더니 창문에 붙어 있는 내 손을 찰싹찰싹 소리가 나게 때렸다. 너무 놀라 눈을 동그랗게 뜨고 돌아보자 눈썹을 찡그리고 있던 백인혁이 나보다 더 놀란 얼굴을 했다.

"선재 업고 튀어?"

"헛."

손에 든 쓰레받기를 들어 얼굴을 가렸다. 그때 지나가던 누군가가 옆구리에 끼운 빗자루를 툭 치고 가는 바람에 몸이 그대로 돌아갔다. 몸과 함께 머리가 돌아가고 쓰레받기도 돌아가며 백인혁에게 내 옆얼굴이 드러났다. 힐끔, 눈을 굴려 백인혁을 보았다. 기분 나쁘게 입꼬리가 한쪽만 올라가 있었다.

"넌 되게 이상하게 너를 숨기려고 하는데, 전혀 도움 안 되는 거 알고 있나 모르겠다."

"누, 누구……."

"누구시죠? 라고 묻는 것도 이상한 거 알지? 닉네임도 공개한 마당에."

"네? 그건 제가……."

"제가 아닌데요, 라고 하기엔 네가 나를 흘겨보던 그 얼굴이 너무 강렬해서 잊을 수가 없다는 걸 알아줬으면 좋겠다."

말발 졸라 세네.

쓰레받기를 내리고 백인혁의 얼굴을 흘겼다. 말로 이길 수 없으니 얼굴이라도 흘겨봐야 했다.

"이봐. 그때랑 표정도 똑같아."

얼굴을 쏘아보자 백인혁이 가늘게 뜬 내 눈을 가리켰다. 그러더니 내 지문으로 범벅이 된 창문에 유리 세정제를 분사하고는 신문지로 벅벅 문질러 닦았다.

"너 아주 우리 학교에 눌러살기로 작정했냐?"

"있고 싶어서 있는 거 아니거든."

"선재가 있어서 있는 건가."

입술을 꾸물거리다가 이건 솔직하게 말해도 되겠지, 싶어 입을 열었다.

"누가 가방을 훔쳐 갔어."

"가방?"

검지를 펴고 벽에 걸린 가방을 가리켰다. 좀 더 정확하게 짚고자 손을 내밀었다가 검지가 뽀득, 소리를 내며 창문에 닿았다. 백인혁이 유리 세정제의 분사구를 내 관자놀이에 대고 "동작 그만."을 외쳤다. 미친, 손가락 두 개 창문에 대면 총알 장전하게 생겼네.

검지를 떼자 백인혁이 툴툴거리며 지문이 묻은 곳에 유리 세정제를 분사하고 신문지로 닦았다. 생각해 보니 백인혁은 숙소에서 청소 담당이었다. 스케줄을 마치고 돌아와서도 물티슈로 바닥을 닦는 의지의 백인혁이라고 멤버들이 놀리곤 했었다. 너무 깔끔해서 다들 백인혁과 방을 쓰고 싶지 않아 한다고 했었는데, 지금 하는 꼴을 보니 그 마음이 이해가 갔다. 지문 하나 묻었다고, 관자놀이에 유리 세정제를 갖다 대는데, 어떻게 한방에서 같이 살아. 고개를 절레절레 저었다.

"저거 네 가방이야? 5교시 시작할 때부터 걸려 있던데."

"강당 뒤에 뒀는데 사라졌더라고."

"강당 뒤? 거기 공터? 그 무서운 데를 갔어? 주머니는 안 털렸냐?"

쉴 틈 없이 쏟아지는 질문에 눈을 끔벅였다. 뭐부터 어떻게 대답을 해야 하지, 생각하다가 그냥 대답하지 않기로 했다.

"너 이 반이야?"

"응."

"그럼 저 가방 좀 가져다주라."

"네 가방 업고 튀라고? 나도 선재 업고 튈 건데."

"……."

영혼 없는 표정으로 백인혁의 얼굴을 보다가 두 손에 쥐고 있는 것을 확인했다. 하나는 쓰레받기, 다른 하나는 빗자루. 백인혁의 양손에는 각각 유리 세정제와 신문지가 들려 있었다. 누구의 아이템이 더 공격력이 높을지 계산했다.

시작종이 울렸다. 퍼뜩 고개를 들고 백인혁을 보았다.

"빨리 가방 좀."

그때 누군가 교실 앞문을 열고 들어갔다. 선재였다. 성큼성큼 안쪽으로 걸어가더니 손을 길게 뻗어 벽에 걸려 있는 가방을 들어 올렸다. 그러곤 투박하게 가방끈을 쥔 채 교실 뒷문으로 나왔다. 고개가 선재를 따라 움직였다.

복도로 나온 선재와 거리를 두고 마주 보고 섰다. 무표정한 얼굴이 나를 향해 있었다. 이 상황을 어쩌지, 하는 생각에 잔뜩 긴장이 됐다. 입술을 꾹 물고 이러지도 저러지도 못하고 있는데 선재가 내 쪽으로 가방을 던져 올렸다.

긴 포물선을 그리며 가까워지는 가방을 바라보다 손을 뻗었다. 체육 시간에 피구를 할 때면 공격은 더럽게 못해도 수비를 잘하는 사람이 나였다. 내가 잘 받은 건지, 선재가 잘 던진 건지 가방이 내 품에 정확히 착지했다. 가방을 안고 선재를 보았다.

"······어, 고, 고마워."

종이 울린 뒤라 교실을 찾아가는 학생들의 걸음이 빨랐다. 선재의 눈이 내 어깨 너머로 향했다. 백인혁이 서 있는 자리였다.

"너 5반이잖아."

선재가 표정 없이 말하곤 걸음을 돌렸다. 멀어지는 선재의 모습을 멍하니 보았다. 창문으로 들어온 햇살이 마치 선재가 가는 길을 밝혀 주는 조명 같았다. 넋을 놓은 내 얼굴을 힐끔 본 백인혁이 "반했네, 반했어." 하며 나를 지나쳐 갔다. 감동도 잠시, 백인혁이 들어간 반을 확인하자 절로 입술이 실그러졌다.

4반이시라면서요. 왜 5반으로 들어가세요.

당당, 뒤에서 누군가 문을 두드렸다. 수업이 시작되는 소리에 후다닥 딜려 복도를 벗어났다.

□ ■ □

자습 시간. 틀린 문제를 노트에 옮겨 적던 은희가 편지지 위에 쉴 새 없이 글자를 적는 나를 바라보았다. 깜지를 쓰는 것처럼 미래에서 온 경고 편지를 휘갈겨 적는 중이었다. 글씨 적는 소리가 너무 컸나, 싶어 종이에서 펜촉을 뗐다.

"시끄러워?"

조심스레 묻자 고개를 저은 은희가 교실 앞쪽을 턱짓했다. 칠판 앞에 서서 나를 쳐다보고 있는 선생님과 눈이 정면으로 마주쳤다.

"드디어 눈이 마주치네."

"……네?"

"내가 아까부터 보고 있었어, 내가."

"……."

선생님이 팔짱을 낀 채 저벅저벅 내 자리로 걸어왔다. 어, 왜 오시는 거죠. 슬그머니 편지지 위에 교과서를 올렸다. 책상 바로 앞에서 걸음을 멈춘 선생님이 삐죽 튀어나온 편지지 끄트머리를 쭉 잡아 뺐다. 아, 선생님, 제발 그것만은. 간절한 얼굴로 시선을 올렸다. 가차 없이 휘갈겨 적은 내용이 선생님의 입에서 흘러나온다.

"이 편지는 미래에서 왔으며 편지에 있는 내용을 무조건 믿고 행동에 옮겨야 합니다. 이 편지에 있는 내용을 믿지 않을 시 큰 불행이 따르니 꼭 이 편지를 믿어 행운이 깃들기를 바랍니다."

"……."

아이들이 키득거리며 웃었다. 나를 흘겨보는 선생님의 시선을 피해 머리를 수그리고 울상을 지었다. 압수당하는 줄 알았던 편지가 다행히 내 손으로 돌아왔다. 다만, 꿀밤도 함께 왔다. 머리가 얼얼한 게, 그냥 주먹이 아닌 듯했다. 분명 손가락 뼈마디를 세운 것이 틀림없다.

"임솔, 그런 편지가 행운을 줘? 어? 지금 네가 공부를 안 하면 큰 불행이 따르는 거야."

입술을 꾸물거리며 고개를 숙였다.

[불면을 겪을 경우 우주의 선비를 다루는 다큐멘터리를 보도록 하세요. 수면제 없이 잠들 수 있습니다.]

편지의 마지막 문장이 눈에 들어왔다.

인간이 사는데 어떻게 한 가지의 불행만 있을 수 있을까. 어느 날의, 어느 시간의 불행이 존재하는 것이지. 미래의 불행까지 점칠 수는 없으니, 현재의 내가 아는 시간만큼의 불행이 있는 것이고, 그중에서 가장 큰 불행이 우위를 선점하는 것뿐이다.

선생님은 내가 지금 학생이니까 공부를 안 해서 시험을 망치고, 시험을 망쳐서 원하는 대학에 가지 못하는 것을 불행이라 생각하겠지만, 내가 아는 시간 속에서 우위를 선점한 불행은 선재의 죽음이다.

그러니까, 나는 그걸 막을 거야. 선재를 살릴 거야. 이렇게 해야 내가 살아.

다 쓴 편지를 곱게 접었다. 끝종이 울리면 가방을 챙겨 들고 선재네 학교로 갈 것이다. 선재가 곤란해하고 싫어하더라도, 어쩔 수가 없다. 나는 이렇게밖에 할 수가 없다.

◻ ◼ ◻

주위를 두리번거렸다. 오른쪽 복도 확인, 왼쪽 복도 확인, 류선재 없음 확인.

확인을 끝낸 뒤 슬그머니 7반 교실로 들어갔다. 쪼그리고 앉아 걸음을 옮기며 선재의 책상으로 향했다. 곱게 접은 쪽지를 책상 서랍에 넣어 두고 앞문으로 걸어 나왔다. 오늘도 한 통의 쪽지를 전달하였습니다. 그런 문구가 머리 위로 떠오르는 것 같았다. 할 일을 끝낸 사람의 홀가분함을 느끼며 복도를 걷는데 맞은편에서 걸어오는 선재가 보였다.

당황해 주변을 두리번거렸다. 선재를 피할 수 있는 방법은 옆에 있는 교실로 들어가거나, 뒤돌아 반대편 복도로 가는 것, 두 가지뿐인데 뒤돌아서자 백인혁이 걸어오고 있었다. 아, 세상에. 너희 둘 매일 붙어 다니더니 오늘은 왜 찢어져서 오는 거니. 후드를 뒤집어쓰고 백인혁이 걸어오는 쪽을 향해 걸었다.

"이게 누구야."

백인혁이 눈을 동그랗게 뜨고 나를 보았다. 반갑다는 듯 웃기까지 하는데, 혹여 뒤에서 걸어오는 선재를 부르기라도 할까 봐 "쉿." 하며 입술을 막았다.

"인혁아."

아니나 다를까, 뒤에서 선재의 목소리가 들렸다. 머리 위에 떠 있던 오늘도 한 통의 쪽지를 전달하였습니다, 문구에 적색경보가 들어왔다. 입술을 휘어 내리며 어깨를 축 늘어뜨렸다. 아직 선재를 마주하지도 않았는데 눈앞에 앞일이 그려졌다.

또 뭐라고 변명을 둘러댈까, 고민하고 있는데 어깨에 기다란 팔 하나가 올라왔다. 백인혁이 후드를 끌어 내려 얼굴을 덮어 버리는 바람에 시야가 차단됐다.

"담임한테 말했어?"

"응. 가도 된대."

이게 대체 무슨 상황인지. 도망가고 싶어도 백인혁에게 어깨를 잡혀 있어 도망갈 수가 없었다. 최대한 고개를 수그리고 몸을 사리는데, 잠시 둘의 대화가 끊겼다. 눈빛이라도 주고받는 건지, 아니면 입 모양으로 대화를 주고받는 건지, 알 수 없다.

"애 우리 반 친구. 가방 가지고 나와. 나도 바로 나올게."

"응."

다시 대화가 끊겼다. 선재가 간 건가. 혹시 몰라 움직이지 않고 있는데, 얼굴을 덮고 있던 후드가 걷혔다. 갑자기 트인 시야에 백인혁이 들어찼다.

"바지를 몇 단이나 접어 입은 거냐."

선재 다리가 긴 걸 어쩌라고.

"그냥 좋아한다고 고백하지? 뭐 하러 이렇게 몰래 와서 편지를 주고 가? 그거 되게 이상해."

"편지? 선재가 읽었어?"

"내용은 말 안 해 주던데."

백인혁이 내 어깨를 토닥였다. 위로해 주는 모양새에 눈을 끔벅이자 측은하게 바라보기까지 했다.

"별로 좋은 방법은 아닌 거 같다. 안 좋아하더라고. 너 생각해서 말해 준다, 내가."

그렇지. 좋아할 리가 없지. 그거 고백 편지 아니야. 미래에서 온 편지야.

한숨을 내쉬자 백인혁이 "선재 나오겠다." 하며 걸음을 돌렸다. 그렇지. 이렇게 있을 때가 아니지. 후다닥 백인혁을 앞질러 달렸다. 계단을 밟고 내려가며 오늘 넣은 쪽지를 볼 선재를 떠올렸다. 그 살벌한 표정을 생각하자 벌써 마음이 아팠다.

□ ■ □

과거로 와서 힘든 게 있다면 감자전의 노래를 못 듣는 거였다. 새 음원이 발매될 때마다 발매 시간에 맞춰 앨범 전곡을 스트리밍하며 선재 목소리를 찾는 재미가 있었다. 선재는 새로 합류한 멤버치고 파트가 많았다. 그 때문에 욕을 많이 먹기도 했다. 다른 멤버들의 파트가 줄었다는 게 이유였다. 그리고 그중에서도 유독 파트가 줄어든 건 백인혁이었다. 그래서 그의 팬들이 류선재라면 눈에 불을 켜고 칼을 가는 감자전투, 감자전쟁이 된 건지도 모른다.

"선재가 부른 비람 기억 듣고 싶다."

턱을 괴고 달력만 덜렁 붙어 있는 벽을 봤다. 선재 사진이 붙어 있지 않은 방도 허전했다. 살아 움직이는 선재를 보았는데도 비틀어진 시간 속으로 들어왔기 때문인지 감자전의 선재를 보는 것 같지 않았다.

연필을 들고 일어나 달력 앞에 섰다. 오늘 날짜에 빗금을 쳤다. 여행을 시작한 날부터 그은 빗금이 빗줄기처럼 달력을 채워 가고 있었다.

"나 돌아갈 순 있는 건가."

책상으로 가 서랍에 넣어 둔 회중시계를 꺼냈다. 시계가 가긴 가는데 이상하게 갔다. 과거엔 이런 시계를 가진 적도, 본 적도 없었다. 아무것도 지니고 오지 못했는데 이것만 같이 넘어온 게 이상했다. 갑자기 시간을 여행하게 된 게 이것 때문인가. 회중시계를 얼굴 가까이 대고 뚫어져라 보다가 다시 서랍에 넣었다.

"어, 이거."

서랍을 닫으려다 말고 엠피쓰리를 꺼냈다. 남들 다 아이팟 쓸 때 쓰던 엠피쓰리였다. 중고나라에서 만 원에 판매하기에 핸드폰 배터리나 아낄 겸 구매한 것이었다.

"대박."

전원을 눌렀는데도 불이 안 들어왔다. 거실로 나가 리모컨의 건전지를 빼 엠피쓰리에 갈아 끼웠다. 전원을 누르자 불이 들어오며 아이리버 로고가 번쩍거리다 사라진다. 당시 내가 들었던 음악들이 100곡 넘게 들어 있었다.

"내일 학교 안 가? 얼른 들어가 자."

"어? 응."

화장실에서 나온 엄마가 거실 불을 끄려는지 얼른 들어가라며 내 방을 눈짓했다. 고개를 끄덕이고 소파에서 일어나 방으로 들어갔다. 침대에 벌러덩 누워 엠피쓰리에 이어폰을 연결하고 귀에 꽂았다.

"딸."

방문 앞에 서서 나를 불러 오는 엄마의 목소리에 이어폰을 빼고 고개를 들었다.

"요즘엔 학교 때려 친다는 소리 안 하네?"

"어…… 뭐, 그렇지."

"현주 없어서 많이 심심해? 학교가?"

다정하게 물어 오는 엄마의 모습이 낯설었다. 가끔 반찬을 싸 들고 자취방에 찾아와서는 널브러진 맥주 캔을 보며 등짝을 후려치고 욕만 하다가 가는 엄마인데.

"아니야. 요즘 재밌어."

표정 없이 답하다가 치아를 드러내고 싱긋 웃었다. 내 미소에 픽 웃음을 터트린 엄마가 "다행이네." 하고 말했다.

"잘 자."

"응. 엄마도."

방의 불을 꺼 준 엄마가 문을 닫고 나갔다. 갑자기 어둠에 잠겼다. 과거의 엄마라서 그런가, 이상하게 별로 슬픈 대화도 아니었는데 울컥했다. 6년 전이라 그런지 우리 엄마 되게 젊네. 코끝이 찡해져 얼굴을 확 찌푸렸다. 울지 않기 위한 방법이었다.

이불을 목까지 끌어 올리고 노래 목록을 살폈다. 당시 유행했던 가요들과 내가 좋아하는 가수들의 앨범 전곡이 있었다.

이문세의 앨범은 정말 지겹도록 들었다. 이문세의 3집을 재생했다. 멀뚱멀뚱 새카만 천장을 바라보며 노래를 들었다. 현주가 전학 간 뒤로 집에 오는 길 이 노래를 들으며 자주 울었었다.

불현듯 시간 여행을 오기 전 울던 내 모습이 떠올랐다. 돌아갔는데도 선재가 스물네 살을 맞이하지 못했으면 어쩌지, 생각하자 눈시울이 붉어졌다. 여기서 자신의 미래도 모른 채 웃고 있는 선재를 보고 나니 마음이 더 아렸다. 얼굴을 찌푸렸다. 눈꼬리에서 떨어진 눈물방울이 뜨거운 선을 그으며 죽 흘러내렸다.

덕후의 마음은 다 이런 걸까, 싶을 정도로 나에겐 선재가 너무 소중했다. 선재가 나보다 더 행복했으면 좋겠고 아프지 않았으면 좋겠다는 생각을 항상 했다.

자꾸만 지하철에서 봤던 기사가 떠올랐다. 후드 티에 반바지 차림으로 감기를 떨치려 약을 먹고, 깊은 잠을 자기 위해 약을 먹는 선재. 여기서 보는 선재의 모습과는 너무나 다른 형태의 선재였다. 흐느끼지 못하는 울음에 목구멍이 따가웠다. 이불을 올려 얼굴을 덮었다. 끅끅, 의도하지 않은 소리가 자꾸만 흘러나왔다.

□ ■ □

"세상에."

양치를 하기 위해 욕실로 들어섰다가 거울에 비친 몰골을 보고 깜짝 놀랐다. 눈이 벌에 쏘인 것처럼 부어 있었다. 눈동자가 안 보였다. 어떻게 사람 눈이 이렇게 붓지. 너무 당황스러워 세면대 물을 틀 생각조차 하지 못하고 거울 속 얼굴을 계속 바라봤다.

"심각하다. 얼굴."

한참을 바라보다가 칫솔에 치약을 짰다. 심각해도 학교는 가야 했다.

□ ■ □

기온이 급격히 내려가 추워진 탓에 목도리를 두르고 나왔다. 버스에서 내려 학교를 향해 걸었다. 어제 찾은 엠피쓰리에 있는 곡을 들으며 가는 길이었다. 교복을 입고 학교에 가면서 노래를 들으니 당시의 나를 불러오는 것 같아 기분이 나쁘지 않았다.

학교에 다다랐을 때 교문 앞에 붙은 현판을 보고 당황했다. 너무 당황해서 그 자리에 그대로 멈춰 선 채 눈을 꾹 감았다가 뜨고 다시 봤다. 눈을 부릅뜨고 봐도, 감았다 뜨고 봐도 변하는 건 없었다.

자감고등학교.

미친, 나 왜 여기로 왔지?

아무리 요 며칠 선재 서랍에 쪽지를 넣기 위해 몇 번 왔다지만 어떻게 이럴 수 있나. 무의식이 이렇게 무서운 건가. 핸드폰을 꺼내 시계를 확인했다. 7시 30분. 오늘 학교에 일찍 왔다고 생각했는데, 일찍은 개뿔 지금 출발하면 무조건 지각이었다. 몸을 홱 돌리고 왔던 길로 다시 달리려는데 누군가와 정면으로 부딪쳤다.

"으억!"

몸이 뒤로 밀리면서 손에 들고 있던 핸드폰이 바닥으로 떨어졌다.

"아, 죄송합니다."

상대방이 몸을 숙여 핸드폰을 줍더니 내게 내밀었다. 꾸벅, 고개를 숙이고 핸드폰을 건네받았다. 부딪친 사람의 얼굴을 보았다. 너무 부어서 커지지도 않는 눈을 동그랗게 떴다.

"어."

선재가 아는 얼굴이라는 듯 눈을 맞추다가 알은척은 하기 싫은지 입을 다물었다. 밤새 선재 생각을 하며 울었는데, 이렇게 얼굴을 볼 수 있다는 게 놀라우면서도 반가운 일이 아닐 수 없었다.

핸드폰을 만지작거리다가 엷게 웃었다.

"안녕."

"너 이 학교 아니지 않아?"

조금 불친절한 목소리가 선재의 입에서 흘러나왔다. "어⋯⋯." 하고 말끝을 흐리다가 고개를 끄덕였다.

"대체 날 어떻게 알고 이러는 건지 모르겠는데, 이건 스토킹 아냐?"

"어? 아냐, 그런 거."

"내 중고나라 아이디는 어떻게 알았어?"

"그거 너인지 몰랐어. 진짜로."

"체육복은 왜 있는데?"

"아, 그건⋯⋯."

"분식집엔 왜 불러냈고?"

"어? 아니, 그건 내가 가방을 잃어버려서⋯⋯."

아침 기온보다 선재의 얼굴이 더 차가웠다. 불쾌한 얼굴로 내 명찰을 흘겨보던 선재가 한 손을 주머니에 넣고 한 걸음 가까이 다가왔다.

"나 팬 카페 그런 거 있지도 않아."

"그건……."

"회사 들어간 것도 주위에 말 안 했고."

뭐가 그렇게도 마음에 안 드는지 얼굴에 언짢음, 하고 써져 있었다. 선재가 한 걸음 더 다가왔다. 거리가 너무 가까워 주춤거리다 한 발 뒤로 물러났다.

"한 번만 더 학교에서 마주쳐 봐."

부어서 무거운 눈을 끔벅거렸다. 이번에도 저번과 같이 맥락상 뒤에 죽여 버린다, 같은 말이 붙을 것 같았지만 붙지 않았다. 선재가 내 곁을 스쳐 지나 교문으로 들어갔다. 저번엔 한 번만 더 자기 이름을 불러 보라고 하더니. 이번엔 한 번만 더 학교에서 마주쳐 보라고 한다. 이름 부르고 마주쳤다간 흘겨보는 것으로 안 끝날 것 같았다.

운동장을 가로지르는 선재의 뒷모습을 바라보다가 돌아섰다. 지각이 확정되어서 그런지 뛸 마음이 안 생겼다. 선재 때문인지도 모른다. 선재의 불쾌함을 이해하지 못하는 건 아니었다. 어쩌면 당연했다. 그런데 선재야, 나는 이럴 수밖에 없어. 방금 전 보았던 선재의 표정은 왠지 오랜 시간 상처로 남을 것 같았다.

터덜터덜, 길을 내려가는데 저 앞에서 누군가 상체를 숙인 채 내 얼굴을 살피며 걸어왔다. 목도리에 묻고 있던 얼굴을 들어 올리자 눈을 동그랗게 뜬 백인혁이 설마 했는데 정말 맞았다는 듯, 놀란 얼굴로 "맞네?" 하고 말했다. 주머니에 손을 찔러 넣은 채 걷는 내 앞을 백인혁이 가로막고 섰다.

"눈이 왜 이래. 울었냐?"

아랫입술을 삐죽 내밀고 백인혁의 얼굴을 올려다보았다. 키는 또 더럽게 크네.

"이 아침부터 선재를 만나러 왔어? 부지런도 하다."

"아니야. 아니라고. 무의식적으로 온 거야. 선재를 만나러 온 게 아니고."

따지듯 답하는 나를 백인혁이 이상하다는 표정으로 쳐다봤다. 이왕 말이 나온 김에 전해야겠다는 생각이 들었다. 검지를 꼿꼿하게 펴서 백인혁의 얼굴을 향해 내밀었다.

"류선재한테 똑똑히 전해. 진짜 아니라고."

"뭐가 아닌데?"

"중고나라. 아침에 마주친 거. 진짜 다 우연이야."

백인혁이 어깨를 으쓱이더니 알았다며 고개를 끄덕였다. 괜히 심술이 나 백인혁의 얼굴을 한 번 쏘아보고는 휙휙 팔을 움직이며 길을 내려갔다. 걷다가 힐끗 뒤를 살피자 교문을 향해 걸어가는 백인혁의 뒷모습이 보였다. 이제 진짜 재들 앞에 안 나타나야지. 한숨을 내쉬곤 다시 걸음을 뗐다.

□ ■ □

청소 시간, 담임이 내 손에 쓰레기봉투와 청소 집게를 쥐여 주었다. 지각한 벌로 교내 청소를 하라는 것이었다. 쓰레기봉투를 질질 끌면서 화단이나 바닥에 떨어진 쓰레기를 집게로 주웠다. 쓰레기봉투를 절반은 채워 오라고 그랬는데 바닥에 떨어진 과자 봉지나 종잇조각으로는 어림도 없어 보였다. 담임이 건네준 쓰레기봉투는 50ℓ 짜리였다.

"이걸 언제 채워."

머리를 뒤로 젖히고 너무나도 푸른 하늘을 바라보았다.

'한 번만 더 학교에서 마주쳐 봐.'

구름이 오전에 본 선재의 얼굴로 변해 있었다. 매우 불쾌하고도 못마땅한 얼굴. 알지도 못하는 애가 대뜸 이름을 부르고, 안고, 사랑한다고 하고, 거기다 중고나라 구매자로 나타나고. 충분히 선재가 기분 나빠할 수 있는 상황이라는 걸 머리로는 이해를 하면서도 마음으로는 잘 안됐다. 어제 밤새 너를 생각하며 울었는데. 내가 너를 얼마나 소중한 사람으로 생각하는데. 그걸 선재가 모르는 게 당연하다는 걸 알면서도 괜히 밉고 억울하다.

중고나라는 진짜 아닌데. 진짜 몰랐는데.

입을 댓 발 내민 채 바닥에 떨어진 낙엽을 쓰레기봉투에 집어넣었다.

□ ■ □

담임이 황당한 얼굴로 나와 쓰레기봉투를 번갈아 보았다. 쓰레기봉투 안은 은행잎과 마른 나뭇잎으로 가득 차 있었다.

"……맨 밑에 과자 봉지랑 종잇조각 같은 것도 있는데."

"얼씨구."

입술을 꿈틀거리다가 고개를 숙였다.

"다음에 또 지각하면 그땐 화단에 물 주기다."

"네……."

"들어가 봐."

꾸벅, 인사를 하고 돌아섰다. 교실로 들어가 자리에 앉았다. 교과서를 펴는데 이상하게도 한숨이 나왔다. 기분이 축 처지는 게 괜히 우울했다.

과거로 왔으니 선재를 살리는 것 말고 다른 걸 바꾸려고 노력할 수도 있었다. 내신 성적이라든가 수능, 대학이나 그 외의 다른 것들. 그런데 아무것에도 흥미가 안 생겼다. 수능을 그다지 망했다고 생각하지도 않았고 대학이 마음에 안 드는 것도 아니었다. 하고 싶은 게 있다면 우울해하지 않고 학교를 다니는 거였다. 당시의 나는 현주의 빈자리를 느끼며 늘 혼자 겉돌았으니까.

두 번째로 보내는 열여덟인데도 겉도는 건 같네.

턱을 괴고 벽에 걸린 시계를 보았다. 시계 대신 걸려 있던 내 가방을 빼내 들고 나오던 선재의 모습이 떠올랐다. 복도를 지나다 우연히 백인혁과 나누는 대화를 들은 건가. 아니면 가방 가지고 얼른 꺼져라 그건가.

"임솔."

교탁 앞에 선 선생이 대뜸 이름을 불러 고개를 돌렸다.

"수업 이제 시작했어. 시계 그만 보고 교과서 봐."

"아, 네."

어색하게 웃고는 시선을 내렸다. 아무래도 오늘은 뭔가 맛있는 걸 먹고 집에 가야겠다는 생각이 들었다.

□ ■ □

류근덕감자탕.

식당 앞에 서서 간판을 올려다봤다. 선재의 부모님이 운영하는 식당이었다. 류선재 성지 순례 장소 중 하나였다.

선재를 좋아하게 된 이후 딱 한 번 이곳에 와서 뼈다귀해장국에 소주를 마신 적이 있었다. 처음에는 모르고 온 사람처럼 열심히 밥을 말아 먹다가 나중에 혼자 취해서는 벽에 붙어 있는 선재의 사인과 사진을 뚫어져라 바라보고 사진까지 찍었다.

계산을 하고 영수증을 받을 때는 선재 어머니의 손을 잡고 '류선재를 낳아 주셔서 감사합니다.' 하며 절까지 했다. 아무리 생각해도 그것은 술주정이었다. 고개를 세차게 저으며 식당 문을 당겼다. 구석진 곳에 자리를 잡고 앉았다. 평일이라 그런지 식당에는 선재 어머니 혼자 있었다.

"여기 뼈다귀해장국 하나랑 소주 한 병 주세요."

선재 어머니가 테이블에 물병을 내려놓으며 나를 위아래로 훑었다. 왜 이렇게 부시는 거지, 싶어 입꼬리를 쭉 올려 미소 지었다.

"누가 더 와요?"

"아니요. 저 혼자인데."

"그런데 소주를 달라고요?"

아……. 고개를 숙여 입고 있는 옷을 살폈다. 교복이었다. 학교 끝나고 온 길이었지. 하하하, 하고 어색하게 웃었다.

"사이다 주세요."

착하게 보이고 싶어 최대한 눈을 휘었다. 나를 이상하게 보던 선재 어머니는 사이다 한 병과 병따개를 테이블 위에 놓아 주고 주방으로 들어갔다.

두 손을 허벅지 사이에 끼우고 식당 내부를 훑었다. 선재의 사인과 사진만 벽에 안 붙어 있을 뿐인지 구조나 테이블, 의자 모두 그대로였다. 사이다를 홀짝홀짝 마시고 있을 때 뼈다귀해장국이 나왔다.

"더 필요한 거 있으면 얘기해요."

선재 어머니가 말했고 나는 숟가락을 들며 "네!" 하고 호기롭게 답했다. 밑반찬으로 나온 소시지계란부침을 먼저 먹고 뼈다귀에 붙어 있는 살코기를 발랐다. 살을 다 바른 뒤 뼈다귀를 뚝배기에서 꺼내고 밥을 말았다. 그러곤 한 수저 크게 떠서 입에 넣었다. 눈이 절로 감기고 콧소리가 흘러나왔다. 너무 맛있다.

불쑥 옆에서 앞치마가 튀어나왔다. 고개를 돌리고 보자 선재 어머니가 앞치마를 들고 있었다.

"교복에 튀니까 앞치마 하고 먹어요."

"앗, 네. 감사합니다."

앞치마를 받아 들고 목에 걸었다. 참이슬은 온갖 식당을 방문하여 앞치마로 영업을 하고 있는 것인지, 선재 어머니가 건넨 앞치마도 자감분식에서 둘렀던 앞치마와 같았다.

앞치마를 반듯하게 펴고 숟가락을 들었다. 밥 위에 깍두기를 올려 먹고, 청양고추에 된장을 찍어 먹었다. 입에 든 것을 오물오물 씹고 있는데 테이블 위에 소시지계란부침이 놓였다.

"원래 이건 한 번만 나가는 건데, 서비스."

"어머, 어머. 감사합니다."

선재 어머니에게 서비스를 받다니. 자리에서 벌떡 일어나 고개를 숙여 인사했다. 선재 어머니가 내 행동이 너무 과하다는 듯 손을 저었다.

"맛은 괜찮아요?"

"네. 완전 맛있어요."

숟가락을 내려놓고 엄지를 들었다.

"식당 문 열고 이렇게 맛있게 먹는 손님은 처음 봐요. 기분이 좋네."

나는 그 말을 들으며 더 열심히 먹어야겠다고 생각했다.

"고등학생이에요?"

"네."

"요즘 학생들은 해장국 안 먹고 햄버거 이런 거 많이 먹지 않아요?"

"아, 저는 육회비빔밥이랑 선짓국, 뼈다귀해장국을 제일 좋아합니다."

눈을 동그랗게 뜨고 또박또박 음식 이름을 뱉자 선재 어머니가 호호, 소리 내며 웃었다.

"나랑 입맛이 비슷하네. 여기 골목에서 더 들어가면 한우고깃집이 있는데 거기 육회비빔밥이 진짜 맛있어요. 다음에 한번 가 봐요."

나는 내일이라도 당장 갈 것처럼 고개를 끄덕였다. 노트랑 펜이 있었다면 식당 이름을 메모했을 것이다.

"우리 아들이랑 또래인 것 같은데, 학생 같은 여자 친구 있으면 좋겠다."

절로 입이 벌어졌다. 두 손으로 입을 가리고 얼굴을 붉혔다.

"아닙니다. 제가 감히."

부끄러워하는 나를 보며 싱긋 웃은 선재 어머니가 더 필요한 게 있으면 얘기하라는 말을 남기고 돌아섰다.

붉어진 뺨을 손으로 감싸며 여자 친구라는 말을 되감았다. 에헤, 하는 바보 같은 웃음을 흘리고는 숟가락을 들었다. 어머니, 저는 미래에 이 식당에 찾아와 류선재를 낳아 주셔서 감사하다고 절을 하는 인간입니다. 미리 죄송합니다. 눈을 꾹 감았다가 뜨고 마저 밥을 먹었다.

먹는 데에 열중하고 있을 때 식당 문이 열렸다.

"엄마, 저 왔어요!"

고추에 된장을 찍으며 들어온 사람을 보았다. 순간 입에 든 것을 모조리 뿜을 뻔했다. 백인혁이다. 손에 힘이 빠져 고추를 떨어트렸다. 고추를 다시 주울 새도 없이 앞치마를 올려 얼굴을 가렸다.

미친. 오해받기 딱 좋네.

선재네 가게인 걸 알고 오긴 했지만 선재를 보려고 온 것은 아니었다. 분명 연습실에 있을 시간이었다. 류근덕감자탕의 뼈다귀해장국은 정말 맛있었고, 오늘은 너무 우울해서 맛있는 걸 먹고 싶었다. 그게 다인데.

백인혁이 여기서 밥을 먹고 있는 나를 본다면, 류선재에게 '야, 걔 너네 가게에서 밥 먹고 있더라?' 하는 이야기를 전한다면, 류선재는 분명 그렇게 생각하겠지. 중고나라 아이디도 알더니 부모님이 하는 가게까지 알고 있다고. 입에 든 것을 삼키지도 못하고 울상을 지었다.

"인혁이, 밥은?"

"학교에서 먹었어요."

"오늘은 연습 없어?"

"네. 오늘은 쉬는 날이에요."

앞치마로 얼굴을 가린 채 가방을 챙겼다. 사이다를 한 모금 마시고 지갑을 꺼냈다. 사이다가 천 원, 뼈다귀해장국이 칠천 원인데 지갑에 만 원뿐이었다. 하는 수 없이 테이블 위에 만 원을 올려 두고 자리에서 일어났다.

슬금슬금 문 앞으로 걸어가 손잡이를 잡는 순간, 바깥쪽에서 누군가 문을 당겼다. 손잡이를 잡은 채 그대로 끌려 나가 문을 연 사람의 가슴에 머리를 박았다. 고개를 숙여 앞에 서 있는 사람의 발을 봤다. 흰색 운동화, 회색 교복 바지. 가까이 붙어 선 사람에게서 라일락 향기가 났다. 류선재의 체육복에서 맡았던 냄새였다. 선재네. 마주쳐서는 안 될 사람을 마주쳤다는 생각에 얼굴이 경직됐다.

절대 얼굴을 보여선 안 된다. 고개를 숙인 채 오른쪽으로 비켜서자 선재도 같은 방향으로 걸음을 옮겼다. 그러곤 더 이상 움직이지 않는다. 그래서 이번엔 왼쪽으로 비켜섰는데 선재가 또 같은 방향으로 걸음을 옮겼다. 묘한 정적이 흘렀다. 뭔가 나를 뚫어져라 보는 느낌이 들었다.

"이거."

선재가 손을 들어 얼굴을 가린 앞치마를 가리켰다. 헉, 소리를 내며 숨을 들이켰다. 앞치마로 얼굴을 싸맨 채 후다닥 달렸다.

"어? 앞치마 들고 튄다."

백인혁의 목소리였다. 누군가 튀어 나가니 따라 나온 모양이었다. 달리기에 더 속도를 냈다.

아주머니, 앞치마는 꼭 돌려드릴게요! 훔치는 거 아닙니다!

류근덕감자탕에서 멀어졌는데도 멈추지 않고 계속 달렸다. 이미 손에서 놓은 앞치마가 목에 걸린 채 망토처럼 휘날렸다.

□ ■ □

앞치마 망토를 두르고 집에 들어온 나를 보고 엄마가 놀란 얼굴을 했다.

"요즘엔 이런 게 유행이니?"

"어? 아, 아니."

후다닥 방으로 들어가 문을 닫았다. 앞치마를 벗어 문고리에 걸고 침대에 벌러덩 누웠다. 누운 자세로 고개만 들어 문에 걸려 있는 앞치마를 보았다. 세상에, 이게 대체 무슨 일이야.

상체를 일으키고 앉아 가방을 바닥에 던져두고 교복 재킷을 벗었다. 스타킹 위에 덧신은 양말을 벗는데 핸드폰이 짧게 울렸다. 왼쪽 양말을 벗지 못한 채 재킷 주머니에서 핸드폰을 꺼냈다. 메시지가 한 통 들어와 있다. 침대에 걸터앉아 메시지를 열었다.

[너지.]

뭐지. 뜬금없는 두 글자에 보낸 사람의 이름을 확인했다. 중고나라 판매자.

맙소사. 급하게 한 손으로 벌어진 입을 가렸다. 선재였다. 지금 이거 감자탕집에서 마주친 사람이 나냐고 묻는 건가. 벌어진 입을 다물지 못한 채 너지, 두 글자를 보고 있는데 메시지가 한 통 더 들어왔다.

[우리 가게 앞치마는 왜 훔쳐 가.]

훔쳐 간 거 아니야 ㅜㅜㅜㅜㅜㅜㅜㅜㅜㅜㅜㅜㅜㅜㅜㅜㅜㅜㅜㅜ, 하고 우는 표정을 남발하며 메시지를 적다가 내용을 모조리 지웠다. 이거 답장을 해야 하는 건지, 말아야 하는 건지 감이 안 섰다.

얼굴은 못 봤으니 내가 아니라고 우기면 그만이었다. 같은 교복이었겠지, 나 뼈다귀해장국이 뭔지도 몰라, 라고 답장을 보내면 됐다. 그런데 아무리 생각해도 얼굴에 앞치마를 두르고 도망갈 사람이 나밖에 없는 것 같았다. 그냥 무시할까, 고민하고 있을 때 메시지가 한 통 더 들어온다.

[답장 안 하면 전화할게.]

헐. 재빠르게 메시지 입력창을 열었다. 핸드폰을 쥔 손에 땀이 맺혀 핸드폰을 침대에 내려놓고 손바닥을 이불에 벅벅 문질러 닦았다. 심호흡을 하고 다시 핸드폰을 들었다.

침착하자, 임솔.

[누구시죠?]

보내 놓고도 황당했다. 누구시죠, 라니. 우선 번호를 저장하지 않은 척하는 게 최선의 방법인 것 같았다. 제발 선재가 이 메시지를 보고 더 이상 문자를 하지 않기를 바랐다. 그런데 늘 그렇지 않나. 바람이란 마치 깨지기 위해 존재하는 유리 같은 것. 경쾌한 소리가 울리며 메시지가 도착했다.

[나 선재, 너 임솔인 거 알아.]

덜컥, 심장이 내려앉는 것 같다. 미친, 이렇게 당황스러운 순간에도 선재가 적은 내 이름 두 글자에 가슴이 두근거렸다. 답장을 해야 하는데 그 전에 우선 선재가 보낸 메시지를 캡처했다. 프린트해서 액자에 넣어 벽에 걸어 둘 것이다. 가보로 간직해야지. 먼 미래의 죽는 순간이 오면 무덤에 같이 묻어 달라는 유언을 남겨야겠다고 생각했다.

키패드 위에서 엄지를 까닥였다. 선재가 계속 추궁하지 못할 만한 확실한 무엇이 필요했다.

[제 이름은 김춘백, 올해 일흔입니다. 잘못 보내신 거 같습니다. 전화받는 법을 모릅니다.]

바로바로 오던 메시지가 5분이 지나도록 오지 않았다. 믿어 주는 건가.

핸드폰을 침대에 내려놓고 벗지 못한 왼쪽 양말을 마저 벗었다. 양말을 들고 방문을 열었다. 세탁기에 양말을 넣고 부엌에서 냉수를 한 잔 마신 뒤 방으로 들어왔다. 교복을 벗어 옷걸이에 걸고 잠옷으로 갈아입었다. 잠옷이라고 해 봐야 체육 대회 때 단체로 맞췄던 티셔츠에 무릎 늘어난 추리닝 바지다. 씻으러 가기 전, 혹시나 하는 마음에 핸드폰을 확인했다. 아무것도 들어와 있지 않았다.

□ ■ □

학교, 집, 학교, 집을 반복하는 생활이 이어졌다. 감자탕집에서 도망친 이후로는 자감고에 가지 않았고, 선재에게선 그날 이후로 연락이 오지 않았다.

자습 시간, 주소록에 저장된 선재의 번호를 가만 보다가 삭제 버튼을 눌렀다. 갑자기 과거로 오게 됐으니, 수업 시간에 꾸벅 졸다가 원래의 시간으로 돌아갈 수도 있었다. 어떤 구조인지는 몰라도 미래에서 온 내가 저장한 연락처이니 지우고 가는 게 맞았다.

인터넷에 시간 여행에 대해 더 검색해 봤지만 딱히 도움이 되는 건 없었다. 어떤 물건이나 공간을 통해 과거와 미래를 넘나들 수도 있다는 글을 읽은 후로는 회중시계를 몸에 지니고 다녔다.

주머니에서 회중시계를 꺼내 보았다. 뚜껑을 밀어 열었다. 시침이 1에 가까워져 있었다. 시침과 분침이 현재 시간과는 다르게 아주 느리게 움직였다. 아무리 봐도 고장 난 거 같은데 움직이긴 하는 게 신기했다. 뚜껑을 닫고 도로 주머니에 집어넣었다.

8교시가 끝났다. 집에 가려고 의자에 걸어 둔 패딩을 입자 은희가 웃었다.

"누가 보면 한겨울인 줄 알겠다."

"안 추워? 아침에 졸라 춥던데."

"그래도 이제 11월인데."

11월 초 급격히 떨어진 기온을 교복 재킷으로는 감당할 수 없어 패딩을 꺼내 입었다. 아마도 전교생 중에 패딩을 입고 학교에 온 사람은 나뿐인 것 같았다. 알 게 뭐람. 난 너무 추운데.

"석식 맛있게 먹어. 내일 보자."

의자를 밀어 넣고 교실을 나섰다. 한 해의 끝을 달리는 중이라 그런지 해가 빨리 떨어졌다. 유독 어둠이 짙을 때 불어오는 바람은 더 날이 선 것처럼 느껴졌다. 패딩에 달린 후드를 뒤집어쓰고 지퍼를 끝까지 올렸다.

주머니에 두 손을 찔러 넣고 교문을 나서는데 교문 맞은편 문구점 앞에 웬 남자 두 명이 쪼그려 앉은 채 빵을 먹고 있었다. 회색 바지에 흰 셔츠. 한 명은 빨간색 니트를 다른 한 명은 회색 맨투맨 티를 재킷 안에 입었다.

"아, 왜 크림은 네가 다 먹냐고."

"뭐가. 네가 먼저 한 입 달래서 준 건데."

"크림이 가운데에만 있잖아."

"봉지 뜯자마자 네가 먹었잖아, 먼저."

뭐지. 저 낯설지 않은 형체는. 그 순간 빵을 뺏어 들고 한 입 크게 베어 무는 남자와 눈이 마주쳤다.

어…… 백인혁? 그럼 방금 빵을 뺏긴 사람은……. 내가 옆으로 시선을 옮기자 백인혁이 팔꿈치로 옆 사람을 툭 건드렸다. 백인혁을 보고 있던 회색 맨투맨 차림의 남자가 얼굴을 돌렸다. 세상에, 쟤들이 왜 여기에. 누구 만나러 온 건가.

홱 몸을 돌리고 느릿느릿 걷던 걸음에 속도를 붙였다. 여고에 무슨 볼일이 있어서 온 건지, 누구를 만나러 온 건지 궁금했지만 지금은 그게 중요한 게 아니었다. 선재와 마주치면 안 된다. 두 발을 빠르게 번갈아 옮기며 길을 내려가는데 누군가 내 가방을 붙들었다. 덜미를 잡힌 것처럼 걸음을 멈추고 뒤를 돌아보았다. 선재가 가방을 잡고 있었다.

"김춘백."

"……어, 어?"

김춘백이라니. 무슨 소리지, 싶어 눈을 끔벅였다.

"전화받는 방법을 모른대서 찾아왔다."

"어? 무슨, 무슨 소린지……."

당황해서 말을 더듬는 내 어깨에 팔을 걸치며 백인혁이 어깨동무를 해 왔다. 그 순간 선재한테 보냈던 문지기 구리게 만든 발표 자료처럼 머릿속에 떠올랐다.

"영장은 없지만 같이 가 줘야겠어."

"어? 아니, 나는 지금 집에……."

"가자."

백인혁이 말했고 선재가 가방을 잡아끌었다. 영문도 모르고 끌려가는 길, 너무 당황해서 울상도 안 지어졌다. "놓고 가면 안 될까?" 하고 조심스레 물었지만 선재는 가방을 놔 주지 않았고, 백인혁은 어깨에 얹은 팔을 내리지 않았다.

골목을 벗어나 큰 대로변을 걸었다. 키가 큰 두 남자 사이에 끼어 가는 폼이 영락없는 연행이었다. 얘들아, 내가 불법 비자금을 만들기를 했냐, 공금 횡령을 하기를 했냐. 이렇게 끌고 갈 필요가 있는 거냐.

바짝 마른 플라타너스 잎이 마치 뿌려 놓은 것처럼 길 위에 떨어져 있었다. 낙엽을 밟으며 걸어가는데, 백인혁이 어깨 위에 얹고 있던 손을 후드를 뒤집어 쓴 머리 위로 옮겼다.

"빨리도 꺼내 입었다."

"어? 어…… 안 춥니? 난 추운데……. 저기 근데, 어디 가는지라도 알려 주면 안 될까……."

내내 가방을 잡은 채 걸어가던 선재가 걸음을 멈추더니 도로로 손을 뻗었다. 갓길에 택시가 서자 선재가 뒷문을 연다.

"밥 먹으러 갈 거야. 타."

"어? 밥?"

탄다는 말도 안 했는데 백인혁이 등을 떠밀었다. 나와 백인혁이 뒷자리에 앉고 선재가 조수석에 앉았다. 움직일 때마다 패딩 때문에 부스럭거리는 소리가 났다. 안전벨트를 맨 선재가 행선지를 말했다. 택시가 미끄러지듯 출발했다.

선재가 말한 행선지는 나도 아는 곳이었다. 지금 이 택시가 향하는 곳은, 아직 내가 앞치마를 돌려주지 못한 류근덕감자탕이었다.

기사님, 세워 주세요. 저는 여기서 내리겠습니다. 살려 주세요.

택시를 타고 가는 길, '지금은 라디오 시대'가 방송되고 있었다. 청취자의 신청곡인 서영은의 '혼자가 아닌 나'가 흘러나왔다. 두 손을 깍지 끼고 앉아 창밖 풍경만 바라봤다. 어릴 적 보았던 애니메이션의 오프닝처럼 창문 하단에 노란색 자막이 떠오르는 것만 같다.

― 힘이 들 땐 하늘을 봐 나는 항상 혼자가 아니야

옆에서 백인혁이 자꾸 패딩을 만지작거리며 안 덥냐고 물었다. 시선을 올려 하늘을 보았다. 서영은 씨, 저 지금 하늘 봤습니다. 혼자가 아니라서 힘이 들 때는 어떻게 해야 합니까.

갑자기 창문이 윙, 소리를 내며 내려갔다. 바람이 뺨을 때리고 머리를 날렸다. 시선을 내려 보자 백인혁이 손을 뻗어 창문의 내림 버튼을 누르고 있었다.

너 뭐 하냐…….

백인혁이 상체를 숙인 채 고개를 올려 나를 본다.

"아니, 너 진짜 더울 거 같아서."

"……아니야. 나 안 더워."

"그래?"

백인혁의 손을 치우고 창문을 올렸다. 창문을 통해 들어오던 바람이 차단됨과 동시에 나풀거리던 머리가 가라앉았다.

― 눈물 나게 아픈 날엔 크게 한 번만 소리를 질러 봐

나는 창밖을 보며 크게 소리를 지르는 상상을 했다. 어떻게 학교로 찾아왔는지 잠시 의문이 들었지만, 내 교복 모양새를 여기저기 수소문해 보면 어렵지 않게 알아낼 수 있을 것 같았다.

궁금한 건 선재가 왜 날 찾아왔는지, 류근덕감자탕에는 왜 가는 건지, 그것이었다. 주머니에서 핸드폰을 꺼내 선재와 주고받았던 메시지를 열어 보았다. 주소록에서 번호를 삭제해 이름 대신 번호가 떠 있었다.

[제 이름은 김춘백, 올해 일흔입니다. 잘못 보내신 거 같습니다. 전화받는 법을 모릅니다.]

이게 선재와 주고받은 마지막 메시지였다. 그리고 선재는 내 가방을 붙잡고 김춘백이라 불렀었다. 무엇을 추궁하려는 것일까. 김춘백이라고 거짓말한 거?

앞치마 들고 튄 거? 감자탕집에 찾아온 거? 선재를 알고 있는 거? 대답을 미리 준비하려고 해도 답할 수 없는 질문이 너무 많았다.

핸드폰을 주머니에 집어넣으며 조수석에 앉아 있는 선재를 보았다. 이 와중에도 비스듬히 보이는 얼굴이 참 예쁘다. 답답한 마음에 한숨이 흘러나왔다. 고개를 돌리고 하늘을 보았다. 해가 넘어가는 하늘이 어두웠다.

□ ■ □

류근덕감자탕. 구석진 자리에 선재와 백인혁을 앞에 두고 마주 앉았다. 나를 알아본 선재 어머니가 우리 아들과 아는 사이였냐며 놀라워했고 그때 거스름돈을 안 받아 갔다며 내 손에 이천 원을 쥐여 주었다. 여기 온 적 없다고 하려던 참이었는데, 망했다는 생각이 들었다.

"감사합니다."

꾸벅, 고개를 숙여 인사하고는 손에 든 지폐를 주머니에 구겨 넣었다. 백인혁이 선재 어머니를 돕겠다며 주방으로 들어갔다. 나도 모르게 가지 말라고 붙잡을 뻔했다. 테이블에 선재와 나만 덩그러니 남았다.

선재가 숟가락과 젓가락을 우리 셋의 자리에 나란히 놓았다. 고개를 숙이고 앞에 놓인 수저를 보았다. 어쩜 그 끝이 딱 맞아떨어지도록 정갈하게도 놓았는지, 나는 식당까지 끌려온 것도 잊고 선재의 정교함에 감탄했다.

"너 말이야."

수저를 내려 보다가 고개를 들었다. 테이블에 팔을 올려 턱을 괸 선재가 나를 바라보고 있었다. 선재의 입에서 나올 다음 말을 기다리며 침을 꼴깍 삼켰다.

"이름이 뭐야?"

"어?"

예상치 못한 질문에 동그랗게 뜬 눈을 끔벅이며 반문했다.

"김춘백도 아니고 일흔 살도 아니잖아. 이 정도면 네가 차고 있던 명찰의 이름도 네 것이 아닐 수도 있다는 생각이 들어서."

"아, 명찰은 내 거야."

"임솔?"

선재의 눈을 마주 보다가 고개를 끄덕였다. 선재가 말없이 내 얼굴을 계속 응시했다. 그 눈을 더 이상 마주 보기가 어려워 시선을 돌렸다. 나는 아무래도 팬 사인회에는 가지 못할 것 같다. 심장이 이렇게 벌렁거리는데, 어떻게 선재의 바로 앞에 서서 사인을 받나.

식당 내부가 조용한 탓에 주방에서 백인혁과 선재 어머니가 나누는 이야기 소리가 다 들렸다.

"선재 여자 친구야?"

"아니요. 선재 팬이에요."

"팬? 벌써 그런 게 생겼어?"

"네. 닉네임도 있대요. 선재 업고 튀어, 라고."

"우리 선재를 업고 튄다고? 업고 도망간다, 뭐 그런 건가?"

내가 화두가 되자 민망해져 죄인이 된 것처럼 고개를 푹 숙이고 이마를 긁적였다. 백인혁은 마치 대나무 숲 같은 것이구나, 생각하며 이 사실을 미리 인지하지 못한 내가 너무 미웠다.

잠시 후, 큼지막한 냄비를 들고 나타난 백인혁이 화구 격자 위에 냄비를 올려놓고 점화 손잡이를 눌러 돌렸다.

"배고파서 죽을 거 같아. 혹시라도 너랑 시간 엇갈릴까 봐 보충도 빠지고 기다렸다."

"보충도 빠졌어? 뭐 하러 보충도 빼먹고 우리 학교에⋯⋯."

"류선재가 너 잡으러 가야 한다고 갑자기 끌고 나와서."

백인혁이 국자로 감자탕을 뒤적이며 말했다. 힐끔 선재의 얼굴을 살폈다. 여전히 턱을 괸 채 나를 뚫어지게 보고 있었다. 민망해 죽겠네.

백인혁이 앞접시를 가져가 감자탕을 덜어 주었다. 매도 먼저 맞는 게 좋은데 이름을 물은 이후로 선재는 내게 아무것도 묻지 않았다. 혼자 왔을 때는 신나게 살코기를 바르고 밥을 말아 먹었는데, 지금은 밥알이 코로 넘어가는지 입으로 넘어가는지 알 수 없었다.

밥그릇에 붙어 있는 마지막 밥알을 젓가락으로 집어 먹었다. 밥알이 코로 넘어가는지 입으로 넘어가는지 모르는 사람치고는 밥을 너무 잘 먹었다. 선재 어머니의 요리 솜씨가 좋은 탓이라고 나 자신에게 변명했다.

"아, 배 터지겠다."

숟가락을 내려놓은 백인혁이 배를 문지르며 테이블을 쭉 훑더니 의아한 얼굴로 나를 보았다.

"청양고추 귀신인 줄 알았는데, 오늘은 한 개도 안 먹었네?"

"어?"

"저번에 네가 먹은 테이블 내가 치웠거든. 청양고추 다섯 개가 꽁다리만 살벌하게 남아 있어서 해장국 좀 먹을 줄 아는 사람이네, 했었는데."

"아…… 그건……."

"어떻게 알았어?"

난감한 얼굴로 백인혁의 물음에 답을 하려는데 불쑥 선재의 목소리가 튀어나왔다. 티브이 속에선 항상 웃던 얼굴이 나를 마주할 때면 왜 이렇게 차가워지는지, 이제 섭섭하다 못해 울고 싶을 지경이었다.

쉽게 입이 벌어지지 않아 답을 하지 못하고 입술을 꾸물거리는데 선재가 자리에서 일어나더니 벽에 걸려 있는 앞치마를 가지고 왔다. 뭐 하려고 그러는 거지, 싶어 눈을 올리자 들고 있는 앞치마를 내 머리 위에 얹어 얼굴에 둘렀다. 너무 당황스러워서 선재와 눈을 마주한 채 끔벅였다. 선재가 표정 없는 얼굴로 내 얼굴을 가만 보았다.

"똑같네."

"……어?"

얼굴에 두른 앞치마의 양쪽을 턱 밑에서 묶어 잡은 선재가 손에 힘을 주며 내 얼굴을 들어 올렸다. 고개를 살짝 뒤로 젖힌 채 선재의 얼굴을 마주 보았다.

"그때 앞치마 들고 튄 사람이랑 똑같다고."

"아, 그게."

"너 뭐야?"

"어?"

"정체가 뭐냐고."

"나, 나는…… 네 팬인데……."

선재가 내 앞으로 핸드폰을 내밀었다.

"들어가 봐."

"어? 뭐를……."

"네가 가입하고 글은 한 번도 안 썼다는 그 카페. 들어가 보라고."

곤란했다. 카페 개설일이 지금으로부터 4년 뒤인데 거길 어떻게 들어가.

"있으면 믿어 줄게."

"……아니야. 안 믿어도 돼."

선재의 미간이 점점 좁아진다. 아, 젠장. 이 난관을 어떻게 극복하지.

핸드폰을 건네받지 않으면 비켜서지 않을 것처럼 서 있는 선재 때문에 우선 핸드폰을 받아 들었다. 그제야 내 얼굴에 두른 앞치마를 거두고 자리로 돌아가 앉더니 빨리 들어가 보라는 듯 쳐다봤다. 그 옆에선 백인혁이 재미있다는 듯 입술을 길게 찢은 채 미소 짓고 있었다.

미쳐 버리겠네.

우선 인터넷 창을 열고 카페 검색란에 선재, 두 글자를 입력했다. 검색 결과를 확인하며 화면을 내리다가 '선재도를 사랑하는 사람들'이라는 카페를 발견했다. 혹시나 하는 마음에 들어가 봤더니 게시물이 하나도 없었다. 카페를 개설만 하고 운영은 안 했는지 회원수가 3명이었다. 여기라고 둘러댈까, 망설이고 있는데 선재가 손을 뻗어 핸드폰을 낚아챘다.

"어, 아니…… 그게……."

선재의 표정이 굳었다. 고개를 내밀고 핸드폰 화면을 훔쳐본 백인혁이 "풉." 하더니 못 참겠다는 듯 웃음을 터트렸다.

"얘 진짜 골 때리네."

선재의 손에서 핸드폰을 뺏어 든 백인혁이 화면을 보며 대놓고 웃었다. 카페 대문에 경치 좋은 선재도 사진이 걸려 있으니 웃는 게 당연했다. 선재가 황당하다 못해 어이가 없다는 얼굴로 나를 쏘아보았다. 아무리 과거라지만 내가 좋아하는 사람이 경멸하는 듯한 얼굴로 나를 보는 건 조금 슬프다.

"팬이 없는데 팬 카페 같은 게 있을 리가 없지."

"……."

나는 아무 말도 하지 못했고, 백인혁은 계속 소리 내 웃었다.

"내가 오늘 책상 서랍에서 이런 걸 발견했거든?"

선재가 가방 지퍼를 열고 크게 벌리더니 안에 가득 들어 있는 종이를 보여 줬다. 내가 그간 선재 서랍에 몰래 넣고 온 경고성 편지였다. 서랍 안에 편지가 그대로 있기에 읽고 도로 넣어 둔 줄 알았는데 그게 아니었나 보다. 선재가 가방에서 편지 한 장을 꺼내 읽었다.

"이 편지는 미래에서 왔으며 편지에 있는 내용을 무조건 믿고 행동에 옮겨야 합니다. 이 편지에 있는 내용을 믿지 않을 시 큰 불행이 따르니 꼭 이 편지를 믿어 행운이 깃들기를 바랍니다. 지금 당신의 곁에 키 180cm가 넘는 고양이처럼 생긴 친구가 있다면 멀리하십시오. 그리고 감자가 들어간 것은 모두 피하시기 바랍니다. 불면을 겪을 경우 우주의 신비를 다루는 다큐멘터리를 보도록 하세요. 수면제 없이 잠들 수 있습니다."

얼굴 앞에 두고 보던 편지를 내린 선재가 나를 차갑게 바라봤다. 그 시선에 냉기가 뚝뚝 흘러넘쳤다.

"내가 혹시나 해서 다른 애들 책상도 다 뒤져 봤는데 내 책상에만 있더라고."

할 말이 없었다. 당연히 다른 책상엔 없었겠지. 네 책상에만 넣었으니까.

"나한테 이러는 이유가 뭐야?"

옆자리에 둔 가방의 끈을 손에 쥐었다. 가슴이 너무 두근거리고 얼굴이 뜨거워서 계속 앉아 있기가 힘들었다.

"너 미래에서 왔어?"

"⋯⋯."

"나한테 이런 장난 하니까 재밌어?"

"⋯⋯."

코끝이 찡해졌다. 왠지 모르게 서러워져 얼굴을 잔뜩 찌푸렸다.

"미안해."

선재가 나를 빤히 바라보았다.

"⋯⋯그런데 장난한 거 아니야. 하나도 재미없어. 나는 네가, 네가⋯⋯."

"내가 뭐."

점점 차오르는 울음에 목구멍이 따가웠다.

"다시는 안 그럴게. 미안."

의자를 뒤로 밀고 일어나 후다닥 식당 문을 열고 나갔다. 나쁜 일을 한 것도 아닌데, 괜히 서러워서 눈물이 날 것 같았다. 아무것도 아닌 내가 단지 시간을 거슬러 과거로 왔다는 이유 하나만으로 선재를 살릴 수 있다며 덤벼든 것 자체가 웃기는 일이었다. 여기에 어떻게, 왜 오게 된 건지도 모르면서.

"야."

목소리가 들림과 동시에 뒤에서 팔목이 잡히며 몸이 돌아갔다. 돌아선 곳에 서 있는 것은 선재였다. 눈시울이 뜨거워지더니 뚝, 하고 방울진 눈물이 떨어진다.

"야, 왜 울어."

내가 갑자기 울음을 터뜨리자 당황한 듯 선재의 표정이 누그러졌다.

"으, 흐응, 으어엉."

울면서 팔을 당기자 선재가 손에 힘을 풀고 놓아 주었다.

"이제 진짜 마주칠 일 없을 거야. 학교도 안 찾아갈게. 그런데 거짓말한 거 없어. 진짜로."

엉엉, 소리 내 울면서 뒤돌아 걸었다. 걷다가 돌아보자 선재가 난감한 얼굴로 가만히 서 있었다.

"선재야, 나는 미워해도 그 편지는 미워하지 마."

그 말을 덧붙이고는 다시 걸음을 옮겼다. 손등으로 눈을 벅벅 문지르면서 서럽게 소리 내어 울며 선재에게서 멀어졌다. 으어어엉, 하고 포효하며 가는 나를 선재가 따라오지는 않았다.

계속 걷다가 아무도 없는 공원의 벤치에 앉았다. 몸을 숙여 무릎에 얼굴을 묻은 채 울음을 토해 내고 있는데 주머니에 넣어 둔 핸드폰이 진동했다. 손을 집어넣어 핸드폰을 꺼내려는데 회중시계가 잡혔다. 무릎에 묻고 있던 얼굴을 들고 손에 쥔 시계를 빼내 뚜껑을 밀어 열었다.

"너 때문이야."

괜히 억울한 마음이 들어 시계를 탓하는데, 그 순간 재깍 시침이 칸을 옮기며 정각을 만들었다. 그리고 시계판 안에서 빛이 뿜어져 나왔다.

"어…… 어, 이거……."

질끈 눈을 감았다. 눈부시던 빛이 홀연히 사라진 게 느껴졌다. 어디선가 시끄러운 가요가 들려왔다. 두근거리는 가슴이 좀처럼 진정되지 않았다. 두 손을 주먹 쥔 채 천천히 눈꺼풀을 들어 올렸다. 사방이 어두워 아무것도 보이지 않았다. 눈을 몇 번 끔벅이자 점점 어둠에 눈이 익으며 익숙한 풍경이 들어온다.

세상에.

노랗게 머리를 탈색한 선재가 베이지색 니트를 입고 있는 포스터가 벽에 붙어 있었다.

□ ■ □

"어······."

두 손으로 이불을 꼭 쥔 채 방 안을 둘러보다가 몸을 일으켰다. 벽으로 걸어가 포스터를 손으로 쓸었다. 앨범을 사고 받았던 포스터가 맞았다. 그 옆에는 포토 카드가 붙어 있고 '선재야 사랑해' 슬로건도 붙어 있었다.

나 돌아온 건가?

과거에서 한 달 가까이 있었다. 눈을 뜬 게 침대 위였으니 그동안 시체처럼 누워 아무런 연락도 못 받고 자고 있었던 건지도 모른다는 생각이 들었다. 그렇다면 분명 연락이 안 되는 걸 가족들이 이상하게 생각했을 텐데. 부재중 통화가 어마어마하게 남아 있을 것 같았다.

후다닥 침대로 달려가 핸드폰을 찾았다. 뭐라고 설명을 해야 하지, 생각하며 핸드폰 버튼을 눌렀다.

01:00 1월 1일 X요일

멍하니 날짜를 바라봤다. 1월 1일. 1시. 이곳의 시간은 고작 한 시간가량 지나 있었다. 꿈을 꾼 건가. 졸라 생생하고 긴 꿈. 하지만 하루 24시간을 꼬박꼬박, 매 순간 일분일초를 성실히 살았는데. 그게 꿈일 리가 없잖아.

너무나 이상한 상황에 미간을 찌푸리고 앉아 있다가 인터넷 창을 열었다. 심장이 두근거리다 못해 튀어 나갈 것 같았다. 키패드를 누르는 손이 덜덜 떨려 류선재가 자꾸만 우산재, 우사ㅐ, 유ㅓ선재, 이런 식으로 입력됐다. 엄지를 최대한 세워 선재의 이름을 한 자 한 자 꾹 눌렀다.

······?

심장이 쿵 하고 떨어지는 것 같았다. 선재의 빈소를 찾은 연예인들의 기사로 포털 사이트가 도배되어 있었다. 배우 누가 찾아왔다, 소속사 선배 누가 찾아왔다, 하는 식의 기사들이었는데 수척한 얼굴의 감자전 멤버들의 사진이 실린 기사가 대부분이었다. 멤버 서윤재의 품에 안겨 울고 있는 백인혁의 얼굴이 클로

즈업된 사진도 있었다.

변한 게 하나도 없었다. 힘없이 핸드폰을 떨어트렸다. 정말 꿈이었던 건가. 도무지 믿기지 않아 멍하니 벽을 바라봤다.

어두운 방에 불을 켜고 화장실로 들어가 세수를 했다. 물기가 뚝뚝 흐르는 얼굴을 거울에 비춰 보자 울다 잔 탓에 눈이 부어 있었다. 손바닥으로 뺨을 소리가 나게 때렸다. 절로 눈이 찡그려졌다.

"아프네."

수건으로 얼굴을 닦고 화장실에서 나왔다. 방으로 들어가 침대에 걸터앉은 채 멍하니 선재의 포스터를 바라봤다.

"분명 방금 전까지 너랑 감자탕을 먹었는데."

팔을 들어 선재가 잡았던 손목을 보았다. 꿈이라기엔 너무 생생했다. 꿈이 아니고 정말 과거에 있다가 돌아온 거라면, 선재가 내 말을 믿지 않은 건가. 무엇이 되었든 확인할 수 있는 방법은 없었다. 선재의 빈소로 찾아가 너 나랑 감자탕 먹은 적 있냐고 백인혁에게 물을 수도 없는 노릇이었다. 그렇게 쉽게 만날 수 있는 사람이었으면 콘서트에서 면봉으로 보지도 않았을 테고, 음악 방송할 때마다 순번이 잘려 못 들어가는 일도 없었겠지.

"……."

가만히 발을 내려다보는데 마음이 이상했다. 파동이 멈추지 않는 수면처럼 가슴이 계속 두근거렸다. 마주 보았던 선재의 눈동자가 자꾸 어른거린다. 그냥 꿈이었다고 넘겨 버리기엔…….

고개를 쳐들었다. 주먹도 불끈 쥐었다. 밑져야 본전 아닌가. 외투를 걸치고 지갑과 핸드폰을 챙겨 밖으로 튀어 나갔다. 대로변으로 나가자마자 손을 뻗어 택시를 잡았다. 인터넷 기사만 읽어도 선재의 빈소가 어느 병원에 마련됐는지 알 수 있었다. 어두운 풍경이 창밖으로 빠르게 지나갔다. 손에 자꾸 땀이 배었다.

빈소가 마련된 병원에 도착했다. 새벽 시간이었지만 기자들과 경호원을 비롯해 많은 사람들이 있었다. 당연히 내가 선재의 빈소로 들어갈 수 있는 틈은 없었다.

주변을 돌아다니다 장례식장 뒤편 화단에 쪼그려 앉아 감자전의 인스타그램에 들어갔다. 내가 댓글을 남겼던 사진이 최근 게시물로 남아 있었다. 캡 모자를 뒤집어쓴 선재가 플레인요거트스무디를 먹고 있는 사진이다. 빨대를 입에 문 채 눈을 동그랗게 뜬 얼굴을 보고 있자니 눈물이 핑 돈다.

"진짜 꿈이었나."

핸드폰 액정으로 눈물이 뚝 떨어졌다. 옷소매로 눈물을 훔치고 코를 훌쩍이는데 가로등이 없어 어두운 길로 누군가 걸어 나오는 게 보였다. 눈가를 문지르며 걸어 나온 사람을 보는데 어둠 속에서도 키가 훤칠하고 잘생긴 게 느껴졌다. 손을 내리고 눈을 끔벅이다가 크게 떴다.

"백인혁!"

검은 정장을 입은 백인혁이 수척한 얼굴로 나를 돌아봤다. 백인혁이 맞았다. 너무 놀라 벌떡 일어나자 백인혁이 다시 들어가려는 듯 걸음을 돌렸다. 잽싸게 달려가 백인혁의 팔을 잡고 얼굴을 들이밀었다.

"야, 너 나 기억나? 어?"

아무런 표정도 짓지 않은 얼굴이 서늘하다.

"류근덕감자탕에서 같이 감자탕 먹었는데? 어?"

날 선 눈으로 내 얼굴을 흘겨보던 백인혁이 힘주어 팔을 빼고는 건물 안으로 들어갔다. 경호원들이 문 앞을 지키고 있어서 따라 들어가지는 못했다. 백인혁은 분명 나를 모르는 얼굴이었다. 혹시나 하고 온 건데. 이렇게 백인혁을 마주친 건 정말 기적 같은 일인데. 하지만 백인혁의 얼굴을 보니 과거로 시간 여행을 다녀온 것보다 꿈을 꿨다는 쪽이 더 설득력이 있어 보였다.

아무래도 너무 슬퍼서 미쳤나 보다. 임솔.

병원을 벗어나 다시 택시를 잡기 위해 대로변으로 향했다. 병원에 올 때는 손에 땀이 나고 가슴이 두근거려 진정이 되지 않았는데, 집으로 돌아가는 길은 마음이 허탈하고 공허했다. 망할 꿈 때문에 가슴이 더 저릿했다. 연예인 선재를 잃은 게 아니라 정말 아는 사람을 잃어버린 것 같은 느낌이었다. 창문에 머리를 대고는 뚝뚝 눈물을 흘렸다.

□ ■ □

티브이 볼륨을 얼마나 키운 것인지 쿵짝쿵짝 하는 노랫소리가 벽을 넘어왔다. 시간이 새벽 2시였다. 벽으로 다가가 주먹을 쥐고 쾅쾅 두드려 쳤다.

"티브이 소리 좀 안 나게 해라!"

그러자 옆집에서 쿵쿵, 더 크게 벽을 치는 소리가 넘어왔다.

"꺼져!!!"

불만스러운 얼굴로 벽을 노려보다가 쿵, 하고 벽을 한 번 더 쳤다. 양말을 벗고 옷을 벗었다. 의자에 걸려 있는 농활 티를 입으려다가 쾨쾨한 냄새가 나 빨래 통에 넣고 서랍을 열었다. 집에서 입을 만한 옷을 찾기 위해 뒤적이다가 내 것이 아닌 옷이 서랍에 있는 걸 발견했다.

"……응?"

맨 밑바닥에 있는 옷을 잡아 꺼냈다. 가슴이 두근거렸다. 개켜진 옷을 펼쳤다. 회색 체육복 바지였다. 양옆으로 흰색 실선이 한 줄 들어가 있고 오른쪽 주머니엔 자감고등학교 심벌마크가 수놓여 있었다. 중고나라를 통해 선재에게서 샀던 자감고등학교 체육복이었다.

"이게 왜 여기에……."

잘못 본 건가 싶어 심벌마크를 눈앞 가까이 대고 보았다. 자감고등학교의 심벌마크가 맞았다. 이게 왜 여기 있는 거지, 생각하며 머리를 굴렸다. 내가 돌아간 과거에서 이걸 샀기 때문에 가지고 있다는 것, 그것 말고는 설명이 안 됐다.

꿈이 아닌 거야. 진짜 갔다 온 거라고.

벗어서 바닥에 던져 둔 옷의 주머니를 뒤졌다. 손에 잡힌 회중시계를 꺼내 뚜껑을 밀어 열고 시침을 확인했다. 2시 자리에 시침이 있었다. 정확히는 2시가 조금 넘은 시간을 나타내고 있었다. 나 어떻게 갔더라. 침대에 누워 울고 있었는데.

침대에 걸터앉아 회중시계를 들여다보았다. 아무리 봐도 그냥 시계인데, 1시 정각으로 시침이 움직이자 빛이 뿜어져 나오며 다시 원래의 시간으로 돌아왔다. 갈 때는 어땠더라. 그때의 시간을 떠올려봤다. 정각은 아니었다. 새해를 알리는 인사가 울린 뒤였으니까.

손에 든 시계를 이리저리 살폈다. 시계태엽을 감는 용두가 없었다. 뭐 이런 시계가 다 있지. 시계판 위를 엄지손가락으로 쓱 문질렀다. 단단한 유리가 눌리면서 콰직, 하는 소리와 함께 시계 테두리 밖으로 빛이 새어 나왔다.

"어?"

들어 본 적 있는 소리에 눈을 동그랗게 떴다.

"어, 나, 간다, 간다!"

점점 영역을 넓혀 가던 빛이 갑자기 확 커지며 시야를 채웠다. 눈이 부셔 질끈 눈을 감고 소리를 질렀다.

"간다!!!"

잠시 후, 터질 것처럼 발산하던 빛이 일순간 사라졌다. 꾹 내려 감은 눈꺼풀로도 가늠할 수 있었다.

02.

두
번
째

시
간

여
행

"야."

누군가 내 어깨를 잡고 마구 흔들었다. 낯선 목소리에 번뜩 눈을 떴다. 컬러 렌즈를 꼈는지 눈동자가 회색인 여자아이와 눈이 마주쳤다. 언젠가 본 적 있는 얼굴이 오른쪽을 눈짓했다. 그곳으로 시선을 옮기자 매우 못마땅한 얼굴을 한 여자가 팔짱을 끼고서 나를 보고 있었다.

"가긴 어딜 가. 네가 그 김춘백이냐고 묻잖아, 씨댕아."

나도 모르게 입이 벌어졌다. 껌을 쩍쩍 씹는 아이들이 나를 둘러싸고 있었다. 머리가 노랗고 빨간 게 성격도 그와 같이 화끈할 것 같은 아이들이었다. 시선을 아래로 내렸다. 교복 치마를 입고 있었다. 감색 재킷에 감색 조끼, 다홍색 타이, 노란색 떡볶이 코트. 교복을 입고 있으니 과거로 돌아온 게 맞았다.

"오, 나 왔어! 왔다고!"

방방 뛰며 박수를 쳤다. 분위기가 어째 차갑게 얼어붙는 느낌이 들었다.

"방금은 간다더니, 지금은 또 왔다네. 환장하겠네."

고개를 돌려 아까 마주 본 얼굴을 확인했다. 낯익은 얼굴. 속눈썹에 바른 마스카라가 덕지덕지 뭉쳐 있었다. 자감고등학교 앞에서 한 번 마주친 적이 있는 학생이었다.

세상에, 이게 뭐야. 나 지금 애들한테 끌려온 거야?

퍽, 소리가 나며 어깨가 밀렸다. 팔짱을 끼고 서 있던 여자애가 주먹 끝으로 내 어깨를 때렸다. 아프다. 점점 다가오기에 뒷걸음질을 쳤다. 구석으로 몰렸는지 신발 뒤꿈치가 벽에 닿았다.

망할. 학교 다닐 때 이런 적 없었던 것 같은데. 내가 과거의 일부를 바꾸고 간 탓에 벌어지는 일인 건가. 왜 하필 돌아와도 이런 구석진 곳으로 왔을까. 절로 울상이 지어졌다.

"왜, 왜 이러세요……."

최대한 억울한 얼굴로, 겁에 질린 표정으로 물었다. 몇몇 아이들이 내내 얘기했는데 대체 뭘 들은 거냐며 귓구멍부터 뚫어야겠다고 험악하게 말했다.

그러니까, 사건의 발단은 류선재와 백인혁의 대화의 화두가 된 김춘백에게서 비롯됐다. 선재는 남녀 공학을 다니고 있으면서도 친한 여학생이 없었고 낯을 가리는 성격 탓에 누군가에게 먼저 다가가지도 않았다. 남 이야기 하는 것을 안 좋아했고 특히나 여자 이야기는 더더욱 안 했다.

그런데 그런 선재가 최근 몇 날 며칠 동안 백인혁을 붙잡고 김춘백에 대해서 이야기했다는 것이다. 한 사람에 대해 말하는 것 같은데 선재는 김춘백이라고 하고 백인혁은 선재 업고 튀어라고 하니 그들을 좋아하는 아이들끼리 대체 그게 누구인가에 관심이 쏠렸다고 했다.

"그러다가 애가 길에서 딱 봤다는 거야. 너닝 곁에 있는 류신재를. 신재는 너를 따라가고 너는 도망쳤다는데. 우리 선재가 널 쫓아다닌다는 게 말이 안 되잖아."

"저, 정말요?"

손으로 가슴을 짚으며 정말 모르겠다는 얼굴로 묻자 노랗게 머리를 물들인 애가 검지로 내 이마를 밀며 "아, 왜 자꾸 모르는 척이세요." 하고 위협적인 목

102

소리를 뱉었다. 무섭게 정말 왜 그러세요. 두 손을 공손하게 모으고 고개를 숙였다. 호루라기가 있다면 불고 싶은 심정이었다. 그때 골목길 안으로 축구공이 데굴데굴 굴러왔다.

"아, 미친 네가 주워 와."

"저게 내 공이냐, 네 공이지."

"네가 날렸잖아."

티격태격하는 목소리가 저 너머에서 들려왔다. 곧 골목으로 누군가 들어왔다. 공을 주우러 왔다가 꽤 많은 사람들이 몰려 있어 놀랐는지 잠시 흠칫했지만 이내 걸음을 안으로 옮겼다. 몸을 숙였다가 일어나는 사람의 얼굴을 보았다. 야상 점퍼의 후드를 뒤집어쓴 남자와 눈이 마주쳤다.

"어, 어."

아는 얼굴에 절로 눈이 커졌다. 그사이 내 얼굴을 까맣게 잊기라도 했는지, 선재가 무심하게 눈을 돌렸다. 아니, 그렇게 외면하면 안 되지! 제발 다시 눈이 마주치길 바라며 목을 길게 빼고 구해 달라는 듯 선재를 바라보았다.

"어? 선재야?"

방금 전까지 험악하게 얼굴을 구기고 있던 애들이 방긋 웃으며 선재를 보았다. 축구공을 옆구리에 끼고 두 손을 야상 점퍼 주머니에 찔러 넣은 선재가 "어, 안녕." 하고 말하더니 나와 아주 짧게 눈을 마주치고는 돌아섰다.

안 돼. 그렇게 가면. 나를 안 구해 줄 거면 여기 있는 애들이라도 데리고 가.

"류선재!"

다급하게 외쳤다. 골목길을 나서던 선재가 걸음을 멈추고 돌아보았다. 모두의 귀가 열려 있는 상태에서 살려 줘, 나도 데려가, 아니면 여기 네 친구들이라도 데려가, 같은 말을 뱉을 수는 없었다. 눈을 크게 끔벅였다. '가지 마.' 하고 입을 벙긋거리며 애절한 표정을 지었다.

"야, 공 없어?"

불쑥 얼굴을 내밀고 들어온 백인혁이 예상치 못한 인원과 상황에 꽤나 당황한 얼굴을 했다. 대상을 바꿔 백인혁에게 구조 신호를 보냈다. 눈이 마주쳤다.

"어?"

백인혁이 눈을 동그랗게 뜨고 알은척을 했다. 그래, 나야, 얼른 여기서 꺼내 주라! 하는 의미를 담아 눈을 끔벅이며 신호를 보내고 있는데 백인혁이 "아 맞다, 우리 모른다고 했지." 하며 시선을 거두더니 발을 돌려 골목을 빠져나갔다.

울상을 지으며 고개를 푹 숙이는데 갑자기 몸이 흔들렸다. 누군가 내 떡볶이 코트의 후드를 낚아채듯 잡아 올려 구석에서 끌어냈다. 눈을 동그랗게 뜨고 보자 선재가 무심한 낯으로 나를 내려다봤다.

"오랜만이다."

"어?"

그러더니 후드를 잡고 걸었다.

"잠깐, 뭐야? 왜 데려가?"

무리 중 한 명이 내 팔을 붙들자 선재가 돌아보았다. 선재가 잡고 있는 코트 후드를 잡아당기며 그 아이에게서 나를 떨어트렸다.

"나도 얘한테 볼일이 좀 있어서."

그렇게 말한 선재는 후드를 손에서 놓지 않은 채 골목길을 벗어났다.

"고마워."

구해 줘서 고맙다는 뜻으로 미소까지 지어 보였으나, 선재의 표정은 냉하기만 했다.

"나도 인혁이도 모른다며. 혼자 구석에 몰리니까 갑자기 알은척이 하고 싶어졌어?"

"아, 내, 내가? 그, 그게 아닌데."

나도 모르게 말을 더듬었다. 선재가 눈을 맞추다가 고개를 돌렸다. 골목에서 나오자 붕어빵을 집어 먹고 있는 백인혁이 보였다. 선재의 손에 질질 끌려오는 나를 본 백인혁이 붕어빵을 입에 문 채 눈을 동그랗게 떴다. 선재에게 후드를 잡인 채 끌려가는 모습이 흡사 선재의 돈을 떼어먹고 뛰었다가 잡힌 사람 같았다.

"뭐야? 왜 같이 와?"

"그렇게 됐어. 가자."

백인혁이 주머니에서 잽싸게 지폐를 꺼내 계산을 하고 뒤따라왔다. 옆에 나란히 서더니 내 얼굴을 훑었다. 표정을 살피는 것 같았다. 미간을 찌푸리고 백인혁의 얼굴을 흘겨보았다. 장례식장 뒤에서 마주쳤을 때 백인혁이 내 얼굴을 흘겼던 것처럼.

"뭐, 뭘 봐. 어차피 기억도 못 할 거면서 왜 봐!"

백인혁이 "어?" 하고 소리 내며 놀란 얼굴을 했다.

"야, 진짜 이상하다. 완전 모르는 사람처럼 바라보면서 알은척하지 말아 달라고 할 때는 언제고."

"내 말이."

백인혁이 선재의 머리를 요리조리 살폈다.

"너 머리 안 뜯겼냐?"

"응."

선재와 백인혁이 동시에 고개를 돌리고 내 얼굴을 이상하다는 듯 바라봤다.

뜬금없이 끌려온 자감고등학교 운동장에서 나는 선재가 빵빵 차올리는 공을 막기 위해 분주하게 몸을 날렸지만 한 개도 막지 못했다. 선재가 혼자 공을 차기에 골키퍼를 자처했는데, 이게 이렇게 힘들 줄은 몰랐다. 내가 따라온 덕에 골키퍼를 하지 않게 된 백인혁이 바닥에 가방을 깔고 앉아 내가 몸을 날리는 꼴을 웃으며 보고 있었다.

나 왜 여기서 이러고 있니.

털썩, 바닥에 주저앉아 더 이상 못 하겠다는 듯 손을 저었다. 골대에 들어갔다 나온 공이 데굴데굴 굴러 발치에 닿았다. 골대 앞으로 걸어온 선재가 발 앞쪽으로 공을 눌러 밟아 튀어 오르게 한 후 손으로 잡았다. 힘든 와중에도 그 모습이 너무 멋있어 입을 벌렸다. 나뭇가지로 바닥에 연달아 직선을 그리던 백인혁이 물었다.

"너 어쩌다 걔들한테 찍혔냐?"

인중에 맺힌 땀을 손바닥으로 닦으며 고개를 돌렸다. 나도 잘은 모르지만, 걔들 말로는 너희 둘이서 김춘백과 선재 업고 튀어에 대해 많은 이야기를 나누어 그렇다던데. 대체 무슨 이야기를 한 거니. 얼마나 많은 욕을 한 거니, 하고 생각했지만 차마 뱉진 못했다.

일어나 엉덩이를 털었다. 골대 옆에 두었던 가방을 메고 선재를 보았다.

"너 근데 왜 내 말을 안 들었어?"

"무슨 말?"

입술을 꿈틀거리다가 꾹 물었다. 잠이 안 와도 수면제는 먹지 말라는 말. 감기약과 수면제를 같이 먹는 건 더더욱 안 된다는 말. 하지만 여기서 서랍에 넣었던 편지에 대해 이야기하면 분위기가 이상해질 것 같았다.

그 일에 대한 선재의 불만이 터진 날 시간 여행이 끝났고, 원래의 시간에서 변한 건 하나도 없었다. 그건 그날의 일이 그냥 불만으로 끝났다는 걸 의미했다. 백인혁도 날 기억하지 못한 걸 보면, 시간에 묻혀 버린 거였다. 나의 경고도, 나도. 이왕 이렇게 다시 과거로 온 거, 이번에는 기억 속에 묻혀 버리지 않게 해야겠다는 생각이 들었다.

"체육복 상의 필요해. 그러니 내일 맥도날드에서 6시에 거래하도록 하자."

선재가 말없이 나를 쳐다봤다. 백인혁이 내 얼굴을 보다가 공을 들고 서 있는 선재를 보았다.

"안 팔아."

선재가 말했고, 백인혁의 시선이 다시 나에게로 향했다. 망설이다가 검지를 들었다.

"만 원?"

"안 판다고."

중지도 올렸다.

"……이만 원?"

선재가 눈썹을 찌푸렸다. 내가 약지까지 올리자 백인혁이 "야, 내가 팔게, 그거." 하고 번쩍 손을 들었다. 선재가 고개를 돌리고 백인혁의 얼굴을 노려봤다.

"그렇게 간절하면 사야지. 완전 사야지. 동복이지?"

"응."

"그래. 삼만 원이다."

백인혁이 손가락 세 개를 펼치며 말했다. 선재가 들고 있던 축구공을 백인혁에게 던졌다. 백인혁이 두 손으로 공을 받아 들며 "왜! 난 중고 거래 하면 안 되냐!" 하고 소리쳤다. 별것도 아닌 일로 둘이서 티격태격하는 것을 바라보다가 걸음을 옮겼다.

운동장을 걸어가며 힐끔 뒤를 살폈다. 여전히 축구공을 주고받으며 말싸움을 하고 있었다. 조금 전 보았던 선재의 사망 기사와 수척한 얼굴로 울던 백인혁이 떠올랐다. 두 번째로 돌아온 열여덟 살에도 내 목표는 하나였다. 류선재의 어이없는 죽음을 막는 것. 불끈 주먹을 쥐고 교문을 나섰다.

□ ■ □

세탁기에서 탈수가 끝난 빨래를 들고 베란다로 향했다. 선재의 체육복 바지를 탈탈 털어 빨래 건조대에 널었다. 물기를 머금은 바지가 축 늘어졌다. 돌아오긴 왔는데 앞으로 어떻게 해야 할지가 고민이었다. 빨래 바구니를 들고 베란다에서 나와 거실 소파에 벌러덩 누웠다.

선재에게 단도직입적으로 너 죽어, 너 스물셋에 진짜 운이 나쁘게도 몸이 아파서, 잠이 안 와서 먹은 약 때문에 쇼크사해, 너는 스트레스로 불면을 겪었는데, 그 원인은 네가 활동 중인 그룹에 합류했다는 이유로 기존 팬들에게 미움을 받았기 때문이야, 너는 사람들이 너를 좋아하지 않는다고 생각했던 것 같아, 그런 말을 도저히 전할 수 없었다. 전하고 싶지도 않고, 대체 무슨 수로 내가 미래에서 일어난 일을 알고 있는지 말할 수도 없었다.

지금 이곳에서의 선재는 그저 미래를 꿈꾸는 아이에 불과했다. 그런 선재에게 네가 꾸는 꿈이 너를 힘들게 한다고, 네가 원하는 꿈을 이루었는데도 많은 이들에게 사랑받지 못한다는 말을 어떻게 할 수 있을까.

"하, 미치겠네."

긴 한숨이 새어 나왔다. 여전히 내가 할 수 있는 거라고는 선재의 서랍에 편지를 넣으며 계속해서 경고하는 방법밖에 없었다. 내일 백인혁을 만나서 체육복 상의를 받으면 다시 자감고등학교에 들어가 선재의 서랍에 편지를 넣어야지. 선재가 지난번처럼 편지 뭉치를 보여 주며 이런 장난 하면 재밌냐고 해도 어쩔 수 없다. 이번엔 꼭 성공해서 돌아갈 거라고 나는 완전 마음을 굳게 먹었다.

"아자! 아자! 할 수 있다!"

빨래 바구니를 손에 든 채 소리를 내질렀다.

□ ■ □

버스 안, 핸드폰을 꺼내 시간을 확인했다. 5시 40분. 약속 시간이 6시였다. 먼저 가서 기다리려고 했는데 얼추 약속 시간에 맞춰 도착할 것 같았다. 시간을 계산하고 있는데 선재의 번호로 메시지가 왔다.

[체육복값에서 빼 줄게. 햄버거 먹자. 나는 상하이스파이시치킨버거.]

저장된 번호는 아니었지만 이전에 주고받은 메시지로 선재라는 것을 알 수 있었다. 선재가 오는 건가? 하며 의아해하고 있을 때 메시지가 한 통 더 들어왔다.

[나 인혁. 나한테 네 번호가 없어서 선재 걸로 보낸다.]

알겠어, 라고 답장을 쓰고 전송 버튼을 누르려는데 메시지가 한 통 또 들어왔다.

[야ㅋㅋㅋㅋ 근데 선재가 너 저장한 이름 졸라 웃기다.]

눈이 동그래졌다. '알겠어.' 세 글자를 빠르게 지우고 문자를 새로 작성했다.

[뭐, 뭔데 뭐라고 저장해 놨는데.]

느낌표 50개를 때려 박고 싶은 걸 참고 답장을 보냈다.

[프로환불러김춘백ㅋㅋㅋㅋㅋㅋㅋㅋㅋㅋㅋ]

키패드 위에 엄지를 띄운 채 멍하니 메시지를 보았다.
"그게 웃겨?"
답장을 보내지 않고 핸드폰을 주머니에 쑤셔 넣었다.

□ ■ □

테이블 위에 핸드폰을 놓고 시간 여행에 대한 검색 결과물들을 보고 있을 때 누군가 맞은편의 의자를 빼고 앉았다. 푹 숙이고 있던 고개를 들자 재킷 안에 주황색 후드 티를 입은 백인혁이 보였다. 코와 뺨, 귀가 새빨갰다.
"안 추워?"
"졸라 추워. 개 추워. 대박 추워."
가방을 벗어 옆에 둔 백인혁이 두 손으로 귀를 감싸고 말했다.
"네가 춥게 입었네."
백인혁을 바라보다 흘긋 문을 살폈다. 닫힌 문이 벽처럼 있었다. 백인혁 혼자 온 것 같았다. 선재와 같이 올 거라고 기대한 건 아니지만, 매일 붙어 다니던 둘이라 하나가 없으니 괜히 섭섭한 마음이 든다.

테이블 위에 놓인 트레이를 백인혁 쪽으로 밀었다. 트레이에는 두 개의 햄버거 세트가 있었다.

"자, 이거 네가 말한 거."

"이야! 세트라고 말도 안 했는데. 게다가 케첩도 다섯 개! 완전 훌륭해. 나 햄버거에 케첩 뿌려 먹는데. 어떻게 알고."

대답 없이 씩 웃었다. 백인혁이 케첩 귀신인 건 팬들 사이에서는 유명한 이야기였다. 제일 좋아하는 음식이 밥에 계란프라이를 올리고 케첩을 듬뿍 뿌려 비벼 먹는 거였다. 핫도그를 먹을 때면 빵의 절반가량 케첩을 뿌렸다. 밀가루와 케첩은 환상의 조합, 최고의 짝꿍이라고 엄지를 치켜든 적도 있었다. 이 모든 장면들은 소속사에서 자체 제작한 리얼리티 프로그램과 브이라이브에서 나온 것이었다.

감자튀김을 먹으며 백인혁의 어깨 너머를 보았다. 구석진 자리에 검은 패딩을 입은 남자가 앉아 있었는데 테이블 아래로 보이는 다리가 자감고등학교 교복인 회색 바지였다. 언제 들어왔는지 보지도 못했다. 어느 순간 보니 저기 앉아 있었다. 앞에 놓아둔 가방 때문에 얼굴은 안 보였지만 튀어나온 머리통이 아무리 봐도 선재였다.

"선재는?"

"몰라. 교실에 없길래 그냥 왔는데."

백인혁이 햄버거를 크게 한 입 베어 먹었다.

"체육복 가져왔어?"

"아, 여기."

백인혁이 쇼핑백을 내밀었다. 쇼핑백을 건네받고 안에 든 것을 꺼내 보았다. 자감고등학교 체육복 상의가 들어 있다.

"야 그런데 너랑 선재는 체육 안 해? 이렇게 체육복 팔아도 돼? 넌 이제 상의가 없고, 선재는 하의가 없잖아."

"아, 우리 체육복 있어."

"있어?"

"응."

"체육복이 두 개야?"

백인혁이 고개를 저었다. 말이 길어질 것 같은지 콜라를 쪽 빨아 마신 뒤 입을 열었다.

"말하자면 긴데, 1학년 때 선재랑 내가 체육복을 도둑맞았거든. 나는 두 벌 도둑맞았는데 선재는 다섯 벌 넘게 도둑맞았을걸? 열받아서 절대 못 훔쳐 가게 앞뒤로 이름만 50개 이상 써 놨더니 더 이상 안 훔쳐 가더라고. 그런데 2학년 되고 누가 훔쳐 간 체육복을 도로 갖다 놓은 거야. 어떤 도둑놈인지."

"아……."

백인혁의 이야기를 들으며 작게 고개를 끄덕였다.

"나는 한 벌만 돌아왔는데 류선재는 무려 다섯 벌이나 돌아옴."

"헐."

이야기가 생각 외로 흥미진진했다.

"그래서 처음엔 이름 안 써진 체육복만 중고나라에 팔더니, 나중엔 이름 써진 것도 올리더라. 그거 몇 달이 지나도록 아무도 안 샀는데."

설마, 그걸 산 사람이 나인 것인가.

"그게 너."

그랬군.

"심지어 상의는 환불함."

백인혁이 햄버거를 먹으려다 말고 소리 내 웃었다. 눈을 치켜뜨고 웃는 낯을 노려보다가 지갑에서 만 원짜리 지폐 세 장을 꺼내 건넸다. 손에 묻은 감자튀김의 기름을 쪽쪽 소리 나게 빤 백인혁이 지폐를 한 장만 집어 갔다.

"삼만 원 아니야?"

백인혁이 손에 든 햄버거를 흔들었다.

"체육복값에서 빼 준다니까."

"그걸 이만 원이나 쳐주게?"

"세트가 두 개잖아."

"내 것도 사 주는 거야?"

백인혁이 고개를 끄덕였다.

"백인혁한테 햄버거를 다 얻어먹고. 너 짠돌이라고 하던데. 아니구나."

백인혁이 미간을 찌푸렸다.

"누가 그래? 내가 짠돌이라고?"

그게, 라디오에서 우현성이 그랬는데.

"……있어."

"류선재가 그래?"

"아니. 그냥 길 가다 들었어."

"길 가다가? 아니, 길에서 내 이야기를 하는 사람이 있었어? 졸라 유명하네. 이놈의 인기."

너무나 당당한 백인혁의 태도에 황당한 얼굴로 감자튀김을 입에 물었다.

"야, 그런데 나 궁금한 게 있는데."

"응."

"저번에 왜 모른 척했어?"

햄버거를 손에 들고 눈을 끔벅였다. 저번이라면 시간 여행을 끝내고 돌아가 있던 그 시간을 말하는 것 같았다. 그사이에 무슨 일이 있었는지는 나도 몰랐다. 이 시간도, 저 시간도, 모두 내가 존재했었는데 기억이 없는 걸 보면 오선지처럼 여러 선으로 뻗은 세계를 선재의 죽음을 알고 있는 내가 오가는 것만 같았다.

"……언제?"

"선재가 너 울린 거 사과하러 갔을 때 말이야."

모르는 얼굴로 앉아 있는 나를 물끄러미 보던 백인혁이 엄지로 입가를 문질러 닦았다.

"감자탕집에서 셋이 밥 먹은 날, 갑자기 뛰쳐나갔잖아."

"응. 기억나."

"너 울면서 혼자 가 버렸다며. 자기가 너무 심하게 군 것 같다고 며칠 내내 마음에 걸려 하기에 내가 그럴 거면 찾아가서 사과하라고 그랬거든."

여기서부터는 내가 모르는 이야기였다. 백인혁의 말에 귀를 기울였다. 꼴깍 침이 넘어간다. 말이 길어질 것 같은지 백인혁이 햄버거를 트레이에 내려놓고 티슈로 손을 닦았다.

"저번처럼 학교 앞에서 기다리다, 가방 붙들어 잡으니까 네가 누구세요, 그랬어. 장난하는 줄 알았는데 무작정 데려가니까 네가 가방 벗고 도망갔잖아."

벌어지는 입을 애써 다물었다. 가방을 벗고 도망갔다니. 가방끈에서 두 팔을 빼내고 전력 질주 했을 나를 상상하니 눈앞이 까마득해졌다. 손에 덜렁 남은 내 가방을 보며 둘은 무슨 생각을 했을까.

"선재가 달리기가 존나 빠르거든. 네가 가방 버리고 도망가니까 그 가방을 들고 너를 쫓아갔어. 물론 나는 안 뛰었고."

백인혁이 자신의 이야기를 하면서 씩 웃었다. 안 물어봤다는 듯 무표정하게 보자 입꼬리를 내리고 이야기를 마저 이었다.

"네가 빽 소리를 지르면서 스토커냐고, 또 따라오면 신고할 거라고 했다던데. 선재가 존나 황당해했어. 괜히 사과하라고 시킨 나만 가운데서 등 터졌다."

"……세상에."

"하나도 모르네. 너 혹시 쌍둥이냐?"

"아, 아니…… 내가 잘 깜빡깜빡해."

"깜빡할 게 따로 있지."

백인혁이 다시 햄버거를 들고 입에 물었다.

"난 네가 선재한테 차여서 연기하는 줄."

"차여? 나 고백한 적도 없는데."

"운동장에서 그거, 고백 아닌가. 류선재 존나 사랑한다고 했잖아."

"……아니야."

꿈인 줄 알고 되는대로 하고 싶은 말을 모조리 뱉었던, 필터 없이 쏟아 낸 말들이었다. 얼굴이 화끈거렸다. 감자튀김을 집어 먹은 백인혁이 실없이 웃었다.

빨대를 입에 물고 콜라를 마시며 구석진 곳에 앉아 있는 머리통을 보았다. 정전기 때문인지 정수리 쪽의 머리카락이 안테나처럼 솟아 있었다. 그 안테나가 신호를 보내오는 것만 같았다. 삐리삐리, 나는 류선재, 류선재. 너희들의 이야기를 도청하고 있다. 그렇게.

"선재 오늘 학교에 패딩 입고 왔어?"

"응. 뭐야, 오늘도 학교 와서 선재 봤냐?"

고개를 저었다. 머리통만 튀어나온 게 영락없이 숨어 있는 모습이었다. 백인혁이 온 뒤로 선재가 들어오는 걸 보지 못했으니 그 전에 들어와 있었다는 건데. 내가 백인혁한테 무슨 헛소리라도 할까 봐 감시하러 온 건가. 햄버거를 먹다가 상체를 숙이고 목소리를 낮춰 말했다.

"야, 백인혁."

"엉?"

"혹시라도 나중에 말이야…… 데뷔조에 너랑 선재가 같이 안 들어가면 막 울어."

"뭐? 뭔 소리야."

힐끔 구석진 자리에 숨어 있는 머리통을 한 번 보고는 고개를 더 내밀고 말했다.

"데뷔조에 선재는 못 들고 너만 들어가면 막 항의하라고. 선재랑 같이 데뷔하게 해 달라고. 혈서 쓰고 일인 시위하고."

"혈서? 장난하냐? 나보고 손 따라고?"

백인혁이 토마토케첩을 듬뿍 묻힌 감자튀김을 입에 넣으려다 말고 흔들었다.

"아무튼. 둘이 꼭 시작을 같이하라고."

파이팅 하라는 듯 주먹을 꼭 쥐어 올렸다. 백인혁이 이해할 수 없다는 듯 얼굴을 찌푸렸다. 다시 힐끔 구석진 곳에 시선을 주자 가방 위로 눈을 내밀고 있던 선재가 훅, 고개를 숙이고 숨었다. 망치가 오기 전에 피하는 두더지 같았다.

햄버거를 먹다 말고 계산대로 가 불고기버거 하나와 밀크쉐이크를 주문했다. 자리로 돌아가자 백인혁이 눈을 동그랗게 뜨고 "하나 더 먹게?" 하고 물었다. 턱을 들어 뒤를 가리켰다. 백인혁이 머리 위에 물음표를 띄우고 돌아보았다. 튀어나와 있던 머리통이 가방 뒤로 완전히 숨었다. 백인혁의 눈썹이 찌푸려진다.

"많이 본 가방인데."

"나는 많이 본 머리통이더라."

백인혁이 자리에서 일어나더니 구석진 자리로 다가가 테이블 위에 놓인 가방을 들어 올렸다. 몸을 한껏 숙이고 있는 선재가 나타났다.

"어이, 류선재. 교실에 없더니 여기서 뭐 하냐?"

테이블에 머리를 박고 있던 선재가 자연스레 얼굴을 들고 턱을 괬다.

"감자튀김 먹으러 왔는데."

백인혁과 내가 이상하다는 듯 선재를 쳐다보았다.

"감자튀김은?"

"아직 안 나왔는데."

"야, 너 설마 내가 네 팬 만난다니까 감시하러 왔냐? 선재 업고 튀어가 인혁 업고 튀어가 될까 봐?"

백인혁이 웃음을 터트리더니 선재의 어깨를 장난스럽게 때린다.

"뭐래. 감자튀김 먹으러 왔다니까."

선재가 무심한 얼굴로 헛소리할 거면 가라는 듯 손을 휘휘 저었다. 고개를 돌리는 선재와 아주 짧게 눈이 마주쳤다. 뭐가 그렇게도 못마땅한지 불만이 가득한 얼굴이었다. 내가 못마땅한 거겠지.

"야, 이쪽으로 자리 옮기자."

백인혁이 가방과 트레이를 들고 선재가 앉아 있는 자리로 옮겼다.

"아, 뭔데."

선재가 질색하는 얼굴로 올려다보자, 백인혁이 능글맞게 웃었다.

"다른 테이블에 앉아 있는 것도 웃기잖아."

선재 옆에 나란히 앉은 백인혁이 멀뚱히 혼자 남아 있는 나를 보며 손을 흔들었다. 이거, 오란다고 가는 것도 이상하고, 백인혁이 햄버거를 다 들고 간 마당에 자리를 지키고 앉아 있는 것도 이상하고. 대략 난감했다.

마침 주문했던 햄버거와 쉐이크가 나왔다. 트레이를 들고 백인혁의 맞은편에 앉았다.

"이거 먹어라. 네 팬이 쏘신단다."

백인혁이 선재 앞으로 트레이를 밀었다.

"먹겠다고 한 적 없는데."

"야, 그래도 선재 업고 튀어가 너 먹으라고 주문한 건데. 어차피 너 저녁도 안 먹었을 거 아냐."

가만히 있는 선재 대신 플라스틱 뚜껑에 빨대를 꽂은 백인혁이 음? 하며 고개를 갸울였다.

"야, 그런데 너 어떻게 알았냐?"

백인혁의 시선이 나를 향했다. 감자튀김을 집어 먹다가 눈을 올렸다.

"뭐를?"

"류선재 햄버거 이렇게 먹는 거."

위키피디아, 브이라이브, 너희들이 나온 라디오, 그런 이야기를 할 수 없으니 나는 말을 잃었고, 백인혁은 신기하다는 얼굴로, 선재는 의아하다는 얼굴로 나를 보았다.

"아니, 이거 완전 류선재 맥날 세트잖아. 불고기버거, 밀크쉐이크, 감자튀김."

"그래? 내가 이렇게 먹는 거 좋아하거든. 우리 아빠도 이렇게 드시고. 우리 가족은 불고기버거만 먹어. 심지어 우리 엄마는 제사상에 불고기버거랑 밀크쉐이크 올려 달라고 하셨어."

부모님 이야기에 이어 제사 이야기까지 나오자 백인혁이 입을 다물었다.

"선재도 이렇게 먹는 거 좋아하는구나."

하하, 하고 어색하게 웃는데 턱을 괸 채 날 바라보는 선재와 눈이 마주쳤다.

"아, 배부르다."

손에 묻은 기름을 티슈로 빡빡 닦고는 가방과 쇼핑백을 챙겼다. 여기 계속 앉아 있다가는 또 무슨 말을 듣게 될지 모른다.

"마, 맛있게들 먹고 가. 나는 먼저 갈게."

후다닥 맥도날드를 빠져나갔다. 왠지 두 번째 시간 여행도 순탄치가 않을 것 같은 예감이 들었다. 하늘을 올려다봤다. 해가 넘어간 하늘이 어두웠다.

□ ◆ □

백인혁은 오늘 체육복 거래를 하러 가기로 했고, 그곳에 같이 갈 생각도, 백인혁을 기다릴 생각도 없던 선재는 먼저 학교를 나섰다. 교문을 벗어나 길을 쭉 내려가다 보니 두 사람의 약속 장소인 맥도날드가 눈에 들어왔다. 횡단보도 앞에 선 선재의 눈이 맥도날드 간판을 뚫어져라 응시했다. 그러다 쓸데없이 간판을 쏘아보고 있다는 것을 깨닫고 고개를 저었다.

"왜 이래."

흐트러진 머리를 쓸어내리고 있는데 핸드폰이 진동했다. 마침 신호가 바뀌어 횡단보도를 건너며 도착한 메시지를 확인했다.

[야, 너 왜 교실에 없어?]

인혁이었다. 선재는 두 손으로 핸드폰을 잡고 엄지를 움직여 키패드를 두드렸다.

[먼저 나왔어.]

곧바로 답장이 왔다.

[오늘 선재 업고 튀어 만나기로 했잖아!]

나랑 만나기로 했나. 너랑 만나기로 했지. 그런 생각을 하다 고개를 드니 익숙한 유리문이 보였다. 선재의 얼굴에 당황스러운 빛이 번졌다. 횡단보도를 건너기 전, 뚫어져라 보았던 그 맥도날드 앞이었다.

"정신을 어디다 팔았냐."

스스로도 이 상황이 웃겨 실소를 터트리며 걸음을 돌리는데, 저 앞에 익숙한 사람이 걸어오고 있었다. 검은색 스타킹 위에 덧신은 파란색 양말, 노란색 떡볶이 코트.

"어……."

선재의 눈이 동그래졌다. 이 앞에서 마주치는 순간 체육복을 팔지 않겠다고 해 놓고 남의 거래 장소에 먼저 와서 기다리는 놈이 되는 거였다. 고개를 숙이고 핸드폰을 들여다보던 임솔의 고개가 천천히 움직였다. 선재는 급하게 맥도날드 유리문을 밀고 안으로 걸음을 옮겼다. 안에 들어오고 나서야 아, 미친, 여기로 들어오면 안 되지, 멍청아, 하고 생각했으나 이미 늦었다는 걸 알았다.

주위를 두리번거린 선재의 걸음이 구석으로 향했다. 가방을 벗어 테이블 위에 올리고 보이지 않도록 몸을 숙였다. 그러나가 잠깐, 나 왜 숨지, 내가 왜, 뭘 잘못했다고, 생각하며 슬쩍 상체를 올렸다. 문 앞에 있는 테이블에 자리를 잡는 임솔이 보였다. 선재는 저도 모르게 다시 가방 뒤로 몸을 숨겼다.

나가긴 글렀네.

가방 뒤에서 이마를 짚고 핸드폰을 꺼냈다.

[인혁아, 그거 얼른 팔고 오락실로 와.]

어떻게든 둘의 거래가 빠르고 정확하게 끝나기를 바라며 메시지를 보냈다. 그런데 임솔이 햄버거 세트 두 개를 들고 자리에 앉는 것이 뭔가 낌새가 심상치 않았다. 곧 백인혁의 메시지가 들어왔다.

[선재 업고 튀어랑 햄버거 먹기로 함.]

"아니, 무슨 중고 거래 하는 데 밥까지 먹어."

핸드폰을 뒤집어 테이블에 올려놓고 고개를 숙였다. 초조하게 손가락을 까닥이다가 슬쩍 머리를 올려 임솔을 보았다. 햄버거와 감자튀김, 음료를 나누던 임솔이 자리에서 일어나 주문대로 향했다. 그러곤 케첩 네 개를 더 받아 왔다. 먼저 먹을 만도 한데 가만히 앉아 있더니, 자신의 앞에 있는 것 말고 맞은편 자리로 밀어 둔 감자튀김 세 개를 쏙 빼내 먹었다. 백인혁의 것인 듯했다. 그 모습에 툭 웃음이 터졌다.

"선재도 같이 오려나."

작게 중얼거리는 목소리였지만, 제 이름이 들어가서 그런지 그 목소리가 선명하게 들렸다. 햄버거 세트 두 개가 놓여 있는 트레이를 가만 내려다보던 임솔이 핸드폰을 들었다.

"같이 오냐고 물어볼까."

손가락을 느리게 움직이며 고민하는가 싶더니 핸드폰을 도로 내려놓았다.

"싫어하겠지."

말을 마친 임솔의 입술이 작게 휘어 내려갔다. 동그란 눈에 어렴풋하게 애틋한 빛이 어렸다. 그 눈빛이 이상하게도 선재의 마음속에 쿡 박혔다.

뜬금없이 팬이라며 나타난 이상한 애였다가, 한동안 진짜 모르는 건지 모르는 척을 하는 건지, 자신을 피하는 애였다가, 다시 나타난 아이. 마치 다른 세계에서 날아온 것만 같은 느낌이 들었다. 그냥 그런 특별한 느낌이 있었다.

흘러내린 머리카락을 귀 뒤로 넘긴 임솔이 핸드폰을 들여다봤다. 뭘 보는지 꽤나 집중한 얼굴이었다. 선재는 그 모습을 물끄러미 바라보았다. 백인혁이 오기 전까지.

▢ ◼ ▢

8교시의 끝을 알리는 종이 울리자마자 가방을 챙겨 들고 교실을 벗어났다. 학교 근처 재수 학원으로 들어가 상담실 옆에 있는 화장실에서 자감고등학교 체육복으로 갈아입었다. 좁은 공간에서 옷을 갈아입느라 날이 추운데도 땀이 삐질삐질 났다.

가방의 한쪽 끈을 어깨에 메고 다른 한 손에는 노란색 떡볶이 코트를 걸친 채 화장실에서 나왔다. 재수 학원 바로 앞이 버스 정류장이니 학원 문 안에 서 있다가 버스가 오면 튀어 나갈 생각이었다.

핸드폰을 꺼내 시간을 확인했다. 야간 자율 학습 시작 전에만 도착하면 됐다. 석식 시간, 아이들이 교실을 비웠을 때에 몰래 들어가 선재 서랍에 책을 넣고 올 계획이었다.

운 나쁘게 죽은 500명의 사람들. 선재가 이 책을 읽을지 안 읽을지 모르는 일이지만 밑져야 본전이라는 생각으로 가는 길이었다. 독서는 삶의 밑거름이 된다고 하지 않던가. 이 책의 내용이 먼 훗날까지 선재의 기억 속에 남아 있을 수도 있다는 그런 실낱같은 희망으로 고르고 고른 책이었다.

코트를 품에 안고 서서 유리문 밖을 내다봤다. 눈을 가늘게 뜨고 보니 버스가 곧 도착한다고 전광판에 떠 있었다.

"후, 가자! 임솔!"

전장에 나가는 장군의 마음으로 유리문을 열고 정류장으로 향했다.

자갑고등학교 교문을 들어서는 나의 발목이 낮은 중저음의 목소리에 잡혔다. 거기 노란 코트, 하고 불러 돌아보니 갈색 코르덴 재킷을 입은 남자가 손에든 단소를 휘휘 위로 흔들며 가까이 올 것을 요구했다.

"……왜, 왜요?"

누가 봐도 이 학교 선생임을 알 수 있어 가까이 다가서지 않은 채 묻자 남자의 얼굴이 일그러진다.

"왜요?"

"……예?"

"선생님이 부르는데 왜요?"

남자가 단소로 나를 가리키고는 그 단소의 끝으로 자신의 발 앞쪽을 찍었다. 자신이 찍은 곳으로 와서 서라는 뜻이었다. 가슴이 두근거렸다. 이 학교 학생도 아닌데 이 학교 체육복을 입고 자연스레 교문으로 들어선 나를 어떻게 설명할 수 있을까. 우물쭈물하며 서 있자 선생이 "빨리 안 튀어 와!" 하고 소리를 질렀다.

존나게 망한 거야, 이거는.

하얗게 질려 가는 얼굴을 하고서 쭈뼛쭈뼛 선생 앞으로 걸어갔다.

"외출증."

"네?"

"외출증 끊고 나갔을 거 아니야."

선생이 자신의 어깨 위에 단소를 얹고 손을 내밀었다. 외출증이 있어야 교문을 나설 수 있는 학교였구나. 여태까지 교문에서 붙잡힌 적이 한 번도 없어 몰랐던 사실이었다.

"있어, 없어."

"……."

그런 게 있을 리가 있나요. 지금이라도 미친 척 뛰어나갈까, 고민하고 있는 내 어깨를 선생이 단소로 툭툭 치며 밀어 냈다.

"인마."

"네?"

"외출증도 없이 무단으로 학교를 나가 놓고, 아주 당당히 들어오십니다."

달리 할 말이 없어 고개를 푹 숙였다. 어디선가 임재범의 고해가 들리는 것 같았다. 어찌합니까, 어떻게 할까요.

"저기 가서 손 들어."

선생이 단소로 교문 옆을 가리켰다.

"네?"

잘못 들은 줄 알고 눈을 크게 뜨고 묻는 나를 선생이 험상궂은 얼굴을 하고 쳐다봤다.

"저기 가서 손 들고 있으라고."

"……저, 저요?"

손가락으로 나를 가리키며 물었다.

"저, 저는 이 학교 학생이 아닌데요……."

선생이 나를 위아래로 훑었다. 선생의 시선을 따라 눈을 내리자 코트 아래로 드러난 두 다리가 보였다. 누가 봐도 자감고등학교 체육복이었다.

"선생이 우습지 아주."

천천히 얼굴을 들었다. 선생이 으드득 이를 갈며 단소로 손바닥을 딱, 딱, 소리 나게 때리고 있었다.

□ ■ □

"아, 씨. 진짜."

코트에 달린 후드가 자꾸만 아래로 내려오며 머리를 덮었다. 후드를 다시 뒤로 넘기려다가 중심 잡기가 어려워 포기했다. 난데없는 엎드려뻗쳐 통보에 두 손바닥과 발끝을 바닥에 대고 교문 옆에서 뻗쳐 있는 중이었다. 선생은 학교를 한 바퀴 돌고 올 테니 그때까지 이러고 있을 것을, 불시에 나타날 것이니 절대로 자세를 흐트러트리지 말 것을 당부하고 갔다.

류선재 살리기 졸라 힘드네.

아스팔트 바닥을 짚은 손바닥에 돌이 박히는 느낌이었다. 팔이 후들거린다. 두 팔을 기둥 삼아 몸의 무게를 버티기가 힘들었다. 엉덩이가 자꾸만 아래로 내려갔다. 아무래도 앞으로는 팬레터를 가장한 편지를 써서 회사로 보내거나 학교 담을 넘어서 다녀야겠다고 생각했다.

"아, 아흐. 언제 와."

힘에 겨워 인상을 팍 쓰고 신음을 뱉는데 발 네 개가 가까이 다가와 섰다. 흰색 운동화 한 켤레, 노란색 운동화 한 켤레.

"이거 그 가방 아니냐?"

"맞는 거 같은데."

"이 겨자색 코트도 걔가 입고 있었던 거 같은데."

"그러게."

뭐지. 앞에서 떠드는 소리에 얼굴을 들었다. 후드가 푹 내려오며 눈을 가렸다. 아무것도 보이지 않아 눈만 끔벅이는데 누군가 무릎을 쪼그리고 앉는 소리가 들렸다. 눈을 내리깔자 구부린 무릎과 노란색 운동화가 보였다. 앞에 앉은 애가 머리를 덮은 모자를 뒤로 벗겨 내렸다.

"맞네?"

옅은 담갈색 머리를 한 남자애와 눈이 마주쳤다.

"……어, 백인혁?"

눈을 올려 백인혁의 뒤에 서 있는 흰 운동화의 주인을 보았다. 검은색 패딩 주머니에 두 손을 찔러 넣고 모자를 올려 쓴 선재가 나를 내려다보고 있었다.

"김춘백."

선재가 말했고 너무 당황해서 그런지 눈이 동그래졌다. 두 팔이 곧 무너질 것 같은 어떤 대교의 기둥처럼 파들파들 떨렸다.

"남의 학교에서 뭐 해?"

"어, 어?"

"왜 남의 학교에서 엎드려뻗쳐를 하고 있냐고."

"나, 그게, 외출증이 없어서……."

"외출증? 우리 학교 외출증?"

"……응."

선재와 나의 대화를 가만 듣고 있던 백인혁의 입술이 씰룩거렸다. 웃음을 참는 것처럼 보였는데 얼마 버티지 못하고 두 손으로 입을 가리며 "풉." 하고 풍선 터지는 소리를 냈다. 눈을 가늘게 뜨며 백인혁을 흘겼다.

"너 교문으로 들어오다 걸렸냐?"

백인혁이 웃는 얼굴로 물었다. 슬쩍 무릎을 바닥에 대고 고개를 끄덕였다.

"누구한테 걸렸는데?"

"남자 선생님인데. 단소 들고 다니는……."

"학주?"

"그건 잘……."

무표정하게 바라보고 있던 선재가 내 쪽으로 다가와 떡볶이 코트에 달린 모자를 잡아 올렸다.

"어? 어, 잠깐."

모자를 잡아당기는 힘에 바닥에 대고 있던 손을 떼고 일어났다. 손바닥에 자잘하게 삭은 돌들이 박힌 자국이 선명했다. 손바닥을 털고 코트에 비벼 닦았다.

"바보냐? 너 도망가도 학주는 네가 어디 학교 누군지도 몰라."

그 생각을 안 했던 건 아닌데, 막상 그런 상황에 닥치게 되면 도망갈 수가 없다고, 라는 말은 속으로만 생각했다.

"선재 업고 튀어는 출입증을 끊어서 들어와야 할 판인데 외출증이라니."

백인혁이 깔깔거리며 웃었고 선재가 백인혁의 어깨를 툭 치며 "가자." 하고 걸음을 뗐다.

"야, 선재 업고 튀어 너 보러 온 거 같은데. 그냥 가?"

"나 보러 왔다고 한 적 없잖아."

"안 물어봤잖아."

"빨리 와."

백인혁이 아랫입술을 내민 채 어깨를 으쓱이고는 걸음을 돌렸다. 멀어지는 둘을 가만 보았다. 패딩 모자를 올려 쓴 선재의 뒷모습이 귀여웠다. 저렇게 귀여운 선재가 나를 볼 때는 늘 언짢은 얼굴을 하고 있으니, 아무리 과거라지만 너무 서럽다.

앞서가던 선재가 힐끔 뒤를 돌아봤다. 눈이 마주쳤다. 멀어지는 선재를 계속 보고 있던 것을 들킨 것 같아 나도 모르게 몸을 움찔 떨었다. 다시 고개를 돌린 선재가 백인혁의 팔을 툭툭 건드렸다. 야, 쟤 졸라 무섭게 지켜보고 있어, 이런 말을 하려는 건가.

둘이서 무슨 이야기를 주고받는 것 같더니 백인혁이 몸을 돌리고 나를 보았다. 이번엔 백인혁과 눈이 마주쳤다. 백인혁이 손을 막 흔들며 삿대질을 했다. 왜 난데없이 삿대질인지. 무슨 말인지 몰라 손가락으로 나를 가리켰다.

"나?"

그러자 답답한 듯 백인혁이 손을 내리고 소리를 질렀다.

"뒤에 보라고, 둔탱아!"

무슨 소리지. 눈썹을 찌푸리고 뒤를 돌아보았다. 단소를 들고 어둠이 내린 운동장을 가로지르는 남자가 보였다.

"인마, 누가 서 있으래!"

선생의 목소리가 운동장에 쩌렁쩌렁 울렸다. 놀라는 것도 잠시, 바닥에 던져 두었던 가방을 잽싸게 잡아 들고 달렸다. 내가 도망가자 선생도 단소를 휘두르며 달리기 시작했고 그것을 본 백인혁과 선재도 같이 달렸다. 왜인지 모르겠으나 "잡히면 오리걸음 열 바퀴다!" 하고 소리치며 뛰어오는 선생의 말에 자신들도 포함된다고 생각한 것 같다.

선재가 못마땅한 얼굴로 백인혁에게 "왜 뛰어 새끼야! 우린 잘못한 것도 없는데." 하고 말했고 백인혁이 "몰라, 얘가 우리 쪽으로 뛰어오잖아!" 하며 나를 눈짓했다.

뭐, 어쩌라고! 이 길로 올라왔으니 이 길로 내려가는 건데!

내가 두 손바닥을 빳빳하게 펴고 속도를 높이자 뭐가 웃긴지 백인혁이 소리 내 웃었다.

"선재 업고 튀려고 연습이라도 했냐, 졸라 잘 달리네. 류선재 너 조심해야겠다. 진짜 업고 튀면 답 없겠네."

헛소리 뒤진다. 눈동자를 돌려 백인혁의 얼굴을 흘기고는 죽을힘을 다해 달렸다. 학교에서 조금 멀어지자 선재와 백인혁이 속도를 늦췄다. 뒤에서 백인혁이 "야, 그만 뛰어." 하고 외치는 소리가 들렸지만 달리기를 멈추지 않았다.

그만 뛰면 뭐 어쩔 건데. 같이 사이좋게 걸을 것도 아니면서.

그렇게 한참을 뛰다 사거리에서 멈춰 섰다. 턱 끝까지 차오른 숨을 고르고 뒤를 돌아보았다. 얼마나 달린 건지 저 멀리서 선재와 백인혁이 오고 있었다.

횡단보도 앞에서 신호가 바뀌기를 기다렸다. 손가락을 꼼지락거리며 신호등을 보는데 마치 붉은빛으로 고정이라도 된 것처럼 안 변했다.

힐끔 달려온 길을 돌아봤다. 다리가 길어서 그런 건지, 아까는 저만치 있던 둘이 어느새 가까워져 있었다. 초조하게 다리를 떨었다. 신호등이여, 빨리 초록불을 제게 하사하소서, 하며 입술을 물고 있을 때 누군가 옆에 나란히 발을 맞추고 섰다.

"선재 업고 튀어, 또 보네."

백인혁이 능청스럽게 웃었다. 선재의 시선은 신호등에 고정되어 있었다. 꾸물거리다가 가방을 앞으로 메고 지퍼를 열어 챙겨 온 책 한 권을 꺼냈다. '운나쁘게 죽은 500명의 사람들'이란 제목의 황당한 죽음을 맞이한 사례들을 모아 놓은 책이었다. 선재에게 책을 건네려는 찰나 신호가 바뀌었다.

"어?"

책을 내미는 동시에 선재가 걸음을 뗐다. 백인혁이 빨리 따라와 붙으라는 듯 눈짓했다. 이 미친 타이밍. 후다닥, 선재의 옆에 따라붙었다.

"류선재."

주머니에 두 손을 찔러 넣은 채 걷던 선재가 뭐냐는 듯 눈을 맞춰 왔다.

"왜?"

"자, 이거."

책을 건넸다. 선재가 눈을 내리고 책의 뒷면을 훑었다. 차마 대놓고 제목을 보여 줄 수는 없어 선재에게 책을 뒤집어 건넸다.

"이게 뭔데?"

"이거, 그건데……."

책을 보던 선재의 눈이 내 얼굴로 옮겨 왔다. 눈이 마주치고, 이상한 긴장감에 머릿속이 굳어 버렸다.

"조공."

"뭐?"

내가 생각해도 민망해 선재의 옆구리에 책을 밀어 넣었다.

"꼭 읽어 봐!"

얼떨결에 책을 받아 든 선재가 황당한 얼굴로 나를 보았다. 후다닥 다시 달렸다. 책의 제목을 확인했는지, 뒤에서 백인혁이 크게 웃는 소리가 들렸다. 두 다리를 빠르게 교차하며 달리는 얼굴이 절로 울상이 되었다.

□ ■ □

목이 늘어난 반티를 입고 슬금슬금 부엌으로 걸어갔다. 어두운 부엌에 발을 들여놓고는 벽을 더듬어 냉장고를 찾아냈다. 냉장실 문을 열자 구석에 박혀 있는 캔 맥주 세 개가 보인다. 씩, 입꼬리가 올라갔다. 오늘 내가 저지른 황당한 실수와 엎드려뻗치고 있는 상태에서 마주친 선재의 얼굴이 자꾸 생각나 기분이 깊게 꺼지고 우울했다. 이렇게 우울하고 답답한 속을 달래는 데는 술이 최고였다. 그런데 여기선 술을 살 수가 없었고, 믿을 거라곤 엄마가 사 온 술을 넣어 둔 냉장고뿐이었다.

냉장고에서 캔 맥주 하나를 꺼내 들고 슬금슬금 방으로 돌아갔다. 조심스레 캔을 따고 벌컥벌컥 들이마셨다. 캬, 하는 소리가 절로 나왔다. 갑자기 기분이 좋아져 눈을 찡그렸다.

펜을 들고 달력 앞에 섰다. 오늘 날짜에 빗금을 쳤다. 하루가 빠르게 지나가는 느낌이었다. 실제 이맘때의 나는 하루하루가 지옥 같고 우울했는데, 다른 기분으로 과거를 사는 게 그저 신기했다.

침대에 앉아 이어폰을 귀에 꽂고 엠피쓰리 전원을 켰다. 나얼의 '바람 기억'을 재생했다. 이 곡은 선재의 애창곡이었다. 라디오에서도 종종 짧게 한두 소절씩 불러 주곤 했다. 완창을 들을 수 있는 건 선재의 고등학교 축제 영상이 유일했다. 그것마저도 영상을 찍은 사람이 계속 중얼거리는 탓에 망한 영상이나 다름없었다. 맥주를 홀짝홀짝 마시다가 손으로 무릎을 탁 소리가 나게 때렸다.

"대박."

기억하기로 자감고등학교는 12월에 축제가 있었다. 어쩌면 나 선재의 라이브를 들을 수 있는 건가. 너무 놀라 입을 틀어막고 있는데 핸드폰이 진동했다. 입을 채 다물기도 전에 눈이 커졌다. 심징이 쿵 내려앉듯 그게 울렸다.

[선물 고맙다.]

눈을 동그랗게 뜨고 메시지를 다시 읽었다. '고맙다'는 세 글자가 정확하게 박혀 있었다. 세상에. 이거 진짜야? 믿을 수 없어 번호를 다시 확인하고 이전에 주고받은 메시지를 읽어 보았다.

　[체육복값에서 빼 줄게. 햄버거 먹자. 나는 상하이스파이시치킨버거.]
　[나 인혁. 나한테 네 번호가 없어서 선재 걸로 보낸다.]
　[야ㅋㅋㅋㅋ 근데 선재가 너 저장한 이름 졸라 웃기다.]
　[뭐 뭔데 뭐라고 저장해 놨는데.]
　[프로환불러김춘백ㅋㅋㅋㅋㅋㅋㅋㅋㅋㅋㅋㅋ]

　선재의 번호가 맞았다. 책을 읽은 건가. 여러 가지 약을 함께 복용해 쇼크사한 사례에는 노란색 형광펜으로 밑줄까지 그어 놨는데. 정말 본 건가. 뭐라고 답장을 해야 할지 몰라 망설이고 있는데 새로운 메시지가 들어왔다.

　[아빠가 2탄 나오면 알려 주래.]

　끔벅끔벅, 문장을 읽었다. 아빠가, 아빠, 아빠, 하고 세 번 반복해 읽고 나서야 상황을 이해했다. 그러니까 선재가 책을 읽은 게 아니라 선재의 아버지가 읽은 것인가. 류근덕감자탕의 창업자. 그래도 책을 버리지 않고 집으로 가져갔으니 고맙다고 해야 하는 건가. 손가락을 움직여 답장을 입력해 보냈다.

　[받아 줘서 고마워. 너도 꼭 읽어 봐!]

　비록 책은 선재 아버지가 읽었지만, 고맙다는 말에 괜히 가슴이 두근거렸다. 홀짝홀짝 맥주를 들이마시고 헤벌쭉 웃었다. 다른 책도 사서 선물해야지, 생각했다.

□ ◆ □

임솔의 메시지를 보던 선재는 핸드폰을 책상 위에 놓았다. 의자 등받이에 몸을 푹 기대고 고개를 젖혀 천장을 바라봤다. 의자를 빙글빙글 돌리다가 자세를 고쳐 앉으며 책상 위에 올려 둔 책을 보았다. 운 나쁘게 죽은 500명의 사람들. 손가락으로 양장 커버를 톡, 톡, 두드리다가 접어 둔 페이지를 펼쳤다. 책을 전부 훑었지만 형광펜으로 밑줄이 그어진 페이지는 168쪽뿐이었다.

"쇼크사."

바닥에 내려 둔 가방을 뒤져 편지 한 장을 꺼내 펼쳤다. '이 편지는 미래에서 왔으며 편지에 있는 내용을 무조건 믿고 행동에 옮겨야 합니다.' 라는 문장으로 시작하는 편지였다. 임솔은 마치 자신이 불면증을 겪고 있는 것처럼 조심해야 할 것들을 일러 줬는데, 아무리 생각해도 불면을 겪은 적이 없었고, 겪은 적이 없으니 어디 가서 잠을 못 잔다는 이야기를 한 적도 없었다. 그런데 대체 임솔은 왜 갑자기 제게 찾아와 이런 경고들을 하는 건지 알 수 없었다.

한 손으로 턱을 괴고 다른 손으론 편지의 문장을 쭉 따라 훑던 선재의 손가락이 한 문장에서 멈췄다. '지금 당신의 곁에 키 180cm가 넘는 고양이처럼 생긴 친구가 있다면 멀리하십시오.' 손가락이 고양이 위에서 까닥까닥 움직였다.

"아무리 생각해도 백인혁을 두고 하는 말인 것 같은데."

핸드폰이 울렸다. 편지를 내려놓고 핸드폰을 집어 든 선재가 새로 들어온 메시지를 확인했다.

[책 재밌냐ㅋㅋㅋㅋ]

백인혁이었다. 침대에 벌러덩 누워 두 손을 높이 든 채 메시지를 입력했다.

[안 읽어서 모르겠는데.]

[모르기는. 필요 없으면 주라니까 주지도 않아 놓고.]

[얼른 자.]

[잘 거야. 근데 걔 진짜 엉뚱하지 않냐? 엎드려뻗치고 있던 거 아직도 웃김ㅋㅋㅋㅋㅋㅋㅋㅋㅋㅋㅋ]

그게 뭐가 웃겨, 하고 생각하던 선재가 힘없이 웃음을 터트렸다. 입을 살짝 벌리고 웃다가 왜 웃지 싶어 표정을 정리했다.

[엉뚱한 게 아니고 황당한 거지. 나 잔다.]

[빨리도 자네. 선재 업고 튀어 꿈 꿔라.]

내가 류선재인데 뭘 업고 튀어, 하고 생각하던 선재는 핸드폰을 충전기에 꽂고 다시 침대에 누웠다. 가만히 천장을 바라봤다.

"임솔."

두 글자를 뱉고 생각했다. 어느 날 불쑥 우는 얼굴로 나타나 알은척을 하던 선재 업고 튀어를, 눈물범벅이 된 얼굴로 다신 안 나타나겠다며 미안하다고 말했던 김춘백을, 그리고 그 뒤로는 아주 모르는 사람인 것처럼 굴었던 임솔을.

류근덕감자탕에서 서랍에 넣고 간 편지에 대해 물었던 날, 갑자기 뛰어나간 임솔을 황당하게 보던 선재는 이야기의 끝을 맺어야겠다는 생각에 뒤따라 나갔다. 저만치 걸어가고 있는 임솔이 보여 붙잡았더니 매우 서러운 얼굴을 하고 있었고, 눈이 마주치자 갑자기 울음을 터트렸다. 원래부터 타인의 울음에 취약한 선재이긴 했지만 엉엉 우는 임솔의 얼굴은 왠지 자신이 뭔가를 크게 잘못한 것 같은 느낌을 주었다.

임솔이 사라지고도 얼마간 망부석처럼 서 있던 선재는 임솔이 사라진 방향으로 달렸다. 아무래도 우는 얼굴이 신경 쓰였다. 얼마 달리지 않아 벤치에 앉아 있는 임솔을 발견했다. 방향을 틀어 임솔 쪽으로 걸음을 떼려다가 무릎에 얼굴을 묻으며 으엉, 류선재, 하고 우는 모습에 차마 다가가지 못했다. 대신 주머니에서 핸드폰을 꺼내 임솔에게 보낼 메시지를 입력했다.

[기분 나빴으면 미안.]

메시지를 전송할까 말까 고민하다가 임솔이 있는 방향으로 고개를 돌렸다. 옷소매로 얼굴을 문질러 닦은 임솔이 벤치에서 일어나 걸어가는 게 보였다. 아까까지만 해도 서럽게 울더니, 이제 좀 괜찮아진 모양이었다. 울었던 게 신경 쓰였던 거지, 미안한 건 아니니까. 메시지 입력창을 그대로 닫은 선재는 핸드폰을 주머니에 넣었다.

ㅁ ■ ㅁ

걸음을 멈추고 건물을 올려다봤다. 66엔터테인먼트의 사옥이었다. 어제 무심코 자감고등학교로 찾아갔다가 교문 앞을 지키고 서 있는 단소 든 사나이를 발견하고는 미친 듯이 달려 되돌아왔다. 아무래도 당분간은 학교 잠입이 힘들 것으로 판단되어 노선을 변경했다.

한쪽 끈을 내려 가방을 앞으로 돌리고 지퍼를 열어 책을 꺼냈다. 이번에 서점에서 구매한 책은 '약 잘 알고 먹기'였다. 함께 복용해도 되는 약과 상극이라 절대 함께 복용해서는 안 되는 약들에 대해 알려 주는 지침서 같은 것이었다. 저자가 무려 공중 의학 프로그램을 두 개나 하고 있는 사람이었으니 표지에 박힌 이 얼굴을 보면 선재도 의심 없이 읽지 않을까 싶어 내심 기대가 되었다.

회사 앞을 기웃거리는데 키가 조그마한 남자애가 우유 팩에 빨대를 꽂고 쪽쪽 빨아 마시며 걸어오는 게 보였다. 세상에. 서윤재다. 나도 모르게 웃음이 터졌다. 서윤재는 감자전의 막내로 유일한 미성년자였으나 새해가 되면서 성인이 되었다. 감자전 내의 숨은 실세로 통하며, 고등학교에 들어간 후로는 형들에게 서슴없이 독설을 하고, 온갖 방송에서 멤버들의 비밀이나 웃긴 일화를 말해 자물쇠 없는 짹짹이로 불렸다.

　서윤재의 주 목표물은 선재였다. 선재의 반응이 재미있다는 이유로 늘 선재에게 장난을 치고 놀렸다. 그런 서윤재의 키가 나보다 작았다. 6년 전이니까 서윤재의 나이가 열네 살이었다. 오랜 시간 걸어왔는지 두 뺨과 코가 빨갰다.

　짜식, 귀엽네.

　대놓고 쳐다보며 낄낄거리는 나를 서윤재가 빨대를 입에 문 채 이상하다는 듯 보았다.

　"너 여기 연습생이지?"

　"그런데요?"

　서윤재가 나를 위아래로 훑었다. 너는 누군데 나에게 알은척을 하느냐, 그런 얼굴이었다.

　"여기 연습생 중에 제일 잘생긴 사람이 누구야."

　"음."

　제일 잘생긴 사람을 떠올리는 듯 눈을 올리고 고민하던 서윤재가 입을 열었다.

　"인혁이 형?"

　"야, 류선재지. 백인혁이 아니고."

　"아, 그런가."

　"따라 해 봐. 우리의 희망 류선재."

　"예?"

　서윤재가 미간을 찌푸렸다.

　"우리의 희망 류선재."

　"우리의…… 아, 제가 이걸 왜 따라 해요?"

　"잘 기억하고 있다가 나중에 남자 데뷔조 명단 나왔을 때 혹시라도 선재가 없으면 강근수 앞에서 이렇게 외쳐. 이 그룹의 희망은 류선재입니다! 하고."

　회사 대표의 이름을 서슴없이 말하자 서윤재가 눈을 동그랗게 뜨고 놀란 얼굴을 했다.

"자, 그리고 이거."

서윤재에게 챙겨 온 책 한 권을 건넸다.

"이게 뭐예요?"

"이거 선재한테 전해 주라."

책을 받아 든 서윤재가 표지를 훑어보다가 고개를 들고 나를 보았다.

"막내 온 탑 서윤재. 부탁한다."

두 주먹을 불끈 쥐고 흔들어 보였다. 어린 서윤재가 너무 귀여워 머리라도 쓰다듬고 싶었지만 참았다. 서윤재는 고등학교에 들어가면서 폭풍 성장을 했는데, 그게 이렇게 추운 겨울에도 빨대 꽂고 쪽쪽 빨아 마신 우유 덕분인 건가 싶었다. 싱긋 웃고는 돌아섰다. "내 이름을 어떻게 알지." 하고 혼잣말하는 목소리가 들렸다.

어떻게 알기는. 미래에서 왔으니까 알지.

"야, 서윤재!"

"어? 인혁이 형."

느리게 걷던 두 다리가 멈칫했다. 분명 서윤재가 방금 인혁이 형이라고 말했다. "형, 저 사람이." 하는 소리가 얼핏 들렸다. 뒤도 돌아보지 않고 뛰었다. 덕계못이 이런 식으로 와장창 깨지네. 이를 악물고 속도를 높였다.

□ ■ □

벌써 서윤재를 통해 선재에게 전달한 책만 세 권이었다. 약 잘 알고 먹기, 불면이어도 괜찮아, 수면제 그 위험함에 대하여. 서윤재는 내가 두 번째 책을 들고 찾아갔을 때 '아니 근데 누나는 누구세요?' 하고 물으며 눈썹을 찌푸렸다. '나는 선재 팬이야, 책을 조공하고 있지.' 하고 답하자 못마땅한 얼굴을 하긴 했지만 책을 받아 주었다.

그런데 며칠 뒤 내가 세 번째 책을 들고 찾아갔을 때엔 느닷없이 핸드폰을 꺼내 들고 선재에게 전화를 걸어 사람을 당황하게 만들었다. '야, 선재한테 전화를 왜 해!' 하고 묻자 서윤재는 '선재 형이 받아 오지 말라고 했다고요. 혹시라도 또 마주치면 잡아 오라고 그랬는데, 나보다 키 큰 사람을 어떻게 잡아 가요. 불러야지.' 하고 말했다.

서윤재의 옆구리에 대충 책을 밀어 넣고 '이게 마지막, 진짜 마지막이야.' 하고 도망갔는데 오늘 또 책 한 권을 들고 66엔터테인먼트 건물 옆에 숨어 있는 중이었다. 오늘 들고 온 책의 제목은 '모두가 널 사랑하고 있어'였다.

"어, 서윤재다."

우유 팩에 빨대를 꽂고 쪽쪽 빨아 마시며 걸어오던 서윤재와 눈이 마주쳤다. 건물 뒤에 숨어 얼굴만 빼꼼 내밀고 손을 흔들자 서윤재가 빨대를 입에 문 채 얼굴을 잔뜩 찌푸렸다. 주위를 살피고 후다닥 서윤재에게로 갔다.

"안녕?"

싱긋 웃으며 인사를 하자 서윤재가 뚱한 얼굴로 나를 올려다봤다.

"김춘백 누나 맞죠?"

"어?"

"누나 이름. 선재 형이 말해 줬어요. 김춘백이라고."

"아…… 선재가 그래?"

서윤재가 고개를 끄덕였다. 자꾸 책을 받아 오는 서윤재에게 나에 대해 말했을 선재의 얼굴이 그려졌다. 매우 못마땅한 얼굴로 걔 자기 이름이 김춘백이래, 전화받는 법도 모른다고 그랬어, 회사 앞에서 마주치면 무조건 모른 척 피해, 하고 말하는.

쩝, 입을 다시고 어색하게 웃었다.

"나 김춘백 아니야."

"아닌데. 분명 누나인데. 선재 형이 자기한테 조공하는 사람은 한 명밖에 없다고 그랬어요."

"누가 또 있나 보지. 난 아니야."

"누나가 아니라고 해도 안 받아 갈 거예요."

손에 들고 있는 책을 보았는지 단호한 거절이 넘어왔다.

"어우, 야. 한 번만 좀 부탁하자."

"안 돼요. 내가 자꾸 받아 주니까 누나가 오는 거라고 한 소리 들었단 말이에요."

챙겨 온 책을 내밀었다. 서윤재가 손을 주머니에 찔러 넣고 고개를 저었다. 안 받겠다는 뜻이었다.

"진짜 마지막인데. 좀 전해 주라."

간절한 얼굴로 말을 하는데도 소용이 없었다. 서윤재의 얼굴이 단호했다.

"이게 다 춘백이 누나를 위해서예요. 누나 또 온 거 알면 형이 가만 안 있을걸요?"

서윤재가 꽤나 무거운 얼굴로 말했다. 그간 서윤재를 통해 전달한 책 때문에 선재의 기분이 많이 상하기라도 한 건가 싶어 마음이 안 좋아졌다. 그런데 별다른 수가 없었다. 이렇게라도 해서 선재의 기억에 뭔가를 심어야 한다고 생각했다.

서윤재가 멈췄던 걸음을 뗐다. 하는 수 없이 서윤재의 패딩에 달려 있는 모자 안에 책을 넣었다. 모자가 무겁게 처지자 홱 뒤돌아본 서윤재가 "아, 진짜, 저 누나가!" 하고 소리쳤고 나는 "미안하다!" 하고 소리치며 도망쳤다. 회사 앞에 찾아오는 것도 이번이 진짜 마지막이다. 서윤재가 받아 주지도 않겠지만, 이제 더 살 책도 없었다.

힐끗 뒤를 살피자 서윤재는 사라지고 없었다. 달리는 것을 멈췄다. 주말인데다 서윤재가 언제 나타날지 몰라 밥도 먹지 않고 아침 댓바람부터 나와 기다렸다. 숨을 고르며 옆에 있는 간판을 올려다봤다. 편의점이었다. 할 일을 끝내서 그런지 허기가 밀려왔다. 뭐라도 먹어야겠다고 생각하며 편의점 문을 열고 들어갔다.

□ ■ □

컵라면에 물을 붓고 뚜껑 위에 나무젓가락을 얹은 뒤 면이 익기를 기다렸다. 이렇게 한다고 해서 선재가 살 수 있을까, 하는 생각이 들었다. 마음 같아서는 선재를 붙들고 모든 사실을 말하고 싶었지만 나에 대한 신뢰도 없는 마당에 그런 허무맹랑한 말을 믿을 리 없었다.

경고성 편지에도 장난하니까 재밌냐며 화를 내던 선재인데, 나는 사실 미래에서 왔고 그 미래에서 넌 죽었다는, 그런 말을 했다가는 접근조차 못 하게 될 것 같았다. 그럼 내가 한 말은 그냥 불쾌한 말 정도로 선재의 기억에 잠시 남았다가 시간에 묻히겠지. 벌어진 입으로 한숨이 터졌다. 고개를 쳐들고 답답한 숨을 마구 쏟아 냈다.

"뭐가 바뀌고 있기는 한 건지 모르겠네."

볶음김치의 포장을 뜯고, 젓가락으로 면발을 휘휘 저었다. 고불고불한 면을 한껏 집어 올리고 후후, 입바람을 날렸다. 라면을 입으로 가져가며 고개를 드는데 누군가 통유리 창 앞에 서서 나를 들여다보고 있었다. 크게 벌린 입 앞에서 젓가락이 멈췄다.

서…… 선재?

다급하게 젓가락을 컵라면 용기 안에 쑤셔 넣고 쪼그려 앉았다. 진짜 이 과거는 망해도 존나 망한 거야. 류선재와 백인혁만 사는 과거야 뭐야, 왜 이렇게 자주 마주쳐?

죽을상을 하고 앉아 있는데 딸랑, 소리를 내며 편의점 문이 열렸다. 무릎 위에 손을 올린 채 소리가 난 곳으로 고개를 돌렸다. 문을 잡고 선 선재와 정통으로 눈이 마주쳤다. 선재가 이쪽으로 오라는 듯 손을 까닥였다. 선재의 시선을 외면하며 떨어트린 무언가를 찾는 척 몸을 숙였다.

"김춘백 씨."

"어? 서, 선재?"

고개를 들고 어색하게 웃었다. 너무나 어설픈 웃음이었다.

"기다릴게. 먹고 나와."

"어?"

딸랑, 소리를 내며 문이 닫혔다. 어안이 벙벙했다. 방금 선재가 기다린다고 한 거 맞나. 서윤재가 했던 말이 떠올랐다. 뭐라고 했더라. '이게 다 춘백이 누나를 위해서예요. 누나 또 온 거 알면 형이 가만 안 있을걸요.' 라고 했었나. 가만 안 있을 거라고, 분명 그랬는데. 혹시 지금 나가면 선재 단소 들고 서 있는 건가. 아니면 내가 그간 사 온 책들을 들고 서 있는 건가. 다시 가져가라고, 그런 말을 하려고 그러는 건가.

온갖 생각이 다 들어 입맛이 뚝 떨어졌다. 한 입도 먹지 않은 라면을 버리고 편의점을 나서려다가 초콜릿을 먹으면 기분이 좋아진다던 선재를 떠올리곤 초콜릿을 샀다. 문을 열고 나가자 편의점 옆에 있는 ATM 기계 앞에 서 있는 선재가 보였다. 눈이 마주쳤다. 쭈뼛쭈뼛 다가가 초콜릿을 건넸다.

"우선 이거 먹어."

"뭐야?"

"이거 초콜릿."

"왜 주는데?"

"……초콜릿 먹으면 기분이 좀 나아지잖아."

물끄러미 나를 보던 선재가 내 손바닥에 있는 초콜릿을 하나 집어 갔다. 포장을 까서 입에 쏙 넣는 모습을 올려다봤다.

"항상 나한테 뭐 먹지 말라는 말만 했는데, 너는."

"아, 이건 네가 좋아하는 거잖아."

오도독, 초콜릿을 씹는 선재의 시선이 내게 닿았다.

"내가 초콜릿 좋아하는 건 어떻게 알았어?"

"……백인혁이."

"인혁이가 알려 줬다고?"

"응."

백인혁이 알려 준 건 맞았다. 라디오에서 선재는 스트레스받을 때, 우울할 때, 화가 날 때, 그러니까 기분이 좋은 날을 제외하고는 초콜릿을 먹으며 기분을 푼다고 말한 적이 있었다. 괜한 소리를 했다 싶어 입을 다물고 고개를 숙였다. 잘못한 건 없는 거 같은데 왜 죄를 지은 것만 같은지, 선재 앞에만 서면 너무나 작아지는 나다.

"너 말이야."

괜히 긴장이 되어 입술을 말아 물고 선재의 얼굴을 올려다봤다. 선고를 기다리는 죄수처럼 초조함이 밀려들었다.

"이런 책을 나한테 주는 이유가 뭐야?"

선재의 손에 서윤재를 통해 전달했던 책이 들려 있었다. 약 잘 알고 먹기.

"어……, 그건."

"약 잘 알고 먹기, 불면에 대하여였던가? 또 하나는 뭐였지? 수면제 먹어도 괜찮아?"

완전 잘못된 제목을 말하는 선재에게 두 손을 흔들며 "아니!" 하고 소리쳤다.

"불면이어도 괜찮아, 수면제 그 위험함에 대하여, 이거거든? 수면제 절대 안 괜찮아!"

선재가 무표정하게 나를 바라봤다. 너무 소리를 질렀나 싶어 헛기침을 하며 시선을 돌렸다.

"책 장르가 이상하잖아."

"너 이 사람 몰라? 되게 유명한 의사잖아. 고정 의학 프로그램도 두 개나 하고 있는데."

책 띠지에 박힌 얼굴을 손가락으로 가리켰다. 이 유명한 사람을 정말 모르냐는 듯 선재를 쳐다보았다.

"사람 말고. 장르 말이야. 책 분야."

따지듯 묻는 말투에 괜히 기가 죽었다.

"나는 네가 혹시라도 이런 걸 몰라서 안 좋은 일을 겪을까 봐……."

"뭐. 네가 밑줄까지 그어 놨던 쇼크사, 그거?"

눈이 동그랗게 커졌다. 나도 모르게 두 손으로 입을 틀어막았다. 하마터면 '어떻게 그걸!' 하고 소리칠 뻔했다.

"책 읽었어?"

"읽으라고 준 거 아니었어?"

"맞아! 읽으라고 준 거야!"

주먹을 불끈 쥐고 외치자 선재가 눈썹을 살짝 찌푸린 채 얼굴을 뒤로 뺐다.

"이런 거 안 줘도 돼."

"아, 그냥 선물인데?"

"그러니까 선물 같은 거 안 줘도 된다고."

필요가 없다는 뜻인지, 부담스럽다는 뜻인지, 어느 쪽에 무게를 둔 말인지 몰라 대답을 하지 못하고 "아." 하는 소리만 길게 뱉었다.

"그리고 너 내 번호 알잖아."

"어? 아니야. 나 네 번호 저장 안 했어. 그때 주고받은 메시지만 있어. 진짜, 진짜 저장 안 했어."

번호 저장해 놨냐고 뭐라 하는 것 같아 후다닥 대답을 내놨다. 저장은 했었지만 주소록에서 지웠으니 알고 있다고 할 수는 없었다. 선재가 무표정한 얼굴로 눈을 맞춰 왔다. 무슨 생각을 하는지 알 수 없는 얼굴이었다. 내 말을 안 믿는 건가.

"저장해."

"이?"

"저장하고 할 말 있으면 나한테 연락해. 윤재한테 부탁하지 말고."

"어?"

너무 놀라 입을 벌린 채 선재를 바라봤다. 큼, 하고 목을 가다듬은 선재가 가방에 다시 책을 집어넣고 지퍼를 올려 잠그더니 인사도 없이 먼저 걸음을 뗐다. 내가 달려왔던 방향으로 걸어가는 선재의 뒷모습을 멍하니 쳐다봤다. 가슴이 두근거리고 얼굴이 달아오르는 것 같았다.

저장. 저장하라고. 방금. 선재가.

두 손으로 뺨을 감싸고 입술을 말아 물었다. 올라가는 입꼬리를 주체할 수가 없었다. 저장하고 싶어도 저장할 수 없는 번호였지만 기분이 좋았다. 헤, 하는 바보 같은 웃음이 터졌다. 책을 선물한 보람이 있다고 생각하며 선재의 모습이 시야에서 사라지고 나서야 걸음을 돌렸다.

□ ■ □

집 현관에 들어서자 유달리 큰 사이즈의 신발이 놓여 있었다. 아빠가 왔음을 직감했다.

"어? 아빠 왔어?"

후다닥 신발을 벗고 들어가자 거실 소파에 나란히 앉아 있는 엄마와 아빠가 보였다. 그런데 뭔가 분위기가 이상했다. 엄마와 아빠의 얼굴이 어두웠고 아빠의 손에는 죽도가 들려 있었다. 저 죽도는 아빠의 취미 생활인 검도의 필수용품이자 사랑의 매였다.

"표정이 왜들 그래? 무슨 일 있어?"

외투를 벗으며 물었다. 거실 탁자 위에 종이 한 장이 놓여 있었다.

"앉아 봐."

무겁게 가라앉은 분위기에 절로 웃음이 사라졌다. 외투를 소파 위에 올려 두고 바닥에 앉자 아빠가 죽도로 탁자 위의 종이를 찍어 내 쪽으로 쭉 밀어 냈다. 죽도가 내 앞으로 슥 다가왔다가 물러났다. 눈을 내려 종이의 정체를 확인했다. 성적 통지표다.

"어……."

"거기 뭐라고 써져 있냐?"

"성적, 통지표?"

"너 점수 좀 봐라."

갑자기 입술이 바짝 말랐다. 중간고사와 기말고사의 격차가 내가 봐도 조금 심했다. 문학, 한국사, 세계지리, 윤리는 그래도 점수가 나쁘지 않았는데 수학과 영어가 난장판이었다.

"학교 때려 치겠다고 난리를 부리더니. 공부를 하나도 안 하고 시험을 본 거냐?"

아빠가 물었고 나는 할 말이 없어 고개를 푹 숙였다. 미래에서 온 나는 공부를 안 했지. 심하게 안 했지. 내 성적 따위 안중에도 없었다. 선재의 미래를 바꾸겠다는 생각만 있었지 내가 나의 과거를 바꾸고 있다는 생각은 하지 못했다.

첫 번째 시간 여행이 끝났을 때가 11월 초였다. 기말고사를 몇 주 남긴 상태에서 다시 이 시간을 살게 된 열여덟 살의 나는 부랴부랴 공부를 했겠지만 아마 시간이 턱없이 부족했을 것이다.

내 미래가 바뀔 수도 있다는 생각은 해 본 적 없었다. 내가 지금 나를 망치고 있는 건가. 성적을 보면 그런 것 같은데. 뚝 떨어진 등급과 석차를 바라보고 있을 때 머리 위로 죽도가 떨어졌다.

"아! 왜 머리를 때려! 머리 나빠지게!"

"이미 나쁜 거 같구만, 뭐!"

"아니거든!"

"너 이래 가지고 대학은 갈 수 있겠냐?"

대학은 갔지, 미래의 나는. 갑자기 조금 무서운 생각이 들었다. 여기 이렇게 있다가 원래 있던 시간으로 돌아갔을 때 많은 게 바뀌어 있으면 어쩌나 하는. 내가 대학을 안 다니고 있다거나, 재수도 아닌 오수를 하고 있다거나, 그런 건 아니겠지.

불현듯 내가 모 외주 제작사의 최종 면접 결과를 기다리고 있다는 사실이 떠올랐다. 1월 5일이 합격자 발표 명단이 뜨는 날이었다. 혹시 돌아갔는데 내가 면접을 본 사실이 없다고 하면 어떡하지. 두려움이 몰려오며 울상이 되었다. 울

것 같은 얼굴로 앉아 있는 나를 보며 엄마가 쯧쯧 혀를 찼다.

"성적 떨어진 게 슬프긴 슬픈가 보네."

"열심히 해. 이것아. 이제 고3이야."

아빠가 죽도로 바닥을 탕탕 치고는 소파에서 일어났다. 그리고는 뜬금없이 검도 연습을 했다. 휙, 휙, 죽도로 허공을 가르는 소리가 매섭게 들려왔다.

축 처진 어깨를 하고 방으로 들어갔다. 문을 닫고 침대에 엎드려 누워 옷걸이에 걸려 있는 교복을 보았다. 먹은 것도 없는데 속이 얹힌 것처럼 답답했다. 아무래도 이쯤 하고 돌아가야겠다는 생각이 들었다. 여기서 내가 공부를 할 수 있는 것도 아니고, 고3을 다시 살 마음은 손톱만큼도 없었다.

침대에서 벌떡 일어나 교복 재킷 주머니에 들어 있는 회중시계를 꺼냈다. 회중시계를 바지 주머니에 넣고 침대에 드러누워 몸을 이리저리 굴렸다. 아무런 변화가 없었다.

"……이게 아닌가."

주머니에서 시계를 꺼내 살폈다. 튀어나온 부분들은 모조리 눌러 보았다. 눈을 끔벅이다가 방을 훑었다. 벽에 걸린 시계의 초침이 째깍, 째깍, 박자를 맞춰 움직였다.

"딸, 나와서 밥 먹어."

문밖에서 엄마의 목소리가 들렸고, 나는 여전히 그대로였다.

□ ■ □

늦은 밤, 집에는 나 혼자였다. 아빠의 대학 동창 모임에서 오늘 부부 동반으로 여행을 가기로 했다며 엄마와 아빠는 점심을 먹은 뒤 짐을 챙겨 집을 나섰다.

거실 소파에 앉아 진미채를 뜯으며 냉장고에 남아 있던 맥주를 마셨다. 기분이 우울하고 마음이 답답하던 찰나에 황금 같은 기회였다. 리모컨으로 채널을 돌리며 맥주 캔을 들었다가 너무 가벼워 흔들어 보았다.

"벌써 다 마셨어?"

탁자 위를 보았다. 다 마신 캔 맥주 두 개가 찌그러져 있었다. 잔뜩 취하고 싶은데 냉장고에 있는 술이라고는 이게 전부였다.

"아, 모르겠다."

외투를 걸치고 엠피쓰리와 지갑, 핸드폰을 챙겨 집을 나섰다. 주민등록증 검사를 하지 않고 술을 파는 슈퍼 찾기 대장정이 시작되었다.

□ ■ □

벌써 일곱 번째 퇴짜를 맞았다. 세상은 생각보다 미성년자에게 엄격하구나. 학교 강당 뒤에서 담배를 피우던 개들은 대체 어떻게 미성년자 금지 물품을 산 것일까, 생각하며 터덜터덜 걸었다. 날이 추워서 그런지 조금 올랐던 술기운마저 달아나고 있는 것 같았다.

핸드폰을 꺼내 시간을 확인했다. 1시 20분이었다. 과거에는 이런 새벽 시간에 밖을 돌아다닌다는 건 상상도 못 했다. 미성년자이니까 당연히 그래야 한다고 생각하기도 했고 새벽 시간이 무섭기도 했다. 하지만 대학 졸업을 앞둔 스물네 살의 나는 대학 입학 후 4년 내내 술 먹고 새벽 귀가를 일삼던 사람인지라 이 시간대의 거리가 너무나 익숙했다.

엠피쓰리에서 흘러나오는 오래전 노래를 들으며 새벽의 조용한 거리를 걷는 기분이 썩 나쁘지 않았다. 술까지 있었다면 더할 나위 없었겠네, 생각하며 정처 없이 걸었다. 걷다 보니 GG엔터테인먼트 근처였다. 지하철 두 정거장 거리를 걸은 셈이었다. 무의식이 이렇게나 무서운 건가. 고개를 저으며 걸음을 돌렸다. 충분히 집에서 멀리 걸어왔으니 더 이상 멀어지면 안 됐다.

터덜터덜 신발을 끌며 걸어가는데 길 건너에서 같은 방향으로 걸어가는 사람이 보였다. 패딩에 달린 모자를 올려 쓰고 주머니에 두 손을 찔러 넣은 채 슬리퍼를 끌며 걸어가고 있었다. 이상하게 눈이 안 떨어져 계속 힐끗거렸다. 길 건너의 사람이 방향을 틀더니 대교로 향했다. 불어오는 바람에 뒤집어쓴 모자가 벗겨졌다. 남자가 개의치 않고 걸어갔다. 익숙한 뒤통수가 눈에 들어왔다.

저거, 아마도 선재?

새벽 1시가 넘은 시간이었다. 앞만 보고 걷는 게 택시를 잡을 생각은 없어 보였다. 누구를 만나러 가는 길도 아닌 것 같고. 선재가 신은 슬리퍼에 눈이 갔다. 이것은 라디오에 출연했을 때 연습생 시절 가장 힘들었던 날로 꼽았던, 차비가 없어 집까지 걸어간 감감대교 에피소드가 아니던가.

안 좋은 일의 연속이었다고 그랬다. 지갑을 잃어버려 수중에 돈이 한 푼도 없었고, 연습이 늦은 새벽에 끝나 집에 전화할 수도 없었다고 했다. 그래서 하는 수 없이 두 시간이 넘는 거리를 그냥 걸어갔는데, 핸드폰 배터리마저 나가 음악도 듣지 못한 채였다고. 그때 대교를 지나며 한강에 비친 불빛들을 보았는데 그게 그렇게 슬프게 보였다고 말했었다.

멀어지는 선재의 모습을 보다가 횡단보도 앞에 섰다. 나에겐 지갑이 있으니 선재에게 택시비를 빌려줄 수 있었다. 이 새벽에 마주치면 야, 너 정말 무서운 애구나! 하고 말할 것 같아 외투 지퍼를 끝까지 올리고 목도리를 머리에 둘러매 하관을 가렸다.

횡단보도 신호가 바뀌자마자 후다닥 달려 선재의 뒤를 쫓았다. 선재와 가까워졌을 즈음 몇 걸음 거리를 남겨 두고 속도를 늦췄다. 우선 지갑에서 만 원짜리 두 장을 꺼냈다. 목도리를 얼굴에 잘 동여맸는지 확인하고 성큼성큼 걸으며 선재를 앞섰다. 그러곤 손에 든 지폐 두 장을 떨어트렸다.

"어? 날아간다."

뒤에서 선재의 목소리가 들렸다. 후다닥 달리려다가 날아간다는 소리에 힐끗 뒤를 살폈다. 내가 그린 그림은 지폐 두 장이 바닥에 떨어지고 내가 후다닥 뛰어 사라지면 선재가 그것을 주워 이걸 어쩌지, 하다가 공돈이라 생각하며 택시를 타고 가는 것이었다. 하지만 뒤돌아보자 지폐가 바람에 휩쓸려 날아다니고 있었다. 두 손을 주머니에 찔러 넣은 선재가 나를 지나쳐 갔다. 내가 그린 그림이 와장창 박살 나는 순간이었다.

그런데 지폐의 방향이 어째 이상했다. 바닥이 아니라 대교의 난간 너머로 날아가고 있었다. 어……, 거기가 아닌데.

지폐 한 장이 한강 물 쪽으로 떨어지려 했다. 잽싸게 달려가 손을 뻗었다. 난간을 잡고서 상체를 내밀어 자유롭게 날아가는 지폐를 향해 손가락 끝을 최선을 다해 늘렸다.

"어? 어?"

까치발을 하고 팔을 늘이는데 갑자기 누군가 외투 뒷깃을 잡고 끌어당겼다.

"내 돈!"

바람 따라 멀어지는 지폐를 바라보며 소리쳤다. 홱 고개를 돌리고 뒷깃을 잡고 선 사람의 얼굴을 보았다. 선재가 기가 막힌다는 얼굴을 하고 있었다.

"야, 너 미쳤어?"

"어? 아니야! 나 진짜 우연히 지나가는 길이었어. 진짜, 우연히."

한 걸음 뒤로 물러나려고 하자 선재가 뒷깃을 더 꽉 쥐어 잡으며 나를 끌어당겼다. 두툼한 외투가 패딩에 팍 닿았다. 몸을 뒤로 빼려고 하는데 선재의 손에 잡힌 뒷깃 때문에 닿아 있는 어깨를 뗄 수가 없었다. 동그랗게 뜬 눈을 올려 선재를 바라보았다. 말해 뭐 하냐는 듯 입을 벌렸다가 닫은 선재가 뒷깃을 잡지 않은 다른 손으로 하관을 가리고 있는 목도리를 끌어 내렸다.

"야, 임솔."

"어?"

"책은 네가 읽어야겠다."

"책?"

선재가 잡고 있던 뒷깃을 놓고 말했다.

"운 나쁘게 죽은 몇 명의 사람들, 그거."

"아……."

내가 선물한 책이었다. 내가 방금 운 나쁘게 죽을 뻔했다, 이건가. 몸을 숙인 선재가 바닥에 떨어진 만 원짜리 한 장을 주워 내게 건넨다.

"아, 아니, 이거 내 돈 아닌데. 네가 주웠으니까 네 돈이겠다."

"뭐래. 네가 떨어트리고 간 거 다 봤는데."

"어? 아닌데?"

선재가 내 외투 주머니에 지폐를 찔러 넣었다.

"좀 이상하다."

"아, 아니, 나 필요 없어. 이거 너 가져."

주머니에서 다시 지폐를 꺼내 선재에게 내밀었다. 두 손을 주머니에 찔러 넣은 선재가 미간을 찌푸리며 이상한 사람 보듯 나를 쳐다봤다. 환장하겠네. 너 돈 없어서 집에 걸어가는 중이잖아, 하고 말할 수도 없고.

가만 내 얼굴을 보던 선재가 갑자기 상체를 숙이며 얼굴을 들이밀었다. 코앞에서 선재의 얼굴을 마주하자 심장이 내려앉을 뻔했다. 차마 눈을 마주치지 못하고 시선을 허공으로 돌렸다. 내밀었던 얼굴을 도로 거둔 선재가 인상을 찌푸리고 물었다.

"너 술 마셨어?"

"어? 아, 냄새나?"

두 손바닥으로 입을 가리고 숨을 뱉어 냄새를 맡았다. 하, 하, 하고 숨을 뱉어 내자 벌어진 손가락 사이로 입김이 흩어졌다.

"입술 발라당 까졌네. 학생이 술을 마시고."

아닌데. 난 전혀 그런 아이가 아닌데. 무서운 학생들을 보면 절로 눈을 깔고 존댓말을 하는 사람인데. 하지만 술을 마신 건 사실이라 입을 꾹 다물고 시선을 돌렸다. 어둠에 물든 수면 위로 건물의 불빛이 비쳐 일렁였다.

"이 시간에 왜 밖에 있어?"

"어? 아, 나 술 사러 나왔다가."

파는 곳이 없어서 돌아가는 길이었어, 라는 뒷말을 급하게 삼켰다. 선재가 눈살을 찌푸렸다.

"빈손인 걸 보니 못 샀나 보네."

"……응. 아니, 그런 게 아니고, 내가 답답한 일이 있어서…….."

무슨 말을 해도 해명하기엔 망했다는 생각이 들었다. 존나게 망했어요, 외치고 싶은 걸 꾹꾹 참으며 화제를 돌렸다.

"너는 집에 가는 길이야?"

"응. 바람도 쐴 겸 걸어가려고."

"……이렇게 추운데?"

"괜찮아. 나도 답답해서 그러는 거니까."

주머니에 손을 넣고 꼼지락거리다가 엠피쓰리를 꺼내 선재에게 내밀었다. 선재의 손에 택시비를 쥐어 주지 못할 거라면 음악이라도 들을 수 있게 해 주고 싶었다. 선재가 눈을 내리고 내 손바닥 위에 놓인 것을 보았다. 그러더니 얼굴을 들고 뭐냐는 듯 나를 바라보았다.

"들을래?"

선재가 대답 없이 계속 눈을 맞췄다.

"아니야. 이건 조공 아니고 빌려주는 거야."

가만 내 얼굴을 보던 선재가 엠피쓰리를 받아 들었다. 전원을 누르고 엠피쓰리를 살펴보더니 "되게 옛날 거네." 하고 말했다. 그러곤 버튼 몇 개를 눌러 보다가 사용법을 모르겠는지 "이거 노래는 들어 있어?" 하고 물었다.

"응. 구려 보이긴 해도 꽤 많이 들어 있는데."

음악 목록을 보는 듯 선재가 버튼을 계속 눌렀다.

"이, 이기 내기 좋아하는 노래인데."

가수 이름과 제목을 보기 위해 눈동자를 옆으로 돌리고 힐끗거리자 선재가 이어폰 한쪽을 건넨다. 이어폰과 선재의 얼굴을 번갈아 보았다. 지금 노래를 같이 듣자는 건가. 믿을 수가 없었다. 이어폰을 건네기에 받기는 받았는데 가슴이 막 두근거렸다.

이어폰을 만지작거리다가 귀에 꽂았다. 얼굴이 붉어지는 것 같아 목도리를 올려 눈 아래까지 덮었다. 노래가 재생되었다. 이문세의 '그대와 영원히'였다. 아빠의 애창곡으로 노래방에 갈 때마다 아빠가 세 번씩 부르는 바람에 나도 좋아하게 된 노래였다.

서늘한 바람이 옷깃에 스몄다. 난간을 잡고 있는 손끝이 빨갛게 얼었다. 선재와 나란히 난간 앞에 서서 노래를 들었다. 어두운 한강에 뿌려진 도시의 불빛들이 아름다웠다. 수면 위에 떠 있는 것 같기도 하고, 깊숙하게 잠긴 것 같기도 한 빛이었다. 어두우면서도 밝은, 묘한 조화였다.

선재의 얼굴을 슬쩍 보았다. 바람에 흐트러진 머리카락이 이마를 덮고 있었다. 시선을 내리자 곧은 콧대 아래에 툭 불거진 입술이 보였다. 정면을 바라보는 선재의 굳게 다물려 있던 입술이 천천히 벌어졌다.

"이상하다."

"어?"

선재의 말에 나도 모르게 반응했다가 몰래 보고 있던 것을 들킨 것 같아 눈을 돌리고 목도리를 올렸다.

"진짜 이상하네."

뭐가 이상하다는 거지. 내가 이상하다는 건가. 입술을 꾹 물고는 먼 곳으로 시선을 던졌다. 선재가 라디오에서 말했던 연습생 시절 가장 힘들었던 오늘은 음악이 있는 새벽으로 바뀌었다. 슬리퍼를 끌면서 쓸쓸하게 걸어가던 선재 앞에 내가 불쑥 나타났고, 엠피쓰리를 건네줬으니까.

선재가 오늘을 어떻게 기억하게 될지 궁금했다. 조금 덜 힘들었던 하루로 기억하길 바라며 하늘을 올려다봤다. 듣고 있는 음악이 나름 새벽과 어울리는 것 같아 선재에게 위로가 되었으면 좋겠다고 생각하는 찰나 음악이 끝나고 다음 곡이 재생됐다.

어, 이 곡은 어두운 골목길에서 무서운 학생들을 마주칠 때 스스로 힘을 얻기 위해 들었던 노래인데.

초반부터 어쩌라고 욕을 해 대는 가사가 흘러나왔다. 꾸준히 정면만 바라보던 선재가 고개를 돌리고 내게 시선을 주었다. 내 엠피쓰리인데도 나는 모르겠다는 얼굴로 선재를 바라보았다. 선재와 내 귀 한쪽으로 박자를 타는 욕설이 계속 흘러들어 왔다. 내가 어색하게 웃자 선재가 무표정하게 눈을 맞춰 왔다. 그러더니 입을 열고 망설임 없이 말했다.

"아무리 생각해도 이상해."

□ ■ □

채널을 돌리다가 슬리핑 뷰티 브랜드의 제품을 판매하고 있는 홈쇼핑 프로그램을 발견하고 채널을 고정했다. 자는 동안 심신을 안정시켜 숙면을 유도하고, 개운한 아침을 맞이할 수 있도록 도와준다는 아로마 수면 키트를 판매하고 있었다. 숲속에 놓인 침대에서 깨어난 외국인들이 기지개를 켜며 웃는 모습이 바스트 컷으로 잡혔다. 이거다.

엄마의 핸드폰으로 홈쇼핑 주문 번호를 누르고 통화를 연결했다. 핸드폰 케이스에는 신용카드가 한 장 꽂혀 있었다. 엄마의 카드 및 통장 비밀번호는 현관문의 도어 록 비밀번호와 동일하다는 것을 알고 있었다.

핸드폰을 들고 슬금슬금 방으로 들어갔다. 통화 연결이 된 상담원에게 목소리를 낮추고 속삭였다.

"수면 키트, 이거 주문하려고요."

□ ■ □

개교기념일이라 집에서 늘어지게 잠을 자고 있는데, 누군가 찾아왔다. 눈을 비비며 "누구세요?" 하고 묻자 문밖에서 "택배요." 하는 소리가 들렸다. 문을 열고 박스를 받아 들었다. 운송장에 적힌 품명을 확인했다. 아로마 수면 키트, 라고 적혀 있었다. 나이스 타이밍.

개교기념일에 택배가 온 것은 분명 오늘 선재에게 전달하고 오라는 하늘의 계시가 아니겠는가, 생각하며 박스를 탁자 위에 내려놓고 후다닥 화장실로 들어갔다. 아마도 외출복은 자감고등학교 체육복이 될 것이다.

자감고등학교 체육복에 떡볶이 코트를 입고 나왔다. 아로마 수면 키트가 들어 있는 박스가 담긴 쇼핑백을 들고 버스에 올랐다. 핸드폰을 꺼내 시간을 확인했다. 1시 50분이었다. 우리 학교와 시간표가 비슷하다면 아마도 3시에 6교시 수업이 끝날 것이다. 그럼 청소를 하고 3시 30분쯤 7교시가 시작되겠지.

내 계획은 청소 시간에 몰래 들어가 선재의 자리에 쇼핑백을 걸어 놓고 오는 것이었다. 혹시나 자기 물건 아니라고 가져가지 않을까 봐 박스에 매직으로 크게 류선재 이름 세 글자도 적어 놨다.

버스에서 내려 자감고등학교로 향했다. 정문에 아무도 없었지만 선뜻 들어설 수가 없었다. 어떤 결계라도 쳐진 것처럼 저 문을 들어서면 어디선가 단소든 사나이가 '야, 인마!' 하고 소리치며 달려올 것 같았다.

정문 앞을 서성이다가 강당 쪽 담으로 향했다. 강당이 운동장을 가리고 있어 여기서 담을 넘어야 눈에 띄지 않고 안전하게 넘어갈 수 있었다. 쇼핑백 끈을 손목에 돌돌 말아 감았다. 두 손을 높이 들어 담을 잡았다. 벽돌 틈에 발을 집어넣고 올라가 한쪽 발을 담 너머로 넘겼다. 가슴을 담 위에 붙이고 몸 전체를 학교 안으로 옮겼다.

손으로 담을 잡은 채 바닥에 닿지 않은 다리를 버둥거렸다. 지대가 바깥쪽이 더 높은지 학교 밖에서는 까치발을 하면 담 끄트머리가 잡혔는데 학교 안에서는 아무리 다리를 뻗어 봐도 발이 땅에 안 닿았다. 뭐라도 딛기 위해 눈을 내렸다가 담에 바짝 붙어 앉아 있는 사람과 눈이 마주쳤다.

"어?"

백인혁이었다. 시선이 백인혁의 눈에서 입, 그리고 손으로 이동했다. 지금 백인혁의 손가락 사이에 끼워져 있는 저것은. 너무 놀라 입을 쩍 벌리자 백인혁이 손가락으로 담뱃재를 탁탁 털어 불을 끄고는 무릎을 펴고 일어나 담에 매달려 있는 나를 쳐다봤다.

"세상에. 너 담배 피워?"

내가 물었고 백인혁이 난감한 얼굴을 했다. 그의 시선이 허공에서 버둥거리는 내 발로 향했다.

"내려올 수는 있냐?"

"어?"

손에서 점점 힘이 빠졌다. 바깥쪽 담은 벽돌 사이사이가 움푹 파여 있어 발을 끼워 넣을 수 있었는데, 안쪽 담은 표면이 평평해 발을 끼워 넣을 만한 곳이 없었다. 그 때문에 두 다리가 어디에도 닿지 못하고 허공에서 흔들리는 중이었다.

"선재한테는 비밀이다."

"야, 아이돌이 담배 피우는 건 금기야, 금기."

"아직은 그냥 학생이거든?"

"학생이 피우는 건 더 금기지!"

부들거리는 팔에 힘을 주며 소리쳤다. 성큼 다가선 백인혁이 내 허리를 감싸 안아 들었다.

"어, 어!"

갑자기 몸이 붕 떠올라 눈을 동그랗게 떴다. 곧 두 발이 바닥에 닿았다. 반 걸음 물러서 백인혁의 얼굴을 올려다봤다. 매번 웃고 있던 얼굴이 오늘은 왠지 모르게 조금 어두워 보였다.

"그냥 너무 답답해서 한 대 빌려 피운 거야. 그니까 선재한테 말하지 마. 맞아 죽기 싫으니까."

"무슨 일 있어?"

코트에 묻은 흙먼지를 털며 물었다. 바지 주머니에 한 손을 찔러 넣고 다른 한 손으론 관자놀이를 문지르던 백인혁이 입을 열었다.

"네가 그때 그랬잖아. 데뷔조에 선재는 못 들고 나만 들어가면 항의하라고."

흙먼지가 묻은 곳이 더 있나 살펴보다가 고개를 들었다.

"알고 있었냐?"

"어? 뭘?"

백인혁이 관자놀이를 문지르던 손을 주머니에 찔러 넣었다.

"선재 데뷔조에 선발 안 되는 거."

□ ■ □

크게 난 창문으로 햇빛이 새어 들었다. 7교시 시작종은 이미 울렸고 수업에 들어가지 않은 백인혁과 음악실에 나란히 앉아 있었다. 6교시 이후로는 음악실을 사용하지 않는다며 다음에 어디 숨어야 할 일이 있으면 강당 뒤 공터 말고 여기에 있으라고 백인혁이 알려 주었다.

백인혁의 말에 의하면 데뷔조의 명단이 공개된 날 선재는 새벽까지 남아 연습을 했다고 한다. 잠이 안 와 새벽에 혹시나 하고 선재에게 전화를 걸었더니 핸드폰이 꺼져 있어서 의아하게 생각했단다. 혹시나 하는 마음에 한 시간 뒤에 다시 걸어 보았는데 전화를 받은 선재가 배터리가 없었다며 이제 막 집에 도착했다고 말했다고 했다. 3시가 넘은 시간에.

'이 시간에? 왜 이렇게 늦게 도착했어?' 묻자 걸었다는 대답이 돌아왔다. '새끼야, 이 늦은 시간에 왜 집에 걸어가.' 하고 말하자 선재가 싱겁게 웃으며 '지갑을 잃어버렸어.' 하고 답했는데, 백인혁은 그게 너무 마음이 쓰이고 답답해 담배를 피운 거라고 말했다. 회사에서 선재 집까지 두 시간이 넘게 걸리는데, 바보 같은 새끼가 그 길을 새벽에 걸어갔다고, 속이 말이 아니었을 거라고, 그런 말을 하면서 우울한 얼굴을 했다.

아마도 내 추측이 맞는다면 그날은 감감대교에서 선재를 만난 날일 것이다. 선재가 연습생 시절 가장 힘들었던 순간으로 꼽은 날. 지갑을 잃어버려서, 집에 전화를 할 수가 없어서, 먼 길을 음악도 없이 걸어야 해서 힘들었던 게 아니었다.

백인혁과 같이 우울한 얼굴로 고개를 끄덕였다.

"선재 많이 힘들었겠다."

"아무래도."

사선으로 쏟아지는 빛이 조금씩 기울며 그늘을 좁혀 왔다. 백인혁이 벌러덩 몸을 젖히고 단상 위에 누웠다.

"윤재한테 네가 시켰지?"

무슨 소리지 싶어 고개를 돌리고 단상에 누워 있는 백인혁의 얼굴을 내려다봤다. 멀뚱멀뚱 천장을 바라보며 백인혁이 말했다.

"그동안 네가 윤재한테 책 셔틀 시켰잖아."

셔틀이라니…… 부탁한 거지…….

"존나 뜬금없이 우리의 희망 류선재를 외쳤다니까? 서윤재가."

선재에게 줄 책을 서윤재에게 건네주며 그런 말을 한 적이 있었다. 나중에 남자 데뷔조 명단이 나왔을 때 혹시라도 거기에 선재가 없으면 강근수 앞에서 이 그룹의 희망은 류선재입니다, 하고 외치라고. 서윤재가 그 말을 기억하고 정말 외쳐 준 거였다. 서윤재 이 자식. 장하다! 고개를 든 백인혁이 내 떡볶이 코트에 달린 모자를 잡고 흔들었다.

"너지. 네가 시켰지. 윤재한테."

"아, 아니? 그런 적 없는데."

백인혁이 눈을 가늘게 뜨고 모자를 잡아당겼다. 중심이 뒤로 쏠리며 백인혁 옆에 벌러덩 드러누웠다. 억, 소리를 내며 눈을 크게 뜨고 눈동자를 옆으로 굴렸다.

"서윤재기 미쳤다고 대표님 앞에서 그런 소리를 히겠냐."

변명을 늘어놓으려다가 어색하게 웃었다. 어차피 말로는 백인혁을 이길 수 없으니.

"그리고 이거 하나는 확실히 하자."

"뭔데?"

"네가 서윤재한테 제일 잘생긴 사람이 누군지 물어봤다며."

"아, 그거 그냥……."

"우리 회사 연습생 중에 내가 제일 잘생겼어."

"어?"

"서윤재의 정답을 바꾸려고 들지 말아라."

백인혁이 주의를 주는 것처럼 검지로 내 이마를 콕 찍었다.

뭔 소리야…….

끝종이 울렸다. 백인혁이 "읏차." 하는 소리를 내며 몸을 일으켰다. 이왕 이렇게 된 거 내가 군이 선재네 반까지 갈 필요가 없을 것 같았다.

"백인혁."

일어나 핸드폰을 보던 백인혁이 눈을 돌리고 나를 보았다.

"이거, 선재한테 좀 전해 주라."

쇼핑백을 내밀었다. 백인혁은 내가 내민 쇼핑백을 보기만 할 뿐 받아 들지 않은 채 핸드폰을 주머니에 집어넣었다.

"난 셔틀 따위 하지 않는다."

"아니, 너 이제 교실 갈 거 아니야."

"오늘은 8교시 안 하고 갈 건데."

"아무튼 너 가방 가지러 교실로 가야 할 거 아냐. 좀 전해 주라."

백인혁이 고개를 저었다.

"선재가 가방 가지고 올 거야."

"어?"

백인혁의 말에 오래 놀랄 시간도 없었다. 드르륵, 소리를 내며 음악실 뒷문이 열렸다. 나는 단상에 앉은 채, 백인혁은 내 앞에 선 채, 동시에 소리가 난 쪽으로 고개를 돌렸다.

"야, 왜 가방을 가지고 오라 마라야, 죽을래?"

양어깨에 가방을 한 개씩 걸쳐 멘 선재가 문틀에 손을 짚고 서 있었다. 내가 있는 걸 모르고 온 표정이었다. 선재가 나와 백인혁을 번갈아 보았다. 어, 이 어색한 공기. 눈을 굴리다가 쇼핑백을 단상 위에 올려놓고 후다닥 앞문을 향해 달렸다. 손으로 문을 잡고 옆으로 힘주어 미는데도 덜컹거릴 뿐 열리지 않았다.

"잠겼네."

선재의 목소리였다. 망연자실한 얼굴로 시선을 돌렸다. 선재가 뒷문을 지키고 선 채로 나를 보고 있었다. 뭔가가 되게 못마땅한 얼굴로.

□ ■ □

쇼핑백 끈을 만지작거리며 입술을 잘근잘근 물었다. 선재와 단둘이 오락실 노래방에서 앉아 있었다. 백인혁은 지폐를 교환하러 갔다.

조금 전, 학교를 벗어난 선재와 백인혁은 8교시를 빼져 시간이 남는다며 곧바로 회사에 가지 않고 오락실로 향했다. 문제는 그 길에 내가 합류했다는 거였다.

아니야, 너희 둘이 가, 라고 말하긴 했지만 선재의 노래를 코앞에서 들을 수 있는 기회였다. 이건 과거가 아니면 있을 수 없는 일이다. 시간 여행을 끝내고 돌아갔을 때 선재가 살아 있든 살아 있지 않든 불가능한 일이라는 것은 분명했다. 감자전과 함께 노래방 가기, 뭐 그런 이벤트에 당첨되면 몰라도.

'선재 업고 튀어, 이거는 흔한 기회가 아니야.'

내가 거절하자 백인혁이 말했다. 그건 그렇지. 나도 모르게 고개를 끄덕였다.

'야, 그럼 이렇게 하자. 소원 걸고 점수 내기를 하자.'

선재의 눈치를 보며 망설이는 나에게 백인혁이 제안했다. 그러자 선재가 '그런 걸 왜 해.' 하고 말했다.

'왜, 내가 이겨서 얘한테 다신 오지 말라고 하면 되잖아.'

백인혁의 말에 선재가 백인혁의 옆구리로 가볍게 훅을 날렸다. 그런 두 사람을 지켜보다가 손을 번쩍 들었다.

'그래! 선재 네가 이겨서 이제 다시는 조공도 하지 말고, 나타나지도 말라고 하면 안 그럴게!'
'좋네, 그럼 다 내기를 수락한 걸로 알고, 가자!'

내 말에 백인혁이 기분 좋게 말하곤 앞장섰다. 선재가 싫어하는 눈치였지만 백인혁의 뒤를 따랐다. 그렇게 해서 오게 된 오락실 노래방이었다. 겁도 없이 곧 가수가 될 두 명과 함께 노래방 점수 내기를 하러 온 임솔. 너는 이제 끝이다.

무슨 노래를 부를까 고민하는데 막상 생각나는 거라곤 지금으로부터 5년 뒤에 나오는 가요들뿐이었다. 뭐 부르지, 내 노래방 애창곡이 뭐였지, 생각하고 있는데 빤히 보는 시선이 느껴졌다. 고개를 들자 선재가 팔짱을 낀 채 나를 쳐다보고 있었다.

"임솔."

"어?"

"뭐 하고 있었어?"

"나? 나…… 노래 뭐 부를지 생각하고 있었는데."

선재가 황당하다는 듯 웃는다. 노래 부르려고 따라온 게 웃긴 건가. 역시나 따라오지 말 걸 그랬나. 벌컥, 문이 열리고 백인혁이 들어왔다.

"오늘 무슨 날이냐. 지폐 교환기 앞에 줄 졸라 기네."

선재의 옆자리에 앉은 백인혁이 지폐 투입구에 천 원짜리를 두 장 넣었다. 그러곤 리모컨을 손에 들고 노래를 검색하며 말했다.

"야, 우선 목 좀 풀리게 연습으로 한 곡씩 부르고 본게임으로 넘어가자."

"그래!"

"오, 임솔. 그래 그런 전투적인 자세 좋아."

백인혁이 곡의 번호를 입력한 뒤 시작 버튼을 눌렀다. 드렁큰 타이거의 '난 널 원해'였다. 그랬다. 백인혁은 랩도 못하면서 래퍼를 꿈꾸던 애였다. 하지만 감자전에서 백인혁의 포지션은 서브보컬이었다.

마이크를 잡은 백인혁이 손을 위아래로 흔들며 '난 널 원해'를 불렀다. 나는 박자에 맞춰 박수를 쳤고, 선재는 팔짱을 낀 채 화면만 바라보다가 중간에 짧게 삽입되어 있는 여자 파트가 나오자 익숙하게 그 부분을 불렀다. 갑자기 흘러나온 선재의 목소리에 두 손으로 입을 가리고 눈을 크게 떴다.

노래가 끝나고 백인혁의 점수가 공개됐다. 아무리 연습 게임이라지만 70점이 나왔다.

"아, 위험하다. 다음 곡은 발라드로 가야겠어."

백인혁이 리모컨을 선재에게 넘겼다. 선재가 "난 연습 안 해." 하면서 리모컨을 나에게 넘겼다. 아, 젠장. 너무 떨린다.

감자전 멤버 두 명 앞에서 노래를 부르다니. 이건 분명 개망신을 당할 거다, 생각하며 번호를 눌렀다. 딱히 생각나는 게 없던 와중에 엄마의 애창곡이 떠올랐다. 원준희의 '사랑은 유리 같은 것', 아빠는 이문세의 노래를, 엄마는 원준희의 노래를 부를 때마다 높은 점수를 받았다.

백인혁이 너무나 짧은 곡 번호에 입을 벌렸다.

"이런 노래는 대체 어떻게 아는 거야."

손바닥에 땀이 배었다. 두 손으로 마이크를 잡고 화면을 바라봤다. 노란색으로 덧씌워지는 가사를 충실히 따라 불렀다. 노래가 끝나고 내 점수가 공개됐다.

"헐. 대박."

백인혁이 믿을 수 없다는 얼굴을 했다. 100점이 나왔다.

"말도 안 돼. 내가 임솔보다 못 불렀다고?"

"야, 나 이거 다시 불러도 돼?"

"당연 안 되지!"

백인혁이 리모컨을 들었다.

"자. 이제 본게임이다. 점수 내기 하는 거야. 제일 높게 나온 사람 소원 들어 주기."

재빨리 노래방 책을 훑었다. 점수가 잘 나올 만한 곡을 찾아야 한다.

백인혁의 노래가 시작됐다. 버즈의 '어쩌면'이었다. 마이크를 잡고 원을 그리는 모양새를 보니 민경훈을 따라 하는 것 같았다. 내가 봤을 때 너 점수 잘 나오긴 그른 것 같다. 인혁아.

노래가 끝나자 백인혁이 두 손을 모으고 화면을 바라봤다. 점수가 잘 나오길 간절히 바라는 표정이었다. 대체 무슨 소원을 빌고 싶어서 저러는지. 점수가 공개됐다. 아까보다 더 낮은 58점이었다. 백인혁이 믿을 수 없다는 얼굴로 입을 벌렸다.

"야, 이거 맞아? 기계 고장 난 거 아니냐? 이게 내 점수라고? 존나 열심히 불렀는데?"

백인혁이 마이크를 놓지 않은 채 눈썹을 찌푸리자 선재가 리모컨을 들어 번호를 누르고 백인혁에게서 마이크를 뺏어 갔다.

"백인혁 58점."

모두가 화면을 통해 점수를 봤는데도 선재는 마이크에 대고 백인혁의 점수를 다시금 알려 주었다. 곧이어 선재의 노래가 시작되었다. 김연우의 '사랑한다는 흔한 말'이었다. 세상에. 이거 내가 엠피쓰리에 넣고 야간 자율 학습 시간마다 귀가 닳도록 들었던 노래인데.

두 손으로 입을 가리고 선재의 노래를 들었다. 선재의 장점은 고음이 부드럽게 잘 올라가는 거였다. 미성이 살짝 섞여 있어 노래 부를 때의 목소리가 너무 아름다웠다.

엄마. 저는 오늘을 위해서 태어났나 봐요.

거의 울 것 같은 얼굴로 노란색으로 변하는 가사를 보았다. 눈이 뒤에 달려 있다면 참 좋았을 텐데, 하고 생각하며 선재의 얼굴을 가끔씩 힐끔거렸다. 심장이 멎을 듯 아프다는 가사에서는 옷자락을 쥐어 잡았다. 이건 무조건 100점이야.

선재의 노래가 끝났다. 백인혁은 세상을 잃은 표정으로, 아무런 기대도 안 한다는 듯 벽에 머리를 기댄 채 화면을 보았다. 이미 자신의 꼴찌를 예감한 표정이었다. 화면에 선재의 점수가 공개되었다. 벽에 머리를 기대고 있던 백인혁이 눈을 동그랗게 뜨고 상체를 세웠다.

"야, 야 이거 진짜냐?"

백인혁이 소리 내 웃으며 주머니에서 핸드폰을 꺼냈다. 그러고는 화면에 뜬 선재의 점수 사진을 찍었다. 선재의 점수는 10점이었다. 백인혁이 숨이 넘어갈 듯 웃었다.

"야, 나 10점 처음 봐."

점수가 공개되기 전까지 죽을상을 하고 있던 백인혁은 자신보다 더 낮은 점수가 나오자 활기를 되찾았다.

"이거 기계가 진짜 이상하네."

내가 믿을 수 없다는 듯 화면을 손바닥으로 탁탁 쳤다. 그런다고 점수가 바뀌는 것은 아니었다. 백인혁이 허튼짓 그만하라는 듯 리모컨을 내게 내밀었다. 이상하게 아까보다 더 긴장이 됐다. 본게임이라 이건가. 숨을 고르고 번호를 눌렀다.

"뭐야, 이게 언제 적 노래야. 너 왜 이런 노래만 불러."

백인혁이 말했다. 민들레의 '난 너에게', 아빠가 이문세로, 엄마가 원준희로 점수를 냈다면 나는 이 곡으로 높은 점수를 받았었다.

선재가 지금 10점으로 점수가 가장 낮으니 여기서 내가 백인혁보다 높은 점수를 받으면 소원을 비는 사람은 내가 되는 거였다. 무슨 일이 있어도 백인혁보다 높은 점수를 받으리라, 하는 각오로 부르는 노래였다. 비장한 얼굴로 마이크를 들었다.

두 손으로 마이크를 잡고 경직된 자세로 노래를 불렀다. 음을 맞추는 데 집중했다. 손에 땀이 배어 간주가 나올 때 손바닥을 체육복 바지에 벅벅 문질러 닦았다.

"가끔은 나에게 흘린 미소라도 좋아 널 지킬 수 있게 내게 용기를 줘."

화면에 뜨는 가사만 뚫어지게 보느라 선재와 백인혁이 어떤 얼굴을 하고 있는지는 보지도 못했다. 노래가 끝나자 마이크를 놓고 숨을 몰아쉬었다. 두근거리는 가슴에 손을 얹고 점수를 기다렸다.

"야, 잘 부른다."

"어?"

백인혁의 말에 고개를 돌렸다. 백인혁이 "너 노래 잘 부른다고." 하고 말했다. 의외의 칭찬에 기분 좋은 얼굴로 "나 잘 불렀어?"라고 묻다가 백인혁의 옆에 앉아 있는 선재에게 시선을 주었다. 화면을 보는 선재의 얼굴이 화면 불빛 탓인지 조금 붉어 보였다.

"대박!"

백인혁의 목소리에 화면을 보았다. 98점이었다. 너무 놀라 자리에서 벌떡 일어나 두 손을 들고 방방 뛰었다. 이로써 순위가 정해졌다. 나, 백인혁, 류선재 순이었다. 선재가 팔짱을 끼고서 "내가 꼴찌라니." 하고 말했다.

"소원 뭐냐. 선재 업고 뛰는 것도 가능해."

백인혁이 킥킥거리며 웃었다. 어떤 소원을 빌지 생각했다. 빌면 정말 들어주기는 하는 건가. 그렇다면 내 말 잊지 않고 기억해 주기, 뭐 그런 소원을 빌고 싶었다. 그래서 꼭 스물네 살을 맞이하기, 그런 것. 하지만 이미 선재에게 너무나 많이 한 말이었다. 그것을 소원으로 빈다고 한들 기억하고 안 하고는 선재의 몫이었다.

화면을 보았다. 한 곡을 더 부를 수 있는 동전이 남아 있었다.

"선재야, 신청곡 불러 주라."

싱거운 소원에 백인혁이 "야, 무슨 소원을 그런 식으로 써." 하며 툴툴거렸다. 자고로 소원은 한 달간 햄버거 사기, 청소 대신해 주기, 그런 걸 빌어야 하는 거라며 고개를 저었다.

"무슨 노래?"

선재가 물었고 나는 리모컨을 들었다. 드디어 선재가 부르는 '바람 기억'을 라이브로 듣게 되는 순간이었다. 내가 마음대로 노래 번호를 누르자 선재가 "야, 내가 모르는 노래는 안 되지." 하며 난색을 표했다. 하지만 이 노래를 네가 모를 일은 절대 없다. 네가 오디션 때 불렀던 노래이며 학교 축제에서도 불렀던 노래이니까.

화면에 가수 이름과 노래 제목이 떴다. 아는 노래에 선재가 놀란 표정으로 나를 보았다. 전화가 왔는지 백인혁이 핸드폰을 들고 밖으로 나갔다. 선재와 단둘이 남았다. 선재가 나에게만 들려주는 노래였다. 전주만 흘러나왔는데도 이상하게 눈물이 날 것 같아 코트에 달린 모자를 뒤집어쓰고 화면을 보았다.

선재야, 난 내가 과거로 돌아와 했던 모든 말들을 네가 기억해 주면 좋겠어.

선재의 목소리가 들렸다. 나도 모르게 눈시울이 뜨거워져 눈을 부릅떴다. 여기서 울면 진짜 이상한 애 되는 거야, 그런 생각을 하면서.

전화 통화를 끝내고 들어온 백인혁이 무심코 자리에 앉았다가 화면 불빛을 정면으로 받은 내 얼굴을 보고 경악했다. 모자를 뒤집어쓴 내가 아랫입술을 꾹 다문 채 울고 있었기 때문이다. 내 뒤에 앉은 선재는 노래를 부르고 있고, 화면 바로 앞에 앉은 나는 울고 있는 광경을 혼자 보기는 아까운 듯 백인혁이 핸드폰을 꺼내 내 쪽으로 내밀었다.

"찍지 마라, 죽는다."

백인혁이 도로 핸드폰을 가져가 주머니에 넣었다. 노래를 끝낸 선재가 마이크를 놓았다. 주머니와 가방을 뒤적거리던 백인혁이 휴대용 티슈를 몇 장 뽑아 내게 건넸다.

"뭐야, 울어?"

선재가 황당하다는 듯 물었다.

"아니. 안 우는데."

고개를 돌리고 티슈로 눈물을 찍어 닦았다. 뒤에서 백인혁이 "쟤 울어." 하

162

며 선재에게 말하는 소리가 들렸다.

이 스끄야…… 나 안 은드그…….

혼자서 이를 악물고 속으로 말했다.

□ ■ □

건물 밖으로 나와 백인혁을 기다렸다. 백인혁은 마이크를 잡은 손이 찝찝하다며 손을 씻으러 화장실에 갔다. 그게 뭐 어떠냐는 듯 두 손을 주머니에 찔러 넣는 선재와 나를 더럽다는 듯 쳐다보며 돌아서던 백인혁의 눈빛이 인상적이었다.

"임솔."

"어?"

선재의 노래를 들으며 질질 짠 얼굴이 엉망이었다. 유리문에 얼굴을 비추어 보다가 고개를 돌렸다. 두 손을 주머니에 찔러 넣은 선재가 바로 앞에 서 있었다.

"아까 뭐 하고 있었냐고 물은 거."

"응."

"음악실이야."

예상 밖의 질문에 눈이 커졌다.

"뭐 했어?"

"……."

"인혁이랑 둘이서."

울어서 눈이며 코가 빨개진 얼굴을 선재가 가만 내려다봤다. 그러니까, 음악실에서 백인혁과 선재가 데뷔조에 들지 못한 이야기를 하고 있었다. 선재가 좋아할 만한 이야기가 아니었다. 차마 네 이야기를 하고 있었다는 말은 할 수 없어 눈을 끔벅이다가 손에 들고 있는 쇼핑백을 내밀었다.

"이거, 너한테 전해 주라고 부탁했어."

선재가 눈을 내리고 쇼핑백을 보았다.

"이렇게 주면 네가 안 받아 주잖아. 그래서 백인혁한테 부탁했는데 걔가 자기는 셔틀 같은 거 안 한다고…… 셔틀이 아니고 부탁인데……."

내 손에 들린 쇼핑백을 가만 보던 선재가 손을 내밀어 쇼핑백 손잡이를 잡았다. 그러곤 안에 든 것을 살폈다. 박스로 포장이 되어 있어 겉만 봐서는 안에 든 것이 뭔지 알 수 없다.

"그거, 아로마…… 뭐 그런 거야."

"왜 주는 거야?"

쇼핑백 안에 든 박스를 보던 선재가 고개를 들고 물었다.

"이거, 그냥……."

"그냥이 어디 있어."

입술을 꿈틀거렸다. 선재는 내가 처음으로 열과 성을 다해 좋아한 연예인이었다. 팬 사인회에 가기 위해서 앨범을 몇 장씩 산 것도 처음이었고, 피 튀기는 콘서트 티켓 전쟁에 뛰어든 것도 처음이었고, 공개 방송을 보기 위해서 메일을 보내고 방송국에 찾아간 그 모든 게 다 처음이었다. 달력에 내 스케줄이 아닌 선재의 스케줄을 적어 두었고, 브이라이브 알람이 뜨면 강의를 듣다가도 핸드폰을 들고 나가 그것을 보았다.

이 나이를 먹고 연예인을 좋아하는 게 부끄러워 누구에게 좋아한다는 말도 못 하고 혼자서 앓는 마음이었지만 선재를 생각하는 마음은 내 안에 다 담기 버거울 정도로 컸다. 선재를 생각하면 행복했고 그게 꼭 내가 사는 이유 같았다. 내가 줄 수 있는 모든 걸 주고 싶은 게 선재 업고 튀어의 마음이었다.

"주지 마."

"그냥 받아 주면 안 돼?"

"그니까. 왜 주는 건데. 받아도 알고 받아야 할 거 아니야."

"원래 좋아하면 다 주고 싶잖아. 나는 너를 좋아하니까."

무표정하던 선재의 눈이 놀란 듯 커졌다. 선재답지 않게 얼굴을 붉혔다. 그 모습에 내가 엄청난 소리를 아무렇지 않게 뱉었음을 뒤늦게 알아차렸다. 이상하게 긴장이 되어 가슴이 두근거렸다. 뺨이 붉어졌는지 얼굴이 뜨겁다.

"말했잖아. 팬이라고."

입술을 말아 물고 고개를 숙였다. 팬이라서 팬이라고 한 건데, 숨겨 둔 마음을 고백하는 것처럼 긴장이 되고 떨렸다.

이미 감자전 인스타그램에 올라온 선재의 사진에도 사랑한다고 댓글을 쓴 전적이 있는데, 음악 방송에 감자전이 나올 때면 안방 1열에 앉아 주먹을 입에 물고 류선재의 이름을 부르며 앓는데, 이게 뭐라고 이렇게 가슴 떨리고 손이 후들거리는지 모를 일이다.

"더러운 친구들. 마이크에 세균이 얼마나 많은데."

계단을 내려온 백인혁이 건물 밖으로 나왔다. 덜 닦인 손의 물기를 탈탈 털다가 눈썹을 찌푸리며 나와 선재의 얼굴을 번갈아 보았다.

"둘 다 얼굴이 왜 이러냐."

"뭐가." 하며 선재의 얼굴을 보았다. 선재의 두 뺨이 붉었다. 선재와 눈이 마주쳤다. 선재가 황급히 시선을 피하며 걸음을 돌렸다.

"야, 늦겠다. 얼른 가자."

성큼성큼 먼저 앞서 걷는 선재를 바라보던 백인혁이 "쟤 또 인사도 없이 가네." 하며 내 어깨를 토닥였다. 인사도 하지 않고 가는 선재 때문에 상처받지 말라는 듯.

"임솔, 나중에 보자."

백인혁이 손을 흔들고 선재를 뒤따라갔다. 멀어지는 둘을 보며 달아오른 두 뺨에 손을 얹었다. 선재의 손목에 내가 준 쇼핑백이 걸려 있었다. 저 수면 키트를 몇 년 동안이나 사용할 리는 없겠지만 이런 게 있다는 걸 알게 됐으니 나중에 불면을 겪게 되면 구매해서 사용해 보지 않을까 싶었다.

헤, 하는 웃음이 터졌다. 오늘은 너무나 만족스러운 자감고등학교 잠입이었다고 생각하며 걸음을 돌리다가 번뜩 머릿속을 스쳐 가는 단어에 획 뒤돌아 둘을 보았다. 백인혁이 아까 선재랑 나를 보고 친구들이라고.

기분이 이상해 한 손을 가슴에 얹었다. 심장이 두근두근 뛰는 게 손바닥으로 고스란히 느껴졌다. 생각해 보니 오늘은 나에게 있어 너무나 과하고 어마어마한 하루였다. 감자전의 앨범을 백 장을 넘게 사도 이런 행운 따위는 오지 않는데. 물론 그렇게 살 돈도 없어서 다섯 장 구매하고 팬 사인회 당첨이라는 헛된 기대를 품는 나지만 말이다.

멀어지는 둘을 바라보고 있는데 선재가 고개를 돌리고 뒤를 보았다. 거리가 멀어 선재가 어디를 보는지는 알 수 없었지만 손을 번쩍 들고 흔들었다. 선재가 아무런 반응 없이 다시 고개를 돌렸고 이번엔 백인혁이 뒤돌아보았다. 백인혁이 손을 번쩍 들고 흔들었다. 선재는 왜 인사를 안 해 주지 싶었지만 상관없었다. 행복이 넘치다 못해 흐르는 하루였다.

□ ◆ □

자습 시간, 턱을 괴고 창밖을 보던 선재가 가방을 열어 임솔이 건네준 엠피쓰리를 꺼냈다. 대교에서 '나 이런 거 처음 써 봐.' 하고 말하는 선재에게 임솔은 '아이팟 사려고 중고나라 들어갔는데 이거를 만 원에 팔더라고. 그래서 그냥 샀는데 쓸 만해.' 하며 만족스러운 얼굴로 웃었었다.

임솔이 태어나기도 전의 노래들이 많아 '너 이런 노래 좋아해?' 하고 물었더니 임솔은 고개를 저으며 판매자가 노래를 안 지우고 줬는데 노래가 좋아서 자신도 계속 듣고 있다고 답했었다. '어떤 노래가 제일 좋은데.' 하고 묻자 임솔은 음, 하고 눈을 위로 올리고 고민을 하다가 손가락 다섯 개를 펴고 노래 제목을 말하며 하나씩 접었다.

김연우의 '사랑한다는 흔한 말', 이현우의 '슬픔 속에 그댈 지워야만 해', 이소라의 '처음 느낌 그대로', 신해철의 '내 마음 깊은 곳의 너', 김광석의 '기다려 줘' 였다.

이어폰을 귀에 꽂고 엠피쓰리 전원을 켰다. 노래 목록을 살피다가 임솔이 말했던 곡을 하나씩 찾아 재생했다. 임솔이 손가락을 접어 가며 말했던 곡을 듣는 선재가 턱을 괴고 빛이 새어 드는 창문에 시선을 던졌다. 김연우의 노래는 야간 자율 학습을 할 때마다 귀가 닳도록 들었다고 말하며 웃던 임솔의 얼굴이 떠올랐다. 몇 번 들어 본 적은 있지만 한 번도 불러 본 적 없는 노래였다.

손가락을 까닥거리는데 핸드폰이 진동했다. 주머니에서 핸드폰을 꺼낸 선재가 메시지를 확인했다. 백인혁이다.

[선재. 오늘 8교시 재끼자.]
[왜. 회사 일찍 가게?]
[그건 아닌데 끝나면 내 가방 좀 챙겨서 음악실로 와라.]
[음악실 갔어?]
[응. 무튼 끝종 치면 바로 와.]

김연우의 노래가 끝나고 다음 곡으로 넘어갔다. 핸드폰을 주머니에 넣은 선재가 엠피쓰리를 들고 뒤로 가기 버튼을 눌렀다. 다시 김연우의 노래가 흘러나왔다. 노래는 슬픈데 이상하게 선재의 입가엔 엷은 미소가 번졌다. 턱을 괸 채 손을 까닥거리며 박자를 타던 선재가 픽, 웃음을 터트리며 두 손바닥에 얼굴을 묻었다.

미쳤나, 나 왜 웃지.

올라간 입꼬리를 억지로 내리며 선재는 생각했다. 정말로 이상해진 것 같다고.

□ ■ □

"너 공부 안 하니?"

집에 들어온 엄마가 소파에 누워 티브이 채널을 돌리는 나를 발견하고는 가방으로 엉덩이를 때렸다. 왜 때려, 하고 소리를 치긴 했지만 맞을 만하다는 생각이 들었다. 내년이면 여기서의 임솔은 고3 수험생이 되는 거였다. 수능을 준비해야 할 학생이 문제집이 구멍 나도록 공부는 못 할망정 티브이 앞을 안 떠나니 엄마의 속이 타들어 가다 못해 재가 날려도 이상할 게 없었다. 예의상 책상 앞에는 앉아 있어야겠지. 리모컨을 내려놓고 방으로 들어갔다.

책상 앞에 앉아 문제집을 펴고 연필을 들었다. 어, 우리 어디서 본 적 있지 않아요? 같은 대사가 튀어나올 것만 같은 문제들을 마주하자 눈이 점점 무거워졌다. 분명 배우긴 배웠는데 그 배움에 대한 기억이 선명하지 않았다. 손가락 사이에 끼운 연필을 빙글빙글 돌리다가 머리가 몇 번 자이로드롭처럼 훅, 훅, 아래로 떨어졌다. 그때마다 어깨를 움찔거리며 일어나 뺨을 토닥거렸다.

야, 임솔, 정신 차리고 공부해야지! 하고 생각하다가 대체 내가 왜 이걸 다시 하고 있어야 되는데? 하는 생각이 들었다. 바닥에 둔 가방의 지퍼를 열어 회중시계를 꺼냈다. 뚜껑을 밀어 열었다. 시계판 위에 엄지를 올리고 쓱 문질렀다. 분명 이렇게 문질렀을 때 유리가 꾹 눌렸는데, 지금은 단단한 유리가 미동조차 없었다.

"왜 안 돼."

탁탁, 시계를 두드렸다. 아무리 두드리고 흔들고 눌러도 빛은커녕 콰직, 소리도 안 났다. 아무런 변화가 없다.

"회중시계 님, 왜 이랬다가 저랬다가 왔다 갔다 하십니까. 이렇게 누르니까 과거로 오지 않았습니까. 그럼 이렇게 눌렀을 때 원래 시간으로 돌아가야지요. 설마, 못 돌아가는 건 아니지요? 저 고3 되는 거 아니지요?"

멱살이라도 잡은 듯 회중시계를 흔들며 말했다. 이런 내가 조금 우스웠지만 현재의 상황이 억울하기도 했다. 중학교도 있고 대학교도 있고 돌아갈 괴기는 많은데 왜 이 시간으로 떨어졌는지 모를 일이었다.

하지만 회중시계는 답이 없었다. 내 인생도 답이 없네, 생각하며 다시 연필을 들었다. 눈에 안 들어오는 까만 글자들을 억지로 읽었다.

지잉, 하는 소리가 계속 울렸다. 진동 소리에 눈을 찡그렸다가 책상 위를 더듬어 핸드폰을 찾았다. 책 위에 한쪽 볼을 댄 채로 걸려 온 전화를 받았다. 얼마나 잔 건지 목소리가 잠겼다.

"여보세요……."

— 임솔.

"네…… 누구세요……."

— 나.

가만 내리고 있던 눈꺼풀을 올리고 핸드폰을 귀에서 떼어 내 발신자를 확인했다. 저장되지 않은 번호였다.

"나가 누구세요……."

— 저장 안 했어?

"안 되어 있는데요……."

잠시 동안 수화기에서 아무런 말도 들려오지 않았다. 끊어졌나 싶어 다시 핸드폰 액정을 확인했다. 통화 연결 시간이 계속해서 올라가고 있었다.

— 나 선재.

"네?"

— 선재라고.

선재, 선재. 퍼뜩 눈이 떠졌다. 책에 박고 있던 머리를 들고 등을 폈다. 하마터면 의자가 뒤로 넘어갈 뻔했다. 핸드폰 액정을 다시 확인했다. 선재의 핸드폰 번호가 맞았다. 선재한테 전화가 걸려 오다니 심장이 튀어 나갈 것처럼 뛰었다. 한 손을 가슴에 얹고 목소리를 가다듬었다.

"어, 무슨 일이야?"

— 아무리 생각해도 네가 내 말을 기억 못 하는 거 같아서 다시 말해 주려고.

"네 말? 뭐?"

— 할 말 있으면 윤재한테 부탁하지 말고 나한테 직접 하라고 했더니, 오늘도 너는 인혁이한테 부탁했잖아.

"아…… 그거……."

— 선물 그런 거 진짜 안 줘도 돼. 그런데 줄 거면 다른 애들 찾아가서 부탁하지 말고 나한테 직접 줘.

"직접?"

— 그래.

선재한테 편지나 선물을 직접 주지 못했던 이유는 그것이 모두 선재의 죽음을 막기 위한 것과 관련되었기 때문이었다. 선재 말대로 책 분야도 고등학생이 고등학생에게 선물할 만한 것은 아니었다. 선호 연령이 50대 이상으로 나타났던 책이었으니까.

그런데 선재에게 그것들을 바로 전하게 되면 이걸 왜 주는 거야?, 제목이 왜 이래?, 내용은 왜 또 이렇고? 하는 식의 질문을 도저히 피할 길이 없었다. 물론 이런저런 변명을 둘러대면 되는 일이었지만 능숙하게 변명을 늘어놓을 재주가 내겐 없었다. 그리고 선재가 이렇게 다른 사람을 통해서 받지 않겠다고 하면, 더 이상 억지를 부려서는 안 되는 거였다.

"알겠어……."

— 그리고 너도 받아.

"어?"

— 너도 받으라고. 선물.

무슨 말이지, 이해가 잘 안됐다. 신의 축복, 신의 선물, 뭐 그런 걸 받으라는 건가.

"선물? 그걸 어디 가서 받는데?"

선재의 대답이 바로 안 넘어왔다. 왠지 내 질문을 황당해하는 것 같았다. 괜히 초조한 마음이 들어 입술을 뜯었다.

선물이란 건 사실 생일, 크리스마스 이외에 받아 본 적이 없었다. 크리스마스 선물도 초등학교를 졸업한 이후로는 받지 않았다. 주는 사람이 없었다. 생일, 크리스마스를 제외하고 받은 선물이라면 이벤트에 당첨되어 수령하러 가는 그런 종류의 것이었다. 게임 오류로 인한 보상 아이템 선물이거나.

― 나한테 받지, 어디서 받아.

"……너한테?"

― 일방적으로 받는 거 별로야. 앞으로는 네가 주면 나도 줄 거야. 그니까 너 알아서 해.

"야, 그거는…… 아니, 나는……."

너는 내 팬이 아니잖아. 나는 네 팬이고. 그리고 이건 그런 선물이 아닌데. 다 목적이 있는 건데. 차마 선재에게 그런 말은 하지 못하고 입술을 말아 물었다가 한숨을 뱉었다.

― 뭐야, 지금 한숨 쉬어?

"어? 아, 아니…… 근데 내가 주는 거 그거 다 별로 안 비싸. 네가 부담 안 가져도 되는 건데……."

― 누가 뭐래. 나도 너 우리 집 해장국 이런 거 사 줄 거야.

피식, 나도 모르게 웃음이 터졌다. 그러다 웃으면 안 될 것 같아 보는 사람도 없는데 표정을 정리했다.

핸드폰 잡은 손을 꼼지락거렸다. 선재의 목소리가 흘러나오는 수화기가, 일 상적인 대화를 나누고 있는 지금 이 순간이 비현실적으로 느껴져 괜스레 설레 었다. 무슨 말을 해야 할지 몰라 잘근잘근 입술을 물었다. 선재도 할 말이 끝났 는지 침묵이 이어졌다. 어색한 통화의 끝을 어떻게 맺지, 고민하고 있을 때 선 재의 목소리가 넘어왔다.

― 춘백.

"어?"

― 고마워. 오늘 준 거, 그거 잘 쓸게.

심장이 콩닥콩닥 뛰다 못해 사물놀이부의 장구가 된 것처럼 덩기덕 쿵더러 러러, 뛰었다. 누가 내 가슴을 빨래판 삼아 빨래 방망이로 두들기는 것 같았다. 괜히 소름이 돋는 것 같아 팔을 쓸었다. 매번 언짢은 얼굴로 서랍에 몰래 넣은 편지와 나의 등장을 못마땅해하던 선재였는데, 그런 선재의 입에서 고맙다는 말이 튀어나오니 믿을 수가 없었다.

— 끊는다.

"어? 어. 안녕."

통화가 종료됐다. 핸드폰을 손에 들고서 멍하니 벽을 바라봤다. 고맙다는 선재의 목소리가 이명처럼 계속 울렸다. 세상에. 책상에 있는 회중시계를 들고 입을 맞췄다. 입술로 쇳덩이의 차디찬 기운이 느껴졌다. 물고 빨고 싶은 걸 참았다. 바닥에 회중시계를 놓고 한 걸음 물러나 절을 했다.

"위대한 회중시계 님, 회중시계 님의 말은 다 맞고 저는 틀립니다, 다 뜻이 있으셔서 이곳으로 저를 부르셨겠지요."

이마를 바닥에 대고 말했다. 벌컥, 방문이 열렸다. 두 손바닥을 바닥에 댄 채 고개를 돌려 뒤를 보았다. 바구니에 귤을 담아 온 엄마가 문을 열고 마주한 내 꼴에 얼굴을 구기며 "이년이." 하고 소리쳤다.

"어, 엄마."

문턱을 넘어온 엄마의 발이 내 엉덩이를 가격했다.

"공부하는 줄 알았더니, 별 희한한 꼴로 처자고 있네."

엉덩이를 빵, 빵, 차올리는 엄마의 발을 피해 바닥에서 벌떡 일어나 거실로 튀어 나갔다. 엄마가 주먹으로 가슴을 두드리며 "저거, 저래서 진짜 대학은 갈 수 있나 몰라." 하고 한탄했다. 대학을 가긴 갔는데, 이대로라면 정말 모르겠다, 생각하며 울상을 지었다.

바구니를 그대로 들고 나온 엄마가 귤 먹을 자격도 없다며 눈을 부라리고는 부엌으로 갔다. 쪼르르 부엌으로 따라 들어가 귤을 집어 들자 엄마가 생각도 말라는 듯 손등을 때렸다.

"들어가서 공부나 해."

다시 공부를 해야 하는 상황을 생각하면 속이 답답한데 선재를 생각하면 웃음이 나고, 웃음이 나다가도 고3을 생각하면 절망적이고. 아, 어쩌란 말이냐, 하며 트위스트라도 추고 싶은 심정이었다. 입술을 삐죽 내밀고는 방으로 들어갔다.

통화가 종료된 핸드폰 액정을 멀거니 보던 선재가 틀어 놓은 티브이로 시선을 옮겼다. '대박 상품 앵콜 방송'이라는 문구가 화면 하단에서 파란색으로 반짝거리고 있었다. 중년의 남성이 "잠이 너무 잘 와요. 그리고 아침에 일어나면 정말 상쾌해요. 제가 몇 년간 불면증으로 편하게 잔 적이 없는데 이걸 사용하고는 깊은 밤을 보낸다니까요." 하며 호탕하게 웃었다.

숙이고 있던 상체를 뒤로 젖혀 소파에 등을 기댔다. 아로마 수면 키트를 판매하는 홈쇼핑을 보며 핸드폰 액정을 문질렀다. 임솔이 제게 선물해 준 것과 같은 제품이었다.

"이걸 대체 왜."

화면을 보는 선재의 얼굴이 복잡함으로 얽혔다. 선물에는 작더라도 어떤 의미나 바람, 목적이 있다고 생각하는 사람이 선재였다. 이걸 보니까 네가 생각나서, 이거 네가 좋아할 거 같아서, 너랑 잘 어울릴 것 같아서. 지금까지 선재에게 선물을 건네준 이들이 선물과 함께 전했던 말이었다. 대부분 나 너를 좋아하고 있어, 그런 의미가 담겨 있었다.

그런데 정작 처음 만난 날부터 류선재 존나게 사랑한다, 를 외쳤던 임솔의 선물은 어딘지 모르게 의미가 모호했다. 나 너를 좋아하고 있어, 라고 보기에 의구심이 들 수밖에 없는 선물이었다. 운 나쁘게 죽은 500명의 사람들, 이라는 제목을 가진 책을 주지를 않나.

그리고 자필로 쓴 편지는 심지어 이 편지는 미래에서 왔으며, 로 시작했다. 임솔이 제게 주는 것들을 보면 도저히 좋아한다는 의미를 찾을 수가 없는데, 오늘 왜 이걸 주냐고 묻자 부끄러워하는 얼굴로 좋아하니까 주는 거라고 대답했었다.

내가 좋아한다는 의미를 잘못 알고 있나.

엄지로 핸드폰 액정을 쭉쭉 밀어 올리며 문지르던 선재가 고개를 갸웃였다.

몇 시간 전, 노래방에서 나와 길을 걸어가다가 의식적으로 돌아본 곳에 임솔이 서 있었다. 왜 안 가고 있지, 생각하는 찰나 임솔이 손을 번쩍 위로 들고 흔들었다. 곡선을 만드는 폭이 너무 넓어 툭 웃음이 터졌다.

백인혁이 웃음이 터진 선재를 보며 왜, 하고 물었고 선재가 웃음을 거두고 뭐, 아무것도 아닌데, 하며 고개를 돌렸다. 뭐지, 하며 백인혁이 뒤를 돌아보았다. 여전히 임솔은 손을 흔들고 있었다. 백인혁이 손을 높이 들고 흔들다가 내리더니 팔꿈치로 선재를 툭 건드렸다.

'야, 임솔 귀엽지 않냐?'
'뭐?'

정면을 보고 걷던 선재가 고개를 돌려 백인혁을 보았다. 그가 유쾌한 얼굴로 웃고 있었다. 전혀 안 귀엽다며 부정하고 싶은 생각은 없었는데 그 말이 왜 백인혁의 입에서 나오는 건지 의아했다.

'네가 더 귀여워.'

무심하게 던진 말에 백인혁이 '어머, 야.' 하며 선재의 옆구리를 쿡쿡 찔렀다. 선재가 걸음을 빨리하며 하지 말라고 했다. 백인혁이 빨라진 선재의 걸음만큼 속도를 높이며 몸을 치댔다. '아, 진짜 얘가 왜 이래?' 하며 선재가 달렸고 백인혁이 같이 가자며 따라 뛰었다.

오후의 일을 생각하던 선재가 고개를 뒤로 젖히고 천장을 올려 보며 숨을 뱉었다. 임솔은 자신의 번호를 저장하지 않았다. 좋아하는 사람의 연락처를 알면서도 저장하지 않을 수 있을까? 아무리 생각해도 그건 좋아하지 않기 때문인 거 같은데. 천장을 올려 보는 선재의 미간이 점점 좁아진다.

내가 왜 이런 걸 신경 써. 알 게 뭐라고.

머리를 쓸어 넘기고 몸을 바로 세웠다. 핸드폰 화면을 켜고 음악 스트리밍 앱을 열었다. 그러고는 검색란에 '처음 느낌 그대로'를 입력했다. 노래를 재생하고 천천히 가사를 읽었다. 임솔이 손가락을 접어 가며 좋다고 말했던 노래 중 하나였다.

몸을 옆으로 기울여 소파에 누운 선재가 화면을 천천히 내리며 노래를 들었다.

"좋네."

얼굴에 엷은 웃음이 번졌다. 그렇게 계속 노래를 반복했다.

□ ◆ □

자습 시간, 엠피쓰리를 챙겨 교실을 나온 선재의 걸음이 음악실로 향했다. 문제집도 눈에 안 들어오고, 음악을 들으며 누워 있고 싶었는데 선생이 칠판에 대문짝만하게 '딴짓 금지'라고 적어 놨기 때문이다.

오후 시간대의 불그스름한 햇살이 복도를 물들였다. 한적한 복도를 지나 음악실 앞에 다다랐다. 조용히 뒷문을 열자 음악실 가득 들어찬 햇살에 벽과 바닥이 붉게 물들어 있는 게 보였다.

문을 밀어 닫고 이어폰을 귀에 꽂았다. 엠피쓰리 전원을 켜며 단상으로 향하던 걸음이 멈칫했다. 누군가 있었다. 엠피쓰리 화면에 반짝, 불이 들어오고 선재의 눈이 음악실 구석, 책상에 엎드려 누워 있는 사람에게로 향한다. 책상 위로 흐트러져 있는 긴 머리카락, 쭉 뻗은 팔, 코트 밖으로 드러난 손이 아담했다.

단상으로 향하던 걸음이 방향을 틀었다. 몇 번에 걸쳐 접은 체육복 바지 밑단을 양말 안에 넣은 모양새가 임솔이었다. 조심스레 다가가 고개를 기울이자 팔을 베고 자느라 한쪽 뺨이 눌린 얼굴이 보였다.

류선재 체육복 바지에, 백인혁 체육복 상의, 심지어 지금은 학교가 끝나지도 않은 시간이었다. 남의 학교 학생이 남의 학교 체육복을 입고 남의 학교 음악실에 드러누워 있는 모습이 이렇게 자연스러울 수 있다니. 불쾌하기보다는 반가운 마음이 드는 것에 선재는 조금 놀랐다.

책상 위에 올려 둔 팔 안쪽에 책이 한 권 놓여 있었다. 제목을 보아하니 읽으려고 가져온 것 같지는 않고, 또 자신에게 주려고 가져온 것 같았다. 황당한 제목에 어이없는 웃음이 터진다.

창문으로 쏟아져 들어온 햇빛에 가만 내려앉은 눈꺼풀이 살짝 찡그려졌다. 음악실은 다목적실로 종종 영상 관람을 하기도 해서 암막 커튼이 설치되어 있었다. 고개를 돌려 햇살이 쏟아져 들어오는 창문을 보던 선재가 걷혀 있는 커튼을 쳤다. 커튼에 햇빛이 차단되고, 음악실 내부가 어둑해졌다. 커튼을 놓고 돌아보자 반듯하게 펴진 임솔의 미간이 보인다.

인기척이 느껴질 법도 한데, 잘만 자네.

창가 앞에 서 있던 선재가 임솔의 옆에 의자를 내리고 앉았다. 턱을 괴고 임솔을 보았다. 흘러내린 머리카락이 입술 사이에 물려 있었다. 가만 그 모습을 보다가, 저도 모르게 입술을 빤히 내려다보고 있다는 사실을 알아차렸다. 느리게 움직인 손이 임솔의 입술 앞에서 멈췄다. 부드러울 것 같은 입술을 매만지고 싶은 충동에 고개를 작게 젓고는 입술 사이에 물린 머리카락을 조심스레 빼냈다.

턱을 괴고 있던 손을 쭉 뻗어 임솔과 같은 모양새로 엎드렸다. 엠피쓰리에서 산울림의 '너의 의미'가 재생됐다. 임솔의 취향. 임솔이 들었던 음악. 선재는 엠피쓰리에 있는 음악을 들을 때마다 이 음악들을 들었을 임솔의 여러 시간을 상상해 봤다.

이렇게 노을이 쏟아지는 교실 안에서, 해가 저문 길에서, 불을 끈 방 안에서 이 음악들은 임솔과 함께 어떤 시간을, 감정을 공유했을 것이다. 그 시간 속의 임솔을 떠올리다 보면 기분이 이상해졌다. 그녀가 받았을 위로가, 아니면 어떤 슬픔이, 고스란히 전달되는 느낌이었다.

두 눈에는 잠든 임솔의 모습이 담기고, 귓속으로는 김창완의 목소리가 흘러들었다. 햇빛을 차단해 사위가 어둑해진 음악실에서 그 순간 선재는 자신이 들고 있는 노래 제목을 되뇌었다.

눈동자를 덮은 눈꺼풀을, 그 위에 꼿꼿하게 채워진 눈썹을, 그 눈썹을 비스듬히 가린 머리카락을 보았다. 흘러내린 머리칼을 한 가닥, 한 가닥 잡아 넘겨 주고 싶었다. 한 손에 얼추 잡힐 것 같은 머리를 쓰다듬고 싶기도 했고, 반드러운 뺨을 매만지고 싶기도 했다.

대체 왜 이러는 걸까. 덤덤하게 제 마음을 살펴보고 싶은데 자꾸 어딘가에 동요되는 듯 흔들리기만 했다.

"너의 의미."

선재가 작게 목소리를 뱉었다. 노래 제목을 뱉고는, 소리 없이 김춘백을 곱씹었다. 활자를 씹는 듯 세 음절을 되풀이하면서, 임솔의 얼굴을 물끄러미 바라보았다. 자꾸만 수면 위로 누군가 돌멩이를 던지듯, 파동이 일었다.

□ ■ □

선재 서랍에 책을 넣고 가려고 자감고등학교에 왔다가 타이밍을 잘못 잡아서 수업 시작종이 치는 바람에 백인혁이 알려 주었던 음악실로 들어갔다. 분명 의자에 앉아 끝종이 울리기를 기다렸던 것 같은데, 언제 잠이 든 건지 한쪽 볼이 눌리다 못해 찌그러져 있었다. 뺨에 머리카락이 눌린 자국이 가득했다.

뻐근한 목을 문지르며 창을 가리고 있는 암막 커튼을 보았다. 내가 커튼을 쳤던가. 원래 이렇게 어두웠나. 들어왔을 때 모습이 어땠지, 생각하는데 종이 울렸다. 복도가 소란스러워지는 소리가 들리는 게 쉬는 시간인 것 같았다. 책을 챙겨 들고 음악실을 벗어났다.

계단을 내려가 선재의 교실이 있는 2층 복도로 슬그머니 진입했다. 주위를 두리번거리며 걸음을 옮기는데 복도 끄트머리에서 누군가 단소로 벽을 탕탕, 치며 소리를 질렀다.

"자, 자, 빨리 운동장으로 나간다!"

단소 든 사나이. 자감고등학교 학주였다. 나를 알아볼 리 없겠지만 괜히 혼자 졸아들어서 책으로 얼굴을 가리고 걸었다. 오늘따라 교실에서 아이들이 끊임없이 나와 복도가 복잡했다. 오늘 정말 날이 아닌 건가.

선재의 교실을 목전에 두었을 때 턱, 하고 어깨가 잡혔다. 두 눈이 휘둥그레졌다. 단소 든 사나이는 저 앞에 있는데, 내 어깨를 잡은 것은 누구인가, 생각하며 눈을 돌렸다.

"그냥 전학을 오는 게 어때?"

"어, 서, 선재야."

얼굴을 가리고 있던 책을 슬그머니 내려 등 뒤에 숨겼다. 그 순간 탕, 하는 커다란 소리가 복도에 울렸다. 단소로 벽을 두드리는 소리였다.

"빨리빨리 움직인다!"

왜 아이들은 자꾸 무소들처럼 교실을 나와 우르르 복도를 걸어 나가는 건지. 단소 든 사나이는 왜 자꾸 빨리 움직이라고 하는지. 선재는 왜 말없이 어깨를 잡고서 안 놔 주는지. 혼란스러워 절로 심각한 표정이 되는데 선재가 어깨 위에 손을 올린 채 그대로 걸음을 옮겼다.

"어?"

어깨를 잡힌 채 선재가 이끄는 대로 따라갔다. 끌려간 거나 다름없었다.

"뭐, 뭐야?"

계단을 내려가며 물었다. 무소 떼에 합류해서 휩쓸려 가는 중이었다. 선재와 함께 구관 건물을 벗어나 운동장으로 향했다.

"아니, 지, 이디 가는 기니."

운동장에 자감고등학교 학생들이 우글우글 몰려 있었다. 아니, 나 왜 여기에. 당황한 얼굴로 선재를 보자 선재가 이번엔 뒷덜미를 잡고 끌었다. 그러더니 제 앞에 나를 세워 놓고 섰다.

그러니까, 자감고등학교 운동장, 일렬종대에 왜 내가 서 있는 건지. 눈을 동그랗게 뜨고 돌아보자 선재가 턱을 들어 운동장 정면을 가리켰다. 선재가 가리킨 방향을 바라보았다. 운동장 정면에 기다랗게 걸린 현수막이 눈에 들어온다.

[학교 폭력 근절을 위한 자감인 건강 체조]

"너 지금 교문으로 못 걸어 나가."

등 뒤에서 들려온 목소리에 우울한 낯으로 고개를 돌렸다. 선재가 무표정한 얼굴로 눈을 맞추더니 내 머리를 잡아 앞으로 돌린다.

"네가 온 거야."

그건 그렇지. 아무도 안 불렀는데 내가 왔지. 조퇴까지 하고. 고개를 수그리자 빨간색 양말 안에 곱게 집어넣은 체육복 바지가, 그 바지에 박힌 자감고등학교 심벌마크가 보인다. 거기에 백인혁에게 산 체육복 상의까지. 누가 봐도 자감인 아니냐.

옅은 한숨을 내뱉으며 열을 맞췄다. 두 팔을 벌려 앞 간격, 옆 간격 맞추자 운동장에 경쾌한 음악이 크게 울린다. 자감고등학교 체육복을 입은 학생 다섯 명이 운동장 앞으로 나가 단상에 섰다. 그러고는 체조를 시작한다. 핫둘! 핫둘!

입술을 휘어 내리고 뒤를 보았다. 선재야, 차라리 네가 내 앞에 서면 안 될까. 어떻게 내가 네 앞에서 체조를 따라 할 수 있겠니. 그런 의미를 담아 눈을 반짝였지만, 선재는 무표정한 얼굴로 내 머리를 잡아 앞으로 돌린다.

"똑바로 안 하냐!"

운동장을 어슬렁거리며 아이들을 주시하던 단소 든 사나이가 소리쳤다. 내 무덤 내가 팠다. 단상에 선 학생을 따라 열심히 팔다리를 움직였다. 삽질을 하듯 두 손을 아래로 찔렀다가 올리고 박자에 맞춰 콩콩 뛰기도 하고 장풍을 쏘듯 손바닥을 편 채 두 팔을 앞으로 뻗기도 했다. 쓸데없이 열심히 동작을 따라 하다가 시선을 돌린 곳에서 백인혁과 눈이 마주쳤다. 벌어진 입을 다물지 못한 채 나를 보고 있었다.

"……."

"……."

다들 체조를 하는 가운데, 목석처럼 가만히 서 있던 백인혁이 주머니에서 핸드폰을 꺼내더니 나를 조준한다. 찍으면 죽는다, 라고 말했지만 백인혁에게까지 내 목소리가 닿을 리 없었다. 조용히 시선을 돌렸다.

휙휙, 호루라기 소리가 운동장에 크게 울린다. 그 소리에 맞춰 나는 팔을 돌렸다. 망했어. 그냥 완전히 망해 버렸어.

□ ■ □

수업 시간, 취약 과목인 수학 문제를 푸는 중이었다. 대부분의 문제가 앞에 어떤 식을 두고 그것을 간단히 하여라, 하는 것이었다. 그리고 조건으로 괄호를 열고 단 a는 0이 아니고 b는 0이 아니라며 괄호를 닫았는데 그 괄호를 따라 책을 덮고 싶다는 생각이 들었다.

한숨을 뱉으며 이마를 책 위에 박았다. 노트에는 답이 안 나와 문제를 풀고 또 푸느라 숫자와 기호가 가득했다. 한쪽 볼을 책에 맞댄 채 노트 빈틈에 날짜를 적었다. 1월 1일. 일직선으로 뻗은 두 개의 숫자를 바라보다가 상체를 세우고 연필을 고쳐 잡았다.

타종이 울리고 과거로 왔다. 약 한 달을 과거에서 살다가 돌아갔는데 여전히 1월 1일이었고, 시간은 새벽 1시였다. 그러니까 시간이 다른 속도로 흘렀다. 세수를 하고 보았던 거울에 비친 나는 울다 잠든 듯 눈이 부어 있었다. 눈을 뜬 게 침대 위였으니 아마도 나는 그 시간 동안 잠들어 있었다고 봐야겠지.

여기서는 한 달이란 시간 동안 날뛰고 다녔는데. 선재는 여전히 새해로 넘어오지 못했고 백인혁은 나를 기억하지 못했다. 회중시계를 통해 과거로 온 것은 맞는 것 같은데, 그 방법을 도통 알 수가 없었다.

"음, 대체 뭐지."

뚫어지게 노트를 바라보며 고민하는 나의 어깨를 교실을 돌아다니던 선생이 잡아 왔다.

"왜. 어디서 막혔는데."

"네?"

눈을 동그랗게 뜨고 고개를 들었다. 모르는 문제가 뭔지 말해 보라는 듯 선생이 사람 좋게 웃었다. 선생님, 저 그게 말입니다, 시간 여행의 공식을 혹시 아시는지요?

"모르는 문제가 뭐야?"

"아, 아닙니다. 혼자 힘으로 해 보겠습니다."

연필을 꼭 쥐고 눈을 끔벅이자 선생이 아주 좋은 태도라는 듯 고개를 끄덕이며 등을 두드렸다.

"우리 솔이, 자세가 좋아. 좋은 대학 가겠어."

쓰게 웃고는 고개를 숙였다. 선생님, 저 지금 이 문제집에서 답 맞춘 거 하나도 없어요…….

입술을 말아 물고 노트를 뒷장으로 넘겼다. 틀린 문제를 다시 풀어 볼 차례였다. 정확히는 모든 문제를.

□ ■ □

하굣길, 어깨가 축 처졌다. 대학 4년 내내 술 먹고 망나니처럼 놀아서 그런지 의자에 오랜 시간 앉아 공부하는 게 적응이 안 됐다. 눈 밑이 검게 그늘진 것만 같았다. 교문 앞 문구점으로 들어가 옥수수크림빵을 샀다. 봉지를 뜯고 크게 한 입 베어 먹었다. 입을 오물거리다가 손에 든 빵을 살폈다. 옥수수크림빵인데 크림은 없고 빵만 씹혔다. 뭐야, 하며 빵을 반으로 갈랐다. 크림이 한가운데에만 들어 있었다. 분포 상태가 아주 엉망이었다.

얼굴을 찌푸리고 에이, 잘못 샀네, 생각하고 있을 때 문득 이 빵을 먹고 있던 선재와 백인혁이 떠올랐다. 그때 아마도 백인혁은 크림이 발라져 있지 않은 부분만 먹었고, 크림은 선재가 다 먹었다는 그런 대화를 했던 것 같은데. 입 안에서 크림 없는 빵이 맛없게 씹혔다. 이건 선재가 잘못했네, 생각하며 가운데 뭉쳐 있는 크림을 고르게 펴 발랐다.

정류장으로 가는 길, 길목에 트럭 한 대가 세워져 있었다. 그리고 트럭 지붕에는 '잠이 솔솔 오는 편백 목침 베개'라는 현수막이 걸려 있었다. 자연스레 눈이 돌아갔다. 잠이 솔솔, 네 글자를 빤히 보고 있자 형광 조끼를 입은 남자가 트럭에서 내려와 내게 손짓했다.

"잠 잘 오는 베개! 완전 잘 와! 한 개에 육천 원, 두 개에 만 원!"

걸음을 멈추고 지갑을 열어 보았다. 만 원이 있기는 있었다. 그런데 선재가 이제 선물을 줄 거면 직접 주라고 했는데, 아로마 수면 키트보다 더 황당한 목침 베개를 어떻게 포장할 방법이 없었다. 망설이다가 지갑을 도로 주머니에 넣고 걸음을 떼자 형광 조끼를 입은 남자가 다급하게 외쳤다.

"한 개에 오천 원, 두 개에 만 원!"

느리게 걸으며 힐끔 트럭을 보았다. 남자가 나를 보고 있었다. 살까, 고민하다가 고개를 저었다. 선재가 '누구에게 부탁하지 말고 직접 줘.'라고 말한 데에는 주지 말라는 뜻이 담겨 있었다. 그렇게까지 말했는데 못 알아먹고 '나 네 말처럼 너에게 직접 선물을 주려고 왔어. 이건 편백 목침 베개야.' 하면 선재가 참으로 좋아하겠다, 하는 생각을 하며 걸음을 뗐다.

"한 개에 사천 원, 세 개에 만 원!"

"주세요!"

걸음을 돌려 트럭으로 향했다. 남자가 이 가격이면 원가 그대로 주는 거라며 툴툴거렸다.

"몇 개 줘요?"

"세 개 주세요."

지갑에서 지폐 한 장을 꺼내 내밀었다. 무작정 선물을 사긴 샀는데 비닐봉투에 담기는 목침 베개를 보고 있자니 도저히 선재에게 직접 줄 수 있을 것 같지 않다.

꾸벅, 인사를 하고 돌아서며 봉투 안을 살폈다. 목침 베개 세 개가 서로 부딪치며 덜그럭거리는 소리를 냈다. 머리를 굴려야 했다. 선재에게 내가 줬다는 것을 들키지 않고 잘 전달할 수 있는 방법을 찾기 위해서는.

□ ■ □

숨을 골랐다. 고개를 올려 불이 들어온 간판을 보았다. 류근덕감자탕. 머리를 굴리고 굴려서 찾아온 곳이 선재의 부모님이 운영하는 식당이었다.

임솔, 이것이 너의 한계인 것이냐.

크게 심호흡을 하고 문을 잡아당겼다.

수저통을 채우고 있던 선재 어머니가 고개를 들고 나를 보았다. 나도 모르게 선한 웃음을 지었다. 그게 꼭 믿어선 안 될 종교를 전도하러 온 사람의 웃음 같다고 나는 생각했다. 혹시 나를 기억하지 못하시면 어쩌지, 그럼 우선 해장국 한 그릇을 달라고 해야지, 생각하는 찰나 선재 어머니가 나를 기억한다는 듯 반갑게 맞아 주었다.

"선재 친구, 나랑 입맛 비슷한 친구 맞죠?"

"어? 네, 안녕하세요."

꾸벅, 고개를 숙여 인사했다.

"밥 먹으러 왔어요?"

"아, 아니요, 저 지나가는 길에⋯⋯."

지나가는 길에 잠깐 들렀다, 이거 좋은 베개라는데 우연치 않게 많이 생겨서 드리러 왔다, 선재에게는 이 모든 것을 비밀로 해 달라, 그렇게 말하고 갈 생각이었는데 둘러본 식당 안에 손님이 한 명도 없었다. 선재 어머니가 말을 끝맺지 않은 나를 웃는 얼굴로 보았다.

"네. 저 뼈다귀해장국 한 그릇 주세요."

눈을 휘어 웃고는 구석진 자리에 앉았다. 숟가락과 젓가락을 아무렇게나 앞에 놓았다가 반듯하게 놔 줬던 선재가 생각나 그 끝을 나란히 맞췄다. 별것도 아닌데 히죽 웃음이 나 웃다가 입꼬리를 내렸다. 저번처럼 갑자기 백인혁과 선재가 급습할 수도 있으니 얼른 먹고 나가야겠다.

테이블 위로 뼈다귀해장국이 올라왔다. "맛있게 먹어요." 하고 돌아서는 선재 어머니를 다급하게 붙잡았다.

"뭐 필요한 거 있어요?"

"예? 아, 이거."

검은 비닐봉투를 내밀었다. 긴장한 탓에 자꾸 만지작거려 손잡이 부분이 잔뜩 구겨져 있었다. 선재 어머니가 비닐봉투를 건네받지 않은 채 뭉툭한 것들이 담겨 튀어나온 봉투의 외관을 살폈다.

"이게 뭐예요?"

"이거 베개인데요, 잠이 잘 오는 거래요."

갑작스러운 베개 선물에 선재 어머니는 적잖이 당황한 얼굴이었다. 선재가 선물을 쉽게 받지 않는 건 어머니를 닮은 건가, 하는 생각이 들 정도로 비닐봉투를 계속 바라보기만 할 뿐 받아 들지 않았다. 이것을 어떻게든 전달하고 가야 하는데.

"그…… 삼촌이 베개 공장을 하셨는데, 망했어요. 그래서 집에 이게 너무 많아서……."

"삼촌이요?"

"네. 그러니까 부담 갖지 않으셔도 돼요."

어색하게 웃으며 봉투를 더욱 앞으로 내밀었다. 선재 어머니가 아이구, 어떡해, 하며 우선 들고 왔으니 받겠다며 고맙다는 인사를 했다.

"이거 제가 가지고 왔다는 건 선재에게 비밀로 해 주세요."

선재 어머니의 얼굴이 꽤나 심각해졌다. 여러 가지 생각을 하는 것 같았다. 삼촌 공장이 망했다, 이 문장이 머릿속에서 떠나지 않는 얼굴이었다. 말을 고르는 듯 음, 하고 소리를 늘이던 선재 어머니가 알았다며 고개를 끄덕였다. 감사하다는 인사를 하고 숟가락을 들었다. 할 일을 끝냈으니 빠르게 밥그릇을 비우고 퇴장할 때였다.

깍두기를 씹고 있는데 핸드폰이 진동했다. 주머니에서 꺼내 확인하니 메시지가 한 통 들어와 있다. 입을 오물거리며 메시지를 열었다.

[안녕. 나 선재]

헛기침이 넘어와 급하게 입을 막았다. 얼굴을 가린 채 주위를 두리번거렸다. 식당 안에는 선재 어머니와 나 둘뿐이었다. 설마 선재 어머니도 백인혁처럼 대나무 숲, 뭐 그런 건가 싶어 주방을 보았다. 싹둑, 싹둑, 파 써는 소리가 들렸다.

냉수를 들이마시고 답장을 보내려는데 도통 무슨 말을 해야 할지 몰라 '응, 안녕.'이라고 썼다가 지우고 '나는 임솔.'이라고 썼다가 또다시 지웠다.

[응. 무슨 일이야?]
[엠피쓰리 돌려주려고. 어디야?]

나…… 나 지금 류근덕감자탕인데…….

[나중에 돌려줘도 돼]
[가까운 거리면 지금 주려고. 어딘데?]

왜 자꾸 어디냐고 묻니…….

[집이야. 나중에 줘]

답장을 보내고 가방을 챙겼다. 지갑을 열어 해장국값을 꺼냈다. 핸드폰이 진동했다.

[알았어.]

"저 계산할게요."

"어? 다 먹었어요?"

"네. 여기 칠천 원 두고 갈게요. 안 나오셔도 돼요."

"아니야, 아니야. 계산하지 말고 그냥 가요."

주방에서 앞치마를 벗으며 나오는 선재 어머니를 향해 손을 휘저었다. 밥을 먹었으면 계산을 하는 게 당연했다.

"아니에요! 나오지 마세요! 여기 두고 갈게요."

"이거 가져가요."

손을 저으며 뒤로 걷다가 선재 어머니가 들고 나온 것을 보았다.

"딱히 줄 게 없네. 선재 아빠가 유자를 재배해요."

유리병에 유자청이 가득 담겨 있었다. "안 주셔도 되는데." 하고 말하자 선재 어머니가 사양하지 말라며 내 손에 쥐어 주었다.

"혹시 무거우려나? 선재한테 들어 달라고 할까?"

"아니요! 하나도 안 무겁습니다."

품에 단단히 유리병을 감싸 안고는 거뜬하다는 듯 눈을 크게 떴다. 선재 어머니가 미소 지으며 등을 밀었다. "어, 저 아직 계산을." 하고 말하자 쫓아내듯이 문을 열었다.

"다음에 또 와요."

싱긋, 웃은 선재 어머니가 문밖으로 나를 밀어 내고 문을 닫았다. 닫힌 문을 보며 남은 말을 이었다.

"안 했는데."

눈을 내려 유자청이 그득 담긴 유리병을 보았다. 편백 목침 베개는 세 개에

186

만 원인데, 그것도 깎고 깎아서 산 건데. 너무 큰 선물을 받은 것 같다. 선재의 아버지가 재배한 유자로 담근 유자청.

선재는 외동아들이었다. 선재가 없는 세상이 마냥 슬펐는데, 선재가 없는 한 집을 생각하자 가슴이 미어져 왔다.

무슨 일이 있어도 류선재, 너에게 내가 똑똑히 각인시키고 갈 거야.

의지를 다잡고 걸음을 돌리는데 핸드폰이 진동했다. 선재인가. 발신자를 확인하기도 전에 가슴이 두근거렸다. 핸드폰을 꺼내 번호를 확인했다. 알 수 없는 번호라고 떠 있었다. 류근덕감자탕에서 멀어지며 전화를 받았다.

"여보세요?"

아무런 소리도 안 넘어왔다. 핸드폰 액정을 확인했다. 통화 시간이 올라가고 있었다.

"여보세요?"

뭐라고 말을 하는데 내가 못 듣는 건가 싶어 눈썹을 찌푸리고 귀를 기울였다. 전화기 너머에서 알아들을 수 없는 작은 소리가 울렸다. '여보세요?'라고 한 번 더 물으려는 찰나 목소리가 넘어왔다.

— 시계.

"네?"

— 그쪽이 가지고 있죠?

"무슨 말씀이신지. 누구세요?"

도통 알아들을 수 없는 말에 모난 목소리가 튀어나왔다.

— 그쪽이 가지고 갔잖아요. 6년 전으로.

앞쪽으로 옮기던 발이 굳었다. 하마터면 손에 든 유리병을 떨어트릴 뻔했다. 쿵, 가슴이 내려앉는 것처럼 흔들렸다. 나도 모르게 종료 버튼을 누르고 황급히 통화를 끝냈다.

정신이 멍했다. 숨을 뱉고는 입을 다물지 못했다. 뛰는 가슴이 좀처럼 진정되지 않는다. 아무런 생각도 못 하고 얼어 있는 내 앞으로 누군가 걸어오는 게 보였다. 교복 위에 보라색 후드 티를 입고 패딩을 걸친, 어두운 흑갈색 머리의 남자가.

선재였다. 선재가 무표정한 얼굴로 거리를 좁혀 왔다.

"집에 있다고 하지 않았어?"

집이라고 답장을 보내 놓고 류근덕감자탕 앞에 서 있는 내가 매우 못마땅한 듯했다. 저벅저벅 걸어오는 선재를 보는데 가슴이 벌렁거리고 코끝이 찡해진다. 이유는 알 수 없었다. 머릿속이 엉망이 돼 생각이 제대로 읽히지 않았다.

집에서 문제집을 풀다가 내가 왜 이러고 있어야 해, 하는 생각이 들어 돌아가기 위해 회중시계를 살피고 되는대로 눌러 봤던 나였다. 이 정도면 선재에게도 할 만큼 하지 않았나, 그런 생각도 했었다. 그런데 막상 어디서 누구에게 걸려 온 건지도 모르는 전화에 모든 희망이 끊어진 듯하다.

나 이제 정말 시간 여행, 그걸 끝내고 돌아가는 건가.

선재의 걸음이 내 앞에서 멈췄다. 눈을 내리고 내 손에 들린 유리병을 보더니 "엄마 만났어?" 하고 물었다. 아랫입술을 내밀어 윗입술을 덮고 얼굴을 찌푸렸다. 울음이 몰려와 목구멍이 따가웠다.

선재의 시선이 유리병에서 내 얼굴로 옮겨지는 게 보였다. 그리고 눈이 마주쳤다. 놀란 듯 선재의 눈이 조금 커진다.

"야, 너 울."

덥석 한 팔을 벌려 선재를 안고 선재의 품에 얼굴을 묻었다. 자감고등학교 운동장에서 처음 만났던 그날처럼 엉엉 소리 내 울지는 않았지만 선재의 옷을 눈물범벅으로 만드는 중이었다.

꽉 문 잇새로 "흑흑." 하는 소리가 새어 나갔다. 한 손에는 유자청이 든 유리병을, 다른 한 손으로는 선재의 몸을 안고서 울었다. 어쩌면 오늘이 마지막이 될지도 몰라. 이런 상황에서도 백인혁이 노래방에서 불렀던 버즈의 노래 가사를 떠올리는 내가 밉다.

"야, 괜찮아?"

선재가 한 손으로 어깨를 잡고 밀어 내며 물었다. 그게 나를 떨어트리기 위함인지, 얼굴을 보기 위함인지는 알 수 없었지만 밀려나지 않으려고 힘주어 버티며 선재의 몸을 더욱더 당겨 안았다.

"흐, 으엉, 선재야."

"왜 그래?"

목구멍이 따갑다 못해 뜨거웠다. 이 순간이 정말 마지막이 될지도 모른다. 첫 번째 시간 여행을 끝내고 돌아갔을 때, 선재의 죽음이 마치 오래 알고 지낸 친구의 죽음처럼 더 슬프게 느껴졌던 것과 같이 선재와의 헤어짐이 오래 알고 지낸 친구와 헤어지는 것처럼 서글펐다.

돌아갔는데 여전히 선재가 없으면 어쩌지, 이게 정말 마지막이라서 다신 돌아올 수도 없고 선재에게 어떤 말도 건넬 수 없으면 어쩌지, 그런 생각을 하자 울음이 안 멈춘다.

"나 이제 가나 봐. 내가 너에게 줬던 책들 그거 꼭 다 읽어."

"무슨 소리야?"

"그런 게, 흐으응, 있어. 으엉."

"뭐가 있다는 거야. 얼굴 들고 나 봐 봐."

나는 알고 있다. 나의 우는 얼굴이 얼마나 못났는지. 선재의 품에 꼭 달라붙은 채 고개를 저었다.

"내가 했던 말 절대 잊으면 안 돼. 나쁜 말은 다 한 귀로 흘리고 좋은 말만 기억해. 그렇다고 내 말을 한 귀로 흘리라는 건 아니야. 으아앙."

이해할 수 없는 말을 뱉으며 우는 내가 당황스러운 듯 선재는 조용했다. 얼굴을 잔뜩 찌푸리고 선재의 품에 이마를 콩 박았다.

"선재야."

코끝에서 선재의 향이 맡아졌다. 고개를 들어 얼굴을 보지 않아도, 네가 앞에 있다는 걸 알 수 있는 지금 이 순간을 평생 잊을 수 없겠지.

"넌 정말로 소중한 사람이야. 내 행복을 누군가에게 나누어 줄 수 있다면 너에게 다 주고 싶을 만큼. 네가 항상 행복했으면 좋겠어."

"……."

"너는 나에게 가장 큰 위안이고, 행복이었어."

"무슨."

"사랑해, 선재야."

입술이 파르르 떨렸다. 눈물이 떨어져 내리더니 어깨가 들썩인다. 선재에게서 한 걸음 물러났다. 선재의 얼굴을 보고 싶었지만 차마 볼 수 없어 고개를 푹 숙인 채 걸음을 뗐다.

류근덕감자탕에서 벗어나 큰 대로변을 따라 걸으며 엉엉 소리 내어 울었다. 으엉, 하며 서럽게도 울었다. 돌아간다는 사실이 슬픈 게 아니었다. 돌아가야 마땅했다. 그런데 그런 울음이 있지 않나. 이유 없이 터지는 울음. 손등으로 눈을 벅벅 문지르며 걸었다. 계속 걷다가 아무도 없는 벤치에 앉아 울었다. 등을 굽히고 무릎에 얼굴을 묻은 채 울음을 토해 냈다. 엄마, 하며 울기도 하고 류선재, 하며 울기도 했다. 의미 없이 부르는 이름이었다.

시간 여행의 끝을 기다리며 울고 있는데 벤치가 묵직하게 미동하는 게 옆에 누가 앉은 것 같았다. 전화를 건 사람이 온 건가. 고개를 들고 옆을 보았다.

어, 너, 왜 여기에.

코를 훌쩍이며 허리를 폈다. 선재의 눈이 울어서 붉어진 눈, 코, 눈물 자국으로 범벅이 된 뺨을 차례대로 훑는 게 보였다.

"……왜 따라왔어?"

내 얼굴을 가만 보던 선재가 손을 내밀어 턱에 맺힌 눈물을 닦아 준다. 따뜻한 온기가 턱을 스쳐 갔다.

"야, 춘백."

"……어?"

"아까 네가 했던 말을 생각해 봐. 안 따라오게 생겼나."

아까 내가 했던 말. 내가 선물한 책을 다 읽으라고 그랬고, 내가 했던 말을 다 기억해 주라고 했고, 넌 정말 소중한 사람이라고, 사랑한다고 말했다.

훌쩍이며 선재를 보았다. 검은 눈동자가 유난히 깊다.

"너 진짜, 알다가도 모르겠다."

젖은 나의 눈과 깊은 선재의 눈이 가만 마주쳤다. 선재가 먼저 시선을 돌렸다.

"선물도 주지 말라고 했는데. 네 행복을 나한테 주면 어떡해?"

"……그건."

"일방적으로 받는 거 별로라고 말한 거 같은데. 네가 주면 나도 준다고도 했고."

"……."

"어쩌려고 자꾸 주냐, 너."

가로등이 없어 어두운 길, 어스레한 달빛이 비쳤다. 정면을 바라보는 선재의 눈이, 반드러워 보이는 뺨이, 단정한 머리가, 선재가 옆에 나란히 앉은 이 밤이 그윽하기만 했다.

핸드폰이 진동했다. 주머니에서 꺼내 확인하니 알 수 없는 번호라고 떠 있었다. 입술을 물고 진동하는 핸드폰을 보다가 주머니에 쑤셔 넣었다. 조금만, 나에게 조금만 더 시간을 주세요. 아무런 대화를 나누지 않아도 옆에 선재가 가만히 앉아 있는 이 시간을.

□ ■ □

일어나라 해! 일어나라 해!

알람이 요란하게 울렸다. 판다 머리를 누르자 알람 소리가 죽는다. 끔벅끔벅, 눈을 감았다 떴다. 침대에 누워 앞에 보이는 것을 확인했다. 문에 교복이 걸려 있었다.

아직 안 갔네.

벌떡 일어나 방문을 열었다. 화장실로 가 거울에 비친 내 모습을 확인했다.

어제 얼마나 울었는지 잔뜩 부어오른 눈이 밤송이 같다.

"어디서 많이 본 몰골인데……."

부은 눈에 기시감을 느끼며 수도 레버를 올렸다.

□ ■ □

쉬는 시간, 책상에 엎드려 누워 있다가 핸드폰을 꺼냈다. 인터넷 창을 열고 시간 여행과 회중시계에 대해 검색하다가 어떤 질문 글을 발견했다. 제목이 '시간 여행자의 회중시계 얻는 법 좀 알려 주세요.'였다. 내용엔 '알려 주세요.'라고만 써져 있었고 댓글은 없었다. 눈을 번뜩 뜨고 몸을 일으켜 댓글을 남겼다.

[저 길 가다 회중시계를 주웠는데 이게 시간 여행을 하게 해 주는 것 같아요. 혹시 이거에 대해서 아시나요? 주인이 저를 찾아서 돌려 달라고 하던데, 여기 위치 추적기도 달려 있나요?]

너무 많은 질문을 붙였나, 싶었지만 이것도 나름 거르고 거른 질문이었다. 가슴이 두근거렸다. 글쓴이가 제발 댓글을 읽고 답을 해 주길 바라며 핸드폰 화면을 껐다.

수업이 끝나고 쉬는 시간, 핸드폰을 꺼내 댓글이 달려 있는지 확인했다. 내가 쓴 댓글 아래에 새로운 댓글이 달려 있었다.

[존나 예전에 해서 기억 안 나는데. 이걸 아직도 해요? 그거 레벨 100인가 넘으면 얻을 수 있어요. 위치 추적은 없는 걸로 아는데. 근데 웬 주인?]

뭔 소리야……. 나는 길 가다 주웠다니까…….

댓글을 다시 남길까 하다가 별 소득이 없어 보여 말았다. 분명 내가 과거로 온 것을 알고 있는 사람이었다. 회중시계를 아무리 만져 보아도 변하는 건 없는데. 대체 어떻게 알고 전화를 한 건지 알 수 없었다. 턱을 괴고 벽에 걸린 시계를 보았다. 째깍, 째깍, 분침이 넘어가고 있었다.

□ ◆ □

자습을 빠진 선재와 백인혁이 음악실에 머물렀다. 창문을 넘어와 부서진 햇살이 음악실의 그늘을 거둬 냈다. 피아노 의자에 앉은 백인혁은 건반을 두들기는 중이었다. 슈베르트의 Ungarische Melodie, d.817이었다. 현을 두드리는 소리가 아름다웠다.

창문 난간에 몸을 기댄 선재의 귀에는 이어폰이 꽂혀 있었다. 임솔의 엠피쓰리로 음악을 듣는 중이었다. 갑작스러운 상황에 까맣게 잊고 돌려주지 못해 아직도 선재의 손에 머물러 있었다.

햇살이 선재의 얼굴을 밝혔다. 조금 길어진 머리카락이 속눈썹에 살짝 닿았다. 창문 너머로 학교 전경이 내다보였다. 마른 낙엽이 나뭇가지에 매달려 겨울을 버티는 풍경이 휑하다. 휑한 풍경만큼이나 귀로 흘러들어 오는 노래가 쓸쓸했다.

엠피쓰리에 들어 있는 대부분의 노래가 이별이나 짝사랑으로 인한 슬픔 같은 걸 가사에 담고 있었다. 아무래도 임솔은 가사에 대한 공감보다는 그저 쓸쓸하고 슬프게 흘러가는 음을 좋아하는 것 같다고 선재는 생각했다.

띵띵, 같은 건반이 두 번 눌렸다.

"야, 류선재."

건반을 두어 번 두드린 백인혁이 몸을 돌리고 제 목소리를 듣지 못하는 선재를 보았다. 이어폰을 귀에 꽂은 채 햇살을 받는 선재의 모습이 마치 그림 같아 보였다.

백인혁이 몸을 틀고 앉아 두 팔로 의자 뒤를 짚고서 음악을 듣는 선재를 빤히 보았다. 무슨 음악을 듣는지 제 목소리는 듣지도 못하고, 무슨 생각을 하는지 이따금씩 보조개가 생기며 한쪽 볼이 움푹 들어갔다.

"저 새끼 저거, 팬 생겼다고 좋아 가지고."

백인혁이 혼잣말로 중얼거리자 내내 돌아보지 않던 선재가 고개를 돌려 백인혁과 눈을 맞춘다.

"뭐라고 했냐."

"어? 나 아무 말도 안 했는데."

"다 들려. 새끼야."

"야, 들리는 놈이 이름 불러도 안 돌아보냐?"

피아노 의자에서 일어난 백인혁이 선재에게로 걸어가 그의 어깨를 가볍게 쳤다.

"뭐 들어."

이어폰 하나를 뺏어 귀에 꽂은 백인혁이 눈썹을 찌푸리고 입술을 내밀었다. 방금 전까지 선재가 짓고 있던 표정과는 너무나 상반된 분위기의 곡이었다. 한껏 미소를 짓기에 발랄하고 경쾌한 사랑 노래라도 듣는 줄 알았는데, 서럽게 울부짖는 이별 노래였다.

"이것도 선재 업고 튀어가 줬어?"

백인혁이 엠피쓰리를 눈짓했다.

"응."

"이게 언제 적 거야. 우리 사촌 형이 썼던 거 같은데. 이러다 나중에 역사책에서 보던 것도 듣고 올 것 같아. 경주 부부총 금귀걸이 같은 거. 조공이라면서."

백인혁의 말에 선재가 웃음을 터트렸다.

"임솔이 무슨 도굴꾼이냐."

"걔는 할 수 있을 거 같아."

백인혁이 진지한 얼굴로 고개를 끄덕이며 엠피쓰리를 만지작거리더니 선재의 손에 도로 쥐여 주었다.

"야, 인혁아."

"어?"

"번호를 알려 줬는데도 저장을 안 하는 건 관심이 없으니까 그런 거겠지?"

"그렇겠지?"

선재를 따라 난간에 몸을 기대고 하늘을 보던 백인혁이 뭔가 이상하다는 듯 엥, 하며 눈을 찌푸리고는 선재를 보았다.

"뭐냐, 네 이야기냐?"

"아니."

"너 맞네."

"아닌데."

"누구한테 알려 줬어. 어? 류선재가 여자한테 번호를 알려 줬단 말이야?"

"뭘 알려 줘. 아니라니까."

몸을 붙이며 치대는 백인혁의 팔을 잡아 밀어 낸 선재가 백인혁의 귀에 꽂힌 이어폰을 빼 가져갔다. 마침 끝종이 울렸다.

메시지를 보내면 단답형으로 무뚝뚝하게 답장이 오고, 만나자고 해도 거짓 말까지 하면서 거절하는데 대체 사랑한다는 그 말은 어떻게 그렇게 잘 나오는 건지, 이런 건 대체 어떤 경우인지 궁금했지만 백인혁에게는 묻지 않는 게 좋 겠다고 생각하며 입을 다물었다.

작은 몸집으로 자신을 안던 임솔이 떠올랐다. 꼭 붙은 둘의 몸 가운데에는 뭉툭한 유리병이 끼어 있었다. 내려다본 시야에 보이는 거라고는 자신의 품에 얼굴을 묻고 떨어지지 않으려는 임솔의 머리뿐이었다. 두 손을 어디에 둬야 할 지 몰라 허공에 가만 두었다.

흐느끼며 흔들리는 어깨가 왠지 모르게 짠했다. 뭐가 그렇게 서러운지 울음 이 터진 목소리가 어린아이 같았다. 하는 말을 보면 자신 때문에 우는 것 같은 데, 도통 알아들을 수가 없어 해 줄 수 있는 말이 없었다. 그런데 그 말만은 귀에 쏙 박혔다. 사랑해 선재야. 그 말을 떠올리는 선재의 얼굴이 갑작스레 붉어진다.

"내 말 듣고 있냐?"

선재와 나란히 복도를 걷던 백인혁이 고개를 돌려 선재를 보았다. 누가 봐도 자신의 말을 안 듣고 있는 얼굴이 붉었다. 선재의 목에 팔을 두르고 눈을 가늘게 떴다.

"류선재, 얘 봐라. 얼굴 또 불탄다."

목을 감아 오는 팔에 눈을 올린 선재가 한 박자 늦게 몸을 옆으로 뺐다.

"뭐래."

괜히 퉁명스러운 대답을 내놓고 앞서가는 선재의 모습에 백인혁이 싱겁다는 듯 웃음을 터트렸다.

ㅁ ■ ㅁ

집으로 가려다 걸음을 틀어 공원으로 향했다. 벤치에 앉아 멍하니 어두운 풍경을 바라보았다. 구름 한 점 없는 하늘이 먹에 잠긴 듯 검었다.

한숨을 뱉자 하얀 입김이 입술 밖으로 흩어졌다. 흩어지며 사라지는 숨을 보았다. 이 시간에 갑작스레 들어온 나도 허공으로 뱉은 숨처럼 사라질 터였다. 과거의 내가 선재를 모른 채 이 시간을 다시 살아가며 특별할 것 없는 고등학교 생활을 우울하게 마무리할 것이다.

이상하리만치 기분이 낮게 꺼졌다. 시계를 찾는 전화를 받는 순간 알았다. 시간 여행은 곧 끝나게 될 테고, 이제 이 시계를 사용하지 못하게 될 거라는 걸. 돌아가고 싶지 않은 건 아니었는데 마음이 이상했다. 마음에 멍울이 진 것 같았다. 흐르지 않고 엉겨 굳은 것처럼 무겁고 딱딱했다.

가만히 옆에 앉아 자리를 지켜 주던 선재가 떠올랐다. 그때의 고요가 좋았다. 아무런 대화 없이 앉아 있던 그 시간이 어떤 위안이 되었다. 어느 정도 시간이 흘렀을 때 침묵을 깨트린 선재의 목소리가 아직도 선명하다.

'무슨 일인지는 모르겠지만, 그런 건 걱정 안 해도 돼. 네가 황당한 행동을 너무 많이 해서 잊힐 거 같지 않으니까.'

그렇게 말하고는 '그런데 정말 이것 때문에 울었어?' 하며 덧붙이던 목소리까지. '너 진짜 별걸로 다 운다.' 하는 말에 내가 다시 울먹이자 어처구니가 없다는 듯 나를 보다가 툭 웃음을 터트리던 선재의 얼굴이 잔상처럼 남았다.

선재를 생각하자 코끝이 찡해졌다.

류선재만 생각하면 우는 개야, 뭐야. 왜 이렇게 자주 울컥하는 거야.

얼굴을 잔뜩 찌푸리고 눈물을 참았다.

"흐, 흐으."

결국 울음이 터져 버스나 지하철을 타지 못하고 공원에서 집까지 걸어가는 방법을 택했다. 안방에서 티브이 속의 선재를 만나는 것만으로도 울고 웃던 사람이 선재를 바로 앞에서 보고, 말을 섞고, 눈을 맞추니 우는 게 당연하다고, 나는 내 울음에 그렇게 의미를 부여했다.

훌쩍이며 걷고 있는데 발 앞으로 담배꽁초가 날아왔다. 얼굴을 잔뜩 찌푸리고 고개를 돌리자 편의점 앞에 서 있던 남자가 눈을 동그랗게 뜨고 놀란 얼굴로 나를 봤다. 무심코 튕겨 날린 담배가 내 앞으로 떨어진 듯했다.

"죄송합니다."

남자가 꾸벅 고개를 숙였다. '거, 조심 좀 합시다.' 라고 말하려는데 아는 얼굴이었다. 감자전의 식용유, 우현성이다.

내가 훌쩍이며 쳐다보자 자기 때문에 우는 줄 알았는지 우현성이 눈을 더 크게 뜨며 "우세요?" 하고 물었다. 그러곤 내 앞으로 다가와 발치에 떨어져 있는 담배꽁초를 주웠다.

"사람이 오는 줄 몰랐어요."

우현성은 선재보다 두 살이 많았다. 과거 소문도 안 좋았다. 다 여자 문제였다.

이맘때 만났던 여자가 우현성이 데뷔를 한 뒤 관계를 정리하자 인터넷에 함께 찍었던 사진을 유포해 팬들이 '이거 우리 오빠 닮은 사람이네, 아니네.' 하며 난리가 났었다. 결국 닮은 사람으로 결론이 났다. 지금 얼굴을 보니 그건 분명 우현성이다. 사실 팬들도 다 알고 있었다. 우현성이라는 걸.

"저기요."

"네?"

교복을 입은 내게 우현성은 꼬박꼬박 존댓말로 답했다.

우현성은 선재와 룸메이트였다. 선재가 나름 잘 따르는 형이었다. 인스타그램에 마지막으로 올라온 선재의 사진도 우현성이 찍어 준 거였다. 이왕 이렇게 마주친 거, 우현성의 논란도 막아 주면 좋지 않을까 싶었다. 그 사진 때문에 우현성의 팬들이 대거 다른 그룹으로 갈아탔으니.

"제가요, 사실 장군신을 모시는데요."

"네?"

우현성이 알아들을 수 없다는 듯 눈썹을 올렸다.

"신이요, 신. 방금 장군신께서 말씀하셨는데, 지금 만나는 그 여자는 얼른 정리하래요. 화를 몰고 올 거라고."

우현성이 조금 무섭다는 듯 한 걸음 물러났다.

"정말입니다. 연예인 생활에 잡음 생기고 싶지 않으면 정리해야 해요."

이번엔 우현성이 용하다는 얼굴로 한 걸음 다가왔다.

"복채는 안 받습니다."

꾸벅, 고개를 숙이고 걸음을 뗐다. 그러다 몇 걸음 나이기지 못하고 지리에 멈춰 섰다. 뒤돌아보자 우현성이 놀란 얼굴로 굳어 있었다.

"주변에 그쪽보다 두 살 어리고 강아지 상인 잘생긴 사람이 한 명 있을 텐데요, 키가 한 184정도 되는…… 잘 챙겨 주세요. 잠을 잘 못 자는 것 같으면 옆에서 책도 막 읽어 주고."

우현성이 어깨를 올리고 팔을 쓸며 주위를 두리번거렸다. 혹여 자신의 눈에 장군신이 보일까 둘러보는 것 같았다. 난 부탁한다는 듯 고개를 끄덕이고는 돌아섰다.

뒤에서 "오빠." 하며 우현성을 부르는 소리가 들렸다. 돌아보지 않고 계속 걸었다. 지금 만나는 여자를 정리하고 안 하고는 우현성의 선택이었지만 나의 마지막 말은 우현성이 꼭 기억해 주길 바라면서.

"어, 그런데……."

걸음을 멈추고 뒤를 돌아보았다.

"방금 말한 것도 미래의 일인데. 목소리가 나왔어. 이건 왜 말할 수 있지?"

우현성이 여자와 함께 멀어지고 있었다.

□ ■ □

청소 시간, 파우치를 꺼내 든 아이들 몇몇이 교실 뒤편에 모여 얼굴을 단장했다. 아이라인을 그리고 속눈썹에 마스카라를 발랐다. 다들 앞머리에 헤어 롤을 하나씩 말고 있었다. 중요한 행사라도 있는 것처럼 분주해 보였다.

쓰레기봉투에 발 하나를 넣고 꾹꾹 눌러 밟다가 아이들이 하는 대화에 귀가 섰다.

"야, 오늘 가면 그 오빠 친구들이랑 같이 노는 거지?"

"아마도?"

"와, 씨. 자감고 애들 다 잘생겼다던데, 졸라 기대 되네."

자감고등학교? 두 손으로 쓰레기봉투를 잡고 발을 쑤셔 넣는 와중에 머리가 점점 아이들 쪽으로 기울었다.

"오늘 사회 보는 애가 존나 귀엽다고 소문남."

"이름이 뭔데."

"헌진이던가?"

"헐. 걔 김자은 전 남자 친구 아니냐?"

쓰레기봉투와 함께 몸이 완전히 기울었다. 작게 속삭이는 것도 아닌데 더 자세히 듣고자 몸을 기울인 이유는 내가 궁금한 내용이 정확하게 나오지 않았기 때문이다.

"야, 그러다 봉투 뚫리겠다."

"어?"

잔뜩 기울어진 몸을 바로 세우고 고개를 돌렸다. 밀걸레를 들고 교실로 들어온 은희가 내 발을 눈짓했다. "아, 그러네." 하며 쓰레기봉투에 넣은 발을 뺐다.

"야, 오늘 자갑고 축제야?"

"응. 그렇다더라."

밀걸레를 들고 창가로 간 은희가 밀대를 거꾸로 세워 놓았다. 뚝, 뚝, 교실 바닥으로 떨어지는 물방울을 보았다. 하마터면 이 중요한 날을 놓칠 뻔했다. 은희가 내 어깨를 툭 친다.

"얼른 버리고 와. 곧 종 치니까."

"은희야 고맙다. 얼른 버리고 올게."

쓰레기봉투를 번쩍 들고 교실을 나섰다. 쓰레기를 버리러 가는 길, 나의 걸음이 이렇게 가벼웠던 적이 있던가.

선재의 축제 동영상은 조회 수가 높은 편이었다. 잘생긴 애가 고음을 쭉쭉 올리는데 음이 단 한 번도 어긋나지 않고, 매끄러워 유명한 영상이었다. 단점이 있다면 영상을 찍은 사람이 자꾸 혼잣말을 중얼거린다는 거였다.

축제는 누구나 갈 수 있고 많은 사람이 모이는 곳이니 선재와 마주칠 걱정은 하지 않아도 될 것 같았다. 이수선하지 않은 곳에 자리를 잡고 선재의 노래를 경청할 생각에 신이 났다. 학교 앞 문구점에서 쌍안경도 사 가야겠다고 생각하며 폴짝폴짝 뛰었다.

쓰레기봉투를 놓고 돌아서는데 주머니에 넣어 둔 핸드폰이 진동했다. 저장된 번호는 아니었지만 뒷자리만 보아도 선재라는 걸 알 수 있었다.

[솔아.]

순간 가슴이 덜컥 내려앉았다. '솔아.'라니. 내 이름인데도 꼭 남의 이름을 보는 것처럼 낯선 기분이 들었다.

[안녕. 무슨 일이야?]
[뭐 하니? 오빠 생각 하니?]

⋯⋯뭐지. 이 뜬금없고도 어울리지 않는 대사는.

핸드폰을 붙들고 들어온 메시지를 반복해 읽는 얼굴이 점점 의문으로 가득 찼다. 이건 아무리 봐도 선재의 말투가 아니다. 선재는 어린 팬들에게도 오빠가, 형이, 라는 말 따위는 하지 않았다. 서윤재에게도 늘 내가 해 줄게, 내가 했는데, 내 부탁 좀 들어줘, 하고 말했지 형이 그랬잖아, 하고 말하지는 않았다.

그런데 그런 말을 하는 멤버가 한 명 있긴 있었다. 윤재야, 형이 뭐라고 했지? 양말 거꾸로 벗어서 내놓지 말라고 하지 않았냐? 형이 소파 위에서 과자 먹으면 청소하기 힘들다고 입이 닳도록 말했던 것 같은데? 하던 사람.

[백인혁?]

메시지를 보내고 답장이 오길 기다렸다. 몇몇 학생들이 쓰레기봉투를 가지고 오는 모습과 뒤편에 놓고 빈손으로 돌아가는 모습을 보았다. 핸드폰이 진동했다.

[아니야. 나 선재인데. 왜 인혁이 이름이 나오지? 인혁이 좋아하나?]

절로 얼굴이 구겨졌다. 누가 봐도 백인혁인데 어디서 장난질이야. 멤버별 파트 뜨기도 전에 선재 파트 맞추는 사람이 난데. 인스타그램에 업로드된 구름 사진과 그 아래에 남겨진 '다들 좋은 하루 보내요.'라는 문장만으로도 이 게시물을 올린 사람이 선재라는 것을 맞추는 사람이 난데.

[류선재 좋아하는뎁쇼.]

핸드폰을 주머니에 찔러 넣고 걸음을 뗐다. 건물 안으로 들어가 계단을 오르는데 답장이 왔다.

[이야, 화끈하네. 오늘 약속 있냐?]
[아니 없는데. 왜 무슨 일인데. 선재 핸드폰 왜 네가 가지고 있어. 선재가 배터리를 얼마나 소중하게 생각하는데. 얼른 안 돌려 주냐.]
[ㅋㅋㅋㅋ와 너 그거 어떻게 알았냐.]

어떻게 알기는. 팬이니까 알지. 선재는 은근 허술한 구석이 많는데 늘 보조 배터리를 놓고 다녀서 아침에 숙소를 나오자마자 저전력 모드를 켠다고 말한 적이 있었다.

[오늘 우리 학교 축제야. 선재 노래 부르는데. 업고 튈 기회다.]

축제인 것은 반 아이들의 대화로 이미 알고 있었다. 안 그래도 몰래 가려던 참이었는데, 백인혁이 직접 알려 주니 선재 모르게 가는 것은 끝났구나 싶다.

[아, 축제야?]
[응. 이따 보자. 선재한테 핸드폰 돌려줄 거니까 답장하지 마.]

저 아직 간다고 말 안 했는데요. 물론 갈 거지만. 그런데 이따 왜 너를 봐야 하는 거죠.

선재에게 돌아갔을 핸드폰을 생각하며 메시지 창을 닫았다. 동영상으로만 봤던 그 무대가 바로 오늘 펼쳐지는 거였다. 모니터를 통해서가 아니고 직접 내 두 눈으로 볼 수 있는 실제 무대.

촬영을 하는 내내 자꾸 뭐라고 중얼거리는 사람 때문에 망한 동영상이었는데, 그런 중얼거리는 소리 없이 노래를 들을 수 있는 거다. 각도 조절도 되고 줌 아웃도 할 수 있는, 내 두 눈을 렌즈 삼아 보는 무대. 나도 모르게 입꼬리가 올라가 히죽 웃으며 교실로 들어갔다.

□ ■ □

자감고등학교로 향하는 길, 오늘따라 버스 안에 학생들이 많았다. 다들 축제를 보러 가는 학생들인 것 같았다.

가방을 열어 문구점에서 산 쌍안경을 확인했다. 꺼내서 얼마나 잘 보이는지 확인하고 싶었는데 야, 쟤는 무슨 학교 축제에 쌍안경을 들고 가, 하며 쳐다볼 것 같아 차마 꺼내지 못했다. 사다리 안 가져온 게 어디야, 싶었지만 이건 연예인 선재가 아닌 학생 선재의 무대이니 쌍안경도 과하긴 했다.

마른 입술에 침을 바르며 버스에 있는 학생들을 훑었다. 다들 새 신부처럼 색조 화장이 진했다. 창문에 비친 내 얼굴을 보았다. 입술에 뭐라도 바를 걸 그랬나, 싶어 주머니를 뒤졌다. 입에 바를 수 있는 거라곤 립밤뿐이었다.

……쩝.

아쉬운 얼굴로 창밖을 보았다.

자감고등학교 대강당으로 향하는 길에 익숙한 얼굴들을 마주쳤다. 렌즈를 껴서 홍채는 회색이고 머리는 노랗고 빨간 아이들. 보지 못한 척하며 피하려는 순간 노란 머리가 "어?" 하며 내 얼굴을 가리켰다.

예감이 좋지 않구나.

"야."

방향을 틀어 가다가 노란 머리에게 가방을 붙잡혔다. 조심스레 고개를 돌렸다.

"……네? 저요?"

"그래. 너요."

"저, 저 왜요?"

또 다른 아이가 내 어깨에 팔을 걸치고 웃었다.

"선재 친구면 말을 하지."

"네?"

"우린 몰랐잖아. 네가 선재 친구인 줄. 선재 노래한대. 같이 가자."

"네? 같이요?"

팔을 걸친 애가 고개를 끄덕이고는 걸음을 뗐다. 어깨를 잡힌 채 끌려갔다.

이게 아닌데…… 친구 아닌데…….

대강당. 무대와 가까운 한쪽 벽에 세 명의 아이들과 함께 서 있었다. 이게 대체 무슨 그림인지 모를 상황이었다.

그러니까 애들의 말에 의하면 이 중에 한 명이 골목에서 선재가 나를 끌고 간 다음 날 총대를 메고 선재를 찾아가서 물었다고 한다. 네가 데려간 애가 김춘백이 맞냐고. 너랑 무슨 사이냐고. 그러자 선재가 그렇게 말했다는 거다. '친구야. 못되게 굴지 마.' 라고.

"그랬군요." 하며 고개를 끄덕였다.

이렇게 무대와 가까운 곳에 자리를 잡을 생각은 없었다. 제일 뒤쪽의 사람 없는 곳에 숨어서 노래를 들으며, 쌍안경으로 선재를 볼 생각이었다. 백인혁이 이따 보자고 하긴 했지만 사실 만나고 갈 생각도 없었다. 몰래 왔다가 선재의 무대만 보고 몰래 갈 생각이었다. 그런데 이건 뭐, 애들 머리가 너무 튀어서 주목받기 딱 좋았다. 심지어 머리를 노랗게 물들인 애는 키까지 컸다.

아이들 옆에 멀뚱히 서서 눈치를 살폈다. 셋이서 핸드폰 하나에 몰려 뭔가를 보며 웃고 있었다. 슬금슬금 뒤로 물러나려는데 회색 렌즈를 낀 애가 고개를 돌리고 나를 본다.

"야."

"네?"

뒤로 내디뎠던 발을 멈췄다.

"이따 끝나면 선재 보러 같이 가자."

"네?"

너무 놀라 얼굴을 앞으로 내밀며 손을 가슴에 얹었다.

"선재한테 끝나고 같이 놀자고 네가 말 좀 잘해 봐."

무슨 소리야…… 뭘 잘해 보라는 거야. 으뜸이 살리기 운동도 제대로 못하고 있는데.

우물쭈물 대답을 못 하고 서 있는데 빨간색으로 머리를 물들인 애가 "어?" 하며 대답을 재촉했다. 저한테 정말 왜 그러세요, 하며 울고 싶은 심정이었다. 선재는 내가 여기 온 것도 모르는데.

난감한 표정으로 얼굴을 문지르는데 누군가 내 어깨 위에 손을 얹었다. 아이들의 눈이 일제히 내 머리 위로 향한다. 고개를 올려 옆에 선 사람을 보았다.

"야, 여기서 뭐 해?"

백인혁이다. 지금이 기회다. 이 아이들에게서 벗어날 수 있는 기회.

"어…… 나는 너를 찾고 있었지."

"나?"

백인혁의 눈을 동그랗게 뜨고 손가락으로 자신의 얼굴을 가리켰다. 난 고개를 세차게 끄덕였다. 백인혁이 눈을 휘며 씩 웃는다.

"가자. 여긴 너무 복잡하다."

백인혁이 내 어깨에 두 손을 얹고 몸을 밀며 걸음을 돌렸다.

백인혁과 강당 구석진 곳으로 가 섰다. 백인혁이 왜 이렇게 구석진 데에 숨으려고 하냐고, 너 나랑 뭐 하려고 그러는 거냐며 눈을 의뭉스럽게 떴지만 대꾸하지 않았다. 말이 말 같아야 대꾸를 해 주지.

무대를 구경하다가 계속 옆에 서 있는 백인혁을 보았다. 얘는 왜 안 가고 계속 여기 있는 거지 싶어 팔을 툭툭 두드리고 물었다.

"너 계속 여기 있을 거야? 가서 네 친구들이랑 놀아."

"나 친구 선재밖에 없는데."

입에 침이라도 발라 주기를. 아이들에게서 벗어나 대강당의 구석진 곳으로 향하는 동안에만 백인혁의 친구들을 다섯 명 넘게 마주쳤다. 그중에 한 명은 백인혁의 옆에 서 있는 나를 보고 '야, 너 여자 친구 생겼냐?' 라고 묻고는 백인혁의 어깨를 밀치며 막 웃었다. 말할 틈을 주지 않고 백인혁의 어깨를 때리는 사람에게 내가 대신 정중하게 말해 주었다. '아닙니다.' 라고. 예전 같았으면 말씀이 심하시네요, 하고 말했겠지만 여기서 보다 보니 백인혁도 나쁜 사람은 아니었다. 그의 팬들이 선재를 붙들고 사냥을 하는 게 미울 뿐.

자감인 노래 경연이 시작되었다. 곧 선재가 올라올 차례였다. 이제 그만 백인혁이 가 줬으면 싶었지만 갈 생각이 없어 보였다.

가방을 앞으로 메고 지퍼 손잡이를 만지작거렸다. 쌍안경을 꺼내 들면 백인혁이 소리 지르며 웃을 게 뻔하다. 어떻게 해야 할지 몰라 망설이고 있을 때 선재가 무대 위로 올라왔다. 잠시 동안의 망설임이 부질없이 손잡이를 잡고 있던 손이 바로 지퍼를 열었다.

"어, 야 선재……."

선재 차례다, 라는 말을 내게 전하려고 했던 것으로 추측되는 백인혁은 고개를 돌리고 본 내 모습에 뒷말을 끝맺지 못했다.

두 손으로 쌍안경을 잡고 초점 조절 장치를 돌렸다. 문구점에서 산 쌍안경이라 그런가. 크기도 작고 상태도 영 엉망이었다. 눈에 딱 붙이고 있던 쌍안경을 내리고 백인혁을 보았다. 못 볼 것을 봤다는 표정이다.

"설마 집에서 그거 챙겨 온 거야? 선재 보려고?"

"문구점에서 산 거야."

"심지어 샀어? 선재 보려고?"

뭐…… 쌍안경 든 사람 처음 보냐……. 나중에 많이 보게 될 거다.

고개를 돌리고 다시 무대에 시선을 주었다. 선재는 회색 교복 바지에 흰 셔츠, 꽈배기 짜임이 들어간 검은색 니트를 입고 있었다. 동영상에서 봤던 그 모습과 같다. 두 손으로 입을 가리고 경청할 자세를 취했다. 이제 전주가 나오고 선재의 목소리가 대강당을 울릴 것이다.

백인혁이 주머니에서 핸드폰을 꺼내 카메라를 켰다. 선재의 무대를 동영상으로 남기려는 듯 녹화 버튼을 누르는 게 보였다. 버튼을 누르기 전 나에게 '야, 시끄럽게 악 지르면 안 된다.' 하고 경고를 주었다. 그래. 최대한 노력해 볼게, 라고 나는 생각했다.

아직 노래가 시작되기도 전인데 강당 안에 긴장감이 도는 듯했다. 무대에 선 선재의 얼굴은 잘 보이지 않았지만 선재가 노래를 부르는 그 현장에 있다는 사실만으로 가슴이 벅찼다.

전주가 시작되었다. 뭔가 이상했다. 셀 수 없이 재생해서 보고 들었던 동영상의 도입부가 아니었다. 분명 선재는 나얼의 '바람 기억'을 불렀는데. 선곡을 바꾼 건가.

뭔가가 바뀌었다는 사실에 가슴이 두근거렸다. 전주가 끝나고 선재의 목소리가 대강당에 울렸다. 내가 너무나 잘 알고 있는 노래였다. 선재가 이소라의 '처음 느낌 그대로'를 부르고 있었다.

심장이 멎는 줄 알았다. 선재가 라디오나 방송에 출연해 불렀던 라이브는 하나도 빠짐없이 모두 찾아 들었었다. 하지만 그중에 이 곡은 없었다. 팬에게 있어 처음이란 게 얼마나 소중한데, 내가 그걸 지금 현장에서 듣고 있는 거다.

심지어 키도 원곡 그대로였다. 선재는 음역대가 폭넓었다. 담담하고도 부드러운 목소리가 음에 자연스레 섞였다. 너무나 맑은 소리였다.

어제 널 보았을 때 눈 돌리던 날 잊어 줘, 하는 부분에서 아이들이 함성을 질렀다. 힘들이지 않고 올라가는 고음에 난 주먹을 입에 물었다. 그러다 주먹을 물고 있을 때가 아니지, 생각하며 급하게 핸드폰을 꺼내 손전등을 켰다. 좌로 우로 흔들며 커다란 곡선을 만들었다. 어두운 밤, 바다 위를 밝히는 오징어잡이 배의 집어등처럼.

"야, 화면에 자꾸 걸리잖아. 네 손."

백인혁이 툴툴거리며 내 팔을 잡았다. 왜 이래, 노래에 호응은 기본이지. 잡힌 팔을 빼고 백인혁에게서 한 걸음 옆으로 물러나 다시 한 손을 쭉 뻗고 흔들었다. 선재의 노래를 듣고 있자니 어떤 황홀경에 빠지는 것 같았다. 노래를 부르는 선재 너는 너무 아름답다고, 손을 흔들며 생각했다.

□ ■ □

쌍안경을 목에 걸고 대강당을 나오는 길, 백인혁이 넋이 나간 내 얼굴을 보며 웃었다. 무작정 앞으로 걸음을 내딛자, 백인혁이 내 외투를 쥐며 나를 붙잡았다.

"야, 정신 좀 차려라."

"아, 어. 와, 선재 미쳤다. 소름 돋았어."

픽, 웃음을 터트린 백인혁과 대강당 맞은편에 있는 화단 앞에 섰다.

"그렇게 좋았냐?"

"어. 완전. 선재 짱."

엄지를 내밀어 따봉 하나를 만들었다가, 하나로는 안 될 것 같아 다른 한 손의 엄지도 들어 올리며 쌍따봉을 만들었나. 그 모습에 백인혁이 웃음을 터트렸다.

"그대로 있어 봐."

그러더니 핸드폰을 꺼내 들었다. 나는 쌍따봉을 든 채 눈을 끔벅였다. 뭐 하냐고 물으려는데 찰칵, 소리가 터졌다.

"야!"

"선재한테 보여 줘야지."

"아, 싫어. 당장 지워."

치켜들고 있던 엄지손가락을 내리고 백인혁의 핸드폰을 뺏어 들었다. 사진첩으로 들어가자 꼭 어디 음식점에서 맛 좋은 음식을 먹고 찍은 듯한 사진이 나왔다. 이걸 선재한테 왜 보여 줘. 망설임 없이 사진을 지웠다.

내 사진을 지우자 선재의 동영상이 나왔다. 하얀색 재생 버튼을 멍하니 보고 있자 백인혁이 "보내 줄까?" 하고 묻는다.

"어?"

"너 번호 뭐야. 가져간 김에 번호나 남겨라."

"나?"

"응."

곧 돌아가는 마당에, 백인혁 핸드폰에 내 번호를 남겨서 좋을 건 없을 것 같은데. 하지만 동영상은 소장하고 싶고. 갈피를 잡지 못한 마음속 저울이 시소처럼 오르락내리락했다. 그러다 저울이 완전 한쪽으로 뚝, 기울었다. 번호를 남기는 쪽으로.

키패드를 툭툭 두드려 내 번호를 입력했다. 핸드폰을 건네자 백인혁이 엄지를 까닥이며 "나는 뭐라고 저장할까?" 하고 고민했다. 그러더니 혼자 키득거리며 엄지를 움직였다. 힐긋, 핸드폰 화면을 훔쳐보자 '선재 업고 튀어' 라고 입력되어 있었다. 참, 별게 다 웃기다.

화단에 몸을 기대고 하늘을 올려다봤다. 달무리가 진 하늘이 예쁘다.

"그런데 선재, 왜 노래 바꿨을까? 너 알아?"

백인혁이 고개를 기울인 채 내 얼굴을 훑었다. 백인혁은 눈꼬리가 날카로워서 무표정하게 사람을 볼 때면 꿰뚫어보는 것 같은 느낌을 주었다. 말없이 얼굴을 훑는 시선에 괜히 심장이 졸아들었다.

"왜?"

"아니 신기해서."

"뭐가?"

"선재가 중간에 선곡 바꾼 걸 네가 어떻게 알지?"

"……"

입술을 꾹 물고 눈을 돌리다가 힐긋 백인혁을 보았다. 수상하다는 표정을 짓고 있는 얼굴이 나를 향해 있었다. 시선을 피하고 "어우, 춥다." 하며 두 손을 주머니에 집어넣었다.

백인혁이 큼지막한 손을 내 머리 위에 얹더니 그대로 잡아 제 쪽으로 놀린다. 일부러 피했던 시선이 다시 마주쳤다.

"왜, 뭐……"

"너 진짜 선재 뒤라도 캐고 다니냐?"

"아니. 아닌데…… 아까, 아까 걔들이 알려 줬는데……"

백인혁이 고개를 반대쪽으로 갸울였다.

"누구. 아까 너랑 같이 있던 애들?"

"응."

"나밖에 모르는데?"

"……망했네.

먼 곳으로 시선을 보냈다. 더 이상 둘러댈 말이 없다. 백인혁의 두 손이 내 양쪽 귀를 덮었다. 단단히 머리를 감싸 잡더니 얼굴을 가까이 들이밀며 몸을 숙였다. 갑자기 가까워진 거리에 눈을 크게 뜨고 침을 꼴깍 삼켰다.

"야."

"어, 어?"

"너 뭐 신기 있고 그런 거 아니지?"

"시, 신기?"

"선재가 원래 바람 기억 부르려고 했거든. 그런데 저번에 네가 선재한테 그 노래를 불러 달라고 해서 내색은 안 했지만 나나 선재나 좀 놀랐는데."

"……"

날 바라보는 백인혁의 눈이 꼭 포위망을 좁혀 오는 포식자 같아 숨이 막혔다. 왜 그 노래를 불러 달라고 했냐고 하면 뭐라고 하지. 좋아하는 노래니까 불러 달라고 할 수도 있지. 그 노래를 부르려고 했다는 건 어떻게 알았냐고 물으면 뭐라고 하지. 그건 인터넷에 검색만 하면 나온다고, 동영상 조회 수의 상당수가 나일 거라고, 그런 말을 하면 믿어 줄까.

"뭐 해?"

옆에서 툭 다른 목소리가 튀어나왔다. 백인혁이 소리가 난 곳으로 고개를 돌렸다. 나는 백인혁의 손에 얼굴이 잡혀 있어 눈동자만 옆으로 굴렸다. 강당 밖으로 나온 선재가 무대에 섰던 모습 그대로 이쪽을 바라보며 걸어오고 있었다.

선재의 눈이 백인혁에게 닿았다가 그 앞에 서 있는 내게로 옮겨 왔다. 백인혁이 손을 거두어 가자 내 얼굴이 훤히 드러났다. 입술을 늘여 물고 어색하게 웃었다. 나와 가까워질수록 선재의 표정이 어쩐지 딱딱하게 변해 가는 것 같다. 이것도 오해받기 딱 좋은 상황인가, 생각하며 고개를 돌리고 울상을 지었다.

□ ■ □

어쩌다 보니 선재의 교실이 있는 구관까지 따라왔다. 외투와 가방을 교실에 두고 온 선재가 교실로 향하자 백인혁이 나를 끌고서 그 뒤를 따랐다. 그렇게 나를 끌고 계단을 오르더니 '어, 나 뭐 놓고 왔다. 선재랑 기다려.' 하면서 강당으로 가 버렸다.

"어, 백인혁 여자 친구 아니야?"

불쑥, 계단에서 나타난 애가 나를 보고 말했다. 아까 강당에서 마주쳤던 애들 중 한 명이었다. 분명 그 자리에서 아니라고 했는데, 왜 또 저런 소리를.

"아닌데요. 그런 거."

앞서가던 선재가 고개를 돌려 나를 보았다. 눈이 마주쳤다.

"야, 선재야."

남자애가 선재를 알은척했다.

"오늘 축제 온 내 친구들이 너 소개해 달라고 난리다. 소개받을래? 아, 아니다. 너 시간 있어? 끝나고 같이 놀래?"

"아니. 인혁이랑 같이 가기로 했어."

"아, 그래? 그럼 소개는?"

"됐어."

"왜, 너 여자 친구 없지 않아? 그냥 받기라도 해라."

"안 받을래."

남자애가 아쉽다는 듯 어깨를 늘어트렸다. 되게 당연한 대화인데도 기분이 이상했다. 선재, 진짜 인기 많구나, 생각하며 눈동자만 굴리는데 포기를 모르는지, 남자애가 계단을 올라가는 선재를 붙잡고 묻는다.

"혹시 좋아하는 사람 있어? 있으면 내가 가서 깔끔하게 포기하라고 말하고, 걔들 지금 네 연락처라도 알려 달라고 난리인데."

걸음을 멈춘 선재가 고개를 내려 아래를 보았다. 그 모습을 멍하니 보다가 선재와 눈이 마주쳤다. 괜히 머쓱해져서 먼저 눈을 돌렸다.

"없어도 안 받는데, 있으니까 알려 주지 마."

"에이, 뭐야. 알았다."

그제야 남자애가 선재를 놓고 물러났다. "류선재 누구 좋아하는지 존나 궁금하다, 누굴까, 존나 예쁠 듯." 하며 아주 다 들리게 떠들면서 멀어졌다. 너 떨쳐 내려고 선재가 거짓말했을 거라는 생각은 하지 않는 거니.

계단을 마저 오른 선재가 교실을 향해 걸어갔다. 복도가 조용했다. 차마 서재의 교실 앞까지 가지 못한 나는 계단이 있는 쪽에 서 있었다.

마른 입술을 문지르고 있는데 핸드폰이 진동했다. 입술을 문지르다 말고 주머니에서 핸드폰을 꺼냈다. 알 수 없는 번호라는 글자에 가슴이 쿵 하고 울렸다. 복도를 살폈다. 아직 선재는 교실에서 나오지 않았다. 계단을 한 층 더 올라갔다. 불 꺼진 3층이 어둡다. 숨을 크게 들이마셨다가 뱉고 통화를 연결했다.

"······여보세요?"

저번처럼 아무런 소리도 들려오지 않았다. 그러다 뭐라고 작게 웅얼거리는 소리가 들리더니 잡음 섞인 목소리가 넘어왔다.

― 안 들려요?

"드, 들려요."

길게 한숨을 뱉는 소리가 들렸다.

― 나 진짜 그 시계 잃어버린 줄 알고 얼마나 마음 졸였는지 아냐고요.

"저, 누구세요?"

― 시계 잃어버린 사람이죠.

"훔친 거 아니에요. 길에서 주웠어요."

― 알아요. 됐고, 시계 가지고 있죠?

주머니에 손을 넣어 회중시계에 새겨진 음각을 문질렀다.

"······네."

― 그거 잃어버리면 안 돼요. 회중시계 정각에 가까워졌어요?

주머니에서 회중시계를 꺼내 뚜껑을 밀어 열고 시계판을 보았다. 시침이 3에 다다라 있었다.

"······네. 3에 가까워져 있어요."

― 곧 넘어오겠네요.

"곧 넘어간다니요?"

― 정각마다 여행자는 원래 시간으로 복귀한다. 뭐, 그렇대요.

"정각이 되면 돌아가는 거예요? 제가 뭘 안 눌러도?"

― 그렇죠.

수화기 너머에서 들려오는 잡음이 점점 커져 소리가 듣기 좋지 않았다. 틱틱 튕기는 소리에 미간을 찌푸리며 묻고 싶은 질문들을 떠올렸다.

― 집 앞에서 기다리고 있습니다. 허튼 생각 하지 말고 돌아오면 시계 바로 돌려줘요.

"우리 집이요?"

너무 놀라 큰 소리가 새어 나갔다.

— 예. 옆집 티브이 소리 졸라 크네요. 시간 여행자인 거 아무한테도 말 안 했죠? 절대 누설하면 안 돼요. 누설할 수도 없겠지만.

"그건 말 안 했어요. 아무한테도."

— 잘했어요. 그리고 뭘 하고 다니는지는 모르겠지만, 조심해요. 잘못하면 여기서 그쪽 인생 완전 꼬일 수도 있으니까.

"네?"

귀를 찌르던 잡음이 뚝 끊겼다.

"저기요."

핸드폰을 귀에서 떼고 통화 상태를 확인했다. 종료되어 있었다. 얼굴을 비추던 액정 불빛이 얼마 지나지 않아 꺼졌다. 말문이 막혀 어둠 속에서 가만있었다. 집 앞에서 기다리고 있다니, 돌아오면 시계를 돌려주라니, 그 말은 지금 이 전화가 내가 원래 있던 미래에서 걸려 왔다는 의미였다. 대체 어떻게 그곳에서 이곳의 나를 찾았고 전화를 걸었는지 의아했지만 내가 과거에 살고 있는 것부터가 설명하기 어려운 일이었다. 나 이제 정말 가나 봐, 하던 생각에 확정 두 글자가 도장 찍혔다. 불 꺼진 핸드폰을 손에 든 채 잘 안 돌아가는 머리처럼 굳어 있었다.

툭, 갑자기 누군가 어깨를 잡아 왔다. 알 수 없는 통화를 마친 뒤라 잔뜩 긴장하고 있었던 탓에 화들짝 놀랐다. 몸을 비틀다 계단 끝부분을 비껴 밟으며 중심을 잃었다.

외마디 비명을 지르며 기울던 몸이 어떤 힘에 의해 당겨졌다. 몸에 있는 장기 하나가 떨어져 나간 듯한 아찔함에 입 밖으로 가쁜 숨이 색색거리며 새어 나간다.

"허어, 어……."

불이 꺼져 있어 어두운 공간, 얼굴 바로 앞에 너른 가슴이 있었다. 꽈배기 짜임이 들어간 검은색 니트에서 라일락 향이 풍겼다. 시선을 위로 들어 올렸다.

내려다보는 선재와 눈이 마주쳤다. 내 한쪽 팔을 잡고 등을 감아 안은 선재가 나보다 더 놀란 얼굴로 나를 보고 있었다.

"어…… 나, 나 방금 완전…… 큰일 날 뻔했다…… 그치."

걸음을 뒤로 옮기며 몸을 빼려고 하자 선재의 손에 힘이 들어갔다. 너무 가깝게 붙어 있어 차마 선재의 얼굴을 마주 볼 수가 없었다. 눈동자를 이리저리 굴리며 선재의 니트 짜임새를 보다가 벽을 보다가 내 팔을 잡은 선재의 손을 보았다.

"임솔."

"……어?"

나를 부르는 목소리에 어색하게 애먼 곳만 훑던 눈이 선재의 얼굴로 향했다. 선재의 속눈썹에 닿은 머리카락이, 그 아래로 드러난 눈동자가, 선이 예쁜 코가 어둠 속에서도 빛났다.

"너 진짜 정체가 뭐야?"

"나? 나는……."

"팬이라는 거, 그거 빼고 말해 봐."

"……."

입술이 바짝 마르다 못해 타들어 가는 것 같다. 가슴이 두근거리고 이가 시린 느낌마저 들었다. 선재가 혹시 내 통화 내용을 듣기라도 한 건가 싶어 걱정되었다. 시간 여행자라는 걸 절대 누설해서는 안 된다는 경고를 들은 게 불과 몇 분 전이었다.

갑자기 이런 질문을 해 오는 것은 통화 내용을 들었거나 무대에 선 선재를 보기 위해 학교에 나타난 내가 못마땅하거나, 그 둘 중 하나일 것 같다는 생각이 들었다. 여기저기 자꾸 나타나는 내가 아무래도 수상하고 못마땅했겠지. 그런 생각을 하자 내가 너무 선재를 불편하게 만든 것 같다는 뒤늦은 후회가 밀려왔다. 데뷔도 하지 않았는데 뜬금없이 팬이 등장한 상황이 내가 생각해도 이상하고 어설펐다.

"혹시…… 내가 오늘 또 학교 와서 화났어?"

"화가 왜 나. 그거 물은 거 아니잖아."

그치……. 그거 안 물었지……. 그럼 대체 왜 묻는 거지.

이유를 찾기 위해 머리를 굴렸다. 그러다가 계속 선재에게 안겨 있다는 사실을 상기했다. 얼굴이 달아올랐다. 머리를 앞으로 내밀면 선재의 품에 닿을 수 있는 거리였다. 머뭇거리다가 몸을 뒤로 뺐다. 이번엔 선재가 손의 힘을 풀고 나를 놔주었다.

뒤로 물러나 선재와 거리를 두고 섰다. 계단에 선재의 외투와 가방이 떨어져 있었다. 손에 들고 있다가 놓친 것 같았다.

"자꾸 네가 생각나."

"어?"

가방을 보던 시선이 선재에게로 확 돌아갔다.

"네 생각만 난다고."

너무 놀라 입이 벌어지려고 해서 급히 다물었다. 가슴이 쿵쿵 뛰었다. 선재는 흐트러짐 없는 시선으로 나를 바라보고 있었다.

"너도 그래?"

하마터면 나는 사는 이유가 너지, 라고 뱉을 뻔했다. 숨이 턱턱 막힌다. 마치 심장이 뛰는 박자를 숨이 따라가지 못하는 것처럼.

전혀 상상해 본 적 없는 전개였다. 선재의 입에서 튀어나온 말을 되감아 다시 들어 봐야 하는 거 아닌가 하는 생각마저 들었다. 내가 뭔가 잘못 들은 게 아닌가, 이떤 한 단어를 놓쳐서 잘못 해석한 게 아닌가 싶었다.

눈을 동그랗게 뜬 채 얼어 버린 내 앞으로 선재가 성큼 다가왔다.

"너도 하루 종일 내 생각 해?"

"……."

가슴이 뛰다 못해 터질 것 같다. 모든 사고가 정지한 것처럼 멍했다. 선재가 대답을 기다린다는 듯 시선을 맞춰 왔다. 그 얼굴을 보다가 살짝 뒤로 물러나 고개를 숙였다.

　내가 황당하게 굴어서 생각이 난다는 건가. 선재의 말뜻이 어떤 의미인지 확신할 수 없어 달리 할 수 있는 말이 없었다. 이 말을 선재가 아닌 다른 누가 했다면 고백 정도로 여겼겠지만, 선재다. 선재가 내게 그런 마음을 품을 리가 없다. 내가 이곳에서 선재에게 저지른 어처구니없는 일들을 생각하면.

　"야, 춘백."

　"어, 어?"

　"네가 나한테 말했던 것 중에 진짜가 하나라도 있긴 해?"

　눈을 끔벅이며 선재를 보았다. 나의 대답은 전과 같다.

　"김춘백…… 그거 빼고는 거짓말한 거 없는데."

　가만 서서 나를 보던 선재가 계단을 몇 개 밟고 내려가 외투와 가방을 주워 들었다. 믿지 않는 얼굴이었다.

　"아, 그거, 감감대교에서 떨어트린 돈…… 내 거 아니라고 한 것도……."

　외투를 털던 선재가 헛웃음을 터트린다. 그 웃음이 왠지 모르게 날이 선 듯해 심장이 얼어붙는 느낌이 들었다.

　"나는 네가 날 좋아한다고 하는 거, 그게 장난 같아."

　"……."

　"좋아한다면 이렇게 사람 헷갈리게는 안 하겠지."

　"……."

　아무런 말도 못 했다. 선재를 좋아하는 나는 원래 이 세계에 없었다. 선재의 마음을 받아 줄 수도, 이 관계를 이어 갈 수도 없다. 2층 복도에서 백인혁의 목소리가 울렸다.

　"난 진짜 네가 나한테 왜 그랬는지 모르겠다."

　외투를 팔에 걸친 선재가 가방을 들고 계단을 내려갔다. 난 아무런 말도 하지 못한 채 시야에서 사라지는 선재를 가만 바라보았다.

침대 위에 벌러덩 누워 아까의 일들을 떠올렸다. 선재의 노래를 복기할 틈도 없이 이상한 감정이 물밀듯 밀려들어 와 내 속을 꽉꽉 채웠다.

마음에 바다가 생겨난 것만 같았다. 몸을 옆으로 돌려 누우면 그 방향을 따라 흔들리고, 반대로 누우면 다시 그 방향을 따라 흔들렸다. 그러다 천장을 바라보고 누우면 뛰는 가슴에 파동을 일으키며 일렁이는. 속이 울렁거리는 것인지 두근거리는 것인지 구분할 수 없을 정도로 자꾸 뛰고 차오르고 팽창했다.

네 생각만 난다고.

분명, 그렇게 말했는데.

얼굴이 일순간 뜨겁게 달아올랐다. 두 손으로 뺨을 감싸고 숨을 몰아쉬었다가 뱉었다. 처음엔 선재의 말을 믿을 수가 없었고 그다음에는 떨려 죽을 것 같았는데 지금에 와서는 왠지 모르게 괴로웠다.

옆에 두었던 회중시계를 들고 뚜껑을 밀어 열었다. 시계 주인의 말에 의하면 이 시침이 3에 도달하면 원래의 시간으로 돌아가게 된다. '곧 넘어오겠네.' 하고 말하는 목소리를 듣는 순간 지독히도 슬펐다. 만약 선재가 그때 말했던 것처럼 정말 나를 잊지 않는다면, 선재에게 나는 안 좋은 기억으로 남겠지.

가슴이 자꾸 크게 뛰었다. 나는 어차피 돌아가야 할 사람이니 이곳에서의 생각 따위는 쓸데가 없었다. 여기서 선재가 나에게 무슨 말을 했다고 한들, 나는 이곳에 계속 있을 수 없었다. 어쩌면 이 시간을 살고 있는 나 자체가 거짓이었다. 선재가 자신에게 했던 말 중에 진짜가 하나라도 있긴 하냐고 물었던 질문에 나는 다른 답을 했어야 했다. 팬이라는 것 빼고는 모두 진짜가 아니라고. 지금 네가 보는 나는, 진짜가 아니라고.

옆으로 몸을 돌리고 무릎을 모아 배에 붙였다. 빈 벽이 나를 마주 보고 있었다. 아무것도 없는 벽이 내가 떨어진 세계 같다. 선재가 나를 어떻게 생각해도 상관이 없으니, 기억하지 않아도 좋으니, 제발 돌아갔을 때 선재가 살아 있어 주면 좋겠다는 생각을 했다.

□ ■ □

수업이 귀에 하나도 안 들어왔다. 시계 주인과 통화를 하기 전만 해도 언제까지 과거에 있을지 모르니 공부를 아주 놓아 버릴 순 없다는 생각에 의무적으로나마 수업을 들었는데, 이젠 아무런 의욕도 없었다.

연필심으로 노트를 쿡쿡 찌르다가 달력을 보았다. 모레가 선재의 생일이었다. 주머니에서 회중시계를 꺼내 시간을 확인했다. 2시 52분. 선물은 주고 갈 수 있을 거 같은데. 툭, 연필심이 부러져 날아갔다. 줄 수 있을까. 흐으……. 우는 소리를 내며 책상에 이마를 박았다.

□ ■ □

집에 있는 내 모든 비상금을 털었다. 돼지 저금통, 책 사이사이에 꽂아 둔 돈까지 모조리 찾아냈다. 세뱃돈이다 뭐다 받아서 안 쓰고 모아 둔 돈이 꽤 됐다. 다시 이 시간을 살게 될 과거의 나에게 미안했지만, 너도 결국 나잖니. 이 돈은 내가 좋은 일에 잘 쓰도록 할게, 라는 핑계를 대며 지갑에 넣고 나온 길이었다.

선재에게 어떤 선물을 사 줄까 고민하다가 오트밀 색상의 니트를 샀다. 굵은 꽈배기 짜임이 들어간 디자인이었다. 미래의 선재가 아닌 지금의 선재에게 어울리겠다고 생각하며 고른 선물이었다. 선물을 포장한 박스 안에 생일 카드를 써 넣었다.

[선재야, 생일 축하해. 너에게 잘 어울릴 것 같아서 산 건데 네 마음에 들었으면 좋겠

다. 먼 곳에서 매년 너의 생일을 축하할 수 있게 늘 건강해 줘.]

뒤에 하트를 그릴까 말까 고민하다가 결국 그려 넣지 않기로 했다.

쇼핑백을 손목에 걸고 휘적휘적 백화점을 걸어 나와 걷다가 영화관 앞에 줄줄이 걸린 상영 영화 포스터를 발견했다. 그중에 최악의 성적을 기록하며 개봉 후 며칠 만에 상영관이 없어진 영화가 있었다. 영화에 대한 후기 대부분이 올해 최악의 영화, 졸음을 몰고 오는 영화, 하품 유발하는 영화였는데 문제는 저 감독의 이전 영화들도 비슷한 평가를 받았다는 데 있었다. 그런 이유 때문인지 감독은 이 영화를 마지막으로 영화계를 떠나 버렸다.

번뜩, 좋은 생각이 스쳤다.

"저 감독의 영화 블루레이를 선재에게 선물해야지!"

□ ■ □

66엔터테인먼트 주변을 서성거리다가 눈이 내려 옆 건물로 들어갔다. 고개를 빼꼼 내밀고 선재가 나오길 기다렸다. 회사에 없을 수도 있지만 주말이라면 분명 연습이 있을 테니 늦게라도 나타날 것이라 짐작했다. 연락을 해 볼까, 망설이고 있을 때 '할머니 떡볶이'라고 써진 비닐봉투를 양손에 무겁게 들고 지나가는 서윤재를 발견했다.

"어!"

흰 미디만 뱉었을 뿐인데 서윤재기 돌이봤다. 그러곤 잘 안 보이는지 눈을 찌푸리더니 걸음을 멈추고 내 쪽으로 몸을 돌렸다.

"춘백이 누나?"

"안녕?"

주위를 두리번거리고 건물 밖으로 나가 서윤재 앞에 섰다. 비닐봉투 안에는 포장한 떡볶이가 들어 있었다. 할머니 떡볶이는 66엔터테인먼트 근처에 있는 떡볶이집으로 감자전 멤버들이 연습생 시절 가장 맛있게 먹은 눈물의 음식이었다. 서윤재는 막내이니 아무래도 주문한 떡볶이를 찾아오는 것을 도맡아 하는 중인 듯했다.

"야, 이 무거운 걸 혼자 들어? 누구 한 명 같이 가자고 하지."

서윤재의 양손을 내려다보며 묻자, 서윤재가 내 손목에 걸려 있는 쇼핑백을 보고 얼굴을 찌푸린다.

"설마 그거 선재 형 거예요?"

"어? 아, 어."

불굴의 의지로 찾아오는 내 걸음이 내가 봐도 민망해 씩 웃었다. 서윤재가 입을 꾸물거리더니 허리를 숙여 비닐봉투를 바닥에 내려놓았다. 서윤재의 행동을 가만 보았다. 숙였던 허리를 편 서윤재가 손을 내밀었다.

"뭐야?"

"그거 주라고요."

서윤재가 쇼핑백을 눈짓했다.

"그거 선재 형한테 전달해 주라는 거 아니에요?"

"어? 아, 그렇긴 한데. 근데 너 지금 짐이."

"괜찮아요. 주세요."

서윤재가 손을 더 길쭉하게 내밀었다. 그 작은 손을 가만 보다가 쇼핑백을 건넸다. 쇼핑백을 받아 든 서윤재가 큼, 하고 목을 가다듬었다.

"누나가 시킨 거 했는데."

무슨 말이냐는 듯 서윤재의 얼굴을 보았다. 서윤재가 조금 민망해하는 표정으로 눈을 돌렸다.

"대표님한테 씨알도 안 먹히더라고요."

우리의 희망 류선재, 그 이야기를 하는 것 같다. 피식 웃음이 터졌다. 그런 내 웃음을 비웃음으로 받아들였는지 서윤재가 눈썹을 찌푸렸다. 난 웃음을 거두고 고개를 끄덕였다.

"그래도 고마워. 강근수 그 새끼가 기획력이 빵인 거지."

갑작스레 자기 회사 대표의 이름 석 자 뒤에 욕을 붙이는 나를 서윤재가 눈을 동그랗게 뜨고 보았다. 꽤나 충격을 받은 얼굴이었다. 아무런 생각 없이 뱉은 말인데, 괜한 말을 했나 싶어 어색하게 웃으며 바닥에 내려놓은 떡볶이 봉투를 들었다.

"회사 앞까지 들어 줄까?"

"됐어요. 주세요."

서윤재가 쇼핑백을 손목에 걸고 비닐봉투를 가져갔다.

"조심히 들어가세요."

꾸벅, 고개를 숙인 서윤재가 인사를 하고는 돌아섰다. 이렇게 예의가 바른 아이였나. 인사할 타이밍을 놓쳐 안녕, 이라거나 잘 가, 라는 인사는 하지 못했다. 멀어지는 서윤재를 보며 "너는 뭘 해도 잘될 거다, 막내 온 탑아." 하고 중얼거렸다.

꽤 굵어진 눈발이 쏟아져 내렸다. 그새 눈이 내려앉아 길이 새하얗게 변해 있었다. 유난히도 사람이 없는 길, 발자국을 만들면서 걸었다. 예쁘네, 그런 생각을 하며 걷고 있는데 핸드폰이 진동했다. 횡단보도 앞에 서서 주머니에 손을 넣어 핸드폰을 꺼냈다. 저장되지 않은 번호로 걸려 온 전화였다. 이제 번호만 보아도 바로 알 수 있었다. 선재다.

핸드폰을 손에 들고서 잠시 망설였다. 분명 서윤재가 전달한 선물을 받고 전화를 걸어 온 것일 터였다. 뭐라고 하려나. 너 또 왜 이런 걸 서윤재를 통해서 주냐고 하려나. 손에서 울리는 진동을 느끼며 액정에 뜬 선재의 번호를 보고 있는데 뚝 전화가 끊기며 부재중으로 넘어갔다.

"모르는 번호라 안 받아?"

뒤에서 튀어나온 목소리에 고개를 돌렸다. 하얗게 눈이 쌓인 길 위에 선재가 서 있었다. 뛰어왔는지 입 밖으로 연이어 하얀 입김이 퍼져 나왔다.

"어…… 너 왜……."

"왜 여기 있냐고?"

꾸물거리다 고개를 끄덕였다. 바로 앞까지 걸어온 선재가 걸음을 멈추고 나를 보았다. 말없이 눈을 맞추더니 주머니에서 뭔가를 꺼내 내밀었다. 눈을 내려 선재의 손에 들린 것을 보았다. 내가 선물 상자에 넣어 둔 생일 카드였다.

"어떻게 알았어?"

"어?"

"생일. 어떻게 알았냐고."

아, 하는 말을 뱉고는 뒷말을 못 이었다. 나 또 실수를 한 건가, 싶어 절로 고개가 아래로 떨어졌다. 사실대로 위키피디아가 알려 줬다고 할 수는 없었다. 서윤재의 말을 빌리자면 그런 말은 씨알도 안 먹힐 말이었다. 어차피 곧 돌아가는데, 어쩌면 과거의 선재를 보는 것도 지금이 마지막일 것 같은데, 여기 없는 백인혁을 팔아먹어도 되지 않을까 싶은 생각이 들었다.

"백인혁이…… 알려 줬는데."

"인혁이가?"

눈치를 살피다 고개를 끄덕였다. 카드를 도로 주머니에 넣은 선재가 두 손을 주머니에 찔러 넣은 채 나를 가만 보았다. 말없이 보는 시선에 이상하게 주눅이 들어 고개를 숙이고 선재의 신발 위로 내려앉는 눈을 보았다.

"나 오늘 생일 아니야."

"알아."

선재의 생일은 내일이었다. 그런데 왠지 생일까지 기다리고 있다가는 운이 없게도 선물을 전해 주지 못하고 시간 여행이 끝나 버릴 것만 같았다.

"이거 받아."

고개를 들었다. 한 손을 주머니에서 뺀 선재가 무언가를 내밀었다. 이어폰 줄이 돌돌 감겨 있는 아이팟이다. 아이팟을 보다가 눈을 올려 선재를 보았다.

"네가 주면 나도 줄 거라고 했잖아."

"아…… 그거는 그냥 준 거 아닌데. 진짜 네 생일 선물이야."

"아무튼 줬잖아."

"……."

선재의 손을 가만 내려다봤다. 말끔하게 자른 손톱이, 반드러운 손가락이 예쁘다.

"넌 그렇게 많은 걸 주고도 이거 하나를 못 받아?"

선재의 손을 보던 시선이 다시 선재의 얼굴로 향했다.

"왜…… 왜 주는데?"

"어차피 안 써. 엠피쓰리 보니까 생각나서 예전에 쓰던 거 꺼내 본 거야."

생각해 보니 엠피쓰리가 아직 선재에게 있었다. 그냥 주면 안 받을 것 같아 빌려준다는 핑계를 대며 전해 준 거였다. 엠피쓰리를 돌려주겠다고 연락을 했던 선재가 생각났다. 만약 내가 돌아간 후에 연락을 해 온다면 이상한 상황이 연출될 것 같았다. 알지도 못하는 애가 갑자기 내 엠피쓰리를 들고 찾아와 돌려주겠다고 하는, 이해할 수 없는 상황.

선재의 손에 있는 아이팟을 건네받았다.

"그럼 그 엠피쓰리 그냥 너 가져."

빈손을 다시 주머니에 넣은 선재가 말없이 나를 보더니 고개를 끄덕였다. 횡단보도 신호가 바뀌었다. 눈이 계속 내리고 있어 선재의 어깨 위로 자잘한 눈송이가 내려앉았다. 선재의 어깨를 보다가 시선을 더 올려 선재의 얼굴을 보았다. 눈이 마주쳤다. 시선을 피하지 않는 선재의 눈을 보다가 얼굴을 꼼꼼하게 훑으며 이목구비를 하나하나 눈에 담았다. 갈라진 머리카락 사이로 보이는 눈썹, 동그란 눈, 꼭 다문 입술, 추위에 붉어진 뺨까지.

"선재야."

선재의 이름을 뱉는 입술 밖으로 퍼져 나간 입김이 공중에서 흩어진다. 선재가 말해 보라는 듯 말없이 눈을 맞췄다. 그 시선이 너무 고요해서 가슴이 두근거렸다.

"여기 내가 아닌 다른 누가 왔어도, 다 나처럼 그랬을 거야. 너를 찾았을 거야."

"무슨 말이야?"

시간 여행을 말하는 거였다. 선재를 좋아하는 사람이라면, 내가 아닌 다른 누가 왔더라도 선재의 죽음을 막기 위해서 고군분투했을 거다. 이게 지금의 선재에게 어떤 불편한 사건이 될지라도, 그런 것 따위 괜찮다며 선재를 찾아가 분명 언질을 주었을 거다. 선재가 너무 소중하니까. 선재가 항상 행복하기를 바라니까.

"네가 그랬잖아. 내가 너에게 왜 그랬는지 모르겠다고."

선재가 조용히 내 이야기를 들었다.

"네가 소중하기 때문이야. 내가 아닌 다른 누구였어도 그랬을 거야."

"다른 누구."

"……너를 좋아하는 사람들."

"뭐, 네가 말한 선재도를 사랑하는 사람들, 그 카페 회원들?"

어딘지 못마땅한 목소리가 흘러나왔다. 한숨을 뱉는 선재의 입에서 긴 입김이 흩어진다. 흩어져 사라지는 입김을 보다가 고개를 돌렸다. 횡단보도 신호가 다시 바뀌어 있었다.

"넌 되게 간단한 사실을 복잡하게 말해."

"……어?"

"그래서 난 진짜 모르겠어."

"……"

내가 대답이 없자 가만 눈을 맞추던 선재가 무슨 말을 더 하냐는 듯 또다시 짧은 한숨을 뱉었다. 말을 못 알아먹는 내가 답답한 것 같았다.

하지만 사실은 말을 못 알아먹는 게 아니고 믿기지 않는 거다. 선재가 나를 좋아한다는 게. 그리고 그게 왠지 답을 훔쳐보고 시험을 본 것처럼 마음이 불편했다. 나는 선재에 대해 다 알고 넘어온 사람이었으니까.

전화가 왔는지 주머니에서 핸드폰을 꺼낸 선재가 발신자를 확인하고는 나를 보았다. 아마도 연습을 하는 도중 튀어 나간 선재를 찾는 전화이겠지.

"조심히 가."

"응."이라고 답하는 소심하고도 작은 목소리가 흘러나왔다. 핸드폰을 도로 주머니에 넣은 선재가 횡단보도를 등지고 선 나를 가만 보다가 손을 내밀었다. 그러고는 내 머리 위로 내려앉은 눈을 털어 주었다.

"선물 고마워."

아랫입술을 이로 꾹 물었다. 고맙다는 선재의 말에 아무런 말도 나오지 않았다. 가슴이 두근거리며 요동쳤다. 걸음을 돌려 멀어지는 선재를 멀거니 바라보았다. 마음이 이상했다. 항상 선재를 사랑한다고 생각했지만, 내가 그 말을 닳도록 뱉었던 선재는 감자전의 선재였다. 제5의 멤버 류선재.

하얗게 변한 세상을 걸어가는 선재의 뒷모습을 보며 두근거리는 가슴에 손을 얹었다. 사랑한다는 말이 쉽게 튀어나오지 않았다.

집으로 가는 길, 선재가 준 아이팟의 전원을 켜 보았다. 선재가 좋아하는 노래들을 보기 위해 목록을 확인했는데, 노래가 한 곡밖에 들어 있지 않았다. 윤상과 김현철이 부른 노래였다.

멍하니 제목을 보았다. '사랑하오'라는 네 글자에 가슴이 두근거리고 저려왔다. 이어폰을 귀에 꽂고 노래를 재생했다. 잔잔한 선율이 흘러나왔다. 굵은 눈송이가 조용히 떨어지는 길, 느려지던 걸음이 결국 멈췄다. 좀처럼 뛰는 가슴이 진정되지 않았다.

입술을 깨물고 얼굴을 찌푸렸다. 코끝이 찡해지더니 빠르게 눈물이 차올랐다. 추위에 얼어붙은 뺨 위로 죽 선을 그으며 눈물이 흘렀다. 왜 울지, 스스로에게 묻고는 가사가 졸라 슬픈 거야 이거는, 그래서 그런 거야, 하고 답하며 손등으로 눈물을 훔쳐 닦았다.

숨이 차고 가슴이 빠르게 뛰었다. 선재가 내게 준 것은 아이팟이 아닌 여기 담긴 이 한 곡의 노래라는 생각이 들었다. 담담한 가사가 꼭 선재 같다고, 선재가 하는 말 같다고 생각하자 눈물이 안 멈췄다. 바쁘게 뺨을 닦다가 결국 두 손바닥에 얼굴을 묻고 울음을 터트렸다. 한 곡밖에 들어 있지 않은 노래가 계속 반복 재생 됐다. 눈은 계속 내리고, 찬 바람이 옷깃에 스몄다.

□ ■ □

일요일, 집에서 회중시계만 뚫어지게 쳐다보고 있는데 백인혁에게서 메시지 한 통이 날아왔다. 류선재 생일 파티 초대장이었다. 선재네 가게에서 깜짝 파티 해 줄 거니까, 비밀리에 오라고 쓰여 있었다. 극비 사항인지 느낌표를 다섯 개나 붙여 보냈다.

백인혁이 보낸 메시지를 보다가 고개를 돌려 책상 위에 있는 택배 상자를 보았다. 선재에게 생일 선물로 주려고 인터넷에서 주문한 영화 블루레이였다. 간선 상하차 과정에서 잘못돼 전국 방방곡곡을 돌고 있는 줄 알았는데, 거실 구석에 처박혀 있었다. 택배를 뜯어본 엄마가 이제 고3이 되는 주제에 공부는 안 하고 이 많은 영화 블루레이를 구입한 데 경악하며 숨겨 둔 것이었다.

어제 선재의 표정을 생각하면 안 가는 게 좋을 것 같긴 하지만, 어쩌면 오늘이 정말 마지막일지도 모른다. 선재가 잠이 안 올 때마다 이 영화 블루레이를 돌려 보다가 깊은 잠에 들 수도 있지 않나. 고개를 크게 끄덕인 뒤 쇼핑백을 찾았다. 그래도 나름 선물이니 포장은 해야겠다는 생각에.

준비를 마치고 집을 나섰다. 선재의 생일 선물을 챙기는 것도 잊지 않았다. 버스에서 내려 길을 찾고 있는데 백인혁에게 전화가 왔다.

"여보세요?"

— 선재 업고 튀어, 어디야?

"방금 버스에서 내렸어. 금방 도착할 거 같은데."

— 야, 오는 길에 고깔모자 하나만 사 와.

"고깔? 선재가 퍽이나 쓰겠다."

— 쓰라면 쓰는 거지! 사 와! 꼭!

"알았어. 사 갈게."

— 응. 애들이랑 기다리고 있으니까 빨리 와.

애들? 무슨 애들? 물음표를 띄우는 사이 전화가 뚝 끊겼다. 내가 아는 애들 이라고는 백인혁, 류선재가 전부인데. 누가 또 있다는 말인가. 고개를 비스듬히 기울이며 핸드폰을 주머니에 넣었다.

고깔모자를 살 만한 곳을 찾아 주변을 두리번거렸다. 길 건너에 베이커리가 하나 있었다. 횡단보도에 서서 신호가 바뀌기를 기다리다가 길을 건넜다. 선재 는 귀여운 머리띠나 모자를 쓰면 몸이 굳는 병이라도 걸린 것처럼, 뭐만 머리 에 치렁치렁 매달았다 하면 로봇이 됐다. 그건 고깔모자도 마찬가지였다.

베이커리로 들어가 고깔모자 하나를 계산하고 나왔다. 한 손에는 쇼핑백을, 다른 한 손에는 고깔모자를 들고서 팔랑팔랑 걸었다. 왠지 모르게 걸음이 가벼 웠다.

고깔모자를 대롱대롱 흔들며 길을 걷다가 누군가와 마주쳤다. 서너 명의 남 자애들이 길 모퉁이에 볼썽사납게 서서 담배를 뻑뻑 피워 대고 있었는데, 무리 의 앞에 있던 여자애가 날 보더니 알은척을 해 왔다.

나? 지금 나를 보고 손을 흔든 건가. 쇼핑백을 꼭 쥐고 주위를 두리번거렸다.

"너, 너. 너 말이에요."

여자애가 나를 콕 집어 가리키자, 그 주변에 있던 아이들의 시선에 내게로 쏟아진다. 저, 저 왜요? 아는 얼굴인가. 저런 친구를 둔 적 없는데, 생각하며 눈 을 끔벅이는데 가까이 다가온 여자애의 속눈썹을 보자마자 자감고등학교 앞에 서 마주쳤던 김우순이 떠올랐다. 쓸데없이 기억력은 좋아서, 나도 모르게 "아!" 하는 소리를 흘리며 안다는 표정을 지었다.

"백인혁 여자 친구 아니야?"

웬 남자애가 나를 보며 말했다. 저번 축제 때 봤던 애였다.

"아닌데요."

눈을 흘기자 남자애가 "아, 그렇구나." 하고 별로 관심 없다는 투로 말했다.

관심도 없으면서 왜 자꾸 볼 때마다 백인혁 여자 친구냐고 묻는지. 용기만 있다면 주둥이를 때려 주고 싶었다.

김옥순이 내 손에 들린 쇼핑백과 고깔모자를 보더니 어깨에 팔을 둘렀다.

"너도 선재 생일 파티 가?"

어떻게 알았지. 입을 꾹 다물고 어깨를 감싼 김옥순의 손을 내려다봤다. 김옥순과 내가 어깨동무를 할 정도로 친했던가.

"가자."

김옥순이 어깨를 끌어당겼다. 몇 걸음 끌려가다가 멈춰 섰다. 백인혁이 말한 애들이 이 애들인가. 아닌 거 같은데. 주머니에서 핸드폰을 꺼내려고 손을 집어넣는 순간, 김옥순이 반대편 손에 있는 쇼핑백을 낚아채 가져갔다.

"뭐, 뭐야? 줘."

"선재 오고 있을걸? 깜짝 파티인데 전화해서 초 치지 말자."

김옥순이 입꼬리를 올려 웃더니 쇼핑백을 든 채 모퉁이에 있는 가게로 들어갔다. 다 태운 담배꽁초를 튕겨 바닥으로 날린 남자애들이 김옥순을 따라 들어갔다. 미친, 왜 남의 쇼핑백을 가져가고 난리지? 무리의 뒤를 쫓아서 가게 앞에 섰다. 올려다본 간판에는 꼬치 전문점이라고 써져 있었다.

"헐, 술집?"

선재가 여기 오고 있다는 건 김옥순의 구라다. 주머니에서 핸드폰을 꺼내 최근 통화 목록을 열었다. 백인혁의 번호로 전화를 걸자 신호음이 길어지더니 음성 사서함으로 넘어갔다.

"아……."

미쳐 버리겠네. 백인혁은 전화를 안 받고, 선재에겐 전화를 할 수 없었다. 간판 사진을 찍어 백인혁에게 메시지를 보냈다. 혹시나, 하는 마음에서였다.

[설마 여기서 선재 만나기로 했어?]

이마를 문지르다가 핸드폰을 주머니에 넣었다. 가게 문손잡이를 잡자 심장이 벌렁거렸다. 불량한 아이들이 불량한 자세로 앉아 술을 마시고 있겠지. 후딱 쇼핑백만 되찾아 나오는 거다. 의지를 다지며 문을 벌컥 열어젖혔다.

"이것만 마시면 준다며."

후딱 쇼핑백만 되찾아 나온다는 계획이 불량한 아이들 앞에서 산산조각으로 부서졌다.

가게로 들어가자 내가 올 줄 알았다는 듯 자리를 비워 놓고 있던 아이들이 앉으라며 팔을 잡아당겼다. 맥주잔에 소주 반, 맥주 반으로 소맥을 말더니 "왔는데 그냥 가면 섭섭하지! 이거 마시고 가져가!" 하며 내 앞으로 잔을 내밀었다. 소맥 색이 얼마나 맑은지, 보기만 해도 썼다. 대학교 신입생 환영회 이후로 이런 비율의 소맥을 마셔 본 적이 없는 것 같은데.

까짓것, 술을 못 마시는 것도 아니고, 단번에 들이켜 마셨다. 얼굴을 찡그리고 손을 내밀자 돌아오는 건 쇼핑백이 아닌 박수였다. 김옥순이 "장난 아닌데?" 하며 한 잔을 더 말았다. 박수 받으려고 마신 거 아니라고. 기분 나쁜 얼굴로 내 앞에 놓인 맥주잔을 보고 있자 김옥순이 테이블 위로 쇼핑백을 올렸다.

"아, 준다. 줘. 준다고. 그런데 어떻게 그냥 줘? 짜증 나 죽겠는데?"

입을 댓 발 내밀고 김옥순을 보았다. 네 짜증만 짜증이냐. 내 짜증은 짜증이 아니고. 강냉이를 던져 입에 넣은 남자애가 잔을 툭툭 쳤다.

"야, 술 식어."

"……."

따지고 보면 동갑이었지만, 살아온 시간으로 보면 나보다 어린 애들이었다. 그런데도 왜 이렇게 무서운지. 무서운 거엔 나이가 없구나, 생각하며 아까보다 색이 더 맑아진 소맥을 보았다.

"이거 마시면 진짜 줘."

"가져가. 가져가라고 여기 뒀잖아."

"……."

입술을 꾹 한 번 물었다가 한숨을 뱉자 술 냄새가 진득하게 흩어졌다. 내 주량이 이 정도가 아닌데, 이거 한 잔에 취할 몸뚱이가 아닌데, 얼굴이 뜨겁게 달아오르고 정신이 알딸딸해졌다.

잔을 잡고 들었다. 다른 아이들은 저들끼리 정신없이 떠드느라 나한테 관심도 없는데 김옥순만 눈을 날카롭게 치켜뜬 채 나를 노려보고 있었다. 그리고 내 잔을 툭툭 치며 식는다고 했던 놈이 그런 김옥순을 넌지시 바라보고 있었다. 사랑의 작대기도 아니고, 뭐야.

목을 넘어가는 술에 질끈 눈을 감았다. 이렇게 쓸 수가. 잔을 내려놓고 바로 손을 뻗었다. 하지만 쇼핑백 대신 김옥순의 손이 잡혔다. 그녀가 나보다 먼저 쇼핑백을 잡았다.

"야, 너 뭔데 재수 없게 선재 옆에서 얼쩡거리냐."

짜증으로 가득한 김옥순의 얼굴이 어쩐지 조금 처량해 보이는 건 술기운 탓인가.

"입학식 때부터 점찍었으니까 건들지 말라고 내가 말하지 않았냐. 그런데 선물까지 사고, 아주 돈을 처바르며 공을 들이네?"

"줘."

"허? 시발."

"준다고 했잖아."

잘못 잡아당겼다가 쇼핑백이 찢어지기라도 할까 봐, 낚아채 잡지도 못하고 김옥순의 손이 물러나길 기다렸다. 뭐라고 험한 말이라도 뱉을 것처럼 얼굴을 구기던 김옥순이 눈을 올렸다.

"존나 재수가 없으려니까."

버스에서 내려 백인혁과 통화를 하고, 고깔모자를 샀을 때만 해도 기분이 좋았다. 너무 좋아서 발걸음도 가벼웠는데, 여기서 이유도 모른 채 욕을 듣고 있으니 괜스레 코끝이 찡해졌다. 예나 지금이나 이런 애들한테 바른 소리 한 번을 못 하고 당하기만 하는 것도 억울하고, 무서워 벌벌 떠는 나 자신도 마음에 안 들었다.

입술을 꾹 물고 손을 뻗는데 다른 손이 먼저 쇼핑백을 잡아 들었다. 꾹꾹 눌렀던 서러움이 애먼 데서 터졌다. 시발, 왜 자꾸 가져가는데. 그렁그렁 눈물을 매단 채 뒤를 돌아보았다. 눈물이 어려 뿌예진 시야로 익숙한 얼굴이 보였다. 선재였다.

□ ■ □

아침, 방으로 들어찬 햇살에 눈을 찌푸리며 몸을 뒤척였다.

"머리 깨질 거 같다."

색색 숨을 내쉴 때마다 술 냄새가 말도 못 하게 났다. 머리는 산산조각 난 걸 붙여 놓기라도 한 듯 울리고 어지럽고 난리도 아니었다.

"아, 도대체 어제."

무슨 일이 있었지, 생각하다가 선재가 떠올랐다. 벌떡 몸을 일으켰다가 머리가 울려서 다시 침대에 엎어졌다. 베개에 얼굴을 파묻은 채 어제의 일을 떠올렸다. 가장 마지막으로 남은 기억은 선재였다. 누군가 쇼핑백을 집어서 돌아보니 선재였고, 집 앞에서 잘 들어가라고 인사해 준 것도 선재였다. 그런데 그사이에 있었던 일들이 하나도 기억나지 않는다. 그러니까 가운데 기억이 통째로 날아갔다.

"세상에."

침대를 더듬어 핸드폰을 찾았다. 이불 안에 숨어 있던 핸드폰을 집이 들고 혹시 모를 지난 기록을 살펴봤다. 선재의 부재중 전화와 백인혁의 부재중 전화, 그리고 백인혁의 메시지.

[야, 진짜 선재 업고 튀었냐? 너 찾으러 간 새끼가 왜 안 돌아와! 전화도 안 받고]

어떡해. 기억이 하나도 안 나. 어흑, 소리를 내며 침대에 엎드려 누웠다.

□ ◆ □

선재는 몸을 제대로 가누지도 못하는 임솔을 데리고 상가로 향했다. 상가는 3층 건물로 1층에는 책 대여점이, 2층에는 불 꺼진 회사 사무실이, 3층에는 내부 수리 중인 카페가 있었다. 2층과 3층에는 사람이 없어 계단 불이 모조리 꺼져 있었다. 선재는 자꾸만 주저앉으려는 임솔을 데리고 2층에서 3층으로 이어지는 계단에 앉았다.

무릎에 얼굴을 묻은 임솔이 연신 술 냄새 섞인 숨을 뱉었다. 가게를 나설 때만 해도 죄지은 사람처럼 고개를 들지 못하고 울먹이더니, 몇 걸음 못 가서 비틀거렸다. 장난하나, 싶었는데 진짜였다. 신호를 무시하고 횡단보도를 건너려는 걸 선재가 목덜미를 잡아 말렸다.

오늘 백인혁과 밥을 먹기로 했던 선재는 약속 시간보다 빨리 류근덕감자탕에 도착했다. 분주히 풍선을 불고 있던 서윤재가 '아, 뭐야!' 하고 소리를 질렀고 백인혁이 '나가, 새끼야!' 하며 가게 문을 열고 들어온 선재를 내쫓으려 했다. 시시하다는 듯 가게로 들어온 선재는 아까 오고 있다던 임솔이 아직도 도착하지 않았다는 이야기를 백인혁을 통해 듣게 됐다.

백인혁이 핸드폰에 도착한 문자를 뒤늦게 확인했다. 케이크 위에 있는 딸기를 집어 먹던 권은찬이 백인혁의 핸드폰을 들여다보더니 '어? 나 아까 여기 앞에서 삥 뜯겼는데.' 하며 천진난만하게 말했다.

뭔가 이상했다. 전화를 걸어도 받지 않기에 혹시나 하고 사진 속 장소에 가보니 임솔이 있었다. 어이가 없게도, 술에 취한 채로.

무릎에 얼굴을 묻고 있던 임솔이 고개를 비스듬히 돌려 선재를 보았다. 느리게 눈을 끔벅이더니 다리를 감싸고 있던 손을 올려 선재의 입술을 더듬었다. 입술이 터진 부분에 손가락이 닿자 선재가 눈을 찡그렸다.

"어, 너 입술이……."

임솔이 느릿느릿 말을 뱉었다.

몇 분 전, 임솔을 데리고 나오려다가 시비가 붙었다. 그냥 데리고 나왔으면 되는데, 괜히 심기가 뒤틀렸다. 낮은 목소리로 몇 마디 뱉자 김옥순의 옆에 앉아 있던 남자애가 멱살을 잡아 올렸다. 남자애 딴에는 잘못한 것도 없는데 쓰레기 취급을 받은 게 못마땅한 듯했다.

"아파."

"아, 미안."

임솔이 입술에 대고 있던 손가락을 조심스레 거두어 갔다. 선재는 무표정한 얼굴로 모든 행동이 느려진 임솔을 보았다. 눈꺼풀의 움직임도, 숨을 내쉬는 입술도, 그 입술로 뱉는 말도, 평소보다 조금 느렸다.

"누가 잘난 얼굴을 이렇게 만들어 놨어……."

한 자 한 자 내뱉을 때마다 흘러나온 숨결에 임솔의 머리카락이 나풀거렸다. 그 모습을 물끄러미 바라보던 선재는 임솔의 얼굴을 가로질러 내려온 머리카락을 조심스레 잡아 귀 뒤로 넘겨 주었다. 손가락에 임솔의 귓바퀴가 스쳤다. 기분이 이상했다.

"선재야, 그거…… 네 선물이야."

고개를 살짝 돌린 임솔이 계단에 내려놓은 쇼핑백을 가리켰다.

"너한테 선물 처음 준다."

지금까지 받은 것만 해도 셀 수 없이 많은데, 뭘 처음 준다는 건지. 쑥스럽다는 듯 무릎에 얼굴을 묻는 모양새가 조금 횡당했다.

"왜 자꾸 줘."

"생일 선물이니까 안 받을 생각은 하지를 마."

고개를 든 임솔이 사뭇 진지한 얼굴로 단호하게 말한 뒤 다시 무릎에 얼굴을 묻었다. 머리가 어지러운지 거칠게 숨을 뱉는다.

"류선재……."

색색 내쉬는 숨소리가 어둠에 스며든다.

"네가 있어서 너무 좋아."

숨 쉬듯 작은 목소리로 내뱉은 말이 선명하게 박혀 들었다.

"네가 무사히, 아무런 탈 없이…… 내가 있는 곳으로 오면 좋겠다."

어두운 계단, 바깥의 소음이 아득하게 밀려들었다. 근처의 가게에서 음악을 크게 틀었는지, 그 소리가 흘러들어 왔다. 희미하게 새어 든 빛이 붉어진 임솔의 얼굴을 비추었다. 마치 먼 곳에서 속삭이는 듯, 김광진의 '처음 느낌 그대로'가 들렸다.

노래 때문일까, 붉어진 뺨으로 입술을 작게 벌리고 있는 임솔 때문일까, 선재의 마음이 잔잔하게 요동쳤다. 이제껏 다른 누군가가 마음 안에 이렇게 들어찬 적이 없었다. 어둠에 물든 벽, 나란히 앉아 있는 좁은 계단으로 알 수 없는 기류가 흘렀다. 그 기류에 마음이 절로 흔들렸다.

"솔아."

무릎에 얼굴을 묻고 있던 임솔이 고개를 돌려 선재를 보았다. 희미한 빛이 임솔의 얼굴에 걸렸다. 검게 빛나는 눈동자에 마음이 일렁인다.

"왜 너는 자꾸 주기만 해."

정신이 없는지, 임솔이 느리게 눈을 깜빡이며 "음?" 하고 반응했다.

"내가 주는 건 받지도 않으면서."

"……내가?"

임솔이 구부리고 있던 등을 곧게 펴자 눈높이가 비슷해졌다. 덤덤한 얼굴을 하고 있었지만 가슴이 크게 뛰었다. 두근거리면서도, 어딘가 아렸다.

"좋아해."

임솔의 눈이 느리게 끔벅인다.

"이제 네가 어떤 마음인지는 상관이 없어."

"……."

"너를 좋아해."

입을 다물자 정적이 흘렀다. 두 눈에 서로의 얼굴을 오랜 시간 담았다. 먼저 시선을 돌린 것은 임솔이었다. 선재는 이번에도 임솔이 제가 준 마음을 받지 않았다고 생각했다.

□ ■ □

회중시계의 시침이 3에 완전히 가까워졌을 즈음 나는 시계를 손에 들고 다녔다. 정각이 되면 원래의 시간으로 돌아간다고 했으니 화장실 변기에 앉아 있다가 갈지도 모를 일이었다.

밥그릇 옆에 회중시계를 놓고 밥 한 숟가락 뜨고 시계 한 번 보고 또 밥 한 숟가락 뜨고 시계를 보는 나를 보던 엄마는 '너 그거 확 깨 버려, 어?' 하며 시계에 정신이 빠진 나를 못마땅해했다.

"오늘 엄마 모임 있어서 저녁에 늦어. 밥 챙겨 먹고 먼저 자. 타종 행사다 뭐다 챙겨 보지 말고."

김을 입에 욱여넣으며 고개를 끄덕였다.

엄마가 나가고 없는 집, 선재 어머니가 주었던 유자청을 컵에 덜고 뜨거운 물을 부었다. 김이 모락모락 나는 컵을 식탁 위에 놓고 의자에 앉아 선재가 준 아이팟을 보았다. 아이팟 클래식 6세대로 용량이 무려 160GB였다.

이렇게나 용량이 큰데 노래가 한 곡만 들어 있는 게 이상했다. 처음 전원을 켜고 노래를 들었던 날에는 눈이 내린 풍경 때문인지, 가사 때문인지 이건 무조건 선재가 내게 들려주는 노래야, 하고 생각했는데 시간이 지나고 보니 그런 생각을 한 게 조금 우스웠다. 내가 뭐라고. 선재가 나에게.

"흐어, 모르겠다."

한숨을 뱉으며 식탁에 엎드렸다. 몇 시간 후면 새해였다. 아이팟을 만지작거리다가 식탁에 내려놓고 회중시계를 집어 들었다. 뚜껑을 밀어 열고 시계판을 보았다. 아무래도 오늘 돌아가게 될 것 같다는 그런 생각이 들었다.

돌아갔는데 선재가 없으면 어쩌지.

그게 가장 무서웠다. 원래의 시간으로 돌아가 주인에게 시계를 돌려주면, 더 이상 시간 여행을 할 수가 없는데 아무것도 바뀌어 있지 않으면 어쩌나 하는. 남은 시간 동안 내가 할 수 있는 게 뭐가 있을까. 아무리 머리를 굴려 봐도 딱히 떠오르는 게 없었다. 차라리 선재가 죽기 일주일 전으로 돌아갔다면 피켓이라도 들고 그 호텔 입구에 서 있었을 텐데. 이건 너무 먼 과거였다.

식탁에 엎드린 채 회중시계의 뚜껑을 열었다가 닫는 것을 반복하고 있는데 핸드폰이 울렸다. 식탁 위에 회중시계를 내려놓고 핸드폰을 들어 액정을 확인했다.

"어?"

벌떡 상체를 세우고 번호를 다시 보았다. 선재다. 필름이 끊긴 채 깨어난 그날 이후 처음으로 걸려 온 전화에 긴장이 되어 목을 가다듬고 통화를 연결했다.

"여보세요?"

— 나야. 선재.

"응."

— 통화 가능해?

"어. 가능해."

선재가 앞에 있는 것도 아닌데 핸드폰을 잡고서 고개를 끄덕였다.

— 할 말이 있는데. 만날 수 있어?

"지금?"

— 응.

회중시계를 보았다. 선재를 만나고 싶지 않은 건 아니었지만 시간이 애매했다. 선재를 만나러 가는 도중에 회중시계의 시침이 움직일 수도 있었다. 그렇다면 나는 약속 장소에 가지 못할 테고 선재는 나를 진짜 웃기는 애라고 생각하겠지. 나를 그렇게 생각하는 건 상관없었지만 이 추운 날 선재가 오지 않는 나를 기다리는 게 걱정되었다. 심기가 불편할 게 뻔했다.

"오늘 못 나갈 거 같아. 무슨 말인데?"

침묵이 이어졌다. 손가락으로 식탁을 문지르며 선재의 목소리가 넘어오길 기다렸다. 뽀득, 뽀득, 아무렇게나 식탁을 문지르고 있는 줄 알았는데 시선을 내리고 보니 식탁 유리에 묻은 지문 자국이 선재, 라는 글자로 이어져 있었다.

— 내가 저번에 그랬잖아. 네가 나한테 왜 그랬는지 모르겠다고.

"어…… 응."

불현듯 자감고등학교 축제 날 계단에서 본 선재의 얼굴이 떠올라 그날과 같이 심장이 얼어붙는 느낌이었다.

— 네가 한 말을 묻는 거였어.

"내가 한 말?"

— 나를 좋아한다고 그랬잖아.

"……응. 그랬지."

선재에게 아로마 수면 키트를 줬던 날을 말하는 것 같았다. 선재가 이걸 왜 제게 주냐고 물었을 때 너를 좋아해서 그렇다고 답했었다. 거짓말은 아닌데. 그게 선재에겐 못마땅한 답이었던 걸까.

— 나도 그래.

말없이 핸드폰을 꼭 쥐었다. 땀이 배어나는지 손이 축축했다.

— 너를 좋아해.

가슴이 빠르게 뛰었다. 내가 지금 무슨 소리를 들은 거지, 그런 생각에 얼굴이 달아올랐다.

— 그런데 나는 다른 누구였어도 그랬을 마음이 아니야. 너라서 좋은 거야.

핸드폰을 귀에서 떼고 번호를 다시 확인했다. 선재가 맞는데.

"선재야…… 나 임솔이야……."

혹여 선재가 다른 이에게 걸어야 할 전화를 잘못 걸었나 싶어 내 이름을 밝혔다. 아차, 싶은 건지 뭔지 선재가 조용했다.

— 내가 이래서 전화로 말 안 하려고 했어.

"어? 그니까, 지금 전화 잘못 걸었지?"

— 야, 춘백.

나를 부르는 선재의 목소리가 단호했다. 세상에. 정말 나에게 하는 말인 건가……

— 내가 널 좋아하는 게 싫은 거야?

"아, 아니. 그런 게 아니라."

말을 잘 못 알아먹는 내가 답답한지 수화기 너머에서 긴 한숨이 들려왔다.

— 임솔.

"어……"

— 너 나 좋아하는 거 맞아?

핸드폰을 잡은 채 고개를 끄덕였다. 내 얼굴은 거의 울상이 되어 있었다. 선재가 나를 좋아한다니, 돌아가고 싶지 않다. 한 손으로 이마를 짚고 입술을 말아 물었다. 대체 어떤 말을 해야 하지, 머리를 굴리는데도 아무 생각이 안 났다. 심장이 빠르게 뛰고 그저 울고 싶은 마음만 들었다.

— 네가 왜 날 밀어내는 느낌이 드는지 모르겠어.

"밀어내는 게 아니야."

이마를 짚고 있던 손을 내려 눈을 가렸다. 소리 내 울고 싶었다. 마음이 복잡했다.

선재야, 나는 여기서 너에게 그 무엇도 될 수 없어.

— 축제 때 노래.

"응." 하고 대답하자 뒷말을 고르는 듯 선재가 잠시 말을 멈췄다.

— 너 생각하면서 부른 거야. 네가 올 줄은 몰랐지만.

울상으로 일그러져 있던 얼굴이 일순간 반듯하게 펴졌다. 너무 놀라 굳어 버렸다. 가슴이 북처럼 울렸다. 둥, 둥, 그렇게 크게 뛰었다.

— 왜 말이 없어.

회중시계를 보았다. 2시 59분. 초침이 없어 언제 정각이 될지 알 수 없었다.

이렇게 선재의 전화를 받고 있다가 시침이 자리를 옮겨 정각이 될 수도 있다. 선재에게 너를 좋아한다고, 그렇게 말할 땐 언제고 정작 선재도 나를 좋아한다고 말하니 떠나 버리는 꼴이었다. 여기 내가 던져둔 것들 중에서 하나를 주워서 가져가야 한다면, 그건 아마도 선재에게 주었던 마음일 것이다. 그게 곧 나니까.

"선재야."

— 응.

"미안해."

— ……뭐가?

선재의 낮은 목소리가 넘어온다. 천하의 몹쓸 인간이 되는 순간이다.

"나, 이제 너 안 좋아해."

수화기 너머에서는 아무런 소리도 넘어오지 않았고, 목구멍이 뜨거워지는 게 금방이라도 울음을 터뜨릴 것 같아 급하게 통화를 종료했다. 멍하니 정면을 바라보는데 손에 쥔 핸드폰이 진동했다. 전화를 건 사람이 누구인지 확인하지 않았다. 튀어나온 입술을 꾹 다물었다. 울음이 목 안으로 뜨겁게 차올랐다.

멍하니 식탁 앞에 앉아 있다가 고개를 들었다. 시선을 돌리자 창밖에서 눈이 내리고 있었다. 집 안은 조용하고, 집에서 바라본 바깥도 마찬가지로 고요하게 느껴졌다. 마음이 헛헛했다. 천천히 증발하는 것처럼 하나둘 사라지는 기분이었다. 죽는 것도 아닌데 죽음을 앞둔 사람의 심정이 이런 것일까, 하는 생각마저 들었다. 종말을 앞둔 사람들의 하루가 이럴까. 내일이 없는 사람들의 마음이 이런 것일까. 소멸에 관한 별생각이 다 들었다.

그러다 소멸하지 않는 것들에 대해 생각했다. 비틀린 시간 속에 들어온 내가 뿌린 씨앗. 곳곳에서 싹을 틔운 마음 같은 것들.

죽음을 목도한 사람들, 종말을 맞이한 세계에서 살아남은 사람들, 내일을 이어 가는 사람들. 그러니까, 한순간에 남이 되어 버릴 선재와 나.

공연히 낙하하는 눈을 보았다. 선재와 함께한 시간이 그처럼 쏟아져 내렸다.

오늘 눈이 내리는 모습을 보지 못한 사람은, 다음 날 땅을 젖게 만든 게 무엇인지 정확히 모를 것이다.

징, 핸드폰이 또다시 진동했다. 창가에 고정되어 있던 시선이 식탁 위로 향했다. 불이 들어온 액정을 보다가 손을 움직여 메시지를 열었다.

[거짓말.]

선재였다.

답답한 마음에 한숨이 길게 흘러 나갔다. 무릎에 얼굴을 묻은 채 연거푸 한숨을 뱉었다. 내가 돌아간 뒤 남은 사람들이 마주하게 될 순간이 암담하게만 느껴졌다. 내가 휘저어 놓고 간 세계에 다시 돌아올 과거의 나와 그런 내가 마주하게 될 선재를 생각하는 것만으로도 가슴뼈 아래가 뻐근하게 아파 왔다.

방으로 들어가 책상에 앉았다. 편지지가 없어 노트를 찢고 펜을 들었다. 어쩌면 마지막이 될지도 모르는 선재에게 작별 인사라도 남기고 싶었다. 여기 남은 나는 선재를 모르니 어떤 방식으로든 정리가 필요했다.

〔선재에게.〕

단지 선재의 이름만 적었을 뿐인데 눈시울이 뜨거워졌다. 손등으로 눈을 꾹 누르고 펜을 고쳐 잡았다. 구구절절 내가 왜 너를 찾아갔는지, 네가 싫어하는 걸 알면서도 왜 그런 이상한 편지를 서랍에 넣고 책을 선물했는지 설명하고 싶었지만 쉽게 펜이 안 움직였다. 그리고 어차피 지워질 문장이라는 걸 알았다. 갑자기 몰려오는 울음에 머리가 멍했다. 입술을 꾹 물고 얼굴을 찡그린 채 펜을 움직였다.

〔내가 어느 날 문득 나타난 건 다른 세계에서 잘못 떨어졌기 때문이라고 생각해 줘. 나

는 내가 여러 세계를 이어 달려서라도 네가 넘어오지 못한 그 세계를 넘어올 수 있게 해 주고 싶었어. 비록 너의 동의 없는 나 혼자만의 생각이었지만.

네가 소중하다는 말도, 내 행복을 다 나누어 주고 싶다는 말도 모두 진심이었어. 하지만 이 마음은 이제 이 세계를 떠나. 여기 남은 나에겐 더 이상 너에 대한 마음이 없어. 잔인한 인사지만, 밀려들어 왔다가 밀려나는 물결이었다고 생각해 주면 안 될까.

너와 함께한 겨울을 영원히 잊지 못할 거야. 네 시간에 마음대로 들어가서 미안해. 네게 항상 좋은 꿈이 닿기를 바랄게. 늘 잘 지내. 선재야.]

뚝, 눈물이 떨어졌다. 선재의 이름을 쓴 글씨 위로 눈물이 번졌다. 이 편지를 쓰면서도 전해 주지 못할 것을 알고 있었다. 곧 정각이 될 테고, 나는 이 편지를 남겨 둔 채 이 시간을 떠날 것이다. 손등으로 눈물을 훔쳐 닦았다.

울어서 벌게진 눈으로 창밖을 내다봤다. 자잘한 눈발이 날리고 있었다. 하얀 눈발이 어둑한 밤길을 부유하며 쏟아진다. 얼굴이 찌푸려졌다. 눈시울이 뜨겁다 못해 훗훗했다. 회중시계를 보았다. 2시 59분. 과거의 시간은 새해를 향해 달려가고, 회중시계는 시간 여행의 끝을 향했다.

"……흐으."

꽉 문 잇새로 흐느끼는 소리가 샌다. 참고 참았던 울음이 터졌다. 두 팔에 얼굴을 묻고 울었다. 선재가 넘어오지 못한 새해에서 느꼈던 슬픔과는 다른 슬픔이었다. 마음 한구석을 통째로 도려낸 것만 같은 느낌이다.

어디선가 새해를 맞아 크게 외치는 사람들의 목소리들이 들렸다. 새해 복 많이 받으세요, 하는 목소리가 점전 아득해졌다. 소리가 점점 멀어진다, 그런 생각이 들 즈음 빛이 느껴졌다. 질끈 눈을 감자 고여 있던 눈물이 뺨을 타고 흘렀다.

꾹 감은 눈으로 들이치던 빛이 사라지고 주변이 어두워진 것이 느껴졌다. 숨을 고르고 천천히 눈꺼풀을 들어 올렸다. 선을 그으며 흐른 눈물이 베갯잇을 적셨다. 시끄러운 티브이 소리가 들린다. 가슴이 터질 것처럼 뛰는 게 곧 죽을 것만 같아 숨을 길게 들이마시고 내쉬었다.

눈을 끔벅였다. 어둠에 눈이 익자 이제는 너무 낯설어진 방의 구조가 눈에 들어왔다. 벽 너머로 티브이 소리가 넘어오는 걸 보니 돌아온 게 확실했다. 시간을 확인했다. 1월 1일 새벽 3시.

갑작스레 속이 텅 비어 버린 것처럼 허무했다. 가슴은 여전히 문드러진 것처럼 아픈데, 되돌아왔다는 게 믿어지지 않았다. 그러다 선재의 존재, 그 생각이 번뜩 스쳤다. 후다닥 인터넷 창을 열어 류선재 세 글자를 입력했다. 두 번째라 그런지 손이 덜덜 떨리지는 않았다. 대신 가슴이 쿵쾅거리며 요동쳤다. 변한 게 하나도 없다면 절망스럽고 괴로울 것 같아 선재의 이름을 다 입력하고도 검색 버튼을 누르지 못했다.

몇 번 심호흡을 한 뒤 검색 버튼을 눌렀다. 나도 모르게 눈을 질끈 감았다. 공포 영화를 볼 때처럼 눈을 가늘게 뜨고 핸드폰 액정을 보았다. 아직 아무것도 확인하지 않았는데 벌써부터 손에 땀이 배어 핸드폰이 자꾸 미끄러졌다. 손바닥을 이불에 벅벅 문지르고 화면을 내렸다. 선재의 이름과 출생, 소속 그룹, 소속사와 프로필 사진이 떴다. 화면을 더 아래로 내렸다. 선재에 대한 기사가 나올 차례였다.

……어.

반쯤 내리고 있던 눈꺼풀을 천천히 올렸다.

"선재가……."

살아 있다.

03

잃어버린 세계

선재가 살아 있다니. 코끝이 찡해져서 이불에 얼굴을 묻고 "으엉, 선재, 살았어." 하며 울고 있는데 어디선가 쿵쿵하는 소리가 들렸다. 뚝 울음을 멈추고 고개를 들었다. 무슨 소리를 들은 것 같은데, 하며 귀를 기울이려는 찰나 누군가 문을 두드렸다. 숨을 죽이고 현관문 쪽을 보았다.

"안에 있는 거 다 알아요."

벌떡 침대에서 일어났다. 툭, 하고 바닥으로 무언가가 떨어졌다. 회중시계다. 그러니까 지금 문밖에 서 있는 사람은 시계 주인이었다. 생각이 정리되자소름이 돋고 공포가 몰려왔다.

회중시계를 손에 들고 현관문 앞에 섰다. 차게 식은 문에 귀를 대고 밖에 있을 사람의 소리에 주의를 집중했다. "죽었나." 하며 작게 혼잣말하더니 곧이어부스럭거리는 소리가 들렸다.

'뭐야, 이거 죽을 수도 있는 거였어?' 하며 눈을 동그랗게 뜨는데 핸드폰이요란하게 울렸다. 홱 고개가 방으로 돌아갔다. 숨을 죽였다. 나는 숨을 죽이는데 방에서는 핸드폰이 계속 울어 댔다. 똑똑, 또다시 현관문 두드리는 소리가 들려왔다. 고개가 다시 문으로 돌아간다.

"받으시죠."

집에서 울리는 핸드폰 소리를 들었는지 문밖에 선 사람이 말했다. 후다닥 방으로 뛰어가 핸드폰을 들었다.

"여보세요?"

— 빨리 줘요. 시간 없다고요.

"드릴게요. 드릴 건데……"

여자 혼자 사는 집인데 누구인지도 모르는 사람에게 문을 열어 줄 수는 없었다. 현관문에 우유 투입구라도 있으면 모르겠는데, 그것도 없을뿐더러 안전 고리조차 없었다. 그때 바닥에 있는 쇼핑백이 눈에 들어왔다.

"현관 앞에 계시지 마시고 바깥 출입문 쪽에 서 계세요."

— 예?

"밖에 내려가 계시면 드릴게요."

— 뭔 소리를 하는 거예요, 진짜.

"얼른요. 끊습니다."

전화를 끊고 쇼핑백을 들었다. 혹시나 회중시계가 잘못 떨어져 박살 나면 책임을 물을까 봐 빨래 건조대에 널려 있는 수면 양말 안에다 회중시계를 넣었다. 그러곤 수면 양말의 발목 부분을 고무줄로 묶은 뒤 쇼핑백 안에 넣었다. 버리려고 둔 선물 포장 끈을 이어 묶어 길이를 늘이고 쇼핑백 손잡이에 연결해 묶었다.

슬그머니 창문을 열고 아래를 내디봤더. 시계 주인이 팔짱을 끼고서 매우 못마땅한 얼굴로 위를 올려다보고 있었다.

"지금…… 지금 내립니다."

"아, 잠깐만!"

쇼핑백을 창밖으로 내밀자 시계 주인이 다급하게 소리쳤다.

"지금 뭐 하는 거예요? 장난해요?"

"시계는 안전합니다. 잘 넣어 뒀어요. 받으세요."

돌돌 만 끈을 천천히 늘어뜨리며 쇼핑백을 아래로 내렸다. 시계 주인이 황당하다는 듯 "와, 나, 미치겠네!" 하며 3층에서 1층으로 내려오는 쇼핑백을 몸으로 받을 준비를 했다.

천천히 내린 줄이 바닥에 거의 다다를 즈음 시계 주인이 쇼핑백을 잡았는지 줄이 손에서 쑥 빠져나갔다. 창문틀 위로 빼꼼 얼굴을 내밀고 아래를 보았다. 쇼핑백 안을 본 시계 주인이 "뭐야, 이거 양말이야?" 하며 성난 얼굴로 위를 올려다보았다.

두더지처럼 다급하게 머리를 숙였다가 밖이 조용해졌을 즈음 천천히 들어 올렸다. 시계 주인이 회중시계를 옷소매로 문질러 닦고 있는 게 보였다.

"저기요."

조심스레 뱉는 목소리에 시계 주인이 고개를 들어 올렸다.

"과거에 있는 저를 어떻게 찾았어요?"

시계 주인이 회중시계를 주머니에 집어넣으며 말했다.

"그쪽이 회중시계 주웠다고 게임 질문 글에 댓글 남겼잖아요."

"네?"

"닉네임 긁어서 검색해 봤더니 콘서트 표 양도한다는 글에 번호가 남겨져 있더라고요. 혹시나 하고 연락해 봤는데 맞았던 것뿐이에요."

시계 주인이 허리를 숙여 바닥에 떨어진 쇼핑백을 주워 들었다.

"저…… 그럼 그쪽도 시간 여행자 그런 거예요? 그쪽은 미래로 온 거예요?"

시계 주인이 쇼핑백을 반으로 접으며 다시 고개를 들어 올렸다.

"시간 여행자는 아니고…… 음."

잠시 무언가를 생각하는 듯하던 시계 주인이 입꼬리를 비스듬히 올리며 묘한 웃음을 지었다.

"운명의 신이 보냈다고나 할까."

"네?"

내 물음에 답하지 않고 돌아선 시계 주인이 등을 보인 채 멀어져 갔다. 원래 이렇게 길이 어두웠나 싶을 정도로 빛이 없어 멀어지는 등이 점점 암흑 속에 잠기는 것처럼 보였다.

□ ■ □

창문을 닫고 방으로 들어가 침대에 힘없이 걸터앉았다. 운명의 신이 보냈다니. 시간 여행도 비현실적인 이야기니 그것도 썩 믿기 어려운 말은 아니었다.

핸드폰을 들고 인터넷 창을 열어 시계 주인이 말한 대로 나를 찾을 수 있는지 검색해 보았다. '시간 여행자의 회중시계'라고 검색하자 질문 글이 수두룩하게 떴는데 그중에 '시간 여행자의 회중시계 얻는 법 좀 알려 주세요.'라는 제목을 가진 글이 있었다. 클릭하자 '알려 주세요.' 하는 내용이 불려 나왔다. 화면을 아래로 내리자 선재 업고 튀어 님의 답변이 달려 있었다.

……세상에.

질문 분야가 게임으로 설정되어 있었다. 그때는 왜 이걸 발견하지 못했던 거지. 비회원이라 글을 쓰려면 이름이 필요해서 써 넣었던 게 '선재 업고 튀어'였다. 선재 업고 튀어 님의 답변이라고 되어 있지만 질문이나 다름없었다. 길에서 주웠다, 이 말 때문에 나인 줄 알았던 건가. 내가 확인했을 때만 해도 내 아래로 댓글이 한 개뿐이었는데 이제는 많은 댓글이 달려 있었다. 뭐지, 싶어 댓글 창을 열어 보았다.

[성지순례 왔습니다.]

[우리 선재의 데뷔를 미리 아셨던 분.]

[로또 1등 당첨되게 해 주세요.]

[이거 류선재 본인 아님?ㅋㅋㅋㅋㅋㅋㅋㅋㅋㅋㅋㅋ 자기 닉네임 뺏겨서 팬한테 쪽지 보냈던 거 아님? 내놓으라고ㅋㅋㅋㅋ]

[미래에서 왔습니다.]

뭔가 이상했다. 누구 업고 튀어는 흔한 닉네임이었다. 그러니 선재가 데뷔하기 전에 쓴 글이라는 것을 감안하더라도 이렇게 관심을 받을 만한 일이 아니었다.

인터넷 창에 선재 업고 튀어 닉네임을 검색했다. 검색된 내용을 살펴보는 내 얼굴이 찌푸려졌다. 선재 업고 튀어에 대한 논란 글들이 있었다. 제목과 미리보기 글을 훑다가 게시 글 하나를 클릭해 들어갔다.

[팬 카페에서 팬한테 쪽지 보낸 아이돌]

제목 아래에 캡처된 쪽지 내용이 첨부돼 있었다. 쪽지를 보낸 사람의 닉네임은 '감자전류선재'였고 개인 쪽지로 건넨 말은 '야.' 이거 하나뿐이었다. 쪽지를 받은 팬이 연달아 말을 건넸지만 선재에게 답장이 오지 않았다고 쓰여 있었다.

쪽지를 받은 팬이 이거 진짜 류선재 맞지? 대박, 하며 캡처해서 올린 내용에 감자전쟁, 감자전투들이 빠르게 해당 내용을 퍼다 나르며 박제했다. 그러고는 여러 제목을 달았다. 류선재 팬한테 갑질이냐, 집적대냐, 등등으로. 게시 글 업로드 날짜를 보아하니 1년 전의 일이었다. 짧게 불타올랐다가 묻혀 버린 사건인 것 같았다.

저건 내가 아닌데.

눈썹을 찌푸린 채 고개를 들었다. 뭔가 허전한 느낌이 들었다. 마음인가, 생각했는데 아니었다. 눈이 점점 커졌다.

"뭐야?"

침대에서 벌떡 일어나 벽에 성큼 붙어 섰다. 아무것도 붙어 있지 않은 벽이 휑했다. 선재의 포스터와 슬로건, 포토 카드로 도배되어 있던 벽이 말끔하게 비어 있었다.

빈 벽을 보다가 책장을 보았다. 감자전의 미니 앨범부터 정규 앨범까지 발행일 순서대로 나열되어 있어야 하는데 없었다. 어떤 충격에 머리가 댕댕 울렸다. 죽었던 선재가 살아 있는 건 선재의 미래가 바뀌었기 때문이다. 그리고 있어야 할 선재의 사진과 앨범이 없는 건, 그러니까 나의 미래에도 변화가 생겼다는 것을 의미했다.

뭐, 뭐 이런, 뭐 같은 일이…….

두 손으로 책상을 짚고 기억을 되감았다. 대학 입학 날도 기억이 안 나는데 고등학교 때 일이 선명하게 기억이 날 리가 없었다. 최근의 기억을 떠올리다가 선재의 기사가 터진 날 내게 연락을 해 온 현주가 생각났다. 늦은 시간이었지만 시간 개념 따위가 설 때가 아니었다. 핸드폰을 들고 현주의 번호를 찾아 통화 버튼을 눌렀다. 길게 이어지던 신호음이 끊기고 현주의 목소리가 들려왔다.

— 여보세요?

목소리가 잔뜩 잠겨 있을 줄 알았는데, 생각한 것과 반대로 현주의 주위는 매우 시끄러웠다.

"현주야."

— 응. 솔아.

"너 감자전 알지. 가수."

— 응. 갑자기 왜?

"내가 너한테 류선재에 대해 이야기한 적 없어?"

시끌벅적한 소리가 수화기로 넘어왔다. 자리에서 벗어나고 있는지 현주가 "잠깐만." 하고 말했고 소음이 점점 멀어졌다.

— 류신재?

"응. 기억나?"

— 고3 때 자꾸 너 찾아왔다는 걔?

"……."

세상에. 어떡해. 나는 몰라. 기억에 없는 일인데.

— 너 걔 때문에 엄마랑 점집도 갔었잖아. 귀신 들린 것 같다면서.

"……."

하마터면 너무 놀라 입에 머금은 주스를 컵에 그대로 뱉었던 아침 드라마 속 배우처럼 손에 든 핸드폰을 그대로 떨어트릴 뻔했다. 여기 있지도 않은 현주의 멱살을 잡고 '아니라고 말해!' 하고 소리칠 뻔했다.

"……내가?"

— 응.

"진짜 내가 그랬어?"

— 춘심인가 춘백인가, 이상한 이름으로 너를 불렀다고 했던 거 같은데. 그때 네가 얼마간의 기억이 잘 안 난다고 했잖아. 이상한 물건도 집에 있고. 네가 너무 힘들어하니까 너희 엄마가 너 데리고 굿이라도 하려고 했는데 너희 아버지가 아시고 뜯어말리셨잖아. 기억 안 나? 그 엄청난 일이? 너희 엄마가 춘백이라는 귀신이 들린 것 같다고 집에 팥 뿌리고 소금 뿌리고 난리도 아니었는데.

벌어진 입을 손으로 가렸다.

— 왜? 너 또 몸이 이상해?

"아니, 아니야. 그런 거."

— 이상하거든 바로 병원 가!

현주가 걱정스러운 목소리로 말했다.

"응. 알았어. 고마워."

전화를 끊고 멍하니 있다가 후다닥 밖으로 튀어 나갔다. 시계 주인이 사라진 방향으로 뛰었다.

시계 주인 양반! 나 그 시계 한 번만 더 씁시다!

짙은 어둠을 뚫는 것인지, 아니면 어둠 속에 잠기는 것인지 모르게 달렸다. 얼마간 달리다가 우뚝 멈춰 섰다. 시계 주인은 없고 고요한 풍경만 이어졌다. 낯선 세계에 떨어진 것만 같았다. 지금 이 시간이 원래 내가 살던 시간인데도 시간을 잘못 찾아 들어온 것 같다.

불과 몇 분 전까지 선재와 전화 통화를 했었다. 너를 좋아한다고, 선재가 그런 말을 했다. 내겐 몇 분 전이, 여기서는 몇 년 전의 사건이자 기억이었다. 나는 아직도 선재 생각에 가슴이 이렇게 뛰는데. 선재와 함께했던 시간이 꼭 여기 없는 먼 세계처럼 느껴졌다. 그게 하나의 세계라면, 원래의 시간으로 돌아오면서 그 세계를 잃어버린 것만 같았다.

새벽바람이 찼다. 여러 해가 지나 버린 이곳에서, 잃어버린 나의 세계를 이어 사는 선재는 나를 어떻게 기억하고 있을까.

고개를 뒤로 젖히고 새카만 하늘을 올려다봤다. 짧은 한숨을 뱉자 허공으로 입김이 흩어졌다.

□ ■ □

턱을 괴는데 자꾸만 손이 엇나갔다. 손과 턱의 합이 영 별로다, 생각하며 답답한 숨을 길게 뱉었다. 동네에 있는 작은 술집에서 김치우동에 소주나 한 병 마셔야지, 하고 들어왔는데 벌써 소주를 두 병째 해치우는 중이었다.

욕이라고는 선재에게 악플 다는 사람들에게만 쓰던 나인데 자꾸만 소주잔을 기울일 때마다 쌍시옷이 튀어나왔다. 눈을 치켜뜨고 욕을 하다가 울고 눈물이 마르면 다시 욕을 하고 우는 나를 가게 주인이 이상하게 쳐다봤다. 손님이 한 명도 없는데도 그만 나가 줬으면, 하고 바라는 눈치였다.

"사장님, 여기 노가리 하나 주세요."

"노…… 노가리요?"

"예."

가게 주인이 "어휴." 하고 한숨을 뱉으며 노가리를 구우러 갔다. 이 정도면 그래도 곱게 취한 거 같은데, 너무 야박하시다, 생각하며 빈 잔을 채웠다.

그러니까 이게 정말 웃긴 감정이었는데, 원래의 시간으로 돌아온 이후로 나는 마치 선재에게 거하게 차인 것처럼 슬펐다. 그런 일이 없는데도 그런 감정으로 마음이 괴롭고 힘들었다. 지금의 선재는 찾아간다고 해서 만날 수 있는 존재가 아니었다. 제5의 멤버로 합류하는 것은 막지 못해 여전히 감자전의 화롯불이라며 욕을 먹고 있었지만 그래도 연예인이었다.

"보고 싶다…… 보고 싶다……."

하필 가게 카운터에 설치된 스피커에서 김범수의 '보고 싶다'가 흘러나왔다. 노가리를 굽는 가게 주인이 내 노랫소리를 들었는지 노래를 끄고 라디오를 켰다. 그만 따라 부르라는 일종의 신호 같았다.

사장님, 나빠요…….

팔짱을 낀 두 팔을 테이블 위에 올리고 앞에 있는 잔을 내려다봤다. 투명한 소주에 선재의 얼굴이 둥둥 떠 있었다.

"정말 좋은데…… 네가 살아 있어서 좋긴 정말 좋은데……."

나는 더 힘들어진 것 같다. 선재야.

긴 한숨을 뱉으며 잔을 만지작거리다 입술에 대고 소주를 넘기려는 찰나 라디오에서 익숙한 목소리가 흘러나왔다.

— 그런데 다들 연습 기간이 어떻게 돼요? 누가 제일 오래됐어요?

— 어, 회사는 성준이 형이 제일 먼저 들어왔어요. 회사에 들어온 순서가 성준이 형, 현성이 형, 저 들어오고 다음 해에 인혁이 형이랑 선재 형이 들어왔죠.

— 그런데 선재 씨는 중간에 합류를 해서. 그럼 연습 기간이 제일 길겠네요?

네, 그렇죠, 하며 웃는 선재의 목소리가 들렸다. 순간 손이 흔들려 잔에 가득 담긴 소주가 넘쳐흘렀다. 잔을 내려놓고 손에 묻은 소주를 바지에 문질러 닦았다.

— 선재 씨는 그럼 연습생 시절 언제가 제일 힘들었어요?

선재가 음, 하며 목소리를 늘였다. 다른 느낌으로 익숙한 목소리에 가슴이 철렁했다. 종종 라디오를 통해서 들었던 선재의 감감대교 에피소드. 그날 선재와 함께 바라보았던 풍경이 머릿속을 스쳤다. 이어폰을 하나씩 나누어 끼고 들었던 노래까지.

— 없었던 거 같아요.

— 진짜요?

— 아니에요. 선재 형 고3 때 진짜 힘들어했어요. 그때 무슨 고물 같은 엠피쓰리를 하나 가지고 있었는데 만날 그거 귀에 꽂고 다니면서 세상 다 산 사람 같은 얼굴 하고 그랬었어요.

서윤재의 말에 몇몇이 웃음을 터트렸다.

……어, 그 고물.

몸을 틀어 앉아 스피커를 보았다. 꼭 그 안에 선재가 앉아 있기라도 한 것처럼. 그들의 목소리가 계속 흘러나왔다.

— 선재 씨는 엠피쓰리 세대가 아닌 거 같은데.

선재의 어색한 웃음소리가 넘어왔다. 사운드가 비지 않게 디제이가 바로 질문을 던졌다.

— 선재 씨가 그때 즐겨 듣던 곡이 뭐예요?

— 곡이요?

— 네. 세상 다 산 사람 같은 얼굴이었다고 하니까, 무슨 노래 들었는지 궁금해요.

테이블을 등지고 앉은 나를 이상하게 보던 가게 주인이 테이블 위에 주문한 노가리를 놓고 갔다.

— 이문세 선배님의 그녀의 웃음소리뿐, 이 노래 많이 들었어요.

— 와, 그거 저도 좋아하는 노래인데. 혹시 한 소절 들어 볼 수 있어요?

당황한 선재가 이렇게 갑자기요? 하고 말했고 디제이가 박수를 유도했다. 한동안 박수 소리가 들리더니 곧 조용해졌다. 아, 어떡하지, 하던 선재가 큼큼, 목을 가다듬었다. 눈치 좋은 피디가 선재의 마이크에 에코를 넣었다. 선재가 짧게 해 볼게요, 하며 노래를 시작했다.

— 하루를 너의 생각하면서 걷다가 바라본 하늘엔 흰 구름은 말이 없이 흐르고 푸르름 변함이 없건만

선재가 마이크를 잡고 눈치를 봤는지 계속, 계속 하며 속삭이는 목소리가 들렸다.

— 이대로 떠나야만 하는가 너는 무슨 말을 했던가

뚝, 눈물이 흘렀다. 가게 주인이 노가리는 쳐다보지도 않고 스피커를 바라보면서 우는 나를 보며 눈을 찌푸렸다. 돈 벌기 힘드네, 그런 얼굴이었다. 사장님, 저도 힘들어요.

몸을 돌리고 앉아 잔에 반 정도 남은 소주를 들이마셨다. 뚝뚝, 계속 눈물이 떨어졌다. 소주잔을 눈 아래 두고 울면 가득 채울 수 있을 것 같았다.

방금 선재가 부른 노래는 내가 준 엠피쓰리에 들어 있는 노래였다. 우연의 일치일 수도 있지만 이상하게 서러웠다. 내가 떠난 과거의 시간 속에서 내가 준 엠피쓰리의 노래를 듣는 선재를 생각하자, 그 세계를 이어 사는 선재의 시간을 상상할 수 없어서.

이를 꽉 물고 흐으, 하는 소리를 뱉었다. 류선재, 하며 울고 싶었지만 이제 쉽게 입 밖으로 뱉을 수 없는 이름이 돼 버렸다.

"으엉, 회중시계."

선재의 이름은 못 부르고 애먼 회중시계를 부르며 울었다.

□ ■ □

멀뚱멀뚱, 대표실의 내부를 훑었다. 벽이 온통 통유리 창으로 되어 있어 창밖으로 보이는 바깥 풍경이 아찔했다. 회사는 높은 빌딩의 16층에 위치하고 있었는데 바로 건너에 있는 방송국 건물이 한눈에 내려다보였다.

통화를 끝낸 대표가 "아, 미안해요." 하며 다시 자리에 앉았다.

원래의 시간으로 돌아오고 며칠 뒤 면접 합격 통보를 받았다. 이제는 이곳에서 내가 뭘 했는지 가물가물해져 가고 있던 차에 받은 소식이었다. 종합편성채널의 유명한 프로그램 몇 개를 도맡아 하는 외주 제작 프로덕션이었다.

출근 첫날, 편한 복장으로 오라는 연락을 받았지만 도무지 그 편한 것이 어떤 종류의 편함인지 몰라 그냥 정장을 입었다. 면접을 보러 다닐 때는 계절에 상관없이 치마 아래에는 무조건 살색 스타킹을 신었는데, 이미 면접에 붙은 이

후고, 첫 출근 날이니만큼 스타킹 정도는 괜찮지 않을까 하여 검은색 스타킹을 신고 온 길이었다.

녹차 티백이 담긴 종이컵을 매만지며 어색하게 웃었다. 대표가 손목을 들어 시간을 확인했다.

"시간이 벌써 이렇게 됐네. 내려가서 같이 점심 할까요?"

"네? 네."

먼저 자리에서 일어난 대표를 따라 나도 자리에서 일어났다. 문을 열고 나간 대표가 한쪽에서 작업 중이던 몇몇 사람들에게 2층으로 오라는 말을 전한 뒤 걸음을 뗐다. 그들은 "네, 알겠습니다." 하고서도 바로 일어나지 않았다. 나는 어떻게 해야 하는 거지, 하며 그들과 멀어지는 대표를 번갈아 보다가 대표가 손가락을 비껴 치는 소리에 후다닥 걸음을 뗐다.

□ ■ □

'중국 음식 괜찮죠?' 하고 묻기에 간단하게 자장면이나 한 그릇 하는 줄 알았는데 가게 입구부터 심상치 않다 싶더니 룸으로 안내를 받았다. 내부엔 원목으로 된 원형 테이블이 있었고 은은한 조명이 비치는 게 중식당치고는 꽤나 가격대가 있는 곳인 것 같았다. 자주 와 본 듯 대표가 바로 주문을 했고 다행히도 음식이 나오기 전에 회사 사람들이 룸을 찾아 들어왔다.

나를 포함해서 총 네 명이었다. 대표가 게살수프를 뒤적이며 한 사람씩 소개를 했다. 키가 크고 곱슬머리에 동그란 안경을 쓴 남자의 이름은 양지운, 연애 프로그램 피디, 키가 작고 덥수룩한 머리에 수염이 난 남자의 이름은 김명혁, 연애 프로그램 피디.

대표가 김명혁의 소개를 마쳤을 때 "아 대체 어디지." 하는 목소리와 함께 문이 살며시 열렸다. 누군가 살짝 열린 문틈으로 얼굴을 드러내며 큰 눈을 끔벅였다.

"찾았다. 죄송합니다. 방을 헷갈려서."

앞머리를 반으로 가른 남자가 연신 머리를 숙이며 빈자리로 가 앉았다. 대표가 방금 들어온 남자를 가리키며 소개를 마무리했다.

"심원준. 여기 양지운, 김명혁 피디랑 같은 프로 하고 있어요. 솔이 씨랑 같은 조연출이니 서로 잘 지내요."

물티슈로 손을 닦던 심원준이 손을 내밀었다.

"반갑습니다. 이름은 심원준, 나이는 스물아홉입니다."

갑자기 이름과 나이를 밝히며 인사를 해 나도 꾸벅 고개를 숙이며 "이름은 임솔, 나이는 스물넷입니다." 하고 인사를 했다. 심원준이 입술을 늘여 웃으며 "막내가 들어온 건가요." 하고 말했다.

"어쩌다 보니 다 남자네."

대표가 테이블에 앉은 사람들을 쭉 둘러보며 말했다. 난 억지로 입술을 늘여 웃으며 고개를 끄덕였다.

"솔이 씨는 이 팀으로 들어갈 거예요."

두 손을 무릎 위에 올린 채 둘러앉은 사람들을 보았다. "잘 부탁드립니다." 하며 눈을 휘어 웃었다. 좋은 인상을 심어 줘서 나쁠 건 없으니까.

□ ■ □

수도 레버를 내리고 고개를 들자 거울에 비친 내 얼굴이 보였다. 6년간 얼마나 모진 세월을 보낸 건지, 온갖 풍파를 얼굴로 만난 듯했다. 그동안 나이 먹고 있다는 걸 체감하지 못했는데 열여덟 살에서 스물네 살로 바로 뛰어 버리니 시간 여행을 하며 과거에 있을 때 얼굴에 오이 한 조각 붙이지 않은 게 조금 후회되었다.

손에 묻은 물기를 탈탈 털며 화장실에서 나왔다. 긴 통로를 걸어가며 들어갈 곳을 찾는데 문이 다 똑같이 생겼다. 방마다 번호가 붙어 있긴 했는데 그런 것 따위를 챙겨 보고 나왔을 리가 없었다.

……어, 어디더라.

다 똑같이 생긴 문 앞에서 서성이다가 화병이 세워진 곳 옆이었던 것 같아 살며시 문을 열고 들여다보았다. 아무도 없었다. 벌써 계산을 하고 나간 건가.

의자 등받이에 검은색 코트가 걸려 있었다. 아니 계산을 하고 먼저 갈 거면 옷이라도 좀 챙겨 주지, 너무들 하네, 싶어 입술이 튀어나왔다.

의자에 걸려 있는 코트를 챙겨 입는데 갑자기 문이 열렸다. 그러고는 우르르 사람들이 들어왔다. 저들끼리 뭐라고 떠들면서 들어오던 사람들 중 누군가가 나를 보고는 "어?" 하고 놀란 소리를 냈다. 모두의 시선이 나에게로 쏟아졌다. 마치 너는 누군데 여기 있니, 그런 눈치였다.

……여기가 아닌 건가. 아닌데. 내 옷 걸려 있었는데.

느리게 집어넣은 팔을 소매 밖으로 빼며 눈을 굴렸다. 그러다 누군가와 눈이 마주쳤다.

서윤재?

가슴이 덜컥 내려앉으면서 눈이 절로 커졌다. 나보다 키가 큰 서윤재가 고개를 한쪽으로 비스듬히 기울인 채 나를 보았다.

"누구세요?"

나를 기억하지 못하는 듯 불쾌한 얼굴이었다.

"아, 죄, 죄송합니다. 방을 잘못 찾았나 봐요."

후다닥, 사람들 틈을 파고들어 문밖으로 나갔다. 누군가와 어깨를 부딪쳤는데 사과고 뭐고 할 정신이 없었다.

"임솔 씨, 여기요."

출입문 앞에서 심원준이 손을 들고 흔들었다. 계산을 하고 나갔다가 화장실에 가서 돌아오지 않는 나 때문에 다시 들어온 것 같았다. "네, 제가 늦었죠." 하며 급하게 문을 열고 나갔다. 문밖에 서서 숨을 몰아쉬는 나를 이상하다는 듯 보던 심원준이 무언가를 내밀었다. 눈을 내리고 보자 그의 손에 검은색 코트가 있었다.

이걸 왜 저에게…….

"솔이 씨 옷…… 어? 외투 두 개 챙겨 왔어요?"

고개를 숙이고 내가 입고 나온 옷을 보았다. 코트 끝자락이 발목을 덮었다. 어쩐지 길고 크다 했어…….

고개를 돌려 방금 열고 나온 문을 보았다. 어쩌지. 어떻게 할까. 그냥 울까. 입술을 말아 물고 울상을 지었다. 얼굴이 절망적으로 굳었다. 나 지금 대체 누구 옷을 입고 온 거야.

"솔이 씨, 담배 안 피우죠?"

"네? 네……."

"저 그럼 이거. 전 한 대 피우고 올라갈게요."

내게 옷을 건네준 심원준이 계단을 내려갔다. 입고 있는 코트를 벗었다. 크게 숨을 들이마셨다가 뱉었다.

임솔, 더 이상 엮이면 안 돼. 선재도 살아 있고. 원래 시간으로 돌아왔으니까.

주먹을 꼭 쥐고 식당 문 앞에 섰다. 마주친 건 서윤재 한 명뿐이었지만, 분명 감자전 멤버들이 다 있을 것이다. 그들이 있는 곳에 들어가 '아, 제가 옷을 모르고 바꿔 입었네요.' 하며 옷을 돌려줄 엄두는 안 났다.

카운터에 코트를 맡기고 오거나 전해 달라고 부탁해야지, 생각하며 자동문 스위치를 누르려는 순간 뒤에서 불쑥 손이 튀어나왔다. 반드럽고 긴 손가락이 스위치에 닿았다. 자동문이 열리고 중식당 안에 울리던 잔잔한 노랫소리가 흘러나왔다.

문이 열렸는데도 뒤에 선 사람은 별다른 움직임 없이 스위치 위에 계속 손을 두고 있었다. 가슴이 두근거렸다. 이상한 불안감이 몸을 흔들었다. 예감이 좋지 않다. 조심스레 고개를 올려 뒤에 선 사람의 얼굴을 보았다. 예감이 맞는지 확인하는 순간, 검은 눈동자와 마주쳤다. 그 눈동자에 얼어 버린 내 얼굴이 비쳐 보였다. 아무런 표정 없는 얼굴이 나를 내려다보고 있었다. 하마터면 선재야, 하고 이름을 뱉을 뻔했다.

"어서 오세요."

문이 열렸는데도 들어오지 않고 서 있는 나와 선재를 보며 점원이 인사했다. 선재와 말없이 눈을 마주 보다가 뒤늦게 정신을 차리고서 옆으로 물러났다. 길을 내어 주자 시선을 거둔 선재가 안으로 걸음을 옮겼다.

쿵, 쿵, 무언가가 가슴을 내려치는 것처럼 아팠다. 나를 기억하는지 못 하는지 모를 선재의 얼굴이 차가웠다. 마치 선재를 알아보는 내 시선을 날을 세워 베어 내는 것 같은 느낌이었다.

선재가 향하는 곳을 멍하니 보았다. 안으로 들어선 선재가 화병이 세워진 곳으로 가 그 옆에 난 문을 열고 들어갔다. 곧 문이 닫히며 선재의 모습이 사라졌다.

이게 맞다. 선재는 나를 모르고 나만 선재를 아는 게 맞다. 시선의 흐름도, 감정의 흐름도, 내가 선재에게로 흘러가는 게 맞다. 그런데도 이상하게 마음이 아렸다. 선재 너에게는 먼 과거이겠지만, 난 불과 며칠 전에 너에게 믿기 어려운 말을 들었다고.

코끝이 찡해져 얼굴을 찌푸렸다.

□ ■ □

첫날이라서 별로 할 게 없다더니 퇴근을 9시에 시켜 줬다. 구두를 신어서인지 발이 시렸다. 얼마간 걷다가 도저히 걷기가 힘들어 편의점에 들어갔다. 고무 슬리퍼만 하나 사려다가 맥주가 진열된 쇼케이스 앞에서 머뭇거렸다. 술만 마시면 울어서 이제 안 마셔야겠다, 하고 다짐한 게 바로 어제였다.

오늘 하루쯤은 괜찮지 않겠니.

쇼케이스 문을 열고 맥주를 한 캔 꺼냈다.

조리대 옆에 서서 맥주를 마셨다. 오늘 하루의 묵은 피로가 다 풀리며 온몸의 힘이 빠졌다. 구두를 벗고 슬리퍼로 갈아 신어 그런 건지 맥주 때문인지는 알 수 없었다.

멍하니 서 있다가 벽에 머리를 대고 한숨을 뱉었다. 자꾸만 선재의 얼굴이 떠올랐다. 무표정한 얼굴이 차가워 보였지만, 스물네 살의 선재는 마치 신이 곱게 빚어 놓은 것처럼 이 세상 사람이 아닌 것만 같았다.

야, 이게 아니잖아.

본능적으로 튀어 가는 생각에 눈을 질끈 감았다. 그때 딸랑, 소리가 울리며 편의점 문이 열렸다. 패딩 후드를 뒤집어쓴 남자 두 명이 들어왔다.

얼른 마시고 나가야지, 생각하며 맥주를 꿀꺽꿀꺽 넘기는데 통유리 창 앞에 비상등을 켜고 서 있는 차가 눈에 들어왔다. 새까맣게 선팅이 되어 아무것도 보이지 않았지만 뭔가 불안한 생각이 들었다. 고개를 숙이고 다 마신 캔을 구겼다. 분리수거함에 캔을 넣으려고 두리번거리는데 아이스크림 냉동고 앞에 나란히 선 두 명이 나누는 대화가 들렸다.

"선재 형은 초코."

"안 먹을 거 같은데."

"아니야. 주면 먹어."

……어라.

슬그머니 진열장 너머로 튀어나온 머리를 보았다. 살짝살짝 보이는 얼굴이 우현성과 서윤재였다. 나도 모르게 무릎을 쪼그리고 앉아 숨었다. 허리를 숙인 채 분리수거함에 캔을 넣고 구두를 챙겨 편의점 밖으로 나갔다. 그러곤 부리나케 달렸다. 두 손에 구두를 한 짝씩 쥐어 들고서. 나는 왜 과거에서도 원래의 시간에서도 이렇게 달릴 수밖에 없는지, 내 처지가 못내 서러워 얼굴을 잔뜩 찌푸렸다.

정류장에 앉아 슬리퍼 밖으로 튀어나온 발을 보았다. 발이 시리다, 생각하는데 감감대교에서 나란히 있던 선재의 발이 생각났다. 슬리퍼를 신고 있어서 발이 얼었다는 말에 다들 웃음을 터트렸었는데. 인터넷에 아무리 검색해도 그날에 대한 내용이 나오지 않았다. 연습생 시절 가장 힘들었던 선재의 에피소드가 사라진 거였다. 묻어 버린 것인지, 그날이 가장 힘든 날이 아니게 된 것인지는 알 수 없다.

정류장으로 천천히 버스가 들어오는 게 보였다. 구두를 챙겨 들고 일어났다. 버스를 타고 집으로 가는 길, 창문에 머리를 대고 멀거니 흘러가는 풍경을 보았다. 어둡고 휑한 풍경이 이어졌다. 끝없이 이어지는 풍경을 보다가 초점을 창문에 맞추자 창문에 비친 우울한 내 얼굴이 보였다.

'너라서 좋은 거야.'

선재의 목소리가 귓가에 맴돌았다. 분명 그렇게 말했는데. 힘없이 고개가 아래로 꺾였다. 좋은 건지 싫은 건지 아쉬운 건지 모를 마음이 정처 없이 떠돌았다. 에휴, 하는 한숨만 연이어 뱉다가 핸드폰을 꺼내 인터넷 창을 열었다.

선재가 '바람 기억'을 불렀던 축제 동영상은 인터넷에 검색만 하면 볼 수 있었다. 그런데 내가 시간 여행을 하게 되면서 선재가 축제 날 선곡을 바꾸었으니 동영상에도 변화가 있을 터였다. 존재하지 않거나, 바꾼 노래로 올라와 있거나.

'류선재 자감고등학교 축제 동영상'이라고 검색하자 여러 개의 동영상이 떴다. 이어폰을 귀에 꽂고 상단부의 조회 수가 가장 높은 동영상을 열었다. 그날의 선재가 핸드폰 액정에 불려 나왔다.

검은색 니트를 입은 선재가 반듯하게 서서 노래를 불렀다.

소리를 키웠다. 그날 내가 본 선재, 내 두 눈과 귀에 담았던 선재를 작은 화면을 통해 바라보았다. 선재의 목소리가 귀에 감기며 마음속으로 흘러들었다. 정처 없이 떠돌던 것들이 자리를 찾는 것 같았다. 나는 너를 알고 간 게 맞지만, 거기서 만난 너를 더 좋아하게 됐다고.

선재 생각에 눈물을 글썽이는데 화면 한쪽에서 자꾸만 불빛이 튀어나왔다. 그 불빛이 지꾸만 선재를 가렸다. 뭐야, 이건. 절로 눈썹이 찌푸려졌다.

— 야, 화면에 자꾸 걸리잖아. 네 손.

익숙한 목소리가 들렸다. 동영상을 다시 뒤로 돌렸다.

— 야, 화면에 자꾸 걸리잖아. 네 손.

불빛이 몇 번 튀어나오더니 웬 남자의 목소리가 중간에 끼어들었다.

어, 이거.

동영상을 올린 아이디를 확인했다. cupidhyuk. 눈에서 글썽이던 눈물이 순식간에 말랐다. 아이디를 계속 눈으로 훑었다. 큐피드 혁? 백인혁?

선재의 무대 위치를 보았다. 백인혁과 내가 서 있던 곳에서 바라본 모습과 같았다. 소리를 더 키웠다. 계속 뭐라고 중얼거리는 것 같았는데 소리가 뭉개져 알아들을 수 없었다. 다만 손을 떤 건지 웃은 건지 동영상의 뒷부분에서 화면이 이따금씩 흔들렸다. 백인혁 때문에 동영상 망했네, 하고 생각하다가 왠지 모르게 마음이 허해 쓸쓸해졌다. 과거의 내 흔적이 남아 있었다. 자꾸만 선재를 가리는 불빛으로.

□ ■ □

눈치 보기 바쁜 하루하루가 계속되었다. 내가 도맡아서 하는 일이라고는 피디가 지시한 것뿐이었다. 장비 정리해라, 메모리 카드 백업해라, 파일 변환해라 같은 기본적인 업무였다. 출연자 섭외와 사전 인터뷰, 대본 작성은 작가들이 했고 그 외의 것들은 모두 연출 팀에서 했다. 이 말은 결국 온갖 잡일이 내 몫이라는 거였다.

눈치를 보다가 알게 된 사실이 있다면 연출진과 작가들의 사이가 좋지 않다는 거였다. 다른 프로덕션에서는 대부분 작가들이 쓰는 프리뷰도 이곳에선 연출 팀이 땄다. 그리고 엄청난 시간을 할애하는 그 일은 내 몫이 되었다.

작은 공간에 앉아서 얼굴을 찌푸린 채 온갖 신경을 곤두세우며 재생 바를 돌리고 또 돌리는 데 집중했다. 그러다 보면 기가 어딘가로 다 흘러 나가고 넋이 나가 버렸다.

마지막 온점을 찍고 엔터 바를 눌렀다. 하, 하는 숨이 절로 터졌다. 몸을 젖혀 의자에 기대며 "아이고." 하는 소리를 작게 뱉었다.

의자를 빙글빙글 돌리다가 핸드폰을 꺼내 시간을 확인했다. 오후 5시 30분. 오늘은 정시 퇴근 할 수 있는 건가, 생각하며 입꼬리를 올리는데 벌컥 문이 열렸다. 돌아가는 의자에서 벌떡 일어나 문을 돌아봤다.

"막내. 다 했어?"

"네. 방금 다 끝냈습니다."

"그럼 부탁 좀 하자. 이거 가편본이야. 회사 건너편에 있는 방송국 알지? 담당자 번호 적은 포스트잇 붙여 놨으니까 전달하고 와."

김명혁 피디가 테이프를 건넸다. 덥석 받고는 알겠습니다, 하고 고개를 끄덕였다. 정시 퇴근이 날아가는 순간이다.

터덜터덜 방송국으로 향했다. 로비에 들어가 서성이다가 포스트잇에 메모되어 있는 번호로 전화를 걸었다. 신호음이 이어지다가 음성 사서함으로 넘어갔다. 눈썹을 찌푸리고 핸드폰 액정을 보다가 다시 전화를 걸었다. 또다시 신호음이 얼마간 이어지다가 통화가 연결됐다.

— 네, 김연수입니다.

"안녕하세요. 김명혁 피디님 심부름으로 가편본 전달해 드리려고 왔습니다."

— 벌써 도착했어요? 저 지금 회의 중이라, 조금만 기다려 주세요. 금방 내려갈게요.

"네, 알겠습니다."

통화가 종료됐다. 핸드폰을 주머니에 넣고 로비를 훑었다. 가운데에 멀뚱히 서 있기가 민망해 출입문 쪽에 붙어 서서 기웃거리는데 바깥쪽에서 누군가 문을 밀었다. 갑작스레 열린 문에 어깨와 등을 부딪치는 바람에 짧은 신음을 토하며 옆으로 비켜섰다.

"아, 죄송합니다."

"괘, 괜찮습…… 어? 백인혁?"

어깨를 문지르며 고개를 돌린 곳에 백인혁이 서 있었다. 눈을 동그랗게 뜨고 백인혁의 얼굴을 보다가 눈동자를 돌렸다. 나도 모르게 입에서 튀어 나간 이름이었다.

백인혁의 옆에 서 있던 매니저가 "뭐 해, 가자." 하며 걸음을 재촉했다. 나를 가만 보던 백인혁이 멈췄던 걸음을 뗐고 몇 걸음 못 가서 "형, 잠깐만요." 하더니 몸을 돌렸다. 그러곤 나를 향해 걸어왔다.

어, 어…… 왜…….

몇 걸음 뒤로 물러나다가 성큼 앞까지 다가와 나를 빤히 내려다보는 시선에 결국 걸음을 멈췄다. 굳어 버린 얼굴이 좀처럼 펴지질 않아 눈만 끔벅였다.

"야."

"어, 어?"

"선재 업고 튀어, 맞지?"

어째 성인이 된 백인혁의 얼굴엔 냉기가 더 짙어졌다. 그 시선에 너무 날이 서 있어 입술을 꾸물거리다가 고개를 끄덕였다. 첫 번째 시간 여행을 끝내고 돌아왔을 때 백인혁은 분명 나를 몰랐는데, 이번엔 아닌 건가 싶었다.

"고3 때는 내내 모르는 척으로 일관하더니, 선재 쪽지 그렇게 캡처해서 올리기 있냐?"

눈을 크게 뜨고 고개를 저었다. 억울하다. 그건 내가 아니다. 그런 의미를 전달하고자 했다.

"그거 나 아니야."

"네가 선재 업고 튀어라며."

"아, 그건 맞는데, 근데 내가 아니야."

눈썹을 찌푸리고 "뭔 소리야." 하며 불만스러운 목소리를 낮게 뱉은 백인혁이 눈을 내리고 내 손에 들린 것을 보았다. 테이프를 만지작거리다가 등 뒤에 숨겼다.

"방송 일 하냐?"

"어? 어…….”

"오다가다 종종 보겠네."

대답 없이 고개를 숙였다. 대체 나는 무슨 죄를 지었기에 매번 이렇게 다 익은 벼처럼 고개를 수그려야 하는지 알 수가 없다.

"선재는 마주쳐도 모른 척하는 게 좋을 거다."

슬쩍 고개를 들어 백인혁을 보았다. 왜, 하고 이유를 묻고 싶었으나 듣지 않아도 대충 알 것 같았다. 찾아오지 말라는데도 매번 찾아와 이상한 편지와 책을 주고 가던 애가 갑자기 너는 누구세요, 하며 모르는 사람이라는 듯 굴었으니 이상하다 못해 싫어지는 게 당연했다.

"물론 선재가 널 기억하고 있지도 않겠지만."

백인혁이 탐탁지 않은 얼굴로 마지막 말을 남기곤 돌아섰다. 그 말이 날카로운 칼날이 되어 나를 베고 가는 것 같았다.

중식당 앞에서 마주쳤던 선재의 얼굴이 떠올랐다. 얼어붙은 채 로비 바닥만 멍하니 보았다. 며칠 전까지 나름 장난스럽게 말을 섞던 사람이 냉담하게 굴자 적응하기 어려웠다. 그것은 오래전의 선재도 마찬가지였겠지. 한숨이 길게 이어졌다.

□ ■ □

집으로 가는 길, 핸드폰에 브이라이브 애플리케이션을 설치했다. 아티스트 감자전을 추가하고 업로드되어 있는 영상을 하나씩 열어 보았다.

28일에 업로드된 영상을 열자 백인혁이 나왔다. 혼자 이러쿵저러쿵 떠들다가 선재 이야기를 꺼냈다. 선재가 요즘 감기 몸살로 아파요, 하며 안쓰럽다는 듯 눈썹 끝을 휘어 내렸다. 이건 그대로네, 하며 30일에 업로드된 다음 영상을 열었다.

우현성과 서윤재가 나왔다. 재생 바를 중간으로 이동시켰다. 서윤재가 혹시 룸메이트 바뀌었냐는 질문을 읽더니 아니요, 아직 안 바뀌었어요, 하며 우는 얼굴을 했다. 인혁이 형이랑 방 쓰기 싫어요, 괴로워, 하며 우현성의 팔을 잡고 늘어졌다. 선재 형이랑 쓰고 싶은데, 하는 서윤재의 말에 우현성이 고개를 저었다. 선재도 만만치 않아, 하며 선재의 불면에 대해 이야기를 꺼냈다.

— 선재가 잠을 잘 못 자요. 그래서 제가 이런저런 책을 읽어 주는데, 읽는 저는 졸려 죽겠는데 선재는 안 자요. 저는 막 졸려서 책 떨어트리는데도 선재는 안 자요. 제가 그러고 있으면 '형, 그만 읽고 자요.' 하면서 이어폰 꽂고 음악을 듣는다니까요. 제가 조만간 토지 이런 거 녹음해서 들려주려고 생각 중이에요.

우울한 얼굴로 동영상을 바라보다 피식 웃음을 터트렸다. 어쩌면 선재가 살아 있는 건 선재가 내 말을 기억해서가 아니고 우현성이 내 말을 기억해서일 수도 있겠다는 생각이 들었다.

한숨이 입 밖으로 새어 나간다. 원래의 시간으로 돌아오고 부쩍 한숨이 늘었다. 시간이 약이라고, 이렇게 흘러가다 보면 언젠가는 선재와의 일도 차차 희미해지고 무뎌지겠지. 그런 생각을 하며 창밖으로 시선을 던졌다. 밤 풍경이 우울하게 지나갔다.

□ ■ □

절로 눈이 동그랗게 커졌다. 큐시트로 얼굴을 가리고 웃던 심원준이 손바닥을 내 얼굴 앞으로 내밀었다. 눈을 동그랗게 뜬 채 그대로 시선을 들어 올리자 심원준이 두 볼에 바람을 잔뜩 넣으며 웃음을 삼켰다.

"솔이 씨, 눈 튀어나오겠어요."

"아, 너, 너무 놀라서."

정신을 차리고 보니 상체가 심원준 쪽으로 완전히 기울어 있었다. 표정을 가다듬며 의자에 등을 붙이고 앉았다. 심원준이 큐시트를 내려놓고 웃는 얼굴로 물었다.

"감자전 좋아하나 봐요?"

"예? 아니, 예…… 아, 그게 아니라……."

좋다는 건지 싫다는 건지 답을 이상하게 얼버무리는 나를 보며 심원준이 웃음을 터트렸다.

회의가 시작되기 전 심원준과 먼저 자리를 잡고 앉아 있는데 그가 티켓을 건네며 '보러 갈래요?' 하고 물었다. 이게 뭐지, 하고 티켓을 살펴보자 음악 프로그램 이름이 박혀 있었다. 가수들이 다른 가수의 노래를 편곡해 부르는 프로그램이었다.

10화가 넘게 방송될 때까지 반응이 뜨뜻미지근하더니 갓 데뷔한 래퍼가 들국화의 노래를 편곡해 부른 무대가 큰 호응을 얻으며 시청률 고공 행진을 이어갔다.

좋아요, 갈래요, 누구 나오는데요? 하고 묻자 심원준이 어, 하고 생각하는가 싶더니 세 팀 나오는데, 한 팀밖에 기억이 안 나네요, 하고 말했다. 기억나는 게 감자전뿐이라고. 표정을 가다듬어도 놀란 기색이 역력한지 턱을 괸 채 내 얼굴을 보던 심원준이 입을 열었다.

"백인혁이 잘생기긴 했죠?"

어쩌면 좋지, 객석에 앉아 있는 많은 관객들 틈에 숨어 있으면 발견하기도 어려울 거 같은데, 가도 괜찮지 않을까, 고민하며 티켓을 바라보다가 심원준의 말에 고개가 확 올라갔다.

"무슨 말씀이세요. 류선재가 제일 잘생겼죠."

너무나 단호한 내 얼굴에 심원준이 "아, 그렇군요." 하며 고개를 끄덕였다.

□ ■ □

오고야 말았다. 오긴 왔는데 어째 자리가 좋지 않았다. 예전 같았으면 좋아했을 앞자리가 이렇게 부담스러울 수가 없었다. 심원준이 준 티켓의 번호를 찾아 착석하자 바로 옆에 출연자 대기석이 보였다.

"너무…… 너무 앞이네요?"

옆에 앉은 심원준에게 물었다. 심원준이 "저도 받은 거라." 하며 어깨를 으쓱였다.

티켓을 받았던 날, 티켓이 두 장이라 '같이 가는 거예요?' 하고 묻자 고개를 저은 심원준이 '저는 이런 걸 별로 안 좋아해서요. 지인과 함께 가세요.' 라고 답했다. 그런데 퇴근 시간 심원준이 다급하게 뛰어왔다. 일행 구했어요? 하고 물어 뭘요? 했더니 그거, 내가 준 티켓, 하고 말했다. 아니요, 하는 대답에 심원준이 다행이라는 듯 가벼운 숨을 뱉었다.

도로 두 장을 다 내놓으라는 건가 싶어 돌려드릴까요? 하고 묻자 심원준이 손을 저었다. 그러고는 기분 좋은 얼굴로 말했다. 포도소녀 나온대요, 저도 가야겠어요, 하고.

심원준이 다리 위에 가방을 올리더니 지퍼를 열고 안경 케이스를 꺼냈다.

"어, 원래 안경 써요?"

심원준이 정성스레 안경알을 닦으며 고개를 저었다.

"라식해서 평상시에는 안 쓰는데, 쓰면 더 잘 보이긴 해요."

분명 이런 거 안 좋아한다며 심드렁한 표정을 짓던 심원준이었는데, 지금 그의 얼굴에는 대문짝만하게 이런 글씨가 써져 있었다. '사랑해요 포도소녀, 당신 없이 못살아' 라고. 싱글벙글 웃으며 안경알을 닦는 심원준을 보고 있자니 나를 보는 것 같았다. 쌍안경을 눈에 바짝 대고서 초점 조절 장치를 돌리던 내 모습이 이랬을까. 괴상스럽다는 얼굴로 나를 보던 백인혁이 떠올랐다.

관객들이 착석을 마쳤는지 무대에서 이런저런 선물을 나누어 주던 사전 엠시가 감사하다는 인사를 남기고 무대를 내려갔다. 얼마간 있다가 무대 조명이 켜지고 녹화가 시작되었다.

"시작하나 봐요."

심원준이 안경을 고쳐 쓰고 말했다. 그 모습이 너무 진지해 하마터면 웃음을 터트릴 뻔했다. 그러다 빠르게 얼굴에서 웃음기가 사라졌다. 선재가, 무대 위로 올라왔다.

두 손을 허벅지 위에 올리고서 딱딱하게 앉아 있다가 시간이 지나면 지날수록 엉덩이를 의자 끄트머리로 밀며 몸을 낮추는 나를 심원준이 이상하게 쳐다봤다.

"혹시 자리가 불편해요?"

의자에 거의 눕다시피 앉아 어색하게 웃으며 고개를 저었다. 바로 옆에 출연자 대기석이 있었고, 그곳에 감자전이 있었다. 왼쪽에서 오른쪽 방향으로 나란히 앉았는데 그 순서가 권성준, 우현성, 서윤재, 백인혁, 류선재였다.

하필 선재의 자리가 객석과 가장 가까웠다. 착각인지 뭔지 자꾸 선재와 눈이 마주치는 것 같았다. 힐끗 돌아볼 때마다 선재의 얼굴이 이쪽을 향해 있었다. 설마, 아니겠지.

감자전의 차례가 되었을 때 나는 심원준에게 안경을 빌려 썼다. 위장술이기도 했고 선재를 더 잘 보고 싶은 마음이기도 했다. 동그란 안경을 얼굴에 장착하고 자세를 고쳐 앉았다. 조명이 어두워지자 긴장감이 배가되었다.

전주가 흘러나왔다. 오늘 감자전이 부르는 곡은 토이의 '바램'이었다. 편곡은 권성준이 했다고 그랬다. 첫 소절이 우현성의 입에서 흘러나왔다. 객석에서 몇몇 사람들이 앓는 소리를 냈다. 곡이 흐르고 후반부, 음이 높아지는 부분에서 선재가 마이크를 들었다.

― 용서해 내 헛된 바램 하지만 그토록 내게 절실한 사람 너였어

두 손으로 입을 막고 선재의 목소리에 귀를 기울였다. 깔끔하게 올라가는 선재의 목소리가 너무나 맑았다. 선재와의 시간들이 기억이라는 명찰을 달고 지나가고 있었다. 불과 며칠 전의 너무나도 생생한 기억. 선재와 나의 좁혀지지 않는 시간이 너무나 멀게 느껴졌다. 그게 꼭 선재와 나의 거리 같아서, 갑자기 시간을 뛰어 버린 건 나인데 꼭 선재가 멀리 가 버린 것만 같아서 가슴이 쿡쿡 쑤셨었다. 선재를 다시 만나기 전까지는 그랬다.

선재가 고음을 올리며 눈을 찡그렸다. 여전히 노래하는 선재 너는 너무 아름답다고, 손바닥에서 느껴지는 뜨거운 온기만큼이나 달아오른 마음으로 생각했다.

□ ■ □

류선재만 보면 우는 개, 역시 나는 그거였던가. 결국 울음이 터졌다. 심원준은 아니, 왜, 왜 울어요, 하며 당황한 기색으로 어쩔 줄 몰라 했다. 심원준이 주머니와 가방을 뒤지더니 휴대용 티슈를 꺼냈다. 티슈를 몇 장 뽑아서 내게 건네며 물었다.

"요즘 일이 힘들어요?"

눈가를 닦으며 고개를 저었다.

"아니 그런데 왜 운 거예요?"

선재의 노래를 듣는 데 빠져 몰랐는데 어느 순간 가사가 귀에 들어왔다. 활자들이 각을 세우고 흘러드는 것처럼. 그게 꼭 선재가 들려주는 그간의 이야기 같았다. 정작 선재는 노래를 부르는 데 집중하고 있는데, 무대에 올라간 뒤론 눈이 마주치지도 않았는데.

선재가 마지막 소절을 불렀다. 영원히 널 기억 속에 널 간직할 수 있도록 도와줘, 그런 가사였다. 나에겐 며칠이지만 선재에게는 얼마나 긴 시간이었을지 상상도 안 됐다. 그런 생각을 하자 갑작스레 얼굴이 뜨거워졌다. 선재가 나를 잊는 건 어쩌면 당연해서. 그게 못내 서운해서.

"가사가 너무 슬프지 않았어요?"

"가사요? 전 가사는 사실 잘 안 봐서. 그냥 사랑 노래구나, 이별 노래구나 하지."

심원준의 말에 픽 웃음을 터트렸다.

"저도 원래 그랬어요. 그냥 슬픈 음악만 들었어요. 무슨 뜻인지도 모르고."

시선을 발끝에 떨어트렸다. 언제나 그랬던 것처럼 선재의 얼굴이 둥둥 떠오른다.

용서해 내 헛된 바램 하지만 그토록 내게 절실한 사람 너였어

선재가 불렀던 가사가 자꾸만 머릿속에 맴돌았다. 그게 꼭 시간 여행을 하면

서 내가 가졌던 마음 같아서, 이곳의 마음이 무겁게 흔들렸다.

□ ■ □

프로그램 녹화는 2주 간격으로 목요일에 진행되었고, 오늘이 그 녹화 날이었다. 녹화는 그 프로그램이 방영되는 방송국의 세트장에서 이루어졌다. 방송국을 출입할 수 있다는 사실에 아침 댓바람부터 들뜬 얼굴로 출근한 나였다. 뭔가 대단한 일이 주어질 거라고 기대한 것은 아니었지만 오자마자 커피 심부름을 하게 될 줄은 몰랐다.

"아이스아메리카노 여덟 잔이요."

주문을 하고 컨디먼트바 앞에 서서 기다렸다. 방송국 내에 있는 매장이라 그런지 티브이에서 본 적 있는 얼굴들이 보였다. 여기서는 이게 너무나 흔한 일인 듯 나처럼 놀란 얼굴로 보는 사람은 없는 것 같았다. 그래서 나도 최대한 표정을 관리했다. 놀라지 않은 척, 신기하지 않은 척. 하지만 눈동자는 계속 돌아갔다. 와, 신기하네, 하면서.

4구 캐리어 두 개를 한 손에 하나씩 들고서 엘리베이터에 올랐다. 고작 2층이었지만 계단이 원형으로 길게 나 있어 계단 개수만 보면 거의 3층에 가까웠다. 캐리어를 쥔 채 손가락 하나를 뻗어 버튼을 누르려는데 불쑥 누군가 엘리베이터로 들어왔다.

서, 선재.

입이 벌어지려고 해 급히 다물고 구석으로 물러났다. 버튼은 누르지도 못했다. 아직 사람이 덜 탄 듯 보였는데 선재가 닫힘 버튼을 눌렀다. 문이 닫히며 류선재, 하고 부르는 목소리가 잘려 나갔다. 구석에 몸을 최대한 밀어 넣고서 엉성하게 묶은 신발 끈만 쳐다봤다. 선재가 층수를 눌렀는지 엘리베이터가 올라갔다.

'선재는 마주쳐도 모른 척하는 게 좋을 거다.'

백인혁의 말이 떠올랐다. 빨리 엘리베이터가 멈추고 선재가 내리기를 초조한 마음으로 기다렸다. 신발 끈을 쳐다보다가 슬쩍 눈동자를 올려 선재의 발을 살폈다. 엘리베이터 벽에 붙어 선 선재의 발이 내 쪽을 향해 있었다. 발만 봤을 뿐인데 시선을 옮긴 걸 들킨 것만 같아 눈을 내리깔았다. 진짜 누가 보면 선재 돈이라도 들고 튄 줄 알겠네.

엘리베이터 문이 열렸다. 캐리어를 손에 쥐고서 선재가 내리기를 기다리는데 선재가 안 내린다. 층수 확인도 못 했다. 다시 엘리베이터 문이 닫혔다. 작은 공간이 고요에 잠긴 것만 같다. 숨이 막혀서 눈썹을 찌푸리고 울상을 하다가 슬그머니 고개를 들었다. 두 손을 주머니에 찔러 넣은 선재와 눈이 마주쳤다. 마치 아까부터 계속 나를 보고 있었던 것처럼.

급히 눈을 내리깔고 입술을 말아 물었다. 이 좁은 공간에 둘만 있자니 가슴이 벌렁거리다 못해 팔딱이는 것 같다. 어색하고도 불편한 침묵이 엘리베이터 안을 빽빽하게 채웠다. 캐리어를 고쳐 잡는데 선재가 입을 열었다.

"몇 층 가세요?"

불쑥 고요를 찢고 나온 목소리에 가슴이 철렁 내려앉았다. 우물쭈물 서서 눈동자만 굴리다가 슬그머니 눈을 올렸다. 그 짧은 시간에 오만 가지 생각이 머리를 스쳤다. 그러나 그런 생각은 다 쓸데없다는 듯 선재와 눈이 마주치는 순간 백지가 되었다. 아무런 생각도 안 났다. 나를 보는 선재의 얼굴이 무감하게 느껴졌다.

"손이 안 닿는 거 같아서."

"아……."

걸음을 옮겨 버튼 앞에 섰다. 손을 올리자 캐리어가 같이 따라 올라온다. 손가락을 펴고 버튼을 누르려는데 4구나 되는 캐리어의 부피 때문에 아무리 길게 뻗어도 버튼에 손가락이 안 닿았다.

아, 젠장······.

"눌러 드릴게요. 몇 층인데요."

바로 눈앞에 있는 층수 버튼을 뚫어지게 보다가 고개를 돌렸다. 열릴 듯 말 듯 떨리는 입술을 말아 물었다. 흔들리는 마음처럼 내 눈도 흔들리고 있는 것 같은데 선재의 눈엔 아무런 감정도 담겨 있지 않은 듯 보였다. 왜 말이 쉽게 나가지 않는지 모를 일이었다.

"2층이요······."

선재의 손이 움직였다. 자연스레 고개가 돌아갔다. 삐딱하게 몸을 기대고 선재가 나를 응시하고 있었다. 눈이 마주치자마자 시선을 돌렸다. 나를 모르는 말투로, 나를 아는 것 같은 시선을 보내며 포위해 오는 게 숨이 막혔다.

높은 층수를 찍고 내려온 엘리베이터가 2층에 도착했다. 문이 열리자마자 뛰어나가야지, 생각하고 있는데 불쑥 선재의 목소리가 튀어나왔다.

"우리 어디서 본 적 있지 않아요?"

문이 열렸다.

"아, 아니요?"

잔뜩 긴장한 탓에 나도 모르게 아니라는 대답이 튀어 나갔다. 후다닥 밖으로 뛰어나갔다. 선재가 따라 내렸는지 안 내렸는지 확인할 겨를도 없었다.

'선재야, 넌 내 최고의 가수야. 네 노래가 늘 내게 힘이 됐어. 그리고 다들 널 좋아했어. 내가 너무 나쁜 기억만 가지고 가지 않았으면 좋겠다.'

자감고등학교 운동장에서 언짢은 얼굴로 나를 보는 선재에게 울면서 뱉은 말이었다. 그것은 내가 시간 여행을 하기 전에 갖고 있던 마음이었다. 순수하게 너를 사랑하는 마음. 지금도 그 마음에는 변함이 없지만, 농도가 조금 달랐다.

선재야, 진짜, 나는 네가 살아 있어서 좋긴 좋은데.

얼굴이 점점 울상으로 일그러졌다.

□ ■ □

녹화가 끝났다. 사무실로 돌아와 라벨링 된 테이프를 정리하고 퇴근했다. 어깨가 축 처졌다. 야, 막내, 일 똑바로 안 하냐? 하는 피디의 고함 소리보다 오늘 마주 본 선재의 눈이 나를 더 우울하게 만들었다.

지하철을 탈까 하다가 버스를 탔다. 창문에 머리를 기대고 어두운 바깥 풍경을 보는데 스쳐 가는 풍경 속에서 자꾸만 선재의 모습이 보였다. 몇 층 가세요? 하는 목소리까지. 단단히 미쳤구나, 생각하며 창문에 쿵 머리를 박는데 신호를 기다리는 버스 옆에 나란히 선 다른 버스가 보였다.

버스 외부 광고가 눈에 들어왔다. 출판사에서 개정판 도서를 소개하는 광고였다. 표지는 처음 보지만 제목은 너무나 잘 알고 있는 책이었다. 불면이어도 괜찮아. 하단부에 크게 느낌표를 단 광고 문구가 보였다. 감자전 류선재의 추천 도서. 픽, 웃음이 터져 웃다가 오늘 마주친 선재의 얼굴이 생각나 올라온 입꼬리가 무겁게 내려갔다.

그 얼굴이 나를 기억하는 얼굴인지 아닌지, 확신이 잘 안 섰다. 만약 기억하고 있다면 그 못마땅한 얼굴은 나 때문인 거겠지. 한숨을 뱉었다. 과거에 갔다가 돌아온 이후로는 이제 선재의 팬도 뭣도 아니게 된 것처럼 느껴졌다.

이상하다. 정말.

눈을 감고는 푹푹 꺼지는 기분을 한숨으로 모조리 뱉어 냈다.

□ ■ □

회사, 집, 회사, 집의 연속이었다. 정신없이 바쁜 나날을 보내다 보니 시간 여행을 했던 게 꿈처럼 느껴질 지경이었다. 야근을 하는 날은 지옥이 따로 없었다. 일주일의 반이 지옥이라는 게 흠이었다.

배 속에서 울려 대는 소리에 시간을 확인하니 저녁 8시였다. 점심 이후로 아무것도 먹지 못했다. 저녁 안 먹고 후딱 끝내고 가려고 했더니, 왠지 막차도 못 탈 것 같은 느낌이 강렬하게 들었다. 막차 타고 가기를 깔끔하게 포기하고 지갑을 챙겨 나왔다. 우선 뭐라도 먹어야 했다. 배가 너무 울었다.

편의점으로 들어가 라면을 고르고 냉장 진열대 앞에 섰다. 삼각김밥을 먹을 것인가 줄김밥을 먹을 것인가, 고민에 빠졌다. 삼각김밥을 먹자고 결정한 뒤에는 참치마요를 먹을 것인가 전주비빔을 먹을 것인가가 고민이었다.

"흠……."

나름 진지하게 고민하고 있는데 검은 형체가 옆에 섰다. 패딩 후드를 올려 쓴 검은 인간이 진열대에 있는 초코우유를 쓸어 담았다. 삼각김밥을 고르고 나면 우유를 집을 생각이었는데, 한두 개가 아닌 전부를 쓸어 담는 상황에 눈이 동그래졌다.

급하게 걸음을 옮겨 손을 내밀었다. 하나 남은 초코우유를 홱 낚아채듯 잡았다. 품 안에 초코우유를 가득 안은 남자가 내 쪽으로 고개를 돌렸다. 구매 대행이야 뭐야, 뭔데 쓸어 가는 거야. 눈을 뾰족하게 뜨고 남자를 보는데, 그 표정이 빠르게 날아갔다.

"……."

선재다. 몇 주 만에 보는 거라 그런지 시간 여행에서 돌아와 처음 마주쳤을 때처럼 심장이 덜컥 내려앉았다. 급하게 눈을 돌리고 계산대로 향했다. 삼각김밥을 가져오지 않았다는 것을 알았지만 돌아갈 수 없었다. 계산대 위에 상품을 올리고 지갑을 여는데 아르바이트생이 영수증 용지를 갈고 있었다.

"잠시만요."

기다려 달라는 말에 고개를 끄덕였다. 무릎을 달달달 흔들며 기다리는데 뒤에 누군가 섰다. 돌아보지 않았다. 돌아보지 않아도 검고 긴 형체가 느껴졌다.

매장 내에 이문세 노래가 흘렀다. 편의점에서 이문세 노래라니, 이게 무슨 운명의 장난인가 싶었는데 아르바이트생이 핸드폰으로 틀어 놓은 라디오였다.

이문세의 '사랑이 지나가면'이 구구절절한 사연처럼 울렸다. 계산대 앞에 서서 그 노래를 들었다. 아르바이트생은 기다리는 사람이 둘이나 있는데도 느긋하게 영수증 용지를 갈아 끼우는 중이었다. 내가 사장이었으면 속 터졌다, 생각하며 손에 든 지갑만 만지작거렸다.

— 그대 나를 알아도 나는 기억을 못 합니다

노래 가사가 왜 이렇게나 귀에 콕콕 박히는지, 코끝이 찡해졌다. 선재가 살아 있게 되면 보고 싶던 그 얼굴을 마음껏 볼 수 있을 줄 알았더니, 쉽지가 않았다. 기회가 없어서가 아니라 마음의 문제였다. 선재의 사진을 보는 것만으로도 괜히 울컥해서, 함께 대교에 서서 노래를 듣던 선재가 생각이 나서, 그 깊은 눈동자가 머릿속을 떠나지 않아서 힘들었다.

영수증 용지를 다 갈아 끼운 아르바이트생이 바코드를 찍었다. 삑, 삑 소리가 나는 동시에 라면과 우유의 가격이 화면에 올라왔다. 고개를 푹 숙이고 카드를 내밀었다.

"앞에 꽂아 주시겠어요?"

"아……."

앞에 있는 단말기에 카드를 꽂았다.

"어, 결제 카드가 아닌데요."

"네?"

아르바이트생이 단말기에 꽂혀 있는 카드를 뺐다. 카드를 들고 확인하더니 황당하다는 얼굴로 돌려줬다.

"이거 회사 출입 카드인데요."

얼굴이 뜨거워졌다. 카드를 지갑에 꽂아 넣고 신용카드를 꺼냈다. 아르바이트생을 향해 내밀자 이번에도 앞에 꽂아 주시겠어요? 하고 말했다. 입술을 꾹물고 단말기에 카드를 꽂았다. 코끝이 찡해지며 먹먹해졌던 마음이 빠르게 증발해 버렸다. 부끄러움만 남았다.

결제가 넘어가는 순간, 편의점 문을 열고 누군가 들어왔다. 자연스레 고개가 돌아갔다. 서윤재가 성큼 걸어왔다. 알아보지도 못하는데, 괜히 긴장되어 고개를 숙였다.

"와, 형 요즘 스트레스 엄청 받아? 초코우유 좀 그만 마셔."

선재가 쓸어 온 초코우유를 발견했는지, 서윤재가 놀랍다는 듯 목소리를 높였다.

"그런 거 아니야. 그냥 단게 당겨서 그래."

"기분 안 좋으면 초코 먹잖아. 술 먹는 것보다 낫기야 하지만. 좋은 징조가 아닌데."

결제가 끝나자 영수증이 출력되는 소리가 들렸다. 단말기에 꽂은 카드를 잽싸게 빼서 지갑에 넣은 뒤 편의점을 나서려는데 아르바이트생이 손님! 하며 붙잡았다.

"……네?"

문 앞에 서서 고개를 돌리자 계산대 안에 들어가 있는 사람도, 계산대 밖에 서 있는 사람도 모두 나를 보고 있었다. 굳은 표정으로 어색하게 시선을 보내는데 계산대 위에 초코우유를 내려놓은 선재가 옆에 있는 라면을 툭툭 쳤다.

이럴 수가. 걸음을 돌려 계산대 앞에 섰다. 라면과 초코우유를 집어 드는데 옆에 선 선재가 빤히 내려다보는 게 느껴졌다. 착각인가. 확인하고 싶었지만 차마 올려다볼 수가 없어 고개를 돌리지 않고 바로 편의점을 빠져나왔다.

밖으로 나오자 찬 공기가 훅 끼쳤다. 열이 올랐던 몸이 단번에 식는 느낌이었다. 겨울바람이 매섭다고 생각하며 회사를 향해 걸었다.

□ ■ □

"막내."

네, 하고 대답을 하기도 전에 책상 위로 테이프가 툭 놓였다.

"종편실 다녀와."

테이프를 집어 들며 네, 하고 말하는데 이미 테이프를 준 사람은 멀어지고 있었다. 이럴 때 엄마는 뭐라고 했더라. 쓰벌, 이라고 했던가. 운전을 할 때마다 분노 지수가 높아져 창문을 내리고 고래고래 소리를 지르던 엄마를 떠올리며 회사를 벗어났다.

종편실에 테이프를 전달하고 나오는 길, 점심 이후로 물을 한 모금도 마시지 않은 것을 깨닫고 복도 끝에 있는 자판기로 향했다. 이것저것 잔심부름을 하느라 생긴 잔돈이 주머니에서 짤랑거렸다. 동전 투입구에 동전을 넣었다. 투입구로 넣은 동전이 동전 반환기로 떨어졌다.

뭐야.

반환기에서 동전을 꺼내 다시 투입구에 넣었다. 다시 반환기로 떨어졌다. 오기가 생겨 다시 동전을 꺼내 넣었다. 역시나 자판기가 동전을 먹지 않고 토해 냈다.

"뭐야, 왜 이래."

손바닥으로 자판기를 탁탁 소리가 나게 두어 번 때렸다. 나는 목이 마르다. 돈을 받고 음료를 내놔라. 무릎을 쪼그리고 앉아 자판기가 토해 낸 동전을 집어 손바닥 위에 놓는데 뒤에 누가 선 듯 주변이 어두워졌다. 동전을 줍다 말고 고개를 올렸다. 뒤에 선 사람이 자판기에 부착된 단말기에 카드를 대자 음료 선택 버튼에 조명이 들어왔다.

……어, 너는.

선재와 눈이 마주쳤다. 방송국 되게 넓은 곳 아니었나, 이럴 수가 있나, 하며 시선을 내렸다. 슬금슬금 옆으로 물러나 일어섰다. 동전을 손에 쥔 채 얼굴을 찌푸리며 돌아서는데 선재의 목소리가 발을 붙잡았다.

"저기요."

나를 부르는 건가. 힐끗 뒤를 살폈다. 선재가 나를 보고 있었다.

"네?"

선재가 동전 반환기를 가리켰다.

"잔돈 안 가져갔는데."

"아, 그거…… 제 돈 아닌데요……."

그렇게 말하고 돌아서 가려는데 주머니에서 너무나 많은 동전들이 짤랑거리며 존재감을 뽐내고 있었다. 마치 저기 있는 건 우리의 친구! 우리의 동지! 하고 외치듯이.

"맞는 거 같은데."

고개를 숙이고 자판기로 걸어가 반환기에 남아 있는 동전을 챙겼다. 옆에 가만히 서서 나를 지켜보던 선재가 한 걸음 더 가까이 다가왔다. 그러곤 팔짱을 끼며 어깨를 자판기에 기대더니 대놓고 나를 내려다봤다. 마치 한 명당 음료 하나를 배급받을 수 있는 곳에서 두세 개씩 털어 가는 주범을 잡으려는 주인의 눈초리로.

마지막 동전을 반환기에서 꺼낼 때 선재의 입이 열렸다.

"뭐 마시려고 했어요?"

"네?"

"아무것도 안 뽑았잖아요."

선재가 동전만 들고 있는 내 손을 내려다봤다. 무릎을 펴고 일어났다. 냉한 선재의 얼굴을 보다가 고개를 내리고 식혜를 가리켰다. 손가락을 내밀면서도 이게 대체 무슨 짓인지 모르겠다, 하는 생각에 절망스러웠다.

자판기에 카드를 대고 식혜 버튼을 누른 선재가 음료 캔을 빼내 건넸다. 그 손을 가만 보다가 조심스레 손을 내밀어 캔을 받았다. 그런데 내가 캔을 잡았는데도 선재가 캔을 안 놨다. 내 돈으로 뽑은 것도 아니라 이거를 잡아서 당길 수도 없고, 그렇다고 다시 놓을 수도 없고, 눈을 올려 선재를 보았다. 백인혁은 선재가 나를 기억하지 못할 거라고 그랬는데.

선재가 물끄러미 내 얼굴을 훑었다. 그러다 손을 놓더니 걸음을 떼고 멀어졌다. 손바닥으로 차가운 캔의 온도가 그대로 전달됐다. 그게 꼭 선재가 내게 꽂고 간 시선의 온도 같아서 마음이 저릿했다. 선재가 쥐고 있었던 캔의 윗부분을 보았다. 식혜, 라는 두 글자가 점점 흐려졌다. 눈물이 차오르는 것 같아 눈을 부릅뜨고는 고개를 젖혔다.

이제 서럽다 못해 억울했다. 선재에게 다 말해 버리고 싶은 충동이 일었다. 내가 너에게 왜 그랬는지, 네가 어떤 오해를 하고 있는지. 하지만 그 이야기를 시작하려면 선재의 죽음에 대해서도 말해야 했다. 그런 말을 선재가 믿을 리도 없겠지만, 전하고 싶지도 않았다. 자신의 생이 바뀌었다는 기억을 심어 주는 것보다 차라리 내가 나쁜 기억으로 남는 게 나았다.

고개를 내리고 선재가 걸어간 방향을 보았다. 원래 내 목표는 하나였잖아. 그런 생각으로 마음을 위로하며 캔을 꼭 쥐었다. 아마도 이건 마시지 못할 것 같다고 생각하며.

□ ■ □

조촐한 회식 자리가 마련되었다. 말이 회식이지 심원준과 나 둘뿐인 술자리였다. 그래도 새로운 팀원이 들어왔는데 환영식은 해 줘야 하지 않겠냐고 심원준이 말했고 양지운 피디가 아, 그럼 여기 앞에 흑돼지집에 먼저 자리를 잡고 있으라고 해서 온 지가 어언 한 시간이 지났다. 심원준은 술이 약한지 붉게 달아오른 얼굴로 젓가락을 어설프게 잡고서 마늘이 안 집어진다고 한숨을 길게 뱉었다.

"임솔 씨, 세상이 이래요. 이렇게 마음대로 되는 게 하나도 없습니다."

심원준이 젓가락을 놓더니 손으로 마늘을 집어 상추 위에 올렸다. 쌈을 입에 넣고서 오물오물 씹으며 서럽다, 서러워, 하며 신세 한탄을 했다. 심원준의 말에 억지로 눌러두었던 서러움이 이마에 띠를 두르고 일어서는 것 같았다. 나도 서럽다! 하고 외치면서.

"그러게 말이에요."

빈 잔에 소주를 채우자 심원준이 어어, 하고 소리를 내며 손에 든 병을 뺏어 갔다. 괜찮은데, 하며 잔을 들자 심원준이 잔에 소주를 마저 따랐다.

"자, 앞으로 더 서러운 일들 많을 텐데, 우리 잘 이겨 내 보자고요."

심원준이 잔을 들고 말했다. 내가 눈물을 글썽이며 고개를 끄덕이자 심원준이 마음에 든다는 듯 더 크게 고개를 주억거렸다. 잔을 부딪치고 소주를 마셨다. 이제 단맛도 없이 쓰기만 한 술맛에 얼굴을 찌푸렸다.

"피디님들은 언제 오시는…… 건지……."

심원준이 뒷말을 뭉개더니 테이블에 머리를 박았다.

"어, 왜 그러세요."

엎드린 심원준의 어깨를 잡고 흔들었다. 무겁게 내려앉은 머리는 움직일 생각을 안 하고 그의 어깨만 흔드는 대로 흔들렸다.

안 되는데. 나도 취했는데.

무거운 눈꺼풀을 억지로 올리며 심원준의 이름을 재차 불렀다. 여기서 심원준이 일어나지 않고 온다고 했던 사람들이 끝내 오지 않는다면, 심원준의 귀가를 책임져야 할 사람이 내가 되는 것이다. 아, 안 되는데, 하는 말을 반복하며 심원준의 어깨를 더 세게 흔들었다. 그러자 심원준이 뭐라고 중얼거렸다. 잘 안 들려서 네? 뭐라고요? 하자 한쪽 손을 들고 휘휘 저었다. 잠깐만 내버려 두라, 그런 말인 것 같아 잡고 있는 어깨에서 손을 거뒀다.

"마음대로 되는 게 정말 하나도 없네요."

한숨을 뱉고 빈 잔을 채웠다. 소주병을 내려놓는데 핸드폰이 진동했다. 주머니에서 꺼내어 발신자를 확인하자 핸드폰 액정에 김명혁 피디의 이름이 떠 있었다. 도망가려는 정신을 부여잡고 전화를 받았다.

"네, 피디님."

— 아직 안 갔지?

"네. 아직 자리 지키고 있습니다."

— 부탁 하나만 하자.

□ ■ □

조용히 숙직실 문을 닫았다. 부탁이라기에 회사 일과 관련된 것일 줄 알았더니 방송국 숙직실에 짐을 전달하는 단순한 심부름이었다. 마주치기 싫은 사람이라 부탁 좀 한다며 어깨를 토닥인 김명혁 피디는 잔업이 많아 흑돼지집에는 가지 못할 것 같다며 다음에 다시 자리를 마련하자고 했다. 그 말은 이 심부름을 끝으로 집에 가도 좋다는 거였다. 그리고 심원준의 귀가 책임자가 나라는 건데.

"내 환영식이라면서요……."

술기운에 이따금씩 비틀거리며 복도를 걸었다. 복도 한쪽에 사진이 걸려 있었다. 왜 여기에 감자전의 사진이 걸려 있는지 모를 일이었지만 선재의 얼굴이 있어 걸음을 멈추었다. 뚫어져라 보다가 손가락을 들어 선재의 얼굴을 콕 찍었다. 그러곤 선재의 얼굴선을 쭉 따라 그렸다.

"선재야."

눈썹도 따라 그리고 입술도 따라 그렸다.

"항상 건강해."

웃고만 있는 얼굴을 물끄러미 보다가 걸음을 돌렸다. 술을 마셔서 그런지 마음이 먹먹해졌다.

여명이라도 사 가서 심원준에게 먹여야겠다, 생각하며 모퉁이를 도는데 엘리베이터 앞에 남자 두 명이 서 있는 게 보였다. 한 명은 덩치가 좋았고 한 명은 키가 크고 훤칠했는데 몇 걸음 다가가다가 그들의 얼굴을 확인하고는 멈춰 섰다.

아, 나, 세상에.

급하게 걸음을 돌려 모퉁이 뒤에 숨었다. 백인혁과 감자전의 매니저였다. 감자전은 현재 활동 시기가 아니었지만 라디오에 고정 게스트로 출연하고 있었다. 그게 오늘인 건가. 벽 뒤에서 서성이다가 그들이 갔는지 확인하기 위해 힐끔 내다보았다.

"엘리베이터 더럽게 안 오네."

백인혁의 목소리였다. 백인혁, 너도 더럽게 안 가는구나. 어쩌지, 하고 서 있다가 비상구 계단으로 향했다. 괜히 엘리베이터 근처에 서 있다가 선재라도 마주치면 곤란하다.

비상구 계단으로 향하는 문을 열자 1평 남짓한 공간이 나왔고 문이 하나 더 연결되어 있었다. 어두운 공간, 걸음을 떼자 천장에 달린 센서가 움직임을 인식하고 등을 밝혔다. 하나 남은 문의 손잡이를 잡고 돌리는 순간 쑥 뭔가가 딸려 나왔다. 팔꿈치가 허리를 지나가고 손이 허리까지 당겨졌다. 눈을 내리고 손에 든 것을 보았다. 원형 손잡이다. 뒤로 길게 목이 난 것이 문에서 떨어져 나왔다.

"어, 뭐야!"

손잡이를 손에 들고서 당황스러워하다가 빠져나온 곳에 밀어 넣는데 어딘가에 걸려 안 들어갔다.

"환장하겠네."

허리를 숙이고 구멍을 살피는데 벌컥 복도 쪽 문이 열렸다. 갑자기 열린 문에 놀란 얼굴로 고개를 돌렸다. 문을 열고 나가려다 손잡이가 빠진 건데 꼭 기물을 파손한 사람이 된 것만 같아 당혹스러웠다.

"어……."

놀라서 벌어진 입으로 낮은 목소리가 새어 나갔다. 어정쩡하게 굽히고 있던 허리를 펴고 손에 든 손잡이를 등 뒤에 숨겼다. 진짜 이럴 수가 있나, 하는 생각에 울고 싶어져 입술을 말아 물었다.

손잡이를 손에 든 채 손바닥으로 문을 밀어 보았다. 단단한 문이 벽처럼 서 있었다. 급한 마음에 발로 걷어차자 쿵 하는 소리만 울릴 뿐 열리진 않았다. 이마를 문에 박고는 얼굴을 찌푸렸다. 진짜 울고 싶다.

선재가 열고 들어온 문을 닫았다. 아무런 움직임이 없는 공간을 밝히던 등이 꺼졌다. 새카만 어둠 속에 잠겼다. 혹여 숨소리라도 크게 날까 봐 숨을 참으려는데 술기운에 빠르게 뛰는 심장이 연신 가쁜 숨을 토해 냈다.

선재가 한 걸음 다가왔다. 그 움직임에 등이 반짝이며 어둠을 몰아낸다. 중식당 자동문 앞에서처럼 옆으로 물러서 벽에 붙었다. 길을 내어 줘야겠다는 생각이 들어 그리한 거지만 손잡이가 내 손에 있었다.

어쩌지. 진짜 울까.

선재가 손잡이 없는 문을 보았다. 아무것도 잡을 것이 없는 문이 너무 판판해서, 휑해서, 괜히 울컥했다. 너무나 절망적인 상황에 고개가 절로 떨어졌다. 왜 난 항상 선재를 이런 식으로 마주치는 걸까, 못내 서러워져 눈시울이 뜨거워졌다. 손잡이를 주머니에 집어넣고 복도로 나가려는데 팔목이 잡혔다. 자연스레 고개가 돌아가고 선재와 눈이 마주쳤다.

"임솔."

선재가 내 이름을 부른다. 그게 무슨 신호탄이라도 되는 듯 눈물이 뚝 떨어졌다.

"너 술 마셨어?"

고개를 푹 숙인 채 앞뒤로 천천히 끄덕였다. 그 움직임에 머리카락이 앞으로 쏠리고 시야를 반쯤 가렸다. 싫다. 자꾸만 이런 상황에 놓이는 나도, 이런 상황을 벗어나지 못하는 나도, 매번 울음을 터트리는 나도.

선재의 손가락이 얼굴을 가린 머리카락 사이를 비집고 들어왔다. 그러곤 마치 커튼을 젖히듯 머리카락을 걷어 냈다. 눈꺼풀을 꾹 내려 감자 눈물이 후드득 아래로 떨어져 내렸다. 가만히 자세를 유지하던 선재가 손을 거두어 가자 머리카락이 힘없이 원래의 자리로 돌아왔다.

"줘."

뭘 주라는 말인지 몰라 눈물로 범벅이 된 얼굴을 조심스레 들었다. 선재가 손바닥을 위로 올린 채 내밀었다.

"네가 빼 먹은 손잡이. 그걸 가져가면 어떡해."

시선을 내려 주머니에서 튀어나온 손잡이를 보았다. 선재의 판판한 손바닥 위에 손잡이를 놓았다. 손잡이를 쥔 선재가 구멍의 위치를 맞추고 손잡이를 밀어 넣었다. 달칵, 소리를 내며 손잡이가 맞춰졌다. 선재는 아마도 이 문을 열고 비상계단으로 나가겠지. 난 그럼 여기도 저기도 가지 못하고 가만 머물겠지.

빈손을 만지작거리며 고개를 숙였다. 정말로 나는 왜 항상 이렇게 죄인이 된 것처럼 고개를 수그려야 하는지 알 수가 없다.

손잡이를 돌려 문을 연 선재가 걸음을 뗐다. 문이 닫히길 기다리는데 아무런 소리도 나지 않았다. 고개를 들어 올렸다. 선재가 손잡이를 잡고 선 채 나를 보고 있었다. 젖은 나의 눈과 알 수 없는 감정이 담긴 선재의 눈이 가만 마주친다.

"왜 우는 거야?"

울음을 참으려는데 잘 안됐다. 잔뜩 내민 입술이 파르르 떨렸다. 옷소매로 눈물을 훔쳐 닦으며 시선을 떨어트렸다. 술에 취해 잡아당긴 문의 손잡이가 떨어져서, 그래서 우는 거라고 선재가 생각해 줬으면 했다.

"손잡이가…… 빠져서……."

손잡이를 잡고 문 앞에 서 있던 선재가 돌연 안으로 걸음을 옮기며 문을 닫았다.

"고개 들어 봐."

얼굴을 대충 문질러 닦고는 고개를 들었다. 가만 내 눈을 응시하던 선재가 얼굴을 훑어 내렸다. 그러다 다시 나와 눈을 맞췄다. 이렇게 가까서 얼굴을 마주 보고 있자니 가슴이 터질 것처럼 뛴다.

"넌 나 알아."

"……."

"그런데 왜 나를 모른 척해?"

"……나는, 네가 기억 못 하는 줄 알고."

목이 꽉 막혀 온다. 검게 타는 듯한 선재의 눈동자를 마주하자, 눈발이 날리는 풍경 속에서 마주 보았던 과거의 모습이 겹쳐진다. 선재가 기분 나쁜 얼굴로 미소를 지었다.

"내가 네 이름을 먼저 안 불렀다면, 넌 영영 모르는 사람으로 남으려고 했다, 이 말이네."

"……."

"그래 놓고 지금 그런 얼굴로 울면, 나보고 어쩌라는 건지 모르겠다."

할 말이 없어 입술에 이를 깊게 박았다. 하고 싶은 말은 있지만 해서는 안 되는 말이었다. 나는 선재에게 아무것도 해명할 수가 없다. 깊이 파고드는 듯 눈을 맞추던 선재가 뒷말을 이었다.

"괜한 기대를 했어."

"……."

"안 그랬으면 이렇게 네가 밉지도 않았을 텐데."

입술을 꾹 다물고 시선을 내렸다. 눈물이 차올라 시야가 뿌옇게 흐려진다. 고요해진 공간에 핸드폰 진동 소리가 울렸다. 주머니에서 핸드폰을 꺼낸 선재가 발신자를 확인했다. 이대로 가 버릴 것 같은 분위기에 충동적으로 손잡이를 잡아 돌리는 선재의 팔을 잡았다. 돌아서 나를 보는 선재의 시선이 서늘하다.

"……무슨 기대를 했는데?"

선재가 말없이 눈을 맞췄다. 표정 없이 나를 보더니 잡힌 팔을 빼냈다. 그 얼굴이 어쩐지 조금 슬퍼 보인다.

"언제 만날지도 모르는 너를 기다렸어."

선재가 말했다. 어딘가 멎는 느낌이 들었다. 등을 돌린 선재가 손잡이를 돌려 문을 열었다. 비상구를 빠져나가 문을 닫기 전 한마디를 더 뱉었다.

"그런데 넌 아니었던 것 같아. 넌 나를 다시 만날 생각이 없었어."

열렸던 문이 닫히고 혼자 남았다. 가슴이 두근거리다 못해 조각나는 것 같다. 머리가 빠르게 안 돌아갔다. 방금, 방금 선재의 말을 어떻게 해석해야 하는 거지, 하는 생각에 멈춰 있었다. 뺨으로 흘러내린 눈물 자국이 말라 갔다.

□ ◆ □

노크도 없이 벌컥 방문을 열고 백인혁이 들어왔다. 우현성이 씻는 틈을 타 방에 혼자 있는 선재를 찾아온 것이다. 구부린 한쪽 팔에 뺨을 댄 선재가 눈을 올려 백인혁을 보았다가 시선을 거뒀다. 그 모습에 백인혁이 눈썹을 찡그리고 얼레, 하는 목소리를 냈다.

방문을 닫고 성큼성큼 들어와 침대에 걸터앉은 백인혁이 선재의 귀에서 이어폰을 낚아채듯 뺐다. 갑자기 뚝 잘려 나간 음악 소리에 이번엔 선재가 불만스러운 듯 눈을 올렸다.

"뭐야?"

"왜 또 사람 졸라 짜증 나게 그런 얼굴을 하고 앉아 있어?"

"누워 있거든?"

백인혁의 미간이 좁아진다.

"내놔."

선재가 백인혁의 손에 있는 이어폰을 뺏어 가려고 하자 백인혁이 손을 더 뒤로 뺐다. 선재의 못마땅한 얼굴이 백인혁을 향했다.

"왜. 할 말이 뭔데."

물기가 덜 마른 백인혁의 머리카락이 뭉쳐서 여러 가닥으로 갈라져 있었다. 뾰족한 눈으로 선재의 눈을 가만 보던 그가 망설이다 입을 연다.

"너 만났지?"

"앞뒤 다 자르고 뭐래."

선재가 그만 이어폰을 주고 가라는 듯 백인혁의 팔을 잡았다. 팔이 잡힌 채 선재의 얼굴을 바라보던 백인혁이 이어폰을 놓지 않고 말했다.

"임솔, 만났잖아."

선재의 시선이 백인혁의 손에서 얼굴로 옮겨 간다.

"나는 며칠 전에 만났거든. 방송 일 한다더라."

"……."

"너도 봤잖아."

"그래서, 뭐."

백인혁이 답답하다는 듯 주먹을 쥐고 부들부들 떨다가 이불을 잡아 선재의 얼굴 위로 끌어 올렸다.

"네가 이렇게 지고지순한 새끼인 줄 알았으면 걔가 선재 업고 튀네, 마네 했을 때 네 주위에 얼씬도 하지 말라고 했을 텐데. 그러지 못한 게 천추의 한이다."

머리끝까지 이불을 덮고 누운 선재가 조용히 백인혁의 말을 들었다.

"튈 거면 널 업고 튈 것이지, 네 마음만 들고 튈 건 뭐냐. 도둑질을 어디서 이상하게 배워 가지고."

백인혁이 입술을 삐죽 내밀고 선재를 내려 보았다. 여자 하나를 못 잊어 오랜 시간 열병을 앓더니 시간이 흘러 무덤덤해진 것도 잠시 다시금 이렇게 흔들리는 모습에 속이 탔다.

"너 아직도 걔가 좋냐?"

"……."

"좋냐고."

"몰라, 인마."

"좋다는 말이네."

이불을 덮은 채 가만있던 선재가 홱 이불을 걷어 내고는 백인혁의 얼굴을 쏘아보았다.

"야, 엉뚱해서 귀엽다고 한 건 너잖아."

백인혁이 억울하다는 듯 눈을 동그랗게 뜬다.

"난 걔 안 좋아했거든?"

벌컥, 문이 열리고 수건을 머리 위에 얹은 우현성이 백인혁과 선재의 얼굴을 번갈아 보았다.

"뭐야, 누가 누굴 좋아하는데."

뒤로 돌아간 고개를 제자리로 돌린 백인혁이 선재의 손에 이어폰을 쥐여 주고는 안 걸리게 조심해라, 하고 속삭이며 명함 한 장을 이불 안으로 밀어 넣었다. 그러곤 침대에서 일어나 우현성을 위아래로 훑더니 아, 형, 머리는 욕실에서 말리고 나오라고요, 하며 바닥에 떨어진 머리카락을 주웠다.

"이거 봐, 이거. 벌써 형 머리에서 떨어졌잖아."

"나 아니야. 선재 머리카락이야."

"노란색인데? 이게 선재 거라고?"

"난 아니야."

우현성이 고개를 저으며 방을 나갔다. 백인혁이 검지와 엄지로 잡은 머리카락을 흔들며 우현성의 뒤를 쫓았다. 형, 진짜 이러지 맙시다, 하고 소리치며.

문밖에서 백인혁과 우현성이 머리카락 하나를 가지고 소란을 떠는 소리가 들렸다. 그 소리를 가만 듣던 선재가 몸을 일으키고 앉아 백인혁이 이불 속에 찔러 둔 명함을 꺼내 보았다. 작고 네모난 종이에 익숙한 이름이 박혀 있었다. 명함에 있는 이름 두 글자를 눈으로 훑어 읽었다.

"임솔."

명함 하단부에 개인 연락처가 기재되어 있었다. 핸드폰을 들고서 그 번호를 찍어 보았다. 마지막 숫자를 누르자 번호 아래로 저장되어 있는 이름이 뜬다.

프로환불러김춘백

라디오 스케줄이 있어 방송국에 갔던 날, 복도에 서 있는 임솔을 보았다. 가만히 벽을 보고 서 있기에 거리를 두고 서서 지켜봤는데, 이미 지난 공개 방송 포스터를 보고 있었다. 여러 가수의 사진이 들어가 있는 포스터였는데 한쪽에 감자전도 있었다.

몇 걸음 더 다가갔다. 임솔이 제 얼굴을 손가락으로 쓰다듬듯 문지르고 있었다. 두 다리를 꼭 붙이고 선 임솔이 우울한 낯을 하고 제 이름을 불렀다.

선재의 걸음이 멈췄다. 이름을 담은 목소리가 다정하게 느껴졌기 때문이다. 선재야, 항상 건강해. 그 말이 복도를 울리고, 선재의 마음을 울렸다.

가슴이 두근거렸다. 6년이나 지났지만 낯설지 않았다. 열여덟의 겨울, 임솔이 제게 입이 닳도록 뱉었던 말이었다. 몇 번 마주쳤을 때 모르는 얼굴을 하기에 그런 줄로만 알았는데, 임솔의 목소리를 듣는 순간, 뭔가에 두들겨 맞은 듯한 통증을 느꼈다.

비상구 계단 쪽으로 사라지는 것을 보고 따라갔다. 이미 가고 없을 거라고 생각하면서도 문을 열었다. 그런데 그곳에 임솔이 있었다. 손잡이 하나를 손에 들고서.

손잡이를 등 뒤에 숨기고 문을 두드리는 모습이 꽤 절박해 보였다. 그 모습에 무거운 마음과는 다르게 웃음이 났다. 남의 학교 교문에서 엎드려뻗치고 있던 모습과 겹쳐졌다. 여전히 귀엽네, 하고 생각하다가 어떤 느낌에 사로잡혔다. 열아홉 살이 되고 나서부터 저를 모른 척하던 임솔과 다르다는 느낌. 그녀에게서 느껴지는 느낌이 묘하게 달랐다. 초조하고 절박한 모습에서 자꾸만 열여덟 살의 임솔이 겹쳐 보였다. 그 순간 설마, 하던 마음이 확신에 찼다.

그 시절의 너는, 너였어.

기쁜 것도 잠시, 마음이 무거워졌다. 어떤 절망이 차올랐다. 기다림이 무색하게 느껴진 탓이었다. 너를 다시 만나는 날만 기다렸는데, 넌 대체 어떤 마음이었기에 나를 알면서도 등을 돌렸을까.

'……무슨 기대를 했는데?'

임솔이 했던 말이 떠올랐다. 임솔의 이름을 보며 기대라는 단어를 곱씹었다.

내가 좋아했던 너, 너를 다시 만나는 날이 올 거라는 기대. 네가 변한 게 아니라 네가 잠시 떠난 거여서, 그래서 언젠가 다시 만나게 될 거라는 그런 기대를 했었다.

주소록에 저장된 임솔의 이름을 보던 선재가 키패드를 닫고 인터넷 창을 열었다. 그러고는 고등학교 축제 날 노래를 부르던 자신의 모습이 찍힌 동영상을 검색했다. 백인혁이 업로드한 동영상이 가장 상단부에 올라와 있었다.

영상을 재생하자 핸드폰 액정에 그날의 풍경이 불려 나왔다. 백인혁이 손에 쥐여 주고 간 이어폰으로 소리가 흘러나왔다. 그것이 선재의 귀까지 닿지는 않았다. 핸드폰 액정에 선재의 눈이 고정된다. 자꾸만 불빛 하나가 가장자리에서 튀어나왔다가 사라졌다.

축제 날, 무대 위에서 보았던 하나의 빛. 그게 임솔이라는 걸 선재는 알았다.

좌로 우로 큰 곡선을 그리면서 자신의 노래에 호응해 주는 임솔을 바라보며 떨리는 마음으로 노래를 불렀던 기억이 지금도 선명했다.

선재의 눈이 오랜 시간 그 불빛에 머물렀다. 그날처럼.

□ ■ □

선재가 했던 말이 몸 여기저기에 무겁게 걸려 있는 것만 같았다. 속이 얹힌 것처럼 답답하고 머리가 자꾸만 아래로 푹푹 떨어졌다. 숟가락으로 육개장을 휘휘 저으며 선재가 뱉은 말을 계속 되감아 재생했다.

'언제 만날지도 모르는 널 기다렸어.'

분명 그렇게 말했는데. 언제와 기다렸다는 단어가 돌부리처럼 자꾸 걸렸다. 언제, 언제 만날지도 모르는 나를 기다렸다니. 숟가락 위에 올려진 고사리를 쳐다보는 얼굴이 심각해졌다. 어떤 나를 말하는 거지, 그런 생각 때문에.

"막내, 오늘 어디 아프니?"

"예?"

뒤늦게 정신을 차리고 얼굴을 들자 뚝배기를 깨끗하게 비운 김명혁 피디가 나를 보고 있었다. 움직임이 더딘 내 숟가락질을 나무라는 것 같았다.

"아, 아닙니다."

밥을 몇 순가락 뜨지도 않았는데 마저 먹을 수가 없어 숟가락을 내려놓았다.

계산을 하고 식당에서 나오자마자 양지운 피디와 김명혁 피디, 심원준이 담배를 입에 물었다. 원래 같았으면 그럼 저는 먼저 올라가 보겠습니다, 하고 걸음을 돌렸을 텐데 의자를 밀고 일어나는 과정에서 양지운 피디가 커피나 한 잔씩 마시고 들어가자, 라고 하는 바람에 발이 묶인 것이다. 위치가 애매했다. 멀리 가서 서 있자니 커피숍 방향을 모르고, 그렇다고 어디인지 묻고 먼저 가 있을 수도 없고.

그래서 그들의 담배가 빨리 타들어 가기를 바라며 심원준 뒤를 어슬렁거렸다.

"맞다. 막내, 너 자감고등학교 나왔어?"

"네?"

너무나 익숙한 학교 이름에 눈이 동그랗게 커졌다. 김명혁 피디가 입 밖으로 연기를 뱉으며 담뱃재를 털었다.

"나도 거기 나왔거든."

갑자기 이 이야기를 왜 내게 하는 걸까, 생각하며 눈을 끔벅였다. 자감고등학교 잠입은 나와 선재, 백인혁만 아는 사실인데.

"이 바닥에 우리 학교 출신이 은근 많아. 며칠 전에 음악 프로그램 작가로 있는 후배가 네 명함을 달라고 하더라고. 동창이라고."

"도…… 동창이요?"

겉으로 보기엔 그냥 놀란 얼굴이었겠지만, 나는 내 눈이 덜덜 떨리고 있다고 느꼈다. 왜 그런 말 있지 않나. 동공 지진 난다고. 이게 대체 다 무슨 말인가 싶었다. 음악 프로그램 작가는 누구고, 동창은 뭐고, 내 명함은 왜 가져간 거지.

양지운 피디가 홈페이지 게시판에 올라온 자막 불만 글에 대하여 이야기하며 화제를 돌렸고, 김명혁 피디가 별것도 아니던데, 하며 미간을 좁혔다. 이해할 수 없는 이야기가 열차처럼 지나가 버렸다.

담배 연기가 내게 쏟아지는 줄도 모르고 멍하니 서 있었다. 뭐지, 뭐지, 하는 생각을 공처럼 굴리고 있을 때 진짜 축구공이 데굴데굴 굴러왔다. 양지운 피디의 앞발에 가볍게 닿았다가 느리게 방향을 틀어 나간 공이 모여 서 있는 네 명의 발 가운데에 멈췄다.

시선을 공에 떨어트리고 있다가 이건 진짜 뭐지, 하며 고개를 들었다. 패딩 후드를 뒤집어쓰고 마스크를 콧등까지 덮어 쓴 사람이 다가왔다. 눈만 봐도 알 수 있었다. 선재다.

담배 연기가 흩어지는 곳에서 걸음을 멈춘 선재가 발 앞쪽으로 공을 눌러 밟으며 허공에 튕겨 올렸다. 그러곤 손으로 잡아 옆구리에 끼우더니 담배를 피우는 세 사람에게 빤한 시선을 던졌다.

"여기 금연 구역 아닌가요?"

"예?"

못마땅한 표정으로 선재를 쳐다보던 김명혁 피디가 눈썹을 찌푸리고 물었다. 너무 당황스러워 아무런 말도 안 나왔다. 차다 못해 얼어 가는 기류에 입을 못 여는 건 심원준도 마찬가지인 것 같았다.

"금연 구역이요."

"모르겠는데. 아니, 그런데 뭘 상관이에요?"

"비흡연자도 있는데, 피우지 말라는 곳에서 피우고 계시니까."

내가 선재를 말릴 수 있는 것도 아니고, 누군가가 김명혁 피디의 손이라도 잡고 제지해 주면 좋겠는데 다들 보고만 있었다. 아직도 일할 때마다 욕을 먹는, 입사한 지 한 달도 안 된 내가 김명혁 피디의 손을 잡고 피디님, 참으세요! 하며 말릴 수는 없는 노릇이었다. 이러다 싸움 나는 거 아니야, 미쳐 버리겠네, 하며 김명혁 피디와 선재의 얼굴을 번갈아 보고 있을 때 선재와 눈이 마주쳤다.

"바보냐? 가만 서 있게?"

"……네?"

공을 옆구리에 끼운 선재가 걸음을 돌렸다. 모두의 시선이 내게 꽂혔다.

"뭐야, 아는 사람이야? 왜 저렇게 싸가지가 없어?"

김명혁 피디가 얼굴을 잔뜩 구기고 물었다. 목소리가 높아진 걸 보니 짜증으로 인해 열이 오른 것 같았다. 뜬금없이 폭탄을 던지고 간 선재는 뒤도 돌아보지 않고 멀어졌다. 김명혁 피디가 재차 쟤 뭐냐고 물었다. 네 앞에서 담배 피운다고 저 지랄을 하는 거냐고, 쟤 누구냐고, 이름이 뭐냐고, 자꾸 물었다.

저도 몰라요, 피디님…….

류선재 너 나한테 왜 그러냐, 하는 말을 삼키며 고개를 저었다. 나는 무구하다, 나도 억울하다, 하는 표정으로.

"모, 모르는 사람인데요."

말을 더듬는 나를 김명혁 피디가 미간을 좁히고 바라봤다. 저게 모르는 사람 말투야? 그런 눈치였다. 그렇지. 누가 봐도 아는 사람이지. 눈을 끔벅이다 시선을 돌렸다.

"다른 사람이랑 헷갈렸나 봐요."

심원준이 말했고 내가 기회를 놓치지 않고 고개를 끄덕였다. 맞아요, 그런가 봐요, 하면서.

담배를 다 태운 양지운 피디가 가자, 하며 걸음을 뗐다. 김명혁 피디가 그 옆에 붙어 섰고 심원준과 내가 그 뒤를 나란히 따랐다. 고개를 돌려 선재가 사라진 곳을 바라보았다. 이미 어딘가로 들어갔는지 모습이 보이지 않았다. 잠시 선재가 아닌가, 하는 생각을 해 봤지만 분명 선재였다. 다시는 안 볼 사람처럼 굴더니 왜 그런 거지.

선재의 등장을 의아하게 생각하고 있을 때 심원준이 입을 열었다.

"담배 연기 싫죠?"

"네? 아, 아니에요."

"옆에 안 서 있어도 돼요. 중요한 이야기면 회의 때 다시 하겠죠, 뭐."

웃으며 고개를 끄덕였다.

"그런데 아까 그 사람, 얼굴 가려도 잘생겼던데. 연예인일 것 같지 않아요?"

엷게 퍼지던 웃음이 일순 얼었다.

"모…… 모르겠던데. 우리 카메라 감독님 닮았던데."

"예? 우리 감독님은 애가 셋인데요? 키도 작고?"

"아, 오디오 감독님인가?"

"오디오 감독님은 저번 달에 몸무게 세 자리 찍었다고 술자리에서 울었어요."

"아…… 그런가요?"

어색하게 웃으며 걸음을 빨리했다. 심원준이 고개를 비스듬히 기울이고 솔이 씨, 보는 눈이 영 없네요, 하며 웃었다. 심원준의 말에 말없이 웃기만 했다. 제가 하고 싶은 말입니다. 선재를 못 알아보다니, 보는 눈이 영 없으시지만, 못 알아봐서 다행입니다, 하고 생각하며.

□ ■ □

하루 종일 땅이 꺼져라 한숨을 뱉고 다니는 나를 심원준이 측은하게 바라봤다. 퇴근길에 나란히 엘리베이터 앞에 서 있을 때 힐끔거리며 보더니 1층에서 문이 열리는 순간 소주나 한잔하고 가자며 나를 이끌었다. 금주를 다짐한 것이 무색하게도 또 소주잔 앞에 앉았다. 이게 몇 번째인지, 다짐을 하는 데 쓰는 시간이 아까울 정도였다.

"저번에 미안했어요. 오늘은 솔이 씨 마음껏 드세요. 네 발로 걸어도 내가 책임지고 귀가시키겠습니다."

심원준과 잔을 부딪치고 단번에 들이켜 마셨다. 눈을 찡그리고 크, 하는 소리를 뱉었다.

"무슨 일 있어요?"

"네?"

"하루 내내 근심 있는 얼굴을 하고 있던데요."

입술에 묻은 술을 혀로 핥으며 눈을 끔벅였다. 아니에요, 아무 일 없는데, 하고 멋쩍게 웃었다. 심원준이 고개를 끄덕이고는 두부를 쪼개 먹었다.

"혹시라도 힘든 일 털어놓고 싶으면, 나한테 말해요. 내 입이 내 몸보다 더 무거워요."

심원준이 자신의 입술을 툭툭 치며 웃었다. 네, 그럴게요, 하고 신원준을 따라 웃었지만 아마도 그럴 일은 없을 것 같다고 생각했다.

서로 주거니 받거니 하며 술잔을 빠르게 비워 나갔다. 뚜껑을 돌려 딴 소주가 세 병째 되었을 때 심원준은 두부가 자신을 노려본다며 눈을 부릅떴고 나는 내가 혼내 주겠다며 숟가락으로 두부를 푹푹 쪼개서 입에 넣었다. 심원준이 만족스럽다는 듯 고개를 크게 주억거리며 엄지를 들었다.

대화의 주제가 심원준을 노려보는 두부에서, 심원준을 매의 눈으로 갈구는 회사 상사로, 그러다 심원준을 힘들게 하는 전 여자 친구로 옮겨 갔다. 심원준은 미진이라는 이름을 가진 전 여자 친구와 2년 전에 헤어졌는데, 헤어진 이후로도 심원준의 생일만 되면 술을 먹고 전화를 해 온다고 했다. 자신을 흔든 미진에게 다시 연락을 해서 만나자고 하면 망설임 없이 거절을 하는데, 그게 자신을 너무 힘들게 한다고 말하며 심원준은 울상을 지었다.

"다시 만나 주지도 않을 거면서 사람 마음만 뒤흔들고, 진짜 나쁘지 않아요?"

심원준의 말이 꼭 나를 과녁 삼아 쏘아진 화살 같았다. 공감은 해 줘야 될 것 같아 고개를 끄덕이다가 조심스레 물었다.

"그 여자 많이 밉죠?"

"말이라고 해요. 다시 안 만날 거면 술 먹고 전화해서 울지를 말든가. 괜히 사람 기대하게."

"……그렇죠. 그런데 만약 다른 사정이 있었다면 이해할 수 있어요? 말 못할, 무슨 사정."

"말하지 않으면 모르는 건데, 모르는 걸 어떻게 이해할 수 있어요? 이기적인 거예요, 그건."

숟가락을 탁 내려놓은 심원준의 표정이 단호했다.

"……듣고 보니 그러네. 엄청 밉고 싫을 거야. 다신 마주치고 싶지 않을 만큼."

심원준이 빈 잔에 소주를 따랐다. 시선을 투명하게 찰랑이는 소주에 떨어트렸다. 언제나 그랬던 것처럼 선재의 얼굴이 둥둥 떠오른다. 선재는 늘 이렇게 투명했는데, 내가 흐렸던 건가.

시간 여행을 통해 가게 된 과거, 그건 미래를 알고 있는 내게는 하나의 만들어진 세계였다. 그 세계에서 만난 선재와의 인연이 이렇게 이어질 수 있을 거라곤 상상도 못 했다. 내가, 고작 내가 선재의 마음에 이렇게 오랜 시간 머물 수 있을 거란 것도. 선재에게 그 어떤 피해도 주고 싶지 않아 입을 다물었는데, 그게 선재에게는 어떤 실망으로 남게 된 건가.

심원준이 자, 슬프니까 마십시다, 하며 잔을 내밀었다. 쓰게 웃으며 잔을 들었다. 그래, 우선 마시고 보자, 오늘의 생각을 내일로 미루자, 하며.

□ ■ □

네 발로 걸어도 책임지고 귀가시키겠다던 심원준은 내 팔을 어깨에 걸친 채 연신 힘겨운 신음을 뱉다가 아무 택시나 빨리 멈춰 서길 바라는 것처럼 조금 건성인 목소리로 택시, 택시, 하고 소리쳤다. 심원준의 외침을 들은 택시가 갓길에 정차했고 그가 나를 막무가내로 택시 안에 구겨 넣었다. 두 발을 넣고 엉덩이를 넣고 상체를 넣고 머리를 넣어야 순서가 완성되는 것 같은데 발을 집어넣고 바로 머리를 구겨 넣는 바람에 웃긴 자세가 됐다.

"솔이 씨! 집에 도착해서 꼭 연락해요!"

심원준이 뒷좌석 문을 닫으며 말했다.

"네, 알겠습니다!"

혹시라도 문이 닫혀 내 목소리가 안 들릴까 봐 크게 소리쳤다. 발음이 우습게 뭉개졌다. 택시 조수석의 창문을 통해 택시 기사에게 만 원짜리 두 장을 건네는 심원준이 보였다. 힘없이 뒷자리에 늘어져 있다가 손을 저었다.

"아니에요! 저 돈 있어요!"

"기사님, 잘 부탁드립니다. 솔이 씨, 조심히 가요. 꼭 연락하고요."

"아니, 택시비 안 주셔도 되는데요."

심원준이 한 걸음 물러나자 택시 기사가 조수석 창문을 올리고 브레이크에서 발을 뗐다. 택시가 천천히 갓길에서 벗어나며 차선을 바꿨다. 고개를 돌리고 멀어지는 심원준의 모습을 보았다. 진짜 택시비 안 주셔도 되는데, 하는 말을 웅얼거리며 입술을 내밀고 자세를 고쳐 앉았다.

술기운이 잔뜩 오른 몸이 뜨거웠다. 온몸의 힘이 아래로 죽죽 빠져나가는 것처럼 두 팔과 어깨가 자꾸만 흘러내렸다. 앉아 있는데도 몸을 가누기가 어려워 창문에 머리를 대고 숨을 몰아 뱉는데 주머니에 넣어 둔 핸드폰이 간지럽게 진동했다.

분주하게 손을 더듬어 핸드폰을 꺼냈다. 심원준이 보낸 메시지였다. 택시 번호가 메모되어 있었다. 감사합니다, 라는 답장을 보내려는데 엄지가 자꾸 애먼 글자를 눌렀다. 답답한 마음에 긴 한숨을 뱉고는 답장을 보내지 않은 채 핸드폰을 주머니에 집어넣었다.

"기사님, 죄송한데요, 저 창문 열고 바람 좀 쐬어도 될까요?"

룸 미러를 통해 나를 보는 택시 기사와 눈이 마주쳤다. 그 눈이 왠지 사나워 보여 안 되는 건가, 취한 손님을 태워 심기가 안 좋은 건가, 생각하며 입을 다물었다. 이렇다 저렇다 대답이 없던 택시 기사가 창문을 내려 주었다.

"엇, 감사합니다."

꾸벅, 고개를 숙여 인사하고 창밖을 보았다. 얼굴을 때리며 안으로 들어오는 바람 소리가 매서웠다. 그래, 이렇게 뺨이라도 맞고 정신 좀 차려야지, 하며 문에 딱 붙어 바깥을 보았다. 눈이 시린 탓에 눈물이 났는데 뺨을 타고 흐를 새도 없이 바람에 날아갔다.

"어우, 눈 시려."

눈을 꾹 감고 바람을 맞았다. 뺨을 때리는 바람에 잔뜩 오른 술기운이 조금 달아나는 듯했다.

신호에 걸렸는지 속도를 늦추던 택시가 정차했다. 두 손으로 창틀을 잡고 조수석 시트에 머리를 기대고 있는데 졸음에 눌린 눈꺼풀이 도통 올라가지 않았다. 자면 안 되는데, 하는 말을 중얼거리고 있을 때 핸드폰이 진동했다. 손을 내리고 주머니를 더듬어 핸드폰을 꺼냈다. 꾹 감고 있다가 눈을 뜬 탓에 시야가 흐렸다. 회복이 더딘 눈을 몇 번 끔벅이자 새로 들어온 메시지가 보였다.

[그러다 목 날아가.]

심원준인가 하고 본 상단부에 연락처가 떠 있었다. 저장되지 않은 번호였다. 모르는 번호인데. 메시지를 다시 읽었다. 내용이 살벌했다. 목, 목이라니. 이해할 수 없는 말에 목덜미를 더듬다가 고개를 들었다. 옆 차선에 차 한 대가 멈춰서 있었다. 어둡게 선팅이 되어 내부가 보이지 않았다.

목 날아가, 목 날아가, 하는 말을 계속 반복했다. 창문을 열고 바깥을 내다보는 나를 보고 하는 말인가, 하는 생각이 들자 불안한 생각이 들었다. 아무것도 안 보이는 창문을 뚫어져라 보고 있을 때 메시지가 하나 더 들어왔다. 고개를 숙이고 핸드폰을 보는 순간 신호가 바뀌었는지 택시가 움직였다.

[너 눈 풀렸어. 정신 차려.]

하마터면 너무 놀라 핸드폰을 창밖으로 내던질 뻔했다. 내용이 너무 단도직입적이고 무서웠다. 몸을 폴더처럼 접은 채 고개를 돌려 창문의 올림 버튼을 눌렀다. 창문이 다 올라가고 나서야 슬그머니 창밖을 살폈다. 택시가 빠른 속도로 도로를 질주하고 있었다.

두근거리는 가슴을 쓸어내리며 메시지를 다시 확인했다. 잘못 읽은 건가 싶어 내용을 되풀이해서 읽어 봤지만 분명 나를 보고 한 말이 맞았다.

[누구세요.]

답장이 오기를 기다렸다. 왠지 옆에 서 있던 차에 타고 있는 사람일 것 같았다. 그게 아니라면, 어디서 눈이 풀린 나를 본단 말인가.

[선재.]

술이 확 깨는 듯해 자세를 고쳐 앉았다. 선재의 이름만 반복해 읽다가 번뜩

302

선재가 내 번호를 알고 있다는 사실을 뒤늦게 상기했다.

[내 번호 어떻게 알았어?]
[번호 안 바꿨잖아.]

중고나라가 생각났다. 번호를 안 바꾼 탓에 과거에 있는 나를 찾아냈던 시계 주인도 떠올랐다. 그게 또 이렇게 선재와 연결이 되다니, 과거에서 어지간히 나 대고 다닌 것이 실감 났다.

[넌 번호 바꿨네.]

내가 외우고 있는 선재의 번호가 아니었다. 선재가 번호를 바꾼 건 어쩌면 당연했다. 선재는 이제 평범한 고등학생이 아니니까. 번호를 바꾼 것처럼, 선재의 생활이 바뀐 것처럼, 나에 대한 기억도 동전처럼 뒤집혀 버린 줄 알았는데.

[저장해.]

선재는 변함이 없다.

□ ■ □

퇴근 시간을 훌쩍 넘겨 일이 끝났다. 코트에 팔을 꿰어 넣고 가방을 챙겨 든 뒤 일이 바빠 내내 확인하지 못한 핸드폰을 꺼내 보았다.

[임솔 씨, 오늘 약속 안 잊었죠? 저 지금 가는 중인데 차가 막히네요.]

모르는 이름이 핸드폰에 저장되어 있었다. 게다가 현철이도 아니고 현철 씨? 눈썹을 찌푸린 채 지난 대화 내용을 보았다. 대화의 가장 처음으로 돌아가서 확인한 건 인사였다.

[안녕하세요. 현주 학교 선배 고현철이라고 합니다.]

그리고 그 아래로 고현철과 내가 주고받은 메시지가 줄줄 딸려 나왔다. 안녕하세요, 저는 현주 친구 임솔이라고 합니다, 하는 인사와 함께 시작된 대화는 고향이 어디냐, 점심은 먹었냐, 시간은 언제가 괜찮냐, 로 이어져 장소는 어디가 좋겠냐, 하는 접선 장소 정하기로 마무리되었다.

그러니까 이게 환장할 노릇인 것이 시간 여행을 시작했던 1월 1일 이전의 시간들이 이상하게 버무려져 있었다. 6년 전으로 갔다가 원래의 시간으로 돌아오긴 왔는데, 원래 내가 살던 세계로 돌아온 게 맞으면서도 아니었다. 시간 여행이 끝난 시점부터 되돌아와 눈을 뜬 시점까지, 그사이의 기억이 내겐 없었다.

면접 결과를 기다리고 있었다는 것은 변함이 없었는데 감자전 앨범이며 포스터가 하나도 남아 있지 않았고, 선재가 죽기 며칠 전 현주가 남자 소개받을 생각 없냐고 물었을 때 덕질 하기도 바빠 생각이 없다고 했었는데, 되돌아온 시간에선 그걸 받은 모양이었다.

"아, 이걸 어쩐담."

엘리베이터 앞에 서서 고현철에게 온 메시지를 뚫어져라 보았다. 이미 출발했다는데, 안 갈 수도 없고 난감하게 됐다. 엄지를 움직여 약속 장소가 담긴 메시지를 찾았다.

"돌겠다."

엘리베이터 안으로 발을 들이고 1층을 누른 뒤 키패드를 두드렸다.

[죄송해요. 퇴근을 이제 해서, 지금 출발해요.]

약속 장소에 도착했다. 지도를 보고 찾아왔는데 도착하고 나서야 내가 라면을 먹으려다가 선재에게 걸렸던 편의점이 작은 선술집으로 변해 있음을 알았다. 주소가 어째 익숙하다 싶었는데, 선재의 소속사 근처였다.

문을 열고 들어서자 누군가 고개를 들고 나를 보았다. 흰색 셔츠에 짙은 회색 슈트를 입은 남자가 창가 쪽에 혼자 앉아 있었다.

"임솔 씨?"

자리에서 일어난 남자가 조심스레 물었다. 고개를 끄덕이자 환하게 웃으며 손을 내민다.

"안녕하세요, 고현철입니다."

어색하게 웃으며 그의 손을 맞잡았다. 이름 말고는 아는 게 아무것도 없는 고현철과의 소개팅이 시작되는 순간이다.

□ ■ □

어쩌다 약속 장소가 술집이 된 건지는 모르겠으나 연어구이에 굴튀김에 맥주를 마셨다. 고현철은 입고 있는 옷만큼이나 인상도 말끔했다. 그런데 말이 조금 많았다. 그 말이 전부 자기 자랑이라는 점에서 나는 빠른 속도로 식어 갔다.

어쩔 수 없이 온 거지, 잘해 볼 생각이 있던 건 아니었다. 그래도 처음 보는 사람이니 잘 보여서 나쁠 건 없다, 그런 생각을 가지고 있었는데 쉬지 않고 이어지는 자기 자랑에 그 생각마저 탈탈 털렸다.

굴튀김을 씹어 먹는 동안 내가 알게 된 고현철에 대한 정보는 그가 학과 수석이었다는 것, 장학금을 단 한 번도 놓친 적이 없다는 것, 캐나다에서 2년 정도 살았다는 것, 이번에 차를 새로 뽑았다는 것, 다음 주에 스키장에 간다는 것이었다.

"아, 그렇군요."

그의 이야기를 들으며 남은 맥주를 입에 전부 털어 넣었다. 다 마시고 나서야 아차 싶었다. 고현철의 이야기는 왠지 더 길어질 것 같고, 술 없이는 도저히 들어 줄 수 없어 손을 번쩍 들었다. 나를 발견한 직원이 웃으며 다가왔다. 앞에 앉은 고현철을 보았다.

"현철 씨도 한 잔 더 마실래요?"

고현철이 미소 지으며 손목에 찬 시계를 보았다. 그러더니 손목을 내리고 말한다.

"솔이 씨, 나가서 소주 마실래요?"

□ ■ □

선술집에서 멀지 않은 곳으로 장소를 옮겼다. 2차까지 갈 생각은 없었는데 고현철이 현주 서울이라던데? 올 수 있는지 물어볼게요, 하며 핸드폰을 꺼내는 바람에 얼떨결에 오게 됐다. 소주를 한 병 비울 때까지도 현주에게선 답이 없었다. 고현철이 소주를 한 병 더 주문하고, 둘이서 몇 잔 비웠을 때 현주에게서 못 온다는 답이 왔다.

안주로 주문한 도미구이가 입에서 녹았다. 이렇게 많이 마실 생각은 없었는데 안주 탓인지 술이 술술 넘어갔다. 소주 세 병이 빈 병이 됐다.

맥주를 마실 땐 고현철이 자신의 이야기를 마구잡이로 늘어놓았다면, 지금은 내가 내 이야기를 마구잡이로 늘어놓는 중이었다. 가게 내에 연예인 사인 시디가 진열되어 있었는데 개중에는 감자전의 앨범도 있었다. 그걸 보는 순간 속앓이가 시작됐다.

비상구 계단으로 가는 길에 마주쳤던 선재, 금연 구역을 알려 주던 선재, 번호를 저장하라던 선재를 생각하다 보니 불쑥 입이 열렸다. 고현철 씨, 이건 제 친구 이야기인데요, 하면서.

"아니, 그 친구는 왜 6년 동안 모른 척을 했대요?"

"예? 사정이 있었다고 제가 말씀드렸잖아요. 뭐 들으셨어요?"

"아, 말했었나?"

누가 들어도 혀가 꼬인 게 둘 다 제정신이 아니었다. 완두콩 하나를 쏙 빼먹은 고현철이 음, 하고 목소리를 흘리다가 턱을 괬다. 한 번에 턱을 못 받치고 미끄러져 나간 손을 다시 올리는 걸 시야가 흐린 와중에도 다 보았다.

"솔이 씨 친구 말이에요."

소주잔을 빙글 돌리며 고현철의 말에 귀를 기울였다.

"쌍년이네요."

"......"

"쌍년이야."

거, 말이 심하시네.

손에 들고 있던 잔을 들어 올리자 고현철이 급하게 제 앞에 놓인 잔을 들어 내밀었지만 부딪치지 않고 바로 입술에 대고 술을 넘겼다. 그 쌍년, 접니다.

"왜 그렇게 생각하는데요?"

뒤늦게 소주를 넘긴 고현철이 얼굴을 찌푸리며 안주를 집어 먹었다.

"먼저 고백했으면서 사귀지도 않고 쌩깠다. 삼박자 다 갖췄는데."

듣고 보니 그러네. 빠르게 수긍하며 고개를 끄덕였다. 그러다가 이게 내 이야기라는 사실에 금방 절망했다.

"내가 그 남자라면 알은척하는 순간 욕 나올 거 같아요."

"그런데 모르는 척했다고 밉다고 그랬다니까요?"

술기운에 얼굴이 달아올랐다. 심장이 빨리 뛰고 숨이 조금 거칠어졌다. 두 손으로 뺨을 감싸며 턱을 받쳤다. 한 손으로 턱을 괴고 있던 고현철이 나를 따라 두 손으로 턱을 받치며 내게 시선을 주었다. 의도치 않게 둘이서 꽃받침을 하고 마주 보는 모습이 됐다.

"그거 참 이상하네요."

"그렇죠. 이상하죠."

"엄청 좋아했나 봐. 그 남자가 솔이 씨 친구를."

살짝 풀린 고현철의 눈과 내 눈이 가만 마주쳤다. 나도 저렇게 눈이 풀렸을까 싶어 자꾸 내려오는 눈꺼풀을 힘주어 올렸다.

"야, 류선재 어디 가?"

"잠깐 밖에."

음? 내가 방금 무슨 이름을 들었는데.

턱을 받친 채 고개를 돌렸다. 누가 나갔는지 천천히 닫히는 문이 보였다. 류선재, 그렇게 들렸는데. 고개를 돌려 이름이 발설된 곳을 보았다. 구석진 자리에 남자 몇 명이 앉아서 술잔을 기울이고 있었다. 가게 내부가 어두워 얼굴이 보이지는 않았다. 환청이 들리나. 정신 차리기 위해 뺨을 탁탁 소리가 나게 때렸다.

마지막 잔을 채우자 소주병이 깔끔하게 비었다. 고현철과 기분 좋게 잔을 기울이고 자리에서 일어났다. 둘 다 취해서는 제가 살게요! 아닙니다, 내가 삽니다! 하며 각자의 카드를 들고 실랑이를 벌였으나 가게 주인이 고현철의 카드를 채 가는 것으로 빠른 종결을 맞았다.

가게 밖으로 나왔다. 고현철은 대리도 부르고 화장실도 갔다 오겠다며 영수증을 팔랑팔랑 흔들면서 가게 뒤쪽에 난 문으로 사라졌다.

바람이 찼다. 팔짱을 끼고 오들오들 떨며 고현철을 기다렸다. 그러고 보니 몇 시지. 난 집에 어떻게 가지. 핸드폰을 꺼내려고 주머니를 뒤졌다.

"어디 있지."

술기운에 지꾸만 눈이 무거워졌다. 눈을 느리게 깜박이며 주머니를 더듬었다. 가방에 있나, 하고 중얼거리며 어깨에 멘 가방을 앞으로 돌렸다. 오늘따라 왜 이렇게 가방 안이 지저분한지. 애먼 것만 잡혔다.

"아."

서 있기가 힘들어 그대로 바닥에 주저앉았다. 쪼그리고 앉아 무릎에 고개를 묻었다. 아까는 그냥 아, 알딸딸하다, 취하네, 정도였는데 갑자기 미친 듯 취기가 돌았다.

숨을 거칠게 몰아 뱉는데 몸에서 뭔가가 진동했다. 감았던 눈을 뜨고 몸을 더듬었다. 배 언저리가 간지러웠다. 코트 자락을 걷어 내고 안에 입은 조끼 주머니에 손을 넣었다. 핸드폰이 잡혔다.

"어? 여기 넣어 놓고."

바보가 따로 없네, 생각하며 발신자를 확인했다. 느리게 눈을 끔벅이며 액정 가까이 얼굴을 들이밀었다.

"……선재?"

가만히 액정을 보았다. 손에서 간지러운 진동이 느껴졌다. 받을까 말까 고민하고 있는데 뚝 전화가 끊겼다.

"보고도 안 받는 건 여전하네."

부재중 알람이 떠 있는 액정을 멍하니 바라보는데 선재 목소리가 들렸다. 술좀 마셨다고 환청이 들리는 건가. 인기척에 고개를 돌리자 편의점 비닐봉투를 손목에 건 선재가 서 있었다. 헛것인가. 두 손으로 눈을 비볐다. 눈을 너무 꾹 누른 탓에 시야가 잠시 흐려졌다.

"취한 거 같네."

옆으로 와 무릎을 굽히고 앉은 선재가 봉투에서 우유 하나를 꺼내 내밀었다. 역시나 초코였다. 어떻게 길에서 이렇게 만나지, 신기했다.

"회사 가는 길이야?"

"아니. 여기."

선재가 방금 내가 나왔던 가게를 눈짓했다. 아까 그럼 정말 누가 류선재, 하고 부른 게 맞았던 건가. 그러다 이곳에서 내가 고현철과 나눴던 대화가 빠르게 머리를 때리고 지나갔다.

"어…… 그럼 너 나 봤어?"

"응."

"그, 내가, 내가 하는 이야기도 들었어?"

"시끄러워서 하나도 못 들었어."

"아."

"들으면 안 될 이야기라도 했나 봐."

"어? 아니? 아닌데?"

눈을 동그랗게 뜨고 손을 저었다. 손에 든 초코우유가 팩 안에서 출렁이는 게 느껴졌다.

"술 냄새 엄청 난다."

선재의 말에 입을 꾹 다물고 슬쩍 옆으로 물러났다. 손에 들고 있는 우유를 한 모금 마신 선재가 고개를 돌리고 나를 보았다.

"연애하는 줄은 몰랐네."

엥? 하는 소리가 새어 나갔다. 연애라니요. 누구랑요. 고현철 씨랑요? 저분 오늘 처음 봤는데요.

무표정한 얼굴을 보니 장난을 치는 건 아닌 것 같다. 정말 그렇게 생각하는 건가. 술 냄새를 막기 위해 입을 가리고 선재를 보았다.

"오래됐어?"

고개를 저었다. 연애하는 줄은 몰랐네, 하는 말에 고개를 저은 거였는데, 동시에 선재가 입을 여는 바람에 오래됐냐는 물음에 고개를 저은 꼴이 됐다. 타이밍 왜 이래.

선재가 씁쓸한 얼굴로 고개를 돌렸다. 바람이 불었다. 선재의 머리칼을 모로 쓰러트리며 불어오는 바람에 선재의 향이 섞였다. 고등학생일 때는 라일락 향이 맡아졌는데, 지금의 선재에게선 향수 냄새가 났다. 우드 향이 은은하게 퍼졌다.

"아무런 사이도 아니야."

물끄러미 정면을 바라보던 선재가 다시 고개를 돌렸다. 한번 불기 시작한 바람은 쉬이 멈추지 않았다. 술기운에 열이 올랐던 두 뺨이 차갑게 얼었다.

"솔이 씨?"

화장실에 다녀온 고현철이 저만치에 서서 나를 불렀다. 코트를 여미며 고개를 기울이는 게 보였다. 분명 둘이서 술을 마시고 나왔는데 한 명이 있어야 할 위치에 두 명이 나란히 있으니 그럴 만도 했다. 네, 하고 짧게 답한 뒤 선재를 보았다.

"나 먼저 갈게."

무릎을 펴고 일어나자 선재가 따라 일어났다. 돌아서 가려는데 저기, 하며 발을 붙잡는다. 돌아서 선재를 보았다. 선재의 시선이 내 얼굴에 머물렀다가 힐끔 뒤에 선 고현철에게로 향했다.

"전화……."

"응?"

무슨 말을 하려는지, 선재가 뜸을 들인다.

"또 할게."

"……."

"받아."

무심한 낯이긴 했으나 어쩐지 나를 보는 눈동자에 긴장이 어려 있는 것 같았다. 아랫입술을 꾹 물고 잘근잘근 씹다가 고개를 끄덕였다.

눈썹 끝을 문지르며 선재가 자리를 지켰다. 안 들어가나, 하고 얼마간 보다가 아직 들어갈 생각이 없는 것 같아 먼저 걸음을 뗐다. 갈게, 하고 인사하자 선재가 작게 고개를 끄덕였다. 눈썹 끝을 만지는 손에 얼굴 반쪽이 살짝 가려졌다. 고개를 끄덕인 선재의 눈이 내 뒤쪽으로 향하는 게 보였다. 그 시선을 마지막으로 등을 돌리고 걸었다.

□ ■ □

저번 주말엔 뜬금없는 대청소로 선재 생각을 날렸는데, 이제는 더 이상 청소할 것이 없었다. 너무나 깨끗한 집 안에서는 선재 생각을 떨칠 방법이 없어 목욕 바구니를 들고 집을 나섰다. 묵은 때라도 버리자, 그런 생각으로.

열쇠가 달린 고무줄을 손목에 차고 욕탕 안으로 들어섰다. 증기가 자욱하고 물소리가 크게 들렸다.

사거리로 나가면 큰 대중목욕탕이 있었지만 멀리 가고 싶지 않아서 집 앞에 있는 목욕탕을 선택했다. 3층 건물의 2층에 위치한 허름한 곳이었다. 얼마나 오래된 곳인지 목욕비를 내면 고무줄에 묶여 있는 열쇠를 줬다. 게다가 사물함 번호는 나무패에 적혀 있었는데, 나무에 물든 잉크가 오랜 시간 물에 씻기고 씻겨 그 색이 희미했다.

여탕 문을 열고 들어가면 장미가 촘촘하게 프린트된 커튼이 나왔다. 커튼을 젖히고 들어가면 작은 탈의 공간이 나왔고, 허름하기 짝이 없는 사물함들이 한쪽 벽에 줄지어 세워져 있었다. 어떤 사물함은 나사가 풀어져 있어 문을 열면 문짝이 뚝 떨어질 듯 기울었다. 제대로 잠기는 사물함을 찾기가 어려운 곳이었다.

이 목욕탕의 주 고객 연령대는 오륙십 대였다. 사물함이 잘 안 잠겨도 상관하지 않는 사람들. 목욕 바구니를 사물함 위에 올려 두고 제집처럼 드나드는, 단골이라면 단골이고 가족이라면 가족인 그런 사람들이었다. 혼자 왔다가 여럿이서 떠들며 나가는 만남의 장소.

세수와 양치를 하고 온몸 구석구석 비누칠을 한 다음에 물로 행궈 냈다. 그런 뒤 수건을 머리 위에 말고 온탕으로 들어갔다. 뜨겁지 않을까 잔뜩 겁을 먹고 천천히 발을 넣었는데 물이 뜨뜻미지근했다.

이런 온도로는 선재 생각을 떨칠 수 없어.

발을 빼고 나와 금탕에 들어갔다. 발가락이 물에 닿는 순간 엇, 뜨거, 하는 소리가 절로 나왔다. 편안한 자세로 탕 안에 앉아 있는 아주머니들을 훑어본 뒤 다시 천천히 두 발을 물속에 넣고 몸을 수그렸다.

10분 정도만 앉아 있다가 나가자, 라고 생각한 금탕에서 나는 시간이 어떻게 가는 줄도 모르고 앉아 있었다. 아침 드라마 이야기를 하던 아주머니들의 대화에 끼어든 탓이었다. 본 적 없는 드라마였지만 듣자 하니 내용이 시간 여행에 관한 것이었다.

불의의 화재 사고로 세상을 뜬 김형철이 귀신이 되어 가족들 곁을 떠돌다가 아내에게 다른 남자가 생긴 것을 알게 되며 충격을 받고, 비가 억수로 내리고 천둥이 쿠르릉 쾅쾅 치던 날 갑자기 죽기 전으로 돌아가게 되면서 아내에게 복수하는, 그야말로 막장 드라마였다.

누구는 김형철이 뭘 잘못했냐고, 하며 주인공의 편을 들었고 누구는 이미 죽은 사람을 어떻게 계속 기다려, 다른 남자 만나는 거지, 하며 김형철의 아내 편을 들었다. 그러던 중에 내가 그 대화에 불쑥 끼어들어 김형철이 아내에게 난 사실 죽었는데 시간 여행으로 살아 돌아왔어, 라고 말하면 믿을까요? 하고 물었고 그 주제로 지금까지 30분이 넘게 대화가 지속된 것이다.

대화의 열기가 금탕의 온도만큼이나 뜨거웠다. 어쩌면 여기서 선재에게 비밀을 털어놓는 방법에 대해 찾을 수 있지 않을까 싶었는데 엄청난 착각이었다. 이야기가 전혀 다른 방향으로 제멋대로 흘러갔다.

땀이 송골송골 맺힌 건지 흐르는 건지, 탕의 물과 증기 때문에 분간하기 어려웠다. 너무 오랜 시간 물속에 있었더니 속이 답답하고 숨이 막혔다. 이제 그만 이 대화에서 빠져야지, 생각하며 탕의 테두리를 잡고 일어섰다. 두 발을 빼고 나와 걸음을 내딛는데 갑자기 시야가 흐려지고 머리가 어지러웠다.

어, 세상에.

다리에 힘이 빠져 풀썩 주저앉으며 두 손으로 땅을 짚었다. 정신이 아득해지고 몸의 중심이 안 잡혔다. 모든 것이 회전하고 있는 것처럼 느껴졌다.

"어머, 학생, 정신 차려!"

누군가 내 몸을 잡고 흔들며 소리치기에 아니, 저 잠시 어지러워서, 괜찮습니다, 하는 말을 두서없이 뱉었는데 어쩌나 단결력이 좋은지 한 아주머니가 내 손목에서 열쇠를 빼 갔고 다른 아주머니가 핸드폰 있는지 봐 봐! 하고 소리쳤다.

제 핸드폰은 왜요. 저 잠깐만 이렇게 있다가 일어나면 괜찮은데.

또 다른 아주머니가 갑자기 내 두 다리를 잡고서 당기더니 바닥에 몸을 눕게

했다. 아니, 저, 정말, 괜찮아요, 하고 느리게 말을 뱉는데 핸드폰 있는지 확인하라던 아주머니가 바가지에 물을 받아 오더니 그대로 싸대기를 때리듯 얼굴에 부었다. 두 눈을 질끈 감고 천천히 손을 들었다. 살아 있다는 신호를 보내며 괜찮다니까요, 하고 말했다.

"학생, 빈혈 뭐 그런 거 있어?"

"……아……."

그렇지. 나 빈혈 있었지.

고개를 끄덕일 힘이 없어 눈을 끔벅이며 예, 맞아요, 하는 대답을 뱉었다. 그때 욕탕 문이 벌컥 열리고 열쇠를 빼 갔던 아주머니가 춘백 학생, 하고 소리쳤다. 잘못 들은 건가. 머릿속이 선풍기 휠처럼 회전하는 듯했다.

"춘백 학생, 사람 온다니까 구급차는 안 불러도 되겠다."

……무슨 말씀이세요. 누가 온다는 거예요. 춘백이란 이름은 어떻게 아셨어요.

일어서려다 손에 힘이 풀려 벌러덩 누웠다. 내 핸드폰을 손에 든 아주머니가 아니야, 지금 일어나면 안 돼, 쉬어, 쉬어, 하며 내 팔을 주물렀다. 그러다 누군가 아니지, 여기 있으면 계속 이렇지, 여긴 뜨겁잖아, 밖으로 데리고 나가자고! 하고 말했고 두 팔과 두 다리를 잡힌 채 욕탕 밖으로 이송되었다. 전생에 무슨 죄를 지어서 자꾸만 내게 이런 시련이 생기는지 모를 일이라고 생각하며, 빈혈 증상이 빨리 사라지고 회복되기를 기다렸다.

□ ■ □

어느 정도 정신을 차리고 앉은 나에게 10돈은 되어 보이는 금목걸이를 목에 건 아주머니가 요구르트를 건넸다.

"이제 정신이 들어?"

꾸벅, 고개를 숙여 요구르트를 받고는 고개를 끄덕였다.

"탕에 너무 오래 있어서 그랬나 봐. 아이고. 몸이 이렇게 약해서 어째."

"도와주셔서 감사합니다."

"우리가 뭐 한 게 있나."

아주머니가 안쓰럽다는 얼굴로 나를 보았다. 한 거 되게 많으신데, 하고 생각하며 빨대를 입에 물었다. 내가 일어난 것을 본 아주머니들이 아이고, 때 불려 놓은 거 도로 다 들어가겠어, 하며 우르르 욕탕으로 향했다. 열린 문에서 뿜어져 나오던 증기는 문이 닫히며 잘려 나갔다. 쪽쪽 요구르트를 빨아 마시며 때 밀고 가기는 글렀네, 하고 생각했다.

물기를 닦은 적도 없는데 몸이 말끔하게 말라 있었다. 말리지 않은 머리카락에서만 물이 뚝뚝 떨어졌다. 옷을 챙겨 입고 바구니를 들었다. 돌아가는 길에 문 연 약국이 있으면 철분제라도 하나 사야지, 생각하며 신발에 발을 구겨 넣고 핸드폰을 꺼냈다.

대체 춘백이란 이름은 어떻게 튀어나왔고, 내 핸드폰은 왜 들고 있었던 거지.

어깨로 여탕 문을 밀고 나가며 최근 통화 내역으로 들어갔다. 계단을 밟고 내려가던 발이 우뚝 멈췄다. 가장 윗줄에, 그러니까 가장 최근에 선재의 이름이 있었다. 류선재. 하마터면 손에 든 바구니를 떨어트릴 뻔했다.

"무, 무슨, 이게 무슨."

벌어진 입을 다물지 못한 채 핸드폰 액정을 보고 있을 때 누군가 건물 입구로 달려 들어왔다. 꽤나 다급하게 들리던 발소리가 갑자기 멈췄다. 고개를 들어 올리자 눈을 크게 뜬 선재가 계단 바로 앞에 서 있었다.

어, 너 여긴 왜.

선재의 입에서 연신 거친 숨이 쏟아졌다. 류선재가 설마 여기 목욕을 하러 오진 않았을 테고. 당황스러운 얼굴로 선재를 보다가 눈을 내리고 핸드폰 액정을 보았다. 선재의 이름 옆에 통화한 시간이 나와 있었다. 현재 시간보다 30분 빠른 시간이다.

'춘백 학생, 사람 온다니까 구급차는 안 불러도 되겠다.'

내 핸드폰을 손에 든 아주머니가 뱉었던 말이 떠올랐다. 이름 앞에 전화기 모양이 있는 걸 보니 내가 선재에게 전화를 건 것 같았다. 정확히는 저 안에 있는 아주머니가.

숨을 고른 선재가 민망한 얼굴로 벽을 바라보더니 고개를 숙이고 이마를 문질렀다. 계단을 밟고 내려가 선재 앞에 섰다.

"미안. 혹시 전화받고 왔어?"

머리를 쓸어 넘기며 고개를 든 선재와 눈이 마주쳤다. 밖이 추워서인지, 아니면 뛰어왔기 때문인지 선재의 뺨이 살짝 붉었다.

"미안해. 내가 정신이 없어서 누구한테 전화 걸었냐고도 못 물었어."

선재의 눈이 내 얼굴을 가만 훑는다.

"괜찮아?"

"어?"

"너, 괜찮냐고."

선재의 얼굴을 보다가 고개를 끄덕였다. 선재의 손이 불쑥 내 이마 위에 얹어졌다. 덜컥, 가슴이 내려앉는 느낌에 숨을 참았다. 눈을 동그랗게 뜨고 앞에 있는 선재의 후드 티 로고만 보았다. 눈동자가 위로 안 올라갔다. 정면에 고정됐다. 차가운 냉기가 이마를 덮었다.

"몸이 뜨거워서 쓰러진 거라던데."

"어…… 어?"

로고만 뚫어지게 보다가 슬그머니 눈을 올렸다. 선재가 이마 위에 손을 올린 채 시선을 내려 나를 보았다. 아무도 들어오지 않고 나오지 않는 통로가 조용했다.

"병원 안 가도 돼?"

"어…… 응. 잠깐 어지러워서 그랬는데 이제 괜찮아."

선재가 이마에 얹고 있던 손을 내렸다.

"가자. 데려다줄게."

"어?"

너무 놀라 큰 소리가 새어 나갔다. 선재가 몸을 돌리려다 말고 나를 보았다. 뭐가 이상하냐는 표정이었다.

"너 쓰러졌다는 전화 받고 왔어."

"아, 그게……."

"네가 건 전화는 아니지만 너 때문에 온 거야. 혼자 가겠다고 하지 마."

"……."

선재의 단호한 태도에 입을 다물었다. 바구니 손잡이를 만지작거리다가 바닥에 내려놓고 두르고 있던 목도리를 풀어 건넸다. 선재가 뭐냐는 듯 얼굴을 들었다.

"아무리 사람 없는 동네라지만 그래도 누가 알아보면 어떡해."

선재가 나 그 정도는 아닌데, 하는 얼굴로 목도리를 보았다. 들고 있던 목도리를 흔들었다. 네가 이것을 받지 않으면 가지 않겠다는 듯. 그러자 선재가 마지못해 목도리를 건네받고는 목에 둘렀다.

"야, 그게 아니지."

손을 올려 목도리의 모양새를 가다듬었다. 선재의 하관이 다 가려지도록 두르고도 부족한 것 같아 머리 위에도 둘렀다. 그러자 선재의 눈만 드러났다. 그 눈이 황당하다는 듯 내게 닿는다.

"이러고 가라고? 이게 더 튀어."

"아니야. 데려다주려면 이렇게 가야 해."

선재가 못 말리겠다는 듯 알았어, 하며 걸음을 뗐다. 성큼성큼 건물 밖으로 나가는 선재와는 달리 나는 건물 밖을 나서기 전, 문 뒤에 숨어 주변을 살피고 조심스레 발을 내디뎠다.

거리를 두고 서서 계속 주변을 살피는 내가 못마땅한지 선재가 패딩 후드를 잡아당겼다. 그러자 선재와의 거리가 훅 가까워지며 몸이 붙었다. 천천히 그리고 아주 어색한 얼굴로 눈동자를 위로 올렸다. 선재가 답답한 듯 목도리를 걷어 내리고 나를 내려다봤다. 그 바람에 너무 놀라 허, 안 돼, 하고 소리치며 손바닥으로 선재의 얼굴을 가렸다.

그림이 뭔가 이상했다. 목도리를 두른 남자애가 한 명 서 있고 그 앞에 목욕 바구니를 든 여자애가 한 손을 쫙 펴고 남자애의 얼굴을 가린 채 서 있는 게. 그게 꼭 스파이크를 날리는 손 같기도 하고 최면을 거는 손 같기도 하다.

선재도 나도 아무런 말을 하지 못하고 가만 서 있었다. 마치 시간이 멈춘 것처럼. 이 손을 어떻게 내려야 하지, 생각하며 어정쩡하게 서 있다가 천천히 손을 내리자 선재의 얼굴이 드러났다. 그 순간 엔진 배기음을 울리며 오토바이 한 대가 지나갔다. 다급하게 선재의 얼굴에 다시 손을 올리고 주위를 살폈다. 내가 하는 짓을 가만 보던 선재가 툭 웃음을 터트렸다.

"나 그렇게 안 유명해."

"뭔 소리야. 너 졸라 유명해."

"너니까 그렇게 생각하는 거지."

정적이 흘렀다. 선재도 말을 뱉고 보니 뭔가 민망한지 큼, 하고 목을 가다듬었다. 목도리를 두른 선재가 내 패딩 후드를 다시 쥐어 잡고는 끌어당겼다.

"가자."

눈을 동그랗게 뜨고 선재에게 이끌려 갔다.

선재의 얼굴을 힐끗 보았다. 눈만 보여 무슨 표정을 하고 있는지 알 수 없었다. 대체 아주머니가 뭐라고 말을 했기에 여기까지 오게 된 건지 궁금했다. 사람이 죽고 있다는 말이라도 했나. 곧 숨이 넘어간다고, 나체로 쓰러져 있다고, 이러다 죽을 것 같다고.

그런데 대체 그 아주머니는 어쩌다 선재에게 전화를 건 거지. 그 많은 연락처 중에.

"전화받고 황당했지?"

선재가 정면에 시선을 둔 채 고개를 저었다. 골목으로 꺾어 들어가는 길, 고개를 숙이는 선재와 눈이 마주쳤다.

"걱정했어."

여기로 들어가야 한다고 말하고 걸음을 틀어야 하는 순간에 말문이 막혀 입술을 꾹 다물고 선재를 보았다. 류근덕감자탕에서 받은 유자청을 사이에 놓고 선재와 나란히 벤치에 앉아 마주 보았던 날이 생각났다.

"그러니까 온 거잖아."

나를 보는 선재의 검은 눈동자가 그날처럼 깊었다.

□ ■ □

목도리를 걷어 내린 선재가 고개를 들고 건물 외관을 훑었다. 벽돌을 쌓아 올린 외벽엔 베란다 따위는 없이 창문만 일정한 간격으로 나 있었다.

"여기야?"

"응."

층수를 헤아리는 듯 점점 뒤로 꺾이던 선재의 고개가 제자리를 찾았다.

"너 혼자 살아?"

선재가 의아한 얼굴로 물었다. 눈을 끔벅이다가 고개를 끄덕였다. 손에 들고 있던 목도리를 내게 건네는 선재의 얼굴이 조금 딱딱해졌다.

"……왜, 왜? 자취한 지 오래됐는데."

선재의 손에 있는 목도리를 가져와 목에 대충 둘렀다.

"집에 아무도 없는데 그렇게 취해서 가지 마."

목도리를 코끝 아래까지 끌어 올리자 선재의 냄새가 맡아지는 것 같다. 눈을 끔벅이며 선재를 보았다.

그게 무슨 상관이지. 내가 음주 경력이 몇 년인데.

말없이 눈을 맞추자 선재가 괜한 말을 했다는 듯 시선을 돌렸다. 바구니 손잡이를 만지작거리다가 마땅히 할 말이 없어 입구 문턱을 밟고 올라섰다.

"데려다줘서 고마워."

내 말에 선재가 고개를 끄덕인다. 입구로 들어서서 계단을 향해 걷다가 힐끗 뒤를 살폈다. 선재가 패딩 주머니에 두 손을 찔러 넣은 채 가만히 서 있었다. 왜 안 가고 서 있지. 시골집을 떠날 때 할머니가 그랬던 것처럼 손등으로 허공을 밀어 내며 가, 얼른 가, 하고 말했다. 그런데도 선재는 말없이 고개만 끄덕일 뿐이었다. 어정쩡하게 서 있다가 시선을 거두고 등을 돌렸다.

계단을 몇 개 밟고 올라갔을까. 갑자기 2층 현관문이 벌컥 열렸다. 젊은 여자가 코트를 여미며 계단을 내려왔다. 두 눈이 동그랗게 커지고 가슴이 철렁였다. 활짝 열렸던 현관문이 닫히는 동안 나는 보았다. 현관문 안쪽에 붙어 있는 서윤재의 브로마이드를.

후다닥 뒤돌아 올라온 계단을 다시 밟아 내려갔다. 혹시나 했는데 역시나 선재가 그 자리에 그대로 서 있었다. 입이 벌어졌다. 또각또각, 계단을 밟고 내려오는 소리가 가까워진다. 너 왜 다시 내려오냐는 듯한 얼굴이 나를 향했다. 넌 대체 왜 안 가고 있는 건데.

잽싸게 선재의 팔을 잡고 달렸다. 다행히도 선재가 순순히 내 손에 끌려와 줬다. 골목을 벗어나자 선재가 다리에 힘을 주고 멈춰 섰다.

"뭐야? 왜?"

선재의 팔을 잡은 채 몸을 돌렸다.

"아, 그게."

입을 떼는데 선재의 어깨 너머로 입구에서 나온 여자가 보였다. 방향을 틀더니 이쪽을 향해 걸어왔다. 목에 두르고 있던 목도리를 빠르게 풀어서 선재의 얼굴에 둘렀다. 모양 따위 안중에 없다는 듯 막무가내로 둘렀다. 선재의 얼굴이 이상하게 가려졌다.

"야, 이게 무슨."

불만스러운 목소리를 뱉는 선재의 팔을 잡아당겼다. 선재의 말을 끝까지 들어 줄 여유가 없었다.

문을 열지 않은 미용실 유리문에 바짝 붙어 몸을 숨겼다. 뒤통수까지 유리문에 붙인 채 얼어 있다가 슬그머니 고개를 내밀어 거리를 살폈다. 아무도 없었다. 꾹 참았던 숨을 뱉으며 고개를 돌리자 선재와 눈이 마주쳤다. 유리문에 등을 붙인 선재가 이해할 수 없다는 얼굴로 나를 내려다봤다.

"왜, 왜 안 가? 너 안 바빠? 얼른 택시 불러서 타고 가."

"가려고 했어."

가려고 했다면서 움직이지 않던 선재가 시선을 내려 아래를 본다. 선재를 따라서 시선을 내렸다. 마주 잡은 손이 보였다.

"어머!"

마치 만져서는 안 될 것을 만졌다는 듯 선재의 손을 내던지고 한 걸음 물러났다. 소스라치게 놀라는 내 모습을 선재가 물끄러미 보았다. 뚝 떨어진 기온에 뺨이 얼얼하고 벌어진 입술 사이로 입김이 흘러나온다. 마음대로 커진 눈과 입의 모양새를 정리하고 헛기침을 뱉었다. 상황이 민망하게 됐다.

"너 손이 차다."

"어, 어?"

"손이 차다고."

몸을 돌린 선재가 나와 마주 보고 서더니 내 얼굴 언저리를 훑었다. 그러곤 손을 뻗었다. 뺨을 지나 귓바퀴를 스치는 손길에 나도 모르게 눈을 질끈 감았다.

미친, 입술 눈은 왜 감아?

그러다 머리카락을 만지는 손길이 느껴져 감았던 눈을 번뜩 떴다.

"야, 다 얼었다."

눈동자를 옆으로 굴려 선재의 손이 향한 곳을 보았다. 머리를 안 말리고 나온 탓에 물기가 맺혀 있던 머리카락이 땡땡 얼어 버린 것 같았다. 목도리를 풀어 내린 선재가 그것을 내 목에 둘러 주었다. 따뜻한 온기가 목을 감싼다.

"진짜 갈게."

선재가 한 걸음 뒤로 물러나 말했다. 고개를 끄덕이고는 주변을 휘둘러 살펴 보았다. 그 모습에 선재가 픽 웃음을 터트리더니 진짜 나 그렇게 안 유명한데, 하고 혼잣말하며 걸음을 뗐다. 멀어지는 선재의 모습을 물끄러미 보다가 왼손 을 들어 올렸다.

내가 선재의 손을 잡다니.

가슴이 두근거렸다. 들어 올린 손바닥으로 가슴을 쓸어내리려다가 안 돼, 이 손을 더럽힐 수 없어, 하며 주머니에도 넣지 않고 허공에 띄웠다.

집으로 돌아가는 길, 왠지 바구니가 가벼웠다. 이상한데. 고개를 내려 바구 니를 보았다. 바구니를 채우고 있던 목욕 용품의 개수가 모자랐다. 얼굴을 찌푸 리고 고개를 들었다. 저쪽 길바닥에 떨어져 있는 무언가가 보였다. 그 옆에도 무언가 하나 더 있었다. 걸어가 확인하니 바구니에 있어야 할 샴푸와 린스였 다. 급하게 달리느라 바구니를 막 돌려 버린 건가. 허리를 숙이고 샴푸를 주워 바구니에 넣었다. 옆에 있는 린스도 마저 줍는 순간 얼굴이 굳었다. 린스를 집 은 손이 왼손이었다. 어떻게 된 게 5분을 못 가요.

바구니를 정리하고 털레털레 출입문으로 들어갔다. 계단을 오르려다 말고 뒤돌아 집 앞을 보았다. 선재가 서 있던 곳이 텅 비어 있었다. 불현듯 자감분식 앞에 서서 나를 보던 선재의 모습이 떠올랐다. 괜히 마음이 뭉클해져 입술을 휘어 내리곤 계단을 올랐다.

핸드폰을 꺼내 화면을 켰다. 홈 버튼을 두 번 누르자 최근 사용한 앱이 떴다. 액정에 엄지를 대고 위로 올려 종료시키다가 메시지 창을 발견했다. 선재가 보 낸 메시지가 열려 있었다.

[춘백, 혹시 지금도 전화받는 법 몰라?]

계단에 우뚝 멈춰 서서 메시지를 다시 읽고 머리를 굴렸다. 메시지 도착 시 간을 확인하고 통화 목록으로 가 선재에게 전화를 걸었던 시간을 확인했다. 전화를 건 시간보다 메시지가 도착한 시간이 더 빨랐다.

춘백 학생. 그게 그래서.

이제야 머리가 굴러갔다. 사물함을 열고 발견한 핸드폰에 선재의 메시지가 도착해 있어서 전화를 걸었다는 게 가장 설득력 있었다. 뒤늦게 이해된 상황에 멍청하게 입을 벌리고는 남은 계단을 보았다.

□ ■ □

야근에 찌든 심원준과 나란히 퇴근 지문을 찍었다. 요 며칠 김명혁 피디에게 시달린 심원준은 눈 밑이 검게 그늘져 있었다. 그에게서 삶의 고단함, 고달픔 같은 것들이 느껴져 나도 모르게 어깨를 토닥였다.

회사가 전장이라면 심원준과 나는 병사였다. 전장에서 여기저기가 터져 죽었는데, 눈을 뜨면 다시 죽기 전으로 회귀해서 전장을 떠나지 못한 채 매일 출근을 반복하고 있었다. 그리고 이 회귀는 사표를 쓰는 날에 끝난다. 그래서인지 같은 조연출인 심원준과 나 사이에는 끈끈한 동지애가 있었다. 그런 게 그냥 어느 순간 생겼다. 안 생길 수가 없는 구조였다. 김명혁 피디가 날을 바꿔 가며 우리 둘을 번갈아 입으로 털어 댔으니.

길이 갈라지는 곳에서 심원준이 걸음을 멈추고 섰다.

"내일 봐요, 솔이 씨……."

"……네, 들어가세요."

내가 꾸벅 고개를 숙이자, 심원준이 따라서 고개를 푹 숙였다. 느리게 상체를 들어 올리고 서로의 길로 걸음을 돌렸다.

정류장을 향해 가려다가 길모퉁이에 있는 포장마차에 시선을 뺏겼다. 뭔지는 몰라도 방수포 틈으로 김이 모락모락 피어오르고 있었다.

"우동인가. 당기네."

날이 춥고 저녁을 대충 먹어서 그런지 허기가 밀려들었다. 배를 문지르며 주황색 방수포로 둘러싸인 포장마차를 빤히 보았다. 먹을까 말까 할 때는 먹는 거라고 누가 그랬던 것 같은데, 생각하며 힐끗 뒤를 살폈다. 제 갈 길을 가고 있을 줄 알았던 심원준이 몇 걸음 못 가고 멈춰 서서 포장마차를 바라보고 있었다. 그러다 눈이 마주쳤다. 동시에 웃음이 터졌다.

"먹고 갈래요?"

내가 물었고 심원준이 고개를 끄덕였다.

방수포를 걷고 포장마차 안으로 들어섰다. 다섯 개의 플라스틱 테이블이 놓여 있었고 중년 남성 두 명이 잔뜩 취해서 내가 계산을 하네, 네가 계산을 하네, 실랑이를 벌이고 있었다. 몸을 비틀거리는 남자들을 피해 구석진 자리에 앉았다.

"사장님, 우동 두 그릇 주세요!"

"네. 술은요?"

술은 정말 마실 생각이 없었는데, 무슨 신호를 주고받는 것처럼 심원준을 보았다. 그의 눈이 승낙을 의미하는 듯 한 번 끔벅였다.

"소주 한 병 주세요!"

"네. 조금만 기다려요."

두 손을 허벅지 사이에 끼워 넣고 입술을 오므려 숨을 뱉자 하얀 입김이 흩어졌다. 괜히 코와 뺨이 얼어붙는 느낌이 들었다. 우동 한 그릇 후딱 해치우고 집에 가야지. 그런 생각을 하며 연신 입김을 뱉어 냈다.

우동 두 그릇이 테이블 위에 놓였다. 날이 얼마나 추운지 우동 그릇에서 피어오른 김이 선명하게 보였다. 소주 뚜껑을 돌려 따고 잔을 채웠다.

"솔이 씨, 오늘 총알받이 하느라 고생 많았어요. 아마도 내일은 내 차례일 거야."

"번갈아 가면서 맞아야 회복도 하고 그러죠……."

쓰게 웃고는 잔을 부딪쳤다. 한 잔을 입에 털어 넣고 우동 국물을 휘휘 저어 한 수저 뜨자 하루의 묵은 피로에 대한 어떤 보상을 받는 것 같았다.

"맛있네요."

"그러게요."

"이러려고 돈 버나 봐."

"이제 알았나요."

우는 얼굴을 하고서 젓가락을 들었다. 우동 한 입, 소주 한 잔, 우동 한 입, 소주 한 잔이 반복됐다. 피곤한 탓인지 술기운이 빨리 올라왔다. 잔을 빨리 비워 낸 탓도 있었다. 몸이 후끈 달아올랐다.

소주를 한 병 더 주문한 심원준이 자리를 비웠다. 화장실에 갔다 오겠다며 핸드폰을 챙겨 들고 나갔는데 조금 거리가 있는 건물의 내부 화장실을 이용해야 했다. 시간이 좀 걸리겠네.

"아가씨, 잠깐만 이것 좀 걷을게요. 물건 정리해야 해서."

"네. 괜찮아요."

웃으며 고개를 끄덕이자 아주머니가 고맙다는 인사를 하고 방수포를 걷어 냈다. 시원하게 트인 공간으로 바람이 휘휘 불어 들었다. 절로 어깨가 움츠러들고 어우 씨, 추워, 하는 소리가 새어 나갔다.

메뉴판 옆에 놓인 라디오에서 음악이 흘러나왔다. 익숙한 노래 가사에 귀가 쫑긋 섰다. 몸을 좌우로 흔들며 음악을 들었다. 술에 취한 것처럼 음악에도 취해 버린 느낌이었다. 양동이를 들고 나간 아주머니는 돌아오지 않았고 포장마차엔 나 혼자 남아 있었다. 노래를 흥얼거리기에 딱 좋은 타이밍이었다. 숟가락을 뒤집어 들고 노래를 따라 불렀다. 절로 미간이 좁아졌다.

"우~ 떠나 버린 그 사람~ 우~ 생각나네~ 우~ 돌아선 그 사람~ 우~ 생각나네~"

이어지는 노래 가사를 재잘재잘 따라 불렀다. 다음 곡도 아는 노래면 따라 부를 생각이었는데 광고가 흘러나왔다. 하지만 너무 잘 아는 광고 음악이었다.

광고 음악도 열심히 따라 부른 후 쩝, 입맛을 다시고는 아쉬운 얼굴로 숟가락을 내려놨다.

단무지를 우걱우걱 씹으며 빈 잔에 소주를 채웠다. 쪼르르, 떨어지는 소주로 차오르는 잔을 보는데 누군가 의자를 끌어다 맞은편에 앉았다. 소주병을 세우고 고개를 들었다. 술기운으로 시야가 흐려져 눈을 크게 끔벅였다. 끔벅일 때마다 앞에 떡하니 버티고 앉은 사람의 얼굴이 점점 더 선명하게 들어왔다. 세상에. 눈이 동그래졌다.

"지나가다가 우연히 봤어."

"……여기를, 지나가다가 봤다고?"

주머니에 두 손을 찔러 넣고 앉은 선재의 고개가 작게 위아래로 움직였다.

"너 술 냄새 나."

"……술 마셨으니까 나지."

"언제 가려고."

"이것만 마시고 갈 거야."

입을 다물자 라디오 소리만 공간을 채웠다. 말없이 선재의 눈을 마주 보았다. 물끄러미 내 얼굴을 쳐다보던 선재가 대뜸 내 잔을 가져가더니 입술에 대고는 망설임 없이 턱을 들어 소주를 마셨다. 뜬금없는 행동에 눈이 동그래졌다.

"뭐 하는 거야?"

대뜸 나타나서 술을 뺏어 마시니 나는 황당해 죽겠는데, 선재는 담담한 얼굴로 소주병까지 들고 가 잔을 채우고 연달아 입으로 넘겼다. 마지막 잔이 선재의 입술을 적시고 넘어갔다. 선재의 미간이 살짝 찌푸려지는 게 보였다. 잔을 내려놓고 엄지를 굽혀 입가를 닦는 모습이 태연했다. 안주도 없이 소주를 연달아 마실 건 뭐란 말인가.

"너희 집 대로변도 아니던데. 더 늦기 전에 들어가."

"……그거 때문에 이걸 다 비웠어?"

"꼭 그것 때문만은 아니야."

"너 술 잘해? 이렇게 마셔도 괜찮아?"

선재가 덤덤한 표정으로 내 얼굴을 빤히 바라봤다.

"대부분 잘해."

정말로 술을 잘하는지 궁금해서 물은 건 아니었는데, 그렇게 마셔도 괜찮냐는 뜻이 더 강했는데, 한 치의 망설임도 없이 나온 답에 할 말을 잃었다. 대단한 녀석, 하고 생각하며 말없이 선재와 눈을 맞췄다. 마주 보던 선재의 입술이 다시금 열린다.

"기다리는 걸 제일 잘하고."

"……."

정신이 멍했다. 기다리는 걸 제일 잘한다니. 이거 완전 내 이야기 하는 거 아닌가. 선재의 눈이 어둠을 끌어안고 깊게 가라앉는 것처럼 보였다. 그만큼 깊었다. 슬픔마저 저 밑 어디에 묻어 두고 보여 주지 않는 것처럼.

때마침 양동이를 들고 나갔던 아주머니가 돌아왔다.

"헛소리하기 전에 일어나야겠다."

의자를 뒤로 밀고 일어난 선재가 계산대 앞에 서더니 지폐를 내밀었다.

"어! 야, 네가 왜 계산을 해!"

벌떡 일어나서 달려가자 아까 두 남자의 계산 싸움에 질려 버린 듯 아주머니가 재빨리 선재의 지폐를 받아 들고는 잔돈을 내어 줬다. 너무 황당해서 입이 벌어졌다. 우동 두 그릇도, 소주 두 병도, 다 나랑 심원준이 주문하고 먹은 건데 왜 네가 계산을 하냐고.

잔돈을 주머니에 넣은 선재가 물끄러미 고개를 내려 나를 보았다.

"궁금한 게 있는데."

"……뭔데?"

"남자 친구 있어?"

"어?"

예상치 못한 선재의 질문에 눈이 커지고, 눈동자가 옆으로 굴러갔다. 아주머니가 음흉하게 웃으며 양파 한 망을 들고 포장마차 밖으로 나갔다. 아휴, 젊음이 좋아, 하고 혼잣말하면서.

무표정한 선재의 얼굴에서는 아무런 감정도 읽을 수 없었다. 다만, 조명이 비친 선재의 눈동자가 이따금씩 흔들렸다.

"없는데……."

선재의 뺨으로 옅게 홍조가 올랐다. 입술을 꾹 힘주어 물더니 응, 하는 짧은 말을 뱉고는 포장마차를 나가 버렸다. 멍하니 선재가 사라진 방향을 바라보았다. 뭐야, 대체. 한 손을 가슴에 얹고 문지르는데 불쑥 방수포를 걷으며 심원준이 들어왔다.

"어? 가는 거예요?"

멍하니 고개를 끄덕였다. 자리에 앉은 심원준이 빈 병을 들고 놀란 얼굴을 했다.

"혼자 이거 다 마셨어요?"

"……그러게요."

멍청히 고개를 끄덕이고는 자리로 돌아가 앉았다. 저릿한 느낌에 옷자락을 쥐어 잡았다. 방수포 틈으로 찬 바람이 새어 들었다.

□ ■ □

잔업이 남았는데 회사 분위기가 살벌했다. 너무 살벌해서 의자 끄는 소리, 문을 열고 닫는 소리조차 내면 안 될 것 같았다. 아주 작은 소리로 누군가의 심기를 건드리는 순간 동네북이 되는 거였다. 화풀이 대상으로.

메인 작가와 피디가 대판 싸웠다. 이유가 궁금했지만 심원준에게 물어볼 수 없었다. 심원준이 몸을 날려 피디를 말리다가 첫 번째 동네북이 되었기 때문이다.

메인 작가가 심원준에게 눈을 부라리며 내가 만만하냐고 소리쳤다. 교육을 어떻게 받은 거냐, 인성이 왜 그 모양이냐, 버르장머리가 없다 등의 비수 같은 말들이 메인 작가의 입에서 튀어나왔고 그 말을 듣는 심원준의 안색은 점점 어두워졌다. 한 소리 들은 뒤에야 싸움판에서 슬그머니 발을 뺀 심원준은 외투와 담뱃갑을 챙겨 들고 나간 이후로 모습을 보이지 않았다.

외투를 챙겨 입고 대본을 들었다. 그러곤 심원준이 나갔다가 들어오지 않은 문으로 향했다. 피신할 곳이 필요했다.

대본을 들고 회사 근처의 카페에 들어갔다. 계산대 앞에 서서 메뉴판을 훑는데 플레인요거트스무디에서 눈이 멈췄다. 선재가 좋아하는 음료였다. 이 음료를 들고 찍은 사진을 인스타그램에 올린 적도 있었는데. 그러고 보니 들어온 곳이 선재가 사진 속에서 먹고 있던 음료를 판매하는 브랜드였다. 고민할 것도 없이 메뉴가 결정됐다.

"플레인요거트스무디 주세요."

체감 온도 영하 20도인 날에.

스무디를 쪽쪽 빨아 마셨다. 입에서 빨대를 떼자 머리가 댕댕 울리고 이가 시리다. 절로 얼굴이 찌푸려졌다. 괜히 몸을 떨었다.

컵을 내려놓고 대본을 살폈다. 망할 피디와 작가가 싸우는 바람에 뜬금없는 일이 넘어왔다. 출연하는 인물들을 설명할 문구를 만드는 일이었다. 대본을 눈으로 훑는데 옘병, 소리가 절로 나온다.

"뭐라고 쓰냐고, 대체."

턱을 괴고 대본을 보았다. 까만 건 글씨고 하얀 건 종이지. 손에 펜을 들고 빙글빙글 돌렸다. 대본에는 출연자의 스펙이 상세하게 기술되어 있었다. 출연자의 키가 188cm였다. 와. 도대체 키가 얼마나 큰 거야. 그러다 내 옆에 나란히 섰던 선재를 떠올렸다. 내가 고개를 들고 올려다보았던 얼굴의 위치를. 선재도 엄청 큰데. 자막에 쓸 문구를 생각한다는 게 선재의 생각으로 튀었다.

선재의 키, 옷차림, 무표정한 얼굴, 웃을 때 한쪽만 파이는 보조개, 그런 것들을 떠올리다 보니 선재의 마음에까지 생각이 닿았다. 내가 보지 못하는 곳.

6년 전 갑자기 불쑥 나타나 너를 좋아한다고 소리치더니, 그 뒤 몇 년간은 모르쇠로 일관하고, 그러다 최근 들어 다시 아는 얼굴을 하는 나를 선재는 어떻게 생각할까. 그런 내가 선재에게 어떻게 보일까.

손에 든 펜을 빙글빙글 돌리다가 노트에 선재의 이름을 반복해 적었다.

[선재. 류선재. 만약 내가 선재라면]

선재의 이름 뒤에 말줄임표를 쭉 이어 찍었다. 내가 선재라면, 그 이후로 아무런 생각도 안 이어졌다. 도저히 상상이 안 됐다. 나라면 어땠을까. 그런 생각을 해 봐도 답이 안 나왔다. 무언가를 가늠해 보기엔 내가 뛰어넘은 시간이 너무 길었다.

"답답하네."

짧고도 괴로운 한숨이 흘러나왔다. 턱을 괴고 한숨을 길게 뱉다가 테이블 위에 팔을 뻗고 엎드렸다. 노트에 적은 글씨들을 끔벅끔벅 바라보는데 점점 눈꺼풀이 무거워졌다. 마치 아령을 들고 힘겹게 운동할 때처럼.

무겁다. 무거워.

그러다 스르르 눈이 감겼다.

핸드폰 진동에 정신을 차렸다. 액정에 심원준의 이름이 떠 있었다. 상체를 들고 눈을 비비며 전화를 받았다.

"예. 전화받았습니다."

— 솔이 씨 가방 두고 퇴근했어요?

"예? 아, 저 아직 퇴근 안 했는데요."

— 이찐지. 자리에 가방이 있는데 사람들이 자꾸 솔이 씨 퇴근했다고 그래서. 시간 늦었어요. 얼른 퇴근해요.

"아, 네. 사무실이세요?"

— 방금 막 나왔어요. 어딘데요? 가방 가져다줄까요?

"아니요. 저 어차피 사무실 들러야 해요. 내일 뵙겠습니다."

— 네. 오늘 고생했어요. 내일 봐요.

전화를 끊고 핸드폰을 테이블 위에 내려 두었다. 엎드려서 잔 탓에 몸이 뻐근했다. 두 팔을 높이 들고 기지개를 켜는데 테이블에 내 것이 아닌 물건이 있었다. 팔을 내리고 장갑을 들었다. 아무런 무늬도 없는 남색 니트 장갑이다.

누가 두고 갔나. 근데 왜 내 테이블에 두고 갔지.

왠지 모르게 찜찜해 눈을 찌푸리곤 도로 테이블 위에 놓았다. 핸드폰을 주머니에 넣고 짐을 챙기려는데 노트에 시선이 갔다. 내가 채워 넣은 글씨 말고도 다른 글씨체가 남아 있었다. 비스듬히 각도가 틀어져 있는 노트를 앞으로 당겨 가져와 내용을 살폈다.

[*선재. 류선재. 만약 내가 선재라면…… 너를 미워할 수 없을 거야. 장갑끼고 가.*]

덜컹, 가슴이 울리며 눈이 커졌다. 고개를 들고 주위를 살폈다. 통유리 창 너머로 새카만 풍경만 보였다. 카페 내부에도 나 외에는 다른 손님이 없었다. 다시 시선을 내려 노트를 보았다. 모르려야 모를 수가 없는 글씨체가 아닌가.

선재가 다녀갔다.

□ ■ □

퇴근 지문을 찍고 시간을 확인했다. 밤 9시 20분. 늦은 시간에 한숨이 길게 이어졌다. 에휴, 하는 바람 빠지는 소리와 함께. 엘리베이터에 올라타 벽에 머리를 기댄 채 내려가는 층수를 보다가 주머니에서 장갑을 꺼냈다. 누가 모르고 놓고 간 건 줄 알았는데, 선재가 주고 간 거란 말인가.

어깨를 축 늘어트리고 문이 열린 엘리베이터에서 내렸다. 로비를 벗어나 건물 밖으로 나가자 칼 같은 바람이 몰아쳤다. 체감 온도가 낮다더니, 살을 베는 추위였다. 밖으로 나가자마자 뺨이 얼얼해지고 어깨가 올라갔다.

오래가지 않아 빨갛게 얼어 버린 손을 내려 보다가 선재가 주고 간 장갑에 손을 끼워 넣었다. 손목을 덮는 길이였는데 손가락이 반 마디 정도 남았다. 여성용은 아닌 것 같은데. 손바닥을 펴서 얼굴에 대고 냄새를 맡았다. 목도리에서 맡았던 선재 향이 나는 것 같기도 하고. 콧등을 찡그리고 킁킁대다가 개가 된 것만 같아 콧등을 반듯하게 펴고 손을 아래로 내렸다. 보는 사람도 없는데 괜히 혼자 멋쩍어 주변을 두리번거리다가 걸음을 뗐다.

자꾸만 시선이 손으로 향했다. 정확히는 선재가 주고 간 장갑이었다. 그럼 이거 선재 장갑인 건가. 갑작스레 스멀스멀 웃음이 번지더니 광대가 올라갔다. 나도 모르게 풉, 하고 웃음이 터져 손으로 얼굴을 가리고 웃다가 두 뺨을 감싸고 미소 지었다.

류선재, 내가 밉다더니. 장갑은 왜 주고 갔대.

정류장에 앉아 버스를 기다렸다. 매섭게 부는 바람에 얼굴은 이미 얼어서 누군가 주먹을 날리면 그대로 깨져 버릴 것 같았지만 마음만은 따뜻했다. 반 마디 남은 장갑의 끄트머리를 만지작거리다가 고맙다는 말이라도 할까 싶어 핸드폰을 꺼냈다. 오른쪽 장갑의 검지 부분을 이로 물고 쭉 빼내 벗었다. 핸드폰 화면을 켜고 카메라 앱을 켜서 장갑을 낀 손에 초점을 맞췄다. 선재에게 사진을 전송했다.

[고마워]

메시지를 보내고 다시 장갑을 꼈다. 잠깐 벗었다고 오른손이 땡땡 얼었다. 두 다리를 물장구치듯 교차하며 흔들고 있을 때 선재에게서 답장이 왔다. 부랴부랴 다시 장갑을 벗었다.

[응. 근데 왜 한쪽만 꼈어?]

어떻게 알았지. 선재에게 보낸 사진을 다시 보았다. 무릎 위에 올려 둔 장갑 한쪽이 보였다.

눈썰미도 좋네…….

[너한테 메시지 보내려고 잠깐 뺐어.]

정류장으로 천천히 버스가 들어섰다. 의자에서 일어나 정지한 버스에 올라
탔다. 시간이 늦어 그런지 빈자리가 많았다. 자리에 앉아 벗은 장갑을 주머니에
넣는데 핸드폰이 진동한다.

[그거 터치야.]

……아. 괜히 민망해 터치, 터치구나, 하고 혼잣말하며 차가운 뺨을 문질렀
다. 뺨에 닿는 손이 따뜻했다. 선재 덕분이다.

□ ◆ □

사다리 타기에서 걸린 탓에 카드를 챙겨 들고 카페로 들어서던 선재의 눈에
구석에 엎드려 누워 있는 한 사람이 들어왔다. 흐트러지듯 흘러내린 머리카락
사이로 한쪽 뺨이 눌린 얼굴이 어렴풋이 보였다. 다섯 개의 음료를 주문하고
결제를 한 뒤 진동 벨을 들고 구석진 자리로 가 앉았다.

소리 나게 의자를 뒤로 빼고 앉았는데도 깊게 잠이 들었는지 미동이 없었다.
턱을 괴고 몸의 방향을 임솔 쪽으로 틀었다. 선재의 시선이 잠잠한 얼굴에 머
물렀다. 가만 그 얼굴을 보다가 손을 뻗어 머리카락을 넘겨 주었다. 손가락에
닿는 그 느낌이 생경해 기분이 이상했다.

테이블 위엔 종이와 노트가 널려 있고 의자엔 패딩 하나만 걸려 있었다. 몇
모금 안 마신 듯한 음료가 눈에 들어왔다. 쭉 뻗은 팔을 잠결에 아무렇게나 움
직이면 엎어 버릴 수 있는 위치라 선재가 컵의 위치를 옮겼다.

"세상모르고 자네."

카페 안에는 가요가 흐르고 있고, 임솔은 고요했다. 이렇게 오랜 시간 임솔의 얼굴을 꼼꼼하게 눈에 담았던 적이 있었던가. 생각을 하다 보니 오래전의 음악실이 떠오른다. 턱을 괴고 있던 손을 테이블 위에 내리고 두 팔을 교차해 머리를 기댔다. 임솔과 얼굴의 위치가 같아졌다.

"김춘백."

선재가 작게 목소리를 냈다. 무겁게 내려앉은 눈꺼풀은 아무런 움직임도 없다. 조심스레 잡아 넘겼던 머리카락이 힘없이 내려오더니 임솔의 얼굴을 가렸다. 선재의 얼굴에 은근한 기운이 돈다.

"자주 보니까 좋다."

얼마간 우두커니 있던 선재가 상체를 세우고 앉았다. 물끄러미 엎드려 누운 임솔을 보다가 노트로 시선을 옮겼다. 자신의 이름이 낙서처럼 남아 있었다. 손가락을 뻗어 슬쩍 노트의 방향을 틀었다.

［선재. 류선재. 만약 내가 선재라면…….］

오래전 자신의 책상 서랍을 가득 채운 편지의 글씨체와 같았다. 엷은 웃음이 번졌다. 별 내용도 없는데 그랬다. 함께 있지 않은 시간에도 나를 생각해 주는구나, 그런 생각이 들어 그랬다. 만나기 싫은 것처럼 아는 얼굴을 하고서도 피해 다니더니.

테이블 위에 펜이 떨어져 있었다. 선재가 그 펜을 들어 손에 쥐었다. 펜촉을 노트 가까이 두고 망설이다가 말줄임표 뒤에 글을 이어 적었다. 진동 벨이 울렸다. 펜을 놓고 일어서려는데 아담한 임솔의 손이 눈에 들어왔다. 주머니에 찔러 넣어 둔 장갑을 꺼내어 만지작거리다가 테이블 위에 놓았다. 돌아서 가려다 임솔이라면 그냥 놓고 갈 것 같아 다시 펜을 들고 장갑 끼고 가, 라는 메모를 남겼다.

캐리어를 든 선재가 유리문을 어깨로 밀며 구석에 시선을 던졌다. 들어올 때와 같은 자세를 유지하고 있는 임솔이 보인다. 그 모습에 괜히 웃음이 나 미소 짓고는 카페를 벗어났다.

□ ■ □

"미친, 오늘이 녹화 날인데 장난해?"

김명혁 피디가 빽 소리를 질렀다. 심원준이 난감한 얼굴로 머리를 긁적였다.

오늘 출연자는 며칠 전 에세이집을 출간한 작가였다. 소품으로 사용하기 위해 출판사에 도서 공급을 요청했고, 출판사에서도 승낙했다. 녹화 날을 미리 공지하고 어제까지 책을 받을 수 있도록 요청해 두었는데, 출판사 측에서는 택배로 발송했으니 늦어도 오늘은 도착할 거라는 답을 주었다. 그런데 세트장 준비를 하는 이 시간까지 택배는 감감무소식이었다.

"쿽 그거 얼마나 한다고 택배를 보내, 택배를."

김명혁 피디가 입바람을 불어 앞머리를 날렸다.

"야, 막내."

"네!"

세트장 한쪽에서 귀를 기울이고 있다가 잽싸게 대답하고 달려갔다. 열이 나는지 옷소매를 걷어붙인 김명혁 피디가 뒷주머니에서 지갑을 빼내고는 카드 한 장을 꺼냈다.

"서점 가서 네가 사 와. 20권. 부족하면 있는 대로 쓸어 와."

"네, 다녀오겠습니다."

카드를 받아 들고 후다닥 걸음을 옮겼다. 책 20권이면 무게가 보통이 아닐 텐데. 화는 심원준한테 내고 책은 나한테 사 오라고 시키는 이유가 뭐냐. 얼굴을 잔뜩 일그러트리고는 핸드폰의 지도 앱을 켜 가장 가까운 거리에 있는 서점을 검색했다.

서점에 들어가자마자 도서 검색대로 향했다. 도서명을 입력하고 위치를 프린트했다. 그리고 도서 진열대에 도착해서 절망을 느꼈다. 출간한 지 얼마 안 되어서 그런지 출판사에서 광고에 열을 올리고 있는 모양이었다. 40권 정도 돼 보이는 책들이 정갈하게 쌓여 있었다.

"20권……."

쪼그리고 앉아 책 부수를 셌다. 그냥 들고 가기엔 부수가 많아 결제를 하고 서점 측에 밴딩을 요구했다. 계산대 한쪽에 서서 기다리고 있는데 누군가 서점을 분주하게 휘젓고 다니는 게 보였다. 키가 훤칠하고 머리색이 강렬해서 눈에 확 들어왔다.

백인혁?

"고객님, 다 됐습니다."

백인혁의 머리를 좇던 눈을 소리가 난 쪽으로 돌렸다. 20권의 책이 댐지 두 장 사이에 정갈하게 놓였다. 친절하게 책을 건네주는 직원에게 꾸벅 고개를 숙여 인사를 하고는 책을 받아 들었다. 직원이 손을 놓자마자 윽! 하는 소리와 함께 허리에 힘이 들어갔다.

더럽게 무겁네.

백인혁 혼자 온 건가, 다시 한번 훑어보고 싶었는데 그럴 여유를 주는 무게가 아니었다. 이를 악물고는 서점을 벗어났다.

□ ■ □

출근길, 우편물을 챙겨 사무실로 올라왔다. 귀하 앞에 박힌 이름대로 분류를 하는데 그중에 내 이름도 있었다. 회사로 우편물이 온 게 의아해 주소를 살피는데 보내는 사람의 주소도 받는 사람의 주소도 없고 내 이름 두 글자만 적혀 있었다. 우체국을 거쳐 온 것 같지도 않은데, 이건 대체 뭐지.

우편물을 들고 자리에 앉았다. 각봉투 겉면에 붙어 있는 테이프를 칼로 뜯어

내고 안에 들어 있는 것을 꺼내 보았다. 무선으로 제본된 책 한 권이었다. 샛노란 표지엔 '나는 네가 정말 밉다'라는 제목이 적혀 있었다. 자연스레 책을 보는 얼굴이 한쪽으로 기울었다.

책의 앞뒤를 살피다가 책등을 잡고 탈탈 털어 보았다. 혹시 내가 선재에게 그랬던 것처럼 면지나 본문 페이지 사이에 쪽지를 넣었을지도 모르니. 하지만 아무것도 나오지 않았다. 혹시 면지에 무슨 메모라도 되어 있나 싶어 살펴봤으나 깨끗했다. 두 손으로 책을 들고 눈을 찌푸렸다. 뭐지, 이 기시감은. 이건 내가 선재에게 하던 짓인데.

칼로 뜯어낸 각봉투를 다시 살폈다. 검은색 매직으로 갈겨쓴 임솔, 두 글자를 보는데 점점 더 미궁 속으로 빠지는 기분이었다.

이건 선재의 글씨체가 아니다.

□ ■ □

지하철을 타고 가는 길, 책을 펼쳐 읽었다. 제목은 '나는 네가 정말 밉다'였으나 정작 안에 담긴 내용은 역설적으로 사랑에 대해 이야기하고 있었다. 선재의 글씨체는 아니었는데, 방법이 내가 선재에게 책을 전달하던 것과 비슷했다. 영문도 모르고 괴상한 제목의 책을 받는다는 게 이런 기분이구나. 갑작스레 선재에게 미안한 마음이 들어 읽던 책을 덮었다.

표지를 엄지로 문지르다가 핸드폰을 꺼냈다. 선재의 메시지 창을 열고 입술을 말아 물었다. 이로 잘근잘근 입술을 씹다가 연락해도 되지 않을까, 이미 몇 번 주고받았는데, 할 말만 하면 되지 않을까, 그런 질문을 몇 번 스스로에게 하고서 엄지를 움직였다.

[혹시 네가 회사 우편함에 책 넣고 갔어?]

전송된 메시지를 보는데 괜히 보냈나 하는 생각이 뒤늦게 들었다. 선재가 내가 다니는 회사를 알고 있다는 전제를 깔고 보낸 게 이제 보니 웃겼다.

[아니.]

선재에게서 짧은 답이 돌아왔다. 너무 짧은 두 글자를 보니 정말로 괜히 보냈다는 생각이 더 강렬하게 든다.

임솔, 이거…… 선재가 장갑 주고 갔다고 신나 가지고.

아니라고 하니 딱히 덧붙일 말이 없어 물끄러미 선재의 답장을 보며 적절한 마무리 인사를 고민했다. 누군가 보내는 사람 이름도 없이 우편함에 책을 넣고 간 상황에 대해 구구절절 설명을 할까, 아니면 간단하게 그렇구나, 알았어, 안녕, 하고 보낼까. 빠르게 보기를 만들었다. 무엇이든 하나는 선택을 해야 했다. 핸드폰 액정에서 떨어트린 엄지를 까닥이고 있을 때 새로운 메시지가 들어왔다.

[퇴근해?]

괜스레 마음이 울렸다. 긴 구간을 지나는 지하철이 덜커덩거리며 속도를 냈다.

[응. 넌 뭐 해?]
[난 엄마 기게 외 있어.]

류근덕감자탕에 갔구나. 그곳에서의 일들이 떠올라 어쩐지 기분이 이상했다. 은근히 많은 일들이 일어난 장소였다. 밥 먹으러 갔다가 의도치 않게 앞치마를 훔쳐 가기도 했고, 갑작스레 학교 앞으로 찾아온 선재가 나를 끌고 간 곳이었으며, 시계 주인의 전화를 받은 곳이기도 했다. 내가 혼자서 술을 마시고 계산을 한 뒤 선재 어머니에게 선재를 낳아 주셔서 감사하다며 절을 올린 일은 저 세계로 사라지고 없었다.

메시지 입력창에 응, 하나를 적어 두고 뒷말을 고민했다. 어떤 말을 덧붙일까.

[응. 내가 전에 막무가내로 서랍에 편지 넣어 뒀던 거 미안해. 다른 사람 통해서 책 줬던 것도.]

어쩌면 누구인지도 모르는 사람에게서 받은 책 한 권 때문에 이런 말을 할 용기가 생긴 건지도 모른다. 시간 여행자였던 나에게 선재의 불쾌함 따위는 우선순위가 아니었으니.

[나도 미안해.]

생각지도 못한 내용에 어안이 벙벙했다. 멍하니 선재가 전송한 문장을 보았다. 선재가 내게 미안해할 만한 일이 있었던가. 최근의 일부터 짚어 보았다. 아무리 생각해도 선재가 내게 미안해할 만한 일은 없었다. 그냥 예의상 하는 말인 건가. 역으로 진입하는 지하철 문 너머로 지하철 역내의 밝은 형광등 불빛이 스쳤다.

□ ■ □

지하철에서 내려 계단을 오르고 출구로 나가는 길, 젖은 계단이 눈에 들어와 고개를 들었다. 하얀 눈송이가 허공을 가르며 내려오고 있었다.

"함박눈이네."

역 앞에 서서 하늘을 올려다보다가 손을 내밀었다. 천천히 떨어진 눈송이가 손바닥에 닿고, 바라볼 새도 없이 녹아 사라졌다. 움푹 파인 곳에 물기가 어렸다. 하얀 눈송이가 녹아 버린, 그 투명한 흔적을 멀거니 보다가 왠지 모르게 모호한 마음이 들어 적적해졌다. 그게 꼭 본래의 모습을 감춘 것 같기도 하고 사라져 버린 것 같기도 해서.

터덜터덜 걸어 집에 도착했다. 현관 앞에 서서 어깨와 머리 위에 쌓인 눈을 털어 내고 신발을 바닥에 두어 번 찍어 내 밑창에 묻은 눈을 털었다. 현관문을 닫고 집 안으로 들어가 거실 불을 켜지도 않은 채 방으로 향했다. 신발장을 밝힌 센서 등 불빛이 어슴푸레 방 언저리를 비췄다.

가방을 던져두고 외투를 벗어 의자에 걸었다. 바닥에 앉아 양말을 벗는데 가방 밖으로 튀어나온 책의 모서리가 보였다. 무릎걸음으로 걸어 책을 뺐다. 손바닥으로 표지를 쓱 쓸고 일어나 책장을 훑었다. 책을 꽂아 두기 위해 마땅한 자리를 찾는데 책장에 책이 빽빽하게 차 있어 빈틈이 없다.

책등을 만지작거리다가 한쪽을 차지하고 있는 전공 서적에서 눈이 멈췄다. 취직도 했겠다, 다시 볼 일이 없을 것 같아 전공 서적을 모조리 꺼냈다. 안 읽는 소설이나 시집도 버리기 위해 손이 안 가는 책을 하나씩 책장에서 꺼내는데 처음 보는 시집이 있었다. 내가 산 건가, 하며 표지를 보았다. '다정한 호칭'이라는 제목을 가지고 있었다. 자주 읽었던 책이 아닌 듯 표지에서 책등으로 이어지는 부분에 접힌 자국이 없이 깨끗하다.

"지은이 이은규."

표지를 넘기자 검은색 펜으로 메모가 적힌 면지가 나왔다. 글씨가 엉망이어서 읽기도 전에 눈이 찌푸려졌다. 내 글씨는 아닌데, 하며 짧게 메모된 내용을 보았다.

[문득 있다가 문득 없는 것들은 뭐라 불러야 하나. 이 문장이 좋아서 샀어. 지금 너에게 내가 없어도, 문득 있는 날이 오지 않을까 해서. 너를 이해하고 싶어.]

정신이 아득해지며 가슴이 두근거렸다. 조악한 필체를 계속 훑었다. 이런 필체를 본 적이 있다. 엉망으로 자신의 이름을 날려 적어 두었던 교과서에서. 체육복 뒤에도 이 글씨체가 박혀 있었다. 발행일을 찾기 위해 빠르게 페이지를 넘기는데 종이 한 장이 툭 떨어진다.

시선이 떨어진 종이 위로 향했고 그것을 주워 들었다. 반으로 접힌 종이를 펼치자 휘갈겨 쓴 활자가 나타났다. 날짜였고 년과 월, 일 사이에 정성스레 온 점을 크게 박아 놓은 게 내가 쓴 거였다. 일기를 찢어 놓은 듯 종이의 한쪽 결이 곱지 않았다. 열아홉의 3월. 선재를 모르는 내가 있던 시간.

[내가 꼭 내가 아니었던 것만 같다. 아무리 떠올려 봐도 기억나지 않는 시간에 대해 이야기하며 그 아이는 자꾸 내 이름을 부르고, 정말로 모르는 얼굴이라 미안하다는 말만 하는 내게 화가 난 듯 헛숨을 터트리는데, 나는 그 눈을 안다. 동공을 깊게 파고드는 슬픔을. 끝도 없이 떨어지는 우울을. 다신 찾아오지 않겠다더니, 오늘 또 육교에서 만났다. 나도 모르게 도망치다 발을 헛디뎠다. 그 아이가 내 손목을 잡지 않았더라면, 혹시 잡고도 나를 놓았더라면, 다리 하나가 부러졌을지도 모른다. 그 아이와 함께 계단을 굴렀고, 꼭 안긴 그 아이의 품에서 두근두근 뛰는 심장 박동을 느꼈다. 괜찮냐고 묻는 음성이 따뜻했다. 나를 정말 모르는 사람이라면, 나에게 장난을 치는 이상한 사람이라면 그런 얼굴로 나를 보지 못했을 거라는 생각이 들었다. 기분이 이상해 울음을 터트리자 그 아이가 살갗이 다 까진 손으로 눈물을 닦아 줬다. 다신 너를 찾아오지 않을게. 너를 불편하게 하고 싶지는 않아. 그렇게 말했다. 울 것 같은 얼굴을 하고. 누가 남기고 간 흔적일까. 누가 내 안에 있었던 걸까. 왜 나는 아무것도 기억하지 못하는 걸까.]

가슴이 쿵쿵 뛰었다. 전혀 기억에 없는 날의 일기였다. 과거의 내가 쓴 하루가 고스란히 들어 있었다. 기분이 이상했다.

'언제 만날지도 모르는 너를 기다렸어.'

선재가 했던 말. 그러니까, 그게.

고개를 돌리고 창밖을 보았다. 눈발이 날리며 세상이 점점 하얗게 변해 가고 있었다. 선재도 이런 기분이었을까. 이렇게 무섭고도 슬펐을까. 천천히 눈이 낙하하는 풍경이 마음과는 다르게 너무나 아름다웠다.

04.

꿈에서 본 거리

학교가 끝나고 회사로 가는 길, 백인혁이 핸드폰 충전 케이블을 사야 한다며 서점으로 방향을 틀었다. 문을 열자 조용한 내부에 책 냄새가 스며 있었다. 백인혁이 케이블을 찾아 걸음을 옮기고 멀뚱히 서 있던 선재가 책 코너로 걸음을 옮겼다.

주머니에 손을 찔러 넣은 채 빈틈없이 꽂혀 있는 책의 책등을 훑었다. 외국 소설을 지나 국내 소설, 그러다 시집 코너에서 발길을 멈췄다. 몸을 틀고 책꽂이를 정면으로 바라봤다. 각기 다른 색깔을 가진 책등이 나란히 줄을 이뤘다. 그러다 '다정한 호칭'이라는 제목에 눈이 갔다.

주머니에서 손을 빼낸 선재가 시집의 모서리를 검지로 눌러 빼냈다. 한 손에 시집을 들고 제목을 반복해서 눈으로 훑었다. 다정한 호칭, 다정한 호칭.

서점에 들어선 순간 임솔이 생각났다. 조공이라며 제게 주었던 엉뚱한 제목의 책들 때문이었다. 그래서인지 다정한 호칭이라는 제목을 보자마자 춘백이나 선재 업고 튀어 같은 호칭이 떠올랐다. 비록 다정하게 불러 준 적은 없었지만.

책을 펼치고 몇 장을 훑었다. 무심코 넘긴 페이지에 마음에 드는 시구가 있었다.

[문득 있다가, 문득 없는 것들을 뭐라 불러야 하내

선재의 얼굴이 우울하게 젖어 들었다. 처음에는 너무 황당하기만 했던 임솔이었는데 그 황당한 상황들이, 그런 상황을 만들어 내는 임솔이 자꾸 생각났다. 백인혁의 말 때문인지 그 엉뚱한 모습이 귀여워 보이더니 점점 마음이 그 애에게 기울었다.

눈을 뜨고 누워도 감고 누워도 임솔의 얼굴이 따라왔다. 햇살이 좋으면 좋은 대로, 바람이 불면 부는 대로. 왜 임솔이 생각나냐고 물으면 갖가지 이유를 댈 수 있었다. 수업 시간 무심코 바라본 창밖 풍경에 편의점 안에서 라면 면발에 입바람을 불던 임솔의 모습이 떠오르고, 급식을 먹고 나와 백인혁과 난간에 기대고 서서 운동장을 보고 있으면 자신이 차올린 공을 막기 위해 전혀 다른 방향으로 몸을 날리던 임솔이 떠올랐다.

부푸는 마음을 숨기지 못하고 임솔에게 좋아한다고 토해 냈더니, 갑자기 모르는 사람이 됐다. 나타나지 말라는데도 나타나며 제 안에 방을 하나 만들더니 들어오지도 않고 멀어져 버렸다. 임솔로 인해 만들어진 방은 주인 없이 비었다. 그곳이 우묵하게 파이며 갈 곳 잃은 감정이 고였다.

제 마음을 받아 주지 않은 것보다 땅을 가르고 저 너머로 가 버린 게 더 괴로웠다. 온기 없는 임솔의 두 눈이. 정말로 자신을 모른다는 듯한 얼굴이. 이전과 다르게 우울한 기색을 띠는 분위기가. 길을 잃었고, 돌아가는 방법을 모른다고 선재는 생각했다.

"야, 책 사게?"

케이블을 손에 든 백인혁이 책꽂이 사이를 걸어 들어왔다. 선재의 손에 있는 것이 시집이라는 것을 깨닫고는 눈을 찌푸렸다.

"시를 읽겠다고? 문학 시간으로는 부족하냐?"

백인혁의 말에 실없이 웃음을 터트린 선재가 그의 옆구리를 시집으로 가볍게 툭 치고는 걸음을 뗐다. 책을 책꽂이에 도로 꽂지 않고 들고 나가는 선재를 보며 백인혁이 눈을 동그랗게 떴다. 그러고는 믿을 수 없다는 듯 선재의 뒤를 쫓았다.

　"진짜 산다고?"

　"사면 안 되냐."

　계산대 위에 책을 올려놓은 선재가 말없이 웃었다. 임솔에게 줄 생각이었다. 다른 사람 같은 임솔의 모습이 신경 쓰였다. 그것은 의문인 동시에 걱정스러운 부분이었다. 갑자기 왜 임솔은 웃음기 하나 없는 어두운 사람이 되었나. 그 생각이 선재의 머릿속에서 떠나지 않았다.

　서점 앞, 선재 홀로 서서 화장실에 간 백인혁을 기다렸다. 표지를 만지작거리다가 가방에서 펜을 꺼내 들었다.

　선재의 시선이 깨끗하게 색을 바른 면지에 물끄러미 닿았다. 펜을 손에 쥐고 빙글빙글 돌렸다. 무슨 말을 전할까. 고민을 하다가 페이지를 넘겼다. 서점에서 보았던 시구를 찾기 위해서였다. 허공에 스민 적 없는 날개를 다스릴 바람이 없다, 라는 제목을 가진 페이지에 도달했다. 검은 눈동자가 활자를 훑었다. 입술을 물고 깨물다가 페이지를 되돌려 면지로 돌아왔다. 펜을 쥔 선재의 손이 움직인다.

　[문득 있다가 문득 없는 것들은 뭐라 불러야 하나. 이 문장이 좋아서 샀어. 지금 너에게 내가 없어도, 문득 있는 날이 오지 않을까 해서. 너를 이해하고 싶어.]

　온점을 찍고 자신이 적은 문장을 바라보았다. 하고 싶은 말은 많았지만 이게 최선이라는 생각이 들었다. 가방에 펜을 넣는데 고개를 푹 숙이고 지나가는 임솔이 보였다. 서점 앞에 서 있던 선재의 눈이 빠르게 임솔을 쫓았다.

　"춘백."

　혹시나 하고 불러 본 이름이 돌아보는 이 없이 허공에 흩어진다. 선재가 천천히 그 뒤를 따랐다. 푹 꺼진 고개가, 축 처진 어깨가 음울하게 보였다.

땅만 보고 걷던 임솔이 육교 계단을 올랐다. 몇 걸음 뒤에 선 선재가 임솔을 따라 계단을 밟았다. 다리를 넘어가던 임솔이 걸음을 멈추고 육교 난간 앞에 서서 먼 곳으로 시선을 던졌다. 그 모습을 선재가 걸음을 멈추고 물끄러미 바라보았다. 해가 넘어가고 가로등 빛이 흩어지는 어둠 속에서 임솔이 우울한 얼굴을 하고 있었다. 무얼 보고 있는 걸까, 무슨 생각을 하고 있는 걸까, 선재는 임솔의 얼굴을 보며 생각했다.

도로의 끝과 하늘이 맞닿은 곳을 보던 임솔의 고개가 천천히 돌아갔다. 육교 한쪽에 거리를 두고 서 있던 선재와 눈이 마주친다. 임솔의 두 눈이 불안하고도 위태롭게 흔들린다.

"······어."

선재가 뭐라고 입술을 떼기도 전에 임솔이 걸음을 돌렸다. 급히 발을 떼고는 다리를 건넜다. 선재가 계단을 밟고 내려가는 임솔을 빠르게 따라잡았다. 저도 모르게 손목을 붙잡고 힘을 주었다. 임솔이 잔뜩 겁을 먹은 얼굴로 선재를 보았다.

"······왜, 왜요."

불안한 음성이 미세하게 떨린다. 선재의 두 눈이 임솔의 얼굴을 훑었다. 얼마나 물어뜯었는지 부르튼 입술엔 피딱지가 져 있었다. 불안이 가득한 눈망울이 물기를 머금은 채 흔들렸다. 온기가 사라진 눈동자는 활기를 잃어 검기만 했다. 선재의 속이 까맣게 타들어 간다. 임솔이 맞는데, 임솔이 아닌 것만 같은 이상한 상황을 어떻게 받아들여야 하는지, 좀처럼 머리가 안 굴러갔다.

"야, 춘백."

"······."

"이거 주려고 왔어."

선재가 들고 있던 책을 손에 쥐여 주려고 하자 임솔이 팔을 뒤로 뺐다. 물러나는 손을 선재가 다시 힘주어 잡았다.

"야."

"······정말, 정말 저는 기억이 안 나요. 사람을 잘못 보신 거 같은데······."

시선을 떨군 선재의 입에서 한숨이 흘러나왔다. 이 무슨 말도 안 되는 일인지. 설명해 줄 사람도 없고, 답답하기만 했다.

"진짜 나를 모른다고? 본 적이 없다고?"

"……죄송해요. 그런데 저는 정말……."

"우선 이건 받아."

임솔이 손을 펴고 뒤로 빼며 저항했다. 잔뜩 찡그린 얼굴을 보는 순간 자신이 힘을 주어 손목을 쥐고 있다는 사실을 깨달았다. 항상 이런 식으로 자신을 피해 도망가 버린 탓에 제대로 된 말 한마디 전하지 못했다.

손목을 놓은 선재가 얼굴을 문질렀다. 한숨을 뱉고 어떻게 설명할 수 있을까 고민하는 사이, 울먹이던 임솔이 발에 힘을 주어 뒤로 물러났다. 순식간이었다. 계단을 비껴 밟은 몸의 중심이 뒤로 쏠렸고 선재의 손이 빠르게 임솔의 팔을 낚아채 잡았다.

둘의 발이 계단에서 떨어지고 몸이 허공으로 기울었다. 선재는 순간적으로 두 팔 안에 임솔을 안았다. 계단을 굴러 아래로 떨어졌다. 선재의 심장이 크게 요동쳤다. 귀가 먹은 것처럼 아무런 소리도 들리지 않았다. 꾹 감고 있던 눈을 바로 뜨고 제 품 안에 있는 임솔을 확인했다.

"괜찮아?"

가까이 마주한 얼굴을 보는 순간 선재의 입이 다물어졌다. 물음에 대한 대답 대신 울음이 넘어왔다. 임솔이 괴롭다는 듯 울고 있었다. 소리도 내지 않고, 어깨를 들썩이면서. 그 어깨의 떨림이 그녀를 품에 안은 선재의 팔에 전해졌다. 뭔가가 무너지는 듯했다. 소리 없이. 조용히.

□ ◆ □

편의점 앞, 플라스틱 의자에 다리를 꼬고 앉은 백인혁이 초코우유를 세 개째 마시고 있는 선재를 못마땅한 표정으로 봤다. 마지막 남은 우유까지 빨아 마시고 주머니를 뒤지는 선재를 보며 백인혁이 주먹 쥔 손으로 테이블을 두드렸다.

"야, 류선재. 또 마시게? 그만 마셔. 너 이거 몇 칼로리인 줄 알고 마시냐?"

백인혁의 말에 주머니에 든 동전을 짤랑이던 선재가 조용히 손을 뺐다.

열아홉 살이 되었다. 겨울 방학, 학교를 안 가는 것과 동시에 찾아오지 않는 사람이 있었다. 선재는 김춘백이라고 부르고 백인혁은 선재 업고 튀어라고 부르는 임솔이었다. 유독 추운 겨울이었다. 그 겨울을 선재는 혹독하게 보내고 있었다.

어제, 연습을 끝내고 나오는 길 선재가 불쑥 백인혁과 걸음을 같이했다. 원래는 서로 다른 버스를 타고 가는데 같은 버스를 타기에 어디 가냐? 하고 물었더니 선재가 너희 집, 하고 말했다. 뜬금없이 자기 집에 와서 잔다는 게 의아했지만 방학이니까 뭐 그럴 수 있지, 하며 넘겼다.

거실에 누워 영화를 보고 라면을 먹고 방에 누울 때까지만 해도 그게 다 방학이라 그런 줄 알았다. 별다른 수다도 없고 생기도 없는 선재를 보며 백인혁은 이 새끼 왜 이러지, 의문스러웠지만 더 이상 생각을 이어 가지는 않았다.

그러다 불 끄고 누운 어둠 속에서 뭔가 이상한 기운을 느꼈다. 어두운 천장을 끔벅끔벅 보던 백인혁이 몸을 돌리고 선재를 보았다. 이불을 머리끝까지 올려 덮고 있었다. 이상한 느낌이 들어 확, 이불을 잡아 걷어 내렸더니 울고 있었다. 류선재가. 이거 진짜인가, 하며 선재의 뺨을 쓸었더니 젖어 있었다.

'야, 류선재. 너 무슨 일 있어?'

집에 무슨 큰일이라도 난 줄 알았는데, ㄴ지막이 돌이온 답은 그냥, 모르겠어, 였다.

그냥은 무슨. 임솔 때문에? 하고 던져 본 말에 선재의 낯이 더 우울하게 젖어 들었다. 백인혁은 아이고, 하고 한숨을 쉬며 혀를 찼다.

열아홉 살이 되어 다시 만난 임솔은 또다시 선재와 백인혁을 모른 척했다. 그게 연기라면 임솔이 가야 할 곳은 대학이 아닌 충무로였다. 뜬금없는 모르쇠에 백인혁은 기분이 언짢아졌고, 저보다 더 정 없는 놈이 선재였으니 이놈 또한 마찬가지일 것이다, 하고 생각했다.

우울한 기색이 돌기는 했으나 별다른 언급이 없기에 마음 정리를 다 끝냈나 보다 했는데, 혼자서 꾹꾹 눌러 담다가 터진 모양이었다. 백인혁은 묵묵히 선재를 달래 주었고, 그렇게 마음을 터뜨린 그날 이후로 선재는 제 기분을 숨기지 않았다.

"걔 대체 뭔 생각이냐."

"……."

"야, 그냥 다 털어 버려. 네가 누구를 처음 좋아해 봐서 그러나 본데, 원래 다 그런 거 아니겠냐. 어?"

"허전해."

선재가 우울한 낯으로 입을 열었다.

"그냥, 뭔가가 사라져 버린 것 같아."

"사라지긴 뭐가 또 사라져. 임솔 걔도 혼자 잘 먹고 잘 살 거야. 방학이니까 방에서 귤이나 까먹고 있겠지."

"모르는 척이 아니라, 진짜 모르는 사람인 것 같았어."

선재의 두 눈이 깊은 우울에 잠기는 걸 백인혁이 물끄러미 바라보았다.

"보고 싶은데, 뭔가 볼 수 없는 사람이 되어 버린 것 같은 느낌이 들어. 함께 보냈던 계절이 전부 꿈이었던 것 같고. 진짜 나를 모르는 것 같아서, 붙잡고 매달리지도 못하겠고. 이유를 알 수 없으니까. 미치겠다."

야, 뭘 또 미쳐? 시간이 약이야, 그냥 잊으면 되는 거지, 하고 말하려던 백인혁은 눈가를 문지르며 눈물을 훔치는 선재의 모습에 말을 삼켰다. 이 새끼 원래 이렇게 울보였던가, 생각하며.

□ ◆ □

선재의 걸음이 곧바로 병원으로 향했다. 선재의 부친은 유자나무를 살피다가 사다리에서 미끄러지며 추락했고 허리뼈가 골절됐다. 병원에 입원한 지 2주가 지났고, 앞으로 2주는 더 입원해 있어야 한다고 의사가 말했다.

병실 문을 열고 들어서자 창가 쪽 침대에 누워 있던 선재의 부친이 왔냐, 하고 무심하게 인사했다. 병상을 지키던 선재의 모친은 선재의 부친이 홀로 지방에 내려가 벌여 놓은 유자 농사를 정리하기 위해 병실을 비웠다. 누구에게 그대로 농사를 이전하거나, 처분하여 땅을 팔거나, 뭐라도 해야 한다며 유자 농사 정리에 굳은 의지를 보였다.

모친의 빈자리를 채우는 건 선재의 몫이었다. 부친이 병상에 누워 꼼짝도 하지 못했으니 누군가는 항시 옆에 붙어 있어야 했다.

"내 유자……"

부친이 창밖을 보며 우울한 얼굴로 유자를 불렀다. 선재가 그런 부친의 얼굴을 보다가 픽 웃음을 터트렸다.

"그만 그리워해요. 의사가 무리라잖아요."

환자복의 매무새를 정리해 주고 간이침대에 앉은 선재의 얼굴을 부친이 빤히 보았다.

"무슨 근심이라도 있냐. 얼굴이 안 좋다."

"없어요."

"그러냐."

어두운 얼굴이 걱정되어 넌지시 뱉어 본 말이 빠르게 끝맺어졌다. 부친이 시선을 거두고 두 손을 배 위에 올렸다. 천장을 멍하니 바라보다가 눈이 무거워져 눈꺼풀을 내렸다.

간이침대에 앉아 잠을 청하는 부친의 얼굴을 보던 선재가 가방에서 책 한 권을 꺼냈다. 책갈피가 꽂힌 페이지를 찾아 펼쳤다. 그러곤 나지막한 목소리로 책을 읽었다. 가만히 눈을 감고 있던 부친의 미간이 좁아졌다. 무미건조한 목소리가 병실 안으로 흩어진다.

"그 책 좀 치워라. 아들아, 책 장르가 왜 그 모양이냐?"

아들의 독서 취향이 걱정된다는 듯 부친이 근심 어린 얼굴로 말했다. 부친의 눈을 가만 마주 보던 선재가 책을 덮고 표지를 내밀어 보이며 입을 열었다.

"이 사람 몰라요? 고정 의학 프로그램을 두 개나 하고 있는데."

"알 게 뭐냐. 어련히 잘 살겠지."

잠을 방해하지 말라는 듯 부친이 고개를 돌리고 눈을 감았다. 눈동자를 감춘 부친의 얼굴을 가만 보다가 책을 내려놓고 간이침대에서 일어났다. 불을 끄기 위해 병실 문 앞으로 걸음을 옮겼다. 병실은 2인실이었고 부친의 옆자리에는 권성준의 동생 권은찬이 누워 있었다. 그는 교통사고를 당해 혼수상태에 빠졌고, 병실에 누워 지낸 시간이 한 달이 되어 가고 있었다.

얼굴을 아는 사람이 깨지 않고 누워만 있는 모습은 선재에게도 퍽 낯선 풍경이었다. 그래서 선재는 종종 그의 손과 발을 닦아 주며 이런저런 이야기를 해 주었다. 깨지 않는 잠이 너무 길다고 생각하며.

스위치 위에 손을 올린 선재가 가만 누워 있는 권은찬을 보았다.

"잘 자, 은찬아."

스위치를 내렸다. 전등의 불빛이 나가며 병실 안이 어두워지고 복도의 불빛이 희미하게 내부로 새어 들었다. 휘적휘적 걸어 간이침대에 다시 엉덩이를 붙이고 앉았다. 어스레한 달빛이 선재의 머리 위로 쏟아진다.

어련히 잘 살겠지, 하던 부친의 말이 귓가에 맴돌았다. 염려하지 않아도 잘 사는 일. 그게 못내 마음에 걸려 임솔은 제게 이런 책을 준 건가. 어깨를 스치고 무릎으로 쏟아지는 희미한 빛에도 그녀 생각이 났다.

햇살이 임솔에 대한 생각을 깨우고, 어둠이 그 생각에 깊이를 만들었다. 그리움이 짙어질수록 우울한 그림자가 커졌다. 가로등 불빛에 생겨난 그림자를 내려다보며 선재는 생각했다. 검게 그을린 그 안에는 임솔밖에 없다고.

부친이 누워 있는 침대에 얼굴을 묻고 답답한 숨을 토해 냈다. 고개를 돌리고 벽을 응시하는 눈이 우울로 검게 가라앉았다.

"온통 네 생각뿐이네."

허공을 응시하던 눈이 꾹 감긴다. 눈을 감은 채 내뱉던 숨이 점차 조용해지는 것 같더니 새근새근 잠이 들었다.

어둑한 병실 안, 고개를 들고 일어난 선재의 눈에 건너편 침대에 걸터앉아 있는 권은찬이 보인다.

"어⋯⋯."

선재의 눈이 동그래지고, 허리가 곧게 펴진다. 비현실적으로 조각난 달빛이 어스레한 빛을 비추자 그게 꼭 병실 안을 수놓은 별인 것만 같아 선재의 눈이 가늘어진다. 시야에 들어찬 풍경이 뭔가 이상하다는 생각이 들 즈음 권은찬의 목소리가 선명하게 박혀 들었다.

"형?"

어느새 선재의 앞에 선 권은찬이 저를 보라는 듯 손을 흔든다.

"은찬아, 너 일어난 거야?"

권은찬이 웃으며 고개를 끄덕인다. 그러더니 선재의 손을 덥석 잡는다.

"보여 줄 게 있어. 나를 따라와."

의사 선생님부터 불러야 하는 거 아닌가, 생각했지만 금방 이게 현실이 아니라는 것을 깨달았다. 풍경이 선명하다가도 흐려지고, 물에 잠긴 것처럼 일렁이다가도 반짝였다. 권은찬이 가자, 하며 선재의 손을 이끌었다. 선재가 고개를 끄덕이며 권은찬을 따라나섰다.

병실을 나서 계단을 내려가자 커다란 문이 나타났다. 문을 밀고 나가자 해가 저문 공원의 모습이 드러났다. 뒷짐을 진 권은찬이 휘적휘적 공원 화단을 가로질렀다. 마른 낙엽과 꽃잎이 뒤섞인 길이 모든 계절을 섞어 놓은 듯했다. 옆으로 난 갈대가 바람이 불 때마다 크게 휘청거린다.

"어디 가는데?"

선재의 목소리가 바람에 실려 멀리 날아갔다.

"가 보면 알아."

권은찬의 목소리가 아득하게 넘어왔다. 권은찬이 돌아보지 않은 채 앞서 걸었다. 빠른 걸음에 그의 모습이 점점 멀어졌다. 불어오는 바람에서 겨울 냄새가 났다. 갈대에서는 가을의 냄새가 나고, 바닥을 수놓은 꽃잎에서는 봄의 냄새가 났다. 하늘을 울리는 풀벌레 소리가 여름을 연상케 했다.

길이 끝없이 이어졌다. 바람이 점점 세게 불어왔다. 갈대가 바람에 거의 눕다시피 하며 휘청거리는데, 기시감이 느껴졌다. 언젠가 이 길을 걸어 본 적이 있다는 느낌이 들었다.

"여보세요?"

웬 목소리에 고개를 돌렸다.

"이거, 꿈이 참 생생하구만."

가슴께까지 올라온 갈대 너머로 벤치에 앉아 있는 사람이 보였다. 짧은 앞머리, 동여 묶은 긴 머리, 감색 교복, 스타킹 위에 올려 신은 분홍색 양말. 선재의 걸음이 멈췄다. 낯선 풍경 속에 익숙한 모습이 있었다.

"엄마, 꿈이 안 깨. 나 지금 여기에 몇 시간째 앉아 있는 건지 모르겠어."

멀거니 액정을 보던 임솔이 한숨을 뱉으며 핸드폰을 주머니에 넣었다. 꿈에서라도 임솔을 봤으면 했다. 하지만 그녀가 제 꿈에 나온 적은 한 번도 없었다. 그런데 이렇게 목소리까지 선명하게 박혀 들다니. 물끄러미 어둠 속에 있는 임솔을 보았다. 그녀가 있는 풍경을 바라보는 것도 썩 나쁘지 않았다.

"티브이 소리 좀 안 나게 해라!"

공원에서 외칠 만한 말은 아닌데, 어째서 제 꿈에 나타난 임솔이 저런 말을 하고 있는지 모를 일이었다. 누구와 같이 있나, 싶어 주위를 두리번거렸으나 임솔 혼자였다. 혼잣말치고는 목소리가 크네, 생각하는데 갑자기 우는 소리를 냈다. 그러다 뚝 소리가 멈췄다.

임솔이 혼자 떠들고 혼자 우는 모습을 관람하듯 보고 있자니 왠지 기분이 이상해졌다. 멀거니 정면을 바라보던 임솔이 두 손을 마주 잡고 기도를 시작했다.

"이제 그만 꿈에서 깨게 해 주세요!"

오랜만에 보는 엉뚱한 모습에 웃음이 터졌다. 그런데 마치 그 소리를 듣기라도 한 듯 두 손을 마주 잡은 임솔이 홱, 몸을 돌렸다. 그 순간 권은찬이 손을 잡아당겼다.

"시간이 없어."

다시 돌아봤을 때 벤치는 텅 비어 있었다. 잡고 있는 권은찬의 손이 이상하리만치 차다.

걸음을 틀었다. 임솔이 앉아 있던 벤치를 향해 갈대를 젖히며 나아갔다. 갈대숲이 끝없이 이어졌다. 거리가 좁혀지지 않았다. 가슴께까지 오던 갈대의 키가 점점 커졌다. 시야가 갈대로 가득 찼다.

"갈 수 없어."

뒤에서 권은찬의 음성이 들렸다. 음성이 들린 곳을 돌아보자 불어오는 바람에 갈대가 휘청거렸다. 사정없이 흔들리는 갈대 사이로 어렴풋이 권은찬의 모습이 보인다.

"이건 형의 꿈이잖아."

어렴풋이 보이는 모습과는 다르게, 그 음성은 바로 옆에서 속삭이듯 선명하다.

비가 한두 방울씩 떨어지기 시작했다. 고개를 들어 하늘을 올려다보는 선재의 이마로 툭, 툭, 빗방울이 떨어졌다. 머리 위에 검은 우산이 드리워지며 하늘을 가렸다. 고개를 내리고 보자 우산을 든 권은찬이 싱긋 웃는다.

우산은 또 언제 챙겼어, 묻고 싶었지만 묻지 않았다. 꿈은 원래 그런 거니까. 없던 게 갑자기 생겨나기도 하고, 있던 게 갑자기 사라지기도 하니까.

빗줄기가 우산을 때리는 소리가 컸다. 태양이 먹구름에 가려 하늘이 우중충하고 주변이 어둑했다.

"형."

습한 공기를 뚫고 권은찬의 목소리가 낮게 울렸다. 무표정한 얼굴의 권은찬이 정면을 응시한 채 작은 입술을 벌렸다.

"대부분의 사람들은 비틀어 들어온 시간 속에서 인생을 송두리째 바꾸고 싶어 해. 현재의 자신을 모두 부정하려고 하지."

고저 없는 음성이 빗소리를 삼켰다.

"대체되어 도래하게 될 미래가 두렵지는 않은지, 거침이 없지."

"……."

"그 아이는 비틀어 들어온 시간에서 다른 이를 위해 뛴 유일한 아이야. 너의 마음을 욕심내지도, 탐하지도 않고 끊어진 길을 잇는 데에만 시간을 사용했지. 한 가지의 사실만 바꾸기 위해 노력한 것 같은데, 네가 그 아이를 최선을 다해 깨부수고 있는 것 같아서. 답답해서 찾아왔어."

갑자기 바뀐 권은찬의 말투에 선재의 눈동자가 흔들렸다. 얼핏 그의 음성이 달랐기 때문이다.

"……은찬아?"

"이제 임솔 그만 찾아가."

권은찬의 입에서 흘러나온 익숙한 이름에 선재의 입이 소리 없이 벌어진다. 정신이 멍해지다가 어지러워지고 아득해지다가 혼란스러워졌다. 사선으로 허공을 긋던 빗줄기가 줄기에 돋아난 가시처럼 퍼졌다. 빛은 자꾸 조각나고, 조각난 빛이 풍경 여기저기로 스민다.

"우리는 여러 세계에서 같은 얼굴로 흘러가고, 네가 아는 유일한 그 얼굴은……."

"……."

"언젠가 네가 닿을 세계에 있을 테니."

조각난 빛이 벽 안으로 모조리 빨려 들어가고 새카만 어둠이 쏟아졌다. 침대에 엎드려 있던 선재가 눈꺼풀을 천천히 들어 올렸다. 눈을 끔벅일 때마다 조용한 병실 내부가 점점 더 선명하게 시야로 들어찬다. 허리를 펴고 일어나 건너편의 침대를 보았다. 권은찬이 미동 없이 누워 있었다.

"……꿈인가."

손등으로 눈을 비비고 머리를 쓸어 넘겼다. 꿈이라기엔 너무 선명한 음성이었다. 언젠가 네가 닿을 세계에. 그렇게 끝난 마지막 말이 온점을 찍지 못한 것처럼 불안정하게 흘러들었다. 마음이 이상했다. 불안정하게 흔들리고, 흔들린 마음만큼이나 머리가 혼란스러웠다.

다리에 향해 있던 시선이 바닥으로 떨어진 책에 닿았다. 바닥을 향해 뻗어 나간 선재의 손이 책을 주워 들었다. 표지를 펼치자 임솔이 적어 둔 메모가 짤막하게 남아 있다.

〔78쪽 불면과 수면제 꼭 읽어 봐.〕

가슴이 두근거리더니 눈시울이 점점 뜨거워졌다. 울음에 목이 메었다. 이상한 세계에 홀로 버려진 느낌이었다. 자신 옆에서 빛나던 것이 사라져 버리고, 어둠 속에서 홀로 허우적거리다가 낮은 곳으로 깊게 잠기는 것 같았다.

깊이를 가늠할 수 없는 어둠엔 불확실함만이 남았다. 아무것도 손에 잡히는 것 없는 어둠에서 자신이 믿을 거라곤 막연한 이해, 그것 하나라는 사실이 절망스러워졌다. 제가 꿈에서 본 거리를 믿을 수가 없었다. 믿을 수 없지만 믿어야 했다. 남은 게 그것뿐이었다.

ㅁ ㅁ ㅁ

"엄마……."

소심하게 내뱉은 목소리에 오이소박이를 접시에 옮겨 담던 임솔의 모친이 눈을 올렸다. 요 며칠 애가 기운이 하나도 없더니 어디가 아픈가, 하며 뒷말을 잇지 않고 입술만 우물쭈물하는 딸의 이마를 짚었다.

"열은 없는데."

"……."

자신감 없는 시선이 낮은 곳으로 향한다. 왜 이렇게 기가 죽었어? 아무리 봐도 이상한 모양새에 임솔의 모친이 젓가락을 놓고 의자를 빼 앉았다.

"무슨 일 있어?"

몇 달 전까지만 해도 밤낮으로 울고 불면서 학교를 때려 치고 싶다고 하더니, 최근 들어서는 각성이라도 한 듯 군말 없이 학교를 잘 다니기에 괜찮은 줄 알았다. 기운도 펄펄 넘치는 것처럼 보여 성적은 떨어졌어도 내심 다행이라 생각하던 차였는데, 불현듯 예전의 우울하고 불안하던 정서를 다시 띠는 것 같아 걱정이 앞섰다.

"무슨 일인데. 엄마한테 말해 봐."

"그게……"

"응."

"나…… 그런 거 됐던 거 같아."

"그런 거? 그런 게 뭔데."

"그, 다른 영혼이……."

불안한 눈빛이 임솔의 얼굴로 향한다.

"들어오는 거."

□   □   □

한파로 길이 땡땡 얼었다. 바람에 날이 선 듯 피부에 닿을 때마다 아렸다. 임솔은 모친에게 손이 잡힌 채 거의 끌려가다시피 길을 걷고 있었다. 추위에 두 뺨과 코가 빨갛게 얼었다.

"엄마, 가기 싫다니까?"

"옆집 아줌마가 그러는데 여기가 제일 용하대!"

"아, 진짜 싫어. 무섭다고."

"내가 더 무서워! 이년아! 어떻게 두 달이나 기억이 없어?"

"없는 게 아니고, 그냥 가물가물한 거야……."

"모르는 사람이 널 안다고 그랬다며. 그리고 그 사람 물건도 너한테 있었다며. 이게 보통 일이야? 어?"

길 한복판에서 모친이 버럭버럭 소리를 질러 댔다. 그 바람에 길을 지나는 사람들이 둘을 힐끔거리며 걸음을 옮겼다. 임솔의 고개가 벼처럼 수그러들었다. 눈가엔 그렁그렁 눈물이 맺혔다.

"잔말 말고 따라와."

임솔의 모친이 다시 발을 떼며 그녀의 손목을 잡아당겼다. 힘없이 몸이 움직였다. 임솔은 별다른 저항 없이 모친의 뒤를 따랐다.

둘의 걸음이 한 주택 앞에서 멈췄다. 긴 골목의 끄트머리에 점집이 있었다. 골목의 끝은 막다른 길이었고, 빨간색 깃발이 꽂혀 있는 집 대문에는 '소문난 점집 주신 장군신' 이라고 써져 있었다.

음침한 기운에 임솔의 얼굴이 사색이 되었다. 주춤거리며 뒷걸음질을 치자 모친이 팔목을 잡으며 힘을 주었다. 그러곤 무슨 결심이라도 한 듯 나무로 된 대문을 밀어 열었다.

끼익, 소리를 내며 대문이 열렸다. 다리에 힘을 주며 문턱을 넘었다. 작은 마당을 지나자, 기와로 지붕을 인 집이 나타났다. 돌계단 위에 마루가 있고, 마루 안쪽으로 붉은색 천이 내려와 그 너머의 공간을 가렸다. 그리고 마당 오른쪽에는 사람 두 명이 거뜬히 들어가고도 남을 옹기가 여러 개 놓여 있었다.

"들어오세요."

인기척을 느끼기라도 했는지 붉은 천 뒤에서 목소리가 울렸다. 갑자기 튀어나온 소리에 임솔의 어깨가 움찔 떨린다.

임솔과 그녀의 모친이 나란히 무릎을 꿇고 앉았다. 무릎을 꿇을 생각이 있던 것은 아니었는데, 벽화 앞에 앉아 있는 사람을 보자니 절로 무릎이 꿇렸다. 짙은 눈썹에 매서운 눈매를 가진 젊은 남자였다. 햇빛이 붉은 천을 통과하여 쏟아진 탓인지, 방 안이 온통 붉었다. 그 붉은 기운이 기괴하게 느껴졌다.

주신이 장군신이라고 그랬는데 벽화에는 하얀색의 기다란 옷감을 몸에 휘감은 여자가 줄타기를 하는 모습이 그려져 있었다. 물끄러미 벽화를 바라보는 임솔을 주시하던 남자가 입술을 늘여 웃은 뒤 입을 열었다.

"장군신은 둔갑술에 능통하지요."

"네?"

"마음대로 자기 몸을 감추거나 다른 것으로 변할 수 있답니다."[3]

"아……."

"운명의 신이 그런 장군신의 모습을 빌린 것일 수도 있고, 장군신이 운명의 신의 모습을 한 것일 수도 있겠네요."

"……."

옷자락을 꽉 움켜쥔 임솔이 조용히 고개를 돌려 모친을 보았다. 앞에서 하는 소리가 모친이 듣기에도 영 이상했는지 모친도 고개를 돌려 제 딸과 눈을 맞췄다. 임솔이 고개를 작게 저었다. 엄마, 여기 이상해. 그러자 모친도 고개를 작게 저었다. 이미 우리는 발을 들였다.

시선을 주고받는 모녀를 본 남자가 낮게 웃는다.

"제가 한 말이 무서웠나요?"

그 목소리에 둘의 시선이 남자에게로 옮겨 갔다. 남자가 얼굴에서 웃음을 거두며 임솔을 보았다.

"정말 무서운 건 내가 쌓은 모래성을 내가 밟는 겁니다. 내가 쌓은 줄도 모르고."

무슨 일로 온 건지, 부적을 쓸 건지, 그런 건 하나도 묻지 않고 제 할 말만 하는 남자가 임솔의 모친은 점점 의심스러웠다. 아직 자신은 한마디도 안 했으니 그냥 나가 버릴까, 생각하고 있는데 핸드폰이 울렸다. 요란하게 울리는 벨 소리에 깜짝 놀라자 남자가 지그시 웃으며 집이 나갈 모양입니다, 받고 오세요, 하고 말했다.

발신자를 확인한 임솔의 모친은 정말 용하다고 했던 옆집 미자 엄마의 말을 맹신했다. 부동산에서 온 전화였던 것이다. 몇 달 전에 내놓은 집이 드디어 나갈 모양이었다. 세상에, 하는 말을 흘리며 임솔의 모친이 핸드폰을 들고 마당으로 나갔다. 너무 놀라서 제 딸에게 기다리라는 말도 못 했다.

---

3) 국립국어원 표준국어대사전 뜻풀이 참조

모친이 나가 버리고 임솔 혼자 덩그러니 남았다. 마당에서 무어라 통화하는 목소리가 들렸다. 허리를 꼿꼿하게 펴고 앉은 남자가 임솔의 얼굴을 빤히 들여다보았다. 그 맹렬한 눈빛에 시선 둘 곳을 찾지 못한 임솔의 눈동자가 불안하게 벽을 훑었다.

"그쪽 어깨에 다른 시간의 냄새가 묻어 있습니다."

임솔이 겁을 먹은 얼굴로 제 어깨를 내려다봤다. 아무것도 없는데, 대체 무슨 냄새가 묻었다는 건지 모를 일이었다.

"몇 년 뒤인지는 몰라도, 아직 이 세계엔 없는 냄새네요."

반듯하게 앉아 있던 남자가 상체를 앞으로 숙이며 턱을 괬다. 그러곤 눈을 가늘게 뜨고 임솔의 어깨를 뚫어져라 보았다.

"그런데 자네 어깨에서 내 냄새도 난단 말이지."

입술이 바짝 마르고 마른침이 꼴깍 넘어간다.

"다른 사람의 영혼이 들어간 흔적은 없고."

어깨에서 올라온 남자의 시선이 임솔의 눈에 탁 박힌다.

"미래의 친구가 다녀간 건가……."

바짝 긴장해서 얼굴이 점점 창백해져 가는 임솔을 보며 남자가 가볍게 웃었다.

"겹쳐진 시간이 깨끗할 리는 없고 분명 어떤 흔적이 남았을 텐데, 너른 마음으로 그걸 지켜 주는 건 어때요?"

"……지켜 줘요?"

남자가 고개를 끄덕였다.

"제 흔적을 발견하는 재미 정도는 줘야지."

남자가 숙였던 상체를 뒤로 물리며 턱을 쓸었다.

"나름 여행이었을 텐데."

□ ◆ □

전날 내린 폭설로 눈이 쌓여 길이 새하얗게 변해 있었다. 이른 아침, 놀이터 벤치에 선재와 임솔이 나란히 앉았다. 정자 지붕이 있어 이곳만 떨어진 섬처럼 눈이 쌓인 흔적이 없었다.

"안 나올 줄 알았는데."

선재의 말에 멀찍이 거리를 두고 앉은 임솔이 발끝으로 시선을 떨어트렸다.

"그쪽 이름이…… 류선재라고 했죠?"

어색하게 제 이름을 담는 말투에 차마 임솔의 얼굴을 볼 수 없어 선재는 고개를 숙였다.

"저도 모르겠어요. 정말 기억에 없어요."

"……."

옷자락을 만지작거리며 발끝을 보던 임솔이 주머니에서 무언가를 꺼내 내밀었다. 그녀의 작은 손에 선재의 아이팟이 쥐어져 있었다. 선재가 그것을 물끄러미 내려다봤다.

"이게 그쪽 거예요?"

자꾸 존댓말을 하는 임솔에게 어떤 말을 건네야 할지 몰라 선재는 고개를 끄덕였다.

"……돌려드릴게요."

이해할 수 없는 상황에 선재의 얼굴이 조금 일그러졌다. 말을 고르고 골라도 답이 안 나왔다. 이마를 문지르다가 머리를 쓸어 넘기고 물끄러미 풍경을 바라보았다. 제게 아무런 온기가 없는 임솔의 눈을 도저히 마주 볼 수가 없어서.

"네가 나한테 엠피쓰리를 줬고, 그래서 내가 그걸 너에게 준 거잖아."

"제가요?"

오고 가는 말의 온기가 달라 선재는 이번에도 응, 하는 대답 대신 고개를 끄덕였다. 자꾸만 울고 싶은 심정이 되었다. 너 정말 나를 모르겠어? 네가 체육복 입고 학교에 왔던 건? 우리가 같이 음악을 듣고 길을 걸었던 건? 아무것도 네 기억에 없어? 그렇게 간절하게 묻고 싶었지만 쉽게 말이 안 튀어 나갔다.

"저도 정말 혼란스러워요."

"⋯⋯."

"진짜 기억이 안 나요."

그녀가 저와 비슷하게 우울한 낯을 하고 있어서. 그게 꼭 자신 때문인 것 같아서. 선재는 입을 다물었다.

"원래 안 나오려고 했는데⋯⋯."

그녀가 무언가를 건넨다. 불어오는 바람에 그녀의 손에 들린 종이 한 장이 팔랑거렸다.

"제가 그쪽한테 편지를 썼더라고요."

늘 저를 보듬어 주던 작은 손을 바라보다가, 종이를 건네받았다. 자신의 이름이 익숙한 필체로 적혀 있었다.

[선재에게.

내가 어느 날 문득 나타난 건 다른 세계에서 잘못 떨어졌기 때문이라고 생각해 줘. 나는 내가 여러 세계를 이어 달려서라도 네가 넘어오지 못한 그 세계를 넘어올 수 있게 해 주고 싶었어. 비록 너의 동의 없는 나 혼자만의 생각이었거만.

네가 소중하다는 말도, 내 행복을 다 나누어 주고 싶다는 말도 모두 진심이었어. 하지만 이 마음은 이제 이 세계를 떠나. 여기 남은 나에겐 더 이상 너에 대한 마음이 없어. 잔인한 인사거만, 밀려들어 왔다가 밀려나는 물결이었다고 생각해 주면 안 될까.

너와 함께한 겨울을 영원히 잊지 못할 거야. 네 시간에 마음대로 들어가서 미안해. 네게 항상 좋은 꿈이 닿기를 바랄게. 늘 잘 지내, 선재야.]

뚝, 눈물이 떨어졌다. 이미 번져 있는 제 이름 위로 떨어진 눈물에 이름이 더 희미해졌다. 기분이 이상했다. 풍경이 조각나고 그 조각들 중 하나에 자신이, 또 다른 조각 하나에는 옆에 앉은 임솔이, 그리고 어떤 조각 하나에는 이 편지가, 편지를 쓴 임솔이 투명하게 비치는 것만 같았다.

고개를 숙이고 있는 선재를 옆에 앉은 임솔이 흘긋 보았다. 우는 모습에 눈이 동그래졌지만 내색하지 않고 시선을 돌렸다.

"미안합니다."

낯선 남자가 옆에서 우는 통에 절로 미안하다는 말이 흘러 나갔다. 제가 울린 것도 아닌데, 꼭 제가 울린 것만 같았다. 편지를 쓴 기억은 없었지만 자신의 필체였고, 제 책상 위에 있었으니까.

하지만 기억에도 없는 사람과 어떤 친분을 나눌 수는 없었다. 다정하게 전화를 주고받을 수도, 안부를 물을 수도 없는 노릇이었다. 우리는 모르는 사람이고, 계속 모르는 사람으로 남을 것이다. 임솔은 그렇게 생각했다.

□ ◆ □

임솔이 가고도 선재는 오랜 시간 그녀와 함께 있던 공간에 머물렀다. 벤치에 가만히 앉아 멍한 시선을 초점 없이 흐리다가 고개를 들어 하늘을 보았다. 먹을 푼 듯 새카만 하늘에 듬성듬성 별이 박혀 있었다. 구름 한 점 없이 깨끗하고 맑은 어둠이었다. 서늘한 바람이 옷깃에 스몄다. 가슴이 먹먹했다. 텅 비어 버린 것 같았다. 한숨도 안 나왔다. 한숨까지 모조리 달아나 버린 듯 공허했다.

임솔의 얼굴이 머릿속에서 떠나지 않았다. 자신처럼 지금의 상황을 혼란스러워하는 얼굴이었다.

시간이 가면 갈수록 마음은 깊어져만 가는데 그 마음을 전할 길이 없었다. 선재 스스로 감당하기 힘든 낯선 감정이었다. 다른 세계, 도달할 미래, 임솔 너는 어디로 간 걸까. 정말 어딘가로 가긴 한 걸까.

선재가 꾹 다문 입술을 말아 물었다. 가슴이 빠개질 듯 조여 오더니 눈물이 어렸다. 낮은 곳에서부터 감정이 세차게 일었다. 이제 할 수 있는 게 아무것도 없다, 네가 있는 세계가 있다고 믿는 것밖에는, 그 세계에 닿을 때까지 기다리는 것밖에는, 그런 결론이 나자 괴로워졌다.

두 눈에 어려 있던 눈물이 점점 차오르며 넘칠 듯 고였다. 학교 교문 앞에서 엎드려뻗쳐를 하고 있던 임솔의 모습이, 함께 길을 달리던 때가, 축제 날 핸드폰 손전등을 켜고 좌우로 쉬지 않고 흔들던 모습이 하나하나 스쳐 갔다. 자주 울면서도 해맑게 웃던 얼굴은 더 이상 없었다.

고개를 떨어트린 선재가 손으로 눈을 덮었다. 입술을 꾹 다물었다. 손바닥에 가려져 있는 두 눈에서 떨어진 눈물이 뺨을 적셨다. 뺨을 타고 흘러내리지 못한 눈물이 뚝, 뚝, 허공을 가르고 바닥으로 떨어져 내렸다. 잇새로 흐느낌이 새어 나갈까 봐 입술을 더 힘주어 물었다. 선재는 몰랐고, 임솔은 알았을 마지막. 선재야, 그 이름을 번지게 만들었던 눈물이 겹쳐지는 것만 같았다.

택시에서 내리자 불이 꺼진 간판이 보였다. 분명 엄마 가게에 있다고 그랬는데. 눈길에 발자국을 내며 류근덕감자탕을 향해 걸었다. 가슴이 두근거리고 입술이 말랐다. 문 앞에 서자 어두운 내부 저 끝에서 희미하게 번진 빛이 보인다.

　문손잡이를 잡아당기자 움직이지 않을 것 같던 문이 열렸다. 나도 모르게 몸이 얼었다. 살짝 열린 문을 가만히 잡고 서 있다가 안을 들여다봤다. 내부엔 불이 꺼져 있고 안쪽에만 불이 켜져 있었다. 주방 옆에 있는 좌식으로 된 방이었다. 천천히 걸음을 뗐다. 아무 소리도 들리지 않는 내부가 조용하다.

　집에서 뛰어나와 무작정 택시를 잡아타고 달려온 길이었다. 너무 긴장이 된 탓에 손이 덜덜 떨렸다. 은은한 조명이 문틈으로 새어 나오는 곳에서 걸음을 멈췄다. 크게 숨을 들이마셨다가 뱉고는 조심스레 문을 밀었다. 미끄러지듯 문이 열리고, 빛이 들어찬 내부가 드러나고, 시야에 한 사람이 들어온다.

　선재가 테이블에 턱을 괴고 앉아 있었다. 가슴이 둥둥 뛰고 크게 울린다. 핸드폰을 보고 있던 선재가 문이 열렸는데도 아무런 기척이 없는 것이 이상했는지 고개를 들었다. 허공에서 시선이 맞물린다. 예상치 못한 방문객에 놀란 듯 선재의 눈이 조금 커졌다.

"뭐야?"

아무런 시나리오 없이 온 길이었다. 선재를 만나면 무슨 말을 해야지, 뭘 물어야지, 그런 것 따위도 생각하지 않았다. 생각나지 않았다. 선재를 만나야 한다, 그 생각 하나로 여기까지 온 길이었다.

나를 보던 선재가 핸드폰을 테이블 위에 내려놓으며 일어난다. 그러더니 문앞에 우두커니 서 있는 내 앞으로 성큼 다가와 섰다.

"왜 그래? 무슨 일 있어?"

내 표정을 살피는 선재의 표정이 사뭇 진지하다.

"우선 들어올래?"

선재가 몸을 옆으로 틀며 공간을 만들어 줬다. 그래도 내가 움직이지 않자 방에서 나와 신발을 구겨 신고 내 앞에 섰다. 선재의 시선이 내 손에 닿는다.

"뭐야, 손은 왜 떨고 그래. 무슨 일인데?"

진정되지 않는 상태를 고스란히 드러내는 내 손을 선재가 부드럽게 잡아 올리며 눈을 맞췄다. 코끝이 찡해진다.

"선재야."

목소리가 떨렸다. 손으로 선재의 따뜻한 온기가 넘어왔다. 선재가 말해 보라는 듯 엄지로 손등을 천천히 문질렀다. 울음을 참는 얼굴이 자연스레 찌푸려졌다. 입술을 삐죽 내밀고 미간을 좁혀 울음을 꾹꾹 삼키다가 입을 열었다.

"나였어."

비밀을 털어놓는 동시에 눈물이 터졌다. 그렁그렁 맺힐 틈도 없이 후드득 떨어졌다. 목구멍이 뜨겁게 막혀 왔다.

"내가 시간 여행을 했어. 과거로 갔어. 나도 이유는 몰라. 좋아하는 너를 보고 싶어서 학교로 찾아갔던 거야. 흐, 흐엉. 네가 안 믿어도 괜찮아. 그런데 말해 주고 싶었어. 너를 만나기 싫었던 게 아니야. 시계 주인이, 흐, 흐으으, 말하지 말라고, 흐엉. 말도 없이 가서 미안해."

크게 벌어진 입에서 으엉, 하는 울음소리가 이어졌다. 선재에게 잡히지 않은 손을 올려 눈가를 문질렀다. 손등으로 아무리 훔쳐 닦아도 눈물이 계속 흘렀다. 눈가가, 두 뺨이, 턱이 눈물범벅이 됐다. 선재의 얼굴을 보지도 못했다. 울음을 토해 내느라 바빴다. 어깨가 들썩이고 가슴이 자꾸만 튕겼다.

얼마나 울었을까. 뒤통수를 감싸는 따뜻한 손길에 손을 내리고 얼굴을 들었다. 선재가 팔을 당겨 나를 꼭 안아 주었다. 거리가 가까워지더니 얼굴이 푹, 선재의 품에 닿았다. 머리카락을 파고든 선재의 손이 천천히 머리를 어루만졌다.

"울지 마."

울지 마, 라는 말에는 더 울어, 라는 마법이 숨겨 있다고 믿는 사람이 나였다. 입술이 더 길게 늘어졌다. 울음이 더 크게 몰려온다.

"춘백."

울음에 목소리가 죽은 듯 새어 나가지 않아 선재의 품에 얼굴을 묻은 채 끄덕였다.

"네가 울 때마다 나한테 안겨 울어서, 그래서 이 안에 네 눈물이 다 고였어."

"……."

"많이 보고 싶었어."

선재의 손이 부드럽게 머리를 쓰다듬었다.

"나를 찾아와 줘서 고마워."

선재의 옷이 축축하게 젖어 가는 게 느껴졌다. 두 손으로 선재의 옷자락을 쥐어 잡고 입술을 꾹 물었다.

ㅁ ■ ㅁ

너무 울어 두 눈이 붉어졌지만, 선재의 부모님은 아무것도 묻지 않았다.

선재의 품에 안겨 엉엉 울다가 어느 정도 울음이 그쳤을 때 가게 문이 열렸다. 무슨 눈이 이렇게 많이 와? 택시 안 잡혀서 혼났네, 하는 말소리가 울렸다.

외투 위에 내려앉은 눈을 털어 내며 가게 안으로 들어선 사람은 선재의 어머니와 아버지였다. 소란스럽게 떠들며 들어오더니 나를 발견하고는 말소리를 죽였다. 그러고는 눈치를 살피다가 아, 택시에 뭘 두고 내린 것 같아, 하고 걸음을 돌리려는 걸 내가 꾸벅 고개를 숙여 인사하며 붙잡았다. 그렇게 붙잡은 걸음이 지금 내 앞에 있는 거였다. 선재 혼자 있던 방 안에 네 명이 앉아서.

"이거 손님 있는데 해도 되나 몰라."

선재 어머니가 사람 좋게 웃으며 테이블 위에 케이크를 올렸다. 케이크의 주인공은 선재 아버지였다.

"자긴 좋겠어. 생일 축하해 주는 사람이 한 명 더 늘어서."

선재 아버지는 방에 들어와 앉은 이후로 한 번도 웃는 얼굴을 하지 않았다. 그것은 가게에 들어설 때도 마찬가지였다. 선재 어머니가 나이에 맞춰 초를 꽂았다. 케이크에 푹푹 꽂히는 초를 보던 선재 아버지가 눈썹을 찌푸렸다.

"대충 해. 그냥."

남은 초를 케이크에 꽂으려다 말고 선재 어머니가 말한다.

"아직 한참 멀었는데?"

"그냥 하자고."

"그럼 그렇게 해."

선재 어머니가 초를 테이블 위에 놓았다. 선재가 성냥을 들어 불을 붙이고 선재 아버지의 나이로 가다가 만 초가 심지를 태웠다. 난 두 손을 모으고 노래 부를 준비를 했다. 그런데 아무도 입을 안 열었다. 요리조리 눈을 굴려 세 사람의 얼굴을 살폈다.

왜 아무도 노래를 안 부르지. 나 혼자 부르라는 건 아니겠지.

촛불이 이리저리 흔들렸다. 촛농이 뚝뚝 떨어지는데도 다들 가만히 앉아 있기만 했다.

노래…… 생일 축하 노래…….

생일 축하합니다, 그런 노래를 입 안에 머금고 눈을 끔벅였다. 차마 사랑하는 선재 아버지 생일 축하합니다, 그 부분은 못 불러도 그 외의 가사를 열심히 부르고 박수를 칠 생각이었다. 두 손바닥을 붙이고 있는 나를 발견한 선재가 몸을 기울이더니 내 귀에 대고 속삭인다.

"우리 집은 노래 안 불러."

"아……."

맞붙이고 있던 손을 무릎에 내렸다. 선재 아버지가 후, 하고 바람을 불어 단번에 촛불을 껐다. 박수는 쳐야 하지 않을까 하는 생각에 무릎에 내렸던 손을 올리고 크게 박수를 쳤다. 그런데 박수를 나만 쳤다. 이 집 분위기 난감하네. 눈동자가 어색하게 굴러갔다. 박수 소리가 점점 멎고 멋쩍게 손을 다시 무릎에 내렸다.

입술…… 나대지 말고 무릎에서 절대 손을 떼지 마라…….

선재가 툭 웃음을 터트렸다. 어색함에 입술을 말아 물고 눈동자를 돌려 선재를 보았다. 선재가 웃는 얼굴로 심지가 검게 탄 초를 뽑아냈다.

"그런데 자네는 누구인가?"

선재에게 향했던 시선이 확 앞으로 돌아갔다. 선재 아버지가 무뚝뚝한 얼굴로 물어 왔다.

"아, 저는 선재…… 선재 친구입니다."

갑자기 선재와 함께 이곳에 와서 밥을 먹는 나를 보며 선재 어머니가 백인혁에게 누구냐고 물었던 게 생각났다. 그때 나에 대한 설명은 선재 업고 튀어, 선재의 팬, 그런 것이었는데.

"선재에게 여자 친구가 있는 줄은 몰랐네만."

눈이 동그랗게 커졌다. 무릎에 붙이고 있던 손이 절로 올라갔다. 그게 아니라고, 손을 펴고 휘젓는데 선재 아버지는 나를 보지도 않고 케이크를 썰었다.

고개를 돌리자 벽에 몸을 기댄 선재가 턱을 괸 채 나를 보고 있었다. 손목으로 이어지는 손바닥 끄트머리에 선재의 입꼬리가 닿아 있었다. 이거 참, 당황스럽네. 선재 말고는 보는 이가 없어 손 흔드는 걸 멈추고 아래로 내렸다. 무릎에 올린 손을 꼼지락거렸다. 그래. 여자 친구가 그 여자 친구를 의미하는 게 아닐 수도 있지. 백인혁은 선재에게 남자 친구. 나는 여자 친구.

"아, 혹시 그때 그 친구인가? 옛날에 선재가 데리고 왔던?"

선재 어머니가 젓가락을 건네며 물었다. 눈을 맞추고는 고개를 끄덕였다. 네, 그게 바로 접니다, 하는 얼굴로.

"어머, 어머. 어머나, 그렇구나."

뭐가 그렇게 놀라우신지 어머, 라는 말을 연발한 선재 어머니가 선재 아버지의 어깨를 툭툭 쳤다. 어깨를 올린 선재 아버지가 그만 때리라는 듯 얼굴을 굳혔다.

"그때 주신 유자청 정말 맛있게 먹었어요."

"맞다. 그랬지. 그때 그것도 줬지."

"네. 아직도 하세요? 그럼 제가 몇 개 사고 싶은데."

선재 어머니가 고개를 저었다.

"이 양반 그거 하다가 크게 다쳐서. 이제 안 해요."

괜한 말을 덧붙였나 싶어 아, 하는 멍청한 답만 하며 고개를 끄덕였다. 선재 아버지가 무슨 말이냐는 듯 고개를 돌리고 선재 어머니를 보았다. 시선을 느낀 선재 어머니가 입을 열었다.

"그때 그 목침 베개. 그거 준 친구가 이 친구. 그때 고마워서 유자청 줬거든."

"아."

선재 아버지의 시선이 나에게로 옮겨 왔다. 무뚝뚝한 얼굴을 마주하고 있자니 어색한 웃음이 흘러나왔다. 최대한 눈을 휘고 웃었다. 사람 좋아 보이게.

"그 베개 베고 우리 세 식구 단이 와 가지고"

선재 어머니가 급하게 선재 아버지의 옆구리를 찌르며 입을 막는 게 보였다. 그의 미간이 좁아졌다. 담, 방금 담이라고. 어색하게 눈동자를 굴렸다. 두 분이서 눈빛을 주고받는 걸 보니 절로 고개가 수그러든다.

망했어, 나는. 존나게 망했어.

□ ■ □

선재 부모님이 먼저 자리를 떴다. 아니라고, 제가 불쑥 찾아온 건데 너무 늦은 시간까지 있었다고, 좋은 시간 보내시라고, 그런 말을 하며 먼저 일어나려고 했는데 선재 어머니가 내 팔을 붙들고 앉히며 먼저 자리에서 일어났다. 그러곤 우리는 얘를 20년 넘게 끼고 살았어요, 휴가 받고 나왔다는데 친구랑 놀면 더 좋지, 하며 후다닥 짐을 챙겨서 나가 버렸다.

선재와 단둘이 남았다. 넷이 있다가 둘이 되니 어색한 적막이 감돈다. 민망하네, 이거.

엉엉 울다가 갑자기 손뼉을 치고 케이크를 먹고 한 탓에 일의 순서가 뒤엉키며 어색해졌다. 하릴없이 눈동자를 굴려 방 안 여기저기를 훑다가 손가락을 만지작거렸다.

"뭐라도 마실래?"

"어? 어. 응."

선재가 자리에서 일어나 밖으로 나갔다. 숨이 막힌 것도 아니었는데 혼자 남게 되자 한숨이 몰아 뱉어졌다. 묘한 긴장에 자꾸만 손바닥에 땀이 뱄다. 손바닥을 허벅지에 벅벅 문지르고 있을 때 선재가 돌아왔다. 앉기 전 내게 컵을 내민다.

"코코아야."

"고마워. 잘 마실게."

컵을 두 손으로 감싸 쥐고 온기를 느꼈다. 애먼 벽만 바라보며 코코아를 홀짝이다가 선재의 얼굴을 힐끔거렸다. 곁눈질을 할 때마다 선재와 눈이 마주쳤다.

"왜."

"어?"

"왜 그렇게 힐끔 보는데?"

"아…… 내가?"

아닌데, 하는 투로 어깨를 올리고 벽에 등을 붙이고 앉았다. 컵을 테이블 위에 내려놓은 선재가 턱을 괴고 나를 보았다. 그 시선이 끈질겨 컵만 만지작거렸다.

"궁금한 게 많아. 물어봤으면 좋겠어, 안 물어봤으면 좋겠어?"

엄지로 컵 테두리를 빙글빙글 문지르다가 고개를 들었다. 조명 탓인지 선재의 얼굴이 따뜻해 보였다.

"뭐가 궁금한데?"

"네가 말한 그 여행에 대해서."

입술을 붙이고 망설이다가 고개를 저었다. 질문이 시작되면 시간 여행을 하기 이전의 선재에 대해서도 말해야 하는 순간이 올지도 몰랐다. 그것은 피할 수 있다면 피하고 싶었다. 다행히도 선재가 묻지 않겠다는 듯 고개를 끄덕인다.

"그럼 그냥 들어 줘."

턱을 괸 선재의 시선이 컵으로 떨어졌다. 그냥 들어 달라더니 선재의 입이 쉽게 안 열렸다. 조용히 선재의 목소리를 기다렸다.

"아무 이유 없이 우울할 때가 있었어."

컵에 입술을 대고 있다가 선재의 목소리에 눈을 올렸다.

"잠이 안 와서 멍하니 천장을 보고 있으면 네가 생각났어. 그럴 때 생각했어. 이 우울은 너의 부재로부터 왔다고."

덤덤한 선재의 목소리에 가슴이 두근거렸다.

"내가 할 수 있는 거라곤 너와 보냈던 시간을 되새기는 것뿐이라서 꿈에서라도 너를 만났으면 했어. 꿈에서 너를 만나면 너와의 다른 시간이 생길 테니까. 그런데 네가 내 꿈에 찾아온 적은……."

뒷말을 삼키는 선재의 목소리가 조금 떨린다. 애써 닦아 놓은 손바닥에 다시 땀이 배었다. 심장이 빠르게 뛰고 가슴이 뻐근해지는 듯했다. 눈을 맞추지 않아도 보이는 것 같았다. 어떤 깊이를 가진 선재의 검은 눈동자가.

"불면을 너로 버텼어. 그때 네가 가장 선명하게 떠올라서."

컵으로 향해 있던 시선이 내게로 옮겨 왔다. 선재와 눈이 마주쳤다.

"내가 제일 힘들었던 게 뭔 줄 알아? 막연한 이해였어. 확신할 수 있는 게 아무것도 없어서. 그게 날 미치게 만들었어."

"……"

"시간 여행을 했다고 했지? 미래에서 온 네가 과거의 나를 찾아와 불면에 대해 반복적으로 말했다는 건, 그게 나한테 뭔가 안 좋은 일이 되었기 때문이라고 생각해."

너무 놀랐으나 여기서 눈을 크게 뜨면 네 말이 다 맞아, 하고 소리치는 꼴인 것 같아 입술을 꾹 물었다.

"뭐가 됐든, 다 네 덕분이야."

"……"

"고마워."

빤히 선재를 보다가 시선을 떨어트리고 고개를 끄덕였다. 왠지 몸을 가만히 둘 수 없어 코코아를 마셨다. 성인이 된 선재의 말에 더 깊은 마음이 묻어나는 것 같아 가슴이 두근거리고 몸이 간지럽다.

얼마간 시간이 지난 후 '그만 갈까?' 하는 선재의 말에 자리에서 일어났다. 방에서 나와 신발을 신고 섰다.

"여기 불 끄면 어두울 텐데. 먼저 나가 있을래?"

"아니야. 같이 나가자."

선재의 시선이 물끄러미 내 얼굴에 머물렀다. 불을 끈다더니 끄지도 않고 가만히 있었다. 왜지. 괜히 민망해 눈을 크게 끔벅였다. 왜? 얼른 불 끄고 나가자, 그런 신호를 담아. 선재의 손이 얼굴로 다가왔다. 나도 모르게 숨을 참았다. 꾹 다문 입술의 가장자리를 선재가 손가락으로 문질렀다. 동그랗게 커진 눈이 선재의 얼굴로 가지 못하고 선재의 가슴에 머물렀다.

"다 묻히고 먹었다. 너."

"어?"

"코코아."

"아……."

이미 선재가 닦았는데도 손으로 입가를 문질러 닦았다. 그런 나를 내려다보는 선재의 얼굴에 엷은 웃음이 번졌다. 그 웃음에 가슴이 두근거렸다. 선재의 웃는 얼굴은 뭐랄까, 맑고 깨끗한 느낌이 있었다. 밖은 겨울인데 이곳은 봄처럼 느껴지는 것과 같이, 어둠이 드리우는데 햇살이 비추는 것과 같이.

선재가 방의 스위치를 내렸다. 쏟아지던 빛이 거두어지고 가게 내부가 온통 어둠에 잠겼다. 갑작스레 찾아온 어둠에 적응하지 못한 시야가 온통 새카맣게 물들었다. 선재가 걸음을 떼는데도 나는 가만 서서 벽을 찾았다. 더듬더듬 벽을 만지며 발을 내딛는데 불쑥 손이 잡혔다.

"엇."

놀란 소리가 새어 나갔다. 따뜻한 온기가 손등을 감쌌다. 천천히 어둠에 익숙해지자 앞에 선 선재가 보인다.

"안 보여?"

어둠에 눈이 익었는데, 이 정도면 알아서 잘 갈 수 있을 거 같은데, 아니, 라는 말이 안 나왔다.

선재가 손을 잡고 끌었다. 가슴이 둥둥 뛰었다. 어두워서 그런지 피부 감각을 통해 전해지는 느낌이 배로 뚜렷했다. 선재 손은 손난로 같구나, 따뜻하구나. 스멀스멀 입가로 웃음이 번졌다. 내가 생각해도 너무 음흉한 웃음이었다.

엄지로 선재의 손등을 쓱 문질렀다. 손가락으로 느껴지는 고운 피부가 너무 부드러워 하마터면 와, 하고 소리를 칠 뻔했다. 잘만 걷던 선재가 갑자기 걸음을 멈춘 탓에 선재익 팔에 머리를 박았다.

"어, 왜?"

선재가 손을 잡은 채 몸을 돌려 나를 보았다. 가게가 이렇게 컸던가. 걸어도, 걸어도 문이 가까워지지 않는 공간에 갇힌 것만 같다.

"손등은 왜 쓸어?"

"어? 어……."

뭐지. 미안하다고 해야 하나. 류선재, 거 각박한 세상에 인심 한번 팍팍하네. 답을 고민하고 있을 때 선재가 손을 틀어 손가락을 엇갈리게 맞추어 잡았다. 그러곤 자신의 엄지로 내 엄지를 꾹 눌렀다. 엄지손가락을 포박하겠다는 듯.

"수감이다."

손가락을 꿈틀대다가 힘을 풀었다. 선재의 손을 잡은 채 어둠을 가로지르고 문밖으로 나갔다. 하얗게 눈이 내린 풍경 속으로. 가로등 불빛이 은은하게 겨울 밤을 밝히고 찬 기온에 밖으로 나온 손의 온도가 빠르게 식어 갔다. 가게를 나왔는데도 선재는 내 손을 놓지 않았다. 찬 바람을 얼마간 맨손으로 버티던 선재가 내 손을 꼭 말아 쥐고는 자신의 외투 주머니에 넣었다. 고개를 들어 올려 선재를 보았다. 민망한지 정면에 시선을 고정한 채 뭘 봐, 하는 딱딱한 말을 던졌다.

"보면 안 돼?"

내 말에 선재가 눈을 맞췄다. 그러더니 고개를 저었다.

"봐도 돼. 오래 봐도 돼."

바람이 불고, 선재의 머리카락이 흐트러지듯 날렸다.

▫ ◾ ▫

출근길, 우편물을 챙겨 사무실로 올라왔다. 귀하 앞에 박힌 이름대로 분류를 하는데 그중에 내 이름이 있었다. 보내는 사람의 주소도 받는 사람의 주소도 없고 내 이름 두 글자만 적혀 있었다.

"또 왔어?"

칼로 각봉투를 뜯어 안에 든 내용물을 꺼냈다. 설마 했는데 또 책이었다. 이해할 수 없는 상황에 눈이 찌푸려진다. 이번에는 '중고 거래 잘하는 법'이란 제목의 책이었다.

"뭐야……."

책을 넘겨 보았다. 면지에 포스트잇이 한 장 붙어 있었다.

[나는 네가 자감고등학교 체육복을 산 것을 알고 있다.]

깔끔하게 각진 글씨체였다. 모음의 윗부분을 모두 안쪽으로 꺾어 내렸다. 이
응을 세로로 길게 늘여 쓴 게 특이했다. 뭐지. 누구지. 포스트잇을 보며 손가락
을 까닥였다. 미간이 점점 좁아지다가 번뜩 스치는 생각에 반듯하게 펴졌다. 자
세를 고쳐 앉고 인터넷 창을 열었다. 백인혁 글씨체를 검색했다. 통합 검색에서
이미지 카테고리로 들어가자 그간 백인혁이 팬 사인회에서 남겼던 짤막한 메모
들이 줄줄이 떴다. 굳이 클릭하지 않고 썸네일만 봐도 알 수 있었다.

"이 스끼가……."

포스트잇에 있는 것과 같은 글씨체가 인터넷 창을 가득 채웠다.

□ ■ □

입사한 지 한 달이 지나서야 환영식이 이루어졌다. 가만 보니 김명혁 피디도
심원준과 주량이 엇비슷해 보였다. 흑돼지집에서 소맥을 마시고 나올 때부터
혀가 꼬이는 것 같더니 막걸리집에 와서는 김치전 하나도 제대로 못 찢었다.

"와, 나. 이 젓가락 이거 안 되겠네."

김명혁 피디가 인상을 팍 쓰고 손에 든 젓가락을 노려봤다. 그러자 심원준이
자신의 앞에 있는 젓가락을 한 손에 하나씩 쥐고서 비장한 얼굴을 했다.

"피디님, 제가 한번 찢어 보겠습니다!"

"그래. 내가 응원하지."

김명혁 피디가 마음에 든다는 듯 고개를 크게 주억거렸다. 세상에…… 이게
무슨 난장판이야……. 홀짝홀짝 막걸리를 들이켜자 양지운 피디가 내 쪽으로
사이다를 내민다.

"마시기 싫으면 안 마셔도 돼."

"아, 아직 괜찮습니다."

"뭐 더 먹을래?"

양지운 피디의 목소리를 들은 심원준이 "네!" 하고 소리쳤다. 그러고는 몸을 한껏 돌려 벽에 붙은 메뉴판을 훑더니 감자전 어때요, 하고 말했다. 그 감자전이 아닌데도 몸이 움찔 떨렸다.

"아, 맞다. 어제 밥 먹다가 옆에 기자들이 하는 말 들었는데, 감자전 멤버 중에 누가 연애하나 봐요."

하마터면 입에 든 막걸리를 전부 뿜을 뻔했다. 내가 선재와 연애를 하는 건 아니었지만 선재가 목욕탕 앞까지 찾아온 것, 집에 데려다준 것, 손을 잡고 길을 걸은 것들이 생각나 그랬다.

"감자전, 그 66엔터 애들?"

김명혁 피디의 물음에 심원준이 고개를 끄덕였다.

"누구래?"

"그때 박 감독님이랑 있었는데 자꾸 저한테 말 시키셔서 제대로 못 들었어요."

목이 타서 막걸리를 꿀꺽 넘기고 김치전을 먹었다. 너무 초조한 탓에 다리를 덜덜 떨고 싶은 걸 참았다. 조금 오른 술이 확 깼다. 어쩌면 데뷔 전부터 여자가 많았던 우현성일 수도 있다. 그런데 도둑이 제 발 저리다고 입술이 바짝 마른다.

서럽네. 서러워. 선재랑 손만 잡았을 뿐인데 벌써부터 이렇게 마음 졸일 일이 생기나.

갑자기 대화가 박 감독에 대한 뒷담화로 넘어갔다. 김명혁 피디가 인상을 팍 쓰고는 박 감독 자꾸 촬영장 분위기 흐린다며 불만스러운 목소리를 내자 심원준이 고개를 끄덕였고 양지운 피디는 팔짱을 낀 채 듣고만 있었다.

막걸리병을 들고 빈 잔에 콸콸 따랐다. 그리고 그대로 들이켜 마셨다. 박 감독이고 뭐고 아무것도 귀에 안 들어왔다. 다시금 머리가 복잡해진다. 에휴, 인생사, 마음대로 되는 게 하나도 없다. 없어, 하며 한숨을 뱉고 있을 때 핸드폰이 진동했다. 주머니에서 핸드폰을 꺼내 메시지를 확인했다.

[안녕.]

선재다. 누가 내 핸드폰을 엿보는 것도 아닌데 고개를 쳐들고 주변을 두리번 거렸다. 급하게 메시지 창을 닫고 주소록으로 들어갔다. 이제야 선재의 번호를 '류선재' 라는 이름으로 저장해 둔 게 위험하다는 생각이 들었다. 류선재, 세 글 자를 지우고 고민하다가 새 이름을 입력해 저장했다. 중고나라 판매자.

[응. 무슨 일이야?]
[어디야?]
[나 회사 근처. 회식 중이야.]
[술 마셔?]
[응. 왜?]
[그럼 내가 데리러 갈까?]

두 눈이 동그랗게 커졌다. 곧 눈이 튀어나올 듯한 내 얼굴을 발견한 김명혁 피디가 막내 왜 저러냐, 하며 심원준의 팔을 툭툭 쳤다. 이름을 바꿨는데도 혹 시 누가 볼까 봐 핸드폰을 주머니에 집어넣고 고개를 들었다.

"예? 아, 아무것도 아닙니다."

"솔이 씨, 솔이 씨두 박 감독님이 쓸데없는 심부름 시키면 나한테 말해요. 알았죠?"

"예? 아, 예."

심원준의 비장한 태도에 김명혁 피디가 웃음을 터트렸다.

"너한테 말하면 뭐 어쩔 건데."

심원준이 그건 모르겠지만 아무튼, 하며 입술을 굳게 다물고 눈을 크게 떴다. 핸드폰이 진동했다. 핸드폰을 꺼내 테이블 아래로 내리고 확인했다.

[간다?]

입술을 휘어 내리고 울상을 지었다. 어쩌면 좋지, 하고 망설이고 있을 때 핸드폰이 또다시 진동했다.

[갈게.]

□ ■ □

설마 했는데 역시나 김명혁 피디와 심원준이 만취했다. 자리를 마무리하고 나올 때 김명혁 피디는 의자에서 일어나다가 중심을 못 잡고 뒤로 고꾸라졌다. 우당탕하는 소리가 꽤 컸는데, 심원준이 '피디님!' 하고 쩌렁쩌렁 외친 소리가 그보다 더 컸다. 황녀나 황제가 죽을 때의 장면과 흡사했다. 심원준이 김명혁의 어깨를 잡고 흔들며 피디님, 피디님 정신 차려 보세요, 하고 외쳤다. 계속 일어나지 않으면 뺨이라도 때릴 기세였다. 양지운 피디가 김명혁 피디를 일으켜 세운 뒤 어깨에 그의 팔을 걸치고 가게를 벗어났다. 그 뒤를 심원준이 피디님, 하고 외치며 김명혁 피디의 가방을 챙겨 들고 따라갔다.

대로변에 서서 택시를 잡은 양지운 피디가 미안한 얼굴로 나를 보았다. 택시 뒷좌석에 김명혁 피디와 심원준을 구겨 넣듯 태운 뒤였다.

"우리 팀이 원래 술을 잘 못해."

"아! 아니에요. 많이 드신 것 같던데요."

"조심히 들어가고. 무슨 일 있으면 연락해."

"네. 회사에서 뵙겠습니다."

고개 숙여 인사를 하자 양지운 피디가 고개를 끄덕이곤 택시 조수석에 올랐다. 빈 차 표시등이 꺼진 택시가 부드럽게 대로변을 벗어나 달렸다. 멀어지는 택시를 보며 거칠게 숨을 몰아 뱉었다. 술 냄새가 진하게 풍겼다.

"어우, 회식 힘드네."

두 손을 주머니에 찔러 넣고 빈 도로를 바라보고 있는데 누군가 옆에 가까이 붙어 섰다. 고개를 올려 보자 캡 모자 위에 패딩 모자를 쓴 남자가 내가 방금까지 바라보고 있던 빈 도로에 시선을 던지고 있었다.

선재?

비스듬히 고개를 숙인 남자가 얼굴을 가리고 있던 마스크를 아래로 내렸다.

"뭐야, 언제 왔어?"

"방금."

선재의 뺨이 붉다. 주머니에 찔러 넣었던 손을 빼 선재의 뺨에 얹었다. 뺨이 차다 못해 얼어 있었다.

"거짓말. 밖에 오래 있었어?"

선재의 눈이 가만 내게 닿았다. 술기운이 올라 그런지 심장은 빠르게 뛰는데 행동이 조금 굼떴다.

"사람 설레게 왜 이래."

"어?"

선재가 자신의 뺨에 닿아 있는 내 손을 잡아 내렸다. 그러고는 손을 놓지 않은 채 걸음을 옮겼다. 선재를 따라 걷다가 주위를 두리번거리고는 슬그머니 손을 뺐다. 왜 그러냐는 듯 돌아보는 선재와 눈이 마주쳤다.

"……춥네."

목을 가다듬으며 잽싸게 두 손을 주머니에 집어넣었다. 혹시나 선재가 다시 손을 잡아 올까 봐 나름의 방어벽을 구축하는 거였다. 심원준의 말을 들은 뒤라 그런지 선재와 있는 게 더 신경이 쓰였다. 빈 차 표시등에 불이 들어온 택시가 보였다. 주머니에 손을 집어넣은 채 뻗었다. 그 바람에 코트 자락이 손을 따라 벌어졌다. 정차한 택시를 잡아타는 나를 표정 없이 보던 선재가 따라 탔다.

우선 목적지를 집으로 뻗고 가는 중이긴 했는데 선재는 어떻게 가려는 건지 걱정이 됐다. 선재와 함께 가는 길이 좋으면서도 마냥 좋아할 수 없는 불편함이 자꾸 사람을 초조하게 만들었다.

"손잡는 거 싫어?"

불쑥 선재의 목소리가 날아들었다. 술 냄새 섞인 숨을 푹푹 내쉬다가 고개를 돌렸다. 선재가 시트에 머리를 기댄 채 나를 보고 있었다.

"어?"

"내가 네 손 잡는 거 싫어?"

입술을 꾹 물고 선재의 얼굴을 보았다. 싫을 리가 있나. 손가락 하나 스치는 것만으로도 좋아 죽겠는데. 아무렇지 않게 선재 손을 덥석 잡았다가 괜한 구설수를 만들고 싶지 않을 뿐이다. 별 이야기는 아니지만 혹시나 택시 기사가 들을까 선재의 귀에 대고 속삭였다.

"아니…… 괜히 너 나쁜 소문 나거나 그러면 곤란하니까……."

"이유 안 물었어."

단호한 대답에 괜히 할 말이 없어 눈만 끔벅였다. 선재나 백인혁이나 말로 이길 수 있는 상대가 아니라는 걸 다시금 깨달았다. 선재가 계속 눈을 맞춰 와 입술을 깨물다가 고개를 저었다. 그러자 선재가 빤히 보던 시선을 거둔다. 대답 한번 집요한 눈빛으로 받아 내네.

입술을 삐죽이고 창문 쪽으로 시선을 던졌다. 어두운 밤 풍경을 바라보는데 따뜻한 온기가 손등을 덮었다. 고개를 돌리자 창밖을 보는 선재의 옆모습이 보였다. 시선을 내리니 선재의 크고 가는 손이 내 손 위에 얹어져 있었다. 뭐라 말을 하고 싶은데 눈이 마주치지 않아 입술만 물었다.

"네 손을 잡으면 행복해져."

고개를 돌린 선재의 시선이 물끄러미 내게 닿았다. 선재의 뒤로 가로등 불빛이 점점이 스치고 술기운이 달아나지 않은 심장이 빠르게 뛰었다.

"여기선 괜찮잖아."

선재가 '아니야?' 하는 얼굴로 나를 보았다. 힐끗 운전석을 살폈다. 택시 기사는 우리에게 관심이 하나도 없는 듯 블루투스 이어폰을 통해 통화를 하고 있었다. 오늘 손님이 정말 없네, 하는 그런 대화였다.

백기를 들고 흔드는 심정으로 고개를 끄덕였다. 시트에 머리를 기댄 선재가 비스듬히 고개를 기울이고 나를 보았다. 그 시선이 은근해 괜히 입술이 마르고 얼굴이 뜨거워진다.

"입술 손 잡기 힘드네."

누가 들으면 내가 튕기는 줄 알겠네.

"야, 그게 아니지. 네가…… 네가 그거니까……."

"내가 뭔데."

"너는……."

운전석 눈치를 보고는 선재의 귀에 속삭였다.

"유명하다니까?"

얼굴을 떨어트리고 선재를 보았다. 표정 없던 선재의 얼굴에 엷은 웃음이 번진다.

"너 내가 얼마나 욕을 많이 먹는 줄 모르는구나."

눈이 커졌다.

"야, 그거 완전 아니거든? 너 그런 말 하나도 믿으면 안 된다. 어? 널 좋아하는 사람이 얼마나 많은데."

퍽 답답하다는 듯 열을 내는 내 모습에 선재가 입술을 늘여 웃었다. 선재의 한쪽 볼에 파인 보조개를 보자 이상하게 마음이 얼얼했다. 이런 선재를, 이렇게나 아름다운 선재를 왜 사람들은 너그럽게 받아 주지 않는 걸까.

"안 듣고 안 보면 되는데, 그렇다고 그게 없는 말이 되는 건 아니거든. 모르는 말이 될 뿐이지."

덤덤한 선재의 목소리에 깊이를 가늠할 수 없는 어떤 아픔이 담겨 있는 것 같았다. 선재의 손바닥 아래에 있는 손을 빼서 이번엔 반대로 내가 선재의 손등을 덮었다. 그러곤 꾹 힘주어 선재의 손을 잡았다.

"너를 사랑한다는 말도 있어. 엄청 많이. 네가 모를 뿐."

시트에 머리를 댄 채 나를 보던 선재가 고개를 작게 저었다.

"알고 있어."

그러곤 손바닥을 뒤집어 손을 마주 잡았다. 선재와 나의 손가락이 엇갈려 맞물렸다.

"네가 말해 줬어."

시계 주인의 전화를 받았던 날 나를 향해 걸어오던 선재의 모습이 눈에 선했다. 보라색 후드 티에 패딩을 입고 있던 그날의 옷차림까지.

'선재야, 넌 정말로 소중한 사람이야. 내 행복을 누군가에게 나누어 줄 수 있다면 너에게 다 주고 싶을 만큼. 네가 항상 행복했으면 좋겠어.'

'……'

'사랑해 선재야.'

가만 서 있는 선재와 그런 선재를 꼭 안고 우는 내가 선재의 검은 눈동자 속을 부유하고 있다고, 술기운에 그런 생각을 했다.

택시에서 내리자마자 선재에게 너 이 택시 타고 바로 가라고 등을 밀었는데도 무슨 힘이 그렇게 좋은지 오히려 선재의 팔에 목을 잡히고 쉽게 제압당했다. 남이 보면 헤드록이었겠지만 내가 느끼기엔 백 허그였다. 겨울이라 외투가 두꺼워서 다행이지 여름이었으면 심정지로 쓰러졌을지도 모른다. 선재가 두 팔로 내 목을 감고 있는 사이 택시가 떠났다.

"가자, 임솔."

그래, 하고 대답하는 대신 고개를 끄덕였다. 선재와 나란히 집을 향해 걸었다. 두 손을 주머니에 찔러 넣고 걷는 나를 선재가 불만스럽게 쳐다봤지만 모르는 척했다. 집 앞에 도착해서는 혹시라도 누가 볼까 봐 선재의 등을 떠밀었다.

"자, 다 왔지? 이제 얼른 가."

나는 두리번거리느라 고개가 쉴 틈 없이 돌아가는데 마주 보고 선 선재는 뭐가 이렇게 여유로운지 물끄러미 내 얼굴을 보고 있었다. 속이 탄다는 게 이런 느낌인가.

"나 궁금한 게 하나 있는데."

"뭔데?"

두리번거리던 고개를 선재에게 고정했다.

"네가 나 안 좋아한다고 했었잖아."

"내가?"

"응. 열여덟 마지막 날에."

시간 여행 마지막 날이었다. 그 오래된 말을 아직도 기억하고 있는 건가.

"진심이었어?"

"어?"

"그 말, 진심이었냐고."

가만히 선재를 보았다. 진심이었을 리가. 작게 고개를 저었다. 그 고갯짓에 얼어 있던 선재의 얼굴이 조금 편안해졌다.

"아직도 나 좋아해?"

직구로 날아오는 선재의 물음에 절로 눈이 커졌다. 혹시라도 누가 들었을까 봐 이쪽저쪽 휘둘러보던 머리가 선재의 손에 잡혔다. 선재가 두 손으로 머리를 감싸 잡고서 제 쪽으로 방향을 고정했다. 다른 곳은 보지 말고 자기만 보라는 듯.

"너한테 물었잖아."

환장하겠네. 연예인은 내가 아니고 넌데 왜 내가 애가 타고 겁을 내야 하는 거냐고.

"여기서 갑자기 왜……."

"여기 아니면 어디서 해."

"아니, 나는 진짜…… 걱정돼서 그래. 누가 보면 어쩌려고 그래."

"아무도 없잖아."

얼굴이 점점 울상으로 변했다. 오늘 심원준이 뱉은 말이 자막처럼 선재 얼굴 아래로 지나갔다.

'아, 맞다. 어제 밥 먹다가 옆에 기자들이 하는 말 들었는데, 감자전 멤버 중에 누가 연애하나 봐요.'

기자들이 말한 멤버는 대체 누구일까. 그런 말은 어디서부터 시작되었고 어디까지 퍼졌을까. 그게 정말 선재일까. 선재라면 나에겐 너무나 심각한 문제였다. 어렵게 살려 놓은 선재를 다시 구렁텅이로 몰아넣는 것만 같았다. 선재의 열애설이 터지는 순간 도배될 악플이 눈에 선했다. 중간에 합류한 걸로도 가루가 되게 까였는데 그런 선재가 연애를 한다고 기사가 터진다면. 생각만으로도 땅을 치고 울고 싶었다.

"나는 진짜…… 너한테 더 이상 나쁜 일이 안 생겼으면 좋겠어……."

"네가 날 안 좋아하는 게 나쁜 일이야."

"……."

가슴이 두근거리는 와중에도 청산유수 같은 선재의 말솜씨에 박수를 치고 싶다. 나는 매번 말을 더듬는데 선재는 어쩜 저렇게 막힘이 없을까. 너무 솔직한 탓인가.

선재가 손을 움직여 내 얼굴의 방향을 튼 탓에 턱이 올라가고 시선은 더 위로 올라갔다. 선재와 얼굴의 거리가 더 가까워졌다. 꼴깍 침을 삼키고 눈을 끔벅였다. 마땅히 시선을 피할 곳이 없었다. 고등학생 때의 선재도 그랬지만 성인이 된 선재는 뭔가 좀 더 대담한 구석이 있었다. 선재가 끈질기게 눈을 맞춰 왔다. 대답을 종용하는 눈빛에 무슨 답이라도 내놔야 할 것 같아 입술을 꾸물거렸다.

"나는 너 좋아해."

가슴이 두근거리고.

"너는?"

오래된 고백이 내 앞에 놓인다.

"나도 너 좋아해."

선재의 손이 위치를 옮겨 내 두 뺨을 잡았다. 찬 기온에 얼어 있는 뺨 위로 선재의 온기가 스며든다. 시간 여행을 하는 동안에는 부끄러움 따위 느낄 새 없이 서슴없이 튀어나오던 말이 지금 이 순간에는 이상하게 한 마디도 쉽게 안 넘어왔다. 괜히 뺨이 붉어지는 것 같아 얼굴을 뒤로 빼자 선재가 힘주어 잡고 안 놔 준다.

"……왜, 왜? 대답했잖아."

가슴이 미친 듯이 뛰었다. 이렇게 뛰다가는 몸 어딘가가 터져 나갈 것만 같다. 심장은 쿵쿵 뛰고 뺨은 뜨거워지고 입술은 자꾸 말랐다.

"나랑 만나."

"어?"

뭔가 흐름상 예상했던 말인데도 너무 놀라 눈이 커졌다. 설마 했는데 정말로 선재의 입에서 튀어나올 줄 몰랐다. 뭐, 언제, 내일 보자고? 그런 말을 입에 머금었는데 진짜 초 치는 말이 될까 봐 꾹 삼켰다.

"사귀자는 말이야."

"……."

어쩌면 좋아. 좋으면서도 막막한 상황에 얼굴이 난감해졌다.

"나는……."

미치겠다. 좋아하는 마음과 별개로 선재의 앞날을 걱정하는 내가 미웠다. 연애 자체가 선재에게 득이 될 게 하나도 없다는 판단을 스스로 내리는 내가 웃겼다. 대체 나는 왜 항상 선재 앞에서는 늘 솔직할 수 없는 건지, 그게 또 못내 서러워졌다.

"내가 어려운 말을 한 건 아닌 거 같은데."

선재가 뺨에서 손을 떼고 가만 서서 나를 보다가 머리 위에 손 하나를 얹었다.

"생각해 봐."

"……."

"그런데 이번엔 네가 도망가지 않았으면 좋겠어."

머리 위에 둔 손을 거두어 간 선재가 그만 들어가 보라는 듯 입구를 눈짓했다. 쭈뼛거리다가 걸음을 뗐다. 문을 열고 들어서다가 돌아서며 뒤를 보았다. 선재가 두 손을 주머니에 찔러 넣은 채 서 있었다.

"조심히 가."

선재가 고개를 끄덕였다. 발이 잘 떨어지지 않아 손잡이를 만지작거리다가 걸음을 옮겼다. 계단을 밟고 올라가는데 201호 현관문 너머에서 감자전의 노래가 들렸다. 올라가다 말고 가만 서서 웅얼거리듯 울리는 노래에 귀를 기울였다.

입술이 휘어 아래로 내려갔다. 현관문에 서윤재 브로마이드를 붙여 놨던 사람의 집이었다. 이 사람도 감자전쟁, 감자전투일까. 선재를 안 좋아할까. 이런 순간에 선재가 열애설이라도 나면 어떻게 될까. 이런 이야기를 선재에게 한다면 일어나지도 않을 일을 미리 걱정한다고 답답해하겠지.

힝, 하는 바람 빠지는 소리가 새어 나간다. 계단을 밟고 올라가는 발에 힘이 하나도 안 실렸다. 고백은 설레고 현실은 어둡다고, 센서 등의 불이 늦게 들어오는 계단을 오르며 생각했다.

□ ■ □

"솔이 씨, 우편물이요."

심원준이 책상 위에 우편 봉투 하나를 놓고 갔다. 회사로 편지라니, 의아해 주소를 살폈다. 자연스레 눈썹이 찌푸려졌다. 보내는 이 없이 받는 이에 임솔 두 글자만 적혀 있는 외관이 너무 익숙했다.

"세상에, 또 왔어."

테이프가 붙은 봉투를 칼로 뜯어 안에 든 것을 꺼냈다. 각봉투가 아닌 우편 봉투이니 책이 아닌 다른 것이 들어 있을 터였는데 방법을 보아하니 내가 과거에 가서 선재에게 했던 짓을 그대로 따라 하고 있는 것 같았다. 미래에서 온 편지라도 따라 써서 넣은 건가. 우편 봉투를 뒤집어 털었다. 종이 두 장이 툭 떨어졌다.

"영화표?"

영화표 한 장과 편지가 들어 있었다.

[내가 궁금하다면 이 장소로 나오기를 바란다. 안 궁금해도 나오는 게 좋을 거다. 그냥 무조건 나와라. 바람맞히면 각오해라.]

"……뭐야."

너무 황당해서 웃음이 터졌다. 우편 봉투의 임솔 두 글자도 편지에 있는 글씨체도 백인혁의 것이었다. 이미 네가 누군 줄 아는데 왜 이러는지 물을 곳이 없었다. 백인혁의 번호는 몰랐고 선재에겐 아직 답할 것이 남아 있어 선뜻 연락할 수가 없었다. 사귀자는 물음에 대답도 못 한 마당에 '선재야, 백인혁 번호 좀 알려줄래?'라고 했다가는 오해를 사기 딱 좋았다. 편지를 놓고 영화표를 살폈다. 상영일은 오늘이고 영화관의 위치는 파주였다. 너무 어이가 없어서 눈이 커졌다.

"파주? 파주, 장난해?"

등을 의자에 붙이고 영화표를 보았다. 이걸 가야 하는지 말아야 하는지. 손가락을 까딱이다가 시계를 보았다. 이해하기 어려운 상황에 머리가 잘 안 굴러갔다. 왜지. 왜 날 만나자고 하는 거지.

그러다가 방송국 로비에서 백인혁을 마주쳤던 게 생각났다. 그 살벌하던 얼굴과 너무나 날 잘 기억하고 있는 선재가 나를 기억하지 못하고 있을 거라고 했던 말까지.

그러니까 백인혁은 내가 선재를 만나는 게 싫은 사람인 건가. 그래서 만나서 내 멱살이라도 잡고 선재 옆에서 떨어지라는 그런 말을 하려고 그러는 건가. 결투 신청, 그런 거? 의자를 빙글빙글 돌리다가 한숨을 내쉬곤 영화표와 편지를 가방에 넣었다.

□　◆　□

슬그머니 방문을 연 백인혁이 고개를 내밀고 안을 살폈다. 문 앞쪽에는 우현성의 침대가, 그 안쪽으로는 선재의 침대가 놓여 있었다. 잠을 잘 못 자는 선재를 위한 우현성의 배려였다.

우현성의 침대는 비어 있고 선재 혼자 침대에 누워 있었다. 선재가 혼자 있는 것을 확인한 백인혁이 조심스레 걸음을 옮겨 침대에 걸터앉았다. 침대 한쪽이 백인혁의 엉덩이와 함께 꺼지자 선재의 눈이 그곳으로 향했다. 입술을 길게 늘여 웃는 얼굴이 누가 봐도 수상했다.

"뭐지. 그 음흉한 미소는."

백인혁이 선재의 가슴을 쿡쿡 찔렀다.

"야, 형한테 감사해라."

"뭔 소리야."

"내가 날개랑 화살만 없지 큐피드야. 앞으로 나를 백피드라고 불러라."

"뭐래는 거야."

혼자서 북 치고 장구 치는 백인혁을 보는 선재의 미간이 좁아졌다. 그런 선재의 얼굴에 백인혁이 더 해맑게 웃었다. 기대해도 좋다는 듯.

백인혁이 주머니에서 영화표 한 장을 꺼냈다. 손가락 사이에 표를 끼우고는 팔랑팔랑 흔들었다. 아무런 관심도 안 생긴다는 듯한 선재의 태도에 백인혁이 눈을 동그랗게 떴다.

"너 이게 뭔 줄 알아? 어?"

"관심 없어."

"어라. 야, 내가 백피드라니까. 너 감이 이렇게 없냐?"

휙, 백인혁의 손가락 사이에서 흔들리던 영화표가 누군가에 의해 뽑혔다. 선재는 여전히 부동의 자세를 유지하고 있었고, 그건 누군가 이 방에 들어왔다는 거였다. 백인혁이 놀란 얼굴로 뒤를 돌아보았다.

"야, 치사하게 너희 둘이 가려고 지금 비밀 회동 해?"

우현성이 영화표를 보며 물었다. 벌어진 백인혁의 입에서 어, 하는 소리가 길게 늘어졌다.

"형, 그런 거 아니거든요."

백인혁이 침대에서 일어나 영화표를 뺏으려고 하자 우현성이 뒤로 물러나며 손을 높이 올렸다.

"아니기는."

"아, 줘요."

"나도 갈래."

"그런 거 아니라니까?"

우현성이 입술을 삐죽 내밀고 안 믿는다는 듯 시선을 백인혁 뒤로 던졌다.

"선재야, 나도 가도 되지?"

백인혁이 다급하게 고개를 돌리고 선재를 보았다. 입술을 굳게 물고는 눈을 크게 떴다. 눈동자를 마구 굴리며 안 된다고, 그것은 안 된다고 신호를 주는데도 선재는 무표정하게 고개를 끄덕였다. 그와 동시에 백인혁의 어깨가 허탈하게 처졌다. 그러곤 원망스러운 얼굴로 선재의 얼굴을 흘겨보았다.

"눈치 없는 새끼……."

내가 뭐, 하는 표정으로 선재가 어깨를 으쓱였다. 우현성이 영화표를 백인혁의 상의 주머니에 꽂고는 침대에 벌러덩 누웠다. 충전기에 연결해 둔 핸드폰을 빼고 화면을 켰다가 아직도 가만 서서 선재를 원망스럽다는 듯 노려보는 백인혁을 보았다.

"야, 근데 요즘 누가 영화표를 발권해서 오냐. 모바일 티켓 쓰지."

"그니까. 그니까! 요즘 누가 발권을 하냐고!"

답답하다는 듯 주먹을 쥐고 부들거리던 백인혁이 분이 안 풀린다는 듯 침대 위로 올라가 선재의 옷깃을 잡고 흔들었다.

"아, 뭐야. 왜 이래?"

선재가 귀찮다는 듯 백인혁을 밀어 냈다. 하지만 백인혁은 떨어지지 않고 선재의 옷깃을 쥔 채 눈망울을 굴렸다.

"답답한 인간아. 아오, 진짜. 화살 애먼 데다 쏘게 생겼네."

손을 털고 일어난 백인혁이 아오! 하는 소리를 연신 뱉으며 방을 나갔다. 거실에 나가서도 계속해 들려오는 백인혁의 목소리에 우현성이 소리 내 웃었다.

"어지간히 너랑 둘이 가고 싶나 보다. 그래도 따라갈 건데?"

밉살스럽게 어깨를 올리는 우현성을 보며 선재가 픽, 웃음을 터트렸다.

□ ■ □

밖에 서서 기다리기도 뭐해 우선 영화표를 들고 상영관 안으로 들어갔다. 파주에 있는 아웃렛에 위치한 영화관이었는데 위치 때문인지 상영관 안에 사람이 한 명도 없었다.

빨대를 입에 물고 쪽쪽 콜라를 빨아 마셨다. 광고를 보고 있는데 누군가 계단을 밟고 내려와 자리로 들어오는 게 보였다. 이렇게나 넓은데, 나 혼자 덩그러니 앉아 있는 열로 남자 세 명이 나란히 걸어 들어오는 게 이상해 물끄러미 쳐다봤다.

"……어."

하마터면 나도 모르게 미친, 하고 소리칠 뻔했다. 당황해서 콜라를 빨아들이지도 못한 채 빨대만 물고 있다가 급하게 컵을 들어 얼굴을 가렸다.

"아, 형. 나와 봐요."

"왜?"

"여긴 선재 자리예요."

"그런 게 어디 있어."

"야, 류선재 빨리 들어가라고."

"그냥 아무 데나 앉아."

"죽을래? 안 들어가냐?"

"애 왜 이래. 자리도 많은데."

"그래. 그냥 다른 데 앉아도 되겠는데."

"아, 갑자기 단체로 우르르 들어올 수도 있잖아요. 결제한 자리에 앉아야지. 그게 매너거든요?"

저들끼리는 속닥인다고 작은 소리를 낸 것 같은데 엄청나게 소란스러웠다. 미친, 이게 무슨. 가슴이 막 두근거렸다. 옆에 누가 앉았는지 보지도 못했다. 숨을 죽이고 컵을 얼굴 가까이 붙였다. 작은 컵 사려다가 큰 컵으로 사기를 정말 잘했다고 생각하며 입술을 말아 물었다.

상영관으로 들어온 세 사람은 류선재, 백인혁, 우현성이었다. 이 무슨 조합인지 알 수가 없었다. 백인혁은 대체 내게 왜 영화표를 주었을까. 안 나오면 곧 죽일 것처럼 협박성으로 편지를 적어 놓고는 셋이서 나타난 이유에 대해서 아무리 머리를 굴려도 마땅히 떠오르는 것이 없었다. 우리는 감자전이다, 류선재를 건드리지 마라, 그런 어떤 암묵적 경고인가.

핸드폰이 진동했다. 고개를 숙이지도 못하고 눈만 내려 다리 위에 올려 둔 핸드폰을 보았다. 환하게 밝아진 핸드폰 액정에 메시지를 보낸 사람의 이름이 떠 있었다. 중고나라 판매자.

"……"

입술을 말아 문 채 슬그머니 옆으로 눈동자를 돌렸다. 옆 사람의 무릎이 툭 내 다리에 닿는 동시에 신재와 눈이 마주쳤다. 너무 놀라 고개가 제자리로 돌아갔다. 상영관이 어두워졌다.

아, 나, 세상에.

우편 봉투에 영화표가 있었다고, 안 오면 큰일이 날 거라 그래서 온 거라고, 나는 진짜 아무것도 몰랐다고, 그런 말을 하고 싶었지만 상영관이 어둡고 조용한 탓에 입술을 꾹 물고 삼켰다. 완전 굳어서는 정면만 보고 있는데 선재가 비스듬히 고개를 숙이고 속삭였다.

"너 인혁이랑 연락해?"

눈을 크게 뜨고는 고개를 저었다. 선재도 여기 앉아 있는 내가 의아한 얼굴이었다. 혹시라도 우현성이 볼까 싶어 팔꿈치로 선재의 팔을 밀었다. 저리 가라는 식으로. 뭔가 못마땅한 얼굴로 나를 보던 선재가 기울인 몸을 바로 세워 앉았다.

의자에 등을 기대고 앉아 쪽쪽 콜라를 빨아 마셨다. 목이 타고 속이 탔다. 상영관이 조용해서 그런지 괜히 가슴이 더 크게 울리는 것 같다. 쪽, 입술을 한껏 모아 빨대를 빨았는데 콜라가 동났는지 애처로운 소리를 냈다. 의외로 크게 난 소리에 절로 눈이 동그래졌다. 선재가 내 손에 있는 컵을 가져가더니 오른쪽 홀더에 꽂아 두었던 컵을 빼내 내게 준다.

너 먹지 왜 나를 주니. 내가 너무 목이 말라 보이는 거니.

선재가 건넨 컵을 만지작거렸다. 영화관 매점에서 산 것 같지 않았다. 컵을 살짝 눕혀 보니 선재가 좋아하는 음료를 파는 프랜차이즈 카페의 로고가 박혀 있었다. 선재가 장갑을 주고 갔던 장소. 플레인요거트스무디 엄청 좋아하네.

입술을 꾸물거리다가 빨대를 입에 물었다. 입에서부터 목으로, 그리고 속 깊은 곳까지 찬 기운이 확 스몄다. 스무디를 빨아 마시는데 시선이 느껴져 눈동자를 옆으로 돌렸다. 팔걸이에 턱을 괸 채 나를 빤히 보던 선재가 몸을 숙여 다가왔다.

"뭐야. 어떻게 된 건지 알려 줘."

"어? 뭘, 뭐를 알려 줘?"

"네가 왜 인혁이랑 영화를 봐."

"그런 거 아니야. 나도 모르고 왔어."

속삭이는 목소리가 점점 기어들어 갔다. 작은 목소리를 가만가만 뱉다 보니 선재와 어깨가 붙었다. 선재가 못마땅한 얼굴을 했다. 흠, 하며 꾹 다문 입술이 못 믿겠다는 얼굴이다. 그게 억울하면서도 선재의 표정이 귀여워 입술을 말아 물었다. 입술을 그대로 뒀다가는 나도 모르게 미소를 지을 것 같았다. 질문이 끝났는지 선재가 고개를 돌렸다. 닿아 있던 어깨가 떨어졌다.

영화가 눈에 하나도 안 들어왔다. 선재가 준 음료도 다 마셨다. 홀더에 꽂지 못하고 가벼워진 컵을 만지작거리고 있는데 무릎 위에 뭔가 닿았다. 시선을 내려 보자 뭔가를 달라는 듯 펼쳐진 선재의 손이다. 음료 달라는 건가. 슬쩍 선재에게 몸을 기울고 속삭였다.

"미안한데, 다 마셨어."

정면을 보는 선재의 입가에 보일 듯 말 듯 미소가 번진다. 이게 아닌가, 생각하는 순간 선새가 작게 속삭인다.

"손 줘."

"어?"

조금 큰 소리를 뱉었나 싶어 입을 막고 백인혁과 우현성의 눈치를 살폈다. 선재에게 가려 보이지 않았지만 꽤나 집중해서 영화를 보고 있는 것 같았다. 선재가 손등으로 무릎을 툭툭 두드린다.

고개를 슬쩍 돌려 선재를 보았다. 스크린이 밝아지며 선재의 얼굴이 훤해졌다. 정면을 향한 채 꾹 다문 입매가 귀여웠다. 빠르게 불빛이 스치고 영화 속에 밤이 찾아오며 스크린이 어두워졌다. 손가락을 꼼지락거리다가 선재의 손바닥 위에 손을 올렸다. 눈동자를 돌려 선재를 보았다. 엷게 웃음이 번지며 올라가는 광대가 보였다. 그 웃음에 괜히 가슴이 두근거려 입술을 물고 고개를 숙였다. 손가락이 맞물리고 선재의 긴 손가락이 손등을 덮었다. 제대로 기억나는 장면은 하나도 없고, 이러다가는 상영관 내부가 밝아진 후에 올라오는 엔딩 크레디트만 보겠네, 싶었다.

맞잡은 손이 따뜻했다. 기분이 좋으면서도 답답한 게 아주 제멋대로였다. 좋은 게 좋은 건데, 이게 혹여 선재에게 더 큰 불행을 주지 않을까, 그런 생각이 발목을 잡고 늘어졌다.

'네가 날 안 좋아하는 게 나쁜 일이야.'

선재는 그렇게 말했는데.

과거의 대사를 회상하다가 손등을 꾹 누르는 느낌에 고개를 들었다. 영화를 안 보고 뭐 하냐는 듯 선재가 스크린을 눈짓했다. 씩, 웃고는 의자에 머리를 기댔다. 스크린 속에서는 봄의 풍경이 따뜻한 빛을 품고 지나갔다. 선재도 나도 따뜻한 저 봄으로 갈 수 있으면 좋겠다고, 눈에 잘 들어오지 않는 영화를 보며 그런 생각을 했다.

▫ ■ ▫

영화가 끝나자마자 후다닥 상영관을 달려 나왔다. 영화를 같이 보긴 했으나 일행이 아니었으니 영화 재밌었어? 어떤 장면이 좋았어? 하는 감상을 나누며 걸어 나올 처지가 못 되었다.

화장실에 들어가 멍하니 거울을 보았다.

"대체 이게 무슨 일이야."

머리를 쓸어 넘기고 수도 레버를 올렸다. 무의식적으로 손을 씻으려다 선재와 내내 손을 잡고 있던 것이 생각나 수도 레버를 내렸다. 손을 바라보며 히죽, 바보같이 웃는데 밖에서 누군가 나를 불렀다.

"임솔, 거기 있냐?"

손으로 향해 있던 시선이 문 너머로 향했다. 누구나 들어오고 나갈 수 있는 화장실이었지만 그 음성이 괜히 비밀스럽게 느껴져 슬쩍 문을 열고 내다봤다. 백인혁이 서 있었다.

"어, 맞네."

백인혁이 다행이라는 듯 숙이고 있던 상체를 들고 주위를 살폈다.

"야, 너 뭐야. 영화표는 뭐고, 이건 뭐고."

"그러는 너는 뭔데 영화가 끝나자마자 택배 온 것처럼 달려 나가냐."

"그건……."

그럼 뭐 어떻게 할까. 영화관에 먼저 들어가 앉아 있던 내가 서서 박수라도 치고 영화 잘 감상했냐고 묻기라도 할까. 우현성도 있는데?

"자, 받아."

불쑥 백인혁이 주먹을 내밀었다.

"뭔데?"

"받아. 우선."

무언가 못 미더워 꾸물거리다가 백인혁의 주먹 아래로 손을 내밀었다. 백인혁이 주먹을 펴고 내 손바닥에 무언가를 떨어뜨렸다. 엠블럼이 들어간 스마트키였다. 눈을 올려 백인혁을 보았다. 이걸 왜 주는지 알 수 없다는 표정에 백인혁이 한숨을 내쉬며 팔짱을 꼈다.

"야, 내가 원래 이렇게 착한 애가 아닌데. 아주 몇 년에 걸쳐서 삽질하는 너희 둘을 보고 있자니 속이 타서 나선다."

"무슨 말이야?"

"지하 2층 D28."

"어?"

"못 외우겠으면 얼른 핸드폰 메모장에 입력해."

"뭔데, 그게."

"차 있는 곳."

예상치 못한 곳으로 흘러가는 대화에 눈썹이 찌푸려졌다.

"뭔 소리를 하는 거야. 이건 왜 주는데. 가져가."

스마트 키를 도로 건네자 백인혁이 팔짱을 풀지 않은 채 뒤로 물러났다.

"나는 진짜 아직도 네가 밉거든? 이제 와서 선재랑 엮이는 것도 아주 못마땅해 죽겠지만, 류선재 그 지고지순한 새끼 때문에 넘어가는 거야. 어?"

"뭐래는 거야."

"선재 그 팔팔한 것이, 이 젊고 창창한 나이에 연애 한 번을 안 하고. 누구 때문에."

백인혁이 가늘게 뜬 눈으로 나를 흘겼다. 그게 꼭 나를 겨냥한 말 같아서 눈을 동그랗게 떴다. 그건 조금 억울한데.

"야, 그게 왜 나 때문이야? 선재가 소속사 방침을 잘 따른 거겠지."

"우리가 무슨 대형 기획사도 아니고. 그런 거 없거든?"

아, 그러냐……. 할 말이 없었지만 그래도 억울한 건 마찬가지였으므로 눈을 치켜뜨고 백인혁의 얼굴을 올려다봤다. 그러다 불쑥 심원준이 한 말이 생각났다.

"그럼 지금 누가 연애해?"

"알 거 없고. 지하 주차장에 주차되어 있어. 흰색 차야. 여기 위에 버튼 누르면 전조등에 불 들어올 거야."

대체 이런 이야기를 내게 왜 하는지 알 수 없어 미간만 더 좁아졌다. 백인혁이 내게 책을 두 권 주고, 영화표를 주더니. 설마.

"헐. 설마 이거 선물 그런 거 아니지? 이렇게 비싼 걸?"

내 말에 이번엔 백인혁의 미간이 좁아졌다. 미친 소리를 들은 듯한 얼굴이었다.

"진심이냐?"

"어?"

"내가 너한테 차를 선물한다고? 외제 차를? 장난하냐?"

"아…… 그러니까. 내말이. 그런데 왜 줘, 이거를? 가져가."

괜히 민망해서 손을 내미는데 백인혁이 몸을 틀며 손을 비껴갔다. 땅이 꺼져라 숨을 내뱉더니 검지로 내 이마를 콕, 찔렀다.

"바보야. 그냥 시키는 대로 해. 지하 2층 D28. 거기 가서 위에 버튼 누르고 차에 타 있어."

"아니, 내가 왜?"

백인혁이 고개를 절레절레 저으며 돌아섰다. 너무 황당해서 입이 벌어졌다.

"아니, 아니 왜? 말을 해 줘야지. 이거 어쩌라고!"

나도 모르게 큰 소리가 튀어 나갔다. 손에 든 스마트 키를 번쩍 든 채였다.

"류선재나 너나. 눈치가 이렇게 없어서야."

백인혁의 뒤를 쫓다가 우현성의 목소리가 들려와 후다닥 몸을 돌려 뛰었다.

백인혁이 건네준 스마트 키를 쥐고서. 이걸 대체 어쩌라는 말이냐. 걸음이 트위스트로 나아가는 것만 같았다.

□ ■ □

지하 주차장으로 오긴 왔는데, 백인혁이 말한 구역에 주차되어 있는 흰색 차를 발견하긴 했는데, 도저히 남의 차에 타 있을 엄두가 나지 않아 기둥 뒤에 숨었다. 대체 무슨 생각으로 이 키를 내게 준 건지 알 수가 없었다. 나보고 혼자 운전해서 가라는 뜻은 아닌 것 같고, 선물도 아니라고 하고.

초조함에 다리가 덜덜 떨렸다. 지금 있는 곳이 무려 파주였다. 늦은 시각이라 버스는 고사하고 택시를 탈 수나 있을지도 모를 위치였다. 서울이면 따릉이를 타고 겨울바람을 맨얼굴로 가르며 발이라도 죽어라 굴리지. 경기도에서 서울까지 어떻게 가냐고. 괜히 이를 딱 붙이고는 백인혁의 이름을 씹었다. 손에 든 스마트 키를 만지작거리고 있을 때 불쑥 뒤에서 목소리가 날아들었다.

"왜 여기 이러고 있어?"

어깨를 움찔 떨고 고개를 돌렸다. 아깐 어두워서 어렴풋이 얼굴만 보였던 선재가 말끔한 모습으로 서 있었다. 검은색 슬랙스 바지에 흰색 맨투맨 티.

"헐, 야 너 안 추워? 이러고 왔어?"

갑자기 뒤에서 나타난 선재보다 선재의 옷차림이 더 놀라웠다. 나는 코트에 목도리에 선재가 준 장갑까지, 무장할 수 있는 건 모조리 장착하고 나왔는데 외투조차 걸치지 않은 차림새라니. 선재가 차를 눈짓했다. 백인혁이 말한 그 차였다.

"차에 두고 내렸지."

"차……."

눈을 내리고 손에 든 키를 보았다. 이건가. 이게 선재가 말한 그 차의 키인 건가. 그런 생각을 하고 있을 때 선재의 손이 내 손바닥을 스치며 키를 뺏어 갔다.

"인혁이가 차에 타 있으라고 했다던데."

"어?"

벌어진 입을 못 다물었다. 가만히 서 있는 내 옆을 선재가 스쳐 갔다. 선재가 서 있다가 사라진 곳만 멍하니 보는데 뒤에서 내 이름을 부르는 목소리가 들렸다. 조금 늦은 박자로 고개를 돌리자, 선재가 고개를 갸울였다.

"안 타?"

"어?"

바보같이 자꾸 물음표만 날아간다.

"문 열어 줘?"

"아, 아니!"

후다닥 걸음을 옮겨 조수석에 올라탔다. 느렸다가 바빴다가 엉망인 내 흐름에 선재가 픽 웃음을 터트리며 운전석에 올라탔다. 차에 타자마자 안전벨트를 매는 건 몸에 밴 습관이었다. 안전벨트를 매고 고개를 돌려 선재를 보았다. 타라고 해서 타긴 탔는데, 그래도 이게 무슨 상황인지는 알아야 하지 않겠나 싶었다.

"뭐, 뭐야? 이 차는? 왜 타는데?"

"글쎄."

선재가 시동을 걸며 어깨를 으쓱였다. 그러곤 고개를 돌려 눈을 맞췄다.

"인혁이 말에 의하면, 자기가 그린 큰 그림이래."

"그림?"

선재가 고개를 끄덕였다.

"이거 그럼 백인혁 차야?"

"아니, 현성이 형 차야."

눈이 동그랗게 커졌다.

"그럼 설마 넷이 타고 가? 아니, 나 그냥 택시 타고 갈게."

안전벨트를 풀고 가방을 챙기자 선재가 툭 웃음을 터트리며 안전벨트 클립을 잡아 다시 채운다.

"둘은 택시 타고 간다고 했어."

"택시? 왜? 자기 차를 두고?"

이 말에도 선재는 어깨를 으쓱인다. 허, 참, 하는 소리를 내며 가방을 다리 위에 올렸다.

"왜, 인혁이랑 둘이 가는 줄 알았어?"

말도 안 되는 소리에 고개가 확 돌아가고 큰 소리가 새어 나갔다.

"미쳤어?"

"미친 소리라고 생각하니 그건 다행이네."

이상하게 숨이 턱턱 막혔다. 눈만 끔벅이다가 고개를 돌려 가방을 내려다봤다. 파주에 온 순간부터 일이 꼬인 건지, 뭔지, 이상하다는 느낌을 지울 수가 없었다. 이상하긴 정말 이상하잖아. 갑작스레 류선재, 백인혁, 우현성과 같은 상영관의 같은 열에 앉아 영화를 보고 영화가 끝난 다음에는 너무나도 뜬금없이 선재와 한차에 타고 있는데 그게 또 선재 차도 아니고 우현성 차라니.

오른손으로 운전대를 잡고서 손가락을 까닥이던 선재가 물끄러미 시선을 던져 왔다. 뚫어지게 쳐다보는 시선에 입술이 마르는 것 같다.

"……왜, 왜 그렇게 봐?"

"생각해 봤어?"

"어?"

"나랑 만나는 거."

꼴깍, 침 넘어가는 소리가 괜스레 크게 들리는 것 같다.

"아직이야?"

입술을 물고는 고개를 끄덕였다. 그러자 선재가 알았다는 듯 고개를 끄덕이며 시선을 돌렸다.

"분명 처음 봤을 때 네가 그랬던 거 같은데. 류선재 진짜 존나게 사랑한다, 라고."

눈이 동그래졌다. 조금만 힘을 주면 튀어나올 수도 있을 것 같다. 차마 고개는 못 돌리고 눈동자만 옆으로 굴렸다. 선재가 눈을 맞추지 않은 채 고개를 갸울였다. 그걸 어떻게 지금도 기억을 하나 싶었지만, 내 대사가 그만큼 강렬했나 하는 생각에 울상이 되었다.

□ ■ □

부드럽게 나아가는 차창 밖으로 풍경이 느릿하게 스쳤다. 운전을 하는 선재가 너무 신기해 자꾸만 눈동자가 돌아갔다. 힐끔거리는 내 모습에 선재의 입꼬리가 올라간다.

"그냥 봐. 훔쳐보지 말고."

얼굴을 정면에 고정한 채 눈동자만 바쁘게 돌아갔다.

"내가, 내가 언제?"

큼큼, 목을 가다듬고 턱을 문질렀다. 원래 시간으로 돌아온 지도 한 달이 넘었건만 내겐 아직도 교복을 입은 선재의 모습이 눈에 선했다. 어쩌면 그 모습이 더 익숙했다. 대화가 끊긴 차 안이 조용하다. 고개를 돌리고 창밖 풍경을 보았다. 서울로 가는 길, 뻥 뚫린 도로 옆으로 어둠에 잠긴 한강이 불빛을 받아 일렁였다. 언젠가 이런 한강을 선재와 본 적이 있었는데.

그날의 풍경을, 그 풍경 속의 선재를 떠올리고 있는데 불쑥 차 안에 음악이 흘렀다. 귀를 기울이며 고개를 돌렸다. 이문세의 노래였다. 그날 선재와 이어폰을 나눠 꽂고 들었던 노래. 시선이 선재에게로 향했다. 정면을 보는 선재의 옆모습이 보인다.

"기억나?"

"응……."

기억이 안 날 리가 있나. 지금도 그날을 생각하고 있었는데.

"그때부터였던 거 같아."

"뭐가?"

내가 좋아하는 음악이, 이문세의 목소리가, 아름다운 가사가 분위기에 스며

든다.

"너를 좋아한 거."

'이상하다.'
'어?'
'진짜 이상하네.'
'……'
'아무리 생각해도 이상해.'

가슴이 두근거려 선재의 얼굴에서 시선을 거두고 무릎을 내려다봤다. '이 세상이 변한다 해도, 나의 사랑 그대와 영원히'라는 가사가 마음을 잔잔하게 울렸다.

ㅁ ㅁ ㅁ

팔짱을 낀 채 몸을 웅크린 우현성이 눈을 치켜뜨고 백인혁의 얼굴을 죽어라 흘겼다. 갑자기 차에 뭘 두고 왔다며 차 키를 달라고 하고서 돌려주지 않는 백인혁에게 영화가 시작되기 전, 영화가 시작된 후라도 내 키 내놓으라고 하지 않은 것이 후회되었다.

우현성은 영화가 끝나자 선재와 함께 느린 걸음으로 화장실로 향했다. 이런저런 이야기를 나눴다. 영화 내용에 대해 우현성은 계속 뭐라 떠들었지만, 선재는 같은 영화를 봤나 싶을 정도로 기억하는 장면이 하나도 없었다.

화장실에서 나와 보이지 않는 백인혁을 찾았다. 백인혁을 찾고 보니 이번엔 선재가 없었다. 뭐 이렇게 자꾸 하나씩 없어져, 하며 구시렁거릴 때 백인혁이 어색하게 웃으며 우현성의 팔에 팔을 끼우고 어깨에 머리를 비볐다. 징그럽게 왜 이래, 하고 백인혁을 밀어 낼 때까지 우현성은 몰랐다. 자꾸 하나씩 없어지는 것에 자신의 차도 포함되었다는 것을.

대뜸 스마트 키와 함께 차를 도둑맞았다. 백인혁은 선재가 들고 튀었어, 라고 했지만 선재는 그런 엉뚱한 일을 할 만한 인물이 아니었기에 누가 봐도 백인혁의 짓이었다. 외투를 차에 두고 내린 탓에 콜택시가 오기를 기다리며 길에 서서 오들오들 떨고 있었다.

"형, 미안해요."

"인간적으로 미안하면 외투 좀 벗어 주라. 진짜."

"그건 안 돼. 나 겨울 제일 싫어하는 거 알죠?"

"난 네가 싫어."

"아앙, 형."

백인혁이 우현성의 옆에 딱 붙으며 몸을 치댔다. 원래라면 잘 받아 줬을 아양을 전혀 받아 주고 싶지 않아 얼굴을 굳히고 어깨를 털었다. 어깨를 바쁘게 흔들며 우현성에게 갖은 코맹맹이 소리를 내던 백인혁이 몸을 바로 세우고 전화를 받았다.

"네. 여기 주차장 입구 앞에 서 있어요. 네."

콜택시 기사의 전화였다. 백인혁이 싱긋 웃으며 우현성을 보았다. 이제 이 추위는 끝이라는 듯. 몸을 움츠린 채 어깨를 한껏 올린 우현성이 입을 열었다. 입김이 부옇게 흩어졌다.

"아까 그 사람이야?"

"응?"

우현성이 추위에 붉어진 뺨을 하고서 고개를 돌렸다.

"선재 첫사랑?"

백인혁이 눈을 동그랗게 떴다. 어떻게 그걸, 하고 말하는 얼굴이었다.

"야, 내가 눈치가 저 하늘에 있어."

백인혁이 놀랍다는 듯 고개를 끄덕였다.

"류선재 눈치는 저세상 가 있던데."

우현성이 픽 웃음을 터뜨렸다. 저세상에 가 있는 눈치라는 말에 백인혁이 발권해 온 티켓을 보고 선재에게 나도 가겠다고 떠든 상황이 생각났다. 한 치의 의구심

없이 고개를 끄덕인 선재의 얼굴까지. 이것도 선재는 가지 않겠다는 걸 백인혁이 억지로 끌고 온 거였다. 하마터면 백인혁과 우현성 둘만 올 수도 있었던 자리였다.

"야, 우리 둘이 왔을 거 생각하니까 끔찍하다."

백인혁이 고개를 절레절레 저었다. 저 멀리서 도로를 꺾어 들어오는 택시의 전조등 불빛이 보였다. 백인혁이 손을 높이 들고 흔들었다. 그때 번뜩 무슨 생각이 스친 듯 우현성이 아, 하는 짧은 탄성을 내질렀다. 백인혁이 손을 내리고 우현성을 보았다.

"왜요?"

"아, 미친. 선바이저 열면 안 되는데."

"그거 때문에? 설마 열겠어요. 둘 다 얼어서 앞만 보고 가겠지."

택시의 불빛이 점점 더 가까워졌다. 우현성의 난감한 얼굴이 불빛에 더 적나라하게 드러났다.

　　　　　　　　　　□ ■ □

어색하게 앉아 있다가 거울이라도 보려고 선바이저를 열었다. 선바이저 왼쪽에 스티커사진이 붙어 있었다. 사진으로 눈동자가 굴러갔다. 사진 속 다정하게 얼굴을 붙이고 있는 여자와 남자의 얼굴을 보는 순간 탁, 소리가 나게 선바이저를 올려 닫았다. 둔탁하게 울리는 소리에 선재가 힐끗 고개를 돌렸다.

"왜?"

"어? 아니. 아무것두."

우현성이었다. 여자는 처음 보는 얼굴이었으니 연예인은 아닌 것 같았다. 뭐지. 그럼 심원준이 말한 그 소문의 주인공이 우현성인 것인가. 그제야 답답했던 숨통이 조금 트이는 것 같았다. 그렇지. 선재와 내가 연애를 한 적도 없는데, 몇 번 만나지도 않았는데 그런 소문의 주인공이 될 리가 없지.

"바로 가야 해?"

"응?"

"괜찮으면 나랑 좀 더 있다 갈래?"

쿵, 가슴이 뛰었다. 어색하고 민망한 상황에 입술을 잘근잘근 물다가 고개를 끄덕였다.

"싫어?"

정면을 보느라 내 고갯짓을 보지 못했는지 선재가 되물었다.

"아니? 좋다고 그랬는데."

선재가 엷게 웃는다.

"오래는 안 붙잡고 있을게."

시간이 밤 11시를 넘어선 지 오래였다.

선재가 어디를 간다고 알려 주지도 않았고 선재에게 어디를 가냐고 묻지도 않았다. 잠깐 차를 정차하고 혼자 내리더니 커피 두 잔을 테이크아웃해 왔다.

대교를 넘어가다가 대교 중간의 차량 통제 바리케이드로 분리되어 있는 곳으로 핸들을 꺾어 들어갔다. 미개통 구간인 듯했다.

"어? 들어가도 되는 거야?"

"응. 인혁이랑 종종 왔어."

구석에 차를 주차했다. 주차랄 것도 없었다. 그냥 쑥 들어가 정지하고 기어를 주차에 두었다. 차가 한 대도 세워져 있지 않았다.

커피를 들고 차에서 내렸다. 대교 아래로 한강이 내려다보였다. 탁 트인 풍경에 마음이 괜스레 뭉클해진다. 도시를 밝히는 불빛들이 별처럼 박혀 있고 그 빛이 어둠에 잠긴 풍경 곳곳에 스며 있었다. 일렁이는 것 같다가도 흐트러지는 것 같고, 흐트러지는 것 같다가도 선명하게 터지는 것 같다.

두 손으로 커피를 쥐고 손바닥을 데우는데 선재가 주머니에 손을 넣고 꼼지락거리더니 블루투스 이어폰 케이스를 꺼냈다. 그러곤 이어폰 하나를 꺼내 엄지로 쓱쓱 닦더니 내게 내밀었다. 그날과 같이 선재와 이어폰을 한쪽씩 나눠 귀에 꽂았다.

케이스를 주머니에 넣은 선재가 핸드폰을 들었다. 같이 들을 음악을 고르는 것 같았다. 음악을 골랐는지 핸드폰을 주머니에 넣더니 난간에 몸을 기대고 풍경을 응시했다. 이어폰에서 피리 소리와 함께 기타 선율이 흘렀다. 맑은 소리였다. 선재를 따라 풍경으로 시선을 던졌다. 연주가 흐르다가 뒤에 알 수 없는 가사가 이어졌지만 나쁘지 않았다. 밤 풍경과 어울렸다.

"제목이 뭐야?"

"별을 세던 아이는."

작게 고개를 끄덕였다. 눈앞에 펼쳐진 풍경과 너무나 잘 어울리는 제목이었다. 저게 다 별이라면, 우리는 얼마나 많은 별을 셀 수 있을까.

"춘백."

강과 하늘이 닿은, 어둠에 묻혀 경계가 사라진 검은 곳을 응시하다가 고개를 돌렸다. 별처럼 빛을 발하는 불빛에 선재의 눈이 반짝이는 것만 같았다. 밤을 바라보는 선재의 옆모습이 너무나 예쁘다.

"넌 고등학생 때 어떤 애였어?"

"나?"

"응."

두 손으로 따뜻한 커피의 온기를 느끼며 멀리 시선을 던졌다. 그 당시 나는 자주 깊은 우울함에 빠져 허덕였다. 그때 나는 어떤 늪을 지나는 심정으로 하루하루를 보냈었다. 매일 붙어 다니던 친구가 없어지는 게 그 나이의 나에겐 큰 사건이자 하나의 시련이었다. 현주가 전화 간 후로는 급식도 혼자 먹고 하굣길도 늘 혼자였으니까.

"네가 봤던 나랑은 많이 달랐어."

선재가 말없이 고개를 끄덕였다.

"그래서 그 엠피쓰리에 우울한 노래가 많았던 거야. 가사 상관없이 듣고 슬프면 좋다고 생각했거든. 그게 어떤 위안이 됐어."

"그런 거 같더라."

입을 다물고 입꼬리를 올렸다. 나도 모르게 미소가 번졌다. 선재와 어떤 것을 공유하고 있다는 사실에 기분이 좋았다.

"넌 시간 여행을 했다고 그랬으니까, 사실 그땐 내가 누군지도 몰랐던 거네. 좋아했을 리도 없고."

"언제?"

"고등학생 때 말이야."

입술을 꾹 물고 뺨에 바람을 불어 넣다가 고개를 끄덕였다. 그건 사실이니까.

"내가 탄 버스에 네가 탄 적이 있었어."

선재의 기억이 입술 밖으로 흘러나왔다. 내겐 없는 기억이, 내가 있었지만 내가 기억하지 못하는 날이.

"여름이었어. 나도 너도 하복을 입고 있었지. 다신 널 찾아가지도, 알은척하지도 않겠다고 말한 뒤라 혹시라도 네가 나를 볼까 봐 몰래 내리려고 했어. 그런데 네가 고개를 푹 숙이고 버스에 타더니 빈자리는 어떻게 잘 찾아서 앉더라. 그러곤 에어컨을 틀어 놨는데도 창문을 열더니, 창에 머리를 기대고 바람을 맞았어. 뒤에서 한참을 봤어, 너를."

"……."

"바람에 네 머리카락이 날리는데, 그 움직임이 느리게 보이더라고. 천천히 나풀거리는 것처럼."

"……."

"예뻤어."

컵을 문지르던 엄지가 멈칫했다.

"그러니까 내가 먼저야."

무슨 말인지 몰라 고개를 돌려 선재의 얼굴을 올려다봤다. 정면을 바라보던 선재가 비스듬히 고개를 내리고 눈을 맞췄다.

"내가 먼저 널 좋아했어. 그리고 내가 더 오래 좋아했어."

가슴이 두근거렸다. 빠르게 뛰었다. 쿵쿵거리는 게 온몸으로 느껴졌다.

"그러니까, 그렇게 오래 생각하지 마. 너를 기다린 시간도 너무 길어."

말을 끝낸 선재가 커피를 마셨다. 그러곤 시선을 거두고 정면을 향해 몸을 돌렸다.

"커피를 마셔서 그런가."

선재가 한 손을 가슴 위에 얹었다.

"심장이 빨리 뛴다."

내가 할 말이다. 선재야.

선재만 만나면 심장이 빨리 뛰었다. 가슴이 두근거리고 얼굴이 뜨거워지는 것은 물론이고 손발이 다 저리는 듯한 느낌마저 들었다. 나는 늘 눈이 동그랗게 커지고 말을 더듬어 그게 티가 났지만 선재는 늘 태연해 보였다. 선재의 심장이 빨리 뛴다니. 나와 다른 이유로 그런 건가, 하며 선재의 얼굴을 훑었다. 선재의 귀가 빨갰다.

"너 추워? 차에 탈까?"

불쑥 손을 내밀어 선재의 귀를 덮었다. 두 손으로 컵을 쥐고 있던 탓에 손등은 찼지만 손바닥은 따뜻했다. 선재가 조금 커진 눈을 하고서 나를 내려다봤다. 얼굴을 마주 보고 있는 이 순간이 마치 정지한 세계처럼 느껴졌다. 곡이 끝나자 다음 곡으로 넘어갔다. 잔잔한 선율이 흘렀다. 그 위를 덧씌우는 목소리가 감미롭다.

"솔아."

"……어?"

나눠 끼운 이어폰에서 같은 노래가 흘러나오고 나는 선재의 얼굴을, 선재는 나의 얼굴을 바라보고 있었다. 선재가 자신의 귀를 덮은 내 손의 손목을 잡아 아래로 내렸다. 그러곤 잡은 손목을 놓지 않은 채 눈을 맞췄다.

"나랑 사귈래?"

가슴에 파동이 일었다. 사정없이 울렸다. 모든 풍경이 지워지고 어둠에 잠긴 것만 같았다. 선재 하나만 보였다. 선재의 검은 눈동자가, 밤이 되어 어둠으로 물든 것만 같다.

여러 날이 스쳤다. 선재의 눈을 들여다봤던 날들이, 또는 선재의 눈에 내가 담겼을 날들이.

나에겐 두 달의 시간이었다. 그리고 몇 년을 훌쩍 뛰어넘어 감정을 묻고 이어 가고 할 시간도 없이 바로 선재를 마주쳤지만, 선재에게는 몇 번의 계절을, 날씨를, 아침과 밤을 맞았을 시간이었다. 그 긴 시간 동안 선재의 마음이 어땠을지, 그 마음속에서 나는 어떤 모습으로 변해 갔을지 쉽게 상상이 안 됐다. 밉다가도 좋아지고, 좋다가도 싫어지고 그랬을까. 흐릿해지다가도 선명해지고, 가끔씩 잊었다가 불쑥 생각나고 그랬을까.

선재가 내게 주었던 아이팟에 있던 노래가 떠올랐다. 그때 눈이 내리는 길 위에서 그 음악을 들으며 많이도 울었다. 선재와 헤어지고 싶지 않아서.

손을 슬쩍 뒤로 빼자 선재의 손에서 손목이 빠져나왔다. 팔이 점점 뒤로 물리고 손끝이 선재의 손에 머물렀다. 손바닥을 뒤집어 선재의 손가락을 잡았다.

"미안. 네가 좋지 않아서 망설인 건 아니야."

"……."

"너에게 나쁜 일이 생기지 않기를 바라서 그런 거였어."

"네가 날 안 좋아하는 게 나쁜 일이라니까."

"그러니까."

"……."

"너를 안 좋아 했던 적 없어."

가슴이 너무 두근거려서 웃고 싶은데도 입가가 얼어 미소가 안 번졌다. 의도치 않게 딱딱하게 굳은 얼굴로 선재의 얼굴을 올려다봤다.

"네가 내 남자 친구가 된다는 건 한 번도 상상해 본 적 없어."

"난 그 상상보다 더 어이없는 것도 믿잖아. 네가 시간 여행을 했다는 걸."

선재의 손을 잡고 손가락을 꼼지락거렸다. 나도 모르게 선재의 고백에 대한 답을 들고서 먼 길을 돌고 있는 것 같은 느낌이 들었다. 수건돌리기처럼. 선재에게 수건을 줄 거면서, 주지 않고 계속 선재를 지나쳐 긴 원형을 달리는 사람처럼.

나는 선재처럼 직구가 되는 사람이 아니었다. 눈을 내리고 마주 잡은 손을 보았다. 선재가 내 답을 기다리듯 가만 손을 내어 줬다. 선재의 손가락 마디를 엄지로 문지르다가 고개를 들었다. 선재와 바로 눈이 마주쳤다. 선재의 등 뒤에 수건을 놓는 순간이다.

"선재야."

선재가 말없이 눈을 맞췄다. 마주 잡은 손에 힘이 들어갔다. 뒷말을 이어야 하는데 이상하게 숨이 막혔다. 가슴이 너무 두근거린 탓이다. 숨을 몰아 뱉고 선재의 손을 났다. 커피를 홀짝이고 시선을 돌렸다. 생각과는 다른 전개인지 가만 서서 나를 보던 선재가 눈썹을 찌푸리는 게 보였다.

"뭐야. 왜 말을 하다가 말아?"

"어? 뭐가. 눈치가, 눈치가 왜 이래?"

"뭔 소리야."

"이 정도 말했으면, 어? 말 다 했지."

"뭘 다 해. 선재야, 하고 뒤에 아무 말도 안 했는데."

내가 자꾸 뒤로 물러나자 선재가 물러난 걸음만큼 다가왔다. 따져 묻는 투에 나도 모르게 웃음이 터졌다. 꽤나 심각했던지 선재가 웃는 나를 당황스럽다는 듯 보았다.

"바보야."

귀에 꽂은 이어폰을 빼내 선재의 귀에 꽂았다. 이어폰 두 짝이 선재의 양 귀에 자리했다. 내 귀에선 음악이 뚝 잘려 나가고, 선재의 귀엔 아마도 음악이 더 선명하게 흘러들 터였다. 두 손으로 선재의 귀를 잡은 채, 엄지로 이어폰을 꾹 누르고 입을 열었다.

"좋다는 말이야."

"……."

선재의 눈이 가만 내게 닿았다. 감정을 알 수 없는 시선이었다. 음악이 잘려 나가서 그런지 밤이 깊고 고요했다. 이따금씩 도로를 가르며 지나가는 차의 소리만 선명했다. 그렇게 아무런 말 없이 눈을 맞추었다.

선재의 귀로 어떤 음악이 흘러들어 가는지 알 수 없었다. 무엇에 집중했는지, 꽤나 눈빛이 집요했다. 갑작스레 선재의 눈망울에 물기가 어렸다. 그 모습에 내 눈이 동그래졌다.

"……어?"

급하게 귀에서 손을 뗐다. 선재가 이어폰을 빼내 주머니에 그대로 쑤셔 넣었다. 눈에 어리던 물기는 그 이상으로 차오르진 않았다. 선재의 눈이 촉촉하게 빛났다.

"임솔."

"어?"

"다 들려."

당황한 내 얼굴을 보는 선재의 얼굴에 엷은 웃음이 번졌다. 선재가 내 머리 위에 손을 얹고 머리를 헝클어트리듯 쓰다듬었다.

"안아 봐도 돼?"

가슴이 요동치듯 흔들렸다. 머리엔 여전히 선재의 손이 얹어져 있었다. 눈을 끔벅이다가 고개를 끄덕였다. 그러자 선재의 손이 뒤통수를 쓸고 아래로 내려가 등에 닿더니 꼭 끌어안았다.

"잘 부탁해."

"어…… 나도."

"네가 뭘 걱정하는 줄 알아. 조심할게. 그리고 또, 잘해 줄게."

두 팔로 나를 안은 채 고개를 뒤로 뺀 선재가 눈을 맞추고 싱긋 웃었다. 너무나 맑고 순한 웃음이었다.

□ ■ □

백업 파일을 변환하고 있는데 심원준이 핏기 없는 얼굴로 문을 두드렸다. 눈이 멍한 것이 집에 붙어 있어야 할 몸으로 회사에 온 것 같았다. 마스크를 눈 밑까지 덮은 채 축 처진 눈으로 나를 보았다.

"괜찮아요?"

심원준이 고개를 저었다.

"머리가 계속 울려요. 이러다 죽으면 어쩌죠. 산재는 되나 몰라."

심원준이 고개를 돌리고 기침을 뱉었다. 어젯밤부터 몸이 으슬으슬하더니 오늘 아침 급격히 안 좋아졌다고 그랬다. 차마 당일에 연차를 쓸 수 없어 어떻게 오긴 왔는데 출근 지문을 찍자마자 기를 다 뺏겨 버린 것처럼 몸에 힘이 하나도 안 들어갔단다.

연신 기침을 뱉고 죽을상을 하고 다니는 심원준의 모습에 보다 못한 대표가 집에 가라고 했다. 하지만 양지운 피디나 김명혁 피디가 가라고 했으면 갔겠지만 대표가 가라니 못 가겠더라며 심원준은 자리를 지키고 있었다.

"그냥 가요. 대표님도 가라고 했다면서요."

심원준이 한숨을 뱉으며 카드를 건넸다.

"대표님은 가라고 했는데 피디님은 내게 심부름을 시켰습니다."

"아이고."

"부탁 좀 해도 돼요? 밖엔 못 나갈 거 같아서."

심원준이 미안한 얼굴로 어깨를 내렸다. 카드를 받아 들고 심원준의 어깨를 토닥였다.

"내가 갔다 올게요. 뭔데요?"

이번엔 신원준이 우는 얼굴로 두 손을 모았다.

"진짜 고마워요. 솔이 씨밖에 없어요."

□ ■ □

심부름이라는 게 커피를 사 오는 거였다. 아메리카노 네 잔, 카페라떼 네 잔.

아홉 잔이 아닌 것에 감사하며 4구 캐리어를 양손에 하나씩 들고 걸어갔다. 듬성듬성 조경수가 심어진 길을 걷는데 누군가 옆에 서더니 손에 있는 캐리어를 뺏어 들었다. 고개를 돌리고 보니 선재였다. 입이 쩍 벌어졌다. 빠르게 주위를 살피고 손을 내밀었다.

"뭐야. 빨리 줘."

"무거워 보여서."

얼굴이 당혹스러움으로 물들었다. 눈을 동그랗게 뜨고는 빨리 내놓으라고 눈을 부라렸다. 선재는 너를 도와주려고 그런 건데 왜 그러냐는 식으로 입술을 내밀었다. 하마터면 이게 진짜, 하며 눈을 치켜뜰 뻔했다. 듣는 사람도 없는데 작은 목소리로 빠르게 말을 뱉었다.

"빨리 주라니까."

"너 가는 데까지만 내가 들어 줄게."

환장해 버리겠네.

"누가 보면 어쩌려고. 얼른 내놔."

선재 손에서 캐리어를 뺏어 들고는 후다닥 걸음을 옮겼다. 선재가 뒤에서 사람이 사람 좀 도울 수도 있지 뭐가 어떠냐는 식으로 툴툴거렸다. 하지만 돌아보지 않고 두 다리를 더 빠르게 교차했다.

류선재 뭐냐고. 조심한다고 하지 않았냐고.

선재가 계속 따라오는 것 같아 빠르게 걷다가 결국 뛰었다.

◻ ◼ ◻

사무실에 도착하자 엉망인 캐리어 상태에 울상이 되었다. 김명혁 피디가 뚜껑을 열고 다가와 아메리카노 반이 다 사라지고 없다고, 이거 뭐냐고 그랬다. 네가 이런 거면 어쩔 수 없는데 카페에서 이렇게 담아 준 거면 문제가 있지 않냐고, 그런 이야기를 했는데 그냥 나 들으라고 하는 말인 것 같았다. 고개를 꾸벅 숙이고 죄송합니다, 제가 뛰는 바람에, 하고 말하자 김명혁 피디가 고개를 절레절레 저으며 돌아갔다.

돌아오고 보니 심원준은 결국 반차를 쓰고 퇴근을 한 모양이었다. 자신의 건강을 각별하게 챙기는 양지운 피디는 벌써부터 마스크를 쓰고 손 세정제를 손에 팍팍 뿌려 비비고 있었다. 아마도 심부름은 김명혁 피디가, 반차 강요는 양지운 피디가 한 것 같았다. 깔끔하게 정리가 된 심원준의 책상을 보며 한숨을 쉬었다. 그럼 오늘 점심은 양지운 피디, 김명혁 피디, 나 이렇게 셋이 먹는 건가.

"싫다……"

입술을 휘어 내리고 마우스를 잡았다. 휠을 돌리는데 핸드폰이 진동했다. 주머니에서 핸드폰을 꺼내 보자 중고나라 판매자에게서 메시지가 와 있었다.

[ㅠㅠ]

툭 웃음이 터졌다. 뭐야, 이 메시지는.

[뭐야?]

메시지를 보내고 의자를 빙글빙글 돌리며 선재의 답장을 기다렸다. 오래 지나지 않아 핸드폰이 진동했다.

[차갑네. 임솔.]

말이라고 하나. 아까의 상황을 생각하면 너무 황당해서 밖에서는 제발 알은 척하지 말아 달라고 하고 싶었지만 그게 또 선재에게는 은근 곤욕인가 싶어 한편으론 귀엽게 느껴졌다.

[조심하기로 했잖아.]

[알았어. 복면이라도 하나 살까 봐.]

의자에 등을 기대고 있다가 웃음소리가 새어 나갔다. 그 소리가 컸나 싶어 상체를 숙이고 손으로 얼굴을 가렸다. 웃음을 거두고 표정을 정리하려 해도 자꾸만 입꼬리가 올라갔다.

어쩌지. 류선재 너무 귀엽다.

턱을 괴고 메시지를 보다가 책상에 올려 둔 탁상 거울에 시선이 갔다. 광대가 툭 불거지다 못해 불그스름하기까지 했다. 좋으면서도 웃는 얼굴이 괜히 보기 싫어 거울을 뒤집었다.

점심시간, 양지운 피디, 김명혁 피디와 함께 근처에 있는 김치찌개집으로 향했다. 김명혁 피디는 이곳의 솥 밥을 무척이나 좋아했다. 누룽지로 식사를 마무리하는 게 그렇게 깔끔할 수가 없다며 늘 계산을 하고 나와 엄지를 치켜들었다.

국자로 김치찌개를 뒤적이는데 핸드폰이 진동했다. 국자를 내려놓고 테이블 아래로 핸드폰을 내려 메시지를 확인했다.

[춘백, 밥 먹어?]

[응. 김치찌개 먹으러 왔어. 넌 밥 먹었어?]

[이제 먹으려고.]

부쩍 선재와 연락하는 시간이 늘었다. 당연한 건가, 싶었지만 뭔가 낯설었다. 계란말이를 집어 먹던 김명혁 피디가 입을 열었다.

"라면사리 넣을까?"

김명혁 피디가 말했고 내가 바로 손을 번쩍 들었다. 손을 들고 사장님을 뚫어져라 보았다. 눈이 마주쳐야 주문을 할 수 있으니까. 계산대에 서서 박하사탕을 까먹는 사장이 좀처럼 돌아보지 않아 손을 들고 흔들었다.

"사장님, 여기 라면사리 하나 주세요!"

그제야 사장이 돌아보았고 알았다며 고개를 끄덕였다. 라면사리를 반으로 쪼개 김치찌개에 넣었다. 양지운 피디는 팔짱을 낀 채 벽에 걸려 있는 티브이에 시선을 고정하고 있었다.

"이제 드셔도 될 것 같은데요?"

내 말에 양지운 피디의 시선이 테이블로 돌아왔다.

말없이 밥 먹는 데 열중하고 있는데 익숙한 목소리가 들렸다. 고개를 들고 김명혁 피디와 양지운 피디의 어깨 사이로 보이는 대각선 테이블에 시선을 주었다. 선재와 서윤재가 매니저로 보이는 사람과 함께 앉아 있었다. 선재와 눈이 마주쳤다. 선재가 숟가락을 들고서 나도 밥 먹으러 온 거야, 하는 얼굴로 나를 보았다. 시선을 내리고 숟가락을 만지작거렸다. 핸드폰이 진동했다.

[너 있는 줄 모르고 왔어. 진짜.]

말은……

[누가 뭐라고 했니. 맛있게 먹어.]

선재에게 답장이 오지 않을 것 같아 핸드폰을 주머니에 넣고 수저를 바쁘게 움직였다. 조금만 굼뜨게 행동했다가는 김명혁 피디의 속도에 맞추기가 어려웠다. 그렇게 되면 또 밥을 다 먹지도 못하고 숟가락을 내려놔야 한다.

두부를 쪼개 먹고 찌개에 있는 돼지고기를 집어 먹었다. 김명혁 피디가 밥을 다 먹고 돌솥 뚜껑을 열었다. 누룽지로 넘어가는 단계였다. 밥을 한 숟가락 크게 떠서 입에 넣고 오물오물 씹는데 핸드폰이 진동했다. 핸드폰을 꺼내기 전에 눈을 올려 선재를 보았다. 턱을 괴고 앉아 나를 보고 있었다.

너의 테이블 사람들에게 집중하란 말이야…….

핸드폰을 꺼내 메시지를 확인했다.

[그런데 왜 다 남자야?]

헛웃음이 터지려는 걸 참았다.

"막내, 팍팍 먹어."

"아? 네."

핸드폰을 집어넣고 숟가락을 들었다. 차마 지우지 못한 웃음을 머금고 숟가락을 움직이며 슬쩍 눈을 올렸다. 선재가 못마땅하다는 듯 등을 지고 앉은 양지운 피디와 김명혁 피디를 번갈아 보고 있었다. 숟가락을 입에 넣으며 웃으면 안 되는데, 슬픈 생각, 슬픈 생각, 하고 되뇌었다. 그런데도 자꾸만 미소가 번졌다.

나는 웃고, 선재는 안 웃는, 이상한 시선 교류였다.

□ ■ □

선재가 남자 친구가 되긴 했는데 그날 영화를 본 이후로 이렇다 할 데이트가 없었다. 데이트가 뭔가. 제대로 얼굴을 마주 보고 이야기한 적도 없었다.

어쩌다 종종 길에서 마주쳐 스치듯 눈을 마주 보거나, 점심 뭐 먹냐고, 어디서 먹냐고 물어 답해 주면 일행을 데리고 내가 밥을 먹고 있는 곳으로 찾아왔다. 그러고는 혼자 싱긋 웃으며 내가 회사 사람들과 밥 먹는 것을 쳐다보곤 했다.

가끔씩 심원준이 이런저런 이야기를 하다 웃으면서 내 어깨라도 치면 대뜸 얼굴을 굳히고 심원준을 노려봤다. 아주 나 혼자서 초조한 시간들이었다.

선재는 아무도 몰라, 너만 신경 쓰는 거야, 라고 했지만 정말 이게 나만 신경 쓰는 걸까 싶었다. 다행히 스물아홉 살로 팀 내에서 나 다음으로 어린 심원준이 별말이 없는 걸 보면 그런 것 같기도 했지만.

금요일 밤에는 늘 맥주를 사서 집에 갔다. 주말을 맞이하는 나름의 의식이었다. 그냥 잠들면 뭔가 억울했다. 맥주를 마시고 영화를 보거나, 밀린 드라마를 몰아 보며 새벽까지 눈을 뜨고 있어야 노동으로 지친 평일의 시간에 대해 보상을 받는 것만 같았다.

터덜터덜, 캔 맥주를 사서 집으로 가는 길 핸드폰이 진동했다. 오른손에 들고 있던 비닐봉투를 왼손으로 옮겨 잡고 핸드폰을 꺼냈다. 발신자를 보자 입가에 미소가 번졌다.

"여보세요?"

— 춘백, 어디야?

"나 집. 거의 다 왔어."

— 오늘 약속 없어?

"응. 없어."

아, 없구나, 하는 말이 수화기 너머로 들려왔다. 가로등 불빛이 유난히 밝은 골목을 걸었다. 주황 불빛이 밤길을 은은하게 밝혔다. 목욕 바구니를 들고서 선재와 달렸던 길이었다.

그날 선재는 내게 전화를 걸까 말까 망설이다가 괜히 내가 전화를 받지 않아 통화 목록에 자신의 번호만 부재중으로 덩그러니 남을까 봐 메시지를 먼저 보냈다고 했다. 그 메시지가 '김춘백. 혹시 지금도 전화받는 법 몰라?'였다. 그래서 답장이 오면 내게 전화를 하려고 했었단다. 그런데 대뜸 답장도 아니고 내 번호로 전화가 걸려 와서 심장이 떨어지는 줄 알았다고, 선재는 그날에 대해 말해 주었다. 너무 놀라서 목소리를 가다듬고 전화를 받았더니 수화기 너머로 학생 이름이 춘백이인가 보네! 춘백 학생이 지금 쓰러졌어요! 하면서 다급한 소리가 막무가내로 넘어왔다고.

그 이야기를 듣고 너무 어이가 없는 상황에 내가 웃음을 터트리자 선재가 심각한 목소리로 웃을 일이 아니었다고, 얼마나 놀랐는데, 하며 당시의 심경을 전했다. 그 말을 들으면서 알았어, 안 웃을게, 라고 했지만 이미 얼굴에 번진 웃

음은 떠나지 않았다. 선재와 사귀고부터 귀여운 선재, 라는 말이 입에 자꾸 붙
었다. 귀여운 류선재.

— 보고 싶은데.

"어?"

가로등 불빛의 반경을 벗어날 때였다.

— 사귀고 제대로 한 번을 못 봤잖아.

"아, 그렇지."

— 김춘백은 자꾸 사람들이 본다고 만나 주지도 않고.

"야, 내가 언제……."

목소리가 점점 기어들어 갔다. 조심해서 나쁠 건 없잖아, 라는 말을 덧붙였다.

— 몇 호야?

"뭐가?"

— 너 주소.

멈칫 섰다. 선재가 가지 않고 서 있었던 입구였다.

"우리 집? 오게?"

— 네가 와도 된다고 하면.

세상에…….

가만 서서 빈 골목을 바라봤다. 선재가 집에 온다니. 오라고 하지도 않았고
온다고 확정이 난 것도 아닌데 가슴이 두근거렸다. 답을 하긴 해야겠는데 말이
쉽게 안 나갔다. 무슨 말을 해야 하지. 집은 깨끗하던가. 아니, 그것보다 정말
선재가 와도 되는 건가. 아니, 그런데 지금 선재를 집이 아닌 다른 데에서 본다
면 어디서 볼 수 있을까. 사실 집이 제일 안전하긴 한데. 임솔, 지금 너 혼자 무
슨 생각을 하는 거니.

아무런 답이 없는 게 이상한지 선재가 내 이름을 불렀다. 통화가 안 끊어졌
는지 확인하는 투였다.

— 임솔.

"어?"

— 왜 대답을 안 해.

"아…… 아니, 생각하느라."

— 좀 그런가? 너 혼자 사는 집에 가는 건?

"어?"

— 그럼 우린 언제 보는데?

역시, 백인혁 친구인가. 말발을 당해 낼 수가 없다. 그렇지. 우린 언제 보냐이 말이지. 괜히 비닐봉투를 쥔 손에 힘을 주었다. 주먹을 불끈 쥐는 것처럼.

"와도 돼. 301호야. 대신 그…… 얼굴 잘 가리고 오고. 우리 아랫집에 서윤재 팬 살더라."

서윤재 팬이라는 말에 선재가 실없이 웃었다.

— 알았어.

"응. 연락해."

— 이따 보자. 춘백.

통화가 끝났다. 멍하니 서 있다가 핸드폰을 집어넣고 후다닥 계단을 달려 올라갔다. 미친, 빨래부터 정리해야지.

□ ■ □

대충 집을 정리하고 선재를 기다리다가 생각보다 늦는 것 같아 맥주를 한 캔 깠다. 온다고 했지만 사정이 생겨서 못 올 수도 있지 않을까 싶었다. 갑자기 매니저가 붙잡고 못 나간다고 길을 막을 수도 있으니. 그런 생각을 하면서도 화장은 지우지 못했다. 옷도 원래 같았으면 목이 다 늘어난 반팔 티에 팬티 바람이었을 텐데, 예의상 외출복을 그대로 입고 있었다.

소파에 앉아 티브이를 켜고 맥주를 홀짝였다. 바르게 앉아 있던 자세가 시간이 갈수록 점점 흐트러졌다.

류선재 이거 못 오면 못 온다고 말이라도 해 주지…….

시계를 보다가 입술을 삐죽였다. 선재와 통화를 한 지 세 시간이 지나 있었다. 맥주 한 캔을 비우자 얼굴에 열기가 돌았다. 탁자 위에 있는 집게 핀으로 앞머리를 올렸다. 턱을 괴고 앉아 자세를 바꾸는데 바지가 영 답답했다.

"아, 모르겠다."

벌떡 일어나 방으로 들어가 외출복을 벗었다. 머리도 올린 마당에 옷을 입고 있어 뭐 하나. 선재가 온다고 방을 부랴부랴 치우면서 목이 늘어나고 구깃구깃해진 반팔 티는 세탁기로 직행했다.

옷장을 열고 다른 티를 꺼내 입었다. 그대로 방에서 나오려다가 걸음을 멈추고 시선을 내렸다. 팬티만 입은 다리가 휑했다. 안 올 것 같지만, 안 올 거라고 생각하고 옷을 갈아입었지만, 혹시 모르니 팬티 바람으로는 안 있는 게 좋겠지. 뒤돌아 다시 옷장을 열었다. 미키마우스가 촘촘하게 박힌 바지를 꺼내 다리를 꿰어 넣었다.

냉장고에서 맥주 한 캔을 꺼내 소파에 앉았다. 탁자 위에 다리를 올리고 채널을 돌렸다. 우주의 신비에 대한 다큐멘터리가 방송되고 있었다. 리모컨을 내려놓았다. 손가락에 꼬깔콘을 하나씩 집어넣고 빼 먹었다. 입에서 과자가 부서지는 느낌이 좋았다.

"열 손가락 도전."

양반다리를 하고 앉아 손가락에 고깔 과자를 하나씩 씌웠다. 왼손가락에 먼저 씌우고 조심스레 오른손에 씌우는데 생각보다 어려웠다. 어렵사리 오른손 엄지에 마지막 고깔을 씌우려는 순간 핸드폰이 진동했다. 시선을 돌려 탁자 위에 올려놓은 핸드폰을 보았다. 선재의 전화다. 괜히 괘씸한 생각이 들어 눈이 뾰족하게 떠졌다. 엄지로 액정을 쭉 밀어 통화를 연결하고 스피커폰으로 받았다.

"그래."

— 어? 뭐야. 목소리가 왜 그래.

"뭐가?"

— 안 다정해.

"내가 언제 다정했다고."

괜히 목소리가 틱틱 튀어 나갔다. 선재를 기다린답시고 분주하게 방을 정리하고 사 온 맥주도 마시지 않고서 목석처럼 기다린 시간이 헛되게 느껴져 그랬다.

— 문 열어 줘.

눈이 동그랗게 떠졌다.

"문을 열어 달라고?"

— 집 앞이야.

헐. 고개가 홱 현관문으로 돌아갔다. 부리나케 손을 털고 현관으로 뛰어나갔다. 도어뷰어로 밖을 살필 겨를도 없이 잠금장치를 풀고 문을 열었다.

"……어."

문 앞에 선 선재가 민망한 얼굴로 나를 보았다. 문을 열긴 열었는데 술기운 때문인지 뭔지 문고리만 잡은 채 가만 서서 선재를 보았다. 들어오라는 말을 안 해서인지 선재도 가만 서 있었다. 어, 하는 멍청한 소리만 계속 입 밖으로 흘러나왔다.

그때 띠리릭, 하고 도어 록 잠금이 풀리는 소리가 들렸다. 우리 집은 문을 열고 있었으니 다른 집의 것이었다. 그 소리에 번뜩 정신이 들었다. 문 앞에 서 있는 선재의 손목을 잡아당겼다. 그 힘에 선재가 성큼 걸음을 움직여 현관 안으로 들어왔다. 어느 집 문이 열리는지 살필 겨를조차 없이 현관문을 닫았다.

"……허, 큰일 날 뻔했네."

숨을 몰아 뱉으며 몸을 돌렸다. 좁디좁은 현관에서 선재와 몸을 가까이 붙인 채 서 있었다. 마주 보고 선 선재가 내 얼굴을 빤히 내려다봤다. 들어와, 라고 말하려는데 불쑥 선재의 얼굴이 가까워졌다. 눈을 크게 뜨고 숨을 참았다.

"임솔."

"어?"

"너 술 마셨어?"

"어…… 너 기다리다가. 안 오길래."

선재가 가까이 숙인 상체를 도로 물렸다. 눈을 올리자 엷은 미소가 걸린 선재의 얼굴이 보였다.

"몰래 나오느라."

"아…… 몰래 나왔구나……."

당황해서 영혼 없는 말이 흘러 나갔다. 영혼 없는 말투에 선재가 픽, 입술을 터트리고 웃었다. 그러곤 내 머리를 쓰다듬더니 신발을 벗었다.

시선을 내리고 선재가 벗어 둔 신발을 보았다. 딱 마주 붙은 채 가지런히 놓인 모양새가 선재다웠다. 아무것도 아닌데, 그냥 선재가 벗은 신발일 뿐인데, 그게 내 현관에 있다는 사실에 스멀스멀 웃음이 올라와 빠르게 도리질 치며 웃음을 날렸다.

멋쩍게 서 있다가 "방 구경할래?" 하는 말을 더듬자 선재가 고개를 끄덕였다. 휑한 벽을 문질렀다. 사실 이 벽은 네 사진으로 도배가 되어 있던 벽이란다. 그런 말이 입 안에 맴돌았지만 뱉지 않았다. 방을 둘러보던 선재가 책상 위에 있는 아이팟을 눈짓했다.

"이거, 그거네."

선재 생각을 떨치기 위해 대청소를 하다가 발견한 것이었다. 꺼내 놓고 다시 서랍에 넣어 두지 않았다.

"아, 얼마 전에 청소하다가 찾았어. 안 켜져서 충전했는데."

아이팟을 집어 들고 전원을 켰다. 애플 로고가 떠올랐다. 고개를 돌려 선재를 보았다. 너무 오랜만에 보는 물건이라 그런지 선재가 신기한 얼굴을 했다.

"아, 더 대박도 있어."

"뭔데?"

뜬금없는 추억 공유에 신이 난 탓에 몸을 돌려 서랍을 뒤졌다. 그러고는 맨 밑에 깔려 있는 선재의 체육복 바지를 꺼냈다.

"이거 봐."

선재가 웃음을 터트렸다. 예상치 못한 물건이 등장했다는 반응이었다.

"너 나중에 자고 갈 일 있으면 이거 입어."

선재가 얼굴에 번져 있던 웃음을 천천히 거두며 나를 보았다. 말없이 보는 시선에 번뜩 내가 방금 무슨 말을 지껄인 거지, 하는 생각이 스쳤다. 미친 건가.

갑자기 얼굴이 뜨거워지는 것이 적나라하게 느껴졌다. 선재의 손에 있는 체육복 바지를 뺏어 들고는 서랍에 쑤셔 넣었다. 다리 한쪽이 제대로 안 들어가고 나와 있는데도 서랍을 밀어 닫았다.

"그, 그만 나와."

대충 말을 얼버무리고는 후다닥 방에서 나왔다. 언제 선재가 자고 간다고 했냐고요. 정신 차려. 이 인간아. 소파에 앉아 있는데 방에서 나온 선재가 냉장고를 가리켰다.

"맥주 있어?"

"어? 응."

"그럼 나도 한 캔 마실게."

탁자 위에 있는 캔 맥주를 잡고서 고개를 끄덕였다. 선재와 술이라니, 기분이 이상했다. 냉장고를 연 선재가 툭 웃음을 터트렸다. 바로 고개가 돌아갔다. 상체를 숙이고 안을 들여다보던 선재가 뭔가를 꺼내더니 냉장고 문 위로 올리고 흔들었다.

"이거 뭐야?"

"악! 아니야!"

벌떡 일어나 부엌으로 향했다. 선재의 손에 있는 식혜를 뺏었다. 맥주를 꺼내 선재에게 건네고 식혜를 도로 넣은 뒤 냉장고 문을 닫았다. 선재가 웃는 얼굴로 내가 건네는 맥주 캔을 받아 들었다.

저번에 선재가 뽑아 줬던 식혜를 차마 먹지 못하고 냉장고에 넣어 뒀다. 그런데 문제는 그 식혜를 들고 사무실에 멍하니 앉아 있다가 나도 모르게 매직으로 '류선재ㅠㅠ'라고 낙서를 했다는 점이었다.

"임솔 집, 이거 완전 보물 창고네."

보물은 무슨. 큼큼, 헛기침을 뱉고는 자리로 돌아가 앉았다. 뭐가 웃긴지 웃음이 걸린 선재의 입꼬리가 내려올 줄 몰랐다. 옆으로 와 앉은 선재가 캔을 따고 내밀었다. 짠을 해 달라는 듯. 퉁명스럽게 선재의 캔에 캔을 부딪치고는 맥주를 홀짝 마셨다.

티브이 소음이 공간을 채웠다. 선재와 나란히 소파에 등을 기대고 앉아 있었다. 선재가 한 팔을 소파에 올리고 머리를 괸 채 티브이를 응시했다. 이따금씩 동시에 웃음을 터트렸다.

"너 술 잘 마셔?"

힐끗, 선재의 얼굴색을 보고 물었다.

"나 그냥, 보통인데."

내가 알기로 감자전의 주량 순위는 권성준이 제일 위에 있었다. 그다음으로 우현성, 류선재, 백인혁 순이었다. 그런데 새해가 되면서 젊은 피 서윤재가 치고 들어왔다고 어디서 들은 적이 있다. 감자전 내의 주량 순위만 알고 있을 뿐 선재가 맥주 몇 잔에 취하는지, 소주 몇 잔에 취하는지, 취하긴 하는 건지, 그런 것들에 대해선 알지 못했다. 선재에 대한 사소한 정보들이 궁금했다.

"왜?"

"그냥…… 넌 얼마나 마시면 취하나 궁금해서."

"넌 취한 것 같은데."

선재가 물끄러미 내 얼굴을 보았다. 눈을 올려 선재를 보다가 고개를 저었다.

"아니야."

"아닌데."

선재가 손가락을 툭 이마 위에 놓았다.

"취했는데, 너."

"아닌데……."

입술을 말아 물고 시선을 돌렸다. 선재의 손이 이마에서 떨어졌다. 고개를 뒤로 젖혀 소파에 머리를 기댔다. 엉덩이가 점점 아래로 밀려 내려갔다. 아니라고 말은 뱉었지만 취하긴 한 모양이었다. 힘이 빠진 몸이 점점 느슨해지며 정신이 알딸딸해졌다.

소파에 머리를 기댄 채 몸을 길게 늘어뜨리고 시선을 위로 올렸다. 끔벅끔벅 천장을 보는데 선재가 불쑥 내 귀에 이어폰 한쪽을 꽂아 주었다. 고개를 돌리자 선재가 자신의 귀에 반대편 이어폰을 꽂고 있었다.

선재의 손에 아까 책상 위에서 보았던 아이팟이 들려 있었다. 방에서 들고 나온 모양이었다. 전원을 켜도 한 곡의 음악만 있을 터였다. 무슨 음악을 듣게 될지 선재도 나도 알고 있었다. 잔잔한 선율이 흘렀다.

"네가 준 엠피쓰리. 거기 있는 곡 다 외웠어."

시선을 올려 선재의 얼굴을 보았다. 아이팟을 내려다보던 선재가 눈을 맞춰 왔다.

"네가 좋다고 해서 나도 좋아진 것들인데, 그 음악을 좋아한다고 해 주던 사람이 사라지니까 나만 좋아하는 것 같아서 얼마나 적적하던지."

"……."

눈꺼풀이 느리게 움직였다. 깜박깜박, 감았다 뜨는 눈에 선재의 얼굴이 담겼다.

"김춘백."

"응?"

"내가 널 좋아한 시간만큼, 너도 날 좋아해 줘."

시선이 가만 닿았다.

"네가 일흔이 되어서 전화받는 법을 모르게 되어도, 그 옆에 내가 있으면 좋겠다."

선재의 얼굴을 보다가 엷게 웃었다. 웃음에 입술이 살짝 벌어졌다. 가만 나를 내려다보던 선재가 손으로 이마를 쓱 문질렀다. 그러곤 고개를 숙여 쪽, 입을 맞췄다. 이마에 닿았다 떨어지는 그 촉감이 생경했다.

"진심으로."

입술을 꾹 물고 있다가 고개를 끄덕였다. 나도. 나도 그랬으면 좋겠어, 라는 뜻을 담아서. 웃는 얼굴로 선재와 눈을 맞췄다.

□ ■ □

이어폰을 귀에 꽂은 채 미간을 좁혔다. 재생 바를 되돌리고 들리는 소리에 다시 집중했다. 이제 익숙해질 만도 한데 프리뷰를 쓰는 건 매번 너무 곤욕스러웠다. 신경질적으로 엔터 바를 눌렀다.

"진짜…… 뭐라고 웅얼거리는 거야."

볼륨을 키우고 재생 바를 다시 뒤로 돌렸다. 탁탁 키보드를 두들기는데 마우스 옆에 놓아둔 핸드폰이 진동하며 움직였다. 뒤집어 놓은 핸드폰을 들었다.

[얼른 우편함으로 뛰어가.]

선재의 메시지다. 의자에 등을 기대고 앉아 키패드를 두드렸다.

[무슨 말이야?]
[1층 우편함에 가 봐.]
[뭐 보냈어?]
[응. 직접 주고 싶었는데 실패했네.]

"뭐지."

핸드폰을 챙겨 들고 의자에서 일어났다. 엘리베이터를 타고 내려가 우편함 앞으로 갔다. 혹여 주변 어딘가에 선재가 있을까 싶어 주위를 두리번거렸으나 보이지 않았다. 쪼그려 앉아 우편함에 손을 넣었다.

……?

무언가 잡혔다. 네모나게 각지지 않은 것이 느낌이 이상했다. 손에 잡은 것

431

을 쥐고 우편함 밖으로 꺼냈다.

"세상에."

분홍색 꽃이었다. 우편함에 꽃이 있다는 사실에 놀란 것도 잠시, 내가 줄기가 아닌 봉오리를 쥐고 있어 잽싸게 주먹을 폈다. 주먹을 얼마나 세게 쥔 건지 그 짧은 사이에 꽃잎 하나가 너덜너덜하게 떨어져 손바닥에 붙었다.

줄기를 잡고 꽃을 보았다. 분홍 잎이 겹겹이 싸인 모양새가 예뻤다. 혹시나 다른 게 더 있지 않을까 싶어 우편함을 조심스레 뒤졌다. 내가 잡아 꺼낸 게 전부였다. 딱 한 송이였다.

[이거 뭐야? 네가 넣고 갔어?]

양손으로 핸드폰을 쥔 채 키패드를 누르느라 한쪽 손 바깥으로 줄기가 쭉 뻗어 있었다. 손을 흔들 때마다 꽃이 흔들렸다.

[응. 커피 사서 나오는데 옆에 꽃집이 있길래 예뻐서 샀어. 리시안셔스라고 하더라. 내 마음을 꽃이 대신 말해 주고 있어.]

자기 마음을 꽃이 대신 말해 준다니? 무슨 말이지, 생각하다가 인터넷 창을 열고 '리시안셔스'를 검색했다. 꽃의 학명, 원산지, 크기, 분포 같은 것들이 떴다. 그중에 꽃말도 있었다. 변치 않는 사랑. 픽, 웃음이 터지며 미소가 번졌다.

[스케줄 있어?]
[응. 오늘 라디오 녹음 있어.]

줄기를 잡고 손가락을 움직이자 꽃이 빙글빙글 돌았다. 봉오리를 코 가까이 가져다 대고 향을 맡았다. 꽃향기가 좋았다. 커피를 사서 나오다가 꽃에 시선을 뺏겼을 선재를 생각하자 얼굴에서 웃음이 안 떠났다.

[고마워.]

엘리베이터 벽에 몸을 기댔다. 꽃을 보는데 절로 입꼬리가 올라갔다. 히죽, 웃다가 엘리베이터 문이 열리기 전 꽃줄기를 주머니에 조심스레 꽂았다.

□ ■ □

"막내."

문을 두드리는 소리에 고개가 돌아가기도 전, 벌컥 문이 열렸다.

"네?"

"종편실 다녀와."

자리에서 일어나 테이프를 받아 들었다.

"바로 가."

"네. 알겠습니다."

의자를 집어넣고 코트를 챙겨 입었다. 테이프를 손에 들고 바로 나가려다가 책상 위에 올려둔 꽃에 눈이 갔다. 혹시나 자리를 비운 사이 누가 치워 버리면 어쩌지 하는 생각이 들어 꽃을 코트 주머니에 꽂았다. 주머니에서 빼꼼 튀어나온 꽃을 보자 씩 웃음이 일었다.

출입 카드를 찍고 들어가 엘리베이터를 기다렸다. 손가락을 까닥이며 손에 쥔 테이프를 두드리고 있을 때 누군가 옆에 섰다. 곧 엘리베이터 문이 열리고 안으로 들어서며 같이 탄 사람의 얼굴을 확인했다. 나도 모르게 눈이 동그랗게 커졌다. 권성준이다.

엘리베이터에 권성준과 매니저, 나, 이렇게 셋뿐인데도 나는 구석으로 들어가 두 다리를 가지런히 모으고 섰다. 두 손으로 테이프를 들고서 눈동자를 이리저리 굴리며 권성준의 얼굴을 힐끔거렸다.

매니저는 엘리베이터 문 바로 앞에 서서 핸드폰을 보고 있었다. 그 뒤에 서 있던 권성준이 시선을 느꼈는지 고개를 돌리고 나를 보았다. 눈이 마주치자 눈동자가 빠르게 벽으로 돌아갔다. 이게 뭐라고 이렇게 긴장이 되는지 꼴깍 침을 삼키고 바짝 마른 입술을 물었다.

벽만 뚫어져라 보는데 내게 쏟아지는 시선이 느껴졌다. 초조하게 손가락으로 테이프를 긁다가 눈을 돌렸다. 권성준과 눈이 마주쳤다.

왜…… 왜 보는 거지.

나는 아는 얼굴이지만 사적으로는 모르는 사이였다. 꾸벅 고개를 숙이며 아이고, 권성준 씨, 반갑습니다, 팬입니다, 노래 잘 듣고 있어요, 하고 인사할 입장도 아니었다. 빤히 닿는 시선에 눈을 내리고 신발 끄트머리만 쳐다봤다. 잘못한 것도 없는데 괜히 주눅 들게 만드는 얼굴이다.

엘리베이터 문이 열렸다. 슬쩍 눈을 올려 층수를 확인했다. 매니저가 내리고 권성준도 걸음을 뗐다. 걸어 나가던 그가 힐끗 뒤를 돌아봤다. 나를, 정확히는 내 주머니에 있는 꽃을 보았다. 나는 구석에서 언 채로 가만있었다. 엘리베이터 문이 닫히고 권성준의 모습이 사라졌다. 혼자 남게 되자 큰숨이 절로 몰아 뱉어졌다.

"뭐야. 무섭게."

손으로 가슴을 쓸어내렸다. 그 짧은 시간에 잔뜩 긴장을 했다.

□ ■ □

재작년 오디션 프로그램을 통해 데뷔한 가수의 열애설이 터졌다. 당시 그 프로그램의 패널로 출연했던 아이돌 그룹의 멤버가 상대로 거론됐다. 둘은 프로그램 촬영 당시 서로에게 호감을 느끼고 있었고 프로그램이 종영한 후 본격적인 만남을 가지기 시작했다고 보도되었다.

오디션 프로그램에서 아쉽게 3위를 해 결승 무대까지 가지는 못했지만 그

이후로 각종 드라마와 영화의 OST를 불렀고, 몇몇 노래가 차트에 진입하기도
했었다.

기사에 달린 댓글이 난리도 아니었다. 꿈을 이루고 싶다고 눈물 콧물 짜더
니 애인 찾으러 간 거냐, 하는 식의 조롱이 주를 이뤘다. 그간 열애설이 터지면
아, 그런가 보다, 하던 나였는데 이번만큼은 남 일 같지가 않았다. 대체 이런
사진은 어떻게 찍은 건지, 사진의 각도에서 느껴지는 기자의 집념이 대단하기
도 하고 황당하기도 했다.

"결국 터졌네."

빨대를 입에 문 채 핸드폰 기사를 쭉쭉 올려 보던 심원준이 말했다. 두 손을
다리 사이에 끼우고 멍하니 앉아 있다가 시선을 올렸다.

"알고 있었어요?"

심원준이 빨대를 잡고 얼음을 휘저으며 고개를 들었다.

"둘이 사귀는 거요?"

입술을 굳게 물고 고개를 끄덕였다.

"이 바닥에 있다 보면 소문으로 다 알아요."

"소문으로요? 그런 게 돌아요?"

나는 놀라서 물은 건데 심원준에겐 내가 흥미로워하는 걸로 보였는지 턱을
괴고 몸을 당겨 앉았다.

"이 바닥에 눈이 몇 개고 입이 몇 갠데. 연예인이 혼자 다녀요? 스태프만 해
도 한 명 이상이잖아요. 한 명이 뭐야, 몇 명씩 다니고 수가 많으면 차 몇 대로
움직이는데."

"아, 그건…… 그렇죠."

선재의 주변 사람들도 알고 있을까. 불현듯 걱정이 되었다.

"황각수, 그 사람은 소년 이미지랑 다르게 완전 골초래요. 밴 안에서 담배를
그렇게 피운다던데."

"아……."

"우리가 회사 사람들 욕하는 거랑 똑같아요. 그 사람들도 자기가 관리하는 연예인 성격 더러우면 아는 사람 붙잡고 힘들다고 욕하고 징징거리고 하는 거죠."

얼굴이 점점 어두워졌다. 연예인 성격 따위는 안중에 없었다. 선재의 이름도 그 많은 소문 중 하나로 있을까, 누군가의 입에서 입으로 옮겨지고 있을까, 그것만 걱정이 됐다.

심원준이 턱을 괸 손가락을 까닥이며 나를 보았다.

"솔이 씨, 좋아하는 연예인 있나 봐요? 엄청 걱정하는 얼굴이네."

"예?"

멍한 눈에 초점을 맞추고 심원준의 얼굴을 보았다.

"근데 이거 그냥 소문일 뿐이에요."

어두운 얼굴로, 곧 울 것 같은 표정으로 심원준을 보았다.

"소문으로 도는 게 다 기사로 쏟아지면, 페이지 감당도 안 돼요. 열애설이 생각보다 진짜 안 터지는 거예요."

"……진짜요?"

심원준이 고개를 끄덕였다.

"대부분 둘 중에 하나가 탑이거나, 오래 사귀었거나, 무슨 큰 이슈가 있으면 터지죠. 소속사에서 막으면 안 터지는 거고."

"아…… 그, 일반인을 만나는 경우도 있잖아요……."

빨대를 물고 커피를 쪽 들이켠 심원준이 입술을 떼고 말했다.

"상대가 일반인이면 거의 안 난다고 봐야죠."

"……진짜요? 이렇게 그렇게 잘 알아요?"

심원준이 어깨를 으쓱였다.

"말 안 했나? 나 기자 하다가 때려 치고 여기 온 건데."

"진짜요? 그럼 그거, 그 말이 신빙성이 있네요!"

손바닥으로 테이블을 탁 치며 상체를 세우자 심원준이 픽 웃음을 터트렸다.

"신빙성은 없어요. 난 사회부였거든요."

곧게 세운 상체가 곧바로 힘없이 처졌다.

"그렇군요……."

내 표정 변화가 재미있다는 듯 심원준이 입꼬리를 올렸다.

"걱정 안 해도 될 거예요."

"……누가 걱정을 해요. 저 연예인 안 좋아해요."

"제가 볼 때 감자전 정도면 안전합니다. 상대가 일반인이면 더더욱."

입에 든 커피를 뿜었다. 급하게 고개를 돌리고 두 손으로 입을 막았다. 심원준이 잽싸게 상체를 뒤로 젖히고 눈을 동그랗게 떴다.

"왜 뿜고 그래요?"

두 손으로 입을 막은 채, 튀어 나갈 듯 동그래진 눈으로 심원준의 얼굴을 보았다. 방금, 무어라 했느냐, 하는 표정을 지으며.

"왜요?"

"……아, 아니. 그게."

"걱정 마요. 누구인지는 몰라요."

심원준이 덤덤한 얼굴로 다시 빨대를 입에 물었다. 대체 뭘 모른다는 건지, 어떤 반응을 보여야 하는 건지 감이 안 섰다. 놀란 얼굴로 눈만 끔벅이자 심원준이 빨대에서 입술을 떼고 입을 열었다.

"저번에 포장마차에서 우리 둘이 술 마셨을 때요, 잠시 화장실 갔다가 돌아와 보니 누가 내 자리에 앉아 있더라고요. 솔이 씨한테 집적거리는 놈일까 봐 후딱 들어가려는데 류선재더라고요. 분위기가 심상치 않아 보여서 안 들어가고 밖에 있었죠. 덜덜 떨면서."

"……."

"그런데 저번에 보니까 백인혁이 우리 회사 우편함에 뭘 넣고 가더라고요. 확인해 봤더니 솔이 씨 앞으로 보낸 편지더라고요?"

"……."

덤덤하게 지난 기억을 뱉던 심원준이 절망으로 물든 내 얼굴을 보며 싱긋 웃었다.

"걱정 안 해도 돼요. 내가 눈치가 너무 빠른 거니까."

"……아니, 저는, 그런 게 아닌데요."

"솔이 씨 비밀은 내가 무덤까지 가져갑니다."

심원준이 단호한 표정으로 고개를 끄덕이고는 빨대를 입에 물었다. 너무 당황스러워서 어색한 웃음조차 안 흘렸다. 무슨 말인지 모르겠다, 하는 얼굴로 눈을 끔벅였지만 속으론 울고 있었다. 아니, 심원준도 눈치를 채는 마당에 우리가 정녕 비밀 연애를 할 수 있을지 걱정스러운 마음이 좀처럼 사그라지지 않았다.

핸드폰이 진동했다. 잘근잘근 씹어 물던 빨대를 놓고 주머니에서 핸드폰을 꺼내 보았다.

[오늘 녹음한 거 토요일 밤 10시에 나간대. 들어 주라.]

길을 잃은 것처럼 엄지가 키패드 위에서 아무것도 누르지 못하고 서성였다. 아직 답을 하지 못했는데 새로운 메시지가 떴다.

[아니면 같이 들을까?]

메시지에서 선재의 다정한 목소리가 들리는 것만 같았다. 나는 어떻게 해야 하는 걸까, 선재야. 사랑하는 게 나쁜 일도 아닌데, 기사에 막무가내로 달려 있던 댓글들이 생각나 눈꼬리가 점점 아래로 처졌다.

□ ■ □

냄비에 물을 채우는데 두 봉지를 끓이는 건 처음이라 가늠이 잘 안됐다. 생수병을 기울였다가 세우고 기울였다가 세우기를 반복하며 물의 양을 눈으로 어림잡아 보았다. 조리대에 몸을 기대고 선 선재가 라면 봉지를 두 손으로 잡고 반으로 쪼갠 뒤 내려놓는다.

"내가 끓일게."

"아니야. 너 가서 앉아 있어."

팔꿈치로 선재의 몸을 밀었다. 그러자 순순히 밀려난 선재가 웃더니 소파에 가 앉았다. 고작해야 라면인데 대단한 요리를 하는 것처럼 어깨에 힘이 들어갔다. 파를 썰어 넣고 계란을 세 개나 풀었다.

집에 그 흔한 냄비 받침 하나가 없었다. 버리려고 꺼내 놓은 참고서를 탁자 위에 올렸다. 오늘의 냄비 받침으로 채택되었다. 냄비를 들고 걸어오는 나를 선재가 웃으며 보았다. 장담하는데 류선재 너의 웃음은 곧 사라지게 될 것이다.

민망한 얼굴로 냄비를 내려놓고 자리에 앉았다. 젓가락을 든 선재가 면발을 휘적거리더니 시선을 올려 나를 보았다. 지금 네가 가져온 이 음식의 정체가 무엇이냐, 하고 묻는 얼굴이었다.

"……내가 두 봉지는 처음이라."

"그냥 내가 끓인다니까."

"우리 집에 온 손님인데 어떻게 그래."

멋쩍게 턱을 문질렀다. 물이 적었으면 조금 더 부어 끓이면 되는데 너무 넘쳤다. 봉지에 있는 스프를 탈탈 털어 넣었는데도 국물의 색이 아주 맑았다.

"네 봉지 끓여도 될 양이다."

"……두 봉지 더 넣을까?"

진지하게 묻자 선재가 픽 웃음을 터트렸다.

"먹을 순 있고?"

선재의 말에 고개를 저었다. 저번에 겁도 없이 라면 두 봉지를 끓여 먹었다가 고생한 경험이 있었다.

국물이 너무 많아 면발은 보이지도 않았다. 젓가락으로 냄비 안을 휘저어 면발을 건져 낸 선재가 앞접시에 담아 건네주었다. 접시를 받아 들고 선재가 먼저 먹기만을 기다렸다. 고작 라면이긴 하지만, 그래도 내가 선재에게 처음 만들어 준 음식이라 어떤 평가를 내릴지 은근히 궁금했다. 젓가락에 면을 감아 입에 넣은 선재가 입술을 오물거리며 나를 보았다. 왜 안 먹고 그렇게 보냐는 얼굴이었다.

"그래도 아주 못 먹을 맛은 아니야."

"야……."

기가 죽은 말투에 선재가 싱긋 웃었다.

"너 라면 끓이는 거 보니까, 요리는 내가 더 잘하겠다."

젓가락에 라면 면발을 돌돌 감으며 선재를 보았다. 그건 좀 억울한 발언이었다. 내가 자취 경력이 몇 년인데. 혼자 밥을 해 먹은 세월이 숱한데.

"아니야. 나 카레는 잘해."

"카레? 설마 3분 카레?"

"……."

어떻게 알았지. 내가 아무런 대답을 못 하자 선재가 젓가락을 내려놓고 웃음을 터트렸다. 괜히 비웃음만 산 것 같아 뾰로통하게 앉아 있었다. 3분 카레이긴 해도 거기에 소시지 썰어 넣고 감자, 고구마, 양파, 당근 넣어서 만드는 건데.

웃음을 멈춘 선재가 손을 뻗더니 내 한쪽 볼을 아프지 않게 꼬집었다.

"밥은 내가 해 줄게."

선재의 손이 뺨에 닿아 있었다. 한쪽 볼이 얼마나 늘어나 있는지도 모르고 눈을 끔벅이며 선재를 보았다. 밥을 해 준다니. 언제 해 준다는 거니. 약속은 확실히 정하는 게 좋지 않겠니. 그런 쓸데없는 생각을 하다가 정신을 차렸다.

다행히도 선재가 분주히 젓가락질을 한 덕분에 라면이 동났다. 물론 국물은 동나지 않았다. 식사를 끝내고 바로 냄비를 들고 일어나려고 하자 선재가 내 팔을 잡고 늘어졌다.

"이따가 내가 치울게."

살짝 들었던 엉덩이를 내려놓고 고개를 끄덕였다. 국물까지 다 먹으려다가 실패한 선재가 바닥에 벌러덩 드러누웠다.

"배가 무겁다 못해 터질 것 같아."

드러누운 선재의 옆에 앉아 배를 문질러 주었다. 그러다 눈이 커졌다.

"와, 야 너 배 나온 거 봐."

"뭔 소리야. 요즘 운동 얼마나 열심히 하는데. 괜히 국물까지 다 먹으려다가 이렇게 된 거잖아."

"아, 그런가."

선재의 배를 손가락으로 콕콕 찔렀다. 간지러운지 선재가 웃음을 터트리며 몸을 비틀었다. 선재는 간지러움에 취약했다. 그래서 가끔씩 서윤재가 선재를 곤란하게 만들기 위해 벌칙으로 간지러움 참기, 같은 것을 내걸곤 했다.

벌칙을 당할 때면 선재는 1초도 못 버티고 악을 내질렀다. 그러곤 금세 항복을 외쳤다. 하지만 서윤재는 그 말을 무시한 채 도망치는 선재에게 악독하게 따라붙어 계속 간지럼을 태웠다. 그 모습을 바로 눈앞에서 보자니 서윤재가 왜 선재를 가만 놔두지 않고 괴롭혔는지 알 것 같았다. 웃는 얼굴이 귀여웠고, 반응이 재깍 오니 괜히 더 괴롭히고 싶은 마음이 든다.

"참아 봐."

손가락으로 선재의 옆구리를 간질이자 꿈틀대던 선재가 옆으로 몸을 비틀며 피하더니 내 손을 낚아채 잡고는 자신 쪽으로 당겼다. 그 바람에 선재의 품으로 엎어졌다. 선재가 한 손을 내 목에 감고 다리 하나를 몸 위에 올리더니 그대로 나를 포박했다.

"악, 야, 놔 봐."

선재의 손에서 벗어나려고 몸을 꿈틀대자 선재가 더 힘을 주며 몸을 감고는 안 놔 줬다.

"나는 참는 걸 제일 못해."

"……어, 알았어. 안 할게."

"뭘 제일 못한다고?"

"참는 거."

선재가 귀 옆으로 얼굴을 가져다 댔다. 그러곤 쪽, 뺨에 입을 맞췄다. 눈이 동그랗게 커졌다. 선재의 손이 둘려 있어 잘 돌아가지 않는 고개를 억지로 돌렸다. 선재의 얼굴이 바로 앞에 있었다.

"이것도 많이 참았다."

선재의 얼굴에 웃음이 번졌다. 괴롭혀 주려다 도리어 당한 기분이었다. 나를 놀리는 게 재미있다는 얼굴이었다. 그 얼굴을 보고 있자니 뺨이 점점 뜨거워지는 것 같다.

"……놀리니까 재밌냐."

입술을 살짝 휘어 내리곤 눈을 올렸다. 선재의 시선이 가만 닿았다. 그 시선이 은근해 괜히 입술이 바짝 말랐다. 두근거리는 심장 박동이 딱 붙어 있는 선재에게까지 전해질까 봐 호흡을 고르고 싶은 걸 꾹 참았다. 웃음이 지워진 얼굴이 사뭇 진지했다. 선재의 숨이 간지럽게 닿았다.

"너는 어쩔 땐 너무 솔직해서 사람을 당황시키는데, 또 어쩔 땐 눈도 잘 못 쳐다보더라."

"……아, 내가?"

"응."

눈을 끔벅였다. 시선이 마주칠 때마다 자꾸 다른 곳으로 도망가려는 눈동자를 선재의 얼굴에 애써 고정시켰다. 선재의 입에서 눈도 잘 못 쳐다보더라, 하는 말이 떨어지자 최선을 다해 쳐다보고 싶어졌다. 아닌데, 나 절대 안 그러는데, 하고 증명하는 것처럼.

촘촘하게 채워진 선재의 눈썹, 눈매, 속눈썹을 하나하나 눈에 담았다. 동그랗고 선한 눈동자가 맑았다.

"잘생겼다."

절로 본심이 툭 튀어 나갔다. 선재의 얼굴에 스멀스멀 웃음이 번지며 눈이 점점 반달로 휘었다.

"잘생겼어?"

442

뭔가 부끄러워져 말을 뱉는 대신 고개를 끄덕였다.

"네 거야."

"……"

지금, 대체 무슨 말을 들은 거지. 입술을 말아 물고 눈을 올렸다. 말아 문 입술을 이로 꾹 힘주어 눌렀다. 자칫 잘못하면 선재의 영상을 볼 때처럼 입을 귀에 건 채 웃을 것만 같았다.

"야…… 너, 참 그런 말을……."

잘도 한다. 뒷말을 삼키고 입술을 꾸물거리자 선재가 내 몸에 올려 두고 있던 다리를 내리고 목을 감고 있던 팔을 풀었다.

"나도 안 쉬워. 부끄러운데 그냥 하는 거야."

딱 붙어 있던 몸이 조금의 거리를 두고 떨어졌다. 고개를 뒤로 빼고 선재를 보았다. 빨갛게 달아오른 선재의 귀가 눈에 들어왔다.

"이런 말 처음이란 말이야."

힘을 주어 입술을 꾹 눌렀는데 툭 웃음이 튀어 나갔다. 두 손으로 입을 가렸다. 선재가 난 지금 진지하게 네게 진심을 말했는데 너는 웃는 거야, 하는 얼굴로 나를 보았다. 애서 표정을 정리하고 선재와 눈을 맞췄다. 선재의 표정은 여전했다.

"나도 이런 마음이 처음이야."

이번엔 내가 선재의 볼을 아프지 않게 꼬집었다.

"왜 이렇게 귀여워. 류선재."

가만 뺨을 내주던 선재가 입꼬리를 올려 웃었다. 한쪽 볼이 파이며 들어간 보조개에 시선을 뺏겼다가 다시 선재의 눈을 마주 보았다. 간질이는 사람은 아무도 없는데 온몸이 간지러웠다.

선재와 거실에 모로 누워 라디오를 들었다. 나는 선재의 배를 베고 누웠고, 선재는 자신의 몸 위로 흐트러진 내 머리카락을 만지작거렸다. 선재의 목소리가 자주 들리지는 않았다. 백인혁이 제일 많이 떠들었고 우현성과 서윤재가 그 말을 거들었다. 선재는 계속 웃기만 하다가 간간이 제게 날아오는 질문에만 답했다.

처음으로 라디오 방송을 한 것도 아닌데, 왜 꼭 들어 보라고 한 거지 싶었다. 특별한 이야기라도 있어 그런 줄 알았는데 아니었다. 선재가 받은 질문들은 대부분 멤버들과 관련된 에피소드 같은 평범한 것이었다.

"그런데 왜 들어 보라고 한 거야? 라디오?"

"여기서 노래를 불렀는데, 네가 생각났거든."

머리카락을 만져 주는 느낌이 좋았다. 나른해지는 기분에 눈이 점점 감겼다. 선재도 나도 말없이 라디오를 듣고 있는데 청취자들의 사연을 읽고 신청곡을 불러 주는 라이브 코너가 시작됐다.

첫 타자는 권성준이었다. 수능 점수가 잘 안 나온 동생이 재수를 하게 되어 응원하는 사연이었다. 한동안 사연에 대한 이야기가 이어지다가 권성준의 동생 이야기가 덧붙었다.

— 성준이 형이 완전 동생 바보예요.

대뜸 백인혁이 말했고 다들 수긍한다는 듯 몇 마디씩 붙였다.

— 그런데 제 동생은 저보다 선재를 더 좋아해요.

이번엔 권성준이 말했고 그 말에도 다들 수긍한다는 듯 몇 마디를 붙였다. 이미 청취자의 동생 이야기는 저 멀리 떠내려가고 없었다. 참으로 정신 사나운 진행이 아닐 수 없다, 생각하며 귀를 기울였다.

이야기가 끝나고 청취자의 신청곡이 소개됐다. '하나 되어'였다. 우현성이 웃음을 터트리자 서윤재가 정색하는 목소리로 왜 웃는 거냐고 나무랐다. 디제이가 상황을 대충 수습한 뒤에야 권성준의 노래가 시작됐다.

— 우린 해낼 수 있어 다시 일어날 수 있어 그토록 힘들었던 지난 시련도 우린 하나 되어 이겼어

눈을 감고 노래를 듣는데 나도 모르게 광대가 올라갔다. 사연의 내용만 보면 그 힘든 재수를 하는 거니 웃으면 안 되는 건데, 권성준의 노래가 너무 구슬펐다.

"너 왜 웃어."

"어?"

고개를 들고 눈을 올리자 비스듬히 고개를 꺾은 채 나를 내려다보는 선재가 보였다.

"뭐야. 왜 성준이 형 노래를 들으며 웃는데."

머리카락을 만지던 선재가 손가락으로 톡, 가볍게 이마를 눌렀다. 왜 웃긴. 웃기니까 웃지. 입술을 삐죽이고 고개를 내렸다. 몸을 옆으로 틀자 귀가 선재의 배에 닿았다. 선재의 호흡을 따라 머리가 움직였다. 눈을 올리자 선재의 턱이 보인다. 손가락을 들어 선재의 턱을 문질렀다. 살짝 거친 느낌이 있었다.

"수염도 나고, 다 컸네."

천장을 바라보던 선재가 픽, 웃음을 터트렸다. 얼마간 있다가 선재의 목소리가 흘러나왔다. 감고 있던 눈꺼풀을 천천히 올렸다. 선재의 손이 부드럽게 머리를 쓰다듬었다. 김형중의 노래였다. 선재의 목소리가 선율 위에 올려졌다. 맑고 감미로운 목소리가 공간을 울린다.

귀를 기울이고 선재의 노래를 들었다. 선재의 배를 베고 누워 꼼지락거리다가 어느새 가슴 위까지 올라온 후였다. 한쪽 귀가 선재의 가슴에 묻혔다. 두근거리는 소리가 섞여 들리는 것만 같았다. 광대라도 좋아 바보가 된다 해도 너만 기쁘면 그보다 더한 것도 난, 하고 올라가는 고음이 시원했다. 선재는 어쩜 이렇게 노래를 잘할까, 고음을 올리는 목소리가 어떻게 이렇게 예쁠까, 생각했다.

선재의 가슴에 한쪽 귀를 묻은 채 방바닥을 바라보다가 몸을 뒤집어 팔꿈치로 바닥을 짚고 선재를 보았다. 베개도 없이 바닥에 누운 선재와 눈이 마주쳤다. 라디오에선 선재의 목소리가 흘러나오고, 목소리의 주인은 고요한 시선을 내게 던졌다. 가슴이 두근거린다.

"선재야."

선재가 말없이 눈을 맞췄다.

"네가 있어서 너무 좋아."

선재의 눈꺼풀이 가만 움직였다. 뚫어져라 보고 있으면 빠져 버릴 것 같은 깊은 눈동자를 바라보다가 부끄러워져 선재의 가슴에 푹 얼굴을 묻었다. 꽤 세게 박았는지 선재의 입에서 윽, 하는 신음이 짧게 터졌다. 그래도 얼굴을 들지 않았다. 선재가 어떤 표정을 짓고 있는지 알 수 없었다. 뜬금없는 고백을 하고 부끄러움에 몸부림치고 있을 때 선재의 손이 뒤통수를 부드럽게 쓸고 지나갔다.

"너를 다시 만나서 나도 좋아."

얼굴을 묻은 선재의 가슴이 두근두근, 뛰는 게 느껴졌다.

현관문 앞에서 선재를 배웅했다. 택시 타는 것까지 보겠다고 했지만 선재가 손으로 이마를 잡고 밀어 내며 나오지 말 것을 당부했다.

"밖에선 알은척도 못 하게 하더니, 왜 따라 나오겠다고 그래?"

"아, 그건……."

"집에 있어. 네가 따라 나오면 어차피 내가 널 다시 데려다줘야 하니까."

입을 댓 발 내밀고는 고개를 끄덕였다. 운동화에 발을 꿰어 넣은 선재가 허리를 숙이고 구겨진 운동화 뒤축을 폈다. 두 발이 운동화에 다 들어가자 숙였던 허리를 편 선재가 이제 그만 가겠다는 듯 눈을 맞췄다.

"선재야."

"응?"

"근데 너랑 나 만나는 거…… 누구누구 알아?"

선재의 옷자락을 잡고 만지작거리며 물었다.

"아무도 모르는데."

의외의 대답에 눈이 동그레졌다.

"아무도 몰라?"

"응. 아무한테도 말 안 했어."

이 자식. 은근 입이 무거운 녀석이었구나. 흡족한 답에 고개를 크게 주억거렸다.

"넌?"

"나도."

나도 아무한테 말은 안 했는데, 들키긴 했어. 옷자락을 잡고 꾸물거리는 내 손을 선재가 감싸 잡았다.

"나도 네가 상처받는 건 싫어. 그런데 아직 일어나지도 않은 일을 걱정하느라 네가 나를 제대로 안 만나 주는 것도 싫어."

"……."

"무슨 말인지 알지?"

"응."

손을 놓은 선재가 뺨을 매만졌다.

"갈게."

"응. 조심히 가."

뒤돌아선 선재가 현관문을 열고 나갔다. 슬리퍼 위에 발을 올리고 서서 손을 흔들었다. 씩 웃은 선재가 고개를 끄덕이고 문을 닫았다. 그렇게 문이 닫히는 것 같더니 조금의 틈을 남겨 두고 선재가 얼굴을 빼꼼 들이밀었다. 문이 닫히는 줄 알고 흔들던 손을 내린 뒤였다. 슬리퍼 위에 가만 서서 얼굴을 들이민 선재를 보았다.

"왜?"

"가까이 와 봐."

"왜?"

"중요한 걸 잊었어."

슬리퍼를 끌고 문 앞에 가까이 붙어 섰다. 문틈으로 고개를 내민 선재가 가만 눈을 맞췄다. 왜 그러지. 혹시 택시비 없나. 그런 생각을 하고 있는데 선재의 얼굴이 점점 아래로 내려왔다. 간격을 좁혀 오던 얼굴이 코가 맞닿는 거리에서 멈췄다.

엇, 하는 소리가 새어 나가는 것과 동시에 입술이 닿았다. 촉촉한 느낌이 입술로 빠르게 번졌다. 눈을 감는 것도 잊고, 초점을 맞추는 일도 잊고, 그저 동그랗게 뜨고만 있었다. 흐린 시야로 싱긋 웃는 얼굴을 본 것 같았는데.

진짜 갈게, 하는 목소리와 함께 문이 닫혔다. 덩그러니 문 앞에 서서 입술을 더듬었다.

"어…… 나 방금 선재랑……."

확, 얼굴이 달아올랐다. 두 손으로 뺨을 감싸고 시선을 떨어트렸다. 광대가 치솟았다. 심장이 쿵쾅거리며 뛰는 게 곧 탈주라도 할 것만 같다.

한 걸음도 옮기지 못하고 그 자리에 쪼그려 앉았다. 무릎에 얼굴을 묻고는 끙, 앓는 소리를 냈다. 좋아서 죽는다는 게 이런 건가. 가슴이 두근거리다 못해 아픈 느낌마저 들었다.

□ ■ □

양지운 피디, 김명혁 피디와 시간이 안 맞아 심원준과 둘이 점심을 먹었다. 커피를 한 잔씩 손에 들고 걷는데 대로변에 세워진 촬영차 주위로 사람들이 몰려 있는 게 보였다.

"촬영하나 봐요."

"그러게요. 가 볼래요?"

심원준의 말에 고개를 저었다. 뭔지는 몰라도 사람들이 몰려 있는 곳에 가서 구경을 할 만큼 관심이 가지 않았다. 알았다는 듯 고개를 끄덕이던 심원준이 엇, 하고 소리를 내며 걸음을 멈추더니 성옥이 아저씨다, 하며 혼자 촬영하는 곳으로 향했다. 성옥이 아저씨는 우리 프로그램 녹화 날에 들어오는 촬영차 기사였다. 심원준과 꽤 두터운 친분을 가지고 있었다. 혼자 멀뚱히 서 있을 수 없이 심원준의 뒤를 따랐다.

심원준이 툭, 정성옥의 옆구리를 치자 고개를 돌린 정성옥이 반가운 얼굴을 했다. 몇 걸음 떨어져 두 사람이 대화 나누는 것을 지켜보았다. 밥 먹고 들어가는 길이다, 사극 복장 하고 찍은 사진 카톡 프사로 올렸던데 그건 또 어디서 찍었냐, 그런 시시콜콜한 이야기를 나누고 있었다. 커피를 홀짝이며 주위를 두리번거렸다.

"잘생겼네. 조 대리가 좋아하는 아이돌이랬나?"

"네. 감자전이라는 그룹인데, 저도 아이돌은 잘 몰라서 멤버 이름까진 모르 겠어요."

"사진 찍어서 조 대리 보여 줘야겠다."

홱 고개가 돌아갔다. 감자전? 쪼르르 걸음을 움직여 그들에게로 향했다. 많은 머리들 사이에서 가장 틈이 넓은 곳을 찾았다. 까치발을 하고 안을 들여다 봤다. 스태프로 보이는 사람들이 분주히 움직이고 있었다. 목을 길게 빼고 두리 번거리다가 잘생긴 얼굴을 발견했다.

선재를 발견하자 나도 모르게 미소가 번지고 눈이 동그랗게 커졌다. 촬영이 시작되기 전인지, 아니면 잠시 쉬는 시간인지 머리를 정리하고 있었다. 키가 큰 탓에 상대가 머리를 잘 만질 수 있도록 상체를 숙인 채였다. 가방 여러 개를 어 깨에 메고 있는 여자가 선재의 얼굴 앞에 딱 붙어 서서 머리카락을 한 올 한 올 매만지고 있었다.

내 남자의 비즈니스. 그런 말을 인터넷에서 본 적이 있었던 것 같은데. 그게 이런 건가. 꼬리빗을 주머니에 넣은 여자가 검지로 조심스레 선재의 입술을 문 질렀다. 선재가 가만 얼굴을 내줬다. 얼레.

내 앞에 서 있던 직장인들이 시계를 확인하더니 걸음을 옮겼다. 앞을 가로막 고 있던 사람들이 갑자기 우르르 나가 버리자 시야가 훤히 트였다. 힐끗, 눈동 자를 돌린 선재와 눈이 마주쳤다. 예상치 못한 곳에서 만난 것에 놀랐는지 눈 을 동그랗게 뜨고 나를 보았다. 그러곤 눈을 피하지 않은 채 내 쪽을 향해 꾸준 히 시선을 던졌다.

"솔이 씨, 계속 볼 거예요?"

정성옥과의 대화가 끝났는지 심원준이 내 옆에 와 섰다. 고개를 돌려 심원준 을 보았다. 기웃거리며 현장을 둘러보고 있었다.

"어, 감자전."

감자전의 얼굴을 확인한 심원준이 나를 보았다. 그러더니 손을 들어 내 얼굴 앞에 대고는 시선의 각도를 쟀다. 심원준의 눈이 가늘어졌다.

"각도가 류선재인데."

"무슨 소리세요……."

"에이, 맞는 거 같은데. 저쪽 각도도 너무나 여긴데."

심원준이 팔꿈치로 내 팔을 툭툭 밀었다.

"아닌데요? 무슨 소리신지! 그만 가요."

심원준의 등을 떠밀었다. 그가 장난스럽게 웃으며 발길을 돌렸다. 걸음을 떼기 전 힐끗 선재를 보았다. 정면을 보고 있던 선재가 어느새 고개를 돌리고 나를 보고 있었다. 마주 본 얼굴이 갑작스레 못마땅하다는 듯한 기색을 띠며 한쪽 눈썹을 뾰족하게 올렸다. 나도 보란 듯이 입술을 삐죽이고는 심원준의 뒤를 따랐다.

□ ■ □

선재가 지하 주차장으로 통하는 비상계단에서 보자는 메시지와 함께 위치를 찍어 보냈다. 화장실을 가는 척 나와 후다닥 뛰었다. 이렇게 달려도 선재를 만나고 돌아가면 화장실을 다녀온 것치고는 꽤 오랜 시간이 지나 있을 것 같았다.

주위를 두리번거리며 비상구 문을 열었다. 계단을 몇 개 밟고 올라가자 계단에 앉아 있는 선재가 보였다.

"야, 누가 보면 어쩌려고."

보는 사람도 없는데 목소리를 낮추고 선재의 앞에 섰다. 평소와 너무 다른 모습에 괜히 뺨이 붉어졌다. 아까의 촬영 때문인지 흰 셔츠의 단추가 말끔하게 끝까지 채워져 있었다. 늘 이마를 덮던 앞머리를 뒤로 넘겨 선재의 이마가 시원하게 드러났다. 짙은 눈썹이 훤히 드러난 덕분인지 오늘따라 이목구비가 더 뚜렷해 보였다.

"왜?"

선재가 손을 잡고 얼굴을 올려다봤다.

"어?"

"왜 그렇게 봐."

"아……."

왜 보겠니. 말도 안 되게 잘생겨서, 사람 맞나 하고 보는 거지. 손을 만지작거리던 선재가 한쪽 팔꿈치를 무릎에 대더니 턱을 괴고 나를 보았다.

"너 아까 나 째려보더라."

"내가?"

당황해서 묻자 선재가 고개를 끄덕였다.

"아닌데. 네가 나를 째려보던데."

"봤어?"

"응."

"누군지는 몰라도 마음에 안 들어. 둘이 같이 음악 프로를 보러 오지를 않나."

선재가 엄지로 손가락을 쿡쿡 찔렀다. 심원준은 포도소녀를, 나는 선재를 보러 간 날이었다. 계속 눈이 마주치는 것 같다고 생각했었는데, 선재가 나를 봤던 게 맞나 보다. 내가 아무런 말도 하지 않자 선재가 얄밉다는 듯 눈을 흘겼다. 그 얼굴이 귀여워서 하마터면 웃을 뻔했다.

손을 놓은 선재가 주머니에서 핸드폰을 꺼냈다. 아마도 선재를 찾는 전화겠지.

"네, 형. 지금 갈게요."

짧은 통화를 마친 선재가 핸드폰을 주머니에 다시 집어넣었다.

"가야겠다."

"응. 나도 어차피 들어가 봐야 해."

계단을 밟고 내려가던 선재가 발을 멈추고 뒤돌아 나를 보았다. 선재보다 두 칸 위에 서 있어 선재의 얼굴을 내려다보았다. 위에서 보는 느낌이 조금 색달랐다. 아까 그 여자가 입술을 덧발라 준 탓인가, 입술이 유난히도 붉었다. 눈두덩에 펴 바른 말린 살구빛 아이섀도가 음영을 만들어 눈매가 그윽하고 괜히 섹시해 보였다.

현실감 없다, 없어. 그런 말을 속으로 삼키고 선재의 얼굴을 훑어보는데 선재가 계단 하나를 밟고 올라와 시선을 나란히 했다. 어, 하는 소리를 내며 뒤로 물러나려는데 선재가 손으로 허리를 잡아당기며 입을 맞췄다. 입술을 뗀 선재가 허리를 감싸 안은 채 얼굴을 뒤로 빼고 물끄러미 쳐다보았다.

"오늘 처음 알았네."

"뭐를?"

"내가 질투가 심하다는 걸."

선재의 얼굴을 보다가 픽 웃음이 터졌다. 아까의 상황을 생각하면 그건 나도 마찬가지였다. 선재의 어깨에 팔을 두르고 머리를 쓰다듬으려다가 만지면 안 될 것 같아 손을 내렸다. 대신에 쪽, 입을 맞추고 계단을 내려갔다.

"야, 나도 질투 장난 아니거든? 퇴근하면 연락할게."

문고리를 잡고 웃자 주머니에 손을 찔러 넣은 선재가 웃으며 고개를 끄덕였다.

□ □ □

"너 자꾸 이렇게 엉망으로 벗어서 세탁기에 넣을래?"

양말을 뒤집기 전, 백인혁이 가슴 아래 쿠션을 깔고 엎드려 누워 핸드폰 게임을 하는 서윤재의 얼굴에 양말을 들이밀었다. 턱에 양말이 닿자 서윤재가 기겁하며 몸을 옆으로 빼고 미간을 찌푸렸다.

"아, 형. 죽었잖아."

"또 이러면 너야말로 형한테 죽을 줄 알아."

백인혁이 눈을 뾰족하게 뜨고 서윤재의 얼굴을 노려보다가 손에 든 양말을 탈탈 털었다. 서윤재가 입술을 삐죽이며 원래의 자세로 돌아갔다.

햇살 좋은 오후였다. 거실 한가운데에서 백인혁은 빨래를 개키고 서윤재는 게임 아이템을 살폈다. 권성준이 조용히 방문을 닫고 거실로 나왔다. 휘적휘적 걸어오더니 백인혁의 앞에 무릎을 굽히고 앉아 백인혁이 무릎 위에 양말을 켜켜이 쌓아 올리는 것을 지켜보았다. 그러다 조심스레 낮은 목소리를 뱉었다.

"선재 연애하나?"

거실에 앉아 빨래를 정리하던 백인혁의 손이 멈칫했다. 바쁘게 엄지를 움직이던 서윤재의 시선이 권성준에게로 향했다가, 권성준의 눈이 백인혁에게 고정되어 있는 것을 보고는 다시 백인혁에게로 시선을 옮겼다.

두 남자의 시선을 한 몸에 받자 백인혁이 표정 관리를 제대로 하지 못하고 양말을 만지작거렸다. 베란다 창을 통해 쏟아지는 햇살이 거실을 부유하는 먼지들을 비추었다. 모든 게 정지하고 먼지만 움직이는 것 같은 느낌이 들었다.

백인혁이 유난스럽게 기침을 뱉었다. 우악스럽게 목기침을 하며 엉덩이를 들고 자리에서 일어났다. 거실을 벗어나려는 백인혁의 옷깃이 권성준의 손에 잡혔다.

"어딜 가."

"아니, 나 갑자기 목이 막혀서. 물 좀 마시게."

백인혁이 거칠게 가슴을 퉁겨 내며 콜록거렸다. 바닥에 배를 붙이고 엎드려 누워 있던 서윤재가 상체를 세우고 앉았다. 그러곤 흥미롭다는 듯 둘의 사이에 꼈다.

"뭐야? 선재 형 여자 친구 생겼어?"

꽤나 방정맞은 목소리에 백인혁이 급하게 서윤재의 입을 막았다. 멤버들이 아는 건 어쩔 수 없다지만 매니저가 이 사실을 알아서는 안 됐다. 그러면 일이 곤란한 방향으로 흘러갈지도 모른다.

방황하는 백인혁의 눈동자가 부엌으로 향했다. 식탁에 앉아 시리얼을 먹고 있던 우현성과 눈이 마주쳤다. 여기서 그나마 선재와 임솔의 사이에 대해 알고 있는 사람이었다. 같이 파주까지 가서 넷이 영화를 봤으니.

백인혁이 우현성에게 구조 신호를 쏘아 보냈다. 이 난처한 상황에서 벗어날 수 있게 해 달라는 듯 눈을 휘어 내렸다. 우현성이 혀를 차며 고개를 저었다. 표정 관리가 저렇게 안 되어서야, 그런 얼굴이었다.

우유가 가득 찬 그릇에 숟가락을 담근 우현성이 식탁 위에 놓아둔 핸드폰을 들어 올렸다. 선재와 메시지를 주고받았던 대화 창을 찾아 열고 손가락을 움직였다.

[너 걸렸다.]

핸드폰을 내려놓고 숟가락질을 몇 번 하자 선재에게 답장이 왔다.

[뭐가 걸려요? 말하고 나왔는데.]

우현성이 이번엔 핸드폰을 바라보며 고개를 저었다. 쯧, 하고 혀를 차는 것도 잊지 않았다. 우현성의 목소리에 거실에 있던 세 사람의 고개가 부엌으로 향했다. 우현성은 그들에게 시선을 주지 않은 채 선재에게 답장을 써서 보냈다.

[아직 사귀는 거 아니면 내가 대충 둘러대 주고, 사귀는 거면 네가 와서 수습해.]

우현성은 숟가락으로 우유를 저으며 선재의 답장을 기다렸다. 오래 지나지 않아 핸드폰 액정에 불이 들어왔다.

[무슨 말인지 모르겠네.]

티가 나는 거짓말에 우현성이 헛웃음을 터트렸다. 고개를 들자 백인혁과 눈이 마주쳤다.
"도와줄 필요가 없겠어."
거실에 있던 서윤재가 쪼르르 부엌으로 와 우현성이 옆자리 의자를 빼고 앉았다.
"뭔데요, 뭔데. 나도 이제 성인이라고요. 알 권리가 있어."
서윤재가 두 팔을 식탁 위에 올리고 눈을 반짝였다. 백인혁이 눈동자를 바쁘게 굴리며 우현성에게 입을 다물 것을 경고했다. 눈치 없이 영화표를 뺏어 든 우현성이 선재에게 나도 가도 되지? 하고 물었을 때와 비슷한 얼굴이었다. 권성준의 물음에 잔뜩 놀란 표정을 지으며 그 말은 모두 사실이라는 듯 티를 내놓고 뭘 또 저러나 싶어 우현성이 어깨를 으쓱이고는 시리얼을 마저 먹었다.

"뭔데, 왜 나만 안 알려 줘."

서윤재가 우현성의 어깨를 잡고 흔들었다.

"야, 나도 몰라. 선재한테 물어봐."

"형, 알잖아요. 얼굴에 다 써져 있어. 알고 있다고."

"내 얼굴엔 잘생김밖에 없는데 무슨 소리야."

우현성이 숟가락을 입에 물고 고개를 저었다.

백인혁의 옷깃을 잡고 놔 주지 않던 권성준이 손을 놓고 입을 열었다.

"오늘 가족의 대화다."

"예? 아, 이게 뭐라고 가족의 대화씩이나 해?"

백인혁이 옷깃을 정리하며 투덜거렸다. 권성준이 주머니에서 핸드폰을 꺼내더니 '감자전'으로 그룹명이 설정되어 있는 단체 대화방을 열었다. 그러고는 웃음기 없는 진지한 얼굴로 키패드를 눌렀다. 류선재를 제외한 모두가 자신의 눈앞에 있는데도 불구하고 꿋꿋하게 메시지를 입력했다.

[오늘 밤 가족의 대화를 열겠습니다. 시간 9시, 장소 감자전맛집]

동시에 핸드폰이 울렸다. 가족의 대화는 대부분 술과 함께였다. 서윤재가 신이 난 얼굴로 주머니에서 핸드폰을 꺼내 들었다.

◻ ◻ ◻

'감자전맛집'이라는 간판을 단 곳은 숙소 근처에 있는 허름한 전집이었다. 주택을 개조해 만든 곳이었는데 거실에 테이블이 네 개 놓여 있고, 방 세 개를 룸으로 썼다.

권성준을 포함한 다섯 명의 남자들이 미닫이문을 닫고 작은 방에 앉았다. 4인용 테이블 하나가 가운데 놓여 있었다. 백인혁과 선재가 나란히 앉고 맞은편에 권성준과 우현성이 앉았다. 가장 나이가 어린 서윤재가 테이블 모퉁이에 자리를 잡았다.

우현성의 나이가 올해로 스물여섯이었다. 팀 내에서 가장 나이가 많았지만 가족의 대화의 주최자는 늘 권성준이었다.

그들이 마지막으로 가족의 대화를 한 게 3년 전이었다. 선재의 합류가 확정되어 막 숙소에 들어와 함께 살 때였다. 스피커폰으로 전화를 잘못 받아 우현성의 연애 사실이 들통이 났다. 권성준은 바로 가족의 대화를 열었다.

그날은 숙소 근처 족발집에서 소맥을 마셨다. 미성년자인 서윤재는 탄산을 못 마시는 탓에 냉수만 홀짝였다. 권성준이 아무리 연애 금지 조항이 없다지만 지금은 시기가 조금 아니지 않냐며 난감한 기색을 내비치자 우현성이 연애에 시기가 어디 있냐며 좋은 짝이 나타나는 게 시기지, 시기가 뭐 따로 있냐고 반박했다. 권성준이 그래도 활동에 전념하며 열과 성을 다해야 할 때라고 못을 박자 참다못한 우현성이 소맥을 연달아 들이켜 마시고는 내가 그래서 뭐 연습을 게을리하기를 했어, 스케줄을 빼먹기를 했어, 하며 목소리를 높였다.

논쟁을 벌이는 사이 술병이 빠르게 늘어 갔고 취한 우현성이 먼저 눈물을 보였다. 형이 더 열심히 하면 되잖아, 이 자식아, 네가 리더로서 고생이 많은 거 안다, 네가 걱정하는 일 없게 할게, 하며 권성준을 안고 울었다. 권성준도 휴지를 왕창 뽑아 눈물을 닦으며 우현성의 등을 토닥였다. 하긴, 형 나이도 있고 지금 아니면 언제 연애하냐며 우현성의 심정을 이해해 주었다.

느리게 술을 마시던 백인혁이 우는 둘을 보며 가족의 대화가 뭐 이러냐고 눈을 찌푸렸고 그 틈을 타 서윤재가 몰래 우현성과 권성준의 잔을 치웠다. 선재는 의자에 등을 기대고 앉아 이게 내가 합류하는 팀이라니, 하며 꺾이는 기운을 억지로 세웠었다.

"주문할까요?"

서윤재가 눈치를 보며 입을 열었다. 팔짱을 끼고 앉은 권성준이 길은 하나라는 듯 메뉴를 읊었다.

"막걸리, 감자전."

권성준이 선재의 얼굴을 뚫어지게 응시했다. 서윤재가 주문을 했다. 권성준이 수량은 말해 주지 않아 감자전 두 개, 막걸리 다섯 병을 시켰다. 분명 더 시키면 시켰지 남길 것 같지는 않았다. 그렇게 감자전의 가족의 대화가 시작되었다.

□ ◆ □

빈 막걸리병이 여덟 병이 되었을 때 백인혁이 훌쩍였다. 젓가락도 제대로 못 집어서 서윤재가 감자전을 찢어 입에 넣어 주었다.

"진짜, 우리 선재가 걔 때문에 얼마나 마음고생을 심하게 했는데. 형, 형 진짜 선재 연애 못 하게 하면 안 된다? 어? 얘가 걔를 몇 년을 기다린 줄 알아? 어?"

말을 놓으라고 해도 안 놓고 존댓말과 반말을 섞어 쓰던 백인혁이 술기운에 말을 짧게 뱉었다.

"형은 누군지 알아요?"

서윤재가 우현성을 보고 물었다. 우현성이 고개를 끄덕였다.

"한 번 봤어."

"누군데요?"

"말해도 넌 모르지."

"궁금하네."

서윤재가 입술을 내밀었다가 잔을 들어 막걸리를 들이마셨다. 잔을 내려놓는 그의 미간이 살짝 찌푸려졌다가 금세 반듯하게 펴진다.

"내가 말을 안 해서 그렇지, 이 새끼 고등학생 때 만날 가지고 다니던 그 고물 엠피쓰리도 걔가 준 거라고."

"헐, 진짜?"

막걸리 뚜껑을 돌리던 서윤재가 눈을 크게 떴다.

"이 새끼 원래 존 메이어 덕후였는데. 팝송만 죽어라 듣고 따라 부르고 그랬는데. 그런데 갑자기 왜 태어나기도 전의 노래들을 즐겨 불렀겠냐고. 아니지. 즐겨 부른 게 아니지. 슬픈 마음으로 불렀겠지. 존나게 슬픈 마음. 첫사랑을 그리워하는."

쓸데없이 말을 길게 하는 백인혁을 향해 선재가 조용히 눈을 흘겼다.

"술 작작 마셔. 너 취했어."

"나 안 취했거든?"

백인혁이 선재와 같은 얼굴이 되어 눈을 날카롭게 떴다.

"이 새끼가 가지고 다니던 제목 어이없는 건강 책들, 그것도 걔가 준 거라니까. 미친, 잠을 못 자면 못 자는 거지. 그걸 챙겨 들고 비행기에 탈 건 뭐야."

해외 공연을 위해 출국하던 날, 공항 출국 사진이 찍혔고 그 사진 속에서 선재는 임솔이 줬던 책을 들고 있었다. 그 때문에 선재가 추천한 적도 없는 그 책은 류선재 추천 도서라는 문구를 달고 광고를 했다.

"와, 그것도?"

서윤재가 막걸리 뚜껑을 테이블 위에 놓으며 입을 크게 벌렸다.

"선재 형, 이제 보니 완전 해바라기네."

빈 잔에 막걸리를 콸콸 붓던 서윤재가 갑자기 고개를 퍼뜩 들고 소리를 질렀다. 눈물을 훔치던 백인혁이 몸을 움찔 떨며 서윤재의 팔뚝을 때렸다.

"아, 왜 소리를 질러! 간 떨어질 뻔했네."

"대박. 나 기억났어."

백인혁이 옷소매로 눈가를 문질렀다. 강냉이를 집어 먹던 우현성이 눈을 동그랗게 뜬 서윤재의 얼굴을 보았다.

"뭐가 기억나?"

서윤재의 큰 눈이 제게 질문을 던진 우현성에게로 향했다.

"책 준 사람."

"책?"

"대박……."

"뭐가 대박이라는 거야."

"그 사람이 그 사람이라니."

뭔가 주어가 빠진 듯한 서윤재의 말에 우현성이 이해할 수 없다는 듯 강냉이를 입에 털어 넣었다. 서윤재가 두 손으로 입을 가리고 선재를 보았다.

"와, 소름 돋았어. 그 누나야? 이름 되게 촌스럽던? 뭐였더라. 춘 뭐였는데. 춘각이? 춘봉이?"

서윤재의 눈을 마주 보던 선재가 웃음을 터트렸다. 서윤재가 임솔을 기억하고 있다는 사실이 신기했다. 시간이 오래 지나 임솔이 서윤재를 통해 책을 전달해 줬다는 사실도 잊고 있었다. 그 당시 중학생이었던 서윤재가 입을 댓 발 내밀고 그 누나 진짜 이상해, 하며 책을 건네주었던 것이 생각났다. 그때와 지금의 서윤재의 모습을 비교하니 임솔과 재회하기까지 얼마나 오랜 시간이 걸렸는지 새삼 실감 났다. 놀라움을 금치 못하던 서윤재가 목이 타는지 막걸리를 마셨다.

벽에 등을 기대고 앉은 선재가 핸드폰을 꺼내 메시지 창을 열었다.

[나 여자 친구 생긴 거 이제 네 사람 알아. 인혁, 윤재, 현성이 형, 성준이 형]

"아, 잠깐. 그래서 우리 오늘 가족의 대화를 하는 이유가 뭔데?"

몸을 가누기가 힘이 드는지 백인혁이 테이블 위에 탁, 소리가 나게 팔꿈치를 대고 턱을 괴었다.

"형, 술만 먹지 말고 말을 해 봐요. 아니, 근데 형은 어떻게 알았지? 선재 연애하는 거?"

백인혁이 손바닥으로 받친 머리를 위태롭게 흔들며 권성준을 보았다.

"봤어."

"어디서? 형도 파주 왔어?"

서윤재가 고개를 돌리고 백인혁을 보았다.

"파주는 또 뭐야."

우현성이 손에 든 강냉이를 백인혁의 얼굴로 집어 던졌다. 조용히 하라는 듯. 백인혁이 입술을 삐죽 내밀었다.

"엘리베이터 같이 탔어. 네가 산 꽃 주머니에 꽂아 놨던데."

"아……."

밖에서 눈이라도 마주치면 겁먹은 얼굴로 피해 다니기 바쁘더니, 자신이 준 꽃은 주머니에 꽂고 돌아다닌 모양이었다. 아무런 표정 없이 고개를 끄덕이는 선재의 입가로 자꾸 웃음이 번졌다.

"안 들키게 조심히 만나."

권성준의 입에서 흘러나온 말에 모두의 시선이 그의 얼굴로 옮겨 갔다. 연애에 참으로 각박하게 구는 권성준이 저렇게 태연한 얼굴로 만남을 허락하다니. 놀라운 일이었다.

"뭐야. 난 또 류선재 연애 결사반대하려고 소집한 줄 알았는데. 괜히 좋았네."

백인혁이 이제 한숨 돌리겠다는 듯 벽에 등을 기대고 몸을 늘어트렸다.

"귀엽게 생겼더라."

핸드폰을 내려 보던 선재의 시선이 올라갔다. 귀엽게 생겨서 귀엽게 생겼다고 한 것일 텐데 뭔가 못마땅한 얼굴이 됐다.

"뭐야, 왜 형 입에서 그런 말이 나와요."

"뭐가?"

"귀엽게 생겼다니."

"귀엽게 생겼잖아. 너랑 잘 어울린다고."

"그건 그래요."

뜬금없고도 이상한 질투에 권성준이 당황한 듯 입을 다물었다.

"이놈 보게."

우현성이 입을 벌리고 웃으며 선재를 보았다. 선재가 아무렇지 않은 척 시선을 내렸다. 불이 들어온 핸드폰 액정에 임솔의 메시지가 떠 있었다.

[보고시포 선재야.]

"뭐야, 너 왜 얼굴이 갑자기 빨개지냐."

우현성의 목소리에 선재가 고개를 들었다.

"진짜네."

선재의 얼굴을 확인한 서윤재가 거들었다.

"아닌데."

선재의 말에 더 이상 붙일 말이 없는지 다른 대화로 빠르게 옮겨 갔다. 벽에 등을 기대고 몸을 늘어트리던 백인혁은 어느새 바닥에 기역 자로 누워 잠들어 있었다. 한 손으로 뺨을 문지른 선재가 시간을 확인했다. 손가락을 까닥이다가 핸드폰을 챙겨 들고 자리에서 일어났다. 조용한 퇴장에 아무도 선재를 붙잡지 않았다. 화장실 가나 보다, 그렇게 생각했다.

신발을 신고 밖으로 나온 선재가 곧바로 택시를 잡았다. 그러곤 임솔의 동네를 목적지로 뱉었다. 차선을 바꾼 택시가 속도를 높였다.

□ ■ □

무릎걸음으로 부엌으로 향했다. 냉장고 앞에 앉아 문을 열고 생수를 꺼냈다. 뚜껑을 돌리고 병째 꿀꺽꿀꺽 마셨다. 술을 많이 마신 탓에 자꾸 목이 마르고 입 안이 텁텁했다. 대충 뚜껑을 돌려 닫고 그대로 바닥에 드러누웠다. 열려 있는 냉장고 문을 발로 밀어 닫고 한 바퀴를 뒹굴어 보일러 열선이 지나는 따뜻한 바닥에 뺨을 댔다.

"죽겠다."

거칠게 숨을 내뱉자 얼굴을 가로지르고 내려온 머리카락이 나풀거렸다. 부억 바닥에 뺨을 대고 누워 거실을 보았다. 선재와 함께 앉아 있기도 하고 누워 있기도 했던 곳이 텅 비어 있었다.

"보고 싶다."

무릎을 꿇고 걸을 힘도 없어 바닥에 누운 채 시리를 열심히 불렀다.

"시리야. 시리야!"

— 부르셨어요?

"류선재한테 메시지 보내 줘."

— 연락처에서 류선재 님을 찾을 수 없어요. 누구에게 보내시겠습니까?

만약을 대비해 선재의 이름을 다르게 저장해 둔 걸 잊고 있었다.

"중고나라 판매자."

— 어떤 내용을 전달할까요?

무슨 말을 할까. 선재를 생각했다.

"보고 싶어. 선재야."

— 중고나라 판매자 님에게 보내는 주인님의 메시지는 다음과 같습니다. 보고시 포 선재야. 보내시겠습니까?

"응."

— 메시지를 보냈습니다.

좋은 세상이네.

벌러덩 두 팔을 벌리고 누워 천장을 보았다.

"시리야. 음악 틀어 줘."

따뜻한 바닥의 온기가 몸을 데웠다. 보일러 온기가 아니더라도 술기운이 오른 몸은 이미 충분히 뜨거웠다. 몸을 꿈틀거리며 입고 있던 스웨터를 벗어 던졌다. 몸을 옆으로 틀어 다시 바닥에 뺨을 댔다.

핸드폰 스피커에서 '슬픔 속에 그댈 지워야만 해'가 흘러나왔다. 회중시계가 3시에 도달할 때 현재의 시간으로 돌아가게 된다는 걸 알게 된 이후로 자주 들었던 노래였다. 원래는 그다지 신경도 쓰지 않던 가사가 귀에 콕콕 들어왔다. 감감대교에서 선재의 물음에 좋아하는 노래로 꼽았던 곡 중 하나였다. 그땐 이 노래의 가사에 이렇게 공감하게 될 줄 몰랐다.

— 그대 곁을 이제 떠나는 것을 후회할지도 모르지만 그댈 사랑하기 때문이야

선재와 재회하며 멀어진 이야기가 됐지만, 노래를 듣고 있자니 그때의 감정이 다시금 향수처럼 번지는 듯했다. 술을 많이 마셔서인지, 슬픈 일도 없는데 괜히 코끝이 찡해졌다. 교복을 입고 선재를 만났던 시간들이 머릿속을 스쳐 갔다. 눈가에 고였다가 죽 흘러내린 눈물이 바닥으로 떨어졌다. 꽉 막힌 목으로 가사를 중얼중얼 따라 불렀다.

오늘 현주를 만나 술을 마시는데 나 사실 시간 여행을 했어, 네가 있는 시간이면 좋았을 텐데 네가 전학 간 후더라, 그런데 예전처럼 우울하게 지내지는 않았어, 그런 말이 턱 끝까지 찼다.

내게 얼마나 말도 안 되는 일이 일어났었는지, 그게 나를 얼마큼 힘들게 했는지, 그래서 선재가 내게 어떤 사람인지, 내가 왜 선재를 만나게 됐는지, 그런 이야기를 털어놓고 싶었지만 한번 뱉어 버리면 주울 수 없기에 그냥 삼켰다. 먼 훗날에라도 후회할 일을 만들고 싶진 않았다.

며칠 전 방송국 복도에서 선재를 마주쳤다. 옆에 감자전 멤버들이 우르르 모여 있어 나도 모르게 걸음을 돌렸다. 뒤돌아서 도망가는 나를 선재가 빠르게 따라잡았다. 결국 비상구 계단까지 따라와서는 굳은 얼굴로 조심하는 건 좋은데, 도망가는 건 싫다니까, 하며 입술을 꼬집었다.

'너는 내 보호자가 아니고 여자 친구야. 나는 너한테 보살핌을 받는 사람이 아니고 너를 좋아하는 사람이라고. 그냥 지금 이 순간만 생각하면 안 돼? 우연히 마주칠 수 있잖아. 눈도 마주 볼 수 있고 웃을 수도 있잖아. 순간이야. 다신 안 온다고 일어나지 않을 불행만 걱정하다가 너와의 순간을 놓치고 싶지 않아, 나는.'

알겠다고 고개를 끄덕였지만, 오늘 술을 마시다가 문득 서러워져 현주의 앞에

서 울었다. 그런 말을 하는 선재가 미워서가 아니고 자꾸만 답답하게 돌아가는 내가 미워서였다. 나는 왜 이럴 수밖에 없을까. 그렇게 나를 탓하다가 생각했다.

"나는 네가 없는 세상을 알아."

뚝, 눈물이 떨어졌다. 손으로 뺨을 문질러 닦았다. 그러니까, 난 그게 무서웠던 거다. 어떤 불행으로 인해 또 선재의 불면이 심해지고, 그러다 또 운이 나쁘게 내가 바꾼 선재의 운명이 도로 제자리를 찾아갈까 봐. 그러면 안 된다는 걸 알면서도 조바심이 났다. 초조해지고 문득 불안해졌다. 나쁜 운이 선재를 떠나지 않고 행성처럼 맴돌고 있을까 봐, 선재의 운명을 바꾼 게 아니라 잠깐 미룬 것일까 봐, 그렇게 또 선재가 없는 세상이 올까 봐.

비상구 계단에서 입술을 꼬집던 선재의 굳은 얼굴이 잔상처럼 남았다. 선재가 그런 얼굴을 하는 건 싫었다. 비틀어 들어간 과거에서 선재가 내 말을 믿어 줬다면, 곧게 뻗은 현재에서는 내가 선재의 말을 믿어 줘야 한다는, 그런 생각이 들었다. 문득 불안해지더라도, 계속 불안을 심고 키울 수는 없다는 걸 머리로는 알았다. 일어나지 않을 불행을 걱정하지 말라는 선재의 말을 이젠 내가 믿어야 할 차례였다.

한숨을 내쉬며 눈을 감았다. 음악이 다음 곡으로 넘어갔다. 그렇게 몇 곡이 흘렀다. 잠깐 잠이 든 것도 같았다. 몸을 움츠리는데 문을 두드리는 소리가 들렸다. 느리게 눈을 끔벅이다가 시선을 올려 현관을 보았다. 지금 우리 집 문을 누가 두드린 건가, 생각하고 있을 때 똑똑, 소리가 정확하게 들렸다.

뭐지. 몸을 일으켜 현관으로 갔다. 도어뷰어로 밖을 내다보는데 복도 센서등이 꺼져 있어 아무것도 안 보였다. 누구냐고 묻기에 좀 무서운 시간인데. 최대한 소리를 죽이고 밖을 지켜보는데 핸드폰 불빛에 비친 얼굴이 보였다.

"선재?"

손이 곧바로 문고리로 향했다. 벌컥, 문을 열었다. 내게 전화를 걸 모양이었던 선재가 놀란 얼굴로 나를 보았다.

"뭐야, 어떻게 왔어?"

핸드폰을 주머니에 넣은 선재가 집 안으로 발을 들였다. 철컥, 현관문이 닫히고 좁은 공간에 선재와 마주 보고 섰다.

"네가 보고 싶다고 했잖아."

멍한 얼굴로 기억을 더듬었다. 내가, 그러니까, 시리에게 메시지를 보내 달라고 했었지. 누워 있다 일어난 탓에 머리가 제멋대로 헝클어져 있었는지 선재가 부드럽게 머리를 쓰다듬으며 정돈해 주었다.

"너 술 마셨구나."

선재의 얼굴을 보다가 고개를 끄덕였다. 손을 올려 선재의 뺨 위에 얹었다. 선재의 뺨이 붉었다.

"너도 마신 거 같은데."

가만 뺨을 내어 주던 선재가 고개를 끄덕였다.

"취했어?"

선재의 뺨을 더듬으며 물었다.

"조금. 너는 많이 취한 거 같은데."

선재가 물었다. 마음 같아서는 아니, 안 취했는데, 하며 눈을 부릅뜨고 싶었지만 내 꼴이 거짓말로 둘러댈 수 있는 모습이 아니라는 걸 알았다. 술과 피곤에 찌든 눈꺼풀이 한층 더 무거웠다.

"응. 맞아."

순순히 인정하는 모습에 선재가 픽 웃음을 터트렸다. 신발을 벗더니 두 팔로 나를 꼭 안고는 걸음을 옮겼다. 어정쩡한 자세로 선재에게 안긴 채 걸었다.

소파에 나란히 앉아 음악을 들었다. 선재의 머리가 점점 기울더니 내 어깨에 닿았다. 선재의 머리에 뺨을 대고 눈을 감았다. 가만히 앉아 음악을 듣는 이 시간이 좋았다.

"선재야."

"응?"

"아까 그 문자 말이야, 시리가 보내 줬어."

선재의 머리가 움직이는 게 느껴져 눈을 뜨고 고개를 내렸다. 시선을 올려 나를 보는 선재와 눈이 마주쳤다.

"너한테 보고 싶어 선재야, 이렇게 메시지 보내 달라고 했는데 진짜 간 거 있지."

"보고시포 선재야, 이렇게 왔어."

선재가 입술을 모아 발음을 강조했다.

"그래도 의미 전달은 잘됐네."

씩, 웃자 선재가 따라 웃었다.

"네가 선재야, 그렇게만 보냈어도 왔을 거야."

"왜?"

"내가 보고 싶었으니까."

아래에서 나를 올려다보는 선재의 얼굴을 응시했다. 눈동자며 코, 입술과 뺨에 있는 점까지 하나하나 훑으며 눈에 담았다. 자신의 얼굴을 훑는 내 얼굴을 선재가 물끄러미 올려다봤다.

선재의 얼굴 여기저기를 돌아다니던 눈이 선재의 눈동자에서 멈췄다. 기름한 속눈썹이 눈꺼풀을 따라 내려왔다가 올라갔다. 내가 좋아하는 노래가 흘러나오고 있었다. 은근한 분위기에 가슴이 두근거리는데, 시선이 좀처럼 선재의 얼굴에서 떨어지지 않았다.

'이솔, 너 진짜 정체가 뭐야?'

'나? 나는……'

'팬이라는 거, 그거 빼고 말해 봐.'

'……'

'자꾸 네가 생각나.'

'어?'

'네 생각만 난다고. 너도 그래? 너도 하루 종일 내 생각 해?'

그날 어두운 학교 계단에서 보았던 선재의 얼굴이 겹쳐졌다. 선재의 속눈썹에 닿은 머리카락이, 그 아래로 드러난 눈동자가, 선이 예쁜 코가 어두운 가운데에서도 빛났었는데.

"솔아."

쿵쿵 가슴이 뛰었다. 내 이름을 혀에 담은 선재의 목소리가 달게 느껴졌다. 솔아, 선재가 그렇게 나를 불러 준 적이 몇 번 없어 그랬던 건지도 모른다.

"가끔씩 생각해. 네가 날 찾아오지 않았다면 어땠을까."

"……."

"그럼 조금 슬퍼져. 그런데, 그 큰 비밀을 혼자 안고서 앓았을 너를 생각하면, 참을 수 없이 슬퍼져."

어깨에 머리를 기댄 채 선재가 눈을 맞췄다.

"솔아."

코끝이 찡해졌다. 이상하게 목이 꽉 막혀 온다.

"대답해 줘."

"응."

선재의 손이 뺨에 닿았다. 손가락으로 뺨을 부드럽게 문질렀다. 고요하게 시선이 닿고, 뺨으로 온기가 번지고, 선재에게서 우드 향이 은은하게 퍼졌다.

"취하면 자제력이 없어져."

천천히 얼굴을 훑던 선재의 시선이 입술에 멈춘 게 보였다.

"입 맞춰도 돼?"

왠지 모르게 입이 안 떨어졌다. 입술을 꾹 물지도 못하고 가만 얼어 버린 채 선재를 보았다. 어깨에 기대고 있던 선재의 머리가 떨어지고 얼굴이 점점 가까워졌다.

"이건 대답 안 해도 돼."

낮은 곳에서부터 올라온 선재의 얼굴이 가깝게 붙었다. 좁은 거리를 두고 선재의 머리가 눈 아래에서 움직였다. 눈을 감는 것도 잊고 선재를 보았다. 내 입술을 물끄러미 바라보던 선재가 눈을 감는 게 보였다. 뜨거운 숨이 닿는가 싶더니 입술이 맞물렸다. 몸이 살짝 뒤로 밀렸다.

아랫입술을 포개어 물었다가 놓고 윗입술을 포개어 물었다. 선재의 숨이 자꾸만 간지럽고 뜨겁게 닿았다. 목을 감아 오는 손길에 눈을 감았다. 부드럽게 목덜미를 쓸어 올린 선재의 손가락이 머리카락 사이를 파고들었다. 고개가 점점 뒤로 젖혀졌다.

선재의 입술이 맞물릴 때마다 내 입술이 촉촉하게 젖는 게 느껴졌다. 부드럽게 포개어 문 입술을 빨아 올릴 땐 온몸으로 전율이 흘렀다. 혀를 얽기 전 입을 열기 위한 구애처럼 선재가 끈질기게 내 입술을 포개어 물었다가 놓기를 반복했다.

벌어진 입술 틈으로 뜨겁게 혀가 들어왔다. 천천히 밀고 들어와 속입술을 핥고 윗입술을 포개어 물었다가 다시 틈을 비집고 들어와 혀를 스쳤다. 천천히 혀가 얽히고 숨을 나눴다.

몸이 점점 뒤로 넘어가더니 소파에 등이 붙었다. 두 손으로 선재의 뺨을 감싸고 끌어당겼다. 어깨를 매만지던 선재의 손이 팔을 쓸고 내려오더니 허리에 닿았다. 허리 언저리를 서성이며 부드럽게 어루만지던 손이 불쑥 티셔츠 안을 파고든다. 맨살을 스치며 허리를 지나 등을 가로질렀다. 적나라한 느낌에 몸을 움찔거리자 선재가 느리게 입술을 떼고 눈을 맞췄다.

"아, 미안."

티셔츠 안으로 집어넣었던 손을 빼낸 선재가 당황한 듯 눈을 끔벅였다.

"나도 모르게."

조금 달뜬 호흡을 뱉으며 웃었다.

"괜찮아. 넌 참는 걸 제일 못하니까."

당황한 기색을 지우지 못하고 있던 선재의 얼굴에 엷은 웃음이 번졌다. 가만 눈을 맞추던 선재가 흐트러진 내 머리카락을 잡아 넘겨 주었다. 마주 본 시선에 가슴이 두근거렸다.

"솔아."

"응?"

"내가 많이 사랑해."

선재를 보는 얼굴에 웃음이 번졌다. 선재가 쪽, 입을 맞추더니 안 되겠다는 듯 쪽쪽, 연달아 입술을 부딪쳤다. 그러다 윗입술을 머금고 부드럽게 빨아들였다. 입술을 맞댄 채 선재가 말했다.

"진심이야."

□ ■ □

자질구레한 소품을 사각 대차에 싣고 끌었다. 은근 무게가 나가 두 손으로 손잡이를 잡고 뒤로 걸었다. 기사가 주차장 위치를 잘못 듣고 물건을 내리는 바람에 나만 이동 경로가 길어졌다. 이럴 줄 알았으면 심원준이 제가 갈게요, 할 때 그러라고 하는 건데.

얼굴을 잔뜩 찌푸리고 걷다가 횡단보도 앞에 섰다. 횡단보도를 건너면 바로 내리막길이 이어져 멀찌감치 서 있었다. 신호가 바뀌며 파란불이 들어왔다. 앞을 보고 서 있다가 뒤돌아 대차의 손잡이를 잡았다. 다리에 힘을 주고 천천히 움직였다. 뭐라도 하나 떨어지면 걸음을 멈추고 주워 정리하느라 시간이 걸릴 터였다. 바퀴가 많이 낡았는지 구르는 소리가 크게 울렸다.

주차장에 들어서자 점점 열이 올랐다. 기사한테 거기 아닌데 왜 거기로 갔냐고, 여기로 오라고, 그렇게 말했어야 했는데 바보같이 무작정 달려간 내가 문제였다. 왜 이렇게 융통성이 없을까. 절로 한숨이 나왔다. 장갑도 안 끼고 나와 손등이 빨갛게 얼었다.

"사서 고생하네, 진짜."

매우 못마땅한 얼굴을 하고서 대차를 끌었다. 걸어가는 길 앞에 방지 턱이 있었다. 힐끗 뒤를 살피고 걸음을 멈췄다. 방지 턱 앞에서 손잡이를 쭉 잡아당기자 턱에 바퀴가 걸려 안 넘어왔다.

"미친, 진짜. 이러지 말자."

두 손으로 손잡이를 단단히 붙잡고 들어 올렸다. 절로 이가 꽉 물렸다. 무게 때문에 쉽게 안 들렸다. 바퀴가 턱에 몇 번 툭툭 부딪치자 대차에 쌓아 올린 박스가 흔들렸다. 떨어질 듯 흔들리는 박스를 급하게 손으로 잡고 울상을 지었다.

왜 아무도 엄청 무거울 거라고 말을 해 주지 않았나요. 너무한 사람들.

입술을 휘어 내리고 크게 콧바람을 내쉬었다. 자세를 고쳐 잡고 손잡이를 번쩍 들었다. 바퀴가 들리는 순간 잽싸게 앞으로 끌었다. 대차가 방지 턱을 넘어오는 것과 동시에 뒤쪽에 있던 박스 하나가 휘청거리더니 안에 들어 있던 것들을 우르르 쏟아 내며 바닥으로 떨어졌다.

"아, 진짜……."

손잡이를 놓고 허리를 숙였다. 바닥에 떨어진 것들을 하나씩 줍는데 내 것이 아닌 그림자가 발아래에 닿아 있었다. 허리를 숙인 채 고개를 올렸다. 나와 같은 모양새로 허리를 숙인 남자가 뒤집어진 박스를 세워 올리더니 바닥에 떨어진 것들을 주워 그 안에 담았다.

"어……."

허리를 세우고 일어났다. 멍하니 그 얼굴을 보았다. 더 떨어진 것이 없나 바닥을 훑던 서윤재가 고개를 들고 눈을 맞췄다. 그러더니 싱긋 웃었다. 왜 웃지. 저번에 마주쳤을 때엔 불쾌한 얼굴로 누구냐고 물었었는데. 선재랑 만나는 사람이 나라는 걸 알고 있는 건가. 그런 생각을 하며 눈을 끔벅였다. 차마 따라 웃을 수는 없어서.

얼굴선이 부드럽고 날렵한 서윤재의 이마가 시원하게 드러나 있었다. 쌍꺼풀은 없었지만 큰 눈이었다. 얼굴 전체에 번진 웃음에 눈이 휘며 그 끝이 아래로 처졌다.

"여기요."

서윤재가 박스를 내밀었다. 멍하니 있다가 정신을 차리고는 박스를 건네받았다. 그러곤 꾸벅 고개를 숙여 인사했다.

"고맙습니다."

웃음을 지운 얼굴에 다시 웃음이 번지는 게 보였다. 입술을 꼭 다문 채 입꼬리를 올린 서윤재가 콧등을 찡그렸다. 콧등을 찡그리는 건 웃을 때 나오는 서윤재의 버릇이다. 선재의 물건을 숨겨 뒀는데 선재가 눈치채지 못하고 혼자서 바쁘게 찾아다닐 때 항상 저렇게 혼자 웃고는 했다.

뭐야. 너 왜 그렇게 웃는데.

서윤재의 웃음을 이상하게 보고 있을 때 서윤재가 넣지 않은 물건 하나를 마저 박스 안으로 툭, 떨어트렸다. 그러고는 지나쳐 갈 것처럼 걸음을 떼더니 내 쪽으로 얼굴을 가까이 숙이고는 낮은 목소리를 뱉었다.

"춘백이 누나, 오랜만이에요. 나 키 많이 컸죠?"

세상에나. 기울였던 몸을 바로 세운 서윤재가 픽 웃음을 터트리고는 멀어졌다. 난 두 손으로 박스를 받쳐 든 채 멍하니 서윤재의 뒷모습을 보았다. 세상에, 그런 말만 자꾸 튀어나왔다.

"날 기억하는 거야?"

너무 놀라서 걸음이 안 떨어졌다.

□ ■ □

침대에 벌러덩 드러누워 오래전 선재가 내게 주었던 시집을 읽었다. 마지막 페이지를 읽고서 앞장으로 돌아가 면지에 남아 있는 선재의 메모를 손가락으로 훑었다.

[문득 있다가 문득 없는 것들을 뭐라 부려야 하나. 이 문장이 좋아서 샀어. 지금 네게 내가 없어도, 문득 있는 날이 오지 않을까 해서. 너를 이해하고 싶어.]

고등학생인 선재의 온기가 남아 있는 것만 같아 손가락 끝이 간지러웠다.

"얼굴은 잘생겨 가지고 글씨는 참 못 써요."

가벼운 웃음을 짓고는 책을 덮는데 핸드폰이 울렸다. 고개를 뒤로 꺾고 핸드폰을 보았다. 선재인가? 몸을 돌려 손을 뻗었다. 핸드폰을 들고 들어온 메시지를 확인하는데 모르는 번호였다.

[긴급 상황을 대비하여 번호를 저장했다. 너도 내 번호를 저장해도 좋다.]

내용이 이상하다. 메시지를 보는 얼굴이 의문으로 가득 찼다.

[누구세요?]

답장을 보내고 침대에서 일어나 시집을 책꽂이에 꽂았다. 류선재는 아까 출발했다더니 연락이 없네, 하며 벽에 걸린 시계를 보았다. 손에서 핸드폰 진동이 느껴져 고개를 내렸다. 선재인가 싶었는데 저장되지 않은 번호였다.

[제일 잘생긴 사람.]

얼굴을 찌푸리고 번호를 보았다. 모르는 번호인데도 누구인지 알 것 같았다. '백인혁?' 이라고 문자를 썼다가 혹시라도 다른 사람일까 싶어 지웠다. 백인혁을 부를 수 있는 다른 이름이 뭐가 있더라, 고민했다.

[나한테 체육복 상의 팔고 햄버거 사 준 사람?]

책상 앞에 가만 서서 답장을 기다렸다. 핸드폰 액정만 뚫어지게 보고 있는데 불을 밝히며 메시지가 떴다.

[ㅋㅋㅋㅋㅋㅋㅋㅋㅋㅋㅋㅋㅋㅋㅋㅋㅋㅋㅋㅋㅋㅋㅋㅋㅋㅋㅋㅋ]

……?

맞는다는 거야, 아니라는 거야. 밑도 끝도 없이 들어온 키읔을 웃음 없는 얼굴로 보는데 뒤이어 또 다른 메시지가 들어왔다.

[기억력 장난 아니다.]
[맞아?]
[응. 결국 선재를 업고 튄 사람아.]

백인혁이 맞았다. 무슨 일로 연락을 다 했지, 생각하다가 백인혁의 번호를 연락처에 저장했다. 선재와 마찬가지로 이름으로 저장해 둘 수 없어 고민하다가 '백 씨'라고 저장했다.

[제일 잘생긴 사람이래서 선재인 줄 알았네.]

능청스러운 내 답에 황당해하는 답이 돌아왔다.

[너무 어이가 없어서 류선재 보여 줬는데 더럽게 좋아하네…….]

스멀스멀 웃음이 번졌다. 선재와 같이 있는 모양이었다. 그런데 선재는 아까 출발했다고 그랬는데.

[왜 연락했어?]
[선재가 너랑 밖에서 데이트하고 싶다고 그래서. 네가 밖에서 단둘이는 안 만나 준다며.]

[선재가 그래? 그런 거 아닌데.]

안 만나 주는 것은 아니었다. 밖에서는 아무래도 내가 안 그래야지, 하면서도 자꾸 눈치를 보게 되어 집에서 보는 것뿐이었다.

[아무튼 오늘 나도 껴 줘.]
[너 선재랑 같이 있어?]

답장을 기다리다가 바로 오지 않아 핸드폰을 주머니에 넣고 뒤로 돌았다. 침대 이불을 걷어들고 거실로 향했다. 창문을 활짝 열고 이불을 탈탈 털자 먼지가 부옇게 날렸다. 흡, 숨을 참고는 무거운 이불을 열심히 펄럭이는데 오토바이 헬멧을 쓴 남자 두 명이 출입문 앞에서 서성이는 게 보였다.

"야, 넌 왜 따라와."

"왜, 나도 같이 놀자."

"네가 왜 같이 노는데."

"옛날엔 같이 밥도 먹고 그랬는데. 너무한 거 아니냐?"

"언제 적 이야기를 하는 거야. 너 다른 데 가는 길이라며."

"네 여친 집에 가는 길이었는데?"

검은색 패딩을 입고 헬멧을 쓴 사람이 카키색 야상 점퍼를 입은 사람의 헬멧을 손바닥으로 탁, 소리가 나게 때렸다.

"아! 때렸나? 야, 이거 헬멧도 내가 너 생각해서 사비 들어 산 건데. 진짜."

누가 봐도 이상한 모양새에 창밖에 내놓고 있던 이불을 걷어 올렸다. 이불의 끄트머리까지 다 거두었을 때 핸드폰이 울렸다. 거실 바닥에 이불을 던져두고 주머니에서 핸드폰을 꺼내 메시지를 확인했다.

[망했어.]

선재였다. 설마 혹시 밖에 있는 저 헬멧 두 개가, 하는 생각에까지 미쳤을 때 밖에서 내 이름을 담은 말소리가 들렸다.

"솔이가 싫어할 수도 있잖아."

"아니야. 좋다고 그랬어."

핸드폰을 손에 든 채 창밖을 내다봤다. 검은색 패딩을 입은 사람이 헬멧을 벗고 머리를 쓸어 넘겼다.

"아, 진짜 너한테 번호 괜히 알려 줬어."

선재가 못마땅한 얼굴로 앞사람을 노려봤다. 그러더니 앞에 선 사람의 헬멧을 탁탁, 마음에 안 든다는 듯 때렸다.

"왜 때려? 은근 감정 실렸다? 그리고 헬멧 쓰라고, 쓰라고 준 거야. 대문짝만하게 어디 실리지 말라고."

황당한 그림에 눈이 동그래졌다. 마지못해 헬멧을 쓴 선재가 핸드폰을 들고 손가락을 움직이는 게 보였다. 손에 든 핸드폰으로 메시지가 들어왔다.

[인혁이가 따라왔어.]

메시지를 읽고 시선을 내려 집 앞에 서 있는 헬멧 두 개를 보았다. 뭘 타고 어떻게 온 건지는 모르겠지만, 헬멧을 쓴 채 가만 서 있는 모양새가 아무리 봐도 이상했다. 지금 저 꼴로 있으면서 나보고 나오라는 건가. 아래를 내려다보는 얼굴이 점점 어두워졌다.

□ ■ □

헬멧을 쓴 두 명의 남자 사이에서 산타 수염을 쓰고 걸어가는 중이었다. 수염을 건네는 백인혁에게 야, 나는 일반인인데 왜 이런 걸 줘? 하며 받기를 거부하자 백인혁이 헬멧 쉴드를 올리고 눈을 부릅떴다.

'네가 보기에도 헬멧 쓰고 걸어 다니는 우리가 이상하잖아. 그러니까 한 명만 정상이면 그건 또 그것대로 이상하지.'

백인혁의 말이 너무 말이 되는 소리라서 반박할 수가 없어 조용히 수염을 받아 들었다. 그렇게 코 아래로 흰 수염을 늘어트리고 헬멧 쓴 두 사람과 자감고등학교 근처를 걷는 중이었다. 왼쪽엔 백인혁이 오른쪽엔 선재가 서 있었다.

오랜만에 보는 학교 주변 풍경에 신이 난 건지 주변을 둘러보는 백인혁의 고개가 바쁘게 움직였다. 문득 손끝을 잡아 오는 느낌에 고개를 돌렸다. 선재의 얼굴 대신 동그란 헬멧만 보였다. 눈을 내리고 손을 보았다. 선재의 가는 손가락이 검지, 중지, 약지를 잡고 만지작거렸다.

"쟤 가라고 하자."

선재의 말에 바람 빠지는 소리를 내며 웃었다. 너무 진심같이 들렸다. 얼굴은 안 보였지만 분명 못마땅한 표정을 짓고 있을 것 같았다.

"어? 여기 원래 오락실 있었는데."

길을 지나던 백인혁이 걸음을 멈추고 건물 간판을 올려다봤다. 자감고등학교에 몰래 들어가려고 담을 넘다가 백인혁에게 걸렸던 날, 선재와 셋이 함께 왔던 오락실 노래방이 코인 노래방으로 바뀌어 있었다.

백인혁이 고개를 돌리고 나와 선재를 번갈아 보았다. 헬멧 쉴드가 어두워서 눈이 제대로 보이지 않았다.

"점수 내기 할까?"

"소원권 있어?"

"당연하지."

"그럼 하자."

선재가 망설임 없이 계단을 올랐다.

"백인혁 그만 가게 해 주세요, 그런 거 빌어야지."

주먹을 불끈 쥐고 의지를 다지는 모습에 백인혁이 너무하다는 듯 선재의 등을 밀었다.

가장 구석진 곳에 위치한 방으로 들어갔다. 헬멧을 벗은 백인혁이 머리를 쓸어 넘기고 후드를 뒤집어썼다. 주머니에 손을 넣고 꼼지락거리는 백인혁과 눈이 마주쳤다. 왠지 모르게 마주 보는 그 시선이 어색해 티가 나게 눈을 돌렸다.

"야, 생각해 보니 너 나한테 인사도 안 했어."

백인혁이 주머니에서 지폐를 꺼내며 말했다. 그러고 보니 후다닥 밖으로 나가 두 헬멧을 마주하고는 너무 당황스러워서 인사고 뭐고 할 정신도 없었다. 수염을 받아 들고 바로 택시를 탔다. 백인혁이 조수석에 앉아서 제대로 된 말도 몇 마디 못 나눴다.

"안녕. 오랜만이야."

딱딱한 인사에 싱겁게 웃은 백인혁이 지폐 투입구에 천 원짜리 두 장을 넣었다.

"옛날 생각 나네. 그때 선재 노래 듣고 너 울었는데."

기억력도 좋네. 괜히 멋쩍어져 큼큼, 목을 가다듬고 리모컨을 선재에게 건넸다.

"연습 게임 해?"

"아니. 바로 해. 너 빨리 보내 버릴 거야."

헛웃음을 터트린 백인혁이 입술을 삐죽였다.

"나 너네랑 밥도 먹고 학교도 구경할 건데."

백인혁이 눈을 돌리고 나를 보았다.

"나 보내지 마."

"어?"

"그때도 네가 점수 제일 높았잖아. 조금만 놀다가 알아서 갈게. 나 불쌍하지도 않냐. 옛정이 있지."

어, 하고 말을 늘이다가 고개를 끄덕였다. 그래. 옛정이 있지. 그런 생각을 하며 고개를 끄덕였는데 웃는 백인혁과 다르게 선재가 웃음기 없는 얼굴로 나를 보았다. 야, 그래도 인혁이가 헬멧 쓰고 여기까지 왔는데 노래만 한 곡 부르고 돌아가면 좀 그렇지 않니. 그런 얼굴로 선재를 보았는데 뜻이 전달된 것 같지는 않았다.

리모컨을 든 선재가 노래 검색을 누르고 화면을 응시했다.

"내가 100점 맞을 거야."

다리를 꼬고 앉은 백인혁이 무릎 위에 팔을 올리고 웃음을 터트렸다.

"너 그때도 꼴찌였잖아. 4점이었나."

"10점이었어."

백인혁의 잘못된 기억에 내가 제대로 된 점수를 말해 주었다. 리모컨 버튼을 누르던 선재가 고개를 돌리고 나를 보았다. 김춘백 진짜 왜 이러지, 너와 나는 같은 편이야, 그런 얼굴이었다. 말없이 화면으로 고개를 돌렸다. 옆얼굴로 느껴지는 선재의 시선이 따가웠다.

불쑥 리모컨이 내 앞으로 튀어나왔다.

"먼저 불러."

리모컨을 받아 들고 눈을 끔벅였다. 그때는 그래도 곧 가수가 될 두 사람의 앞에서 노래를 부르는 거였지만 지금은 아니었다. 너희들 가수잖아. 회사에서 공기 반 소리 반 알려 줬을 거 아니야. 난 아니라고.

내 노래가 최악일 게 뻔했다. 매도 먼저 맞아라, 이건가. 두 손으로 리모컨을 잡고 고민했다. 무슨 노래를 부를 때 점수가 잘 나왔던가.

화면에 가수의 이름과 제목이 떴다. 백인혁이 웃음을 터트렸다.

"진짜, 예나 지금이나 선곡이 참 너답다."

못 들은 척 두 손으로 마이크를 쥐었다. 이상우의 '슬픈 그림 같은 사랑'이라는 곡이었다. 아빠가 이문세 다음으로 좋아하는 가수였다. 허리를 곧게 펴고 호흡을 골랐다. 노래를 부르려니 긴장이 되어 손이 땀범벅이 됐다. 가슴을 펴고 마이크를 위로 올렸다.

눈물로 헤어지는 오늘도 언젠가는 그리워질 테니까, 라는 가사가 나올 때 백인혁이 구슬프다 구슬퍼, 하고 말했다. 박자에 맞춰 또박또박 가사를 뱉었다. 나도 모르게 한쪽 발을 까닥이며 박자를 맞추고 있었다.

노래가 끝나자 백인혁이 박수를 쳤다.

"가수 앞에서 노래 부르려니 죽겠다."

"왜. 잘 부르네."

잘 불렀니, 하며 씩 웃었다. 웃는 얼굴로 고개를 돌리자 선재와 눈이 마주쳤다. 팔짱을 낀 채 벽에 등을 기댄 선재가 무표정한 얼굴로 나를 봤다.

"이별 노래 참 좋아해."

"어?"

리모컨을 가져간 백인혁이 선재의 뒤쪽에서 입을 벙긋거렸다. 류선재 노래 가사 엄청 봐, 하며 고개를 저었다. 백인혁의 말을 알아듣고 웃다가 점수가 뜬 화면으로 고개를 돌렸다. 95점이었다.

"오. 나쁘지 않아!"

선재가 손을 내밀었다. 치라는 듯 내민 손을 짝, 소리가 나게 때렸다.

전주가 흐르고 백인혁이 마이크를 들었다. 백인혁이 어깨를 좌로 우로 흔들며 원타임의 'one love'를 불렀다. 아직 래퍼의 꿈을 놓지 않은 것인가. 후렴이 나오자 백인혁이 급하게 남은 마이크 하나를 선재에게 넘겼다. 랩은 백인혁이 하고 노래는 선재가 했다. 그 조합이 꽤 괜찮았다. 괜히 웃음이 나 올라간 입꼬리를 애써 내리며 둘의 노래를 들었다.

노래가 끝나자 백인혁이 마이크를 내렸다.

"완벽했다. 진짜."

자신의 랩이 만족스러운 듯 어깨가 올라가 있었다. 그런데 점수가 80점이 나왔다. 백인혁이 억울한 표정으로 화면을 보았다.

"장난해? 완전 잘 불렀는데?"

믿을 수 없다는 얼굴로 화면을 보던 백인혁이 다시 리모컨을 들자 선재가 뺏었다.

"내 차례잖아."

입술을 삐죽 내민 백인혁이 리모컨을 놓았다.

"랩은 네가 해."

선재의 말에 백인혁이 씩 웃으며 내려놓았던 마이크를 들었다. 선재의 노래가 시작되었다. 김연우의 노래였다. 그날의 분위기가 작은 공간으로 스며드는 것 같았다.

교복을 입고 있던 선재와 백인혁, 그리고 자감고등학교 체육복을 입고 있던 나. 선재는 노래를 부르고, 나는 선재의 노래를 듣다가 코끝이 찡해져서 결국 화면 앞에 딱 붙어 앉아 뚝뚝 눈물을 흘리고, 그런 내게 백인혁이 황당한 얼굴로 휴지를 건네던 모습이 하나하나 머릿속을 스쳤다.

선재와 백인혁에게는 몇 년 전 일이겠지만, 내게는 불과 몇 달 전의 일이었다. 그때는 겨울이 오고 있었는데, 지금은 겨울이 가고 있었다.

"무엇도 너와 비교할 수 없고 무엇도 너를 가릴 수는 없어 그 무엇도 네 앞에선 두렵지 않아 이런 게 너니까 그게 바로 너니까."

가사가 노란색으로 덧씌워진 화면을 응시했다. 가사에서 눈이 안 떨어졌다. 너무나 예쁜 말이었다. 그 예쁜 글자들이 선재의 입에서 맑게 흩어지고 있었다. 선재의 목소리가 부드러웠다. 선재의 장점인 고음을 올리는 부분은 없었지만 나지막하게 음을 뱉는 목소리가 감미로웠다.

자신이 부를 부분을 기다리는 백인혁이 마이크를 손에 들고 화면을 뚫어져라 보았다. 가사의 색이 바뀌며 백인혁이 부를 부분을 알렸다. 백인혁이 목소리를 낮게 깔았다.

화면을 응시하며 앉아 있는데 선재가 손을 잡아 왔다. 손등을 덮는 온기에 시선이 선재의 얼굴로 옮겨 갔다. 화면을 보던 선재가 힐끗 고개를 내려 나를 보았다. 그러더니 엷게 웃고는 고개를 돌렸다.

멍하니 노래를 부르는 선재의 얼굴을 보았다. 언제나 그랬던 것처럼 노래를 부르는 선재는 너무 아름다웠다. 벌어지는 입술이, 그 사이로 흘러나오는 목소리가 온몸을 간질였다. 가슴이 두근거리고, 왠지 모르게 벅차올랐다.

이마를 덮고 내려온 머리카락이 속눈썹에 닿아 있었다. 그 아래로 날 선 콧대가, 예쁜 입술이 보였다. 자신의 얼굴에서 떨어지지 않는 내 시선을 느꼈는지 선재가 눈을 맞췄다. 널 사랑한다고 너무 사랑한다고, 하는 가사가 눈을 맞춘 선재의 입에서 흘러나왔다. 콩닥콩닥 심장이 뛰었다.

아무래도 얼른 백인혁을 보내 버려야겠다, 그런 생각을 하며 선재의 손을 꼭 잡았다.

"어휴, 아주 꿀이 떨어지네."

선재와 내 고개가 동시에 돌아갔다. 마이크를 입 앞에 바짝 갖다 댄 백인혁이 눈을 가늘게 뜨고 나 여기 있어, 아직, 하고 말했다.

"더 부를 거야."

백인혁이 주머니에서 꺼낸 오천 원을 지폐 투입구에 넣었다. 숙였던 허리를 세우고 돌아보더니 단호한 목소리로 말했다.

"이거 다 부르고 가. 아무래도 이 노래방이 내 마지막 코스인 것 같으니."

□ ■ □

몇 곡을 불렀는지 모르겠다. 정확히는 몇 곡을 부르다가 지쳐서 계속 듣기만 했다. 알고 보니 백인혁이 마이크 귀신이었다. 마이크를 쥐여 주고 버튼을 누르면 쉬지 않고 노래가 나오는 자판기 같았다.

선재는 발라드를, 백인혁은 랩을, 그렇게 둘이 계속 한 장르만 고수하더니 나중에 가서는 다른 아이돌 가수의 노래도 부르고, 팝송도 부르고, 그러다 애니메이션의 OST까지 불렀다.

둘이서 노래방을 어지간히 자주 다녔는지 합이 잘 맞았다. 서로 겹치지 않게 가사 분배도 알아서 척척 했다. 원곡 가수들의 애드리브까지 똑같이 따라 하는 선재를 보며 웃음을 참았다. 너희 둘이 나중에 유닛 하면 참 좋겠다, 대박 나겠어, 그런 생각을 했다.

마지막 한 곡을 부를 수 있는 코인을 남겨 두고 지친 백인혁이 녹초가 된 모습으로 앉아 내게 리모컨을 내밀었다. 선재 업고 튀어, 네가 마무리를 장식해라, 그런 말을 하면서. 리모컨을 받아 들고 멀뚱히 앉아 있다가 번뜩 생각나는 노래가 있어 버튼을 누르고 노래를 시작했다.

"남자 친구를 앞에 두고 마지막으로 부를 노래는 아닌 거 같은데."

백인혁이 이마에 난 땀을 손바닥으로 쓸어 닦으며 말했다. 화면을 채우고 있던 곡의 제목이 사라지고 가사가 올라왔다. 그런가, 내가 좀 슬픈 노래를 골랐나, 생각하다가 노래 시작 카운트다운이 떠서 생각을 지우고 마이크를 들었다. 흰 수염을 목에 건 채 자리에서 일어났다. 마지막 곡이니만큼 최선을 다해 불러야지, 그런 생각이 들어 그랬다.

"열창하려나 봐."

백인혁이 선재의 어깨에 머리를 기대고 말했다. 어두운 불빛이 새어 나오는 화면에 그 모습이 비쳤다. 선재가 어깨를 들어 백인혁을 떨쳐 내려는 거 같았지만 백인혁은 물러나지 않고 선재의 어깨를 머리로 눌렀다.

노래가 끝나고 방을 나서기 전, 선재와 백인혁은 다시 헬멧을 쓰고 나는 목에 걸치고 있던 수염을 위로 올렸다. 나갈 채비를 하는 모습이 흡사 은행을 털러 가는 강도단 같았다.

헬멧을 쓰고 쉴드를 올린 선재가 수염을 잡고 아래로 당겼다. 수염이 입술 아래로 내려가자 눈을 올려 선재를 보았다. 선재가 말없이 눈을 맞췄다. 왜 이래, 그런 표정을 지으며 다시 수염을 올리고 인중 부분을 꾹꾹 눌렀다.

"사랑 안 해를 부르다니. 너무 애절해서 진심인 줄 알았네."

털의 결이 엉킨 것 같아 흰 수염을 손가락으로 빗질하다가 선재에게 시선을 주었다. 내가 마지막으로 부른 노래가 은근 마음에 안 드는 눈치였다.

"그냥 노래인데 뭐 어때."

선재의 옆구리를 쿡쿡 찔렀다. 이번엔 선재가 수염을 위로 올려 눈을 가렸다.

"난 요즘 그런 가사 하나도 공감이 안 되어서 안 듣는데."

수염을 쑥 내리고 눈을 드러냈다. 먼저 나갔던 백인혁이 문을 열고 헬멧 쓴 머리를 들이밀었다.

"야, 혼자 헬멧 쓰고 문 앞에 서 있으려니까 졸라 창피하다. 얼른 나와."

백인혁이 내밀었던 머리를 도로 거두고 사라졌다. 돌렸던 고개를 제자리에 놓고 선재를 보았다. 키가 큰 선재의 얼굴을 올려다보다가 손을 올려 헬멧 쉴드를 내려 주었다. 그러곤 두 손으로 헬멧을 잡고 끌어당겨 쉴드 위에 쪽, 입을 맞췄다.

"뭐야, 입술에 해 줘야지."

"이따가."

씩 웃으며 수염을 올리고 걸음을 돌렸다.

계단을 내려가 건물 밖으로 나갔다. 손에 묻은 물기를 털어 내던 백인혁이 가까이 붙어 있기 싫다는 듯 한 걸음 떨어져 섰다.

점수는 선재가 제일 높게 나왔다. 소원권은 선재에게로 갔다. 백인혁이 곧 사약을 받는 사람처럼 나와 선재를 마주 보고 섰다. 자세를 보니 인사할 준비를 하는 것 같았다.

"선재야, 너의 소원을 내가 들어줄게."

백인혁이 티가 나게 어깨를 내리고 고개를 숙였다. 쪼르르 아래를 향해 떨어져 내려가는 헬멧을 선재가 밀어 올렸다.

"너한테 안 쓸 건데 네가 어떻게 들어줘."

"진짜? 그럼 나 안 가도 돼?"

선재가 고개를 끄덕였다.

"눈치가 있으면 알아서 가겠지."

덧붙인 말에 백인혁이 황당하다는 듯 선재의 어깨 위에 손을 얹었다.

"너한테 그런 말 들으니까 억울하다."

선재가 어깨를 뒤로 빼며 백인혁의 손을 떨어트렸다.

"그럼 소원 뭐 쓰게. 누구한테 쓰게."

백인혁이 묻자 선재가 손을 올려 내 목에 감았다.

"춘백이한테 쓸 거야."

"어, 나한테?"

선재의 품에 머리를 기댄 채 어두운 헬멧을 보고 있는데 사람들이 수군거리며 옆을 지나갔다. 저들끼리는 속닥인다고 한 것 같은데 목소리가 너무나 잘 들렸다.

"오늘 할로윈이냐?"

"지금 2월이잖아. 새끼야."

"아니, 내가 몰라서 묻냐? 저러고 있는 게 이상해서 물은 거지."

"퀵 배달 하나 보지."

"저 산타는 뭔데?"

"교회에서 나왔나 보지. 아, 그리고 왜 자꾸 나한테 물어보는데. 저기 가서 물어보든가."

어, 그럼 안 되지. 여기 와서 물어보면 안 되지. 선재와 백인혁의 팔을 잡고는 후다닥 걸음을 뗐다.

□ ■ □

자감고등학교 앞에 섰다. 익숙한 현판을 보자 기분이 이상했다. 교문으로 들어서는 백인혁의 발걸음이 가벼웠다. 그의 헬멧이 좌로 우로 흔들리는 게 아마도 콧노래를 부르고 있는 것 같았다.

"너를 처음 만난 곳이네."

선재가 학교 운동장을 바라보며 말했다. 그러게, 하고 작은 소리로 답했는데 중얼거리듯 뱉어 선재에게까지 들렸을 것 같지 않았다. 내 머리 위에 한 손을 얹은 선재가 머리를 쓸어 주었다. 운동장 중앙까지 걸어간 백인혁이 되돌아서더니 두 손을 높이 들고 흔들었다.

"빨리 와."

"어, 너 뒤에."

손가락을 길게 뻗어 백인혁의 뒤를 가리켰다. 백인혁이 뒤를 돌아볼 새도 없이 곡선을 그리며 날아온 공이 그의 헬멧을 강타했다. 초등학생으로 보이는 남자애가 쪼르르 백인혁에게로 달려왔다. 사과를 하나 싶었는데 굴러가는 공을 먼저 주웠다.

"인마, 아프다!"

"아, 죄송합니다."

"왜 축구를 혼자 해?"

백인혁과 남자애가 나란히 골대를 향해 걸어갔다. 머리를 쓸고 내려온 선재의 손이 손등에 닿았다. 손가락을 엇갈리게 맞추어 잡더니 가자, 하며 걸음을 뗐다. 교문을 들어서서 운동장을 가로질렀다.

시간 여행을 하며 만난 선재는 늘 내 가방을 잡고 끌거나 떡볶이 코트나 패딩의 후드를 잡고 끌어당겼기에, 손을 잡고 자감고등학교 운동장을 걷는 지금 이 순간이 왠지 모르게 낯설게 느껴졌다. 이거 꿈 아니지, 하는 생각으로 손가락에 닿아 있는 선재의 손을 쓱쓱 문질렀다. 그러자 선재가 고개를 내려 나를 바라봤다.

"왜?"

"그냥. 신기해서. 여기서 네가 한 번만 더 네 이름 부르면 죽여 버리겠다는 듯 노려봤었는데."

선재에게 달려가 안겼던 위치가 여기, 어디쯤이었다. 냉하기만 했던 선재의 얼굴이 떠올라 픽 웃음이 터졌다.

"그런데 자꾸 불렀잖아."

"맞아. 나 말 더럽게 안 들었지."

"응. 자꾸 나타나서 좋아하게 만들더니. 좋아한다는 걸 깨닫게 되니까 도망가고."

눈을 돌려 힐끗 선재를 보았다. 아닌데, 하는 얼굴로 입술을 내밀었다가 입 속에 수염이 들어와 얼굴을 찌푸렸다.

"아, 그런데 너 시간 여행 했다고 했잖아. 그럼 내가 스물네 살 너를 좋아한 거야?"

어…… 그런 생각은 해 본 적 없는데. 끔벅끔벅, 눈을 느리게 감았다 떴다. 정말로 해 본 적 없는 생각이었다.

"너도 성인인 나를 좋아했던 거일 거 아냐."

그 말에는 바로 고개를 저었다. 처음에는 그저 연예인 선재의 과거를 훔쳐보는 느낌이었다. 내 으뜸이인 선재를, 브로마이드나 앨범 포토 카드로만 만날 수 있는 선재를. 그런데 시간이 지날수록 마음이 다른 의미를 담고 깊어지고 있는 것을 느꼈다.

열여덟 살의 선재는 평범한 고등학생이었지만, 내게는 처음부터 평범할 수 없는 사람이었다. 그런데 우리 둘이 보내는 시간은 너무나 평범한 일상 속에 놓여 있었다. 나란히 길을 걸으면 새가 울며 지나갔고, 구름이 느리게 흘러갔다. 햇살이 부서지고, 발아래로 그림자가 늘어졌다. 차가 지나가는 소리가 선명하게 들렸고, 어둠을 밝히는 불빛이 일렁였다. 그런 모습들이 차곡차곡 쌓였다.

골목으로 굴러들어 온 축구공, 백인혁 앞을 지나가다 맡은 붕어빵 냄새, 힘이 다 빠져 운동장에 주저앉았을 때 손바닥에 박힌 모래알의 촉감.

스쳐 가는 바람이 머리카락을 날리고, 입을 벌리면 입김이 흩어지는 장면들. 손이 닿은 곳으로 체온이 옮겨 오고, 눈을 마주 보면 가슴이 뛰었던 순간들. 내가 선재야, 하고 부르면 선재가 김춘백, 하고 말했던 시간들. 눈이 내려 세상이 하얗게 변한 것처럼. 이전의 마음을 모조리 덮으며 무언가가 짙어지고 분명해졌다. 나는 선재를 좋아했다. 내가 만난 고등학생의 선재를.

"아니야?"

"응. 아니야."

"그럼 넌 나 언제부터 좋아했는데?"

걸음을 멈추고 생각했다. 선재를 언제부터 좋아했더라. 눈을 올리고 하늘을 보다가 고개를 돌렸다. 순간 불어오는 바람에 코 아래로 늘어트린 흰 수염이 바람의 방향을 따라갔다.

"몰라. 그냥 처음부터 네가 좋았어."

가만히 한곳을 응시하던 선재가 옷깃에 걸린 수염을 정리해 주었다. 조심스레 수염의 매무새를 가다듬고는 손을 옮겨 눈가를 어루만졌다.

"사랑해."

갑자기 이렇게 뜬금없이? 헬멧 쓰고 할 말은 아닌 것 같은데. 수염 붙이고 들을 말도 아닌 것 같고. 그런데도 가슴이 뛰었다.

"야, 너네 그러고 서 있으니까 진짜 웃기다."

저 멀리서 백인혁이 소리쳤다. 고개를 돌리고 골대 앞에 서 있는 백인혁과 남자애를 보았다. 헬멧을 벗은 백인혁이 축구공을 들고 있었다. 남자아이 것을 뺏은 모양이었다. 백인혁이 바닥에 축구공을 내려놓더니 허리를 숙이고 남자애에게 귓속말을 한다.

백인혁이 허리를 펴자 남자애가 뻥, 하고 공을 차올렸다. 그 공이 선재에게로 날아왔다. 상체를 뒤로 뺀 선재가 자연스레 가슴으로 공을 받고 무릎으로 튕겨 올렸다가 공의 밑부분을 맞춰 날렸다. 손을 잡은 채 공을 받아 날리는 솜씨가 여간이 아니었다. 박수라도 치고 싶었으나 선재가 손을 꼭 잡고 있어 입술만 올렸다.

□ ■ □

운동장 계단에 백인혁, 나, 선재, 이렇게 셋이 나란히 앉아 빨대를 입에 물고 바나나우유를 마셨다. 골대 앞에선 남자애가 우유를 마시며 혼자 공을 가지고 놀고 있었다. 넷이서 공 하나를 가지고 되지도 않는 공놀이를 한 후였다. 백인혁은 나만큼이나 공을 못 찼다.

위키피디아에 의하면 백인혁은 어렸을 때부터 피아노를 배웠다고 한다. 그래서 체육을 멀리하고 쉬는 시간에도 음악실에서 피아노를 쳤지 나가서 운동을 하는 학생은 아니었다는, 그의 학교 동창들의 발언을 묶어 둔 페이지가 있었다.

빨대를 입에 물고 우유를 쪽쪽 빨아 마시던 백인혁이 손으로 머리를 털어 내며 열기를 날렸다.

"난 진짜 운동이랑 거리가 먼가 봐."

빨대를 입에 문 채 고개를 끄덕였다. 수염을 정갈하게 가르고 빨대를 문 내 모습에 백인혁이 웃음을 터트렸다.

"야, 너 지금 진짜 귀엽다."

선재와 내 고개가 동시에 돌아갔다. 우리의 시선을 한 몸에 받은 백인혁이 멀뚱히 눈을 굴렸다. 선재와 나를 번갈아 보더니 뭐가 문제냐는 듯 어깨를 올렸다.

"아니, 뭘 그렇게 놀라 하냐. 내가 좋아한다고 하기를 했어, 뭘 했어."

백인혁의 말에 눈이 동그래졌다. 뭐야, 너 설마 나를, 그런 얼굴로 눈을 크게 뜨자 백인혁이 황당하다는 듯 미간을 좁혔다.

"나 너 안 좋아하거든?"

"아, 그렇지?"

허허, 하고 웃으며 고개를 돌렸다. 그런데 선재의 시선은 백인혁의 얼굴에서 떠날 줄 몰랐다. 가만 백인혁의 얼굴을 보던 선재가 옆에 둔 헬멧을 손으로 두드렸다.

"안 가?"

"벌써 가라고?"

"그럼 언제 가려고?"

백인혁이 섭섭하다는 듯 입술을 내밀었다. 헬멧을 머리에 쓰더니 골대 앞에서 공을 굴리고 있는 남자애를 큰 목소리로 불렀다. 남자애가 돌아보자 손을 번쩍 들고 가까이 오라고 손짓했다. 그러자 남자애가 골대에 공을 넣고는 쪼르르 달려왔다.

"왜요?"

"너 사진 찍을 줄 알지?"

"네. 왜요?"

"그럼 한 장 찍어 줘."

백인혁이 주머니에서 핸드폰을 꺼내 내밀었다. 계단을 밟고 올라온 남자애가 핸드폰을 받아 들고 내려갔다. 두 손으로 핸드폰을 잡고서 얼굴 앞으로 올리더니 몇 걸음 다가오며 거리를 좁혔다.

헬멧을 쓰고 쉴드를 올린 백인혁과 선재 사이에 산타처럼 흰 수염을 늘어뜨린 내가 껴 있었다. 누가 봐도 사진을 찍기에는 이상한 모양새였다. 남자애가 백인혁의 말을 고분고분 따르며 사진 찍을 각도를 잡는 바람에 나와 선재의 얼굴도 자연스레 백인혁의 핸드폰으로 향했다.

"야, 이러고 무슨 사진이야."

선재가 정면을 응시한 채 입을 열었다.

"언제 또 이렇게 셋이 학교에 올지 모르는데, 기념으로 한 장 남기면 좋잖아."

"근데 왜 셋이서 기념을 하는데?"

"그럼 넷이 할까? 쟤랑 같이?"

꼬투리를 잡는 백인혁의 말에 선재의 고개가 홱 돌아간다. 얼굴을 마주 보고 티격태격하는 사이 찰칵, 하는 소리가 터졌다.

"어?"

백인혁이 놀라서 고개를 돌리자 남자애가 한 장 찍었다는 듯 핸드폰을 내밀었다.

"아, 그게 아니지. 한 번만 다시 찍어 줘. 부탁할게!"

남자애가 입을 댓 발 내밀고 다시 핸드폰을 고쳐 쥐었다.

"찍을게요."

경직된 자세로 허리를 곧게 펴고 정면을 바라보았다. 남자애의 입에서 하나, 둘, 하는 숫자가 튀어나왔다. 셋이 나오기 전 콩, 하고 머리에 선재의 헬멧이 닿았다. 찰칵, 하는 카메라 소리가 터지고 남자애가 뚱한 얼굴로 핸드폰을 내밀었다. 엉덩이를 털고 일어난 백인혁이 계단을 밟고 내려가 핸드폰을 받았다. 그러고는 사진을 확인하는 듯 손가락으로 핸드폰을 만지작거리더니 웃음을 터트렸다.

"아, 진짜 이거 혼자 보기 아까워 죽겠네."

"왜. 잘 나왔어?"

"잘 나왔겠냐?"

백인혁이 주머니에 핸드폰을 찔러 넣으려다 멈칫했다. 몸을 돌려 우리 둘과 마주 보고 서더니 핸드폰을 고쳐 들었다. 반듯하게 세운 핸드폰이 왠지 선재와 나를 향해 있는 것 같았다.

"뭐야?"

내 물음에 백인혁이 한 손을 들고 흔들었다.

"붙어 봐."

"우리?"

"응. 너희."

선재가 옆으로 바짝 붙어 앉자 다리가 나란히 붙었다.

"찍어 주게?"

"보면 모르냐."

"야, 안 찍어 줘도 돼."

선재가 헬멧을 벗으며 말했다. 그러곤 머리를 정리하더니 내 어깨에 손을 얹었다.

"진짜 안 찍어도 된다."

그러더니 내 뺨에 뺨을 붙이고 수염 몇 가닥을 들어 자신의 인중 위에 올렸다. 눈동자를 돌려 옆에 딱 붙은 선재의 얼굴을 보았다. 그와 동시에 사진 찍는 소리가 났다. 단번에 눈이 백인혁에게로 향했다.

"아, 뭐야. 찍었어?"

"응. 류선재가 찍어 달라잖아."

선재가 수염을 내려놓고 정리해 주며 멋쩍은 얼굴을 했다.

"우리 둘이 찍은 사진 한 장도 없잖아."

민망해하는 얼굴에 픽 웃음이 터졌다. 웃음이 터지며 나아간 입바람에 수염이 나풀거렸다.

□ ■ □

어깨를 축 늘어트린 백인혁이 불쌍한 얼굴로 걸음을 돌렸다. 터덜터덜, 운동장을 가로지르는 백인혁의 뒷모습을 보다가 인혁아, 조심히 가, 다음에 또 보자, 하고 소리쳤다. 너무 친근하게 이름을 불렀나, 싶어 잔뜩 긴장했는데 힐끗 뒤를 돌아본 백인혁이 손을 높이 들고 흔들었다. 그러고는 내가 단체 대화방 만들어서 사진 줄게! 하고 소리쳤다. 두 손을 주머니에 찔러 넣은 선재가 무표정하게 나와 백인혁을 번갈아 보았다. 흥, 하는 소리를 크게 내는 게 귀여웠다.

선재와 단둘이 손을 잡고 복도를 걸었다. 아무도 없는 복도가 휑했다. 복도를 거닐던 걸음이 음악실 앞에서 멈췄다. 앞문과 뒷문이 잠겨 있었다.

"지금도 열리려나."

자주 해 봤다는 듯 선재가 덜컹거리는 창문을 밀었다. 그러자 문이 쓱 열렸다. 선재가 창문을 잡고서 돌아보았다. 열리네? 그런 얼굴이었다.

음악실에 나란히 앉아 도란도란 이야기를 나누었다. 해가 차츰 건물 너머로 넘어가며 노을이 지고 하늘이 점점 보랏빛으로 물들더니 어스레한 달빛이 큰 창으로 새어 들었다. 별은 보이지 않고 어둑한 하늘만 보였다. 텅 빈 학교가 고요했다. 소리를 지르면 건물 어딘가에 부딪쳐 되울려 올 것 같았.

창문 난간에 몸을 기대고 선 선재가 학교 전경을 내려다봤다. 피아노 의자에 앉아 달빛을 받은 선재를 물끄러미 보았다. 달빛이 선재의 얼굴을 밝혔다. 조금 길어진 앞머리가 속눈썹에 살짝 닿았다. 무슨 생각을 하는지 선재의 얼굴에 점점 미소가 번지는 게 보였다. 한쪽 볼이 움푹 들어가며 보조개가 생겼다.

"무슨 생각을 하는데 갑자기 웃어?"

"응?"

웃는 얼굴로 돌아본 선재가 아, 하는 소리를 내며 창문 난간에 기대고 있던 몸을 떼어 내곤 천천히 내 쪽으로 걸어왔다.

"네 생각 했지."

같은 공간에 있는데 내 생각을 하며 웃었다니, 뭔가 간지러운 말이라 어깨를 으쓱 올렸다.

"자습 빼먹으면 인혁이랑 종종 여기 왔거든. 인혁이는 피아노 치고 나는 음악 듣고. 저기 기대서 창밖을 내다보면 강당이랑 급식실이 한눈에 보이는데 볼 때마다 매번 네가 생각났어."

바로 앞에서 발을 멈추고 선 선재가 조심스레 내 머리를 쓰다듬었다.

"지금 생각해 보면 그땐 진짜 네 생각만 했던 것 같아."

내 생각만 했다니. 이것도 어쩌면 고백인 건가. 싱긋, 상큼하게 웃고 싶었는데 헤벌쭉 입이 벌어졌다. 좋은 마음이 잘 안 숨겨졌다. 류선재, 왜 이렇게 감정 표현이 솔직해. 괜히 선재를 탓하며 입꼬리를 꾹꾹 눌러 내렸다.

기다란 피아노 의자의 남은 공간에 선재가 다리를 벌리고 앉았다. 피아노 덮개에 팔을 올리고 턱을 괴더니 내 얼굴을 빤히 들여다봤다.

"너 방금 어떻게 그런 말을 아무렇지 않게 하지, 뭐 그런 생각 했지?"

"어, 귀신……."

무섭다는 듯 눈을 동그랗게 뜨자 선재가 가벼운 웃음을 지었다.

"너무 긴장되고 떨려서 이가 시린 느낌 알아? 가슴이 막 터질 것처럼 뛰고 몸이 떨리는 느낌."

음, 하고 눈을 굴리다가 고개를 갸웃였다. 선재와 있으면 항상 가슴이 두근거렸다. 불쑥 뱉은 고백이나 입맞춤에 심장이 너무 뛰다 못해 너덜너덜해지는 것 같은 느낌이 들 때도 있었다. 북처럼 쿵쿵 울리기도 했고 달달 진동하듯 전율이 흐르기도 했다. 그런 느낌을 말하는 건가. 가만 눈을 맞추던 선재가 입을 열었다.

"널 생각하면 그래."

"……어?"

"너를 생각하면 긴장이 돼서 미칠 거 같고, 죽을 거 같고 그래."

두 손을 무릎 위에 올리고 눈만 끔벅였다. 입에서 흘러나온 말과 달리 물끄러미 시선을 던지는 선재의 얼굴에는 여유가 있었다. 편안하고 어딘가 나른해 보이기까지 했다. 긴장감이라고는 하나도 찾아볼 수 없었다. 믿을 수 없는데, 그런 말을 입 속에서 굴리다가 삼켰다.

"안 믿네. 진짠데."

마음의 소리라도 듣는 거니. 나는 아무런 말도 안 했는데 마치 듣기라도 한 것처럼 선재의 입에서 튀어나온 소리가 내 생각과 족족 맞아떨어졌다. 장군신이라도 모시는 건가. 그런 쓸데없는 생각을 하며 선재와 같은 모양새로 피아노 덮개 위에 팔을 올리고 턱을 괴었다.

"믿어. 내가 왜 널 안 믿어?"

"언제까지 믿어 줄 건데?"

"음…… 일흔까지?"

"그럼 우리 일흔까지는 만나는 거네."

너무나 멀게만 느껴지는 나이에 싱거운 웃음이 터졌다. 선재는 왼쪽 팔로 턱을 괴고, 나는 오른쪽 팔로 턱을 괴고, 비슷한 각도로 기운 얼굴 사이로 웃음이 흘렀다.

"솔아."

"응?"

"미래의 나는 여전히 널 사랑하고 있을 거야."

"……."

"네가 그랬던 것처럼."

턱을 괴고 있던 팔을 피아노 덮개 위에 내려놓고 한쪽 얼굴을 묻은 선재가 무릎 위에 올려 둔 내 손을 잡고 만지작거렸다. 손가락 마디를 하나씩 잡고 어루만지는 손길이 간지럽다.

"난 무조건 너야."

아래를 향해 있던 선재의 눈동자가 천천히 올라오더니 내 두 눈에서 멈췄다.

달빛이 기울고, 그 빛에 눌린 듯 고개가 천천히 아래로 떨어졌다. 입술 사이에 선재의 입술을 머금고 숨을 참았다.

몇 초간 붙이고 있던 입술을 떼어 내자 선재의 손이 목으로 올라왔다. 목덜미를 그러잡는 것 같더니 제 쪽으로 당겨 가져갔다. 떨어졌던 입술이 가까워지고 다시금 붙었다. 도톰한 입술을 물었다. 포개어 문 입술이 촉촉하게 젖어 갔다. 맞붙은 입술을 벌려 틈을 만든 선재가 그 사이로 혀를 밀어 넣으며 들어왔다. 따뜻한 숨이 닿았다. 깊게 얽히는 혀에 어깨가 올라갔다. 선재의 손이 머리를 감고 나른하게 쓰다듬는다. 입 속을 헤집는 선재의 혀를 감고 부드럽게 빨아 당겼다.

얼마간 붙어 있던 입술을 떼고 시선을 맞췄다. 여전히 피아노 덮개에 머리를 대고 있던 선재가 상체를 세워 앉았다. 내려다보던 시선이 올라갔다. 흐트러진 머리카락을 빗어 정리해 주던 선재가 입을 맞추기 전 뱉었던 말을 뒤이었다.

"네가 시간 여행을 오기 전의 우리가 어땠든 간에."

물끄러미 선재의 얼굴을 보았다. 말을 뱉는 선재의 입술이 예뻤다.

"아무튼 우리는 만났을 거야."

눈썹을 쓱, 문지르고 턱을 받친 선재가 그렇지? 하는 얼굴로 고개를 숙이고 눈높이를 맞췄다. 회중시계를 줍기 전의 세상엔 선재가 없었다. 선재가 없다는 그 빈자리도 기사를 통해 느껴야 했다. 기자가 쓴 짤막한 활자를 통해서, 사진을 통해서, 댓글을 통해서. 막연하게 느끼는 감정이었다. 빈자리보다는 없다는 말이 더 와닿는 공허였다. 그런 세상에서 어떻게 되었든 간에 아무튼 우리는 만났을 거라고 말하는 선재를 보고 있자니, 괜스레 코끝이 찡해졌다. 마음속 어딘가에서 물결이 이는 것 같더니 울컥, 감정이 동요했다. 입술을 내밀고 미간을 좁히자 선재의 눈이 동그래진다.

"울어?"

얼굴을 뒤로 빼고 고개를 저었다. 아니, 안 우는데, 하고 뱉는 목소리가 볼품 없이 갈라졌다. 누가 봐도 울음에 떨리는 목소리였다. 고개를 푹 숙이고 손톱을 문질렀다. 엄지를 꾹꾹 누르며 눈물을 삼키는데 눈시울이 뜨겁게 달아올랐다.

"야, 왜 울고 그래. 울지 마."

선재가 두 팔을 벌려 나를 꼭 안았다. 애써 울음을 참느라 찡그린 얼굴이 선재의 품에 파묻혔다. 울지 마, 라는 말에는 더 울어, 라는 마법이 걸려 있다고 믿는 사람이 나였다. 울음이 솟구치더니 결국엔 터졌다.

"으, 흐엉."

소리 내 울자 선재가 등을 토닥였다. 으엉, 하는 소리가 안 멈췄다. 선재의 옷을 눈물범벅으로 만들고 있는 중이었다. 느리게 등을 토닥여 주는 선재의 어깨가 이따금씩 흔들리는 게 선재도 우는 건가 싶었다. 얼굴을 뒤로 빼고 선재의 얼굴을 올려다봤다. 그런데 선재가 웃고 있었다. 웃음기 어린 선재와 눈이 마주쳤다.

"너, 왜 웃어?"

우느라 숨을 헐떡이며 어렵사리 말을 뱉었다. 그러자 이젠 치아까지 드러내며 환하게 웃었다. 뭐가 그렇게 재미있는지, 웃음을 못 참는 얼굴이었다. 눈썹을 찌푸리고 얼굴을 더 뒤로 뺐다.

"뭐야, 왜, 왜 웃냐고."

"아니, 귀여워서."

"이게, 이게 귀여워?"

"응."

선재가 웃는 얼굴로 내 뺨을 문지르며 눈물 자국을 닦아 주었다.

"귀여워 죽겠어."

울고 있는데 귀엽다니. 손등으로 눈물범벅이 된 얼굴을 쓸어 닦았다. 울음 때문에 찌푸려진 눈썹이 좀처럼 안 펴졌다.

"너무 귀여워서 아무도 안 봤으면 좋겠다."

벅벅 눈가를 문지르다가 손을 내리고 선재를 보았다. 진심인가, 싶었는데 진심인 것 같았다. 류선재 이거, 은근 직진남일세, 생각하며 입술을 삐죽였다. 눈을 맞춘 선재가 소리 없이 웃었다. 웃음기 어린 선재의 얼굴이 너무 맑다. 그 맑음이 마음으로 스며드는 것 같았다. 새어 드는 달빛에, 가만 불어와 닿는 숨에, 사랑스러운 온기가 은근하게 배어 있었다.

□ ■ □

녹화가 있는 날이라 방송국을 분주하게 뛰어다녔다. 무대 소품을 나르기로 했던 아르바이트생이 연락도 없이 안 오는 바람에 심원준과 내가 뜬금없이 몸을 쓰고 있었다. 의자를 나르고 자리를 정리했다.

"하…… 담배 말리네……."

털썩, 의자에 몸을 늘어트리고 앉은 심원준이 고개를 뒤로 젖혔다. 세트 천장을 멍하니 보다가 고개를 내리고 의자 줄을 세우는 나를 보았다.

"솔이 씨, 뭐 안 마실래요?"

"지금요?"

심원준이 고개를 끄덕였다. 내가 좋다고 대답하는 즉시 뛰어 나갈 기세였다.

"다 한 거 같은데."

전체를 훑는 듯 두리번거린 심원준이 의자에서 일어나 출구를 향해 고개를 꺾었다. 갑시다, 그런 얼굴이었다. 숙였던 허리를 펴고 망설이다가 고개를 끄덕였다.

나는 자판기에서 식혜를 뽑아 마시고 심원준은 먼발치에서 담배를 피웠다. 마지막 연기를 내뱉은 심원준이 쓰레기통에 꽁초를 버리고 손을 휘휘 저어 연기를 날렸다. 다가온 심원준에게 식혜를 건넸다.

"어? 내 것도 뽑았어요?"

"네."

"앗, 잘 마실게요."

심원준이 식혜를 흔들며 씩 웃었다. 흡연 구역이 지하 주차장과 연결된 통로 바깥쪽에 위치하고 있어 지하 1층에서 엘리베이터 버튼을 누르고 기다렸다. 심원준은 얼마 전 김명혁 피디에게 소개팅을 시켜 줬다가 며칠째 김명혁 피디의 전화에 시달리고 있다고 그랬다. 그의 눈 밑이 부쩍 어두워진 것 같다고 느끼던 찰나였다.

"진짜, 죽을 거 같아요. 잠 좀 자려고 하면 전화 온다니까요? 연애를 글로 배웠나 봐."

질린다는 얼굴로 한숨을 뱉는 심원준의 모습에 소리 없이 웃었다.

"전화해서 뭐라고 하는데요?"

"뭐 좋아하냐, 식당은 예약하고 가야 하냐, 분위기 좋은 곳 아냐, 자기가 삼겹살 맛집은 꿰뚫고 있는데 사귀지도 않는 여자랑 갈 만한 곳은 아닌 것 같다면서."

그냥 알아서 하세요, 하고 끊을 법도 한데 심원준은 그 물음에 하나하나 다 답을 해 준 모양이었다. 말은 저렇게 툴툴거리며 해도 술자리에서 김명혁 피디가 취하면 제일 먼저 그의 가방을 챙겨 들고 부축하는 게 심원준이었다. 김명혁 피디가 취할 때면 심원준도 취해 있다는 게 문제라면 문제였지만. 다음 날 서로 다정하게 해장 메뉴를 고민하고는 했다.

엘리베이터 문이 열렸다. 심원준의 이야기에 호탕한 웃음을 터트리며 몸을 돌렸다가 굳었다. 먼저 엘리베이터 안으로 발을 들인 심원준이 머리 위에 물음표를 띄우고 나를 보았다.

"솔이 씨, 안 타요?"

"아…… 타, 타야죠."

눈동자가 세차게 흔들렸다. 심원준의 오른쪽에 서 있는 게 서윤재, 그 뒤에 우현성, 그의 왼쪽엔 권성준, 그 옆에는 모르는 얼굴이 몇 있고 엘리베이터 왼쪽 벽에는 백인혁이 붙어 있었다. 그리고 그 앞에 선재가 서 있었다. 엘리베이터 안을 흔들리는 눈동자로 쓱 훑는데 그들 모두와 눈이 마주친 듯한 느낌이 들었다. 어떤 긴장으로 가슴이 막 두근거렸다. 심원준이 열림 버튼을 누른 채 눈을 맞췄다.

"솔이 씨?"

"아, 네."

조심스레 엘리베이터 안으로 발을 들였다. 문이 닫히자 좁은 공간에 숨이 턱 막히는 것 같다.

"뭐야, 개명했어? 춘백 아니었어?"

고개를 길게 뺀 서윤재가 누군가를 보며 물었다. 서윤재의 뒤에 있던 우현성이 손을 내밀어 그의 입을 막았다. 서윤재가 머리를 빼려는 듯 몸을 꿈틀거렸다. 그 움직임에 작은 공간이 조금 소란스러워졌다.

꼴깍, 침을 삼키고 눈동자만 열심히 굴리는데 무언가가 손끝을 스쳤다. 그대로 얼어 버렸다. 툭, 툭, 손가락을 치더니 손가락 끄트머리를 움켜쥐었다. 정면을 바라본 채 눈을 내렸다. 옆에 선 선재가 어깨를 엘리베이터 벽에 기댄 채 천연덕스러운 얼굴로 내 손을 잡고 있었다.

나만 초조하니, 지금?

바짝 입술이 말랐다. 손가락을 꿈틀거리며 뺐다. 그러자 벽에 머리를 대고 바뀌는 층수를 보던 선재가 눈을 맞춰 왔다. 얼굴을 최대한 정면에 고정하고 눈동자를 사납게 굴렸다. 선재가 입술을 샐그러트리더니 손가락을 뻗어 손등을 간질였다. 헛, 하는 소리가 입 밖으로 튀어 나갔다. 엘리베이터 상부에 붙어 있는 모니터를 보던 심원준이 고개를 돌리고 나를 보았다.

"왜요?"

"예? 아, 아니요?"

고개를 갸울인 심원준이 할 말이 생각난 듯 입을 열었다.

"아, 맞다. 오늘 출연자 프로필 봤죠? 진짜 장군신 그런 게 있나."

"자, 장군신이요?"

"네. 그 사람이 그 신 모신다잖아요."

"아……."

글쎄요, 하는 말을 나지막이 뱉으며 힐끗 뒤를 살폈다. 우현성이 충격 먹은 얼굴을 하고 있었다. 엘리베이터 문이 열렸다. 심원준과 내가 내려야 할 층수였다. 내가 내리기 전 슬쩍 머리를 가깝게 붙여 온 선재가 내 귀에만 들릴 정도의 작은 목소리로 말했다.

"마음에 안 들어."

심원준이 먼저 걸음을 떼고 내가 뒤이어 걸어 나갔다. 천천히 닫히는 문 안에서 나누는 대화 소리가 선명하게 들렸다.

"야, 내가 안 들리게 조심하라고 하지 않았냐."

"조심하는 것처럼 안 보였어요?"

"이게?"

백인혁의 웃음소리를 마지막으로 소리가 잘렸다. 심원준의 뒤를 쪼르르 따라가며 눈을 휘어 내렸다.

□ ■ □

유난히 힘든 하루였다. 퇴근이 늦어 그런지 버스 안이 한산했다. 빈자리에 앉아 창문에 머리를 기댔다. 어두운 풍경이 창문 너머로 스쳐 지나갔다. 불 꺼진 상점의 간판, 횅한 공터, 마른 나뭇잎이 가지에 매달려 있는 나무들. 점점이 스쳐 가는 가로등 불빛을 보다가 눈을 감았다.

해가 넘어가는 하늘에 서로 다른 빛깔이 넓게 퍼져 있었다. 달이 떠오른 곳 주변엔 푸른 어둠이, 해가 넘어가는 곳 주변엔 새빨간 석양이 번졌다.

시선을 옮길 때마다 다른 빛을 품고 있는 풍경에 마음이 일렁였다. 낮과 밤이 섞이는 시간, 서로를 모를 태양과 달이 서로를 느끼는 순간. 해가 완전히 넘어가고 나면 주변은 온통 짙은 어둠으로 물들 것이다.

가로등 빛이 흩어졌다. 도로의 끝과 하늘이 맞닿은 곳에 낮의 순간을 거두어 가는 햇빛이 선연하게 남아 있었다. 나는 육교에 멀거니 서서 그 풍경을 바라보았다. 아래로 길게 이어진 도로는 텅 비어 있고 줄줄이 심어진 가로수에는 별이 걸려 있었다. 그 별을 보는 순간 꿈인가, 하는 생각을 했다.

"야, 춘백."

어디선가 선재의 목소리가 들렸다. 소리가 난 곳을 돌아보았다. 교복을 입은 선재가 쇼핑백을 손목에 걸고 다가왔다. 선재의 눈이, 입술이, 손이 가까워졌다. 바로 앞에 걸음을 멈추고 선 선재가 쇼핑백을 건넸다. 말없이 그것을 받아 들고 안을 살폈다. 시집 한 권이 들어 있었다.

"뭐야?"

"보니까 네가 생각나서 샀어."

두 손으로 쇼핑백을 들고 안을 들여다보다가 시선을 발아래로 옮겼다. 발 끄트머리에서부터 천천히 몸을 훑었다. 운동화가, 쨍한 분홍색의 양말이, 감색 교복 치마와 조끼, 재킷이 눈에 들어왔다. 고개를 들어 선재를 보았다. 어딘지 무감해 보이는 얼굴이 고등학생 때의 선재와 똑같았다.

"왜 내 생각이 났는데?"

무표정하게 눈을 맞추던 선재의 뺨이 갑작스레 붉어졌다. 붉어진 뺨으로 가만 마주 보더니, 느지막하게 입을 열었다.

"좋아하니까."

덜컹, 버스가 속도를 줄이지 않은 채 방지 턱을 넘어 머리가 흔들렸다. 그 바람에 번뜩 눈이 떠졌다. 눈을 비비고 뺨을 문질렀다. 히터를 세게 돌리는지 코가 꽉 막히고 피부가 건조했다. 살짝 창문을 열고 두 손을 다리 위에 올리는데 무언가가 걸렸다.

고개를 내리고 보니 블루투스 이어폰 케이스가 놓여 있었다. 내 거 아닌데. 누가 떨어트렸나, 하며 주위를 두리번거리다가 익숙한 얼굴을 발견했다. 마스크를 올려 써서 눈만 보였지만 단번에 알 수 있었다.

선재?

대각선 의자에 앉은 선재가 창문에 머리를 기댄 채 나를 보고 있었다. 쟤가 왜 여기 있지, 그런 생각으로 눈을 크게 떴다. 나를 가만 보던 선재가 손가락으로 귀를 콕콕 가리켰다.

귀? 귀에 뭐 묻었나, 하며 귓불을 만지작거리는데 선재가 고개를 저었다. 핸드폰을 들고 손가락을 움직이는 것 같더니 주머니에서 핸드폰이 진동했다. 자세를 고쳐 앉고 핸드폰을 꺼내 메시지를 확인했다.

[이어폰 껴 봐.]

메시지를 확인하고 힐끗 뒤돌아봤다가 다시 자세를 바로 하고 이어폰을 꺼내 귀에 꽂았다. 띠링, 하는 연결음 소리가 들렸다. 뭐 하는 거지, 하며 눈을 끔벅이고 있는데 음악이 흘러나왔다. 핸드폰이 진동했다.

[내 마음.]

선재가 보낸 세 글자를 가만 보다가 핸드폰 불빛을 끄고 창문에 머리를 기댔다. 잔잔한 선율이 흘렀다. 나도 아는 곡이었다. 이문세가 부른 '그대' 였다.
　― 아마도 나는 그대를 무척 좋아하나 봐
　고개를 돌려 선재를 보았다. 창문에 머리를 기대고서 나를 보고 있었다. 엄지로 핸드폰 액정을 문지르다가 화면을 켜고 메시지를 입력했다.

[옆으로 올래?]

메시지를 보내고 몇 초 지났을까, 의자 옆이 묵직하게 가라앉았다. 괜히 실없이 웃음이 터져 미소를 지으며 선재를 보았다. 선재의 얼굴에 선연한 웃음이 걸려 있었다.
　한쪽 이어폰을 빼 선재의 귀에 꽂았다. 이어폰을 한쪽씩 나누어 끼고 음악을 들었다. 선재가 손가락을 엇갈리게 맞추어 잡았다. 엄지로 선재의 손등을 쓱쓱 문질렀다.
　살짝 열어 둔 창문으로 바람이 불어 들었다. 바람을 따라 머리카락이 날렸다. 선선한 바람이었다. 잔잔한 음악이 흐르고, 마음을 울리고, 지금 눈에 담기는 풍경, 느껴지는 온기, 이 모든 순간이 하나의 기억으로 스며들었다.

□ ■ □

선재는 소파에 등을 기대앉고, 나는 선재의 다리를 베고 누워 영화를 봤다. 눈을 부릅떠도 오래 못 가 눈꺼풀이 무겁게 내려앉았다. 누가 속눈썹에 아령만큼 무게가 나가는 면봉이라도 올려 둔 것 같았다. 아무리 눈꺼풀을 올려도 영업시간이 끝난 상점의 셔터처럼 아래로 내려왔다.

졸음을 몰고 오는 영화, 하품 유발하는 영화, 그런 평가를 받은 영화였다. 왜 이런 지루하고도 따분한 영화를 보고 있느냐, 하면 그건 선재가 영화 블루레이를 들고 찾아왔기 때문이었다. 내가 선재의 생일날 선물했던 블루레이였다.

세상에, 이거 내가 준 거 아니야? 하고 입을 벌리자 선재가 고개를 끄덕이며 케이스를 열었다. 아니, 나는, 이거 너 잠 안 올 때 보라고 선물한 건데, 하며 기어들어 가는 목소리로 말했으나 선재의 귀에 도달하지 못한 것 같았다.

그런데 선재의 손에 있는 블루레이보다 더 놀라운 것이 있었다. 외투를 벗은 선재를 보고는 나도 모르게 소리를 질렀다. 생일 선물로 줬던 니트를 입고 있었다. 굵은 꽈배기 짜임이 들어간 오트밀 색상의 니트. 심지어 내가 선재에게 옷을 선물했다는 것조차 잊고 있었다. 선재의 열여덟 살 생일을 축하하며 산 옷이었는데, 해진 구석이 하나도 없이 말끔했다. 두 손으로 입을 가리고는 대박, 이거 왜 이렇게 새 옷 같아? 하고 묻자 선재가 머쓱하게 웃으며 말했다. 오늘 처음 입었어, 하고.

머리를 쓰다듬는 손길에 몸이 더 나른해졌다.

"난 이 장면이 이해가 안 가더라."

선재의 목소리가 물속에 잠긴 것처럼 들렸다. 웅웅, 울리는 소리에 눈을 느리게 감았다가 떴다. 정신을 차리려고 해도 누가 머릿속을 헤집어 놓은 것처럼 어수선했다. 대답이 없는 게 이상했는지 선재가 상체를 숙이고 고개를 내려 나를 보았다. 갑자기 드리운 그림자에 눈을 부릅떴다.

"자?"

"아니?"

"자고 있었잖아."

"안 잤는데?"

자세를 고쳐 누우며 선재의 허벅지에 귀를 대고 머리를 비볐다. 아무리 봐도 재미있는 구석이라고는 하나도 없는 영화인데, 자세조차 흐트러트리지 않은 채 보고 있는 선재가 신기했다.

"선재야, 영화 재밌어?"

"그냥 그래."

"이거 댓글 보니까 사람들이 수면 유도제라고 그러던데. 넌 잠 안 오니."

"응."

대단한 녀석……. 슬그머니 손가락을 올려 눈꺼풀을 고정했다. 그래도 선재가 함께 보자고 챙겨 온 건데, 심지어 내가 선물한 건데, 자 버리기엔 뭔가 찜찜했다. 전쟁터에 전우를 혼자 남겨 두고 돌아선 기분이랄까. 이런 재미없는 영화를 선재 혼자 보게 할 수는 없었다.

지루한 장면이 연달아 지나갔다. 바닷가에 앉아 조개를 줍고 기타를 치는 장면들이 배경 음악도 없이 나왔다. 차라리 동적이지 않은 장면에 매우 동적인 배경 음악을 깔아 넣었더라면 덜 졸렸을까, 하는 생각까지 했다. 바닷가에서 벗어나지 않는 영화의 장면을 멍하니 보며 '오 필승 코리아'를 상상했다. 그럼 까무룩 잠이 들다가도 박수를 칠 것 같은데.

끔벅끔벅 눈을 움직였다. 감았다 뜨기를 반복하는 움직임이 조금씩 둔해졌다. 그러다 감고 있는 시간이 점점 길어졌다. 소리가 아득하게 멀어지고 의식이 흐릿해졌다. 오, 필승, 코리아, 하고 띄엄띄엄 생각하다가 정신을 놓았다.

물에 잠기는 듯, 가라앉는 듯, 잠에 취해 의식이 몽롱한 와중에 노랫말 같은 어떤 말소리를 들은 것 같았다. 잠깐 눈을 떴는데 달빛이 흐린 건지, 의식이 흐린 건지, 희미한 시야에 느리게 눈을 끔벅이다가 감아 버렸다.

망막한 어둠에 잠시 눈이 멀었다. 새카만 사위를 끔벅끔벅 바라보다가 눈동자를 굴렸다. 어둠에 눈이 익을수록 옆으로 늘어진 형체의 선이 선명해져 갔다. 귀에서 턱으로 이어지는 선, 도도록하게 솟은 입술, 콧등의 줄기, 고운 눈매, 기다란 눈썹. 어둠에 잠긴 공간만큼이나 검은 눈동자가 나를 바라보고 있었다.

"깼어?"

"……어, 나 잠들었어?"

"응."

두리번거리며 주위를 살폈다. 선재의 다리를 베고 소파에 누워서 본 영화의 장면이 마지막 기억이었다. 잠든 사이 선재가 옮긴 것인지, 나와 선재는 바닥에 누워 있었다. 이불이 목까지 올라와 있었고 선재의 팔이 내 머리를 받치고 있었다. 얼마나 잠들어 있었는지는 몰라도 선재의 팔이 꽤나 아플 것 같았다.

선재의 품에서 몸을 떨어트리며 머리를 들자 선재가 팔로 내 머리를 감아 당겼다. 떨어트린 몸이 다시 쏙 선재의 품을 파고들었다. 힐끗 눈을 올려 선재를 보았다.

"팔 안 아파?"

"응. 하나도."

집 안이 고요했다. 티브이는 꺼져 있고 귀를 기울이면 시계 초침이 자리를 옮기는 소리가 들렸다.

"몇 시야?"

"아마도, 3시?"

영화를 보기 시작한 게 밤 11시였다. 초반부터 지루해서 영화를 집중해 본 시간이 채 한 시간도 안 됐다. 대체 그럼 나는 몇 시간을 잠들어 있었단 말인가. 어둠에 익은 눈으로 선재를 보았다. 선명하게 빛나는 눈이 왠지 자다 깬 것 같지 않았다.

"넌 안 잤어?"

"응."

"왜?"

"잠이 안 와서."

새벽 3시인데? 그런 말을 뱉으려다가 삼켰다. 입술을 꾸물거리다 꾹 물고는 선재의 허리를 안았다.

"아직도 불면 있어?"

"뭐, 가끔."

선재의 손이 머리카락을 조심스레 스쳐 간다.

"그런데 아직도, 라니. 내가 잠 못 잔다고 떠들고 다녔어?"

"……어, 아니? 종종 다른 사람들이 너 잘 못 잔다고, 그렇게 말 하던데?"

"그랬어?"

"응."

선재의 어깨에 머리를 대고 선재가 내쉬는 숨을 가만 느꼈다. 선재의 호흡을 따라 올라왔다가 내려가는 가슴에 머리가 같이 움직였다.

"항상 이렇게 못 자는 거야?"

"뭐, 그렇지."

"눈을 감아도 잠이 안 와?"

"응."

담담한 목소리에 핑, 눈물이 돌았다.

'아무 이유 없이 우울할 때가 있었어. 잠이 안 와서 멍하니 천장을 보고 있으면 네가 생각났어. 그럴 때 생각했어. 이 우울은 너의 부재로부터 왔다고.'

'내가 할 수 있는 거라곤 너와 보냈던 시간을 되새기는 것뿐이라서 꿈에서라도 너를 만났으면 했어. 꿈에서 너를 만나면 너와의 다른 시간이 생길 테니까. 그런데 내가

'내 꿈에 찾아온 적은⋯⋯.'

'불면을 너로 버텼어. 그대 내가 가장 선명하게 떠올라서.'

선재가 했던 말이 하나하나 떠올랐다. 눈시울이 뜨거워지더니 쭉, 선을 그으며 눈물이 떨어졌다. 흐느끼는 소리가 잇새로 새어 나갈까 봐 입술을 꾹 물어 봉쇄했다. 목구멍이 뜨겁게 막혀 왔다.

무슨 말이라도 하고 싶었는데 입을 여는 순간 막무가내로 울음이 터질 것 같아 뱉지 못했다. 선재야, 나는 정말로 네가 그 누구보다 행복했으면 좋겠어. 나보다 더. 그런 말이 입 속에서 맴돌았다.

최근 선재는 음악 경연 프로그램에 출연해 우승을 했다. 경연에서 불렀던 노래들이 줄줄이 화제 영상으로 떠올랐다. 드라마 주제곡에도 참여했는데 주인공들이 키스를 할 때마다 선재의 목소리가 흘러나왔다. 그 때문인지 대중들에게 인지도가 높아졌고, 감자전설에도 변화의 바람이 불었다. 그런데도 선재는 종종 불면에 시달리는 모양이었다.

어깨가 축축해지는 걸 느꼈는지 선재가 머리를 쓰다듬는다. 울어? 울지 마, 하고 말했다면 못 참고 소리 내 울음을 터트렸을 것 같은데 아무런 말 없이 머리를 살살 쓸며 어루만져 주었다.

"내가 잠을 못 자서 울어?"

"⋯⋯응."

"그게 슬퍼?"

"⋯⋯그런 건 아닌데."

"그런데 왜 울어."

"⋯⋯네가 힘든 것 같아서."

얼굴을 찡그리고는 선재의 품에 얼굴을 묻었다. 가만 머리를 쓰다듬는 손길이 느껴졌다.

"자꾸 우니까 울지 말라고도 못 하겠다."

선재의 목소리를 들을 때마다 울컥, 울음이 튀어 올랐다.

"오래전부터 물어보고 싶었던 게 있었어."

"뭔데?"

"네가 시간 여행을 하기 전에 있었던 시간 말이야."

"응."

"그 시간에 내가 없었어?"

"……."

꾹 감아 내리고 있던 눈꺼풀을 천천히 들어 올렸다. 눈물로 번들거리는 시야 때문에 선재의 품이 새카맣게 보였다. 정적이 흐른다.

"나 너한테 아직 소원 말 안 했는데."

눈동자가 이리저리 흔들렸다. 상체를 뒤로 뺀 선재가 고개를 내려 나를 보았다. 얼어 버린 채 눈만 올렸다. 내 심장은 쿵 떨어져 나가 버린 것만 같은데 선재의 얼굴은 덤덤했다. 마치 오래전부터, 내가 차마 말하지 못한 이야기를 알고 있었다는 듯.

'그럼 소원 뭐 쓰게. 누구한테 쓰게.'

'춘백이한테 쓸 거야.'

며칠 전 백인혁과 함께 셋이서 노래 점수 대결을 했던 게 생각났다. 고개를 올려 선재를 보았다.

"네가 바꾸고자 했던 게 뭐야?"

어둠에 잠긴 선재의 눈이 깊다. 가슴이 두근거렸다.

"소원이야. 말해 줘. 과거로 와서 뭘 바꿨는지."

"……."

선재의 손이 얼굴에 닿았다. 엄지로 눈가를 쓱 문질러 닦더니 눈물범벅이 된 뺨을 부드럽게 매만졌다.

"말 안 해 줄 줄 알았어."

손을 뻗어 바닥을 더듬은 선재가 핸드폰을 찾아 들고 케이스를 벗겼다. 핸드폰과 케이스가 분리되자 그 틈에서 납작하게 접혀 있는 종이가 툭 떨어졌다. 선재가 종이를 주워 내게 건네주었다. 몸을 뒤집어 엎드려 누운 채 팔꿈치로 상체를 받치고 종이를 펼쳤다. 옆으로 누워 턱을 괸 선재가 핸드폰 불빛을 비춰 주었다. 익숙한 필체가 첫 문장을 열었다.

[선재에게.]

"……이거."

"네가 줬어."

어안이 벙벙해 입술이 벌어졌다. 입을 다물지 못한 채 돌아보자 선재가 고개를 끄덕였다.

"차라리 이걸 주고 가지. 어떻게 이제 나를 안 좋아한다는 말을 하고 그렇게 가 버릴 생각을 했을까."

"아니, 나는, 나름 정리가 될 거라고 생각했는데."

눈을 크게 끔벅이자 선재가 핸드폰 불빛을 얼굴 정면으로 들이밀었다. 그 빛에 눈이 부셔 얼굴을 찡그리고 눈을 감았다.

"이거 봐. 너는 나를 다시 만날 생각이 없었다니까."

"아니야. 그게 아니고, 아니, 원래 아는 사이가 아니었는데 어떻게 만날 생각을 해?"

슬그머니 눈을 떴다가 불빛이 더 가까워져 있어 눈을 찡그렸다.

"불 좀 치워."

"싫어."

"눈부셔서 아무것도 안 보여."

"사랑해. 솔아."

뜬금없는 방향으로 튀어 버린 대화에 좁게 만든 미간을 펴고 눈을 떴다. 불빛은 사라지고, 짙은 어둠 속에 선재가 있었다.

"이제 그럴 일 없겠지만, 무슨 일이 있어도 날 위해서 도망가지 마. 널 위해서라면 모를까."

"……."

"알았어?"

"……도망간 거 아니야. 돌아간 거지."

"아무튼 나 차고 갔잖아."

"……그렇지."

"그렇지는 또 뭐야."

"……아닌가."

툭, 선재의 웃음이 터졌다. 눈을 동그랗게 뜨고 선재를 보았다.

"뭐야. 왜 웃어?"

"그냥. 좋아서."

"별게 다 좋네."

선재의 허리를 꼭 끌어안았다. 선재의 품에 얼굴을 묻은 채 눈을 감았다. 흰눈이 난분분하게 흩어지는 모습이 검은 풍경 속에 나타났다. 그게 꼭 선재와 나를 잇는 계절 같았다. 온몸으로 스며드는 선재의 온기에 마음이 달떴다.

"김춘백."

"응?"

"너의 이름이 있던 날들을 잊지 않을게."

"그게 언제인데?"

"네가 갑자기 학교 운동장을 가로지르고 달려와 선재 업고 튀어라고 했던 날과 네가 김춘백이어서 전화를 받지 않았던 날. 내가 모르는 시간 속에서 네가 나를 보았던 날. 그 모든 날의 너를."

고개를 들어 선재와 눈을 맞췄다.

"다신 나 버리지 마."

내가 언제 너를 버렸어. 그런 말을 하려다가 삼켰다. 선재의 얼굴이 고요한 새벽처럼 깊었다.

"너를 사랑해."

마주 본 선재의 눈동자가 깊이를 가늠할 수 없이 찬란해 보였다.

하나의 순간을 평생 간직할 수 있다면, 그게 지금이었으면 했다. 선재의 불면을, 그런 밤을 함께 나누는 이 시간을 간직하고 싶었다. 불면의 밤, 서로의 눈을 마주 보는 이 순간을. 따뜻한 숨이 닿는 지금을. 마음에 서로가 고여서, 결국에 내 안에 너 하나만 남는, 너밖에 없는 오늘을.

선재의 눈이 느리게 움직였다. 두 팔에 나를 꼭 안더니 옅게 숨을 내쉬었다.

"잠 온다."

느른한 목소리가 귀를 간질이고, 선재의 허리를 꼭 안은 채 가슴팍에 머리를 묻었다. 콩닥콩닥, 하는 소리가 귀에 울렸다.

한참을 그 소리에 귀를 기울이다가 나지막이 목소리를 뱉었다.

"선재야, 네 심장 뛰는 소리가 들려."

선재의 대답 대신 새근거리는 숨소리가 들려왔다. 보드랍고 연한, 고른 숨소리가.

에필로그.

영
원
의　기
록

[#감자전맛집]

[여기로 오면 돼]

[솔 오고 있어? 도착할 때 되면 연락 줘. 내가 데리러 나갈게.]

이게 선재의 마지막 메시지였다. 분명 이때까지만 해도 나를 데리러 나올 정신머리는 있었던 것 같은데. 대체 언제부터였을까. 술에 잠식당한 것은.

장판이 깔린 작은 방, 한쪽 다리가 마모된 듯 삐걱거리는 테이블 아래에 누군가 휴지를 겹겹이 쌓아 넣어 뒀다. 백인혁은 벽에 등을 기대고 앉아 전화를 받지 않는 서윤재에게 자꾸만 통화 연결을 시도하고 있었고, 우현성은 찢어 놓은 감자전을 집어 먹으며 무심하게 우리를 봤다.

우리, 그러니까 선재랑 나. 이곳에 도착한 내가 선재를 보자마자 뱉은 첫마디는 '취했네.'였다. 선재는 술을 마시면 얼굴이 붉어지는 대신 오히려 하얗게 질렸다. 그리고 취기가 오르면 조금 나른한 모습이 되었는데 눈을 느리게 깜박이고 자주 턱을 괬다. 지금의 선재가 딱 그랬다. 한 손으로는 턱을 괴고 다른 한 손은 테이블 아래로 내려 자꾸만 내 손을 잡고 꼼지락거렸다.

"아, 진짜. 평소엔 앞에서 일절 티 안 내는 애가 왜 술만 마시면 저러지?"

뚫어져라 내 얼굴만 바라보는 선재를 보며 우현성이 혀를 찼다. 그러곤 혼자 잔을 들기에 난 잽싸게 앞에 있는 잔을 잡아 올렸다. 건배도 하고 같이 마시자, 그런 의미였는데 선재와 손을 잡고 있어 왼손으로 잔을 들었더니 폼이 조금 엉성하다.

"같이 안 마셔 줘도 돼."

"아아, 그래도 짠."

우현성이 못 이기는 척 잔을 부딪친다.

"윤재야, 너 왜 형 전화 안 받아? 화났냐? 어? 나는 말이야, 너를 사랑하는 마음에 그랬던 건데 진짜 섭섭해지려고 그런다."

백인혁이 몸을 웅크리고 앉아 우는소리를 낸다. 결국 서윤재의 음성 사서함까지 들어간 모양이다. 여기 오기 전에 조금 다퉜다더니, 조금이 아닌 모양이지.

술잔을 내려놓고 얼굴을 찌푸리자 곧바로 선재가 입술에 묻은 술을 닦아 주었다. 입술을 쓸고 지나가는 손가락의 촉감이 부드러운 것과 별개로 딱딱하게 굳어 가는 우현성의 낯이 신경 쓰였다.

"선재야…… 좀 작작 해……."

고개를 살짝 기울이고 속삭이자 선재가 턱을 괸 채 나를 빤히 본다. 큰 눈을 끔벅이더니, 아무것도 모른다는 얼굴을 했다.

"뭘를?"

그 순진무구한 표정에 말을 잃었다. 뭐긴 뭐야. 다른 사람 앞에 앉혀 두고 애인 몸을 만지작거리는 거지. 잡고 있는 손에 힘을 꾹 주자 아프지도 않으면서 선재가 "아아." 하며 얼굴을 살짝 찡그린다.

"아니야. 나 신경 쓰지 마."

우현성이 손을 젓는다.

"쟤가 뭐 매일 저러는 것도 아닌데."

"술만 마시면 이러는 게 문제죠. 저도 낯부끄러워요…….."

앞에서 누가 말을 하거나 말거나 신경 쓰지 않는다는 듯 선재의 시선은 내게 만 고정되어 있다. 야, 너 정말 왜 그러니…….

"너 취했어."

작게 뱉은 말에 선재가 "그런가." 하고 작게 답한다. 맞잡은 손이 선재의 몸 쪽 으로 당겨졌다. 제 다리 위에 내 손을 올려놓은 선재가 손가락을 하나하나 매만졌 다. 얼굴에만 박혀 있던 선재의 시선이 다른 곳을 향한 건 지금이 처음이었다.

손가락을 만지는 손길이 부드러웠다. 아래를 내려다보는 선재의 시선이 은 근하다. 선재의 손이 엄지부터 시작해 약지에 닿았다. 하나하나 꼼꼼하게 검수 하는 모습을 보다가 시선을 돌렸다.

"윤재랑 싸웠어?"

핸드폰을 테이블 위에 내려놓는 백인혁을 보며 물었다. 벽에 기대 있던 몸을 떼고 테이블 가까이 엉덩이를 끌어 앉은 그가 불퉁한 얼굴로 고개를 끄덕인다.

"중요한 전화 올 데 있었는데 핸드폰 숨겨 놓고 찾아보라고 하잖아. 오늘 윤 재 장난 받아 줄 기분이 아니었어. 그렇다고 뭐라고 한 것도 아니고, 그냥 몇 마디만 했을 뿐인데, 윤재 그 새끼는 정색을 하고 그래? 사람 무안하게. 아니, 그런데 생각해 보면 내가 완전 억울한 상황이다? 형, 형은 아까 봤지?"

"응. 그런데 네가 아까는 조금 직선적으로 말하기는 했어. 윤재가 원래 마음 이 여린 편이잖아."

수긍한다는 듯 고개를 끄덕이면서도 우현성은 다른 말을 했다. 백인혁이 "허." 하며 입을 벌린다. 현장에 있던 우현성이 제 편을 들어 주지 않아 서운한 눈치였다.

그렇게 대화를 이어 가고 있을 때 선재가 불쑥 잡고 있는 손을 들어 올렸다. 고 개를 돌리자 손이 선재의 얼굴로 향해 가는 게 보였다. 손등에 입이라도 맞추려는 지 고개를 살짝 숙이는 통에 화들짝 놀라며 손을 뒤로 뺐다. 다행히 힘주어 잡고 있지 않아 손이 쉽게 빠졌다. 내 손을 놓친 선재가 의아한 얼굴로 나를 본다.

선재와 내가 의견을 같이하는 부분들이 있었다. 별로 무겁지도 않은 내 가방을 남이 들어 주는 걸 안 좋아했는데, 다행히도 선재는 '네 가방 내가 들게!' 하며 설치는 부류가 아니었다. 공공장소에서 과한 스킨십을 하는 것 또한 안 좋아했고, 그것은 지인들 앞에서도 마찬가지였다. 분명 선재도 그런 타입이었는데, 지금은 아닌 것이다.

'정신 차려!' 하고 말하려는데 앞에서 강냉이가 하나가 날아온다. 강냉이가 선재의 어깨에 부딪치고 떨어졌다. 우현성이 뒤늦게 눈을 동그랗게 뜬다.

"아아, 미안하다. 손이 헛나갔어."

"하하." 하는 웃음이 우현성의 입에서 어색하게 터졌다.

"일부러 던졌으면서."

떨어진 강냉이를 주운 선재가 그것을 테이블 위에 놓는다.

"선재 술버릇이 너라는 걸 알면서도, 볼 때마다 적응이 안 된다. 쟤의 저런 모습은."

"내 말이. 진짜 정 없는 놈인데, 저런 눈깔은 어떻게 나오는 거야?"

백인혁이 반쯤 풀린 눈을 하고서 고개를 절레절레 젓는다. 원래 술버릇 같은 거 없던 선재였는데 나와 만난 후 생겼다고 했다. 취한 본인은 알 턱이 없으니 우현성과 백인혁의 증언을 통해 알게 된 사실이었는데, 선재의 술버릇은 나를 찾는 거였다.

그 버릇이 나오는 상태가 조금 애매하긴 했는데, 알딸딸하게 술이 올랐을 때와 너무 많이 마셔 정신을 잃었을 때엔 딱히 술버릇이라고 할 만한 게 없었다. 그런데 딱 그 중간의 취기를 가지고 있을 때 나를 찾는다고 했다. 그게 한 번, 두 번, 이어지다 보니 공식적인 술버릇으로 인정되었다.

선재가 다시 내 손을 가져가지 못하게 팔짱을 꼈다. 그런 나를 보는 선재의 입술이 조금 휘어 내려간다. 애써 그 얼굴을 무시했다. 선재가 싫은 게 아니라, 아직은 남들 앞에서 애정을 표현하는 게 어색했다.

선재가 앞에 있는 안주를 집었다. 그 순간 백인혁이 "어, 서윤재 이 새끼 답장 왔다." 하며 메시지를 읽어 줬다. 아까는 혼자서 씩씩거리더니, 이제는 조금 누그러진 얼굴이 되었다. 그 모습을 물끄러미 바라보고 있는데 선재가 내 앞으로 젓가락을 들이밀었다. 방금 집은 안주가 젓가락에 고이 잡혀 있었다.

입을 다물고 쳐다만 보자 선재가 내 입술 위에 안주를 가져다 댔다. 야, 하고 입을 벌리는 순간 입 안에 안주를 투척하고 젓가락을 거둔다. 대체 이게, 무슨……. 입을 다물고 황당하다는 듯 보자 선재가 작게 속삭인다.

"잘 먹는 솔이 너무 예뻐."

선재가 테이블 위에 젓가락을 놓으며 뱉은 말에 아주 잠깐 정적이 흘렀다. 속삭이듯 말했지만, 목소리가 그다지 작지는 않았다. 우현성은 대체 어떻게 반응을 해야 할지 모르겠다는 얼굴이었고, 나는 마냥 좋아할 수 없어 어색하게 웃기만 했다. 백인혁은 제 목소리에 심취한 듯 서윤재가 보내온 장문의 메시지를 쉬지 않고 읊조렸다.

"아, 안 되겠어. 그만 가자, 우리."

우현성이 고개를 절레절레 흔들며 지갑을 챙겨 들었다.

자정이 지난 시간, 원래라면 선재가 나를 바래다주고 우현성은 백인혁과 함께 가야 했는데 차마 취한 선재를 그대로 보낼 수 없었던 우현성이 택시 한 대에 네 명이 타는 방향을 선택했다.

택시를 타고 가는 길 핸드폰으로 메시지가 들어왔다. 설마 이 시간에 업무 메시지인가, 하고 본 화면에 우현성의 이름이 떠 있었다.

"어? 뭐예요?"

그렇게 물으며 메시지를 열자 누군가의 생년월시가 뜬다. 우현성이 짐짓 태연한 척 물어 왔다.

"우리 친하잖아. 그렇지?"

"네? 갑자기?"

"그거 내 생일이랑 태어난 시간이거든?"

"……."

"나 요즘 일이 너무 안 풀려. 내가 오죽하면 너한테 이러겠냐? 응? 올해 운수가 어떨 것 같아?"

미간이 좁아진다.

"아, 저 사주 못 본다니까요."

"왜? 아니, 같이 다니던 장군신은 어디 가고? 어?"

"그런 거 모신 적 없다니까……."

"너 내가 옛날에 복채 안 줘서 그렇지? 어?"

조수석에 앉은 우현성이 몸을 한껏 돌린 채 나를 봤다. 그러자 시트에 몸을 묻고 있던 선재가 두 팔로 나를 그러안는다.

"아, 왜 소리를 지르고 그래요."

선재의 한쪽 손이 내 머리를 감싸듯 올라왔다. 그대로 끌어당기더니 제 품 안에 내 머리를 쏙 가두었다.

"솔이가 아니라면 아닌 거지."

"얼씨구……."

"앞이나 봐요."

무심한 말에 우현성이 몸을 돌린다. 그러곤 창밖을 보며 "솔로 만세." 하고 혼잣말했다. 우현성은 최근 저 나름대로 길었던 연애가 끝나 진통을 겪는 중이었다. 오늘 술자리도 그래서 만들어진 거라고 했는데, 정작 취하고 싶은 사람은 안 취하고 애먼 두 사람이 취한 꼴이었다.

"어, 여기서 내려 주세요."

내릴 위치를 가리키자 택시가 그 앞에서 멈춰 섰다. 택시에 타자마자 잠든 백인혁은 내가 내리는 줄도 몰랐다. 나를 따라 내리려는 선재를 억지로 집어넣고 문을 닫았다. 우현성이 창문을 내린 채 조심히 들어가라는 인사를 전한다.

"솔아, 그런데 기, 그런 거 잘 모아 봐. 다시 오실 수도 있잖아."

"헛소리하지 말고 얼른 가요."

"다시 오시면 꼭 알려 주기다?"

"아, 정말……."

눈을 가늘게 뜨자 우현성이 손을 흔들고는 창문을 올린다. 뒷좌석으로 시선을 옮기자 창틀에 턱을 대고 나를 올려다보는 선재가 보인다. 가볍게 선재의 머리를 헝클었다.

"조심히 가, 선재야."

머리를 가만히 내어 준 선재가 흐트러진 머리카락을 정리하지 않고 여전히 나를 본다.

"들어가서 연락해. 꼭."

"응. 너도."

손을 흔들고 한 걸음 물러나자 택시가 떠난다. 멀어지는 택시를 보다가 걸음을 돌렸다.

작년, 이사를 하기 위해 이 동네 저 동네 발품을 팔며 뛰어다녔다. 후보지는 두 곳이었다. 회사와 가까운 곳과 선재의 숙소와 가까운 곳. 선재는 회사 근처가 낫지 않겠냐며 그 주변의 오피스텔을 추천했는데, 데이트 자주 하려면 숙소 근처가 낫다며 백인혁이 불쑥 끼어들었다.

개인 활동이 더해지면서 선재에게 작년은 유독 바쁜 해였다. 그 탓에 둘이서 함께 오붓하게 보낸 날이 손에 꼽을 정도였다. 선재를 자주 볼 수 있다는 이유 하나만으로도 더할 나위 없을 것 같아 숙소 근처로 이사하기로 마음을 굳혔다. 그랬는데, 선재가 차를 뽑아 버렸다. 내가 저 때문에 굳이 더 먼 출퇴근길에 오르는 게 싫다는 이유였다. 결국 은행의 도움을 받아 회사에서 멀지 않은 오피스텔에 들어가게 됐다. 선재가 보태 준다는 걸 말리느라 혼났다.

띵, 하고 맑은 소리를 울리며 엘리베이터가 도착했다. 안으로 들어가 버튼을 누르려는데 불쑥 누군가 엘리베이터로 몸을 들이밀었다. 순간 놀라 욕이 튀어나오려는데 들어온 사람이 선재였다.

"뭐야? 안 갔어?"

놀란 얼굴로 묻자 엘리베이터 문을 잡고 선 선재가 조금 거친 숨을 뱉으며 나를 본다. 뛰어온 모양이다.

"깜빡 잊은 게 있어서."

"뭐? 나한테 뭐 맡겼었나?"

그런 거 없었던 것 같은데. 고개를 숙이고 가방을 뒤졌다. 밖에서 선재를 기다리고 있을 택시 생각에 괜히 마음이 초조해졌다. 분주히 안에 있는 물건들을 헤집고 있는데 선재가 턱을 잡아 올린다. 눈이 마주칠 새도 없이 입술이 닿았다. 너무 순식간이라 눈도 못 감았다. 바로 앞에 눈을 감은 선재가 보였다. 가볍게 닿은 입술이 쪽 소리를 내며 떨어진다.

"갈게. 솔."

눈을 동그랗게 떴다. 선재는 불쑥 들어왔던 것만큼이나 불쑥 떠났다. 선재가 붙잡고 있어 닫히지 않던 문이 이내 닫혔다. 멍하니 있다가 뒤늦게 정신을 차리고 버튼을 누르는데, 어쩐지 손가락이 조금 떨리는 것 같다.

멈춰 있던 엘리베이터가 천천히 상승했다. 벽에 머리를 기대고 가만히 입술 위에 손바닥을 가져다 댔다. 오랜만에 가슴이 두근두근 뛴다.

□ ■ □

간만에 구두를 신었더니 로봇이 된 것 같았다. 나름 신경 써서 자세를 잡고 걷는데도 계단을 오르내릴 때면 삐거덕 소리가 나는 고철처럼 몸이 이상하게 움직였다. 무수히 많은 화환 앞에서 하객들을 맞이하는 김명혁이 보였다.

"피디님, 저 축이 많이 했어요."

나타나서 바로 뱉는다는 말이 이런 말인지라, 김명혁이 황당하다는 듯 웃는다. 그러나 날이 좋아 그런가, 활짝 웃으며 고맙다고 인사했다.

김명혁은 심원준이 소개해 준 여자와 2년 연애 끝에 결혼을 하게 됐다. 연애를 시작한 후 종종 줄담배를 피울 때가 있었는데, 심원준에게 전해 듣기로는 헤어질 위기이거나, 헤어진 상태라고 했다.

그러던 어느 날 덜컥 연출 팀 단체 대화방에 '나 신혼여행 갈 수 있을까?' 하는 김명혁의 메시지가 올라왔다. '피디님? 설마?' 하고 묻자 김명혁은 '응, 그렇게 됐다.' 하며 우는 이모티콘을 보냈다가 '잘못 보낸 거야.' 하며 웃는 이모티콘을 보냈다.

그 뒤로도 종종 줄담배를 피울 때가 있었는데, 그건 부동산 때문이었다. 먼 곳을 바라보면서 홀로 담배를 피우는 김명혁을 보며 심원준과 나는 집값이 비싸긴 하지, 중얼거리며 멀리서 그를 응원하곤 했다.

식장으로 들어가자 방송 업계에 오래 몸담아서 그런지 유명 인사가 몇몇 보였다. 축가는 전에 우리 프로그램 게스트로 출연했던 가수가 불렀다. 평생 너만 사랑할 거야, 영원히, 오오오, 하는 가사에 김명혁의 어깨가 들썩였다. 식장 뒤편에 서서 그 모습을 바라보던 나와 심원준은 순간 눈을 의심하며 서로를 보았다.

"피디님 지금······."

"우는 거 같죠?"

"세상에." 하는 말이 작게 흘러나왔다. 그와 동시에 하객들이 술렁이더니 막 웃기 시작했다. 흰색 원피스를 입은 어린아이가 휴지를 들고 걸어가 김명혁에게 건넸다. 김명혁이 허리를 숙여 휴지를 건네받고는 아이의 머리를 쓰다듬어 줬다. 김명혁의 결혼식은 그렇게 눈물 바람으로 끝이 났다.

식이 끝나고 나는 심원준과 뷔페로 향했다. 밥이 맛있다는 소문이 자자한 곳이었다. 식권을 내고 들어가 뷔페를 한 바퀴 돌고 자리에 돌아가자, 그사이 아는 얼굴들이 착석해 있었다.

"와아, 임 피디님 이렇게 입으니까 몰라보겠어요."

"그냥 원피스 입은 전데요, 뭐."

어색하게 웃으며 의자를 뒤로 빼고 앉았다. 축가를 들으며 울던 신랑, 하객으로 온 연예인, 결혼식에 관한 이런저런 이야기가 오갔다. 그러다 심원준이 접시 하나를 깨끗하게 비우고 두 번째 접시를 채우기 위해 자리에서 일어났을 때 누군가 화제를 내 쪽으로 돌렸다.

"피디님, 남자 친구 있다고 했던가?"

젓가락으로 연어를 집어 올리며 고개를 끄덕였다.

"그게 원준 씨는 아니지?"

순간 씹고 있던 연어가 튀어 나갈 뻔했다. 콜라를 들이켜 마시며 입 안에 든 것을 넘겼다. 내 반응이 답이 됐는지 "아아, 아니구나." 하며 말을 뱉은 사람이 관심을 돌렸다.

요즘 들어 부쩍 이런 질문을 빈번하게 받았다. 만나는 사람이 있냐고 해서 있다고 하면 연애 기간을 물어 왔고, 3년 정도 됐다고 하면 결혼해야겠네, 하는 말이 바로 넘어왔다. 그럴 때마다 나는 조금 우울한 기분이 되고는 했다. 우리 선재, 아직 군대도 안 갔는데 무슨 결혼이야…….

식장에서 나와 바로 헤어지지 않고 근처 카페를 찾는 사람들에게 약속이 있다고 한 뒤 먼저 자리를 빠져나왔다. 버스를 탈까 하다가 발이 너무 아파서 택시를 탔다. 목적지는 집이었다. 이상하게 내가 결혼을 하는 것도 아닌데 결혼식장에 다녀오면 기운이 탈탈 털려 나간 듯한 느낌이 들고는 했다.

"야, 너희 회사 사람들도 그래? 자꾸 너한테 결혼하라고?"

마침 현주에게 전화가 걸려 와 이런저런 한탄을 퍼부었다. 결혼 이야기를 듣자마자 현주가 말도 말라며 혀를 찬다. 회사 부장님부터 과장님까지 자신의 결혼에 관심을 안 갖는 사람이 없다며, 심지어 매일 아침 우유를 배달해 주는 여사님에게도 시집가라는 소리를 듣는다고 했다.

핸드폰을 귀에 댄 채 도어 록 비밀번호를 눌렀다.

"아직 서른도 안 됐는데, 왜 이렇게 결혼을 못 시켜서 안달이지?"

현관문을 열고 들어가 구두를 벗는데 신발장에 선재의 신발이 있었다. 혼자 살다 보니 집에 선재의 물건들이 하나둘 늘어 가고 있었다. 그런데 나올 때 이 운동화가 신발장에 있었는가, 하는 데에는 확신이 들지 않았다. 수화기 너머로 들려오는 현주의 목소리를 들으며 고개를 들었다.

"왔어?"

언제 왔는지, 선재가 통화 중인 나를 보며 소리 죽여 말했다. 눈을 동그랗게 뜨고 입을 벙긋거렸다. '뭐야?' 하고 소리 없이 묻자 선재가 "예쁘다." 하고 답한다.

— 어? 뭐야, 너 누구랑 같이 있어?

"어? 아, 집에 왔는데 선재가 있네."

— 어우, 뭐야. 알았어. 나중에 다시 통화하자.

"응. 연락할게."

통화를 종료하고 선재를 봤다.

"현주?"

"응. 너 언제 왔어? 오늘 촬영 있다고 하지 않았어?"

구두를 벗고 들어가 소파에 앉자 따라온 선재가 내 옆에 나란히 앉는다.

"연기됐어. 그래서 너 보려고 왔는데……."

한쪽 다리를 구부려 몸을 틀고 앉은 선재가 잘라먹은 뒷말을 느리게 덧붙인다.

"집에서 결혼하래……?"

"응?"

선재가 잠시 침묵한다. 어쩐지 조용하게만 느껴지는 시선에 눈을 깜박였다. '집에서 결혼하래?' 그 말을 곰곰이 되새겨 보다가 방금 현주와의 통화 내용을 듣고 오해한 것임을 알았다. 아, 집이 아니고 회사, 하고 말하려는데 선재가 내 손을 잡는다. 물끄러미 나를 응시하던 눈빛에 돌연 결연한 의지가 깃들더니 점점 또렷해졌다.

"인사부터 드릴까, 그럼?"

"어……?"

순간 얼빠진 얼굴이 됐다. 선재와 나의 연애 사실을 선재 부모님은 알았지만 아직 우리 부모님은 몰랐다. 이유는 깃털보다 가벼운 아빠의 입에 있었다. 아빠가 알면 친인척이 아는 것을 떠나 전국구, 아니 전 세계가 우리의 연애 사실을 알게 될 터였다.

'비밀이야, 비밀이라고. 아빠, 여기저기 말하고 다니면 그게 스캔들이 되는 거

고, 스캔들이 나면 나 막 모자이크 되어 가지고 신문 여기저기 나는 거야. 어?'

아마 그렇게 당부하면 아빠는 '당연하지, 내 딸, 아빠를 뭘로 보는 거냐!' 하며 스스로의 입에 자물쇠를 거는 시늉을 하겠지만, 며칠 지나지 않아 '김 사장, 내가 자네한테만 말해 주는 건데 말이야……, 저기 저 티브이에 나오는 저 친구가 내 사위네.' 할 것이 틀림없었다.

"아……."

내 손을 잡고 만지작거리던 선재가 픽 쓰러지듯 소파에 몸을 묻고 고개를 젖힌다.

"갑자기 긴장돼."

아니, 선재야, 왜 너답지 않게 혼자 북 치고 장구 치고 그러는 거니…….

"선재야, 네가 오해한 거 같은데……. 나 아직 집에 만나는 사람이 너라고 말 안 했어."

내 목소리에 선재의 고개가 스르르 아래로 내려온다.

"그럼 누가 결혼을 시키려고 해?"

"회사 사람들이 간섭한다는 말이었어. 얼른 시집가라, 그런 거 있잖아."

"아……."

한쪽 뺨을 소파에 댄 채 나를 올려다보던 선재가 내 네 번째 손가락을 잡아당긴다. 그러곤 손가락 마디를 쓸어내렸다.

"나는 또. 반지 살 생각부터 했네."

그 말에 픽 웃음이 터졌다. 선재가 장난스럽게 내 손가락을 입에 물고 깨무는 바람에 웃음이 금방 달아나긴 했지만.

□ ◆ □

야근에 찌든 임솔이 피곤한 기색이 역력한 얼굴로 건물을 빠져나온다. 털레털레 걷는 걸음걸이에 힘이 하나도 없었다. 운전석에 앉아 그 모습을 보던 선재의 입술이 호선을 그린다.

"오늘 힘들었다더니, 다 죽어 가네."

그 순간 이쪽을 향해 걸어오던 임솔에게 누군가 다가섰다. 어깨를 축 늘어트리고 걷던 임솔이 허리를 바로 세우며 남자를 보았고, 아는 얼굴인지 눈을 동그랗게 떴다. 그러더니 대화를 나눈다. 무슨 이야기를 주고받는지, 돌연 둘 사이에 웃음이 터졌다. 호선 형태로 올라가던 선재의 입술이 원래의 자리로 돌아갔다.

남자가 무언가를 건네고, 임솔이 그것을 받는다. 몇 마디를 더 주고받은 뒤 둘은 헤어졌다. 조수석 문이 열리고 바깥 공기와 함께 차에 올라탄 임솔이 힘없이 시트에 몸을 기대며 문을 닫았다. 달각, 소리가 울림과 동시에 바깥 소음이 잘려 나가며 차 내부가 조용해진다.

"오래 기다렸어?"

"아니. 나도 방금 왔어."

가방 하나만 들고 건물에서 나왔던 임솔의 손에 캔 커피가 들려 있었다. 그것을 발견한 선재가 몸을 살짝 튼 채로 핸들 위에 팔을 올렸다.

"빨리 끝내려고 했는데 요즘 자꾸 야근이다."

"누구야?"

"어?"

"기다리다가 봤어. 누가 말 걸던데."

"아, 우리 현장 스태프. 약속 있어서 지나가는 길이었대. 자기 마시려고 산 건데, 야근하느라 고생 많았다며 주더라고."

임솔이 대수롭지 않게 손에 든 캔을 흔든다. 그러곤 바로 마실 생각이 없다는 듯 센터페시아 아래에 설치된 컵홀더에 내려놓았다.

"응⋯⋯."

선재의 시선이 창밖으로 향한다. 이미 남자는 사라진 뒤였다.

임솔은 지나가는 길에 우연히 남자를 마주쳤다고 생각하고 있지만, 사실은 아니었다. 갓길에 차를 세우고 임솔을 기다리는 동안 선재는 건물 앞을 계속 서성이는 남자를 보았다. 누군가를 기다리는 사람의 모습이었는데, 약속이 있어서 지나가는 길이었다고 했다니. 누가 봐도 사심 섞인 의도가 다분한데.

말없이 밖을 응시하는 선재의 어깨를 임솔이 두드린다.

"왜 그래? 안 가?"

"아, 가야지."

기어를 바꾼 뒤 핸들을 돌리자 멈춰 있던 차가 부드럽게 움직인다. 선을 그으며 지내라는 말을 하기엔 자신이 너무 선을 넘는 것 같아 선재는 말을 삼켰다. 연인이라고 해서 모든 시간과 관계에 간섭할 수 없다는 걸 알았다. 그걸 아는데도, 왠지 모르게 속내가 복잡하게 얽혀 가는 듯했다.

핸들을 잡은 채 정면을 응시하는 선재의 얼굴이 임솔과 남자의 웃음이 터진 곳에서 정체되었다.

□ ■ □

[누나.]

[자꾸 내 톡 씹지 말고요…….]

[누나 내일 회사 쉬는 거 다 알거덩요? ⊙_⊙]

[누나 남친 오늘 저녁에 스케줄 있어서 안 만나는 것도 알고 있거덩요? ⊙⌒⊙]

[아니 얻어먹는다는 게 아니고 내가 산다니까? 만나 주기만 해요 좀.]

회의를 끝내고 확인해 보니 여러 통의 메시지가 들어와 있었다. 모두 권은찬이 보낸 것으로 핵심 내용은 오늘 술친구가 되어 달라는 것이었다. 며칠 전에 고백을 했다가 까였다는데, 그 후유증이 오래가는 모양이다. 얼마나 주위에 붙잡고 하소연할 사람이 없었으면 나를 찾는지. 측은한 마음이 들어 입력창을 터치하고 답장을 작성해 보냈다.

[술은 내가 산다. 나 곧 퇴근이니까 택시 타고 날아와.]

메시지를 보내자마자 답장이 도착했다.

[역시 임솔이야. ╲(ˇ ₃ˇ)╱ ♡]
[이미 회사 로비임]

핸드폰으로 액정에 뜬 메시지를 보는데 어이가 없어서 웃음이 터졌다.

대충 일을 마무리 짓고 짐을 챙겨 내려갔다. 하루 내내 목에 걸고 있던 사원증을 가방에 쑤셔 넣으며 주위를 두리번거리자 로비 한쪽에 서서 손을 흔들고 있는 권은찬이 보인다.

"대체 언제 온 거야?"

"그렇게 오래는 안 기다렸어요. 한…… 두 시간?"

입을 쩍 벌리고 쳐다보자 권은찬이 씩 웃으며 열이 잔뜩 오른 제 핸드폰을 보여 준다. 저전력 모드로 변환된 배터리가 2% 남아 있다.

"덕분에 레벨업만 엄청 했네."

주머니에 핸드폰을 넣은 권은찬이 길을 앞장선다.

"뭐야, 어디 가는데?"

"내가 또 기다리면서 맛집 검색을 마쳤지."

가벼운 걸음으로 나아가는 권은찬의 뒤통수를 보고 피식 웃었다. 우울한 낯이면 어쩌나, 무슨 위로를 해 줘야 하나 걱정이 되던 참이었는데, 의외로 밝아 보여 다행이라고 생각하며 그 뒤를 따랐다.

분명 그랬는데.

"아니, 내가 싫은 건 아니래요. 좋은데, 이게 친구로서 좋은 건지 남자로서 좋은 건지 모르겠다는 거예요."

헤실헤실 웃던 놈이 술이 몇 잔 들어가자 가면을 싹 벗어 던지고 한탄을 하기 시작했다.

"내가 싫은 건 아닌데, 괜히 사귀었다가 헤어지면 친구로도 못 지낸다고……. 후……."

거기다 취기가 올라오는지 고개를 툭 떨어트리고 한숨을 크게 뱉었다. 누가 봐도 취한 사람만이 뱉을 수 있는 숨이었다. 입바람에 권은찬의 얼굴을 가린 앞머리가 팔랑팔랑 흔들렸다.

"아니, 누나."

등을 토닥여 주자 권은찬이 퍼뜩 고개를 들고 나를 본다.

"지금 내가 자기 좋다고 고백을 한 마당에, 그럼 뭐 친구로는 지낼 수 있다는 거야? 어?"

"어, 그러게."

"아, 나 생각하니까 어이가 없네."

진짜 열이 오르는지 머리를 쓸어 넘기던 권은찬이 제 잔에 술을 가득 따른다.

"어……, 은찬아, 그 술 다 마시게?"

좀 꺾어 마셔라, 제발. 권은찬이 대꾸 없이 술을 입에 털어 넣는다. 깨끗하게 잔을 비우더니 술이 쓴지 얼굴을 찌푸린다.

"오늘 술이 참 다네요."

인상을 한껏 써 놓고 달긴 뭐가 달아. 권은찬이 다시 빈 잔에 술을 따른다. 난 재빨리 소주병을 낚아챘다.

"아니, 야, 잠깐만. 술도 약한 애가 왜 이렇게 빨리 마셔? 너 그러다 훅 간다!"

권은찬이 비장한 얼굴로 소주병을 뺏어 가며 나를 본다. 훅 간다고 했지만, 솔직히 이미 간 모습이었다.

"누나, 취하는 게 오늘 내 목표예요."

"목표를 왜 나랑 달성하려고 해? 집에 가서 너 혼자 달성해."

소주병을 다시 빼앗으려고 하자 권은찬이 "어어!" 소리를 지르며 나를 막는다.

"취중 진담을 해야겠어. 내가 오늘."

권은찬의 이마를 딱, 소리가 나게 때리고 소주병을 뺏었다. 권은찬이 이마를 문지르며 울상을 짓는다.

"너 그러면 내일 아침에 후회한다."

"후회? 나는 더 이상 잃을 게 없는 사람입니다."

제 잔은 비어 있고, 소주병은 내가 들고 있었다. 정말 잃을 게 없다고 생각했는지 권은찬이 내 앞에 놓인 잔을 가져가 마셔 버린다. 비어 버린 내 잔을 바라보며 어이없다는 듯 한숨을 쉬자 권은찬이 미간을 살짝 찌푸린 채 나를 본다.

그렇게 씩씩거리며 몇 잔의 술을 더 비운 권은찬은 결국 인사불성이 되었다.

"야, 정신 좀 차리라고!"

몸을 못 가누는 권은찬을 등에 업고 낑낑거리며 가다가 쓰러지듯 벤치에 앉았다. 족쇄처럼 어깨에 감겨 있던 권은찬의 팔이 힘없이 떨어진다. 바닥에는 권은찬이 메고 온 백팩과 입고 온 청재킷이 널브러져 있다. 차마 그의 몸에 다시 입히지도, 메 주지도 못한 채 짐처럼 이고 온 길이었다.

"아아, 은찬아……."

목표 달성 한번 완벽하게 했다. 권은찬과 함께 술을 마신 곳이 주택가였다. 길이 좁아서 택시를 잡을 수가 없어 멀대같이 큰 권은찬을 등에 업고 큰길까지 나왔다. 우선 택시를 잡아야겠다는 생각에 주머니에 손을 넣는데 아무것도 안 잡혔다.

"어, 내 핸드폰."

옷에 달린 모든 주머니를 뒤지고 가방까지 확인했으나 그 어디에도 핸드폰은 없었다. 그 순간 섬광이 번쩍이듯 카운터에 핸드폰 충전을 맡긴 게 생각났다.

"미치겠네."

권은찬의 주머니를 뒤졌다. 베이지색 면바지에 후드 티를 입고 있었는데 아무리 둘러봐도 핸드폰이 없었다. 바닥에 있는 청재킷을 주워 살피자 오른쪽 주머니에서 핸드폰이 나왔다. 그런데 아무리 액정을 터치해도 고장 난 것처럼 아무런 반응이 없다. 그러고 보니 아까 회사 로비에서 만났을 때 잔뜩 열이 올라 있던 권은찬의 핸드폰이 떠올랐다. 배터리가 2% 남아 있었는데.

"방전됐구나……. 너처럼……."

핸드폰이 제 주인의 미래를 예고해 준 건지, 아니면 주인이 핸드폰을 따라간 건지. 배터리가 나간 핸드폰을 다시 권은찬의 재킷 안에 넣고 고개를 뒤로 젖혔다.

"그러고 보니 선재한테 은찬이 만나러 간다는 말도 못 했네."

점점이 별이 박힌 하늘을 물끄러미 바라보았다.

□ ◆ □

촬영 종료와 동시에 여기저기서 인사가 터져 나왔다. 선재도 머리를 숙이며 마주치는 사람들에게 인사를 건네고 스튜디오를 빠져나왔다.

"형, 저 핸드폰 좀."

촬영이 진행되는 동안 매니저에게 맡겨 두었던 핸드폰을 돌려받은 선재가 부재중 전화와 메시지를 살폈다. 그중엔 임솔이 남긴 것도 있었다.

— 연결이 되지 않아 삐 소리 후 음성 사서함으로 연결됩니다.

귀에 대고 있던 핸드폰을 떼어 내 화면을 확인했다. 종료 버튼을 누르고 몇 번 더 통화 연결을 시도해 봤으나 모두 음성 사서함으로 넘어갔다.

[아직 회사야?]

메시지를 보내고 시간을 확인했다. 종종 늦은 시간까지 회사에 남아 있는 경우가 있기는 했으나 연락이 안 된 적은 없었다. 오히려 야근을 할 때엔 회사에 상사가 없어 전화를 더 편하게 받고는 했다. 문득 회사 건물 앞을 서성이다가 임솔에게 다가갔던 남자가 떠오른다. 선재의 미간이 좁아진다.

"아……."

대화창을 다시 열자 읽지 않음 표시가 떠 있다. 왠지 모를 불안함에 또다시 전화를 걸었다. 얼마 있다가 달칵, 하는 소리와 함께 통화가 연결됐다. 선재의 걸음이 멈칫 선다.

— 여보세요?

수화기 너머에서 들려오는 낯선 남자의 목소리에 순간 선재의 속이 복잡해진다.

"누구세요?"

조금 낮은 목소리로 내뱉자 상대편의 답이 느지막하게 넘어온다.

— 여기 술집인데요. 고객님이 핸드폰을 두고 가셨어요.

"술집이요?"

— 예예. 계산하고 가신 지 꽤 됐는데 찾으러 안 오시네요.

"……어딘데요?"

— 감자동에 있는 감감무소식이요. 계산할 때 보니까 술 많이 드셨던데.

전화를 끊은 선재의 걸음이 임솔의 핸드폰이 있는 곳으로 향했다. '야, 갑자기 어딜 간다는 거야.' 하고 걱정하는 매니저에게 '금방 올게요.' 라는 말을 남기고 급하게 택시를 잡아탔다.

위치를 검색해서 찾아간 가게는 주택가가 즐비한 골목 끝에 위치해 있었다. 문을 열고 들어가자 협소한 공간에 테이블 몇 개가 놓여 있다. 핸드폰을 찾으러 왔다고 하자 사장이 선재를 빤히 바라본다. 노골적인 시선에 쓰고 있던 마스크를 더 위로 올렸다.

"아까 같이 있던 남자분은 아닌데……. 핸드폰 주인분이랑 아는 사이인 거 맞죠?"

"……네. 맞는데, 남자랑 있었어요?"

사장이 핸드폰을 건네주며 고개를 끄덕인다.

"어어엄청 취해서 업고 나갔어요."

그 순간 저쪽 테이블에서 손님이 사장을 찾는다. 사장이 선재에게 휴대폰 잘 전해 주라고 당부하며, 후다닥 달려간다. 사장은 멀어졌는데 방금 그가 남긴 음성은 점점 더 가까워지며 뱃고동 소리처럼 울렸다.

그러니까, 웬 남자가 솔이를 업고 나갔다고?

그대로 가게를 빠져나와 문 앞에 멍하니 섰다. 좀처럼 걸음을 움직일 수가 없었다. 목적지를 상실한 사람들이 대개 이런 얼굴을 하고 있으려나. 당혹감이 밀물처럼 밀려들어 왔다가 빠져나가자 불쾌감이 드러났다. 연인이 다른 남자의 등에 업혀 나가는 상상이 기분 좋을 리는 없으니까.

임솔의 핸드폰을 손에 들고서 골목 곳곳을 돌아다녔다. 걷다가 뛰고, 뛰다가 걸었다. 달릴 때는 마음이 급박해졌으나, 걸을 때는 이상하리만치 차분해졌다. 임솔에게 무슨 일이 생긴 건 아닐까, 걱정이 되다가도 대체 어떤 놈이랑 술을 마신 건지, 심기가 뒤틀렸다. 제발 멀리 가지 않고, 주변 어딘가에서 발견되면 좋겠다고 생각했다.

"임솔, 대체 어디 있어……."

달린 탓인지, 감정이 치밀어 오른 탓인지 심장이 빨리 뛰었다. 길을 따라 내려가자 큰길이 나왔다. 도로를 앞에 두고 확 트인 시야에 마음이 더 막막해졌다. 머리칼을 헤집으며 고개를 돌렸다. 그곳에 벤치에 쓰러지듯 앉아 있는 두 사람이 보였다. 머리 위에 얹어져 있던 손에서 힘이 빠지며 툭 아래로 떨어졌다.

긴 머리를 벤치 뒤로 늘어트린 여자가 고개를 젖힌 채 앉아 있고, 그 옆에는 남자가 벤치의 남은 공간을 다 차지하고 누워 있었다. 남인가, 생각하기에는 남자의 다리는 여자의 왼쪽에, 몸은 오른쪽에 있었다. 누워 있는 남자의 몸 가운데 여자가 앉아 있는 모습이었다.

순간 찬물을 뒤집어쓴 듯 온몸이 얼었다. 사고가 정지한 듯했다. 정지해야 마땅하다는 편이 더 맞았다. 지금 무슨 생각을 하든 좋은 생각은 아니라는 걸 알기에.

벗었던 모자를 눌러쓰고 걸음을 옮겼다. 달리고 싶은 걸 꾹 참고 걸었다. 발걸음이 벤치 앞에서 멈춘다. 고개를 뒤로 젖힌 채 하늘을 올려다보고 있던 여자의 눈동자가 스르륵 선재 쪽으로 움직인다. 눈이 마주치자 동그랗게 커진다.

"어? 뭐, 뭐야? 네가 어떻게 여기 있어?"

몸을 바로 세운 임솔이 주위를 두리번거렸다. 아무리 둘러봐도 사람 하나 없는 게 혼자 온 것 같은데, 이 외진 감자동까지 선재가 무슨 일로 온 건지 의아했다.

"이거 놓고 간 건 알고 있어?"

내내 손에 쥐고 있던 핸드폰을 내밀자 임솔이 놀란 얼굴을 한다.

"알고는 있었는데 가지러 못 갔어. 뭐야? 너 이거 때문에 여기까지 온 거야? 일은?"

"끝났으니까 왔지."

놀란 마음에 목소리가 높아진 임솔에 반해 선재의 목소리는 차분하기만 했다. 뭔가 낮게 꺼진 선재의 기운을 눈치챈 임솔이 눈을 깜박거리다 그의 손을 잡았다.

"걱정했어?"

"옆에는 누구야?"

선재의 시선이 공에 맞아 떨어져 나간 볼링 핀처럼 쓰러져 있는 남자에게로 향한다. 얼굴 위로 덮어 둔 청재킷을 임솔이 슬쩍 걷어 내자, 아는 얼굴이 자고 있다.

"……은찬이?"

"혼자서 급하게 마시더니 취했어."

"같이 있던 사람이 은찬이였어?"

"응. 오늘 회사로 찾아왔더라고."

"그럼 네가 업힌 게 아니라…… 업고 나온 거야?"

임솔이 고개를 주억거린다.

'어어엄청 취해서 업고 나갔어요.'

사장의 말을 다시금 떠올리니 제가 너무 넘겨짚었다는 생각이 든다.

"아……."

고개를 숙이고 눈썹 끝을 매만지는 선재를 벤치에 앉아 있는 임솔이 물끄러미 올려다봤다.

"선재야?"

선재의 옷자락이 임솔의 손가락에 잡혀 작게 흔들린다. 눈썹 끝에 손을 둔 채 선재가 시선을 내렸다. 자신을 보고 있는 임솔이 보인다. 마음이 어딘지 모르게 뒤숭숭했다. 걱정하며 뛰어다녔던 순간을 생각하면 화가 나는데, 눈앞에 있는 연인을 보고 있자니 마음이 누그러졌다. 어느 장단에 맞춰야 하는지. 장단이 조금 난장판이라는 생각이 든다.

"가자. 은찬이 내가 업을게."

멱살을 잡아 올리자 권은찬의 몸이 그대로 따라 올라온다. 한 손에 청재킷을 든 채 권은찬을 등에 업었다. 후다닥 벤치에서 일어나 권은찬의 가방을 챙긴 임솔이 도로로 나간다. 그러곤 부리나케 손을 흔들어 택시를 잡았다. 저만치에서 손님을 발견하고 속도를 늦춰 다가오는 택시를 보던 임솔이 흘긋 시선을 올려 선재를 보았다.

"선재야, 화났어?"

그사이 택시가 멈춰 섰다. 걸음을 뗀 선재가 임솔을 보지 않은 채 작게 말한다.

"나도 모르겠어."

택시 뒷문을 잡고 있던 임솔이 뒷좌석에 권은찬의 몸을 밀어 넣는 선재를 바라보며 입술을 말아 물었다. 모르겠다는 선재에게서 조금 찬 기운이 느껴졌다.

◻ ◼ ◻

"자기가 마신 컵은 알아서 좀 치우지, 진짜."

회의가 끝난 테이블이 전쟁터나 다름없다. 이로 잘근잘근 씹은 종이컵, 차가 그대로 남은 찻잔, 낙서를 한 종이, 티백을 꺼낸 포장지 등이 널려 있다. 쟁반 위에 잔을 하나씩 옮겨 담다가 진동이 느껴져 핸드폰을 꺼냈다.

[피디님 진짜 남자 소개 안 받아요?]

방송국 소품실에 근무하는 윤종우다. 애인이 있다고 말을 했는데도 몇 달 전부터 잊을 만하면 이런 식의 메시지를 보내왔다. 말귀를 못 알아 처먹는 건가?

[남자 친구 있다고 몇 번을 말해요 실장님 ㅠㅠㅠ]

마음 같아서는 네, 한 글자만 보내고 싶은데 사회생활이란 게 또 그렇지만은 않아서 마음에도 없는 우는 얼굴까지 입력해 보냈다.

[아니 피디님 남친 유령 아니에요?]
[작년부터 계속 남친 있다는데 대체 왜 아무도 본 사람이 없어. 소개받기 싫어서 그러는 거 내가 모를 줄 알고?]
[진짜 괜찮은 놈인데 그냥 한번 만나만 봐요]

"하……."
절로 한숨이 새어 나왔다. 메시지를 보는 것만으로 지치는 게, 기운이 쏙 빠지는 것 같다. 대충 난감한 표정의 이모티콘을 몇 개 날려 보내고 다음에 봬요, 라는 인사를 전송했다.
"유령이라니."
왠지 단어 자체가 아무것도 품고 있지 않은 것 같은 느낌에 허탈한 웃음이 났다. 선재가 유령 소리를 다 듣고, 별일이다.
윤종우의 대화창에서 나오자 아직 확인하지 않은 메시지가 선재의 이름에 걸려 있다.

[응 밥은 먹었어?]

선재의 메시지가 들어온 시각을 확인했다. 한창 회의를 하고 있던 30분 전이었다. 곧 퇴근 시간인데, 점심을 먹었냐고 묻는 건가. 회의실 의자에 팔을 올리고 답장을 적었다.

[당연히 먹었지.]
[전에 인혁이랑 셋이 갔던 칼국수집 있잖아 ㅋㅋ 거기 갔어.]
[깍두기가 더 커졌더라…….]

선재를 못 만난 지도 몇 주가 지났다. 공연 때문에 해외에 나갔는데 시차 탓에 메시지 몇 개를 띄엄띄엄 주고받다 보면 잘 시간이 됐다. 선재의 연락을 기다리다가 까무룩 잠이 들면 다음 날 아침에 들어온 부재중 전화를 확인하곤 했다. '미안, 자느라 못 받았어.' 하고 메시지를 보내면 몇 시간 뒤에 '아니야, 그냥 목소리 듣고 싶어서 걸어 봤어.' 하는 답이 돌아왔다.

물끄러미 울리지 않는 핸드폰을 보다가, 주머니에 집어넣었다.

□ ■ □

촬영이 끝나고 뒤풀이가 이어졌다. 너무 피곤해서 먼저 들어가고 싶었지만 법인 카드가 내게 있었다. 카드를 떠나 빠질 수 없는 분위기이기도 했다. 심원준은 열심히 불판 위에 있는 고기를 뒤집었고, 나는 여기저기 돌아다니며 테이블을 체크했다. 어째 현장보다 더 고되고 힘들었다.

"어? 임 피디님! 여기, 여기!"

누군가 손을 흔들며 부르기에 가 보니 윤종우다.

"계속 뛰어다니던데. 여기 앉아서 좀 먹어요."

"그래요. 피디님. 여기 젓가락."

테이블에 앉아 있던 사람들이 빠르게 자리를 마련해 준다. 그 탓에 거절도 못 하고 앉았다. 고기를 몇 점 집어 먹고 술잔을 몇 번 주거니 받거니 한 후에 일어나려고 했는데, 윤종우에게 발목을 잡혔다.

"아니, 나 진짜 궁금해서 그러는데. 정말 사귀는 사람 있어요?"

윤종우가 상체를 앞으로 당기며 물었다. 난 술잔을 기울이며 미간을 좁혔다.

"실장님, 또 그 이야기 하시려는 거면 저 일어날래요."

"아니! 가지 말고. 나 진짜 진지하게 묻는 건데?"

"저도 진지하게 답하는 거거든요? 대체 왜 안 믿으세요?"

"오래 만났다는데 본 사람이 아무도 없으니까 그렇지. 그럼 이왕 말 나온 김에 남친 사진 좀 봅시다. 응?"

"사진 없어요."

"둘이 찍은 사진이 한 장도 없다고? 아니, 그래도 대부분 애인 사진 한 장씩은 가지고 다니지 않아?"

"에이, 한 장이 뭐예요. 요즘엔 앨범 열면 몇백 장씩 있죠."

주변에서 다른 스태프가 거든다. 그러자 옆에 앉은 사람이 불쑥 테이블 위에 뒤집어 둔 내 핸드폰을 가져간다. 눈이 튀어나오는 줄 알았다. 어차피 잠금이 걸려 있어 열어 볼 수 없겠지만, 무례한 행동에 순간 불쾌해졌다. 핸드폰을 낚아채 주머니에 넣었다.

"배경화면도 기본이네."

몇 점 집어 먹은 고기가 얹히는 기분이 들었다. 윤종우가 대뜸 제 옆에 있는 스태프의 어깨에 팔을 걸치고 내게 소개한다.

"박건우 씨, 알죠?"

고개를 끄덕였다. 종종 지나가다 마주칠 때면 손에 들고 있던 캔 음료를 건네주던 스태프였다. 박건우가 팔꿈치로 윤종우를 툭 치며 "하지 마세요." 한다. 하지만 윤종우는 끄떡 않고 말을 이었다.

"이 친구가 피디님 좋아한대요."

순간 당황해서 '네?' 하는 말도 안 튀어나왔다. 박건우가 급하게 윤종우의 입을 틀어막았지만 이미 중요한 대사를 친 후였다.

"그런데 얘가 어디서 피디님 만나는 사람 있다는 얘기를 들었다면서, 마음을 접겠다는 거예요. 그게 너무 아깝잖아. 아닐 수도 있는데."

분위기가 술렁이기 시작하더니 삽시간에 사랑의 작대기를 던지는 자리가 되고 말았다. 박건우가 당황한 기색이 역력한 얼굴로 사람들을 말렸다. 이쪽도 당황스럽기는 마찬가지였다. 그러거나 말거나 사람들은 박건우와 나더러 잘해 보라며 부추긴다. 아니, 방금까지 나 사귀는 사람 있다고 했는데 대체 다들 뭘 들은 거야?

이제는 윤종우가 아닌 다른 사람들이 질문을 해 대기 시작한다. 듣자 하니 애인이 바빠서 잘 못 만난다던데, 이참에 그냥 헤어지고 건우 씨를 만나는 게 어떻겠냐며 술에 취해 막 웃는다.

이 분위기가 나만 불편하고 어색한가. 어색한 웃음조차 안 나와 웃고 있는 사람들을 무표정한 낯으로 쳐다보자 부흥하듯 떠오르던 작대기가 부러지고, 대각선에 앉은 사람이 "여기 이모님!" 하고 외치며 주의를 돌린다. 그렇게 분위기가 환기되었다. 다들 다른 이야기를 하기 시작했다.

윤종우는 화장실이 급하다며 나갔고, 박건우는 '신경 쓰지 마세요.' 하는 말을 남기고는 담배를 피우러 나갔다.

"아……."

처참하게 얻어터진 모양새로 힘없이 자리로 돌아가자 집게로 고기를 뒤집고 있던 심원준이 내 안색을 살핀다.

"술 많이 마셨어요?"

"아니요. 별로 안 마셨는데, 마시고 싶네요……."

테이블을 둘러보자 심원준이 옆에 있던 소주병을 들어 내 잔에 따라 준다.

"무슨 일 있어요? 갑자기 엄청 피곤한 얼굴인데."

술잔을 입에 대고 가볍게 목으로 넘겼다. 알싸한 알코올 향이 입 안으로 퍼져 나갔다.

처음에는 그저 궁금하지도 않으면서 물어 오는 질문이라고 생각했다. 생각 없이 호구 조사를 하는 사람들이 있으니까. 그런데 그 질문들이 어느 순간부터 불편해졌다. 내가 할 수 있는 답은 언제나 같은데 자꾸만 같은 질문을 반복해서 듣기 때문이라 생각했다.

"몰라요. 자꾸 내 남친 유령이냐고, 태어난 건 맞냐고. 남 연애에 관심도 많아……."

빈 술잔을 물끄러미 바라봤다. 투명한 잔에 테이블이 투과되어 보인다. 이렇게 투명한 것들을 볼 때면 늘 선재를 생각했다. 선재는 언제나 이렇게 다 보여 주는 사람이라고, 다 볼 수 있는 사람이라고 생각했는데. 요즘엔 그런 선재가 곁에 없다는 느낌이 들 때가 종종 있었다. 그러다 고개를 절레절레 저었다. 이게 다 윤종우 때문이다! 이 악한 존재여!

술을 한 잔 더 따라 마시고 선재에게 메시지를 보냈다.

[선재야 자?]

자고 있을 시간이라는 걸 알았다. 핸드폰을 바로 주머니에 넣고 차게 식은 고기를 집어 먹었다.

집으로 돌아와 술을 조금 더 마셨다. 청승맞게 냉장고에 있는 맥주 두 캔을 챙겨 들고 옥상으로 올라가 밤 풍경을 안주 삼았다. 한 캔을 비우자 열이 조금 올랐다. 뺨을 만지자 열기가 느껴졌다. 술기운이 오르는지 가슴이 조금 빨리 뛴다.

최근 통화로 들어가자 7번째 줄에 선재에게 걸었던 통화 내역이 있다. 오후 1:30. 이게 오늘 우리의 마지막 대화였다. 선재의 이름을 누르자 통화로 넘어간다. 신호음이 길어지는 핸드폰을 붙잡고 선재를 기다렸다.

"안 받네."

오늘따라 선재가 유독 그리웠다. 선재에게 오늘 있었던 일을 조곤조곤 떠들며 잠들고 싶었다. 나는 아직 오늘에 머물러 있는데, 선재는 이미 저곳에서 내일로 넘어갔다는 걸 안다. 그래서인가. 선재가 전화를 받지 않는 이유는.

남은 맥주를 들고 집으로 들어왔다. 싱크대에 어중간하게 남은 맥주를 쏟아 붓는데 명치끝이 아팠다. 어딘가 구멍이 난 듯 감정이 새는 느낌이 들었다.

그런 날이 있었다. 선재의 뒷모습이 아쉬운 날. 선재를 만날 수 없는 날이면 그 뒷모습이라도 곁에 두고 싶어지곤 했다. 오늘이 그랬다. 보고 싶은데 목소리조차 닿지 않을 때면 그 거리가 실감이 나서 돌연 외로운 감정이 느껴졌다.

'안녕'이라고 인사하면 선재의 답인사가 지구를 한 바퀴 돌아 내게 도달하는 느낌. 내가 무슨 말을 했는지도 잊고 있을 때 도착하는 답장, 전화를 걸면 열의 반은 받지 않는 선재, 몇 주에 한 번씩 마주 보는 얼굴, 함께 보낼 수 없는 생일, 기념일 따위는 생각하지 않은 지 오래다. 머리로는 알고 있는데 마음으로는 못내 서운해지곤 했다. 내가 지극히 꿈꾸고 열망했던 연애가 우리의 연애와 형태를 같이하지 않는다는 것이.

[진짜 오늘 네가 너무 보고 싶었어.]

읽지 않음 표시를 멍하니 바라보다가, 핸드폰을 뒤집었다.

□ ■ □

권은찬이 돗자리며 뭐며 바리바리 싸 들고 나타났다. 한강에서 만나자기에 좀 걷거나 편의점에서 라면이나 먹을 줄 알았더니, 저 나름대로 성대한 잔치를 벌일 생각인 듯했다. 펄럭펄럭 돗자리를 흔들어 바닥에 펼친 권은찬이 신발을 벗고 올라가 앉는다. 앉자마자 핸드폰이 울려 전화를 받더니 고개를 길게 빼고 주위를 두리번거린다.

"어? 벌써 오셨어요? 갑니다!"

방금 벗은 신발에 대충 발을 꿰어 넣고는 "누나! 나 치킨 받아 올게요!" 하면서 어딘가로 달려간다. 치킨은 또 언제 시킨 건지. 우리 은찬이, 참 부지런해…….

돗자리에 앉아 권은찬이 들고 온 비닐봉투 안을 살폈다. 캔 맥주 네 개와 양파링 한 봉지가 들어 있었다. 그걸 보자 픽 웃음이 터졌다. 저번에 인사불성 된 자신을 챙겨 준 것에 대한 감사 인사를 하겠다더니, 또 술을 사 온 것이 영락없이 먹고 놀자 대학생이었다.

맥주 캔 하나를 꺼내 따자 권은찬이 "같이 마셔!" 하고 소리를 지르며 걸어온다.

"누나, 저번엔 정말 미안했어요. 내가 소중한 닭 다리 양보한다."

권은찬이 닭 다리 하나를 내게 건네며 말한다.

"닭 다리는 두 개잖아."

남은 닭 다리 하나를 잡아 든 권은찬이 눈을 동그랗게 뜬다.

"나는 내가 산 치킨이면 닭 다리 두 개 다 내가 먹어요."

어이가 없어서 웃음이 터졌다. 닭 다리 하나를 든 채 캔을 부딪쳐 건배를 하고 맥주를 마셨다.

"나 그다음 날 선재 형한테 엄청 혼났잖아요. 뭔데 누나 등에 업혀 가냐고. 미안하다고 하는데도 얼마나 뭐라고 하던지. 귀에서 피 나는 줄 알았네."

"선재가?"

권은찬의 고개가 앞뒤로 크게 움직인다.

"다음엔 누나 만날 거면 자기한테 보고하래요. 결재 떨어져야 만날 수 있다고. 어이가 없어. 그래서 내가 둘이 호적 등본에 이름 나란히 올라가면 그렇게 하겠다고 했어요."

권은찬이 대수롭지 않은 얼굴로 뼈에 붙은 살코기를 야무지게 발라 먹고는 비닐봉투에 뼈를 버렸다. 이 말을 들었을 선재가 꽤나 황당해했을 걸 생각하니 웃음이 났다.

"그나저나 형 돌아오지 않았어요? 오늘 이렇게 나를 만나도 되는 건가?"

이번엔 닭 날개를 집어 든 권은찬이 나를 보며 묻는다.

"어제 만났어."

"오늘은? 아까 전화하니까 집에 있다고 하던데."

"……"

갑자기 할 말을 잃었다. 선재에게 별일이 없는 건 알고 있었다. 그런데 목소리가 피곤하게 들려 만나자는 말을 안 꺼냈더니, 선재에게서도 만나자는 말이 나오지 않았다. 매일 만나야 하는 것도 아니니 아무렴 어떠냐고 생각했는데.

"피곤해 보여서 그냥 만나자고 안 했는데."

앞에 앉은 권은찬이 두 손으로 닭 날개를 든 채 "헐." 한다.

"둘이 한 달 만에 만난 거 아니에요? 할 이야기도 많겠구만."

"그냥. 선재 계속 바빴잖아."

"그건 그렇지. 바빴지. 근데 바빠서 서로 못 봤잖아요. 쉴 때 많이 봐야지. 언제 봐 그럼."

"……"

아무 말 없는 나를 권은찬이 빤히 본다. 맥주를 한 모금 들이켜더니 고개를 절레절레 젓는다.

"옛날부터 느꼈는데, 둘은 서로를 너무 배려해. 배려왕들이야, 아주. 전생에 배려 못 해서 죽은 귀신이 붙었나."

어쩌다 보니 권은찬의 연애 상담소가 진행됐다. 고민이랄 것까진 없고 그냥 최근 느꼈던 감정을 털어놓는 수준이었다. 보고 싶을 때 못 보니까. 근데 그런 건 상대적인 거 아니겠냐. 그냥 요즘 내가 회사 일도 힘들고, 옆에서 자꾸 이상한 소리들을 해 대니 그런 것 같다. 뭐 그런 이야기였다.

고개를 주억거리며 이야기를 들어 주던 권은찬은 그냥 결혼을 해 버리라는 둥, 스캔들을 빵 터트려서 공개 연애를 하라는 둥, 되지도 않는 소리를 해 댔다.

"생각 좀 하고 말해."

"지금 이게 생각 없이 하는 말이라고? 아닌데? 형은 누나가 연예인 그만두라고 하면 아마 다음 날 은퇴 선언 빡! 할걸."

"아, 됐다. 내가 너한테 무슨 말을 하냐."

그렇게 말하며 입을 다무는 순간 누군가 이쪽을 향해 달려오는 게 보였다. 검은색 캡 모자에 검은색 후드를 뒤집어쓴 선재다.

"어?"

눈을 동그랗게 뜨고 보자, 권은찬이 고개를 돌려 내 시선이 향한 곳을 보았다. 그러더니 티가 나게 제 짐을 챙겨 들고는 "누나, 나 화장실 좀." 하며 후다닥 사라졌다. 화장실 가는데 가방은 왜 메고 가? 어이없는 얼굴로 멀어지는 권은찬을 보는 사이 선재가 바로 앞에 섰다. 무슨 급한 일이 있어서 달려오기까지 했나.

"어떻게 왔어? 은찬이가 불렀어?"

선재가 놀란 얼굴을 하고 숨을 고른다.

"솔."

그러더니 내 손을 잡는다. 피부에 닿은 선재의 손에서 열감이 느껴졌다. 어딘가 이상한 모습에 긴장이 일었다. 무슨 일이라도 생긴 건가. 마스크를 턱 아래로 내린 선재가 바로 입을 연다.

"너 진짜 나랑 헤어질 생각 하는 거야?"

"어?"

도리어 내 눈이 크게 뜨였다.

"아니지?"

"무슨……."

선재가 남은 한 손도 잡는다. 손을 꼭 쥔 채 나를 내려다본다.

"내가 뭐 실수했어……?"

번뜩 나와 대화를 하던 중 손에 묻은 기름기를 닦고 핸드폰을 만지작거리던 권은찬의 모습이 떠오른다. 이 새끼…….

"솔아."

선재의 목소리가 어쩐지 더 애처로워진다.

"아니야."

선재의 눈이 크게 깜박인다. 물어 놓고 믿지 않는 얼굴에 선재의 손을 놓으며 웃었다.

"진짜 아니야. 은찬이가 뭐라고 했어?"

선재가 핸드폰을 꺼내 제게 들어온 메시지를 보여 준다.

[형 지금 안 오면 차일 듯]

작게 웃으며 선재를 올려다봤다.

"이 말을 믿었어? 나한테 연락을 하지. 왜 뛰어와."

핸드폰을 도로 넣은 선재가 내 머리 위에 손을 얹고 툭, 쓰러지듯 제 손등 위에 이마를 댄다.

"이거 보는 순간 심장이 내려앉는 줄 알았어."

소리 없이 웃으며 고개를 들었다. 그러자 바로 위에 선재의 얼굴이 있다. 조금만 가까워지면 코가 닿을 거리, 물끄러미 서로를 응시했다.

선재와 손을 잡고 한적한 길을 걸었다. 선재가 차를 세워 뒀다는 곳에서 점점 더 멀어지는 중이었다. 헤어질 생각이 있었던 것도 아니지만, 마치 손을 놓으면 내가 어딘가로 가 버릴 것만 같은지 선재는 길을 걷는 내내 내 손을 놓지 않았다.

"요즘 우리가 자주 못 만나긴 했지?"

"그건 너 바쁘니까, 괜찮아. 다 이해하는데."

선재의 인지도가 올라감에 따라 스케줄이 많아지는 건 당연했다. 비록 서로 얼굴 보기가 힘들어지긴 했으나 좋은 일이라고 생각했다. 그걸 머리로는 알고 있는데, 마음으로는 받아들이지 못하는 게 문제였다.

그럴 수 있지, 당연하지, 생각하는데도 못내 섭섭해지곤 했다. 특히 선재 없이 생일을 맞이했을 때, 유독 쓸쓸한 감정이 일었다. 그러나 그런 감정을 쉽게 드러낼 수는 없었다. 그날이 지나면 또 점점이 사그라지는 감정이었다.

"솔아, 혹시 힘들어?"

걸음을 멈춘 선재가 나를 돌아보며 물었다.

"이거 괜히 권은찬이 헛소리해 가지고 사람 하나 잡네. 선재야, 나 아무렇지도 않아. 너랑 헤어지고 싶다는 생각 단 한 번도 한 적 없는데 왜 그래?"

선재가 손을 잡는다. 그러더니 내 손가락을 만지작거린다.

"내가 더 잘할게."

그 말에 피식 웃음이 터졌다.

"네가 이것보다 어떻게 더 잘해."

"아니야. 더 잘할 거야."

만지작거리던 손을 올리더니 손등에 가볍게 입을 맞춘다.

"모든 게 다 너를 위해서인데, 네가 없으면 아무 이유가 없어."

"……."

선재의 시선이 빤히 닿는다. 유난히 눈동자가 깊게 느껴졌다. 물끄러미 바라보다가, 엷게 웃으며 고개를 끄덕였다. 그간 혼자 했던 생각이 맞지 않는 로또 번호처럼 구겨져 버려지는 듯했다. 이렇게 나를 좋아해 주는 너를 두고, 잠시나마 외롭다고 생각했던 내가 잘못됐다.

그렇게 괜찮다고 했으면 끝까지 괜찮았어야 했는데, 집으로 돌아와 혼자서 몇 잔 마신 술이 문제였다. 기억에도 없는 밤에 술에 취해 구질구질하게 구는 전 애인처럼 선재에게 메시지를 보내 놓은 걸 발견했다.

[선재야ㅑ]

[솔직히 안 힘들다고 하면 거짓말이긴 한데 나 ㅈㄴ진짜 너랑 헤어지고 싶다고 생각한 적은 ㅇ벗다?]

[그런데 그런 생각은 한 적이 있어]

[너는 너무 바쁘고 또 너무 슈스고 뭐 너는 아니라지만 내가 보기엔 너 슈스

맞거든……]

[슈스 먼지 알지? /슈스 슈퍼스타]

[암튼 이 정도로 바쁘면 솔직히 연애는 좀 사치가 아닌가 해]

[쓰고 보니 연애하지 말라는 소리 같네? 방금 말은 취소야 그런 생각 한 적 없어]

[나 지금 의식의 흐름 기법을 쓰공 있어]

[술을 좀 마셨거든]

[아무튼 사랑한다]

[너의 구원자가]

"아……. 미쳤다, 진짜."

핸드폰을 팽개치듯 침대에 던지고 이불에 얼굴을 묻었다. 소리 지르고 싶은 걸 꾹 참았다. 마지막 메시지에 오타가 있었지만 그건 분명 구원자였다. 그리고 그 말을 꺼냈다는 건 내가 완전 술에 취했다는 증거다.

필름이 끊길 정도로 술을 마시면 꼭 저딴 소리를 지껄이곤 했다. 내가 너를 살렸잖아……, 같은.

"미친, 너무 싫어……."

흐으, 하고 우는 소리를 내며 주먹을 꽉 쥐었다. 기술이 발달해서 특정 기억을 싹 지워 주는 기계가 나온다면 시간 여행 한 나를 지우고 싶었다. 그럼 저 구원자 따위의 소리를 안 지껄이겠지.

시간 여행에 대해서, 그리고 그 여행의 이유에 대해서 선재도 다 알고 있기에 숨길 필요는 없었지만, 그게 늘 마음에 걸렸다. 선재가 다 알고 있다는 것. 그래서 필요 이상으로 언급하지 않았다. 자신의 생이 나 때문에 이어졌다는 사실로 인해 선재가 부채감을 갖는 게 싫었다. 그런 연유로 우리가 묶여 있는 것일까 봐 부담스럽기도 했다.

그런데 이상하게 술만 먹으면 그런 부담은 싹 어디로 증발해 버리는지, 입이 제멋대로 떠들었다. 바로 어제와 같이 말이다.

주먹으로 매트리스를 팡팡 때리며 분노의 주먹질을 날리고 있는데 핸드폰이 울었다.

"헛."

손을 뻗어 팽개치듯 버려둔 핸드폰을 주워 들었다. 슬쩍 뒤집어 보자 역시나 선재의 메시지가 들어와 있다.

[일어났어?]

작게 신음하며 답장을 적어 보냈다.

[쥐구멍이 아늑하다……]
[ㅠㅠ]
[다신 술 먹나 봐.]

바로 선재의 메시지가 들어왔다.

[나 오랜만에 네 연락처 이름 바꿨어.]

뭔가 불안한 생각이 드는 찰나, 뒤이어 핸드폰 화면이 캡처된 사진이 도착했다. 안 봐도 알 것 같으나, 예의상 눌러 봤다. 작았던 사진이 화면을 꽉 채우며 커진다.

[나의 구원 솔☆]

"뒤에 별 뭔데……."

□ ■ □

퇴근하고 건물 밖으로 걸어 나가자 주변이 우중충했다. 한두 방울 떨어지던 빗줄기가 갑자기 굵어졌다. 멍하니 서서 비가 쏟아져 내리는 하늘을 올려다봤다.

"아, 우산 없는데."

핸드폰을 꺼내 날씨를 확인했다. 소나기인 것 같은데, 금방 그치지 않을까.

"우산 없어요?"

말소리에 고개를 돌리자 박건우다. 이제 막 건물에서 나왔는지 장우산 하나를 들고 서 있다.

"아, 네. 그런데 곧 그칠 것 같아요."

박건우가 미친 듯 비가 퍼붓는 바깥을 본다.

"꽤 오래 내릴 것 같은데요."

"아…… 그래요?"

"이거 쓰고 가세요."

박건우가 손에 들고 있던 우산을 내밀기에 두 손을 번쩍 들고 내저었다.

"아니에요. 괜찮아요."

"저는 사무실에 다른 우산 있어서 그거 쓰고 가면 돼요."

어정쩡한 자세로 서서 허공에 손을 둔 채 고민하자 박건우가 슬쩍 우산을 더 가까이 내민다.

"부담 안 느끼셔도 되는데……."

박건우가 그렇게 말하며 시선을 조금 내릴 때, 나를 부르는 소리가 들렸다. 빗소리가 너무 커서 순간 못 알아들을 뻔했다.

"피디님 부르는 거 같은데요?"

박건우도 내 이름을 들었는지 시선을 앞으로 옮긴다. 정면에서 누군가 우산을 들고 이쪽을 향해 걸어왔다. 찢어진 청바지에 품이 넉넉한 검은색 스트라이프 니트를 입은 키가 크고 멀끔한 남자였는데.

548

"솔아!"

빗소리를 뚫은 그 목소리는 분명 선재다. 눈이 휘둥그레졌다. 주위를 두리 번거렸다. 바로 옆에 박건우가 있고, 입구 주변에 한두 명의 사람이 더 있었다. 입만 벌리고 아무 대꾸도 못 하고 있는 사이, 선재가 바로 앞에 와 섰다.

"왜 불러도 대답을 안 해?"

"어, 어?"

너무 당황해서 말도 더듬었다.

연애를 시작한 지 어느 정도 지났을 때는 밖에서도 데이트를 하곤 했었다. 그럴 때마다 선재는 매번 모자나 마스크를 챙겨 썼는데, 지금은 얼굴에 아무것 도 걸치지 않았다. 그 말은 누가 봐도 류선재라는 걸 알 수 있다는 거였다.

곁눈질로 박건우를 봤다. 눈을 동그랗게 뜨고 선재를 보고 있었다. 아아, 류 선재...... 작게 탄식하고 있는데 선재가 우산을 내 쪽으로 기울였다.

"차에서 기다리고 있었는데 갑자기 비가 내려서."

"아, 그래......?"

"내가 오늘 데리러 온다고 말 안 했었나?"

눈동자가 갈 곳을 잃고 여기저기를 훑기만 했다. 그러자 선재의 손이 내 얼굴로 올라온다. 이마를 가르고 내려온 머리카락을 잡아 뒤로 넘겨 주더니 엷게 웃었다.

"어딜 봐."

얘, 진짜 왜 이러지......? 눈을 크게 끔벅이자 내 손을 잡는다.

"가자, 솔아."

슬쩍 손을 빼려고 하자 선재가 힘주어 깍지를 낀다. 옆에 서 있던 박건우에게 눈인사를 하고는 걸음을 뗐다. 박건우가 놀란 얼굴을 하고 고개를 살짝 숙였다.

건물 입구를 빠져나오자 우산을 때리는 빗줄기 소리가 더 커졌다. 손을 놓은 선재가 내 어깨를 감싸 제 쪽으로 당겼다. 한쪽 어깨가 선재의 가슴에 닿았다.

"야, 왜 그래?"

"왜? 데리러 온 게 이상해?"

"아니, 그런 건 아닌데, 얼굴을 막 이렇게 다 드러내고……."

손을 올려 선재의 턱을 콕 찔렀다. 그러자 선재가 고개를 내려 눈을 맞춘다.

"내가 뭐라고 네가 연애를 사치로 느껴. 그런 거 싫어."

"그래서? 그래서 이제 막 이러고 다니게?"

선재가 흘긋 뒤를 봤다.

"아까 네 옆에 있던 남자, 너한테 사심 있는 거 같아."

"어어?"

"골키퍼가 난데, 던질 수 있으면 던져 보라지."

대체 어떻게 박건우가 나에게 마음 있는 걸 알았는지, 너무 놀라 입이 쏙 다물어졌다. 야, 농담도 참, 이라는 말도 못 뱉고 입술을 말아 문 채 선재의 차를 향해 걸었다.

□ ■ □

감자전에게 휴가가 주어졌다. 그 기념으로 다 같이 캠핑을 떠난다고 했다. 잘 다녀와, 하고 메시지를 보낸 게 오늘 아침인데, 권은찬이 엄마 차를 끌고 우리 집에 찾아왔다.

[짐 챙겨서 빨리 내려와요. 우린 후발대니까.]

그런 말은 선재에게도 들은 적이 없는데, 권은찬은 감자전이 간 캠핑 장소에 우리도 가야 한다며 무작정 집 앞에 주차를 하고 기다렸다. 아니, 거기를 우리가 왜 가냐고, 하는 게 내 입장이었지만 별로 받아들일 생각이 없는지 연거푸 호출을 했다. '얘 진짜 뭐지?' 하고 있을 때 백인혁에게 연락이 왔다.

— 야, 성준이 형이 그러는데 은찬이 운전 잘 못한대. 안전벨트 꼭 하고 와라.

"진짜 오라고?"

─응. 아, 너 운전할 수 있지 않아? 네가 운전하고 오는 게 나을 수도 있겠다.

"아니, 진짜 가도 돼?"

─왜 이래. 귀가 먹었냐? 오라고! 왜! 빈손으로 오기 뭣하면 소고기라도 사 와.

"다른 사람들……."

도 알고 있어? 괜찮대? 하고 물으려 했는데 전화가 뚝 끊겼다. 성질머리하고는.

캠핑이라고 했는데 어떤 모양새로 하는 줄 몰라 이것저것 잡다하게 옷만 챙겼다. 더울 때를 대비해서, 추울 때를 대비해서, 비 올 때를 대비해서. 운전은 권은찬이 했다. 두 손으로 핸들을 꽉 잡고 가는 게 초보 티가 팍팍 났다. 음악을 틀자 고래고래 소리를 지르며 내비게이션 음성을 들어야 하니 끄라고 했다.

"내가 할까?"

"아니요."

"오늘 안에 도착해?"

"당연하죠."

목적지에 해 질 녘이 되어서야 도착했다. 숲으로 둘러싸인 공간이었다. 높은 나무가 우거진 숲 가운데에 너른 잔디밭이 있고, 그 가운데 캠핑카가 한 대 세워져 있었다. 캠핑카 옆에 텐트 두 개가 설치되어 있었고, 중앙에 접이식 의자가 놓여 있었는데 백인혁 혼자 앉아 있었다.

"살아서 왔네?"

"다행히도. 그런데 다른 사람들은?"

"선재는 저쪽 텐트에서 자고 있고, 현성이 형이랑 성준이 형은 낚시하러 갔어. 오늘 저녁 메뉴는 매운탕이래. 아, 그래서 윤재는 지금 고춧가루 사러 갔어."

"오? 우리 형 낚시 못하는데?"

권은찬이 바닥에 짐을 내려놓으며 고개를 갸웃한다. 난 선재가 자고 있다는 텐트로 향했다. 고개를 빼꼼 들이밀자 이불 밖으로 드러난 선재의 발이 보인다. 별것도 아닌데 웃음이 난다. 신발을 벗고 들어가 머리를 덮은 이불을 슬그머니 걷어 냈다. 흐트러진 머리칼 아래로 감고 있는 눈이 보인다. 눈썹이 꿈틀대더니 눈꺼풀이 천천히 올라간다. 눈동자가 곧바로 나를 향한다.

"……왔어?"

"응. 너 요즘 되게 잘 잔다?"

놀리듯 말하며 선재의 머리칼을 쓸어 넘겼다.

"아니야. 옆에 네가 있어야 잘 자……."

꽉 잠긴 목소리가 조용히 울렸다. 몸을 돌린 선재가 내 팔을 잡아당겨 제 품 안에 넣는다. 어정쩡한 자세로 상체를 숙이자 "너도 누워." 하며 이불을 올린다.

"인혁이가 상추 씻으러 가자고 그랬는데."

"혼자 하라고 해."

이불 속을 파고들어 눕자 선재의 두 팔이 내 몸을 감는다. 선재의 팔에 머리를 대고 눈을 올렸다. 고른 숨이 얼굴로 닿는다.

"운전 네가 하고 왔어?"

"응."

"그래서 피곤하구나."

선재가 또다시 작게 "응." 하고 답했다.

"솔이 누나 왔……."

텐트 안으로 얼굴을 들이민 서윤재가 놀란 표정으로 뒷말을 잇지도 못한 채 물러났다. 쏙 들어왔다가 쏙 빠져나가는 머리를 정통으로 봤다. 놀라서 몸을 일으키려고 하자 선재가 말없이 몸을 끌어당긴다.

"왜. 나쁜 짓 하는 것도 아닌데."

"어? 아니, 그래도."

"나 아직 잠이 덜 깼어."

몸을 당긴 선재가 내 머리에 뺨을 대고 비볐다. "조금만 더 누워 있자." 하는 목소리가 조금 달게 들렸다.

얼마간 누워 있다가 텐트 밖으로 나갔다. 서윤재는 고춧가루를 사서 왔는데, 우현성과 권성준이 빈손으로 돌아왔다.

"아니, 매운탕 먹게 해 준다며."

"잡았어. 잡긴 잡았는데."

"그런데?"

권성준이 눈을 가늘게 뜨고 우현성을 본다. 그에 우현성이 멋쩍게 웃으며 입을 열었다.

"아니, 눈이 이렇게 큰 거야. 입을 막 뻐끔거리는데, 어떻게 먹어……. 그래서 다 놔주고 왔어."

서윤재가 고춧가루 통을 머리 위에 올리고 박수를 쳤다.

"잘했어. 형."

결국 저녁 메뉴는 고춧가루를 첨가한 된장찌개로 변경되었다. 그리고 버너 앞은 선재의 차지가 되었다. 우현성은 제일 잘하는 게 시리얼이 눅눅해지지 않게 우유의 양을 조절하는 것이라 했고, 백인혁은 계란프라이를 반숙으로 잘 부친다고 했다. 권성준은 냄비밥을 잘한다고 했으며, 서윤재는 할 줄 아는 게 아무것도 없다고 했다. 당연하다는 듯 된장찌개는 선재의 몫이 되었다. 나는 선재의 옆에서 두부와 애호박 써는 것을 도왔다.

둥그렇게 모여 앉아 밥을 먹었다.

"춘백이 누나, 물 좀 줘요."

서윤재가 내 옆에 있는 물통을 가리켰다. 숟가락을 입에 문 채 서윤재의 얼굴을 흘겼다. 예전 자신에게 자꾸 책을 줬던 사람이 나라는 걸 알아챈 이후로 계속 나를 춘백이라고 불렀다. 그렇게 부르지 말라고 했는데도, 잊을 만하면 그 이름이 튀어나왔다.

"그렇게 부르지 마……."

"김춘백 씨를 김춘백 씨라고 부르지, 그럼 뭐라고 불러."

서윤재가 놀리듯 말하자 백인혁이 웃음을 터트린다.

"그 이름 진짜 오랜만이네."

"그러고 보니 그때 윤재가 우리의 희망 류선재 외친 게 솔이 때문이라고 했지?"

권성준이 물통을 서윤재에게 건네며 묻는다. 다들 기억력이 왜 이렇게 좋은지. 뭐 하나 잊은 게 없다. 그게 몇 년 전 일인데. 왠지 모를 수치스러움에 고개를 푹 숙이자 옆에서 선재가 작게 웃는다. 그러다 나와 눈이 마주치자 어색하게 웃음을 거둬 낸다.

"솔이 놀리지 마."

"그래. 너희들 솔이 놀리지 마."

무슨 일로 우현성이 내 편을 든다. 어쩐 일이지, 하고 보는데 짐짓 결연한 얼굴로 입을 연다.

"장군신이 노하셔."

"……."

역시, 내 편이 되어 주는 일은 없었다.

그릇을 정리하고 가볍게 술을 마셨다. 권성준은 술을 마시다 꾸벅꾸벅 졸더니 먼저 들어갔다. 우현성은 헤어진 여자 친구에게서 전화가 오는 바람에 멀찍이 떨어져 돌아올 줄을 몰랐다. 권은찬과 서윤재가 한쪽에서 폭죽을 터트렸다. 자리에 앉아 터지는 불꽃을 멍하니 바라보았다.

"한강에서 터지는 폭죽에 비하면 영 볼품이 없군."

백인혁의 말에 헛웃음이 터졌다.

"야, 비교할 걸 비교해야지."

"윤재가 여의도 생각하고 오라고 했는데. 똑같이 해 준다고."

분명 믿지도 않았을 거면서 괜히 투덜거린다. 핸드폰을 꺼낸 백인혁이 터지는 폭죽을 카메라로 열심히 찍어 댔다. 순간 피어올랐다가 연기처럼 사라지는 불꽃이 잘 안 담기는지 찰칵하는 소리가 연달아 울렸다.

"나중에 불꽃 축제 하면 같이 가서 보자."

그 말에 가만히 하늘을 올려다보던 선재가 불쑥 몸을 내밀고 백인혁을 본다.

"인혁아, 너는 연애 안 해? 왜 자꾸 셋이 놀려고 해?"

핸드폰을 들어 올린 채 하늘을 보던 백인혁의 시선이 이쪽을 향한다. 어쩐지 아쉬운 얼굴을 하고 있다.

"왜……. 우린 친구잖아."

백인혁의 손가락이 나, 선재, 그리고 자신을 차례로 가리킨다.

"늘 함께해야지."

폭죽 터지는 소리가 하늘을 울렸다. 쏘아 올리는 소리, 터지는 소리. 삐익, 퐁, 하는 소리가 반복됐다. 마치 짜기라도 한 것처럼 셋이 동시에 하늘을 올려다봤다.

"시간 빠르다. 우리가 벌써 나이를 이렇게나 먹고."

"그러게."

"나는 가끔씩 그리워. 학교 다닐 때."

고개를 돌려 백인혁을 보았다. 그의 눈에 작게 터지는 불꽃이 담기는 것 같았다.

"진짜 재밌었는데."

다시 폭죽이 터지는 하늘을 보았다.

"잊지 못할 열여덟이기는 하지. 너무 특별했어."

팔걸이에 놓은 내 손 위로 선재가 손을 겹쳐 올리며 말했다. 권은찬과 서윤재가 쉬지 않고 폭죽을 터트렸다. 밤하늘에서 붉게 터지는 불꽃을 보는데 마음이 이상했다. 오래전의 날들이 불꽃처럼 터지는 것 같았다. 어쩌면, 아름답게.

□ ◆ □

지평선 너머로 올라온 태양에 사위가 어슴푸레 밝아졌다. 잠든 임솔의 이마에 입을 맞춘 후 조심스레 텐트 밖으로 나갔다. 눈에 보이지 않는 새들이 어딘가에서 계속 울었다. 그 소리를 따라 천천히 걸었다. 공기가 맑았다.

정처 없이 걷다 보니 갈대밭에 다다랐다. 우거진 갈대 사이로 좁은 길이 나 있었다. 선재는 그 길을 따라 유유히 걸었다. 약하게 비춰 오는 빛에 점점 밝아지는 아침을 느끼는 게 좋았다. 하나로 난 길을 쭉 따라 걷는데 좀처럼 끝이 안 보였다. 이쯤에서 돌아갈까, 생각을 하던 중 작게 바람이 불었다.

'이건 형의 꿈이잖아.'

순간 어떤 음성이 희미하게 밀려들었다. 스치듯 지나간 바람에 갈대가 물결
처럼 너울거렸다. 제 앞에서 흔들리는 갈대를 보는데 흐릿하던 기억이 떠올랐
다. 정확히는 꿈에 대한 기억이었다. 권은찬과, 어쩌면 권은찬의 모습을 한 누
군가와 함께 갈대밭을 걸으며 임솔의 흔적을 갈대 너머에서 보았던 꿈. 순간
심장이 쿵 뛰었다. 시야가 겹쳐지며 혼란이 일었다.

갈대를 하나둘 젖히는데 길이 어지럽게 얽히는 기분이 들었다. 하늘은 뚫려
있는데, 마치 폐쇄된 공간에 갇힌 듯한 느낌을 주었다. 걸음이 점점 빨라졌다.
사색이 되어 정신없이 앞에 있는 것들을 헤집기 시작했다.

'그 아이는 비틀어 들어온 시간에서 다른 이를 위해 띈 유일한 아이야. 너의 마음
을 욕심내지도, 탐하지도 않고 끊어진 길을 잇는 데에만 시간을 사용했지. 한 가지의
사실만 바꾸기 위해 노력한 것 같은데, 네가 그 아이를 최선을 다해 깨부수고 있는
것 같아서. 답답해서 찾아왔어.'

바람과 함께 갈대가 울었다. 그 소리에 제멋대로 꿈의 음성이 섞였다. 가슴이
크게 뛰다 못해 늑골이 빠개지는 듯했다. 어딘가 자꾸 어긋나는 소리가 들렸다.

바람에 출렁이는 갈대를 헤치며 쉼 없이 달렸다. 지금 자신이 달리는 게 길
인지, 어딘지 가늠도 안 됐다. 갈대밭이 끝없이 이어졌다. 가슴께까지 오던 갈
대의 키가 점점 커졌다. 시야가 갈대로 가득 찼다.

어느 순간 몸이 바깥으로 훅 튀어나왔다. 걸어왔던 오솔길이 보였다. 사위가
점점 밝아졌다. 왔던 곳으로 되돌아가 텐트를 확인했다. 분명 아까까지 누워 있
던 임솔의 모습이 보이지 않았다. 핸드폰을 꺼낼 생각도 못 하고 숲 근처를 뒤

졌다. 가슴이 두근거리고 숨이 벅차게 차올랐다. 온몸이 달아오르는 게, 금방이라도 터질 것만 같다.

텐트 뒤쪽에 있는 작은 산책로에서 바위 위에 앉아 있는 임솔을 발견했다. 허공에 발을 띄운 채 앉아 숲을 올려다보는 모습을 보자 꽉 막혔던 숨이 터졌다. 인기척을 느꼈는지 그녀가 고개를 내려다 선재를 본다.

"어? 선재야?"

선재의 걸음이 곧장 임솔에게로 향한다. 조금 급하게 나아간 걸음이 바위 앞에서 멈춘다.

"일어났는데 너 없어서……."

목소리가 거기서 멈췄다. 힘없이 무릎을 꿇고 앉은 선재가 임솔의 무릎에 이마를 묻었다.

"……선재야?"

임솔의 목소리에 걱정이 묻어났다. 미친 듯 뛰던 심장이 지금도 잘게 뛰었다.

"순간, 아직도 그 순간에 머물고 있는 줄 알았어."

"왜 그래? 꿈꿨어?"

"그때 본 풍경과 너무 같아서, 순간 너를 잃은 줄 알고……. 아주 잠깐인데도, 네가 없을 수도 있다는 생각에 심장이 터지는 줄 알았어."

선재의 머리 위로 가볍게 손이 내려앉는다. 임솔이 머리를 부드럽게 쓰다듬으며 나쁜 꿈을 꿨는지 묻는다. 그 목소리가 너무 다정해서, 한없이 따뜻해서 가슴이 두근거렸다.

무릎에 이마를 묻고 있던 선재가 천천히 고개를 들어 임솔의 무릎에 입을 맞췄다. 임솔의 눈이 동그랗게 떠졌다. 제 발목을 감싸 잡은 채 가만히 무릎에 입술을 대고 있는 선재의 얼굴이 하염없이 아름다워 보였다.

지그시 붙이고 있던 입술을 천천히 떼어 냈다. 고개를 올려다보자 놀란 얼굴을 한 임솔과 눈이 마주친다. 그녀의 머리카락이 순간 불어온 바람에 가볍게 나부낀다.

"솔아."

"어?"

"뜬금없기는 한데……."

"괜찮아. 말해 봐."

"네가 가는 길에 늘 내가 있었으면 좋겠어."

숲으로 바람이 불어들었다. 한 방향으로 나아가는 바람에 나뭇잎이 바람의 방향을 따라 흔들린다. 나뭇잎 사이로 흘러가는 바람에 숲이 울창한 소리로 울었다. 우거진 녹음 사이로 햇빛이 조금씩 새어 들고, 그 빛이 임솔의 머리에 걸린다.

임솔의 손이 가볍게 선재의 머리 위로 내려앉았다. 손바닥에 닿은 머리를 부드럽게 쓰다듬는다. 왠지 모르게 손에 닿은 머리에서 미약한 열기가 느껴졌다.

"선재야."

저를 부르는 목소리에 선재의 눈에 설핏 긴장감이 스친다.

"이미 한 방향으로 난 길에 같이 서 있잖아."

"……."

"우리, 같이 걷고 있어."

선선히 불어오는 바람에 마음이 울렸다. 잘게 뛰던 심장이 아직도 그 상태를 유지했다. 어쩌면 더 크게 뛴다고 선재는 느꼈다. 당시의 기분을 안고 달려서 그런지, 마음이 주체할 수 없이 부풀어 올랐다. 가득 차오른 말을 내뱉지 않으면 이대로 터져 버리지 않을까 싶어, 선재는 눈가를 쓸었다.

저도 모르게 살짝 눈물이 고여 있었다. 눈꼬리를 훑어 내리며 임솔의 손을 조심스레 잡았다.

"사랑해. 이 말보다 더 큰 말이 없어서 아쉬울 정도야."

가만 선재를 내려다보던 임솔의 얼굴에 웃음이 번진다. 꽃망울이 툭 터지듯 웃음이 터졌다.

"왜 그래. 아침부터?"

그러거나 말거나, 선재는 울컥 토해 내듯 제 감정을 쏟아 냈다.

"어쩌면 단 하나뿐인 너를 만나기 위해 너의 여행에 얽힌 게 아닐까 하는 생각도 해. 네가 그렇게 거슬러 오지 않았다고 해도, 나는 왠지 너였을 것 같아. 그런 마음이 들어."

"나를 영영 잃어버리는 꿈이라도 꿨어? 너무 절절한데?"

"너는 상상도 못 할 거야. 내가 너를 얼마나 사랑하는지."

"……."

지금 눈에 담기는 풍경, 그 속의 임솔, 그 안으로 마음이 걷잡을 수 없이 퍼져 나갔다. 마치 어떤 기운처럼 숲 전체로 뻗어 나가는 듯했다.

조금 커진 눈, 그 안에서 작게 흔들리는 눈동자, 줄기처럼 쏟아진 햇빛이 스쳐 가는 한쪽 어깨, 작게 이는 바람에 가볍게 흔들리는 머리카락. 임솔의 하나하나를 눈에 담았다.

"이 마음은 변하지 않을 거야. 영원히 너를 사랑할 거야."

옷깃에 스미는 바람이 조금 찼다. 불어오는 바람 때문인지 숲의 냄새가 더 짙어졌다. 머리 위에 머무는 손, 그 손에서 온기가 느껴졌다.

"너도 영원할 거라고 말해 줘."

말없이 선재를 보던 임솔의 입술이 작게 열린다. 순간 바람이 크게 불어왔다. 나뭇가지에 무성하게 매달린 잎들이 울면서 숲을 흔든다. 서로의 얼굴을 마주 본 채 미소 지었다. 말간 웃음이 입술에 머무른다.

상체를 아래로 숙인 임솔이 저를 바라보고 있는 선재의 이마에 짧게 입을 맞춘다. 이마로 색이 번지듯 온기가 퍼져 나갔다. 찰나의 움직임이 감각된 이 순간이 하나의 기억으로, 어쩌면 너로 스며든다고 선재는 생각했다.

단 하나뿐인 나의 솔, 너와 함께하는 오늘로.

— fin

번외.

여행 밖의 사람들

맥도날드에 나란히 앉아 햄버거를 먹었다. 손가락에 묻은 소금을 쪽쪽 빨아 먹은 권은찬이 흘긋 눈을 올려 선재를 보았다. 시선을 느낀 선재가 고개를 돌리고 보자 권은찬이 수줍은 얼굴로 시선을 돌린다.

"은찬이라고?"

나지막하게 묻는 목소리에 권은찬이 고개를 끄덕인다. 작은 두 손으로 든 햄버거가 유난히 크게 느껴졌다.

"다음에 또 친구들이 괴롭히면 아는 형이 혼내 준다고 했다고 그래."

느리게 빨대를 입으로 가져가 문 선재와 권은찬의 눈이 마주쳤다. 권은찬이 눈을 동그랗게 뜨고 보자 빨대를 문 입술을 살짝 늘이며 선재가 웃었다. 그 말간 웃음에 권은찬이 고개를 작게 끄덕였다.

"그, 아는 형은, 형이야?"

"당연히 나지."

"오오."

긴장한 듯 눈동자를 굴리던 권은찬이 이내 씩 웃는다. 얼마간 서로의 얼굴을 보고 미소를 짓다가 고개를 돌렸다. 정면으로 난 통유리 창에 풍경이 훤히 내다보였다. 선재의 두 눈에 창 너머의 풍경이 담겼다. 녹음이 짙은 나무들이 기둥 아래 기다란 그림자를 만들어 냈다.

작게 햄버거를 한 입 베어 문 권은찬이 유리에 비친 선재를 보았다. 큰 키에 넓은 어깨, 갸름한 것 같으면서 다부진 턱선, 곧은 콧대와 선한 눈매까지 모든 게 완벽해 보였다.

'나도 형 같은 사람이 되면 좋겠다.'

입에 든 빵과 고기패티, 양상추를 씹으며 권은찬은 생각했다. 언젠가 나도 누군가를 도울 수 있는 나이가 된다면, 형처럼 손을 내미는 사람이 될 거라고.

풍경에서 시선을 거둔 선재가 감자튀김 하나를 권은찬의 입에 밀어 넣었다. 군말 없이 받아먹은 권은찬이 제 앞에 있는 감자튀김 하나를 집어 선재의 얼굴 앞으로 내밀었다. 선재가 입을 다문 채 고개를 돌리자 권은찬이 눈을 깜박거리다가 입을 연다.

"오는 게 있으면 가는 게 있어야 된다고 배웠어."

"그런 걸 어디서 배웠는데?"

"글쎄……. 어디서 배우긴 배웠는데."

가만히 권은찬을 보다가 픽 웃음을 터트린 선재가 입을 벌려 감자튀김을 받아먹었다. 해맑간 웃음이 서로를 향했다. 여름 햇살이 쏟아지는 거리, 잔잔한 바람이 창밖을 배회했다. 녹음이 우거진 거리가 푸르른 빛으로 너울거렸다.

□ □ □

병실 안, 류근덕은 창가 쪽 침대에, 권은찬은 출입문 쪽 침대에 누워 있다. 류근덕은 유자를 살피다가 사다리에서 미끄러지며 추락해 허리뼈가 골절됐다. 병원에 입원한 후 이 병실을 지키고 있는 것이 벌써 2주째였다. 병원에선 2주는 더 입원해 있어야 할 거라고 전했다. 그 말을 들으며 류근덕은 망연하게 천장만 바라보았다.

류근덕의 병상을 지키던 아내는 류근덕이 홀로 지방에 내려가 벌여 놓은 유자 농사를 정리하기 위해 병실을 비웠다. 누군가에게 그대로 농사를 이전하거나, 처분하여 땅을 팔거나, 뭐라도 해야 했다. 아무도 유자를 돌보지 않으니 그게 맞았다. 하지만 류근덕은 그것이 못내 서러웠다. 내 유자인데, 내 유자들. 곱게 기른 새끼들을 끝까지 책임지지 못한 것에 류근덕은 밤마다 눈을 감고는 울음을 삼켰다.

아내의 빈자리를 그의 아들이 매일같이 지켰다. 류근덕이 병상에 누워 꼼짝도 하지 못했으니 누군가는 항시 옆에 붙어 있어야 했다.

선재가 연습을 마치면 곧바로 병원으로 오는 생활이 반복됐다. 간이침대에 앉아 재미도 없는 책들을 읽어 댔다. 그러면 류근덕은 미간을 좁히고 무미건조한 목소리를 듣다가 그 책 좀 치워라, 정신 사납다, 하며 아들을 나무랐다.

그런 말을 한 다음 날이면 선재는 가방에서 다른 책을 꺼냈다. 조용히 책을 읽어 주는 선재의 목소리를 가만 듣던 류근덕의 얼굴이 점점 못마땅하게 일그러졌다.

저녁을 먹고 가만 앉아 티브이를 보던 류근덕이 리모컨을 만지작거리다가 고개를 돌려 간이침대에 앉아 있는 아들의 얼굴을 보았다. 선재의 시선을 따라 고개를 돌린 곳에는 의료용 침대에 목석처럼 누워 있는 권은찬이 있었다.

"쟤가 너랑 같이 가수 준비하는, 그 누구 동생이라고 했던가."

나지막이 뱉는 류근덕의 목소리에 선재가 천천히 고개를 끄덕였다. 권은찬은 권성준의 동생으로 올해 열여섯 살이었다. 선재가 권은찬을 본 것은 고등학교에 입학하고 얼마 후였다.

백인혁의 집에서 밤늦게까지 뒹굴뒹굴하다가 나와 집으로 가는 길이었다. 골목 모퉁이에서 몇몇 아이들이 한 명을 집중적으로 때리고 있었다. 선재는 그 골목을 지나야 했고, 아이들은 선재가 지나갈 때 잠시 발길질을 멈췄다.

선재는 그냥 지나가려다 걸음을 돌렸다. 괜히 혼자서 끼어들었다가 얻어터지면 어쩌지, 그런 걱정이 들었으나 다행히도 아이들이 순순히 물러났다. 선재의 키나 잘생긴 얼굴에 정신적으로 억눌렸는지도 모른다.

터진 입술로 권은찬이 연신 고맙다고 인사했다. 그게 첫 만남이었다. 그날 둘이서 햄버거를 먹었다. 잘생긴 선재의 얼굴에 권은찬은 햄버거를 먹으면서도 눈을 떼지 못하고 넋을 놓았다. 그 모습에 선재가 피식 웃었고, 권은찬이 조심스레 내민 핸드폰에 번호를 눌러 주었다.

그 이후로 몇 번 더 만난 적이 있었다. 그러다 회사에 들어가게 되면서 권은찬이 권성준의 동생이라는 사실을 알게 되었다. 권은찬은 제 친형인 권성준보다 선재를 더 좋아했다.

권은찬은 지난달 교통사고를 당했다. 눈이 내리는 날이었다. 파란불이 깜빡거리는 횡단보도를 뛰어 건너가다가 핸드폰을 떨어트렸다. 길을 다 건너가서야 그 사실을 알았고 핸드폰을 줍기 위해 길을 다시 건넜다. 권은찬은 혼자였고, 그 때문에 은찬아, 하고 이름을 부르며 위험을 알려 줄 사람이 없었다.

속도를 줄이지 않은 채 달려오던 오토바이 한 대가 빠르게 방향을 틀다 빗길에 미끄러지면서 차선을 넘었다. 반대 방향에서 오던 차가 급하게 핸들을 꺾었고, 불행하게도 그 방향이 권은찬을 향했다.

핸드폰을 손에 들고 선 권은찬이 도로를 무작정 가르는 소음에 엇, 하는 사이 그대로 충돌했다. 기다란 포물선을 그리며 권은찬의 몸이 떠올랐다. 추락하기까지 너무나 짧은 시간이라 아무것도 생각하지 못했다. 그렇게 혼수상태에 빠졌다.

은찬아, 그 이름은 선재의 입에서 자주 흘러나왔다. 종종 간병인 대신 권은찬의 손과 발을 닦아 주며 선재는 소소한 정보들을 나열했다. 은찬아, 오늘은 눈이 온다, 날이 어둑하다, 구름이 한 점도 없어. 대부분 풍경에 관한 것이었다. 류근덕이 듣기 싫다는 책을 소리 내 읽는 데에도 이유가 있었다. 어쩌면 꿈도 꾸지 못하고 지루하게 누워 있을 권은찬에게 작은 이야기라도 전해 주고 싶

566

어 그랬다.

데뷔조에 들어간 권성준은 눈코 뜰 새 없이 바빴고 권은찬의 부친은 이런저런 회사 일로 출국이 잦았다. 권은찬의 모친은 해가 떠 있는 시간에 자리를 지키다가 해가 저물면 돌아가곤 했다.

"넌 지금 외롭고 긴 잠을 자고 있는 거지? 그만 자고 어서 일어나."

길게 자란 권은찬의 머리카락을 쓸어 넘겨 주며 선재가 말했다. 달빛이 새어 드는 병실 안, 어스름한 빛 속에서 선재가 물끄러미 권은찬의 얼굴을 바라보았다.

□ □ □

듬성듬성 불을 켜 둔 복도에 빛이 희미하게 어렸다. 깜박이던 1101호실 앞의 전구가 틱, 소리를 내며 나갔다. 1101호실. 두 명의 환자 이름이 벽에 붙어 있었다. 권은찬. 류근덕.

불이 꺼진 병실에 어슴푸레한 달빛이 스몄다. 소리도 빛도 죽은 듯한 병실 안을 한 여자가 느린 걸음으로 가로질렀다. 그러곤 창문 앞에 멈춰 서서 푸른 눈동자를 올렸다. 여자가 손을 들어 까닥였다. 창문 유리에 수증기가 하얗게 얼어붙으며 유리창이 불투명해졌다. 얼어붙은 창문을 보던 여자가 몸을 돌려 뒤를 보았다.

침대에 누운 권은찬이 슬쩍 뜨고 있던 눈을 급하게 감았다. 권은찬은 교통사고가 나던 때에 몸이 허공에 뜨면서 영혼이 튀어나왔다. 바닥에 피범벅을 하고 쓰러져 있는 자신을 보며 엉엉 울다가 제 몸을 싣고 가는 구급차에 허둥지둥 올라탔다. 그렇게 침대에 누워 있는 제 몸 주변을 서성이는 생활이 시작되었다.

몸이 허공에 떴던 그 짧은 찰나, 권은찬은 이상한 세계를 보았다. 제가 아는 사람들이 모두 조금 나이가 든 모습으로 울고 있는 세계였다. 그 세계에 선재만 없었다. 권은찬은 그곳에서 울고 있는 자신을 보았다. 지금보다 키도 크고 어깨도 넓은 모습으로, 눈이 벌게져서는 선재의 이름을 되뇌며 울고 있었다.

허공으로 떠올랐던 몸이 바닥으로 추락하면서 그 세계가 사라졌다. 빛의 소멸 같은 느낌이었다.

멀리 벗어날 수 없어 병실 안에서 무료한 시간을 보내고 있을 때 류근덕이 왔다. 선재도 함께였다. 권은찬은 선재에게 제가 본 세계를 말해 주었다. 하지만 선재는 자신의 모습을 보지도 제 목소리를 듣지도 못했다. 외로운 사투였다.

여자가 느린 걸음으로 다가와 권은찬 앞에 섰다. 권은찬은 눈을 꾹 감고 잠든 척을 했다. 여자에게서 느껴지는 기운이 범상치 않았기 때문이다. 왠지 제 영혼을 보는 것 같은 느낌이 들었다.

여자가 손 위에 시계 하나를 올렸다. 원형의 납작한 쇳덩이였는데 옮길 운運이 음각돼 있었다.

"이 시계는 운명을 침범할 수 있는, 필연적 운명이 강한 시간으로 기울게 되어 있습니다."

고저 없는 여자의 음성이 들렸다.

"시계 판에 체온을 싣고 힘주어 비껴 누르면 시간이 비틀어지며 여행이 시작됩니다. 여행의 끝은 정각입니다. 정각마다 시간 여행자는 원래의 시간으로 복귀합니다."

권은찬의 눈꺼풀이 파르르 떨렸다.

"비틀어 들어간 시간에선 다른 시간으로 다시 기울 수 없습니다. 정각이 될 때까지 그 시간을 벗어날 수 없으며, 시간 여행자는 자신이 침범하게 될 운명에 대한 정보를 타인에게 누설할 수 없습니다."

참지 못하고 퉁명스러운 목소리가 튀어 나갔다.

"대체 무슨 말씀을 하시는 건가요?"

권은찬과 여자의 눈이 마주쳤다. 삽시간에 병실 안의 온도가 내려갔다. 여자가 손으로 권은찬의 입술을 가렸다. 푸른 눈이 휘몰아치듯 선명하게 빛난다.

"허공으로 하얗게 흩어진 너의 음성을 듣고 왔다. 아무것도 할 수 없는 네가 너무 무력해 보여, 여행을 선물하려고."

고개를 가까이 숙여 내린 여자가 권은찬의 귀에 대고 속삭였다. 그 소리가 가늘어 청각을 자극했다.

"이 시계가 너를 어떤 시간으로 데려가 줄지는 모르겠지만."

기울였던 고개를 바로 든 여자가 권은찬의 손에 회중시계를 쥐어 주었다.

"누구세요?"

"이 시계의 주인이지."

"……귀신이에요?"

권은찬이 꼴깍 침을 삼켰다. 아무런 표정이 없던 여자의 얼굴에 미소가 짧게 머물다 사라진다.

"이 세계에서는 그렇게 부르더구나. 신. 운명을 관장하고 있으니, 운명의 신, 그런 게 되겠구나."

여자가 손을 들어 권은찬의 눈을 가렸다. 손으로 가린 시야에 아무것도 보이지 않고 새카만 어둠만이 펼쳐져 있었다.

"여름이 오기 전에 돌아와야 한다. 네 몸으로 돌아가야지."

긴장이 되어 손안에 들어온 시계를 꼭 쥐었다. 뭔가가 빠직, 하며 눌리는 느낌이 났다.

얼굴에서 손이 떨어진 느낌에 권은찬이 천천히 눈꺼풀을 올렸다. 어둠이 조각나더니 통유리 창으로 야경이 내려다보이는 호텔 바가 나타났다. 디근 자로 놓인 가죽 소파에 앉아 있는 사람들 중 선재가 있었다. 권은찬의 눈이 휘둥그레졌다. 권은찬이 시선을 내리고 회중시계를 보았다. 시침이 재깍 자리를 옮겼다. 멈춰 있던 것들이 잠금이 풀린 듯 움직였다.

ㅁ ㅁ ㅁ

호텔 최고층에 위치한 위스키 바에서 선재의 생일을 축하하기 위해 사람들이 모였다. 자리는 우현성이 만들었는데, 어째 생일 주인공인 선재는 감기 몸살로 기운이 하나도 없었다.

"은찬이가 여기 앉아 있으니까 진짜 이상하다."

"그러니까. 윤재만 못 왔네."

권은찬의 눈이 동그랗게 커졌다. 잔뜩 얼어서 눈동자만 굴렸다. 제 몸은 병상에 누워 있지만, 하루 내내 병실을 돌아다니다 보면 영혼인데도 졸음이 몰려올 때가 있었다. 그럴 때면 아무 데나 자리를 잡고 누워 잠을 청했다. 그리고 그때마다 꿈을 꿨다. 매번 같은 꿈이었다.

매번 반복해 꾸었던 꿈속 장면이 바로 이거였다. 올해 스무 살이 되어 술자리에 종종 끼어드는 권은찬을 다들 신기해했고, 내년에 스무 살이 되는 서윤재의 주량이 어마어마할 것 같다고 저들끼리 추측했으며, 자리가 끝나기도 전에 생일 주인공인 선재는 아무래도 안 되겠다며 먼저 일어났다. 그 후, 권성준이 예약해 둔 객실로 들어가 이런저런 약을 챙겨 먹고 잠이 드는데, 그게 끝이었다. 잠에서 깨지 못하고, 선재가 죽고, 꿈에서 깼다.

권은찬은 그들의 대화를 들으며 멀뚱히 앉아 있었다. 선재의 얼굴에 식은땀이 맺혔다. 이마를 문지르던 선재가 열기 가득한 머리칼을 쓸어 넘긴다.

"미안. 아무래도 먼저 일어나야겠다."

"아직도 그래? 약은 먹었어?"

"응. 아까 먹었는데, 들어가서 하나 더 먹어야겠어."

"아, 생일에 왜 아프고 그래. 마음 아프게."

우현성이 선재의 옆구리를 쿡 찔렀다. 옆으로 몸을 비튼 선재가 옅게 웃으며 목을 문질렀다.

"미안해. 이거 계산은 내가 하고 갈게."

"됐어, 인마! 한 잔도 안 마셨으면서."

"아니야. 나 때문에 왔는데."

"너 때문에 온 거 아니거든? 가서 약 먹고 좀 자라. 얼굴이 말이 아니네."

백인혁이 선재의 등을 떠밀었다.

"안 돼, 형."

그 약 먹으면 죽어, 하고 뱉은 뒷말이 소리 없이 잘려 나갔다. 무력하게 앉아 선재를 올려다보던 권은찬이 혼잣말하듯 뱉었다. 그 목소리에 선재의 시선이 권은찬에게로 향했다.

"어? 잘 못 들었어."

분명 눈이 마주쳤기에 권은찬은 소스라치게 놀랐다.

"은찬, 너 왜 그래?"

권성준이 말했고, 권은찬은 빽 소리를 질렀다.

"지금 내 목소리가 들려?"

권성준의 눈이 가늘어졌다. 얘 왜 이래, 그런 얼굴이었다.

"헐, 대박, 미친. 선재 형, 형, 형 내 목소리 들려?"

이젠 자리를 박차고 일어나 선재의 팔을 잡고 흔들었다. 손에 닿은 선재의 몸이 뜨거워 권은찬이 눈을 동그랗게 떴다. 그러고는 선재의 이마, 뺨, 목을 막 무가내로 짚었다.

"형……, 형 몸이 불덩이야."

"……어, 그래서. 먼저 가 볼게."

인사를 하고 돌아서는 선재를 멀거니 보던 권은찬이 퍼뜩 정신을 차리고는 그 뒤를 쫓았다.

"야, 권은찬 어디 가?"

권성준이 묻자, 권은찬은 신경 쓰지 말라는 듯 허공에 손을 쭉 뻗고 휘휘 저었다. 엘리베이터로 향하는 선재의 팔목을 다급하게 붙잡았다.

"형."

그 약 먹으면 죽는다니까. 권은찬이 입을 벙긋거리다 말고 눈을 동그랗게 떴다.

"미안. 잘 안 들리는데."

"형."

"어?"

"약……."

"응."

"그러니까, 형."

그 약 먹으면 죽는데, 하는 소리만 죽은 듯 묵음이 됐다. 세상에. 권은찬의 두 팔로 일순 소름이 돋았다. 동그랗게 뜬 눈을 말없이 바라보던 선재가 엷게 웃었다.

"왜 그래, 은찬아."

"……아, 아니, 어, 어떻게."

그렁그렁 눈물이 맺히려고 해 손등으로 문질러 닦았다. 그러고는 저가 먼저 앞장서서 엘리베이터 앞에 섰다. 선재가 의아한 얼굴로 권은찬의 뒤를 따랐다.

"왜, 너도 가려고? 더 놀다 가지."

"형 따라가는 거야."

"어?"

엘리베이터 문이 열리고 권은찬이 비장한 얼굴로 발을 들였다. 선재가 고개를 갸웃하곤 뒤따라 탔다. 뭘 따라온다는 거지 싶었는데 권은찬이 객실까지 따라왔다. 뜬금없는 상황에 그의 얼굴을 이상하다는 듯 보게 됐다.

"너 술 많이 마셨어?"

"모르겠는데."

객실까지 따라와 의자에 떡하니 버티고 앉아 있는 권은찬이 의아했지만, 아무렴 어떠냐는 듯 어깨를 으쓱인 선재가 옷을 챙겨 들고 욕실로 들어갔다. 물줄기가 쏟아지는 소리가 들려오고 권은찬의 눈동자가 바쁘게 객실 안을 훑었다. 분명 꿈속에서도 이 공간까지 왔었다. 선재가 죽으면서 이 공간을 벗어나지 못하고 꿈에서 깼다.

"약, 약을 어디서 뺏더라."

권은찬이 선재의 코트 주머니에서 잔뜩 구겨진 약봉지를 꺼냈다. 그러곤 주위를 두리번거리다가 숨길 곳을 찾았는데, 갑자기 뚝 잘려 나간 물소리에 급하게 제 주머니 안에 쑤셔 넣었다.

품이 큰 후드 티에 반바지를 입은 선재가 머리의 물기를 수건으로 털어 내며 나왔다. 그러곤 곧바로 코트 주머니를 뒤졌다. 의자에 앉은 권은찬이 초조하게 눈을 굴렸다.

"뭐, 뭐 찾아?"

"어? 아니, 아까 감기약 산 거 여기 넣어 뒀는데……."

"오다가 떨어트렸나 보다. 약봉지가 좀 커? 그냥 뚝 떨어질 수도 있지."

어쩔 수 없다는 듯 선재가 침대로 걸음을 옮겼다. 침대에 다리 하나를 걸치고 앉아 초조하게 다리를 떨고 있는 권은찬을 보았다.

"나 잘 건데. 너 계속 거기 있게?"

"잠도 안 오면서."

"어?"

"아, 아니야. 나 여기서 형 보초 설 거야."

너무나 이상한 말을 진지한 얼굴로 하는 권은찬을 보며 선재가 피식, 싱겁게 웃었다.

"왜 그러는데? 할 말 있어?"

"응. 있지. 있는데 못 해. 할 수 없어."

"오늘 이상하네. 은찬이."

선재의 고개가 한쪽으로 비스듬히 꺾이자, 권은찬이 어깨를 뻣뻣하게 폈다.

"형."

"응?"

"나 이 장면을 꿈에서 계속 봤어."

"뭐. 네가 갑자기 내 방에 쳐들어와서 나 감시하는 거?"

"······감시가 아니고 보초 서는 거라니까."

선재의 입술이 벌어지며 피식, 웃음이 새어 나왔다.

"형, 운명 같은 거 믿어?"

"갑자기?"

"······그냥, 갑자기 궁금해서. 믿어?"

"글쎄. 뭐, 어느 정도는."

"······그럼, 운명을 바꿀 수 있다고 생각해?"

입술을 꾹 붙이고 긴 숨을 뱉던 선재가 고개를 옆으로 기울였다.

"이미 정해져 있는 게 운명 아니야?"

"······."

"그걸 바꾸려면, 더 지배적인 엄청난 힘이 있어야 가능하지 않을까."

"······뭐? 신, 같은 거?"

"글쎄. 그런 게 있나."

그러니까. 그런 게 없다고 생각했던 게 자신인데. 저를 이곳으로 데려온 자가 신, 그런 거라고 했으니, 아주 없다고 할 수도 없는 노릇이었다.

"그러면, 뭐?"

권은찬의 물음에 선재가 천장을 올려다보며 생각한다.

"음······. 마음?"

선재가 침대에 눕자, 권은찬은 손가락을 까닥였다. 순간 우울해졌다. 신의 도움을 받아도 형 죽는다, 하는 그런 사실조차 전달하지 못하는데 고작 마음 같은 걸로 죽을 운명을 바꿀 수 있을 리 만무했다. 더 지배적인 엄청난 힘. 불가능에 가깝다는 이야기였다. 주머니에 손을 넣어 회중시계를 꺼냈다.

똑똑, 누군가 문을 두드렸다.

"야, 류선재. 나 인혁이. 문 열어 봐. 약 사 왔다."

그 순간 시침이 자리를 옮기고 정각이 되었다.

원래의 시간으로 돌아가고, 뭐지, 대체 무슨 일이지, 정말 운명의 신이 다녀 간 건가, 생각하며 류근덕의 옆을 지키는 선재를 보았다. 하지만 그 이후로도 변함없이 같은 꿈을 꾸었다. 여전히 그 꿈에서 선재가 죽었다. 변한 게 하나도 없다는 사실을 깨달았다.

시간 여행을 가서 만난 선재가 미래의 선재라는 것을 짐작했다. 꿈이 아닌 실제의 선재를 보아서 그런지 그 죽음이 더 실감 났으며, 살리고자 하는 마음 이 더 간절해졌다. 권은찬이 회중시계의 음각에 체온을 실어 눌렀다.

빛이 사라지고 눈을 떴을 때 권은찬은 병원 화단을 바라보고 서 있었다. 장 례식장 뒤쪽에 위치한 쉼터였다. 눈을 내리고 살펴본 자신은 검은색 정장을 빼 입고 있었다. 선재 형. 퍼뜩 드는 생각에 무작정 택시를 잡아타고 호텔로 향했 다. 이번엔 보초만 설 게 아니라 무슨 말이라도 해서 언질을 주어야지, 생각하 고 있었는데 라디오에서 선재의 이름이 흘러나왔다.

권은찬의 표정이 굳었다. 몸이 얼어 버린 것처럼 안 움직였다. 곧바로 주머 니에서 핸드폰을 꺼내 선재의 이름을 검색했다. 어제 발행된 기사 제목에 줄줄 이 속보가 달려 있었다.

〈속보〉 아이돌 그룹 '감자전'의 멤버 류선재, 사망.

아이돌 그룹 '감자전'의 멤버 류선재가 30일 새벽 급성 약물 중독으로 사망했다.

앞서 한 매체는 30일 오전 6시 30분쯤 류선재가 서울 중구의 호텔에서 쓰러진 채 발견됐다고 전했다. 그는 병원으로 이송됐으나 사망한 것으로 확인됐다.

〈속보〉 류선재 측, 약물 과다 복용은 '사실 무근'

평소 불면증에 시달려 장기간 수면제를 처방받아 온 것으로 알려졌다. 하지만 그 의 사인을 약물 과다 복용으로 추정하는 추측성 기사에 대해 소속사 측은 '사실 무근' 이라는 입장을 밝혔다.

지난 28일 밤 소속 팀 멤버인 백인혁의 브이라이브에서 '선재가 요즘 감기 몸살로 아파요' 라고 언급된 것으로 보아 수면제와 다른 약을 추가 복용하여 쇼크사한 것이 아니냐는 추측이 일고 있다.

권은찬이 멍한 얼굴로 인터넷 기사를 읽었다. 가만 기사를 훑어보던 권은찬의 눈에 울고 있는 권성준의 사진이 들어왔다. 시간 여행을 와서 눈을 뜬 장소를 떠올렸다. 자신이 왜 검은색 정장을 입고 있었는지, 권은찬은 이제야 이해했다.

"꿈 이후의 시간으로 왔어."

가만 병상에 누워 있는 자신의 손과 발을 닦아 주고, 조곤조곤 시시콜콜한 이야기를 해 주던 선재가 생각났다. 권은찬은 그 모습을 침대에 비스듬히 걸터 앉아 지켜보았다. 형은 진짜 좋은 사람이야. 자신의 목소리를 듣지 못하는 선재에게 권은찬은 그렇게 말하곤 했다.

목적지에 도착하기 전, 택시를 세우고 내렸다. 선재가 없는 곳이 목적지가 될 수는 없었다. 허탈한 마음에 길가에 쪼그리고 앉았다. 좀처럼 몸을 움직일 수가 없었다. 상황이 어쩐지 침통하게 흘러갔다. 운명의 신이라며 자신을 찾아온 여자가 했던 말이 떠올랐다.

'허공으로 하얗게 흩어진 너의 음성을 듣고 왔다. 아무것도 할 수 없는 네가 너무 무력해 보여, 여행을 선물하려고.'

"선재 형 살려 내라고 이거 준 거 아니었어?"

권은찬의 미간이 점점 좁아졌다.

"운명을 침범할 수 있는 시간으로 기운다며. 왜 죽은 뒤로 데려다주는데? 이미 죽은 사람을 어떻게 살려 내라는 거야! 관 뚜껑 열라고? 어?"

좀처럼 머리가 굴러가지 않아 눈썹을 찌푸리고 괴로운 듯 이마를 짚었다. 권은찬이 얼굴을 들고 하늘을 올려다봤다. 혼수상태인 자신이 두 다리를 휘적휘적 움직여 거리를 걷고, 미래에 와 있는 걸 보면 정말 신, 뭐 그런 것쯤 되는 거 같은데 상황이 앞뒤가 안 맞았다.

소속사 측의 공식 입장 발표를 통해 밝혀진 사인에 의하면 감기약과 수면제를 동시 복용하여 생긴 쇼크사였다. 소속사 측의 발표문보다 한 기자가 써낸 기사의 내용이 더 상세했다.

감기 몸살로 기운이 급격히 떨어져 저녁도 먹는 둥 마는 둥 했던 류선재는 호텔방으로 들어가자마자 샤워를 하고 나왔다. 샤워 가운의 감촉을 싫어하는 탓에 품이 큰 후드 티에 반바지를 입고 급한 대로 약국에서 산 감기약 한 알을 입에 넣은 뒤 물약 한 병을 마셨다. 그러곤 곧바로 잠들기 위해 처방받은 수면제 다섯 알을 입에 털어 넣었다. 스물세 살 류선재의 마지막 모습이다.

쓱쓱, 페이지를 내려 댓글을 읽던 권은찬이 한숨을 뱉으며 핸드폰을 내렸다.

"약을 찾아서 숨기면 뭐 해. 다른 사람이 또 사다 주는데."

머리를 쓸어 넘기고 높이 뜬 달을 보았다. 운명의 질서, 이미 정해진 일, 더 지배적인 엄청난 힘, 그런 말들이 머리를 스쳤다.

"이게 선재 형 운명인 건가."

길게 뱉는 숨에 입술 밖으로 입김이 흩어졌다. 회중시계를 주머니에 넣은 권은찬이 무릎을 펴고 일어났다. 알 수 없는 세계의 흐름에 대해 생각하며 하늘을 올려다보는데, 핸드폰이 진동했다. 발신자를 확인했다. 권성준이었다.

"어, 형."

— 말도 없이 어디 갔어?

"아……."

— 선재 아버지가 너 찾으신다.

"나를?"

— 응.

"아, 알았어. 얼른 갈게."

통화를 종료하고 핸드폰을 주머니에 넣었다. 천천히 걸음을 옮기다가 대체 왜 선재 형이 죽은 미래로 왔을까, 하는 생각에 빠졌다. 운명을 침범할 수 있는, 필연적 운명이 강한 시간으로 기운다고 했는데.

주머니에 있는 회중시계를 만지작거리다가 퍼뜩 정신이 들었다. 분명 그냥 오지는 않았어. 어떤 강한 뭔가가 이 시간으로 기운 거라고. 운명의 신이 괜히 신이겠는가. 선재의 부친이 갑자기 자신을 찾는 것도 어쩌면 선재의 운명을 바꿀 수 있는 어떤 하나의 힌트일지도 모른다는 생각이 들었다. 권은찬이 빠르게 달리기 시작했다.

달려가는 길, 어디선가 울음소리가 들렸다. 소름 돋게 서러운 울음에 권은찬이 멈칫 서서 주위를 두리번거렸다. 안 그래도 어두운 길에 거니는 사람 하나 없는데 어둠을 울리는 소리라니, 뭔가 섬뜩했다.

"으어어엉."

몇 걸음 떼던 권은찬이 다시 멈춰 섰다. 그러곤 홱, 홱, 빠르게 몸을 돌리며 주위를 살폈다.

"뭐야. 존나 무섭게."

두리번거려도 보이는 사람 하나 없는데 울음소리가 점점 크게 다가왔다. 운명의 신, 뭐 그런 신을 본 마당에 귀신을 보지 말라는 법은 없었다. 권은찬의 얼굴이 점점 퍼렇게 질려 갔다. 싫은데. 그건 존나 싫은데. 그런 생각에 울상을 짓고는 잽싸게 달렸다.

이 어두운 길목을 최대한 빨리 벗어나고자 최선을 다해 달리는데 문득 달이 번쩍이는 느낌이 들었다. 속도를 늦추지 않고 달리며 힐끗 하늘을 향해 눈을 올렸다. 달이 크고 밝았다. 문득 이 모든 게 너무 비현실적으로 느껴졌다. 미래라고 하지만 겪지 않은 일이니 이게 진짜 자신의 미래라는 확신도 없었다. 전부 다 꿈일 수도 있지 않나, 만들어진 세계일 수도 있지 않나, 그런 생각이 문득 들었다.

아, 대체 뭘 어쩌라는 거지. 그리 생각하며 고개를 내리는 순간 멍하니 서서 하늘을 올려다보는 여자가 바로 앞에 보였다. 아차 하는 순간 어깨를 부딪치며 몸이 크게 흔들렸다. 아까 계속 어둠을 울리던 그 울음소리가 여기서 울리고 있었다.

권은찬은 순간 사색이 되어 여자를 돌아보았다. 머리카락이 덕지덕지 붙어 눈물로 범벅이 된 얼굴이 처참했다. 짙은 어둠으로 물들어 기괴해 보이기까지 했다. 권은찬은 소리가 튀어나오려는 걸 꾹 참고 달렸다. 왠지 여자가 네 발로 걸으며 자신을 따라오고 있을 것만 같았다. 여기가 미래 같니? 정말 그렇게 생각하니? 여긴 지옥이란다. 그런 말을 속삭이며 수상하게 웃을 것 같은 몰골이었다.

울음소리가 가까워지지 않기를 바라며, 이를 악물고 달렸다.

"왜 치고 가는데에. 흐어어엉."

뒤에서 무슨 말소리가 들린 것 같았지만, 권은찬은 제대로 듣지 못했다. 으허엉, 하는 울음소리만 멀리서 울렸다. 권은찬이 눈을 휘어 내리고 속도를 더했다.

□ □ □

장례식장에 도착한 권은찬은 류근덕이 건넨 자판기 커피를 받아 들고 벤치에 나란히 앉았다. 커피를 마셔 본 적 없는 권은찬은 종이컵만 만지작거릴 뿐 입에 대진 않았다. 말없이 커피를 마시던 류근덕이 망연한 얼굴로 바닥을 내려다보다가 입을 열었다.

"불현듯 내가 뭔가 생각이 나서 말이야."

"네. 말씀하세요."

권은찬이 손에 쥔 종이컵을 엄지로 문지르다가 고개를 돌렸다.

"네가 예전에 말이다. 몇 년 전 코마에서 깨어났을 때. 갑자기 선재를 보자마자 막 울었잖니. 선재가 죽는 꿈을 꿨다면서."

가만 류근덕의 이야기를 듣던 권은찬이 눈을 동그랗게 떴다. 원래의 자신은 여전히 의식 없이 병실에 누워 있었고, 류근덕이 말하는 것은 자신은 모르는 미래의 일이었다. 진실인지 아닌지, 스스로는 구분할 수 없는 이야기.

"너무 오래전이라 잊고 있었는데, 갑자기 생각이 나더구나."

"……네."

류근덕이 커피를 한 모금 마시고 하늘을 올려다봤다.

"그때 네가 선재의 미래를 본 건 아닌가, 갑자기 그런 생각이 들지 뭐냐."

권은찬이 하늘을 올려다보는 류근덕의 모습을 멍하니 보았다.

"선재에게 한 번도 사랑한다고 말해 준 적이 없는데."

"……."

"자주 해 줄 걸 그랬다."

어두운 하늘을 보는지, 달을 보는지, 아니면 그 어디에 있을 선재를 보는지 알 수 없는 류근덕의 얼굴이 처연하게 젖어 갔다.

류근덕과 함께 빈소로 들어선 권은찬은 정신이 나간 것처럼 멍하니 선재의 영정 사진을 보았다. 권성준과 우현성, 백인혁, 서윤재가 선재의 빈소를 지키고 있었다. 혼수상태에 빠져 가만히 병실에 누워 있는 자신이 미래로 온 것만큼이나 비현실적으로 느껴졌다.

낯선 공기, 슬픔으로 낮게 가라앉은 분위기, 아무도 웃지 않고 사진 속 선재만 웃고 있는 모습에 이상하게 숨이 막혔다.

주변을 훑으며 빈소를 지키는 이들의 얼굴을 보는데 모두 창백한 게 핏기가 하나도 없었다. 백인혁은 얼마나 운 건지 눈이 퉁퉁 부어 있었고, 그 부은 눈마저 좀 전까지 울었던 것처럼 붉었다. 마주 본 풍경이 권은찬의 마음을 마구 들쑤셨다.

'안 돼. 시간이 이렇게 기울어서는 안 된다고.'

권은찬이 바쁘게 장례식장을 벗어났다. 주머니에 손을 집어넣는데 회중시계가 없었다. 권은찬의 발이 멈췄다. 가만 서서 두 손으로 주머니를 뒤집어 꺼내 보고 몸을 구석구석 훑었다.

"어?"

권은찬의 눈이 동그랗게 커졌다. 재킷을 벗어 주머니를 살폈다. 아무리 몸을 더듬어도 회중시계가 안 나왔다.

"어, 이러면 안 되는데."

혹시 몰라 걸어온 길을 다시 되돌아갔다. 바닥을 아무리 훑어봐도 없었다. 되돌아온 빈소에 가만 서서 기억을 더듬는데 다른 빈소에서 누군가의 울음이 터지는 소리가 들려왔다. 흐엉, 하는 서러운 울음소리에 권은찬의 미간이 확 좁아졌다.

"설마."

권은찬이 급하게 구두를 꿰어 신고 걸음을 빨리했다.

ㅁ ㅁ ㅁ

여자와 부딪쳤던 그 길로 돌아왔다. 장소가 정확히 안 떠올라 주변 길목을 모두 뒤졌다. 그런데 아무리 바닥을 훑어봐도 회중시계가 없었다. 혹시 몰라 쪼그려 앉은 채 핸드폰 손전등으로 바닥을 비추며 몇 미터를 계속 걸었다. 울음소리가 사라지고 없는 길이 조용했다.

"여기가 아닌가."

권은찬이 한숨을 뱉으며 머리를 쓸어 넘겼다.

"미쳐 버리겠네."

시계를 보았다. 시간이 12시를 넘어서 있었다.

"와, 나. 진짜. 이걸 어떻게 찾지."

권은찬이 두 손바닥에 얼굴을 묻었다. 일이 이상하게 꼬여 버렸다는 생각을 지울 수 없었다. 어디선가 웃음소리가 들렸다. 휙, 몸을 돌렸다. 어두운 공원 뒤쪽 화단, 저편에서 들린 것 같았는데 그런 것 따위를 신경 쓸 때가 아니었다. 권은찬이 무릎을 펴고 일어나 걸었다. 머리는 안 굴러가지만, 무슨 방법이라도 찾아야 했다.

혹시 류근덕과 벤치에 앉아 있을 때 떨어진 것은 아닐까 싶어 다시 장례식장으로 돌아갔다. 천천히 모든 길을 되감으며 훑었다. 종이컵을 버리러 갔던 쓰레기통까지 다시 걸어 봤다. 하지만 회중시계는 없었다.

"나 설마 못 돌아가는 건 아니겠지."

권은찬이 벤치에 앉아 답답한 숨을 뱉었다. 아무것도 해결되지 않은 상황에 손으로 머리카락을 흐트러트리며 얼굴을 찌푸리고 고개를 돌렸다. 고개를 돌린 곳에 핸드폰 화면 불빛을 잔뜩 받은 얼굴이 보였다. 어두운 곳에 얼굴만 둥, 떠 있어 흠칫 몸을 떨었다.

장례식장 뒤편 화단에 쪼그려 앉은 여자가 얼굴 가까이 핸드폰을 든 채 어딘가를 들여다보고 있었다. 뭐라고 혼잣말을 하더니 갑자기 뚝뚝 눈물을 흘렸다. 얼굴을 비추는 불빛에 떨어지는 눈물이 훤히 보였다. 갑자기 우는 모습에 권은찬의 시선이 고정됐다. 옷소매로 눈물을 훔치고 코를 훌쩍이던 여자가 고개를 들었다. 권은찬이 여자를 따라 시선을 돌렸다. 가로등이 없어 어두운 길로 백인혁이 걸어 나오는 게 보였다.

"백인혁!"

벌떡 일어난 여자가 백인혁을 향해 뛰어갔다. 걸음을 돌리는 백인혁을 잽싸게 따라잡은 여자가 팔을 낚아챘다.

"야, 너 나 기억나? 어?"

백인혁이 아무런 말 없이 여자를 보았다.

"류근덕감자탕에서 같이 감자탕 먹었는데? 어?"

연인 사이의 싸움인가, 하는 생각으로 둘을 보던 권은찬이 쫑긋 귀를 세웠다. 류근덕감자탕이라면, 선재의 부모님이 운영하는 식당이었다. 한 마디도 뱉지 않은 백인혁이 건물 안으로 들어갔다. 여자의 어깨가 허탈함으로 축 처지는 게 보였다. 어, 그런데 나 저 외투 왜 낯이 익지. 권은찬이 자리를 박차고 일어났다. 울음소리가 그득했던 길에서 보았던 여자가 떠올랐다. 그사이 여자가 걸음을 떼고 병원을 벗어났다.

"아까 그 여자!"

권은찬이 뒤늦게 여자의 뒤를 쫓았다. 병원을 벗어난 여자가 대로변으로 가 택시를 잡아타는 게 보였다. 대로변으로 뛰어나온 권은찬이 도로를 바라보며 손을 뻗고 저었다. 손을 휘휘 저으며 초조한 얼굴로 멀어지는 택시를 보았다.

"아, 씨. 놓치면 안 되는데."

권은찬의 앞에서 택시가 느리게 정차했다. 잽싸게 조수석 문을 열고 올라탔다. 탁, 소리가 나게 문을 닫고 바로 손을 뻗어 멀어지는 택시를 가리켰다.

"저거, 저 택시 따라가 주세요! 시계 도둑입니다!"

목적지를 뱉었는데도 택시가 안 움직였다. 권은찬이 긴박한 얼굴로 기사를 보았다.

"왜요. 왜 안 가요?"

"안전벨트요."

권은찬이 얼굴을 찌푸리며 안전벨트를 당겼다.

"아, 놓치겠어요!"

기사가 느리게 얼굴을 돌리고는 브레이크에서 발을 뗐다.

웬 골목에서 내린 권은찬이 주위를 바쁘게 뒤졌다. 골목에 들어섰을 땐 이미 손님을 목적지에 데려다주고 떠나는 택시의 전조등 불빛만 남아 있었다.

"여기 어딘데."

빌라 앞에 서서 고개를 들었다. 택시의 방향을 봤을 때 이 집이 제일 유력했다. 그런데 한 세대가 사는 게 아니라, 여자가 몇 층 몇 호에 사는지 알 길이 없었다.

"우선 올라가 볼까."

밑져야 본전이라는 생각으로 권은찬이 출입문으로 발을 들였다. 계단을 천천히 밟아 올라가며 두 세대만 사는 층수를 천천히 살폈다. 101호, 102호, 201호, 202호의 문에 바짝 붙어 귀를 대고 안에서 나는 소리를 들었다. 별 소득이 없었다. 이게 무슨 미친 짓이지. 그냥 내려갈까. 그런 생각을 하다가 한숨을 내뱉으며 3층으로 올라갔다. 계단을 올라서 3층에 다다르자 현관문 너머로 티브이 소리가 크게 울렸다.

'무슨 볼륨을 저렇게나 올렸어.'

현관문에 귀를 바짝 대지 않아도 소리가 넘어왔다. 302호에서 나는 소리인 것 같았다. 얼굴을 찌푸리고는 301호의 현관문에 바짝 귀를 붙였다.

"티브이 소리 좀 안 나게 해라!"

"꺼져!!!"

현관문 너머에서 말소리가 들렸다. 처음의 목소리는 301호에서, 그 뒤의 목소리는 302호에서 들렸다. 둘이 사이가 안 좋구나, 그런 생각을 하며 계단을 내려갔다.

"여기가 아닌가. 아무리 봐도 여기가 맞는데."

출입문에서 몇 걸음 떨어진 곳에서 건물을 올려다보던 권은찬이 건물 뒤편으로 걸음을 옮겼다. 불이 켜져 있는 층수를 살펴보기 위해서였다. 1층, 2층은 불이 꺼져 있었다. 3층은 모두 불이 켜져 있었고 4층에 한 곳, 5층에 한 곳 불이 켜져 있었다. 저 위에도 올라가 볼까, 그런 생각을 하다가 대체 무슨 믿음으로 여기까지 왔지, 하는 생각이 들었다. 그 여자가 시계를 가져가지 않았을 수도 있는데.

'어쩌지. 그냥 돌아갈까.'

권은찬이 입술을 꾸물거렸다. 시선을 내리려다가 어떤 빛에 퍼뜩 눈을 올렸다. 3층에 있는 창문 하나에서 환한 빛이 발산하는 것처럼 터졌다.

"간다!!!"

그리고 웬 여자의 목소리가 새벽을 쩌렁쩌렁 울렸다. 권은찬이 눈을 번쩍 떴다.

"저거, 저거 그 빛인데!"

권은찬이 후다닥 계단을 향해 달렸다.

▫ ▫ ▫

301호 우편함에 있는 도시가스 고지서에 박힌 이름을 확인한 권은찬이 PC방으로 향했다. 뭔가 개인정보를 파헤치는 느낌이 없지 않아 있어 죄를 짓는 것 같았지만, 회중시계를 찾아야 했다. 301호에서 쏟아져 나온 빛은 분명 그 빛이었다. 아무리 벨을 누르고 문을 두드려도 인기척이 없는 걸로 보아선 시간 여행을 간 것 같았다.

인터넷 창을 열고 임솔, 두 글자를 입력해서 검색했다. 이름만으로는 나오는 정보가 너무 방대해 키보드 위에 손가락을 올리고 까닥였다. 하필 오른손 검지가 'ㅗ' 위에 올라가 있어 입력창에 계속 ㅗㅗㅗㅗㅗㅗㅗㅗ 모음이 이어졌다.

혀로 뺨 쪽 입 속을 훑으며 머리를 굴리던 권은찬이 임솔의 이름 뒤에 류선재의 이름을 덧붙였다. 임솔 류선재. 수많은 페이지를 훑었다. 페이지에 나오는 닉네임이나 아이디를 하나하나 복사해서 붙여 넣고 검색하기를 몇 번, 선재 업고 튀어, 라는 닉네임에 도달했다.

기계적으로 닉네임을 복사해 붙여 넣고 검색했다. 시간 여행자의 회중시계 얻는 법 좀 알려 주세요, 라는 제목의 글이 검색에 걸렸다. 의자에 등을 붙이고 몸을 늘어트리고 있던 권은찬이 퍼뜩 몸을 세웠다. 모니터 가까이 얼굴을 붙이고 글을 클릭했다.

[저 길 가다 회중시계를 주웠는데 이게 시간 여행을 하게 해 주는 것 같아요. 혹시 이거에 대해서 아시나요? 주인이 저를 찾아서 돌려 달라고 하던데, 여기 위치 추적기

도 달려 있나요?]

[존나 예전에 해서 기억 안 나는데. 이걸 아직도 해요? 그거 레벨 100인가 넘으면 얻을 수 있어요. 위치 추적은 없는 걸로 아는데. 근데 웬 주인?]

권은찬의 입이 벌어졌다.

"대박."

아무리 봐도 게임 이야기를 하는 댓글이 아니었다. 댓글이 달린 년도를 확인했다. 지금으로부터 6년 전이었다. 6년 전의 시간으로 기운 것인가.

권은찬의 손이 바쁘게 움직였다. 인터넷 창을 새로 열고 임솔과 선재 업고 튀어를 검색어에 넣고 돌렸다. 감자전의 콘서트 티켓 양도에 대한 글들이 몇 개 떴다.

[저요. 양도 원해요. 제발. 연락처는 010-xxxx-xxxx입니다.]

임솔의 연락처가 남겨진 댓글을 발견했다. 스스로는 티켓팅 전쟁에서 살아남지 못한 모양이었다. 권은찬이 핸드폰을 꺼내 들었다. 6년 전과 같은 번호를 사용하고 있지 않을 수도 있지만, 혹시나 하는 마음으로 전화를 걸어 보았다. 키패드에 번호를 입력하고 통화 버튼을 눌렀다. 손가락으로 까닥까닥, 스페이스 바를 누르며 신호 연결음이 흐르는 소리를 들었다. 달칵, 소리와 함께 통화가 연결되었다. 권은찬의 눈이 긴장으로 커졌다. 꼴깍, 침을 삼키고 입을 열었다.

"여보세요?"

아무런 소리도 안 넘어왔다.

"여보세요? 안 들리세요?"

— 여보세요?

수화기 너머로 상대방의 목소리가 이따금씩 끊기며 넘어왔다. 통화 상태가 좋지 않은 게 말을 길게 늘일 필요가 없어 보였다. 용건만 간단히 하는 게 좋겠다는 생각에 권은찬이 앞뒤 다 자르고 할 말을 뱉었다.

"시계."

— 네?

"그쪽이 가지고 있죠?"

— 무슨 말씀이신지. 누구세요?

수화기 너머로 모난 목소리가 튀어나왔다.

"그쪽이 가지고 갔잖아요. 6년 전으로."

혹시 몰라서 세게 뱉어 봤다. 나름의 취조 방식이라고 생각했다. 뚝, 전화가 끊겼다. 권은찬의 눈이 동그랗게 커졌다.

"대박. 맞나 봐."

방금 건 번호로 다시 전화를 걸었지만 통화가 연결되지 않았다. 핸드폰을 내려놓은 권은찬이 모니터 하단에 있는 시계를 확인하려는 순간, 화면이 검게 흔들렸다.

"어?"

눈을 끔벅이며 주위를 두리번거렸으나 변한 건 없었다. 정전인가, 싶었지만 그랬다면 게임을 하고 있던 사람들이 이렇게 가만히 있을 것 같지 않았다. 권은찬의 고개가 비스듬히 꺾였다. 시계를 찾아 다행이면서도 마음이 초조했다.

'저 아이를 살릴 수 있다면 살려 봐. 비틀어 들어간 시간에서는 시계와 관련된 모든 것에 대해 누설할 수 없으니, 내가 본 것을 알려 주는 것 말고 다른 방법을 택하는 게 좋을 거야.'

"다른 방법. 대체 이미 죽고 없는 사람에게 어떤 방법이 있다는 거야."

숨을 뱉자 앞머리가 날렸다. 인터넷 창을 닫으려다가 선재의 이름을 검색했다. 침울한 얼굴로 스크롤을 내리던 권은찬의 눈이 점점 커졌다. 속보를 달고 선재의 죽음을 알리던 기사가 사라지고 없었다.

"어떻게 된 거지?"

자세를 고쳐 앉고 류선재 사망, 이라고 입력한 뒤 검색했다. 관련된 내용이 하나도 없었다.

'나는 시계를 잃어 버려서 아무것도 못 했는데.'

멍하니 모니터를 보던 권은찬이 핸드폰을 들고 권성준의 번호로 전화를 걸었다. 오래 지나지 않아 권성준의 목소리가 들려왔다.

— 응. 은찬아.

"형, 형 어디야?"

— 나 숙소인데. 왜?

"숙소? 숙소야? 장례식장이 아니고?"

— 무슨 말이야?

권은찬의 입이 쩍 벌어졌다. 벌어진 입이 다물릴 줄 몰랐다. 이게 무슨 상황이지. 어떻게 된 일이지. 다 꿈인가. 뭐지. 그런 생각에 눈만 끔벅이다가 재차 자신의 이름을 부르는 권성준의 목소리에 정신을 차렸다.

"선재 형은?"

— 선재? 방에 있는데.

"대박……."

— 어?

"존나…… 대박……."

멍하니 허공을 바라보던 권은찬이 고개를 돌려 모니터를 보았다. 이해할 수 없는 상황에 딱딱한 모니터를 손으로 더듬기까지 했다.

ㅁ ㅁ ㅁ

PC방을 나온 권은찬이 임솔의 집으로 향했다.

신이라며 자신을 찾아온 여자가 했던 말을 떠올렸다. 회중시계는 분명 임솔이 가져갔다. 아무것도 할 수 없는 네가 무료해 보여 여행을 선물한다고 했다. 그런데 권은찬이 들어온 기울어진 시간엔 선재는 없고, 임솔이 있었다. 그리고 저도 모르는 사이에 시계가 임솔의 손에 들어갔다. 이 모든 것도 운명인 건가. 나는 시간 여행자가 아니라 전달자, 그런 거였던 건가, 하고 권은찬이 생각했다. 어쩌면 그게 운명의 신이 회중시계를 쥐여 준 이유일지도 몰랐다.

301호 앞에 선 권은찬이 시간을 확인했다. 3시가 되기까지 20분 남짓 남아 있었다. 핸드폰을 꺼내 임솔의 번호로 전화를 걸었다. 통화 연결음이 이어지다가 달칵하는 소리가 들려왔다.

"여보세요?"

수화기 너머에서 아무런 소리가 안 넘어왔다. 재차 "여보세요?" 하고 외치자 그제야 상대의 목소리가 넘어왔다.

— ……여보세요?

"안 들려요?"

— 드, 들려요.

권은찬이 길게 한숨을 뱉었다.

"나 진짜 그 시계 잃어버린 줄 알고 얼마나 마음 졸였는지 아냐고요."

— 저, 누구세요?

"시계 잃어버린 사람이죠."

— 훔친 거 아니에요. 길에서 주웠어요.

"알아요. 됐고, 시계 가지고 있죠?"

— ……네.

"그거 잃어버리면 안 돼요. 회중시계 정각에 가까워졌어요?"

— ……네. 3에 가까워져 있어요.

"곧 넘어오겠네요."

— 곧 넘어간다니요?

"정각마다 여행자는 원래 시간으로 복귀한다. 뭐, 그렇대요."

— 정각이 되면 돌아가는 거예요? 제가 뭘 안 눌러도?

"그렇죠."

틱틱 튀는 소리에 미간이 찌푸려졌다. 아무래도 다른 시간이 연결된 거라 통화 상태가 좋지 못한 듯했다.

"집 앞에서 기다리고 있습니다. 허튼 생각 하지 말고 돌아오면 시계 바로 돌려줘요."

— 우리 집이요?

"예. 옆집 티브이 소리 졸라 크네요. 시간 여행자인 거 아무한테도 말 안 했죠? 절대 누설하면 안 돼요. 누설할 수도 없겠지만."

— 그건 말 안 했어요. 아무한테도.

죽었던 선재가 살아 있다. 여기서 자신이 한 일이라고는 시계를 떨어트린 것뿐이었다. 선재의 운명을 바꾼 힘은 분명 과거에 있었다. 그런 생각에 권은찬은 조금 무섭고, 걱정이 됐다. 선재의 미래가 바뀐 것처럼 시간 여행자가 된 임솔의 미래 또한 바뀌었을지도 모른다.

"잘했어요. 그리고 뭘 하고 다니는지는 모르겠지만, 조심해요. 잘못하면 여기서 그쪽 인생 완전 꼬일 수도 있으니까."

— 네?

잡음 소리가 커졌다.

"미래가 바뀌었거든요."

아무런 소리가 안 넘어왔다. 권은찬이 핸드폰을 귀에서 떼고 통화 상태를 살폈다. 종료된 통화에 대한 목록이 남아 있었다.

"끊겼네."

핸드폰을 주머니에 집어넣고 계단에 쪼그려 앉았다. 누군지도 모르는 사람의 집 앞에서 그 사람을 기다리는 게 기분이 이상했다. 그것도 자신이 어떻게 살고 있는지 모르는 시간에서. 그런데도 왠지 모르게 마음이 들떴다. 선재 형도 살아서 다행이고, 돌아가면 자신이 긴 잠에서 깨어난다는 사실도 좋았다.

센서 등이 꺼진 컴컴한 계단에 가만 앉아 있던 권은찬이 주머니에 넣었던 핸드폰을 꺼냈다. 엄지로 액정을 가만 문지르다가 메시지 창을 열었다. 오랜 시간 옆을 지키며 얼굴을 들여다보고 가던 선재가 생각났다. 무슨 슬픈 일이 있는지, 이어폰을 귀에 꽂은 채 창문 앞에 서서 음악을 듣던 우울한 얼굴도 떠올랐다.

한번은 잠이 든 류근덕의 침대에 엎드려 누워 자던 선재가 눈물을 흘렸다. 그 모습을 가만 보던 권은찬은 눈을 동그랗게 뜨고 선재의 얼굴을 보았다. 뭐지, 이거 진짜 눈물인가, 했는데 눈물이 맞았다. 꿈을 꾸는 듯 보였다.

권은찬은 침대에 걸터앉아 닿지 않는 손으로 선재의 등을 토닥였다. 이제 곧 긴 잠에서 깨어날 테고, 선재의 얼굴을 마주 볼 수 있었다. 어쩌면 병실에 누워 있는 동안 영혼 상태에서 보았던 모든 것들을 기억 못 할지도 모른다. 왠지 그럴 수도 있겠다는 생각이 들었다.

혹시나 하는 마음으로 선재의 번호를 검색했다. 다행히도 주소록에 저장되어 있었다. 허공에 엄지를 띄우고 망설이던 권은찬이 천천히 키패드를 눌렀다. 어둠 속에서 핸드폰 불빛이 권은찬의 얼굴을 밝혔다.

[형, 이런 식으로 운명이 바뀌기도 하나 봐. 예측할 수 없는 변수로, 무엇 때문에 운명이 바뀌었는지 모르겠지만, 그건 분명 더 위대한 어떤 힘이 있어서겠지? 형이 말했던 마음 같은 거. 그건 너무 소중한 거야. 그 마음을 잊지 마, 형.]

권은찬이 내용을 입력하고 선재에게 메시지를 전송했다. 뒤에 '사랑해'를 덧붙였지만 혼자 너무 앞서간 감정 같아서 지웠다.

시간을 확인했다. 2시 59분. 왠지 모르게 입술이 말랐다. 권은찬의 눈이 앞에 있는 문으로 향했다. 컴컴한 공간, 문 너머의 다른 세계를 기다리고 있는 기분이 이상했다. 정말 이건 꿈이 아닌가. 그런 생각이 3시를 기다리는 지금에도 들었다.

권은찬의 눈이 어둠에 깊게 물들었다. 시간을 흘려보내고, 또 보내서 이 시간에 도달할 터였다. 모두가 있는 이 시간으로. 뒤바뀐 미래로. 재깍, 시침이 자리를 옮기는 소리가 고요 속에서 울렸다.

외전.

열일곱, 봄

개학 날, 2학년이 되면서 선재와 반이 떨어진 백인혁은 교문을 들어설 때부터 울상이더니 교실로 들어가기 전에는 사육장에 끌려가는 동물처럼 우는 소리를 냈다.

"야, 쉬는 시간에 보자."

교실 문 앞에 선 백인혁이 애처롭게 말했지만, 선재는 시큰둥하게 복도를 걸어 교실로 들어갔다. 1교시 끝종이 울리자 백인혁이 "류선재!" 하고 쩌렁쩌렁 외치며 교실 앞문을 열고 들어왔다.

"류선재, 매점 가자."

이제 막 교과서를 덮은 선재가 손바닥을 교과서 위에 얹은 채 백인혁을 보았다. 타이를 매지 않은 상태에서 단추 두 개를 풀어 셔츠 깃이 헐렁했다. 백인혁은 한 손을 주머니에 찔러 넣은 채 선재의 책상을 주먹으로 두드리고 복도를 눈짓했다. 매점으로 가는 황홀한 길을 함께 걷자는 듯. 말없이 백인혁의 얼굴을 보던 선재가 교과서를 집어 서랍에 넣었다.

"나 다음 체육이야. 혼자 가."

의자에서 일어난 선재가 사물함을 향해 걸어갔다. 백인혁이 입술을 삐죽 내밀고는 휘적휘적 교실을 벗어났다.

2교시 수업은 50분을 꽉 채웠다. 선재는 축구공을 쫓아 운동장을 뛰어다녔고 백인혁은 교과서에 할 일 없이 밑줄을 그으며 종이 울리기를 기다렸다.

끝종이 울렸다. 손에 펜을 쥐고 돌리던 백인혁의 고개가 그제야 칠판을 향했다. 아이들이 교실 문을 열고 비어 있는 복도로 우르르 쏟아져 나갔다. 그 대열에 백인혁이 합류했다. 쉬는 시간에 홀로 매점에 가서 사 온 옥수수빵을 들고 복도로 나왔다.

체육 시간인 탓에 텅 비어 있는 선재의 교실 앞을 얼쩡거렸다. 체육복을 입은 아이들이 나타나자, 기다렸다는 듯 아이들과 함께 교실로 들어가 선재의 자리에 앉았다. 뒤늦게 교실로 돌아온 선재가 자신의 자리를 떡하니 차지하고 있는 백인혁을 보고 헛웃음을 터트렸다.

"왜 할 말도 없으면서 자꾸 오냐."

"뭐 언제는 우리가 할 말 있어서 봤냐?"

선재가 체육복 상의를 벗어 책상 위에 두었다. 그러곤 백인혁의 어깨를 툭툭 밀었다. 내 자리 내놓고 네 자리로 돌아가라는 듯. 백인혁이 입술을 삐죽이며 의자를 내어 줬다.

자리에 앉은 선재가 서랍에서 노트를 꺼내 부채질했다. 노트가 위아래로 움직이며 만들어 내는 바람에 선재의 머리칼이 날렸다. 축구를 하고 온 탓에 몸에 잔뜩 열이 올라 있는 상태였다. 선재의 앞자리 의자를 빼내 뒤돌아 앉은 백인혁이 책상 위에 널브러진 체육복을 콕 집어 가리켰다.

"이름 안 쓰냐?"

"이름을 왜 써."

"네가 이름을 안 쓰니까 자꾸 도둑맞는 거 아니야."

고등학교에 입학하고 한 달이 지났을 무렵 선재와 백인혁은 체육복을 도둑맞았다. 처음에는 누가 잘못 가져갔나 싶었는데 다시 산 체육복도 도둑맞았다.

'어떤 새끼가 남의 물건을 막 가져가?' 하며 백인혁은 자신의 체육복 상의와 하의에 빈 공간이 보이지 않을 정도로 자신의 이름을 빽빽하게 적어 두었고 그 이후로 체육복을 도둑맞지 않았다. 하지만 이름을 쓰지 않은 선재는 체육복을 또다시 도둑맞았다.

보다 못한 백인혁이 선재의 체육복에 대문짝만하게 선재의 이름을 적었다. 그렇게 체육복을 보존한다 싶었는데 1학년 겨울 방학, 선재가 체육복을 세탁하기 위해 집에 가져갔고 빨래를 널다가 체육복을 발견한 선재 모친이 누가 이렇게 옷에 흉물스럽게 낙서를 해 두었냐며 내다 버렸다. 결국 선재는 2학년이 되며 체육복을 다시 사게 되었다.

백인혁이 몸을 돌리고 책상을 훑었다. 천으로 된 필통 하나가 열려 있었다. 선재의 앞자리에 앉는 학생의 것이었다. 필통에서 검은색 유성 매직을 꺼내 선재에게 내밀었다.

"자, 이름 써."

백인혁의 손에 들린 유성 매직을 가만히 보던 선재가 그것을 받아 들고 체육복 상의 등판에 이름을 적었다. 선재의 책상에 팔꿈치를 붙이고 턱을 괸 백인혁이 지렁이처럼 휘갈긴 글씨를 보며 혀를 찼다.

"글씨 진짜 더럽게 못 써요."

선재가 뚜껑을 닫으려다 말고 유성 매직을 얼굴로 들이밀자 백인혁이 눈살을 찌푸리고 벌떡 일어나 도망갔다.

3교시가 끝나자 백인혁이 청포도 사탕 두 알을 입에 넣고 굴리며 선재의 교실 앞문을 열고 들어왔고, 4교시가 끝난 뒤엔 교실 창문을 열고 '류선재, 밥 먹으러 가자.' 하고 소리쳤다. 쉬는 시간마다 남의 교실에 등장하는 백인혁에게 대꾸하는 것도 지치던 참이었는데, 여자아이들에게 둘러싸인 지금 자신의 이름을 부르는 그 목소리가 이렇게나 반가울 수가 없었다. 선재의 고개가 창문으로 빠르게 돌아갔다. 선재에게 고백을 하기 위해 오늘 시간이 있냐는 말을 꺼내고 있던 아이들이 망했다는 듯 얼굴을 일그러뜨렸다.

"아! 선재랑 급식 같이 먹으려고? 그럼 내가 빠져야지. 나 신경 쓰지 말고 하던 이야기 마저 해. 우리 선재도 이제 연애해야지."

손을 휘휘 저은 백인혁이 창문을 닫고 걸음을 옮겼다. 마치 선재의 연애를 응원하는 사람처럼 조심스럽고도 빠른 걸음이었다. 그 뒤를 빠르게 뒤쫓아 간 선재가 계단을 내려가는 백인혁의 목에 팔을 두르고 힘을 주어 조였다.

"쉬는 시간마다 찾아오더니 점심은 따로 먹겠다고?"

"캑, 야, 숨 막혀!"

"헛소리 또 해라."

"살려 주세요!"

백인혁이 다급하게 선재의 팔을 때렸다.

□ ◆ □

석식 식판을 반납하고 급식실을 나온 두 사람은 운동장을 가로질렀다. 오늘 짝꿍을 정했는데 짝꿍이 자꾸 게슴츠레 쳐다본다며 백인혁이 눈을 휘어 내렸다. 그 말에 선재가 키득거리며 웃었다.

누군가 뻥 차올린 공이 멀리 날아가지 못하고 운동장을 가로질러 가는 둘의 앞으로 떨어졌다. 데굴데굴 굴러오는 공을 보던 선재가 고개를 들어 공을 차올린 사람을 보았다. 공을 주우러 달려오지 않고 가만히 서 있었다. 선재의 시선이 발치에 정지해 있는 공으로 떨어졌다. 발등으로 공의 중앙을 강하게 때려 차올렸다. 멀리 날아간다 싶더니 골문 구석을 뚫고 들어갔다.

"얼레?"

백인혁이 황당한 얼굴로 공이 날아간 방향을 보았다. 골대를 지키고 서 있던 사람이 갑자기 박수를 쳤다. 두 손을 주머니에 찔러 넣은 선재가 무덤덤하게 걸음을 옮겼다. 대수롭지 않다는 듯 표정 변화가 없었다.

교문을 벗어나 휘적휘적 내리막길을 걸었다. 대로변에 있는 맥도날드에 들어가 아이스크림콘을 하나씩 들고 나왔다.

"내가 아이스크림 쐈으니까 네가 오락실 노래방 쏴."

백인혁의 말에 선재가 어이없다는 듯 바람 빠진 헛숨을 뱉었다.

"참 비싼 거 쐈다."

선재가 손에 든 아이스크림을 흔들었다. 백인혁이 입술을 길게 늘여 웃으며 오락실로 쏙 들어갔다.

어두운 내부에 오락 기계 불빛이 번쩍였다. 아케이드 게임기를 지나 구석으로 들어가면 작고 네모난 노래방이 줄줄이 놓여 있었다. 백인혁이 선재를 끌고 문이 열려 있는 곳으로 들어갔다.

남은 아이스크림을 입에 모조리 욱여넣은 백인혁이 리모컨을 들었다. 잔뜩 부풀어 오른 뺨으로 번호를 눌렀다. 시작 버튼을 누르자 화면에 제목이 떠오르고 전주가 흘러나왔다.

리모컨을 내려놓은 백인혁이 마이크를 쥐고 목을 가다듬었다. 벽에 등을 기대고 앉은 선재가 아이스크림을 먹으며 물끄러미 가사가 뜨는 화면을 보았다. 백인혁의 선곡은 우울한 발라드였다. 1절을 끝내고 2절로 가나 싶더니 노래를 채 다 부르지도 않고 취소를 눌렀다.

"왜? 목에 핏대 세우고 부르더니."

백인혁이 고개를 절레절레 저었다.

"역시 나는 힙합이 좋단 말이지."

혼자 중얼거리는 목소리에 선재가 픽 웃음을 터트렸다. 발라드보다 힙합을 더 좋아하는 건 맞았지만 도중에 노래를 취소한 건 아마도 고음에서 음 이탈이 났기 때문이었을 거라고 선재는 생각했다.

선재가 노래방 책을 뒤적이느라 조용해진 사이, 옆방의 노래가 방음이 잘 안 되는 벽으로 새어 들어왔다. 손에 든 마이크를 빙빙 돌리던 백인혁이 귀를 쫑긋 세웠다. 고음이 쭉쭉 올라가는 청아한 목소리가 또렷했다.

"야, 이거 네 애창곡 아니냐."

노래방 책을 뒤적이던 선재가 고개를 들고 안으로 들어오는 소리를 들었다. 1학년 때 선재가 입에 달고 살았던 노래였다. 결국 가을이 될 무렵 백인혁은 이 노래만 들으면 귀에서 피가 나는 것 같다며 선재에게 제발 다른 노래를 흥얼거리면 안 되겠냐고 두 손을 모으고 부탁을 할 정도였다. 남자 가수의 노래였는데 들려오는 목소리는 여자였다. 키를 높여 부르고 있었다.

"야, 류선재. 이거 네가 존나 잘 부르는 곡이잖아. 한번 발라 줘야지. 어? 대결이다."

선재가 뭐라 말을 하지도 않았는데 백인혁이 혼자 결투 신청을 받은 것처럼 활활 열기를 뿜어내며 리모컨을 들고 번호를 눌렀다. "나 아직 뭐 부를지 안 정했는데." 하고 내뱉은 선재의 목소리는 흘러나오는 전주에 묻혔다. 백인혁이 마이크를 내밀며 고개를 끄덕였다. 너와 같은 노래를 부르고 있는 저 사람을 눌러 주라는 듯, 네가 더 개짱이라는 듯.

"갑자기 무슨, 뭘 발라……."

백인혁이 얼른 받으라는 듯 마이크를 흔들었다. 그 바람에 선재가 마이크를 잡긴 잡았는데, 왜 옆방에서 부르는 노래를 자신이 불러야 하는지는 의문이었다. 백인혁이 주먹을 불끈 쥐고 선재를 응원하는 듯 흔들었다. 실없이 웃은 선재가 마이크를 들고 화면을 보았다.

"류선재, 너의 실력을 보여 줘."

머리를 벽에 기대고 가사가 뜨기를 기다리다가, 전주가 끝남과 동시에 첫 소절을 불렀다.

몇 곡을 더 부르고 오락실에서 나왔다. 계단을 밟고 콩콩 뛰듯 내려가던 백인혁이 "야, 비 냄새 나는데?" 하고 말했고 마지막 계단을 밟자 우수수 쏟아지는 비에 흥건하게 젖은 풍경이 보였다.

"개코네. 백인혁."

한 손을 교복 바지 주머니에 찔러 넣은 선재가 비가 내리는 하늘을 올려다봤다. 우중충하고 먹구름이 잔뜩 낀 게 왠지 소나기 같았다. 바람에 흩날리는 빗방울에 백인혁이 얼굴을 찡그렸다.

"우산 있냐?"

"없어."

"야, 너는 왜 우산도 없이 다니고 그러냐."

"넌 있어?"

"당연히 없지."

백인혁의 표정이 당당했다.

"너는 왜 없이 다니는데?"

"우리 완벽한 선재는 모든 걸 갖추고 있어서 우산도 있을 줄. 아, 맞다. 넌 여자 친구도 없지."

"너 2학년 되더니 개소리 많이 늘었다."

백인혁이 싱긋 웃으며 어깨를 올렸다. 절레절레 고개를 저은 선재가 근처에 우산을 살 만한 곳이 있는지 두리번거렸다. 옆에 다른 학교 교복을 입은 여학생 두 명이 짧게 펼쳐진 캔버스 어닝 아래에 서 있는 게 보였다. 긴 머리를 바짝 올려 묶은 여자아이의 얼굴이 선재를 향해 있었다. 눈이 마주치자 여자아이가 황급히 고개를 돌렸다.

비릿한 비 냄새가 짙게 풍기고, 빗줄기가 땅을 때리는 소리가 세찼다. 젖은 나뭇잎이 축 처진 채 가지에 매달려 있었다. 바닥을 이루는 보도블록 틈 사이로 빗물이 고이고 바람이 불 때마다 빗줄기가 휘어지며 건물에 바짝 붙어 선 네 사람에게로 흩날렸다.

"아, 이거 안 그치면 어떡하지."

"곧 그칠 거 같긴 한데. 너 오늘 학원 가는 날이지?"

화구통을 어깨에 멘 여자아이가 고개를 끄덕였다. 오른쪽 손에는 면천으로 된 캔버스를 들고 있었다. 가슴에 단 명찰에는 이현주, 라는 이름이 박혀 있다. 그 옆에서 입술을 잘근잘근 물며 하늘을 올려다보던 여자아이가 후드를 올려 쓰고 끈을 꽉 조여 묶었다.

"뭐야, 뛰어가게?"

이현주가 물었고 후드를 뒤집어쓴 여자아이가 고개를 끄덕였다.

601

"우산 사 올게. 여기서 기다려."

"야, 됐어!"

가방끈을 붙잡을 새도 없이 여자아이가 어닝 밖으로 튀어 나갔다. 그 모습을 본 백인혁이 선재의 목덜미를 더듬었다.

"뭐, 왜."

"아니, 넌 후드 티 안 입었나 해서."

선재가 팔꿈치로 백인혁을 밀었고 백인혁이 비를 맞기 싫다는 듯 몸을 사리며 선재의 옆으로 바짝 붙었다.

잠시 후, 굵게 선을 그으며 떨어지는 빗속에서 여자아이가 우산을 쓰고 걸어왔다. 회색 후드가 빗물에 검게 물들어 있었다. 그때 오토바이 한 대가 움푹 파여 빗물이 고인 웅덩이를 지나갔다. 선재의 입이 벌어졌다.

"어……."

웅덩이로 오토바이의 바퀴가 굴러갔다. 빗물이 파도처럼 여자아이를 덮쳤다. 발목까지 올려 신은 분홍색 양말이며 신발, 교복이 홀딱 젖었다. 백인혁이 "세상에, 저 오토바이 존나게 나쁘네." 하고 말했고 이현주가 "솔아." 하고 소리쳤다. 우산을 머리 위에 올리고 걸어온 여자아이가 이를 붙이고 씩 웃었다.

"야, 임솔. 너 다 젖었다."

이현주가 젖은 교복을 손으로 탁탁 털어 주었다.

"우산 더럽게 비싸. 두 개 살 돈 없어서 하나만 샀어."

"그런다고 비를 맞고 가냐."

임솔이 이현주를 향해 우산을 기울이자 그녀가 걸음을 내디며 우산 안으로 들어갔다. 그러곤 캔버스를 끌어안은 채 임솔의 팔에 팔짱을 꼈다. 선재가 물끄러미 우산을 든 임솔의 얼굴을 내려다보았다. 걸음을 돌리던 임솔이 힐끗 선재를 보았다가 눈이 마주치자 재빨리 시선을 거뒀다.

눈을 내리깔고 걸어가는 길, 임솔의 시야 끄트머리에 선재의 신발이 걸렸다. 발목에 딱 맞게 떨어진 회색 교복 바지의 밑단이 바닥에서 튀어 오른 빗물에 조금 젖어 있었다. 우산을 쓴 둘이 건물 앞에 서 있는 둘을 지나는 찰나, 임솔은 얼핏 라일락 향을 맡았다.

"엇, 솔아 잠깐만. 나 신발 끈 풀렸어."

이현주가 손에 든 캔버스를 임솔에게 건넸다. 캔버스를 받아 들고 멀뚱히 서서 신발 끈 묶는 것을 기다렸다. 바로 옆에 키가 훤칠한 남자 두 명이 서 있어서 저도 모르게 힐끔 눈이 돌아갔다.

백인혁은 신문지라도 주워서 쓰고 가야 하는 것 아니냐며 주위를 두리번거렸다. 차츰 빗줄기가 가늘어졌다. 선재가 손바닥을 내밀어 내리는 비의 양을 가늠했다. 오목한 손바닥으로 뚝, 뚝, 빗방울이 떨어졌다. 고개를 들고 하늘을 올려다봤다. 서서히 구름이 걷히고, 우중충하던 하늘이 푸른색을 찾아 갔다.

"이 정도는 맞고 가도 되겠다."

신발 끈의 매듭을 지은 현주가 허리를 펴고 일어나 손을 내밀었다. 솔은 들고 있던 캔버스를 건네주고 하늘을 올려다봤다. 먹구름이 한 방향으로 흘러가며 머리 위에서 밀려나고 있었다. 흐렸던 하늘에 해가 비쳤다. 엷은 웃음이 솔의 얼굴로 번졌다. 그러곤 옆에 있는 현주에게 나지막이 말했다.

"가자."

길가에 핀 수선화 꽃잎에 빗방울이 맺혔다. 망울을 터트린 개나리가 봄으로 가는 길목에서 문득 불어오는 바람을 맞으며 몸을 흔들었다.

버스 정류장에 다다랐을 때 임솔은 오락실 노래방 안에 엠피쓰리를 두고 왔음을 깨달았다. 아, 젠장. 정류장으로 현주가 타야 할 버스가 들어오고, 임솔은 손을 흔들었다. 버스가 떠나고 잽싸게 오락실로 걸음을 돌렸다.

다행히도 많은 동전을 털어 넣고 노래를 불렀던 노래방 안은 비어 있었다. 딱딱하게 벽에 붙어 있는 의자 위에 이어폰 줄에 둘둘 감긴 엠피쓰리가 놓여 있었다. 안으로 들어가 엠피쓰리를 집어 들고 돌아서는데 불쑥 문 앞으로 나타난 여학생들의 가방에 밀려 쿵 하고 닫혔다.

"……어, 뭐야."

아이들 몇몇이 하필 임솔이 들어간 노래방 문 앞을 가로막고 섰다. 한 명이 아예 등을 기대고 있는 바람에 문을 열 수가 없었다. 쿵쿵, 힘을 가해서 밀어 내면 앞에 선 아이가 밀려나겠지만, 왠지 위압감이 드는 모습에 쉽게 문을 열지 못하고 가만 서 있었다.

문 앞을 가로막고 선 아이의 키가 작은 탓에 그 아이의 머리 너머에 서 있는 키가 큰 남자애가 눈에 들어왔다. 아까 오락실 건물 1층에서 비를 같이 피하고 있던 두 명 중 한 명이었다. 오락실에서 나가려다 발목이 붙잡힌 것처럼 난감한 얼굴을 하고 있었다.

주머니에 손을 찔러 넣고서야 핸드폰이 없음을 알게 된 선재가 걸음을 돌려 오락실에 온 거였다. 이 정도면 맞고 가도 되겠다는 선재의 말에 함께 걸음을 뗐던 백인혁은 점점 굵어진 빗줄기에 홀딱 젖은 채 눈을 뾰족하게 뜨고는 편의점에 앉아 기다릴 테니 후딱 다녀오라고 했다.

그런데 하필 백인혁과 함께 노래를 불렀던 노래방 부스 안에 자감고등학교 교복을 입은 여자아이들이 있었고, 그중에 한 명은 작년에 백인혁에게 세 번 고백했다가 세 번 모두 거절당한 아이였으며, 다른 한 명은 올해 선재의 주변 친구들을 추궁해 번호를 알아낸 뒤 자꾸 연락을 하는 아이였다.

"선재야, 너 왜 내 전화 안 받았어?"

"모르는 번호는 원래 안 받아."

"너 내 번호 저장 안 했어?"

"……안 했는데."

"왜? 왜?"

"……그냥, 연락할 일 없을 거 같아서."

"너무하다, 선재야. 그래도 같은 학교인데."

엿들으려고 한 것은 아닌데 노래방 부스가 전부 비어 있는지 바로 앞에서 나누는 대화 소리가 문 안으로 새어 들었다. 가만히 있다가는 계속 저들이 나누는 이야기를 엿듣고 있었던 것처럼 보이게 될까 봐, 임솔은 조심스레 주먹을 말아 쥐고 문을 두드렸다.

똑똑. 문을 가로막은 등은 미동이 없고 이리저리 흔드는 손짓에 선재의 눈이 먼저 닿았다.

"뒤에 사람 있다."

선재의 말에 계속 문을 막고 서 있던 아이가 힐끗 뒤를 살폈다. 문 너머의 임솔을 흘겨보더니 한 걸음 옆으로 물러났다. 그 시선에 괜히 심장이 졸아든 임솔이 고개를 푹 숙인 채 문을 열고 나갔다. 엠피쓰리를 손에 꼭 쥐고는 후다닥 걸음을 빨리했다. 그러다 계단을 몇 개 밟고 내려갔을 때 비가 내리는 바깥 풍경을 보고는 절망했다.

"우산 놓고 왔다. 미친."

절로 얼굴이 울상이 되었다. 그냥 맞고 갈까. 저길 어떻게 다시 들어가. 그런 생각으로 눈을 휘어 내리고 어깨를 축 늘어트리는데 불쑥 시야로 우산이 밀려 들었다. 동그랗게 눈을 뜨고 고개를 돌렸다. 위에서 봤던 남자였다.

"……아, 가, 감사합니다."

선재가 건넨 우산을 받아 든 임솔이 꾸벅 고개를 숙여 인사했다. 그 인사에 작게 고개를 끄덕인 선재가 먼저 걸음을 뗐다.

부슬부슬 내리는 비를 맞으며 걸어가는 선재의 뒷모습을 멍하니 보던 임솔이 뒤늦게 우산을 펴고 빗속으로 발을 내디뎠다. 그러다 시계를 확인하고는 눈을 동그랗게 떴다. 세상에, 이러다 늦겠네. 임솔이 우산을 고쳐 잡고는 두 다리를 빠르게 굴렸다. 그 걸음이 선재를 빠르게 따라잡았다.

선재의 시야에 임솔의 뒷모습이 들어찼다. 앞서가는 임솔의 뒷모습을 물끄러미 쳐다보았다. 두 발로 달음질할 때마다 첨벙첨벙 물이 튀어 올랐다.

한 방향으로 난 그 길을 선재와 임솔이 평행선으로 걸어갔다. 같은 선 위에서. 기울지 않은 직선으로. 언젠가 시간이 기울고 예측할 수 없는 세계가 펼쳐지면, 한 사람의 맹목적인 열망이 변수가 되어 우연한 감정을 필연적 운명으로 이끌 것이다. 서로에게 닿을, 언젠가의 내일을 향해.

01. 첫 번째 시간 여행

혼자가 아닌 나 _서영은

02. 두 번째 시간 여행

그대와 영원히 _이문세

난 널 원해 _드렁큰 타이거

사랑은 유리 같은 것 _원준희

어쩌면 _버즈

사랑한다는 흔한 말 _김연우

난 너에게 _민들레

바람 기억 _나얼

슬픔 속에 그댈 지워야만 해 _이현우

너의 의미 _산울림

처음 느낌 그대로 _이소라

사랑하오 _윤상 with 김현철

처음 느낌 그대로 _김광진

03. 잃어버린 세계

그녀의 웃음소리뿐 _이문세
바램 _토이(feat. 변재원)
사랑이 지나가면 _이문세
회상 _산울림

05. 오늘의 으뜸

그대와 영원히 _이문세
별을 세던 아이는 _정원영
그녀가 웃잖아 _김형중
슬픈 그림 같은 사랑 _이상우
one love _원타임
지금 만나러 갑니다 _김연우(feat. 타블로)
그대 _이문세

내
일
의

으 / 뜸

1판 11쇄 찍음 2024년 6월 4일
1판 11쇄 펴냄 2024년 6월 11일

지은이 | 김 빵
펴낸이 | 정 필
펴낸곳 | (주)뿔미디어

출판등록 | 2002년 9월 11일 (제1081-1-132호)
주소 | 경기도 부천시 소향로 17, 303호(상동, 두성프라자)
전화 | 032)651-6513   **팩스** | 032)651-6094
E-mail | dahyangs@naver.com
블로그 | http://blog.naver.com/dahyangs
비북스 | http://b-books.co.kr

값 13,000원

ISBN 979-11-6565-333-0 03810

※파본은 구입하신 서점에서 교환하여 드립니다.

※이 책은 (주)뿔미디어를 통해 독점 계약되었습니다.
저작권법에 의해 보호를 받는 저작물이므로 무단 전재와 무단 복제를 엄금합니다.